GOLDMANN

*Buch*

Rom zur Zeit Sullas im Jahre 80 v. Chr.: An einem warmen Frühlingsmorgen erhält Gordianus eine Einladung in das Haus eines bis dahin völlig unbekannten Anwalts: Marcus Tullius Cicero ist zwar erst sechsundzwanzig Jahre alt, aber ausgesprochen ehrgeizig. Er hat gerade seinen ersten großen Fall übernommen. Sein Klient ist der Sohn eines reichen Grundbesitzers, der des schlimmsten Verbrechens, das Rom kennt, angeklagt ist: des Mordes an seinem Vater. Cicero engagiert Gordianus, der für die Verteidigung die Hintergründe des Verbrechens ausleuchten soll. Gordianus gerät schnell in ein engmaschiges Netz aus Neid, Mißgunst und Skrupellosigkeit, denn das Erbe des Sextus ist bereits aufgeteilt: Chrysogonus, ein freigelassener Sklave, der zu den Favoriten des Diktators Sulla zählt, erhielt den Hauptteil des konfizierten Besitzes. Schon spürt Gordianus die mächtige Hand des gefürchteten Diktators selbst, und nicht nur sein eigenes Leben gerät in höchste Gefahr. Gordianus muß alles riskieren, denn die Verhandlung naht – und damit die erste öffentliche Bewährungsprobe für seinen Auftraggeber Cicero. Und die Strafe für Vatermord ist an grausamer Härte kaum zu überbieten…

*Autor*

Steven Saylor studierte Geschichte an der University of Texas in Austin, bevor er Journalist und Redakteur in San Francisco wurde. Seine Stories und Essays erscheinen in großen amerikanischen Magazinen und Zeitungen. »Das Lächeln des Cicero« ist sein erster Roman.

STEVEN SAYLOR

# DAS LÄCHELN DES CICERO

Ein Kriminalroman aus dem alten Rom

Aus dem Amerikanischen
von Kristian Lutze

GOLDMANN VERLAG

Die Originalausgabe erschien unter dem Titel
»Roman Blood« bei St. Martin's Press, New York

*Umwelthinweis:*
Alle bedruckten Materialien dieses Taschenbuches
sind chlorfrei und umweltschonend.
Das Papier enthält Recyclinganteile.

Der Goldmann Verlag
ist ein Unternehmen der Verlagsgruppe Bertelsmann

Genehmigte Taschenbuchausgabe Juni 95

Umschlaggestaltung: Design Team München
Umschlagmotiv: Sir Laurence Alma-Tadema
»Une galerie de sculpture«
Druck: Elsnerdruck, Berlin
Verlagsnummer: 42949
Ge · Herstellung: Heidrun Nawrot
Made in Germany
ISBN 3-442-42949-8

1 3 5 7 9 10 8 6 4 2

Rick Solomon gewidmet sei dieses Buch:
*auspicium melioris aevi*

# ROM

Zur Zeit der Diktatur
Sullas · 80 v. Chr.

1 Haus der Schwäne
2 Bäder der Pallacina
3 Cicero
4 Rostra
5 Caecilia Metella
6 Chrysogonus
7 Gordianus
8 Emporium (Ausländische Märkte)
9 Piscina Publica (Öffentliche Bäder)
10 Nekropolis (Öffentlicher Friedhof)
11 Forum Boarium (Viehmarkt)
12 Villa Publica (Abstimmungshalle)
13 Circus Fiaminius
14 Circus Maximus
15 Forum Holitorium (Gemüsemarkt)
16 Agger (Verteidigungswälle)
17 Trigarium (Wagen- u. Pferderennbahn)
18 Tarentum (Thermen)
19 Navalia (Werften u. Anlegeplätze der Marine)
20 Hafen der Stadt Rom (Lagerhäuser und Kais)

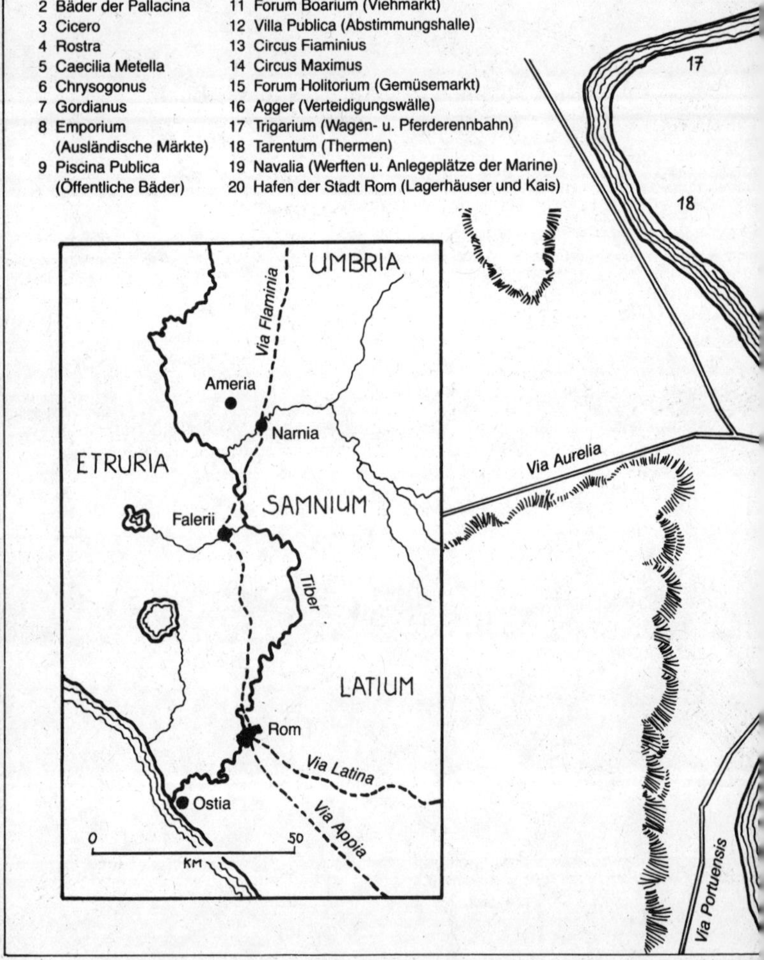

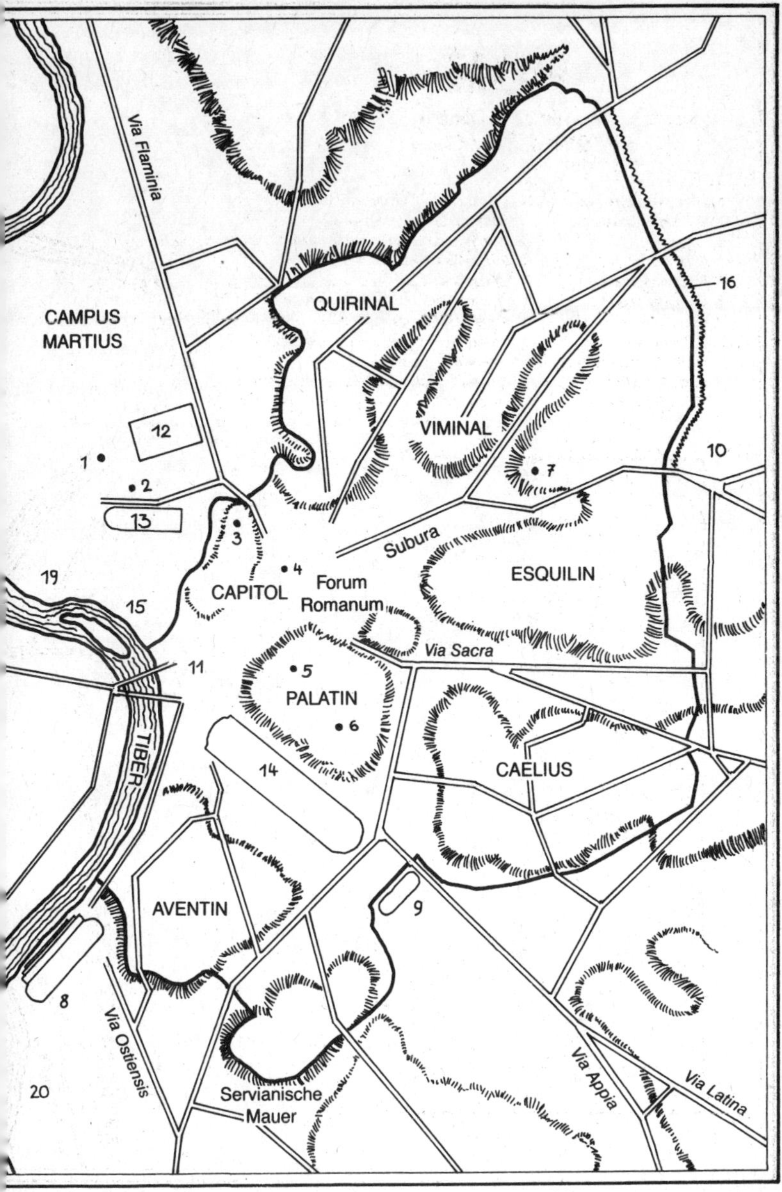

Via Flaminia
QUIRINAL
16
CAMPUS
MARTIUS
VIMINAL
12
10
1
7
2
13
3
Subura
ESQUILIN
4
Forum
Romanum
19
CAPITOL
15
Via Sacra
11
5
PALATIN
6
TIBER
CAELIUS
14
AVENTIN
9
8
Via Ostiensis
Via Appia
Via Latina
20
Servianische
Mauer

# Erster Teil

# Oben und Unten

# Eins

Der Sklave, der an jenem für die Jahreszeit außergewöhnlich warmen Frühlingsmorgen zu mir kam, war ein junger Mann von kaum mehr als zwanzig Jahren.

Für gewöhnlich lassen meine Klienten durch die gemeinsten Haussklaven nach mir schicken – schmutzige Malocher, Krüppel, schwachsinnige Knaben, die nach dem Dung der Ställe stinken und von den Strohresten in ihrem Haar niesen müssen. Es ist gewissermaßen eine Frage der Etikette; wenn man sich um die Dienste von Gordianus dem Sucher bemüht, wahrt man eine gewisse Distanz und Zurückhaltung. Als ob ich leprös oder Priester irgendeines unreinen orientalischen Kults wäre. Daran bin ich gewöhnt. Es macht mir nichts aus – solange mein Honorar pünktlich und vollständig gezahlt wird.

Der Sklave, der an diesem speziellen Morgen vor meiner Tür stand, war jedoch sehr sauber und makellos gewandet. Er hat eine stille Art und ein Benehmen, das zwar respektvoll, aber keineswegs unterwürfig war – die Höflichkeit eben, die man von einem jungen Mann gegenüber einem zehn Jahre älteren erwarten konnte. Sein Latein war tadellos (besser als meins), und die Stimme, mit der er es vortrug, klang melodiös wie eine Flöte. Kein Stallknecht also, sondern ganz offenkundig der gebildete Diener eines Herrn, der ihm zugetan war. Der Sklave hieß Tiro.

»Ich komme aus dem Haushalt des hochgeschätzten Marcus Tullius Cicero«, fügte er hinzu und hielt, den Kopf leicht geneigt, kurz inne, um zu sehen, ob ich den Namen kannte. Das war jedoch nicht der Fall. »Mit dem Auftrag um deine Dienste nachzusuchen«, sagte er noch, »auf Empfehlung von –«

Ich nahm seinen Arm, legte meinen Zeigefinger auf seine Lippen und führte ihn ins Haus. Der brutale Winter war einem drückend heißen Frühling gewichen; trotz der frühen Stunde war es bei weitem zu warm, um ungeschützt auf der Türschwelle stehen zu bleiben. Außerdem war es viel zu früh, dem Geplapper dieses jungen Sklaven zu lauschen, egal wie melodiös seine Stimme sein mochte. Meine Schläfen pochten wie grollender Donner, und hinter meinen Augen zuckten spinnwebartige Blitze auf und verschwanden gleich wieder.

»Kennst du zufällig ein Rezept gegen Kater?« fragte ich.

Der junge Tiro musterte mich verstohlen von der Seite, verwirrt über den abrupten Themenwechsel und argwöhnisch ob meiner plötzlichen Vertrautheit. »Nein, Herr.«

Ich nickte. »Vielleicht hattest du noch nie einen Kater?«

Er errötete leicht. »Nein, Herr.«

»Dein Herr erlaubt dir keinen Wein?«

»Doch, natürlich. Aber wie er immer sagt, Mäßigung in allen Dingen –«

Ich nickte, und der Schmerz ließ mich zusammenzucken. Die geringste Kopfbewegung bereitete mir furchtbare Qualen. »Mäßigung in allen Dingen, ausgenommen der Tageszeit, zu der er mir seine Sklaven vorbeischickt, nehme ich an.«

»Oh, Verzeihung, Herr. Soll ich später wiederkommen?«

»Das wäre eine Verschwendung deiner und meiner Zeit. Von der deines Herrn ganz zu schweigen. Nein, bleib nur, aber sprich nicht vom Geschäft, bis ich es dir sage. So lange kannst du mir beim Frühstück Gesellschaft leisten, im Garten, da ist die Luft angenehmer.«

Ich ergriff erneut seinen Arm, führte ihn durch das Atrium, einen verdunkelten Flur hinunter ins Peristylium im Zentrum des Hauses. Ich sah, wie er erstaunt die Brauen hochzog, war mir allerdings nicht sicher, ob ihn die Größe oder der Zustand des Gartens überraschte. Ich war natürlich daran gewöhnt, aber auf einen Fremden muß er wie der reinste Urwald gewirkt haben – wild wuchernde Weidenbäume, deren herabhängende Ranken das hoch aus dem staubigen Boden sprießende Unkraut berührten; in der Mitte der vor Jahren ausgetrocknete Brunnen mit der kleinen marmornen Pan-Statue, auf der die Zeit ihre Narben hinterlassen hatte; der schmale, vom Wildwuchs ägyptischen Schilfs überwucherte Teich, der träg und trüb durch den Garten mäanderte. Die Anlage war schon verwildert, lange bevor ich das Haus von meinem Vater geerbt hatte, und ich hatte nichts zu ihrer Instandsetzung unternommen. Mir gefiel der Garten, wie er war – ein Ort unkontrollierten Grüns verborgen inmitten des ordentlichen Roms, ein stilles Plädoyer für das Chaos angesichts gemauerter Ziegel und gehorsamen Buschwerks. Außerdem hätte ich mir die Arbeitskräfte und Materialien, den Garten in einen gepflegten Zustand zu versetzen, nie leisten können.

»Ich nehme an, es ist schon etwas ganz anderes als das Haus deines Herrn.« Ich setzte mich auf einen der Stühle, behutsam, um meinen Kopf nicht zu erschüttern, und machte Tiro ein Zeichen, auf dem anderen Platz zu nehmen. Ich klatschte in die Hände und bereute es wegen des Lärms augenblicklich. Ich biß die Zähne aufeinander und rief: »Bethesda! Wo steckt das Mädchen bloß wieder? Sie wird uns jeden Moment das Frühstück servieren. Deswegen mußte ich ja selbst an die Tür kommen – sie war in der Speisekammer beschäftigt. Bethesda!«

Tiro räusperte sich. »Es ist, ehrlich gesagt, viel größer als das meines Herrn.«

Ich stierte ihn leeren Blicks an, mein Magen rumpelte jetzt mit meinen Schläfen um die Wette. »Wie bitte?«

»Das Haus, Herr. Es ist größer als das meines Herren.«

»Überrascht dich das?«

Er schlug seinen Blick nieder aus Angst, mich beleidigt zu haben.

»Weißt du, womit ich meinen Lebensunterhalt verdiene, junger Mann?«

»Nicht genau, Herr.«

»Aber du weißt, daß es etwas nicht ganz Ehrenhaftes ist – zumindest soweit es in Rom heutzutage überhaupt noch Ehrbarkeit gibt. Aber nicht illegal – zumindest soweit der Begriff der Legalität in einer Stadt, die von einem Diktator regiert wird, noch eine Bedeutung hat. Meine geräumige Wohnstatt überrascht dich also, ungeachtet ihres verfallenen Zustands. Das ist völlig in Ordnung. Sie überrascht mich manchmal selbst. Da bist du ja, Bethesda. Stell das Tablett hier ab, zwischen mir und meinem unerwarteten, aber absolut willkommenen jungen Gast.«

Bethesda gehorchte, allerdings nicht ohne einen verstohlenen Seitenblick und ein leises, verächtliches Schnauben. Bethesda war selbst eine Sklavin und fand es anstößig, daß ich mich mit Sklaven gemein machte und sie, schlimmer noch, aus meiner Speisekammer beköstigte. Nachdem sie den Tisch gedeckt hatte, blieb sie vor uns stehen, als erwarte sie weitere Anweisungen. Das war allerdings nur eine Pose. Für mich, wenn schon nicht für Tiro, war es offensichtlich, daß sie hauptsächlich daran interessiert war, meinen Gast näher in Augenschein zu nehmen.

Bethesda starrte also Tiro an, der ihrem Blick offenbar auswich. Sie zog die Mundwinkel zurück. Ihre Oberlippe wurde schmal und wölbte sich zu einem feinen Bogen. Sie grinste.

Bei den meisten Frauen bedeutet ein Grinsen eine wenig anziehende Geste des Abscheus. Bei Bethesda konnte man sich da nie so sicher sein. Ein Grinsen tat ihrem dunklen und sinnlichen Charme keinen Abbruch. Im Gegenteil, es konnte ihn manchmal erhöhen, und in Bethesdas beschränkter, aber einfallsreicher Körpersprache konnte ein Grinsen von einer Drohung bis zu einer unverhohlenen Einladung fast alles bedeuten. In diesem Fall war es meiner

Vermutung nach eine Reaktion auf Tiros höflich gesenkten Blick, eine Reaktion auf seine schüchterne Bescheidenheit – das Grinsen, mit dem eine schlaue Füchsin ein wohlgenährtes Kaninchen mustert. Ich hätte gedacht, daß all ihr Hunger in der vergangenen Nacht gestillt worden sei. Meiner war es jedenfalls.

»Braucht mein Herr sonst noch irgend etwas?« Sie stand da, die Hand in die Hüfte gestützt, die Brüste vorgestreckt, die Schultern zurückgezogen. Ihre Lider, von der Nacht noch immer schwer geschminkt, hingen müde herab. Sie sprach mit dem glutvollen, leicht lispelnden Akzent des Orients. Noch mehr Posen. Bethesda hatte sich entschieden. Der junge Tiro war, Sklave oder nicht, jemand, den zu beeindrucken sich lohnte.

»Das wäre alles, Bethesda. Du kannst gehen.«

Sie neigte den Kopf, wandte sich um und bahnte sich zwischen den herabhängenden Weidenzweigen einen kurvenreichen Weg durch den Garten ins Haus. Sobald sie uns den Rücken zugewandt hatte, schwand Tiros Schüchternheit. Ich folgte seinem Blick, von dessen Ursprung in seinen weitgeöffneten Augen bis zu seinem Brennpunkt irgendwo direkt oberhalb von Bethesdas sanft wiegendem Gesäß. Ich beneidete ihn um seine Bescheidenheit und Schüchternheit, seinen Hunger, sein gutes Aussehen und seine Jugend.

»Wenn dir dein Herr schon das Trinken verbietet, zumindest das exzessive«, sagte ich, »erlaubt er dir wenigstens hin und wieder, eine Frau zu genießen?«

Die tiefe, lebhafte Röte, die sich auf sein Gesicht legte, so blutrot wie ein Sonnenuntergang über dem offenen Meer, traf mich unvorbereitet. Nur die Jungen mit ihren glatten, weichen Wangen und ihrer glatten Stirn können so erröten. Selbst Bethesda war zu alt, um je wieder so zu erröten, falls sie überhaupt noch in der Lage war, rot zu werden.

»Vergiß es«, sagte ich. »Ich habe kein Recht, dir so eine

Frage zu stellen. Nimm etwas von dem Brot hier. Bethesda backt es selbst, und es ist besser, als man vermuten könnte. Ein Rezept von ihrer Mutter aus Alexandria. Behauptet sie jedenfalls – obwohl ich den Verdacht hege, daß sie nie eine Mutter gehabt hat. Und obwohl ich sie in Alexandria gekauft habe, ist ihr Name weder griechisch noch ägyptisch. Die Milch und die Pflaumen müßten frisch sein, für den Käse kann ich allerdings nicht garantieren.«

Wir aßen schweigend. Der Garten lag noch immer im Schatten, aber ich konnte schon zum Greifen nahe, fast bedrohlich die Sonne spüren, die sich über das bogenrandige Ziegeldach tastete wie ein Einbrecher, der seinen Abstieg plant. Bis zum Mittag würde der gesamte Garten von Licht durchflutet sein, unerträglich heiß und hell, aber jetzt war es hier draußen noch kühler als im Haus, das noch die Hitze des gestrigen Tages speicherte. Plötzlich regten sich in einem Winkel des Gartens die Pfauen; das größte der männlichen Tiere stieß einen schrillen Ruf aus, stolzierte auf und ab und präsentierte sein farbenprächtiges Gefieder. Tiro erblickte den Vogel und fuhr, auf den Anblick unvorbereitet, zusammen. Ich kaute und litt still unter dem stechenden Schmerz, der gelegentlich von meinen Kiefern zu meinen Schläfen zuckte. Ich warf einen Blick auf Tiro, dessen Aufmerkamkeit inzwischen von dem Pfau zu der leeren Tür gewandert war, in der Bethesda eben verschwunden war.

»Ist das das Mittel gegen einen Kater, Herr?«

»Was, Tiro?«

Er wandte sich mir zu. Die völlige Unschuld seines Gesichts blendete mich mehr als die Sonne, die plötzlich über dem Dach hervorbrach. Sein Name mochte griechisch sein, aber mit Ausnahme seiner Augen waren seine Züge klassisch römisch – die Stirn, Wangen und Kinn sanft geschwungen, Lippen und Nase etwas zu stark ausgeprägt. Aber es waren seine Augen, die mich wirklich faszinierten, eine Schattierung von blassem Lavendelblau, wie ich sie nie zuvor gesehen hatte und wie sie in Rom bestimmt nicht heimisch war – der Beitrag einer Mutter oder eines Vaters, die man zu Sklaven gemacht und von, die Götter wissen woher, ins Herz des römischen Weltreichs gebracht hatte. Diese Augen waren viel zu unschuldig und vertrauensselig, als daß sie einem Römer gehören konnten.

»Ist das das Mittel gegen einen Kater?« wiederholte Tiro. »Morgens eine Frau zu haben?«

Ich lachte laut auf. »Wohl kaum. Meistens sind sie Teil der Krankheit. Oder der Ansporn zur Genesung, fürs nächste Mal.«

Er betrachtete das vor ihm aufgedeckte Essen und nahm sich höflich, aber ohne Begeisterung ein Stück Käse. Offenbar war er selbst als Sklave besseres gewohnt. »Also Brot und Käse?«

»Essen hilft, wenn man es im Magen behalten kann. Aber die einzig wahre Kur gegen einen Kater hat mich vor fast zehn Jahren ein weiser Arzt aus Alexandria gelehrt – ich war vermutlich ungefähr in deinem Alter, und Wein war mir nicht fremd. Das Rezept hat mir seither gute Dienste geleistet. Dieser Arzt vertrat die Theorie, daß beim exzessiven Trinken bestimmte Säfte des Weines sich nicht im Bauch auflösen, sondern wie giftige Gase in den Kopf aufsteigen, wo sie den vom Hirn sekretierten Schleim verhärten, so daß das Hirn anschwillt und sich entzündet. Diese Säfte lösen sich im Lauf der Zeit auf und der Schleim wird wieder weich. Deswegen stirbt auch niemand an einem Kater, egal wie furchtbar die Schmerzen sind, die er zu erleiden hat.«

»Dann ist die Zeit das einzige Heilmittel, Herr?«

»Es gibt noch ein schnelleres: Denken. Die konzentrierte Übung des Gehirns. Laut meinem Freund, dem Arzt, findet das Denken im Hirn statt, und es wird durch den abgesonderten Schleim geschmeidiger gemacht. Wenn dieser

Schleim nun verunreinigt oder verhärtet wird, bekommt man Kopfschmerzen. Aber das eigentliche Denken produziert frischen Schleim, der den alten aufweicht und ersetzt: je intensiver man nachdenkt, desto größer die Schleimproduktion. Deshalb beschleunigt intensive Konzentration den natürlichen Heilungsprozeß nach einem Kater, indem es die Säfte aus dem entzündeten Gewebe spült und die Befeuchtung der Membranen wieder instandsetzt.«

»Ich verstehe.« Tiro sah skeptisch, aber beeindruckt aus. »Klingt völlig logisch, wenn man die Prämisse akzeptiert, die nicht bewiesen werden kann.«

Ich lehnte mich zurück und verschränkte, auf einer Brotkruste herumkauend, die Arme. »Der Beweis ist die Heilung selbst. Weißt du, ich fühle mich bereits besser, nachdem ich aufgefordert war, den Mechanismus dieser Heilmethode zu erklären. Und ich gehe davon aus, daß ich in ein paar Minuten völlig kuriert sein werde, nachdem ich dir erklärt habe, weswegen du zu mir gekommen bist.«

Tiro lächelte vorsichtig. »Ich fürchte, das Mittel versagt, Herr.«

»Ach?«

»Du hast die Pronomen durcheinander gebracht, Herr. *Ich* bin derjenige, der zu erklären hat, warum ich zu *dir* gekommen bin.«

»Ganz im Gegenteil. Es stimmt wohl, wie du in meinem Gesichtsausdruck gelesen hast, daß ich noch nie zuvor von deinem Herrn gehört habe – wie war noch der Name, Marcus irgendwas Cicero? Ein völlig Fremder. Nichtsdestoweniger kann ich dir ein paar Dinge über ihn erzählen.« Ich machte eine Pause, lange genug, um mich der vollen Aufmerksamkeit des Jungen zu vergewissern. »Er stammt aus einer stolzen Familie, ein Charakterzug, der auch bei ihm voll ausgeprägt ist. Er lebt in Rom, aber seine Familie stammt ursprünglich nicht von hier, sondern möglicherweise aus dem Süden und wohnt seit höchstens einer Generation in der Stadt. Sie sind mehr als wohlhabend, aber nicht unermeßlich reich. Liege ich soweit richtig?«

Tiro beäugte mich mißtrauisch. »Soweit schon.«

»Dieser Cicero ist ein junger Mann deines Alters, vermutlich ein wenig älter als du. Er ist ein eifriger Student der Redekunst und bis zu einem gewissen Maße Anhänger der griechischen Philosophen. Wohl kein Epikuräer, sondern eher ein Stoiker, wenngleich kein strikter. Korrekt?«

»Ja.« Tiro machte zunehmend den Eindruck, als sei ihm nicht wohl in seiner Haut.

»Was den Grund deines Kommens angeht, du bist hier, um dich meiner Dienste zu vergewissern in einem Rechtsstreit, den dieser Cicero vor die Rostra bringen will. Cicero ist ein Anwalt, der gerade am Anfang seiner Karriere steht. Trotzdem ist dies ein wichtiger Fall, und ein komplizierter dazu. Meine Dienste empfohlen hat wahrscheinlich der bedeutendste aller römischen Anwälte. Hortensius, natürlich.«

»Na ... türlich«, hauchte Tiro, kaum mehr flüsternd. Seine Augen waren zusammengekniffen, sein Mund stand sperrangelweit offen. »Aber woher kannst du –«

»Und der spezielle Fall? Wahrscheinlich ein Mord ...«

Tiro starrte mich mit unverhohlenem Erstaunen von der Seite an.

»Und nicht bloß ein Mord. Nein, schlimmer als das. Viel schlimmer ...«

»Ein Trick«, flüsterte Tiro. Er wandte seinen Blick ab, den Kopf heftig zur Seite reißend, als bedürfe es einer großen Anstrengung, seine Augen von meinen loszureißen. »Das machst du irgendwie, indem du mir in die Augen blickst. Magie ...«

Ich preßte die Fingerspitzen gegen die Schläfen, die Ellenbogen ausgestreckt – zum Teil, um den Druck und das Pochen hinter meiner Stirn zu lindern, aber auch um die theatralische Pose eines Sehers zu imitieren. »Ein ruchloses

Verbrechen«, flüsterte ich. »Abscheulich. Unaussprechlich. Ein Sohn, der seinen eigenen Vater tötet. *Vatermord*!«

Ich ließ meine Schläfen los und sank in meinen Stuhl zurück. Ich sah meinem jungen Gast direkt in die Augen. »Du, Tiro aus dem Haus des Marcus Tullius Cicero bist gekommen, um meine Dienste zur Unterstützung deines Herrn bei der Verteidigung eines gewissen Sextus Roscius aus Ameria zu erbitten, der angeklagt ist, seinen Vater, dessen Namen er trägt, ermordet zu haben. Und siehe da – mein Kater ist völlig verschwunden.«

Tiro blinzelte. Und blinzelte noch einmal. Er lehnte sich zurück und fuhr mit dem Zeigefinger über seine Oberlippe, die Stirn nachdenklich gerunzelt. »Es *ist* ein Trick, nicht wahr?«

Ich schenkte ihm das dünnste Lächeln, dessen ich fähig war. »Warum? Glaubst du, ich sei nicht in der Lage, deine Gedanken zu lesen?«

»Cicero sagt, so etwas wie Gedankenlesen oder das zweite Gesicht oder die Zukunft vorhersagen gibt es nicht. Er sagt, alle Seher und Zeichendeuter und Orakel seien schlimmstenfalls Scharlatane, bestenfalls Schauspieler, die die Leichtgläubigkeit der Masse ausnutzen.«

»Und du glaubst alles, was dein Herr Cicero sagt?« Tiro errötete erneut. Bevor er etwas sagen konnte, hob ich die Hand. »Schweig. Ich würde dich nie auffordern, etwas gegen deines Herrn zu sagen. Aber sag mir dies: Hat Marcus Tullius Cicero je das Orakel in Delphi besucht? Hat er den Schrein der Magna Mater in Ephesus gesehen und die Milch gekostet, die aus ihren marmornen Brüsten fließt? Hat er in der Stille der Nacht die großen Pyramiden bestiegen und der Stimme des durch die alten Gemäuer wehenden Windes gelauscht?«

»Nein, ich glaube nicht.« Tiro senkte den Blick. »Cicero hat Italien nie verlassen.«

»Aber ich, junger Mann.« Einen Moment lang verlor ich

mich in meinen Gedanken, unfähig, mich loszureißen von der Flut der Anblicke, Klänge und Gerüche aus der Vergangenheit. Ich sah mich im Garten um und erkannte auf einmal, wie schäbig er in Wahrheit war. Ich starrte auf das Frühstück, und mir wurde plötzlich klar, wie trocken und fade das Brot, wie sauer der Käse schmeckte. Ich betrachtete Tiro, erinnerte mich daran, wer er war, und kam mir dumm vor, soviel Energie aufgewendet zu haben, einen einfachen Sklaven zu beeindrucken.

»Ich habe all diese Dinge getan und all diese Orte gesehen. Trotzdem bin ich in vielerlei Hinsicht vermutlich ein noch größerer Zweifler als dein skeptischer Herr. Ja, es ist nur ein Trick. Eine schlichte Frage der Logik.«

»Aber wie kann schlichte Logik neues Wissen hervorbringen? Du hast gesagt, daß du vor meinem Besuch noch nie von Cicero gehört hast. Ich habe dir nichts von ihm erzählt, und doch kannst du mir genau sagen, warum ich gekommen bin. Es ist, als würdest du Münzen aus der Luft zaubern. Wie kann man etwas aus dem Nichts schaffen? Oder die Wahrheit ohne jeden Hinweis offenbaren?«

»Darum geht es nicht, Tiro. Aber das kannst du nicht wissen. Ich bin sicher, du läßt dir in logischem Denken so schnell von keinem was vormachen. Das Problem liegt in der Art von Logik, wie sie von römischen Rhetorikern gelehrt wird. Uralte Fälle noch einmal verhandeln, uralte Schlachten noch einmal schlagen, das Auswendiglernen von Gesetzen und Grammatik, und alles stets mit dem Ziel, das Recht zugunsten des eigenen Klienten zu beugen, ohne auf recht oder unrecht oder auf oben und unten zu achten. Gerissenheit hat die Weisheit ersetzt. Der Sieg rechtfertigt jedes Mittel. Selbst die Griechen haben das Denken verlernt.«

»Wenn es nur ein Trick ist, verrate mir, wie es gemacht wird.«

Ich lachte und nahm ein Stück Käse. »Wenn ich es dir

erkläre, wirst du weniger Respekt vor mir haben, als wenn ich es für mich behalte.«

Tiro runzelte die Stirn. »Ich finde, du solltest es mir sagen, Herr. Wie sollte ich mich sonst kurieren für den Fall, daß ich einmal in die glückliche Lage komme, einen Kater zu haben?« Ein Lächeln zeigte sich unter der gerunzelten Stirn. Auch Tiro hatte ein paar Posen auf Lager, die nicht weniger beeindruckend waren als Bethesdas. Oder meine.

»Also gut.« Ich stand auf, streckte meine Arme in die Höhe und war überrascht, die heiße Sonne auf ihnen zu spüren, so sengend, als hätte ich meine Hände in kochendheißes Wasser getaucht. Mittlerweile lag der halbe Garten im Sonnenlicht. »Wir werden ein wenig auf- und abwandeln, so lange es noch kühl ist. Bethesda! Ich werde meine Schlußfolgerungen erläutern, Bethesda wird das Frühstück abräumen – Bethesda! – und alles wird wieder in Ordnung sein.«

Wir gingen langsam um den Teich herum. Am anderen Ufer lauerte Bast, die Katze, den Libellen auf, ihr schwarzer Schwanz glänzte in der Sonne.

»Also, woher weiß ich, was ich über Marcus Tullius Cicero weiß? Ich sagte, er stamme aus einer stolzen Familie. Das ergibt sich aus dem Namen. Nicht aus dem Familiennamen Tullius, den ich schon einmal gehört habe, sondern aus dem Beinamen *Cicero*. Der dritte Name eines römischen Bürgers kennzeichnet normalerweise den Zweig einer Familie – in diesem Fall den Zweig der Cicero aus der Tullius-Familie. Oder, falls kein Familienzweig dieses Namens existiert, auch eine einzelne Person, wobei damit für gewöhnlich eine charakteristische Äußerlichkeit benannt wird. Naso für einen Mann mit einer großen Nase, oder Sulla, der Name unseres geschätzten und ehrenwerten Diktators, der sich auf seine blühende Gesichtsfarbe bezieht. So oder so ist Cicero ein höchst seltsam klingender Name. Das Wort bezieht sich auf die verbreitete Kichererbse und ist auf eine

Person angewandt wohl kaum schmeichelhaft gemeint. Wie verhält sich die Sache bei deinem Herrn?«

»Cicero ist ein alter Familienname. Man sagt, er stammt von einem Vorfahren, der einen häßlichen, in der Mitte wie eine Kichererbse gespaltenen Knubbel auf der Nasenspitze hatte. Du hast recht, es klingt wirklich merkwürdig, obwohl ich mich so daran gewöhnt habe, daß es mir kaum noch auffällt. Einige Freunde meines Herrn meinen, er sollte den Namen ablegen, wenn er in die Politik oder die Juristerei geht, aber er will nichts davon wissen. Cicero sagt, wenn seine Familie es für passend gehalten hat, einen solch sonderbaren Namen anzunehmen, muß der erste Mann, der ihn getragen hat, recht außergewöhnlich gewesen sein, selbst wenn sich niemand mehr daran erinnern kann warum. Er sagt, er will dafür sorgen, daß der Name in ganz Rom bekannt und geachtet wird.«

»Stolz, wie ich schon sagte. Aber das gilt praktisch für jede römische Familie und bestimmt für jeden römischen Rechtsanwalt. Davon, daß er in Rom lebt, bin ich selbstverständlich ausgegangen. Daß die Wurzeln seiner Familie irgendwo im Süden liegen, habe ich wegen des Namens Tullius vermutet. Ich erinnere mich daran, ihn auf der Straße nach Pompei mehr als einmal gehört zu haben – möglicherweise in Aquinum, Interamna, Arpinum –«

»Genau«, bestätigte Tiro nickend. »Cicero hat überall in der Gegend Verwandte. Er selbst wurde in Arpinum geboren.«

»Aber er hat dort nicht länger als bis zu seinem, mhm, neunten oder zehnten Lebensjahr gelebt.«

»Ja – er war acht, als seine Familie nach Rom gezogen ist. Aber woher weißt du das?«

Bast hatte die Jagd nach Libellen aufgegeben und strich um meine Knöchel. »Denk mal nach, Tiro. Mit zehn beginnt die formelle Ausbildung eines Bürgers, und angesichts seiner Kenntnisse der Philosophie und deiner eigenen Gelehrsamkeit vermute ich, daß dein Herr nicht in einem verschlafenen, kleinen Nest an der Straße nach Pompei ausgebildet worden ist. Und was die Tatsache betrifft, daß seine Familie seit höchstens einer Generation in Rom lebt, so bin ich davon ausgegangen, weil mir der Name Cicero nicht bekannt ist. Hätte sie seit meiner Jugend hier gelebt, hätte ich zumindest irgendwann einmal von ihnen gehört – und einen solchen Namen würde ich nicht vergessen. Und was Ciceros Alter, seinen Reichtum und sein Interesse an Rhetorik und Philosophie angeht, so läßt sich das leicht an deiner Person ablesen, Tiro.«

»An mir?«

»Ein Sklave ist der Spiegel seines Herrn. Deine fehlende Vertrautheit mit den Gefahren übermäßigen Weinkonsums, deine Schüchternheit gegenüber Bethesda, all das deutet darauf hin, daß du einem Haus dienst, in dem auf Zurückhaltung und Anstand der größte Wert gelegt wird. Diese Atmosphäre kann nur der Herr selbst schaffen. Cicero ist offensichtlich ein Mann von rigiden Moralvorstellungen. Das wiederum könnte auf rein römische Tugenden hinweisen, aber deine Bemerkung über die Mäßigung in allen Dingen läßt eine Wertschätzung griechischer Tugenden und griechischer Philosophie erahnen. Außerdem wird im Haus Ciceros viel Wert auf Grammatik, Sprach- und Redekunst gelegt. Ich wage zu bezweifeln, daß du je selbst formell in einer dieser Disziplinen unterrichtet worden bist, aber ein Sklave kann sich sehr viel dadurch aneignen, daß er regelmäßig mit diesen Dingen in Berührung kommt. Darauf deuten deine Art zu reden, deine Manieren und deine gepflegte Stimme hin. Cicero hat ganz offensichtlich lange und fleißig an den Rednerschulen studiert.

Was zusammen genommen nur eins bedeuten kann: Er möchte Anwalt werden und Fälle vor der Rostra präsentieren. Das hätte ich schon daraus geschlossen, daß du überhaupt zu mir gekommen bist, um meine Dienste zu erbitten.

Die meisten meiner Klienten – zumindest die anständigen – sind entweder Politiker oder Rechtsanwälte oder beides.«

Tiro nickte. »Aber du wußtest auch, daß Cicero jung ist und noch am Anfang seiner Karriere steht.«

»Ja. Nun, wenn er ein etablierter Anwalt wäre, hätte ich schon von ihm gehört. Wie viele Fälle hat er vertreten?«

»Nur einen«, räumte Tiro ein, »und nichts, wovon du etwas gehört hättest – eine einfache Partnerschaftssache.«

»Was seine Jugend und Unerfahrenheit nur bestätigt. Genau wie die Tatsache, daß er dich überhaupt geschickt hat. Könnte man sagen, daß du Ciceros verläßlichster Sklave bist? Sein Lieblingsdiener?«

»Sein persönlicher Sekretär. Ich bin schon mein ganzes Leben lang bei ihm.«

»Hast seine Bücher zu den Unterrichtsstunden getragen, ihn in Grammatik abgefragt, seine Unterlagen für seinen ersten Fall vor der Rostra vorbereitet.«

»Genau.«

»Dann gehörst du nicht zu der Sorte Sklave, wie sie die meisten Advokaten losschicken würden, wenn sie die Dienste von Gordianus dem Sucher bemühen wollen. Nur ein Grünschnabel von einem Anwalt, dem die allgemeinen Gepflogenheiten peinlicherweise unbekannt sind, würde sich die Mühe machen, seine rechte Hand zu mir zu senden. Ich fühle mich geschmeichelt, auch wenn das gar nicht beabsichtigt war. Als Zeichen meiner Dankbarkeit verspreche ich, niemandem zu erzählen, daß Marcus Tullius Cicero sich zum Trottel gemacht hat, indem er seinen besten Sklaven ausgesandt hat, um den erbärmlichen Gordianus abzuholen, den Erforscher von Misthaufen und Eindringling in Hornissennester. Das würde sie mehr amüsieren, als Ciceros Name das je könnte.«

Tiro runzelte die Stirn. Ich blieb mit der Spitze einer Sandale an einer Weidenwurzel unweit des Ufers hängen, stieß mir den Zeh und unterdrückte einen Fluch.

»Du hast recht«, sagte Tiro leise und klang sehr ernst. »Er ist ziemlich jung, genau wie ich. Er kennt noch längst nicht all die kleinen Tricks der juristischen Profession, die albernen Gesten und leeren Förmlichkeiten. Aber er weiß, woran er glaubt, und das ist mehr, als man von den meisten Anwälten behaupten kann.«

Ich betrachtete meinen Zeh und war überrascht, daß er nicht blutete. In meinem Garten gab es Götter, bäuerlich, wild und unzivilisiert wie der Garten selbst. Sie hatten mich bestraft, weil ich einen jungen, naiven Sklaven gehänselt hatte. Ich hatte es verdient. »Loyalität steht dir, Tiro. Wie alt genau ist dein Herr?«

»Cicero ist sechsundzwanzig.«

»Und du?«

»Dreiundzwanzig.«

»Beide ein wenig älter, als ich geschätzt hätte. Dann bin ich nicht zehn Jahre älter als du, Tiro, sondern nur sieben. Aber auch sieben Jahre können einen Riesenunterschied machen«, sagte ich und sinnierte über die Leidenschaft junger Männer, die Welt zu verändern. Eine Welle der Nostalgie erfaßte mich wie der leichte Luftzug, der durch die Weidenblätter über unseren Köpfen raschelte. Ich warf einen Blick auf den Teich und sah unsere Spiegelbilder im Wasser, das in der Sonne glitzerte. Ich war größer als Tiro, mit breiteren Schultern und auch um die Hüfte kräftiger gebaut. Mein Kinn war ausgeprägter, meine Nase platter und gebogener, und meine Augen waren kein bißchen lavendelblau. Sie waren von einem dunklen römischen Braun. Bis auf unsere ungebändigten schwarzen Locken hatten wir anscheinend nichts gemeinsam, wobei meine von ersten grauen Strähnen durchzogen werden.

»Du hast eben Quintus Hortensius erwähnt«, sagte Tiro. »Woher wußtest du, daß er dich Cicero empfohlen hat?«

Ich lachte leise. »Das wußte ich nicht. Nicht sicher jedenfalls. Dein erstaunter Gesichtsausdruck hat mir jedoch sofort bestätigt, daß ich richtig lag. Und nachdem ich sicher wußte, daß Hortensius mit der Sache zu tun hatte, war mir alles klar.

Laß mich erklären. Einer von Hortensius' Männer war vor etwa zehn Tagen hier und hat mich wegen eines Falles ausgehorcht. Der Typ, der immer kommt, wenn Hortensius meine Hilfe braucht – nur der Gedanke an die Kreatur läßt mich erschaudern. Wo finden Männer wie Hortensius bloß immer so abscheuliche Gestalten? Warum landen sie am Ende immer alle in Rom, wo sie sich gegenseitig die Kehle durchschneiden? Aber von dieser Seite der juristischen Zunft wirst du natürlich nichts wissen. Noch nicht.

Wie dem auch sei, dieser Mann von Hortensius kommt also zu mir. Stellt einen Haufen unzusammenhängender Fragen und sagt mir nichts – große Geheimniskrämerei, großes Getue, das übliche Herumscharwenzeln, das diese Typen vom Stapel lassen, wenn sie herauskriegen wollen, ob sich die Gegenseite mit dir wegen eines Falls schon in Verbindung gesetzt hat. Sie denken immer, daß der Feind eher da war und du trotzdem so tust, als wolltest du ihnen helfen, um ihnen im letzten Moment in den Rücken zu fallen. Ich vermute, das würden sie an meiner Stelle tun.

Schließlich zieht er wieder seine Wege und hinterläßt einen Gestank im Foyer, den Bethesda nicht mit drei Tagen Schrubben wieder auslöschen kann. Die beiden einzigen Hinweise darauf, wovon er eigentlich geredet hat, waren der Name Roscius und die Stadt Ameria. Ob ich ihn kennen würde oder schon einmal dort gewesen sei? Roscius ist natürlich der Name eines berühmten Komikers, einer von Sullas Lieblingskomödianten, wie jedermann weiß. Aber den hatte er nicht gemeint. Ameria ist ein kleines Städtchen oben im umbrischen Bergland, etwa fünfzig Meilen nördlich von Rom. Außer der Landwirtschaft gibt es wenig, was einen dorthin ziehen könnte. Also lautete meine Antwort zweimal nein.

Ein oder zwei Tage verstrichen, und Hortensius' Faktotum kam nicht zurück. Mein Interesse war geweckt. Ein paar Fragen hier und da – es bedurfte keiner großen Nachforschungen, um herauszufinden, worum es ging: der Fall eines Vatermordes, der vor der Rostra zur Verhandlung anstand. Sextus Roscius aus der Stadt Ameria ist angeklagt, hier in Rom die Ermordung seines Vaters geplant zu haben. Seltsam – niemand scheint viel über die Sache zu wissen, aber jeder erklärt mir, daß ich lieber die Finger davon lassen sollte. Ein häßliches Verbrechen, sagen sie, und daß es garantiert einen häßlichen Prozeß geben würde. Ich wartete die ganze Zeit darauf, daß Hortensius erneut mit mir in Kontakt trat, aber sein Monster tauchte nie wieder auf. Vor zwei Tagen hörte ich dann, daß Hortensius die Verteidigung niedergelegt hat.«

Ich warf einen Seitenblick zu Tiro. Er hatte die Augen gesenkt und sah mich kaum an, aber ich konnte die Intensität seiner Konzentration förmlich spüren. Er war ein ausgezeichneter Zuhörer. Wäre er etwas anderes als ein Sklave gewesen, hätte er sicher einen guten Schüler abgegeben, dachte ich; und in einem anderen Leben, in einer anderen Welt wäre ich vielleicht ein guter Lehrer junger Männer gewesen.

Ich schüttelte den Kopf. »Hortensius und seine Kreatur und dieser geheimnisvolle Prozeß – ich hatte sie komplett aus meinen Gedanken verbannt. Dann stehst du auf einmal vor meiner Tür und sagst etwas von einer ›Empfehlung‹. Von wem? Möglicherweise von Hortensius, dachte ich, der es offenbar für klüger gehalten hat, diesen Fall von Vatermord an einen Kollegen abzugeben. An einen jüngeren Advokaten mit vermutlich geringerer Erfahrung. Einen Anwalt am Beginn seiner Karriere, der die Aussicht auf einen bedeutenden Fall oder zumindest einen Fall, bei dem eine so grausame Strafe droht, aufregend finden könnte. Einen Anwalt, der es nicht besser weiß – der nicht in einer

Position ist zu wissen, was immer Hortensius weiß. Nachdem du bestätigt hattest, daß in der Tat Hortensius mich empfohlen hatte, war der Rest der Erklärung leicht, geleitet von den Reaktionen in deinem Gesicht – das übrigens so klar und leicht zu lesen ist wie Catos Latein.« Ich zuckte die Schultern. »Ein wenig Logik, ein wenig Instinkt. In meinem Gewerbe habe ich beides anzuwenden gelernt.«

Wir gingen eine Weile schweigend weiter. Dann lächelte Tiro und lachte schließlich. »Du weißt, warum ich gekommen bin. Und du weißt, was ich dich fragen wollte. Ich mußte kaum etwas sagen. Du machst es mir sehr leicht.«

Ich zuckte erneut die Schultern und spreizte meine Hände in einer typisch römischen Geste falscher Bescheidenheit.

Tiro runzelte die Stirn. »Wenn ich jetzt nur *deine* Gedanken lesen könnte – aber ich fürchte, da muß ich noch ein wenig üben. Oder bedeutet die Tatsache, daß du mich so gut behandelt hast, schon, daß du einverstanden bist – daß du Cicero deine Dienste zur Verfügung stellen wirst? Hortensius hat ihm erklärt, wie du arbeitest und welches Honorar du erwartest. Wirst du es tun?«

»Was tun? Ich fürchte, meine Fähigkeit, Gedanken zu lesen, endet hier. Du wirst dich schon etwas präziser ausdrücken müssen.«

»Wirst du mitkommen?«

»Wohin?«

»Zu Ciceros Haus.« Tiro sah mein ausdrucksloses Gesicht und bemühte sich um eine noch deutlichere Erklärung. »Um ihn zu treffen und den Fall mit ihm zu besprechen.«

Ich blieb so abrupt stehen, daß meine Sandalen tatsächlich eine kleine Staubwolke aufwirbelten. »Dein Herr hat wirklich nicht die leiseste Ahnung von Etikette, was? Er bittet mich in sein Haus. *Mich*, Gordianus den Sucher? Als Gast? Sehr merkwürdig. Ja, ich glaube, ich möchte diesen Marcus Tullius Cicero unbedingt kennenlernen. Und er braucht weiß der Himmel meine Hilfe. Das muß ja ein ganz seltsamer Mensch sein. Ja, natürlich werde ich kommen. Laß mir nur ein wenig Zeit, mich passender zu kleiden. Meine Toga am besten. Und Schuhe, keine Sandalen. Es dauert nur einen Moment. Bethesda! *Bethesda*!«

# Zwei

Die Strecke von meinem Haus auf dem Esquilinischen Hügel zu Ciceros Anwesen unweit des Kapitolinischen würde zu Fuß mehr als eine Stunde in Anspruch nehmen. Wahrscheinlich hatte Tiro nur halb so lange gebraucht, aber er war auch schon bei Dämmerung aufgebrochen. Wir machten uns hingegen zur geschäftigsten Morgenstunde auf den Weg, in der die Straßen Roms vor Menschen wimmeln, die von den ewigen Antriebskräften Hunger, Gehorsam und Gier aus dem Schlaf gerissen worden sind.

Zu dieser Tageszeit sieht man mehr Haussklaven auf den Straßen als irgendwann sonst. Sie huschen auf unzähligen Botengängen durch die Stadt, überbringen Nachrichten, tragen Pakete, machen Besorgungen und Einkäufe von Markt zu Markt. Sie tragen mit sich den Geruch von Brot, frisch gebacken in Tausenden von Steinöfen, aus denen schlanke Rauchfahnen aufsteigen wie ein tägliches Opfer für die Götter. Sie tragen den Geruch von Fisch, frisch gefangenem Süßwassergetier aus den nahen Fluten des Tibers oder auch exotischeren Exemplaren, die über Nacht aus dem Hafen von Ostia flußaufwärts geschifft werden – schlammbedeckte Mollusken und große Meeresfische, glitschige Kraken und Tintenfische. Sie tragen den Geruch von Blut, der von abgetrennten Gliedmaßen oder sorgfältig ausgelösten Organen von Rindern, Hühnern, Schweinen und Schafen stammt, in Tuch gewickelt oder über die Schulter geworfen, bestimmt für die Tische ihrer Herren und deren ohnehin schon geschwollene Bäuche.

Keine andere Stadt kann es an schierer Lebenskraft aufnehmen mit Rom zur Hauptgeschäftszeit am Vormittag. Rom erwacht mit einem selbstzufriedenen Räkeln und tiefen Einatmen, das die Lungen belebt und den Puls beschleunigt. Rom erwacht mit einem Lächeln aus rosigen Träumen, weil Rom jeden Abend mit dem Traum vom Imperium einschläft. Am Morgen schlägt es dann die Augen auf, bereit, diesen Traum am hellichten Tag wahr werden zu lassen. Andere Städte klammern sich an den Schlaf – Alexandria und Athen an die wohligen Träume der Vergangenheit, Pergamon und Antiochia an eine Tagesdecke von orientalischer Pracht, die kleinen Städte Pompei und Herculaneum an den Luxus, bis mittags liegenbleiben zu können. Rom hingegen schüttelt glücklich den Schlaf ab und beginnt sein Tagewerk. Rom muß sich an die Arbeit machen. Rom ist ein Frühaufsteher.

Rom ist viele Städte in einer. Wenn man die Stadt zu einer beliebigen Tageszeit durchquert, wird man stets zumindest einige ihrer Facetten entdecken. Für Menschen, die in einer Stadt vor allem Gesichter sehen, ist es zuerst und vor allem eine Sklavenstadt, weil es viel mehr Sklaven als Bürger und Freigelassene gibt. Sklaven sind überall, so allgegenwärtig und lebenswichtig für das Leben der Stadt wie das Wasser des Tibers oder das Licht der Sonne. Sklaven sind Roms Lebenssaft.

Sie sind von jeder Rasse und Art. Einige sind ihrer Herkunft nach nicht von ihren Herren zu unterscheiden. Sie gehen besser gekleidet und edler gewandet durch die Straßen als viele freie Bürger. Ihnen mag zwar die Toga fehlen, doch ihre Tuniken sind aus mindestens ebenso kostbarem Material. Andere sehen unvorstellbar erbärmlich aus, wie die pockennarbigen, halb schwachsinnigen Arbeiter, die sich in unordentlicher Formation durch die Straßen schleppen, nackt bis auf ein Stück Stoff, das ihr Geschlecht bedeckt, mit Ketten an den Fußgelenken aneinander geschmiedet und schwere Gewichte tragend, bewacht von Schlägern mit langen Peitschen und zusätzlich gequält von den Fliegenschwärmen, die sie wie Wolken umschwirren, wohin sie auch gehen. Sie sind unterwegs zu den Minen oder Galeeren oder um das tiefe Fundament für das Haus eines reichen Mannes auszuschachten, unterwegs zu einem frühen Grab.

Wer beim Betrachten einer Stadt keine Menschen, sondern Stein sieht, für den ist Rom eine überwältigende Stadt des Kultes. Rom ist schon immer eine fromme Stadt gewesen, in der man jedem Held und allen Göttern, die man für den Traum vom Imperium möglicherweise als Verbündete gewinnen konnte, stets freigiebig (wenn auch nicht immer ehrlich) geopfert hat. Rom verehrt die Götter und liebt seine Toten. Tempel, Altäre, Schreine und Statuen im Überfluß. An jeder Ecke kann einem unvermittelt der Duft von Weihrauch entgegenschlagen. Man kann eine schmale, gewundene Straße hinuntergehen in einem Viertel, das man seit Kindheitstagen kennt, und plötzlich ein Wahrzeichen entdecken, das man nie zuvor bemerkt hat – eine winzige, grobschlächtige Statue irgendeines vergessenen etruskischen Gottes, die in einer Mauernische aufgestellt oder hinter einem wilden Fenchelstrauch verborgen ist, ein Geheimnis, das nur die Kinder kennen, die in diesen Gassen spielen, und die Bewohner des Hauses, in denen dieser vergessene und machtlose Gott als Hausgottheit verehrt wird. Man kann sich unvermittelt vor einem kompletten Tempel wiederfinden, unvorstellbar alt, so alt, daß er nicht aus Ziegel oder Marmor, sondern aus wurmzerfressenem Holz gebaut ist, der düstere Innenraum längst jeden Hinweises auf das göttliche Wesen beraubt, das hier einst residierte, aber trotzdem aus irgendeinem Grund, an den sich kein Lebender mehr erinnern kann, noch immer für heilig gehalten.

Andere Sehenswürdigkeiten sind Besonderheiten ihres speziellen Viertels. Nehmen Sie beispielsweise meine Nachbarschaft mit ihrer seltsamen Mischung aus Tod und Lust. Mein Haus liegt ein kleines Stück den Esquilin hinauf. Oberhalb befindet sich das Quartier der Arbeiter aus der Leichenhalle, die sich um das Fleisch der Toten kümmern – Einbalsamierer, Parfumierer und Heizer der Öfen. Tag und Nacht steigt vom Gipfel des Hügels eine fette Rauchsäule auf, dicker und schwärzer als irgendeine andere in dieser Stadt des Qualms, und mit dem seltsam-süßlichen Geruch versengenden Fleisches, den man sonst nur auf Schlachtfeldern wahrnimmt. Unterhalb meines Hauses, am Fuß des Hügels, liegt die berüchtigte Subura, die größte Ansammlung von Tavernen, Spielhäusern und Bordellen westlich von Alexandria. Die Nähe solch ungleicher Nachbarn – die Krämer des Todes auf der einen, die Händler der niedersten Gelüste des Lebens auf der anderen Seite – kann zu sonderbaren Begegnungen führen.

Tiro und ich stiegen den gepflasterten Pfad hinunter, der steil von meiner Haustür entlang den grob verputzten Mauern meiner Nachbarn abfiel. »Sei an dieser Stelle vorsichtig«, warnte ich und zeigte auf einen Fleck, an dem uns, wie ich wußte, eine frische Ladung Exkremente erwartete, die von den Bewohnern des Hauses zur Linken über die Mauer geworfen worden war. Tiro wich nach rechts aus, den Haufen nur knapp verfehlend, und rümpfte die Nase.

»Das lag auf dem Hinweg aber noch nicht da«, sagte er lachend.

»Nein, sieht ziemlich frisch aus. Die Dame des Hauses«, erklärte ich ihm seufzend, »stammt aus einem hinterwäldlerischen Kaff in Samnium. Ich habe ihr schon hundertmal erklärt, wie das öffentliche Abwassersystem funktioniert, aber sie erwidert immer nur: So haben wir es in Plutos Loch, oder wie dieses Drecksnest sonst heißen mag, auch immer gemacht. Es bleibt nie lange liegen; irgendwann im Laufe des Tages sammelt der Mann, der hinter der Mauer zur Rechten wohnt, den Mist auf und transportiert ihn weg. Ich weiß auch nicht warum; dieser Pfad führt nur zu meiner

Tür – ich bin der einzige, der den Anblick ertragen muß und der einzige, der ständig Gefahr läuft hineinzutreten. Vielleicht stört ihn der Gestank. Vielleicht düngt er auch seinen Garten damit. Ich weiß nur, daß es einer der vorhersagbaren Abläufe meines Lebens ist – die Dame aus Plutos Loch schmeißt jeden Morgen die Familienscheiße über die Mauer, und der Mann von gegenüber schleppt sie vor Anbruch des Abends weg.« Ich schenkte Tiro mein freundlichstes Lächeln. »Das erkläre ich jedem, der mich möglicherweise zwischen Sonnenaufgang und Sonnenuntergang besucht. Sonst könntest du dir noch deine guten Schuhe ruinieren.«

Der Pfad wurde breiter. Die Häuser wurden kleiner und duckten sich näher aneinander. Schließlich erreichten wir den Fuß des Esquilin und traten auf die breite Via Subura. Ein Trupp Gladiatoren mit bis auf einen barbarischen Haarkamm kahlgeschorenen Köpfen taumelte aus der Höhle der Venus. Die Höhle ist berüchtigt dafür, ihre Gäste zu neppen, vor allem Touristen, aber auch Einheimische. Ich habe sie trotz der bequemen Nähe zu meinem Haus nie frequentiert. Geneppt oder nicht, die Gladiatoren sahen jedenfalls zufrieden aus. Sie stolperten auf die Straße, hielten sich gegenseitig an den Schultern und grölten, noch immer betrunken von einer offenbar langen und ausschweifenden Nacht, ein Lied, das so viele Melodien hatte wie ihr Chor Stimmen.

Am Rande der Straße löste sich eine Gruppe junger Trigon-Spieler in alle Richtungen auf, um den Gladiatoren Platz zu machen, bevor sie sich zur nächsten Runde versammelten, wobei jeder seine Position an einem Eckpunkt eines Dreiecks einnahm, das sie in den Staub gemalt hatten. Sie schlugen laut lachend einen Ball hin und her. Es waren fast noch Kinder, aber ich hatte sie oft genug den Seiteneingang der Höhle betreten oder verlassen sehen, um zu wissen, daß sie dort angestellt waren. Es war ein Zeugnis für die

Energie der Jugend, daß sie nach einer langen Arbeitsnacht im Bordell schon so früh wieder auf den Beinen waren und Ball spielten.

Wir bogen rechts ab und folgten den betrunkenen Gladiatoren auf der Via Subura in westlicher Richtung. Vor uns mündete eine weitere Straße vom Esquilin in eine breite Kreuzung. In Rom gilt die Regel: Je breiter eine Straße oder ein Platz, desto voller und unpassierbarer. Tiro und ich mußten hintereinander gehen und uns einen Weg durch das Gedrängel von Wagen und Tieren und improvisierten Markständen bahnen. Ich beschleunigte meinen Schritt und mahnte ihn über die Schulter, dicht hinter mir zu bleiben. Bald hatten wir die Gladiatoren eingeholt. Wie nicht anders zu erwarten, teilte sich die Menge vor ihnen wie Nebelfetzen in einer heftigen Böe. Tiro und ich folgten in ihrem Windschatten.

»Platz da!« rief auf einmal eine laute Stimme. »Macht Platz für die Toten!« Eine Schar Einbalsamierer in weißen Roben drängte sich, von rechts den Equilin herabkommend neben uns. Sie schoben eine schmale, längliche Karre, in der ein in Gaze eingewickelter Leichnam lag und in einem Kokon aus Wohlgerüchen zu schweben schien – Rosenöl, Nelkensalbe und unbekannte orientalische Gewürze. Wie immer hing der Gestank von Rauch an der Kleidung der Einbalsamierer und vermischte sich mit dem Geruch verbrennenden Fleischs, das von dem riesigen Krematorium auf dem Hügel hinabwehte.

»Platz da!« rief ihr Anführer und fuchtelte mit einer schmalen Rute herum, wie man sie etwa zur milden Bestrafung eines Sklaven oder Hundes verwenden würde. Er hieb lediglich in die Luft, aber die Gladiatoren nahmen Anstoß daran. Einer von ihnen riß dem Einbalsamierer die Rute aus der Hand. Sie segelte rotierend durch die Luft und hätte mich getroffen, wenn ich mich nicht geduckt hätte. Ich hörte einen überraschten Schmerzensschrei hinter mir, drehte mich jedoch nicht um. Ich blieb in der Hocke und faßte nach Tiros Ärmel.

Das Gedränge in der Masse war zu dicht, um zu entkommen. Anstatt sich still abzuwenden, wie es die Umstände nahelegten, drängten plötzlich von allen Seiten Fremde hinzu, die die in der Luft liegende Schlägerei witterten und Angst hatten, sie zu verpassen. Sie wurden nicht enttäuscht.

Der Einbalsamierer war ein kleiner Mann mit Kugelbauch, Falten und beginnender Glatze. Er erhob sich zu voller Größe und auf Zehenspitzen noch ein wenig darüber hinaus. Er schob sein Gesicht, außer sich vor Wut, vor das des Gladiators, verzog angeekelt die Nase, als er dessen Fahne wahrnahm – selbst dorthin, wo ich stand, wehte noch ein Hauch von Knoblauch und abgestandenem Wein herüber – und zischte ihn an wie eine Schlange. Der Anblick war völlig absurd, jämmerlich und alarmierend. Der riesige Gladiator antwortete mit einem lauten Rülpser und einem Schlag, der den Einbalsamierer rückwärts gegen den Karren schleuderte. Man hörte ein durchdringendes Knacken von Holz oder Knochen oder beidem, und dann brachen sowohl der Karren als auch der Einbalsamierer zusammen.

Ich packte Tiros Ärmel fester. »Hier entlang«, zischte ich und wies auf eine Lücke, die sich plötzlich in der Menschenmasse aufgetan hatte. Bevor wir sie erreichen konnten, war sie bereits wieder von neu herandrängenden Schaulustigen blockiert.

Tiro gab ein seltsames Geräusch von sich. Ich fuhr herum. Sein Gesichtsausdruck war eher noch seltsamer. Er blickte nach unten. Ich spürte einen harten, schweren Stoß gegen meine Knöchel. Die Karre hatte ihren Inhalt auf die Straße entleert. Das Leichentuch aus Gaze hatte sich entrollt, und der Leichnam war mit dem Gesicht nach oben vor meine Füße gekullert.

Es war die Leiche einer Frau, fast noch ein Mädchen. Sie war blond und blaß, wie alle blutleeren Leichen blaß sind.

Trotz ihres wachsartigen Fleisches sah sie aus, als sei sie einst eine bemerkenswerte Schönheit gewesen. Der Sturz hatte ihr Gewand zerrissen und eine einzelne Brust freigelegt, weiß und hart wie Alabaster, mit einer Brustwarze von der Farbe verblichener Rosen.

Ich warf einen Blick in Tiros Gesicht, der die Lippen vor spontaner, gedankenloser Lust geöffnet und doch in den Mundwinkeln aus gleichermaßen impulsivem Ekel herabgezogen hatte. Ich blickte auf und entdeckte eine weitere Lücke in der Menschenmenge. Ich machte einen Schritt darauf zu und zupfte an Tiros Ärmel, aber er blieb wie angewurzelt stehen. Ich zog fester. Jetzt würde es garantiert richtigen Ärger geben.

In diesem Moment vernahm ich das unverwechselbare metallische Gleiten eines Dolches, der aus der Scheide gezogen wurde, und in meinem Augenwinkel blitzte Stahl auf. Nicht einer der Gladiatoren hatte seine Waffe gezogen – die Gestalt stand auf der anderen Seite der Karre inmitten der Einbalsamierer. Ein Leibwächter? Ein Verwandter des toten Mädchens? Einen Augenblick später – so rasch, daß man nicht die Bewegung an sich, sondern nur die Verschiebung der Szenerie wahrnehmen konnte – tauchten Gestalt und Stahl auf unserer Seite der Karre auf. Man hörte ein seltsames, schlitzendes Geräusch, winzig, aber irgendwie endgültig. Der Gladiator krümmte sich, die Hände vor dem Bauch, vornüber. Er grunzte und stöhnte, aber das Geräusch ging in einem lauten kollektivem Kreischen unter.

Ich hatte das eigentliche Verbrechen oder den Täter gar nicht gesehen; ich war zu sehr damit beschäftigt, mir einen Weg durch die Menge zu bahnen, die beim ersten Blutstropfen auf dem Pflaster auseinandergestoben war wie Getreidekörner aus einem aufgerissenen Sack.

»Los, komm!« rief ich, Tiro hinter mir herziehend. Er starrte noch immer über die Schulter, auf das tote Mädchen und hatte, so glaubte ich, gar nicht gemerkt, was geschehen war. Aber als wir in Sicherheit waren, dem Gedrängel und Durcheinander, das weiter um den umgestürzten Karren tobte, glücklich entronnen, zog er mich zur Seite und sagte leise: »Wir sollten doch lieber umkehren, Herr. Wir waren schließlich Zeugen?«

»Zeugen von was?«

»Zeugen eines Mordes!«

»Ich hab nichts gesehen. Und du auch nicht. Du hast die ganze Zeit dieses tote Mädchen angestarrt.«

»Nein, ich habe alles gesehen.« Er schluckte schwer. »Ich habe einen Mord gesehen.«

»Das weißt du doch gar nicht. Vielleicht erholt sich der Gladiator ja wieder. Außerdem war er wahrscheinlich sowieso nur ein Sklave.« Der Ausdruck von Schmerz, der in Tiros Augen aufflammte, ließ mich innerlich zusammenzucken.

»Wir sollten trotzdem zurückgehen«, sagte Tiro nicht ohne Schärfe. »Die Messerstecherei war erst der Anfang. Es ist noch immer im Gange, siehst du? Inzwischen ist der halbe Marktplatz darin verwickelt.« Er zog die Brauen hoch, als sei ihm eine Idee gekommen. »Prozesse! Vielleicht braucht einer der Beteiligten einen guten Anwalt.«

Ich starrte ihn erstaunt an. »Meister Cicero kann sich wahrlich glücklich schätzen. Wie praktisch du doch bist, Tiro. Vor deinen Augen findet eine brutale Messerstecherei statt, und was siehst du? Geschäftliche Perspektiven.«

Tiro war durch mein Lachen gekränkt. »Aber einige Anwälte machen so eine Menge Geld. Cicero sagt, daß sich Hortensius nicht weniger als drei Sklaven hält, deren einzige Aufgabe es ist, durch die Straßen zu schlendern und die Augen nach potentiellen Fällen offen zu halten.«

Ich lachte erneut. »Ich wage zu bezweifeln, daß dein Cicero Lust hätte, den Gladiator oder dessen Besitzer zu vertreten. Oder, was wesentlicher ist, daß *sie* Lust hätten, mit deinem Herrn oder sonst einem Advokaten zu verhandeln. Die betroffenen Parteien werden sich auf übliche Weise um Gerechtigkeit bemühen: Blut für Blut. Wenn sie sich nicht selbst um die Sache kümmern – obwohl die Freunde des Ermordeten auf mich keineswegs einen feigen oder zaghaften Eindruck gemacht haben –, werden sie tun, was jeder tut: Sie heuern eine der Banden an. Die Bande spürt den Täter oder seinen Bruder auf und erdolcht im Gegenzug ihn, worauf die Familie des Opfers eine rivalisierende Bande anheuert, um diese Gewalttat zu vergelten, und so weiter. Das, Tiro, ist römische Justiz.«

Ich brachte ein Lächeln zustande, damit Tiro das Ganze als Witz betrachten konnte. Statt dessen bewölkte sich sein Gesicht weiter. »Römische Justiz«, sagte ich ernster, »für diejenigen, die sich keinen Anwalt leisten können oder vielleicht noch nicht einmal wissen, was ein Anwalt ist. Oder es wissen und ihnen nicht über den Weg trauen, weil sie alle Gerichte für eine großen Schwindel halten. Die beobachteten Ereignisse können genausogut die Fortsetzung wie der Beginn einer blutigen Fehde gewesen sein. Vielleicht hatte der Mann mit dem Messer gar nichts mit den Einbalsamierern oder dem toten Mädchen zu tun. Vielleicht hat er nur auf einen passenden Moment gewartet, seinen Schlag zu führen, und wer weiß, wie weit zurück dieser Streit schon reicht? Aus so etwas hält man sich am besten raus. Außerdem gibt es niemanden, an den man sich wenden könnte, um dem Ganzen Einhalt zu gebieten.«

Letzteres war tatsächlich wahr und ein unablässiger Quell des Erstaunens für Besucher aus fremden Hauptstädten oder sonst jemanden, der mit dem Leben in einer Republik unvertraut war: Rom hat keine Polizei. Es gibt keine bewaffnete städtische Körperschaft, die innerhalb der Stadtmauern für Ordnung hätte sorgen können. Gelegentlich schlägt ein der Gewalt überdrüssiger Senator die Aufstellung einer derartigen Truppe vor, aber sofort hält man ihm von allen Seiten entgegen: *»Aber wem soll diese Polizei unterstellt wer-*

*den?«* Und die Kritiker haben recht. In einem Land, das von einem König regiert wird, verläuft eine klare und gerade Linie der Loyalität vom einzelnen Polizisten bis zum Monarchen selbst. Rom hingegen ist eine Republik (die zwar zu der Zeit, von der ich schreibe, von einem Diktator regiert wurde, aber im Einklang mit der Verfassung und nur vorübergehend). In Rom würde derjenige, der sich mittels Intrigen und Komplotten zum Chef einer solchen Polizei ernennen ließe, die Truppe schlicht für die Beförderung seiner eigenen Interessen benutzen, während seine Günstlinge die größten Probleme hätten zu entscheiden, von wem sie das fetteste Bestechungsgeld annehmen und ob sie dem großzügigen Spender tatsächlich loyal dienen oder ihm doch in den Rücken fallen sollten. Eine Polizei würde bloß als Machtinstrument im Kampf einer Fraktion gegen die andere dienen und damit lediglich eine weitere Bande darstellen, mit der die Öffentlichkeit sich herumzuschlagen hätte. Rom zieht es vor, ohne Polizei zu leben.

Wir entfernten uns von dem Platz und verließen auch die Via Subura. Ich führte Tiro durch eine enge Gasse, die ich kannte, eine Abkürzung. Wie die meisten Straßen Roms ist sie namenlos. Ich nenne sie einfach die enge Gasse.

Die Straße war düster und moderig, kaum mehr als ein Spalt zwischen zwei hohen Mauern. Die Ziegel und Pflastersteine waren mit kleinen Wasserperlen und Schimmel überzogen. Die Mauern selbst schienen zu schwitzen; die Pflastersteine atmeten einen feuchten Dunst aus, einen fast animalischen Geruch, ranzig und nicht völlig unangenehm. Es war eine Straße, die das Sonnenlicht nie sah, die nie von ihrer Wärme getrocknet, nie von ihrem Licht gereinigt wurde – im Hochsommer dunstig wie eine Waschküche, im Winter von Eis bedeckt, und immerzu feucht. Es gibt Tausende solcher Straßen in Rom, winzige Mikrokosmen, von der großen Welt abgeteilt, zurückgezogen und selbstgenügsam.

Die Gasse war zu schmal, um nebeneinander zu gehen. Tiro marschierte hinter mir. An seiner Stimme konnte ich hören, daß er sich weiter fortwährend über die Schulter umsah, und an dem leichten Zittern darin, wie nervös er war. »Passieren in diesem Viertel viele Messerstechereien?«

»In der Subura? Dauernd. Am hellichten Tag. Das ist in diesem Monat schon die vierte, von der ich gehört habe, obwohl es die erste ist, die ich tatsächlich gesehen habe. Das bringt das Wetter mit sich. Aber eigentlich ist es in der Subura nicht schlimmer als überall sonst. Man kann genausogut auf dem Palatin die Kehle durchgeschnitten bekommen oder, was das angeht, auch mitten auf dem Forum.«

»Cicero sagt, daß es Sullas Schuld ist.« Der Satz hatte in kühnem Tonfall begonnen, endete jedoch merkwürdig zurückgenommen und mit einem Stocken in der Stimme. Ich mußte Tiros Gesicht nicht sehen, um zu wissen, daß er wieder rot geworden war. Das war unbesonnen von einem Bürger, unseren geliebten Diktator zu kritisieren. Und noch unbesonnener von einem Sklaven, es so sorglos zu wiederholen. Ich hätte es dabei belassen sollen, aber meine Neugier war geweckt.

»Dann ist dein Herr also kein Bewunderer Sullas?« Ich bemühte mich um einen möglichst beiläufigen Ton, um Tiro zu beruhigen, aber er antwortete nicht.

»Cicero hat Unrecht, weißt du, wenn er das wirklich glaubt – daß alles Verbrechen und Chaos in Rom Sullas Schuld ist –, obwohl Sulla bestimmt seinen Teil dazu beigetragen hat.« Damit hatte ich mich selbst auf dünnes Eis begeben. Aber Tiro sagte noch immer nichts. Hinter mir gehend, mußte er mir nicht in die Augen sehen und konnte einfach so tun, als habe er nichts gehört. Sklaven lernen früh, Taubheit und Geistesabwesenheit vorzutäuschen. Ich hätte stehenbleiben, mich umdrehen und ihn direkt ansehen können, aber das hätte der Sache doch zuviel Gewicht verliehen.

Trotzdem konnte ich nicht von dem Thema lassen. Irgend etwas an der bloßen Erwähnung des Namens Sullas entfacht ein Feuer in jedem Römer, egal ob Freund oder Feind, Komplize oder Opfer.

»Die meisten Menschen halten Sulla zugute, daß er die Ordnung in Rom wiederhergestellt hat. Vielleicht zu einem sehr hohen Preis und nicht ohne ein Blutbad – aber Ordnung ist Ordnung, und es gibt nichts, was die Römer höher schätzen. Doch ich nehme an, Cicero sieht das anders?«

Tiro sagte nichts. Die enge Gasse wand sich nach rechts und links, so daß man nie mehr als ein paar Meter weit sehen konnte. Hin und wieder kamen wir an einer Tür oder einem Fenster vorbei, die ein Stück in die Mauer eingelassen und ausnahmslos geschlossen waren. Wir hätten kaum ungestörter sein können.

»Natürlich ist Sulla ein *Diktator*«, sagte ich. »Das beunruhigt den römischen Geist. Wir sind alle freie Bürger – zumindest diejenigen von uns, die keine Sklaven sind. Aber schließlich ist ein Diktator kein König, versichern uns jedenfalls die Gesetzgeber. Eine Diktatur ist völlig legal, solange der Senat seine Zustimmung erteilt. Und natürlich nur im Fall eines Notstands. Zeitlich begrenzt. Wenn Sulla seine Vollmachten jetzt schon drei Jahre ausübt, anstatt der gesetzlich vorgeschriebenen zwölf Monate – na, dann ist es vielleicht das, was deinen Herrn stört. Daß es nicht korrekt ist.«

»Bitte«, flüsterte Tiro angespannt. »Du solltest nicht weiter davon reden. Man weiß nie, wer mithört.«

»Ah, die Mauern selbst haben Ohren – noch so eine Weisheit von Meister Kichererbses vorsichtigen Lippen?«

Das brachte ihn schließlich doch in Wallung. »Nein! Cicero sagt immer, was er denkt – er hat genausowenig Angst, offen seine Meinung zu äußern, wie du. Und er weiß sehr viel mehr über Politik, als du ihm zuzutrauen scheinst. Aber er ist nicht tollkühn. Cicero sagt: Wenn ein Mann nicht äußerst versiert in der Kunst der Rhetorik ist, können seine öffentlich geäußerten Worte so rasch seiner Kontrolle entfliehen wie Blätter im Wind. Eine unschuldige Wahrheit kann zu einer fatalen Lüge verdreht werden. Deswegen hat er mir verboten, außerhalb seines Hauses über Politik zu reden. Oder mit nicht vertrauenswürdigen Fremden.«

Jetzt hatte er es mir gegeben. Sowohl sein Schweigen wie auch sein Zorn waren berechtigt. Ich hatte ihn absichtlich geködert. Aber ich entschuldigte mich nicht, nicht einmal in der weitschweifigen und steifen Art, in der sich Freigeborene manchmal bei ihren Sklaven entschuldigen. Alles, was zu einem genaueren Bild von Cicero beitrug, bevor ich ihn persönlich traf, war den geringfügigen Preis wert, seinen Sklaven zu beleidigen. Außerdem sollte man einen Sklaven sehr gut kennen, bevor man ihn wissen läßt, daß einem seine Frechheit gefällt.

Wir gingen weiter. Die enge Gasse verbreiterte sich gerade so weit, daß zwei Personen nebeneinander gehen konnten. Tiro holte ein wenig auf, hielt sich jedoch nach wie vor ein Stückchen links hinter mir, um einen formellen Abstand zu wahren. In der Nähe des Forums stießen wir wieder auf die Via Subura. Tiro sagte, es sei kürzer, direkt über das Forum zu gehen, anstatt einen Bogen darum zu machen. Also durchquerten wir das Herz der Stadt, das Rom der Touristen mit seinen großzügig angelegten Höfen und Brunnen, Tempeln und Plätzen, wo die Gesetze gemacht und die bedeutendsten Götter in ihren prächtigen Häusern verehrt wurden.

Wir kamen auch an der Rostra selbst vorbei, einem hohen, mit den Schnäbeln erbeuteter Schiffe verzierten Sokkel, von dem aus die Redner und Advokaten bei den wichtigsten Streitfällen der römischen Justiz ihre Plädoyers hielten. Wir erwähnten den Diktator Sulla mit keinem weiteren Wort, aber ich fragte mich unwillkürlich, ob Tiro, genau wie ich, an den Anblick dachte, der sich nur ein Jahr zuvor an genau dieser Stelle geboten hatte, als die abgeschlagenen und auf Stöcke gespießten Köpfe von Sullas Feinden täglich zu Hunderten das Forum gesäumt hatten. Das Blut seiner Opfer war noch immer in Form rostfarbener Flecken auf dem ansonsten makellos weißen Stein zu sehen.

# Drei

Ciceros Haus war, wie Tiro gesagt hatte, um einiges kleiner als meines. Von außen wirkte es fast demonstrativ bescheiden und gesetzt, ein einstöckiges Gebäude ohne eine einzige Verzierung. Die Fassade zur Straße war völlig nackt, nichts weiter als eine gelblich verputzte Mauer mit einer schmalen Holztür.

Die offenkundige Bescheidenheit von Ciceros Haus bedeutete nicht viel. Denn natürlich befanden wir uns in einer der teuersten Wohngegenden Roms, wo das Ausmaß eines Anwesens wenig über den Wohlstand seines Besitzers aussagt. Hier konnte selbst das kleinste Haus genausoviel kosten wie ein ganzer Straßenzug von Villen in der Subura. Außerdem vermeiden die wohlhabenden Schichten Roms bei ihren Häusern traditionell jeden Prunk, zumindest nach außen. Sie halten das für eine Frage des guten Geschmacks. Ich habe allerdings eher den Verdacht, daß es etwas mit ihrer Furcht zu tun hat, eine vulgäre Zurschaustellung ihres Reichtums könnte den Neid des Pöbels wekken. Überdies sollte man bedenken, daß eine kostspielige Außendekoration wesentlich leichter zu stehlen ist als das was man sicher im Innern des Hauses ausstellt.

Solche Kargheit und Zurückhaltung gelten nach wie vor als ein Ideal. Trotzdem habe ich im Verlauf meines Lebens eine deutliche Neigung zur öffentlichen Opulenz feststellen können. Das gilt besonders für die Jungen und Ehrgeizigen, vor allem diejenigen, deren Reichtum mit dem Erwachen des Bürgerkriegs und Sullas Triumph zu sprudeln begonnen hatte. Sie stocken ihre Häuser um eine Etage auf, legen auf ihren Dächern Porticos an und stellen aus Griechenland importierte Statuen auf.

Nichts dergleichen in der Straße, in der Cicero lebte. Der Anstand regierte. Die Häuser drehten der Straße ihren Rücken zu und waren nach innen gewandt; einem Fremden, der vorbeikam, hatten sie nichts zu sagen, sie bewahrten ihr geheimes Innenleben für die Privilegierten, die Zutritt hatten.

Die Straße war kurz und ruhig. An keinem Ende gab es Marktstände; fliegende Händler wußten, daß sie die Stille besser nicht störten. Unter mir graue Pflastersteine, über mir der blaßblaue Himmel und zu beiden Seiten ausgebleichter Putz, vom Regen verwaschen und von der Hitze rissig; sonst waren keine Farben erlaubt, am allerwenigsten grün – kein einziges unbotmäßiges Kraut sproß irgendwo aus dem Pflaster, von einer Blume oder einem Baum ganz zu schweigen. Sogar die Luft, die geruchlos und heiß vom Boden aufstieg, atmete die sterile Reinheit römischer Tugend.

Selbst inmitten solch allgemeiner Zurückhaltung wirkte Ciceros Haus besonders karg. Es war ironischerweise so unauffällig, daß es einem schon wieder ins Auge fiel – *dort*, so könnte man meinen, *dort* steht die ideale Wohnstatt für einen wohlhabenden Römer von äußerst seltener römischer Tugendhaftigkeit. Das kleine Haus sah so schmal und bescheiden aus, daß man es für die Behausung einer vormals reichen römischen Matrone hätte halten können, die jetzt als Witwe zu einer bescheideneren Lebensführung gezwungen war; oder vielleicht das Stadthaus eines vermögenden Bauern vom Lande, der nur gelegentlich geschäftlich in der Stadt zu tun hatte und bestimmt nie Urlaub machte; oder aber (und so war es in der Tat), ein solch bescheidenes Haus in einer so unauffälligen Straße gehörte einem Junggesellen mit erheblichen Mitteln und altmodischen Wertvorstellungen, ein in die Stadt gezogener Sohn auf dem Lande lebender Eltern, der sich aufgemacht hatte, sein Glück in den besseren Kreisen Roms zu machen, ein junger Mann von strenger römischer Tugend, der so selbstbewußt war, daß nicht einmal seine Jugend und sein Ehrgeiz ihn zu vulgären modischen Fehltritten verlocken konnten.

Tiro klopfte an die Tür.

Kurz darauf wurde sie von einem Sklaven mit grauem Bart geöffnet. Der Alte hatte wohl eine Art Schüttellähmung, denn sein Kopf war in ständiger Bewegung, wakkelte auf und ab und von links nach rechts und zurück. Es brauchte eine Weile, bis er Tiro erkannt hatte, wobei er linste und blinzelte und seinen Kopf mit dem schlanken Hals vorstreckte wie eine Schildkröte. Das Nicken hörte gar nicht auf. Schließlich lächelte er ein zahnloses Lächeln, trat zur Seite und riß die Tür weit auf.

Das Foyer war halbkreisförmig angelegt, wobei sich die gerade Wand in unserem Rücken befand. In der geschwungenen Wand vor uns befanden sich drei Türen, jeweils flankiert von schmalen Säulen und von einem Giebel gekrönt. Die dahinter liegenden Korridore wurden von prächtigen roten Vorhängen verdeckt, deren Saum kunstvoll mit einem gelben Akanthus-Motiv bestickt war. Griechische Stehlampen in beiden Ecken und ein nicht sonderlich originelles Bodenmosaik (Diana auf der Jagd nach einem Eber) vervollständigten die Inneneinrichtung. Es war genau, was ich erwartet hatte. Die Vorhalle war ähnlich zurückhaltend und geschmackvoll eingerichtet, um einen Gegensatz zu der strengen Fassade zu vermeiden, und doch so teuer ausgestattet, daß sich jeder Gedanke an Armut von vorneherein verbot.

Der alte Türsteher machte uns ein Zeichen zu warten. Schweigend und lächelnd verschwand er hinter dem Vorhang, der die Tür zu unserer Linken verhängte. Dabei hüpfte sein verschrumpelter Kopf auf und ab wie ein Korken auf seichten Wellen.

»Ein altes Familienfaktotum?« fragte ich. Ich wartete, bis

er außer Sicht war und hielt meine Stimme gesenkt. Der Alte hatte offensichtlich bessere Ohren als Augen, denn er hatte unser Klopfen sehr wohl gehört, so daß es unhöflich gewesen wäre in seiner Gegenwart über ihn zu reden, als ob er ein Sklave wäre, was er nicht war. Ich hatte an seinem Finger den Ring bemerkt, der ihn als Freigelassenen und Bürger kenntlich machte.

»Mein Großvater«, sagte Tiro mit mehr als nur ein wenig Stolz in der Stimme. »Marcus Tullius Tiro.« Er reckte seinen Hals und blickte zur Tür, als könne er durch den roten Vorhang sehen und den trippelnden Gang des alten Mannes den Flur hinunter beobachten. Ein Luftzug hob den bestickten Saum kurz an. Daraus schloß ich, daß die Tür zur Linken irgendwie an die frische Luft führen mußte, wahrscheinlich zum Atrium im Zentrum des Hauses, wo es sich Meister Cicero vermutlich in der Morgenhitze bequem machte.

»Dann dient deine Familie seit mindesens drei Generationen im Haushalt der Tullii?« sagte ich.

»Ja, obwohl mein Vater bereits starb, als ich noch sehr klein war, so daß ich ihn nie richtig kennengelernt habe. Genausowenig wie meine Mutter. Der alte Tiro ist alles, was ich an Familie habe.«

»Und wie lange ist es her, daß dein Herr ihn freigelassen hat?« fragte ich, weil es Ciceros Vor- und Familienname war, den der alte Mann zusätzlich zu seinem angestammten Sklavennamen trug. Es ist Tradition, daß ein freigelassener Sklave die ersten beiden Namen des Mannes übernimmt, der ihm die Freiheit schenkt, und sie vor seinen eigenen stellt.

»Das ist jetzt fünf Jahre her. Bis dahin gehörte er Ciceros Großvater in Arpinum. Auch ich gehörte ihm, obwohl ich seit meiner Kindheit bei Cicero bin. Der alte Herr hat Cicero die Eigentumsrechte übertragen, als Geschenk zum Abschluß seines Studiums und seinem ersten eigenen

Haushalt hier in Rom. Damals hat Cicero ihn auch freigelassen. Ciceros Großvater hätte sich nie die Mühe gemacht. Er glaubt nicht an die Freilassung, egal wie alt ein Sklave ist und wie lange und gewissenhaft er seinem Herrn gedient hat. Die Tullius-Familie mag ja aus Arpinum stammen, aber sie sind römisch bis ins Mark, eine sehr strenge und altmodische Familie.«

»Und du?«

»Ich?«

»Glaubst du, daß Cicero dich auch eines Tages freilassen wird?«

Tiro lief rot an. »Du stellst die merkwürdigsten Fragen, Herr.«

»Das ist nun mal meine Art. Und mein Beruf. Du mußt dir diese Frage doch schon selbst gestellt haben, mehr als einmal.«

»Tut das nicht jeder Sklave?« In Tiros Stimme lag keine Bitterkeit, nur ein blasser, unaufdringlicher Ton der Trauer, eine ganz spezielle Melancholie, die mir schon früher begegnet war. In diesem Augenblick wurde mir klar, daß der junge Tiro einer jener Sklaven war, die, weil sie über eine natürliche Intelligenz verfügten und inmitten von Wohlstand aufgewachsen waren, den Fluch der Erkenntnis zu tragen hatten, wie willkürlich und kapriziös die Launen des Schicksals sein konnten, die einen Menschen ein Leben lang zum Sklaven machten und einen anderen zum König, obwohl es zunächst keinen erkennbaren Unterschied zwischen beiden gab. »Eines Tages«, sagte er leise, »wenn mein Herr sich etabliert hat und ich älter bin. Welchen Sinn hat es überdies, frei zu sein, wenn man keine Familie gründen will? Das ist der einzige Vorteil, den ich sehen kann. Und das ist etwas, worüber ich nicht nachdenke. Jedenfalls nicht oft.«

Tiro wandte sein Gesicht ab und blickte zu der Tür, wo sein Großvater hinter dem Vorhang verschwunden war.

Dann sah er mich an, seine Miene wieder unter Kontrolle. Ich brauchte eine Weile, bis ich bemerkte, daß er lächelte. »Außerdem«, sagte er, »es ist besser zu warten, bis mein Großvater stirbt. Sonst gibt es zwei Freigelassene mit dem Namen Marcus Tullius Tiro, und wie würde man uns dann auseinanderhalten?«

»Wie hält man euch jetzt auseinander?«

»Ich bin Tiro, und er ist natürlich der alte Tiro.« Sein Lächeln wurde aufrichtiger. »Großvater reagiert nicht auf den Namen Marcus. Er glaubt, daß es Unglück bringt, wenn man ihn so nennt. Eine Versuchung der Götter. Außerdem ist er zu alt, sich an einen neuen Namen zu gewöhnen, obwohl er sehr stolz darauf ist. Es ist sowieso zwecklos, ihn zu rufen. Er geht nur noch an die Tür, und das kann ziemlich lange dauern. Ich glaube, meinem Herrn gefällt das. Cicero hält es für ein Zeichen guter Manieren, Gäste an der Tür warten zu lassen, und ein Ausdruck noch besserer Manieren, sie hier im Vorraum auf und ab marschieren zu lassen, während der alte Tiro sie anmeldet, zumindest bei ihrem ersten Besuch.«

»Ist es das, worauf wir im Moment warten? Angemeldet zu werden?«

Tiro verschränkte die Arme und nickte. Ich sah mich in dem Raum um. Es gab nicht einmal eine Bank, auf die man sich hätte setzen können. Überaus römisch, dachte ich.

Nach einer ganzen Weile kam der alte Tiro schließlich zurück und hob den Vorhang für seinen Herrn. Wie soll ich Marcus Tullius Cicero beschreiben? Die Schönen sehen alle gleich aus, aber ein häßlicher Mann ist auf ganz eigene Weise häßlich. Cicero hatte eine ausgeprägte Stirn, eine fleischige Nase, und sein Haar lichtete sich. Er war mittelgroß mit einer schmächtigen Brust, schmalen Schultern und einem langen Hals mit kräftigem Adamsapfel. Er sah wesentlich älter aus als sechsundzwanzig.

»Gordianus«, stellte Tiro mich vor. »Den sie den Sucher nennen.«

Ich nickte. Cicero lächelte freundlich. In seinen Augen lag ein rastloses, neugieriges Funkeln. Ich war sofort beeindruckt, ohne recht zu wissen, warum.

Und im nächsten Augenblick entsetzt, als Cicero den Mund aufmachte, um zu sprechen. Er sagte nur zwei Worte, aber das reichte. Er hatte eine schrille, kratzende Stimme. Tiro mit seinen wohlklingenden Modulationen hätte der Redner sein sollen. Cicero hatte eine Stimme, die einem Auktionator oder Komiker gut gestanden hätte, eine Stimme so seltsam wie sein Name. »Hier entlang«, sagte er und machte uns ein Zeichen, ihm durch den roten Vorhang zu folgen.

Der Flur war recht kurz, praktisch gar kein richtiger Flur. Wir gingen nur ein paar Schrittc zwischen kargen Wänden entlang, bevor die Mauern abrupt endeten. Rechts von uns hing ein breiter Vorhang von blaßgelber Gaze, so fein, daß ich dahinter ein kleines, aber makellos gepflegtes Atrium erkennen konnte. Unter offenem Himmel und in der prallen Sonne wirkte das Atrium wie ein aus dem Haus herausgeschnittener Brunnen, ein Speicher, der vor Hitze und Licht überzuquellen schien. In der Mitte plätscherte ein kleiner Quell vor sich hin. Der Gazevorhang bauschte sich und wogte sanft wie ein Nebel im Wind, wie eine lebende Membran, die beim leichtesten Luftzug aufseufzt.

Gegenüber dem Atrium lag ein großer, luftiger Raum, lichtdurchflutet durch die hohen, schmalen Dachfenster. Die Wände waren weiß getüncht. Die Möbel waren rustikal und aus dunklem, polierten Holz, verziert mit feinen Schnitzarbeiten, silbernen Griffen und Intarsien aus Perlmutt, Karneol und Azurstein.

Im ganzen Raum war eine erstaunliche Anzahl von Schriftrollen gelagert. Wir befanden uns in Ciceros Bibliothek und Arbeitszimmer. Solche Räume sind oft die intimsten Zimmer im Haus wohlhabender Männer, die mehr über ihre Bewohner verraten als Schlaf- oder Eßzimmer, die die Domäne der Frauen und Sklaven sind. Es war ein privater Raum, ganz individuell geprägt von dem Mann, der darin lebte, gleichzeitig aber auch ein öffentlicher Ort – wofür die Anzahl der Stühle sprach, die vereinzelt im Zimmer verteilt standen oder zu kleinen Gruppen zusammengerückt waren, so als wären sie eben erst von einer beieinander hockenden Besucherschar verlassen worden. Cicero wies auf eine Gruppe von drei Stühlen, setzte sich und forderte uns auf, ebenfalls Platz zu nehmen. Welche Art Mensch empfängt seine Gäste in der Bibliothek, anstatt im Eßzimmer oder auf der Veranda? Ein Mann mit einer Vorliebe für die griechische Kultur, dachte ich. Ein Gelehrter. Ein Liebhaber des Wissens und der Weisheit. Ein Mann, der eine Konversation mit einem ihm völlig Fremden mit der beiläufig listigen Frage eröffnet:

»Sag mir, Gordianus – hast du je daran gedacht, deinen Vater zu ermorden?«

# Vier

Wie mag mein Gesicht ausgesehen haben? Vermutlich konnte man Staunen, Erschrecken und Entsetzen darin aufleuchten sehen. Cicero sah alles und lächelte das gelassene Lächeln eines Redners, der weiß, daß er sein Publikum erfolgreich manipuliert hat. Schauspieler (und ich habe in meinem Leben eine ganze Reihe von ihnen gekannt) empfinden eine sehr ähnliche Befriedigung, den gleichen Kitzel der Macht. Der Hirte offenbart Ödipus die Wahrheit und löst mit einem einzigen Wort ein Aufstöhnen des Schocks und der Bestürzung aus, tausend Kehlen, die alle aufs Stichwort reagieren. Hinter seiner Maske lächelt der Hirte und geht ab.

Ich gab vor, geistesabwesend auf ein paar Rollen in der Nähe zu starren; aus dem Augenwinkel nahm ich wahr, daß Cicero mich noch immer beobachtete, um jede meiner Reaktionen abzuschätzen. Redner glauben immer, sie könnten jeden und alles mit ihren Worten kontrollieren. Ich setzte eine möglichst ausdruckslose Miene auf.

»Mein Vater«, setzte ich an, mußte jedoch innehalten, um mich zu räuspern, und haßte diese Unterbrechung, weil sie wie ein Zeichen von Schwäche wirken mußte. »Mein Vater ist bereits tot, geschätzter Cicero. Er starb vor vielen Jahren.« Der Schalk in seinen Augen schwand. Er legte die Stirn in Falten.

»Ich bitte um Verzeihung«, sagte er leise, mit einer angedeuteten Verbeugung. »Ich wollte dich nicht beleidigen.«

»Das hast du auch nicht.«

»Gut.« Nach einer angemessenen Frist glättete sich seine Stirn wieder. Ein verschmitzter Ausdruck nistete sich erneut in seinen Augen ein. »Dann hast du sicherlich nichts dagegen, wenn ich dieselbe Frage noch einmal stelle – rein hypothetisch natürlich. Mal angenommen also, nur angenommen, du hättest einen Vater, den du loswerden wolltest. Wie würdest du es anstellen?«

Ich zuckte die Schultern. »Wie alt ist der alte Herr?«

»Sechzig, fünfundsechzig.«

»Und wie alt bin ich – rein hypothetisch?«

»Um die vierzig.«

»Ich würde die Zeit für mich arbeiten lassen«, sagte er ich. »Was immer das Problem sein mag, die Zeit wird sich seiner annehmen, so sicher wie jedes andere Heilmittel.«

Cicero nickte. »Einfach warten, meinst du. Sich zurücklehnen und der Natur ihren Lauf lassen. Ja, das wäre unbedingt die einfachste Lösung. Und möglicherweise, wenn auch nicht unbedingt, die sicherste. Es wäre auf jeden Fall das, was die meisten Menschen tun würden, wenn sie sich mit einem Zeitgenossen konfrontiert sehen, dessen Existenz sie kaum ertragen können – besonders, wenn diese Person älter und schwächer ist als sie, besonders, wenn es sich um ein Mitglied der eigenen Familie handelt. Ganz besonders, wenn es der eigene Vater ist. Man erträgt die Unbilden und übt sich in Geduld. Soll die Zeit das Problem lösen. Schließlich lebt niemand ewig, und Kinder überleben normalerweise ihre Eltern.«

Cicero hielt inne. Die gelbe Gaze hob und senkte sich sanft, als habe das ganze Haus ausgeatmet. Der Raum wurde von Hitze durchströmt. »Aber die Zeit kann sich als ein kostspieliger Luxus erweisen. Sicher haucht ein alter Mann von fündundsechzig Jahren sein Leben irgendwann von alleine aus, wenn man lange genug wartet – obwohl er darüber möglicherweise ein Greis von fünfundachtzig wird.«

Cicero erhob sich aus seinem Stuhl und begann, auf und ab zu gehen. Er war kein Mann, der beim Reden stillsitzen konnte. Im Laufe der Zeit begann ich seinen ganzen Körper als Maschine zu begreifen – die entschlossenen Schritte seiner Beine, die fuchtelnden Arme, die Hände, die kleine nachdenkliche Gesten in der Luft formten, der geneigte Kopf, die auf und ab schwingenden Brauen. Keine dieser Bewegungen geschah aus Selbstzweck. Sie waren vielmehr alle irgendwie miteinander verbunden und in den Dienst seiner Stimme gestellt, jener seltsamen, erregenden und völlig faszinierenden Stimme – als ob sie ein Instrument und sein Körper die Maschinerie waren, die den Klang erzeugten; als ob seine Gliedmaßen und Finger die Hebel und Rädchen wären, die zur Hervorbringung der Töne nötig waren, die aus seinem Mund kamen. Der Körper war in Bewegung, und die Stimme ertönte.

»Stell dir vor«, sagte er – eine leichte Neigung des Kopfes, ein subtiler Schnörkel der Hand – »der Mann ist fünfundsechzig und lebt als Witwer hier in Rom. Keineswegs zurückgezogen. Er geht gerne zu Abendessen und Festen. Er liebt die Arena und das Theater. Er frequentiert die Bäder. Er ist sogar Stammgast – ich schwöre, mit fünfundsechzig! – in einem nahegelegenen Bordell. Sein Leben besteht nur aus Vergnügen. Er hat seinen Beruf aufgegeben. Oh, es gibt genug Geld, wertvolle Güter auf dem Land, Weinberge und Bauernhöfe – aber das kümmert ihn alles nicht mehr. Er hat die Verwaltung schon lange einem Jüngeren übertragen.«

»Mir«, sagte ich.

Cicero lächelte schwach. Wie alle Redner haßte er Unterbrechungen, aber die Frage bewies zumindet, daß ich zuhörte. »Ja«, sagte er, »rein hypothetisch. Dir. Seinem hypothetischen Sohn. Das Leben des alten Herrn besteht, wie gesagt, nur aus Vergnügungen, bei deren Verfolgung er Tag und Nacht, lediglich von seinen Sklaven begleitet, durch die Straßen zieht.«

»Er hat keine Leibwächter?« fragte ich.

»Keine nennenswerten. Zwei Sklaven begleiten ihn.

Mehr aus Bequemlichkeitsgründen als des Schutzes wegen.«

»Bewaffnet?«

»Wahrscheinlich nicht.«

»Mein hypothetischer Vater fordert das Unglück geradezu heraus.«

Cicero nickte. »In der Tat. Die Straßen Roms sind wohl kaum der Ort, an dem ein anständiger Bürger mitten in der Nacht herumgeistern sollte, schon gar nicht ein alter Mann. Vor allem, wenn er nach Geld aussieht und keinen bewaffneten Wächter hat. Tollkühn, so was! Sein Leben in die eigenen Hände legen, Tag für Tag – so ein alter Narr. Früher oder später wird er ein böses Ende finden, sollte man meinen. Doch er benimmt sich jahraus, jahrein so empörend fahrlässig, und nichts geschieht. Man beginnt zu glauben, ein unsichtbarer Geist oder Dämon schützt ihn, weil ihm nie etwas zustößt. Nicht ein einziges Mal wird er beraubt. Noch nicht einmal bedroht. Das Gefährlichste, was ihm begegnet, ist ein Bettler oder ein Betrunkener oder eine nachts durch die Straßen streifende Hure, und damit wird er mit einer Münze oder einem Wort zu seinen Sklaven fertig. Nein, die Zeit zeigt sich offenbar wenig kooperativ. Wenn man ihn sich selbst überläßt, könnte der alte Herr genausogut ewig leben.«

»Und wäre das so schlimm? Ich glaube, ich fange an, ihn zu mögen.«

Cicero zog eine Braue hoch. »Ganz im Gegenteil, du haßt ihn. Egal warum. Stell dir für den Augenblick nur vor, daß du ihn, aus welchem Grund auch immer, tot sehen willst. Unbedingt.«

»Die Zeit wäre noch immer die einfachste Lösung. Fünfundsechzig, hast du gesagt – wie steht es mit seiner Gesundheit?«

»Ausgezeichnet. Wahrscheinlich besser als deine. Und warum auch nicht? Alle sagen ständig, wie überarbeitet du bist, die Verwaltung der Güter, die Familie, du arbeitest dich in ein frühes Grab – während der alte Herr sich um rein gar nichts zu sorgen braucht. Er amüsiert sich nur noch. Am Morgen ruht er. Am Nachmittag plant er seine Abendunterhaltung. Und am Abend stopft er sich mit teurem Essen voll, trinkt bis zum Exzeß und zieht mit Männern, die gerade mal halb so alt sind wie er, durch die Tavernen. Am nächsten Morgen erholt er sich in den Bädern, und dann geht das Ganze von vorne los. Wie steht es um seine Gesundheit, willst du wissen? Ich habe dir ja erzählt, daß er Stammkunde im Bordell ist.«

»Essen und Wein haben schon manchen Mann umgebracht«, sagte ich. »Und wie man hört, sollen schon etliche Huren das Herz eines alten Mannes zum Stillstand gebracht haben.«

Cicero schüttelte den Kopf. »Das ist nicht gut genug, zu unzuverlässig. Du haßt ihn, verstehst du? Vielleicht hast du auch Angst vor ihm. Du erwartest ungeduldig seinen Tod.«

»Die Politik?« schlug ich vor.

Cicero blieb einen Moment stehen, lächelte und nahm dann seinen Gang wieder auf. »Ja, dieser Tage in Rom könnte die Politik einen Mann gewiß schneller und sicherer ins Grab bringen als das wilde Leben, die Umarmung einer Hure oder sogar ein mitternächtlicher Spaziergang durch die Subura.« Er streckte voll rhetorischer Verzweiflung die weit gespreizten Hände von sich. »Leider ist der alte Herr eines jener bemerkenswerten Wesen, denen es gelungen ist, durchs Leben zu kommen, ohne je etwas mit der Politik zu tun gehabt zu haben.«

»Hier in Rom?« sagte ich. »Als Bürger und Großgrundbesitzer? Unmöglich.«

»Dann laß uns sagen, er ist einer dieser Karnickeltypen – freundlich, hohl und harmlos. Hat nie Aufmerksamkeit oder Anstoß erregt. Es lohnt sich nicht, ihn zur Strecke zu bringen, solange noch fettere Beute frei herumläuft. Obwohl er auf allen Seiten von Politik und Politikern umgeben ist, wie von einem Dickicht aus Nesseln, schafft er es trotzdem ohne Kratzer durch das Gestrüpp.«

»Es hört sich schlau an. Ich mag diesen alten Herrn mehr und mehr.«

Cicero runzelte die Stirn. »Schlauheit hat gar nichts damit zu tun. Der alte Mann verfolgt keine besondere Strategie, sondern er will nur so bequem wie möglich durchs Leben kommen. Er hat Glück gehabt, das ist alles. Nichts kommt an ihn ran. Die Italiker erheben sich gegen Rom? Er stammt aus Ameria, einem Dorf, das bis zum letzten Augenblick wartet, bevor es sich dem Aufstand anschließt, und dann die ersten Früchte der Versöhnung erntet; so hat er die Bürgerrechte erworben. Bürgerkrieg zwischen Marius und Sulla und dann zwischen Sulla und Cinna? Der alte Herr schwankt in seiner Loyalität – ein Realist und ein Opportunist wie die meisten Römer heutzutage – und kommt aus der Sache heraus wie die zarte Maid, die von Fels zu Fels hüpfend einen reißenden Strom überquert, ohne sich auch nur die Sandalen naß zu machen. Diejenigen, die gar keine Meinung haben, sind die einzigen Menschen, die sich heute noch in Sicherheit wiegen können. Ein Karnickel, wie gesagt. Wenn du darauf wartest, daß ihn die Politik in Gefahr bringt, wird er mindestens hundert.«

»So nichtssagend, wie du ihn beschreibst, kann er doch bestimmt nicht sein. Jeder geht heutzutage Risiken ein, indem er einfach lebt. Du sagst, er sei ein Großgrundbesitzer mit Interessen in Rom. Er muß der Klient einer einflußreichen Familie sein. Wer sind seine Patrone?«

Cicero lachte. »Selbst darin hat er sich die fadeste und sicherste Familie überhaupt als Verbündete gesucht – die Metelli. Sullas Schwäger – zumindest waren sie das, bis Sulla sich von seiner vierten Frau hat scheiden lassen. Und nicht bloß irgendwelche Metelli, sondern den ältesten, trägsten und unendlich anständigen Zweig dieser weit verzweigten

Familie. Irgendwie hat er sich bei Caecilia Metella eingeschmeichelt. Hast du schon von ihr gehört?«

Ich schüttelte den Kopf.

»Das wirst du noch«, sagte er geheimnisvoll. »Nein, nie und nimmer wird die Politik den alten Herrn für dich erledigen. Sulla kann das ganze Forum mit Köpfen auf Stöcken vollstellen, das Marsfeld kann vor lauter Blut überlaufen und sich in den Tiber ergießen – du wirst den alten Herrn noch immer nach Einbruch der Dunkelheit durch die übelsten Gegenden der Stadt schlendern sehen, vollgestopft von einem Abendessen bei Caecilia und ungeniert auf dem Weg ins Bordell.«

Cicero setzte sich abrupt hin. Die Maschine, so kam es mir vor, brauchte gelegentlich eine Pause, aber das angeknackste Instrument tönte weiter. »Wie du siehst, wird dir das Schicksal nicht zur Hand gehen, wenn es gilt, den verhaßten alten Mann loszuwerden. Außerdem gibt es möglicherweise einen dringenden Grund, ihn tot sehen zu wollen – nicht bloß Haß oder Groll, sondern eine unmittelbar bevorstehende Krise. Du mußt selbst handeln.«

»Du schlägst vor, ich soll meinen Vater ermorden?«

»Genau.«

»Unmöglich.«

»Aber du mußt.«

»Unrömisch!«

»Das Schicksal zwingt dich.«

»In diesem Fall – Gift?«

Er zuckte die Schultern. »Möglich, wenn du normalen Umgang mit ihm pflegtest. Aber ihr habt kein gewöhnliches Vater-Sohn-Verhältnis, bei dem der eine im Haus des anderen verkehrt. Zwischen euch herrscht beträchtliche Bitterkeit. Stell dir vor, der alte Mann hat sein eigenes Stadthaus und schläft selten irgendwo anders. Du lebst auf dem alten Familienbesitz in Ameria, und bei den seltenen Gelegenheiten, bei denen dich deine Geschäfte in die Stadt führen, schläfst du nie im Haus deines Vaters. Statt dessen wohnst du bei einem Freund oder sogar in einem Gasthaus – so tief geht der Streit zwischen euch. Also kommst du auch nicht leicht an das Abendessen des alten Herrn, bevor man es ihm serviert. Sollst du einen seiner Sklaven bestechen? Unwahrscheinlich und sehr unsicher – in einer zerstrittenen Familie schlagen sich die Sklaven immer auf eine Seite. Sie werden ihm gegenüber viel loyaler sein als dir. Gift ist eine unbrauchbare Lösung.«

Der gelbe Vorhang kräuselte sich. Eine warme Windbö huschte unter seinem Saum hindurch und erfüllte den Raum wie ein am Boden haftender Nebel. Ich spürte, wie er einem Strudel gleich um meine Füße wirbelte, schwer vom Duft des Jasmin. Der Vormittag war vorüber. Die heißeste Zeit des Tages brach an. Ich fühlte mich auf einmal schläfrig. Genau wie Tiro; ich sah, wie er ein Gähnen unterdrückte. Vielleicht langweilte ihn die Geschichte auch nur. Er hörte seinen Herrn wahrscheinlich nicht das erste Mal die Kette von Argumenten durchspielen, die Logik verfeinern und am ganz speziellen Glanz jedes Satzes feilen.

Ich räusperte mich. »Dann scheint es nur eine naheliegende Lösung zu geben, werter Cicero. Wenn der Vater ermordet werden muß – auf Anstiftung seines eigenen Sohnes, ein Verbrechen, das fast zu abscheulich ist, um darüber nachzudenken –, dann sollte es in dem Moment geschehen, in dem der alte Mann am leichtesten verwundbar ist. Eine mondlose Nacht, auf dem Heimweg von einem Empfang oder unterwegs zu einem Bordell. Um diese Tageszeit dürfte es kaum Zeugen geben, zumindest keine, die gern vor Gericht auftreten würden. Banden ziehen durch die Straßen. Ein solcher Tod würde keinen Verdacht erregen. Es wäre leicht, ihn einer zufällig vorbeikommenden, anonymen Bande von Schlägern in die Schuhe zu schieben.«

Cicero beugte sich in seinem Stuhl vor. Die Maschine kam wieder in Gang. »Du würdest das Verbrechen also nicht selbst, mit eigener Hand begehen?«

»Bestimmt nicht: Ich wäre nicht einmal in Rom. Ich würde mich etliche Meilen weiter nördlich in meinem Haus in Ameria aufhalten – und hätte wahrscheinlich Alpträume.«

»Du würdest also gedungene Mörder anheuern?«

»Natürlich.«

»Menschen, die du kennst und denen du vertraust?«

»Ist es wahrscheinlich, daß ich solche Leute kennen würde? Ein hart arbeitender Bauer aus Ameria?« Ich zuckte mit den Schultern. »Wahrscheinlich würde ich mich auf irgendwelche Fremden verlassen. Ein Bandenführer, den ich in einer Taverne in der Subura getroffen habe. Ein namenloser Bekannter eines Bekannten eines fernen Freundes...«

»So macht man das also?« Cicero beugte sich noch weiter vor und schien ernsthaft neugierig. Er sprach jetzt nicht mehr mit dem hypothetischen Vatermörder, sondern mit Gordianus dem Sucher. »Man hat mir gesagt, daß du tatsächlich über die eine oder andere Einzelheit in dieser Branche Bescheid weißt. Man sagte: ›Ja, wenn du Kontakt zu Menschen suchst, die nichts dagegen haben, sich die Hände blutig zu machen, ist Gordianus der zuständige Mann.‹«

»*Man*? Wen meinst du, Cicero? Wer sagt, daß ich aus dem selben Becher trinke wie Mörder?«

Er biß sich auf die Unterlippe, unsicher, wieviel er mir jetzt schon erzählen sollte. Ich beantwortete die Frage für ihn. »Ich glaube, du meinst Hortensius, stimmt's? Da es doch auch Hortensius war, der mich dir empfohlen hat?«

Cicero warf einen scharfen Blick zu Tiro, der plötzlich wieder ziemlich hellwach zu sein schien.

»Nein, Herr. Ich habe ihm nichts erzählt. Er hat es geraten –« Zum erstenmal an diesem Tag klang Tiro für mich wie ein Sklave.

»Geraten? Was soll das heißen?«

»*Erschlossen* wäre wohl das passendere Wort. Tiro sagt die Wahrheit. Ich weiß sowieso, warum du mich gerufen hast, mehr oder weniger jedenfalls. Ein Mordfall, bei dem es um Vater und Sohn geht, die beide Sextus Roscius heißen.«

»Du hast *geraten*, daß das der Grund war, warum ich dich zu mir gebeten habe? Aber wie? Ich habe mich erst gestern entschlossen, Roscius als Mandanten anzunehmen.«

Ich seufzte. Der Vorhang seufzte. Die Hitze kroch an meinen Beinen hoch wie Wasser, das langsam in einem Brunnen aufsteigt. »Vielleicht solltest du dir das später von Tiro erklären lassen. Ich glaube, es ist mir zu heiß, um es noch einmal Schritt für Schritt durchzugehen. Aber ich weiß, daß zunächst Hortensius den Fall übernommen hatte und daß du ihn jetzt hast. Ich vermute, das ganze Gerede über hypothetische Intrigen hat etwas mit dem tatsächlichen Mord zu tun?«

Cicero sah bedrückt aus. Ich glaube, er kam sich vor wie ein Idiot, nachdem er erfahren hatte, daß ich die tatsächlichen Umständen die ganze Zeit gekannt hatte. »Ja«, sagte er. »Es ist heiß. Tiro, bring uns ein paar Erfrischungen. Etwas Wein mit kaltem Wasser. Vielleicht ein paar Früchte. Magst du getrocknete Äpfel, Gordianus?«

Tiro erhob sich von seinem Stuhl. »Ich werde Athalena Bescheid sagen.«

»Nein, Tiro. Hol es selbst. Und laß dir Zeit.« Dieser Befehl war demütigend und das mit Absicht; das konnte ich an dem verletzten Blick Tiros Augen erkennen, aber auch an Ciceros Miene, der Tiro unter schweren, nicht nur wegen der Hitze herabhängenden Lider hervor fixierte. Tiro war es nicht gewohnt, mit solch niederen Aufgaben betraut zu werden. Und Cicero? Man sieht es häufig, daß ein Herr seine kleinen Enttäuschungen an den ihn umgebenden

Sklaven ausläßt. Die Gewohnheit ist inzwischen so verbreitet, daß sie es tun, ohne nachzudenken; und auch die Sklaven haben gelernt, es ohne Verletztheit und Hader hinzunehmen, als ob es eine göttergesandte Unannehmlichkeit des Lebens sei, wie Regen an einem Markttag.

Soweit fortgeschritten waren Cicero und Tiro noch längst nicht. Bevor sich Tiro schmollend verzog, lenkte Cicero soweit ein, wie es ihm ohne Gesichtsverlust möglich war. »Tiro!« rief er ihm nach. Er wartete, bis der Sklave sich umdrehte, und sah ihn direkt an. »Und bring dir selbst auch eine Portion mit.«

Ein grausamer Mann hätte den Satz mit einem Lächeln gesprochen. Ein geringerer hätte die Augen zu Boden geschlagen. Cicero tat weder das eine noch das andere, und in diesem Augenblick verspürte ich das erste Fünkchen Respekt für ihn.

Tiro verließ den Raum. Einen Moment lang spielte Cicero mit einem Ring an seinem Finger, dann wandte er seine Aufmerksamkeit wieder mir zu.

»Du wolltest mir gerade erzählen, wie man einen Mord in den Straßen Roms arrangiert. Verzeih mir, wenn die Frage unverschämt klingt. Ich will natürlich keineswegs andeuten, daß du je selbst die Götter durch die Verwicklung in ein derartiges Verbrechen beleidigt hast. Aber man sagt – Hortensius sagt –, daß du dich in derlei Angelegenheiten ein wenig besser auskennst. Wer, wie und wieviel...«

Ich zuckte die Schultern. »Wenn einer einen anderen ermorden lassen will, ist daran nichts besonders Schwieriges. Wie gesagt, ein Wort zum richtigen Mann, ein Goldstück wechselt von Hand zu Hand, und die Sache ist erledigt.«

»Aber wo findet man den richtigen Mann?«

Ich hatte vergessen, wie jung und unerfahren er trotz seiner Bildung und seines Witzes noch war. »Es ist leichter als du denkst. Seit Jahren kontrollieren die Banden nach Einbruch der Dunkelheit die Straßen, manchmal sogar bei Tageslicht.«

»Aber diese Banden kämpfen doch gegeneinander.«

»Die Banden kämpfen gegen jeden, der ihnen in die Quere kommt.«

»Ihre Verbrechen sind politischer Natur. Sie verbünden sich mit einer bestimmten Partei –«

»Sie haben keine politischen Anschauungen, es sei denn die desjenigen, der sie anheuert. Sie kennen auch keine Loyalität außer der, die man mit Geld kauft. Denk nach, Cicero. Wo kommen die Banden her? Einige sind direkt hier in Rom entstanden, wie Maden unter einem Stein – die Armen, die Kinder der Armen, ihre Enkel und Urenkel. Ganze Verbrecherdynastien, Generationen von Schurken, die reinrassig kriminelle Stammbäume hervorbringen. Sie verhandeln miteinander wie kleine Nationen und heiraten untereinander wie Adelsfamilien. Und sie verdingen sich wie Söldner für den Politiker oder General, der ihnen die größten Versprechungen macht.«

Cicero blickte zur Seite und durch die durchsichtigen Falten des gelben Vorhangs, als könne er dahinter den gesamten menschlichen Abschaum Roms ausmachen. »Wo kommen sie bloß alle her?« murmelte er.

»Sie sprießen aus dem Pflaster«, sagte ich. »Wie Unkraut. Oder es treibt sie vom Land in die Stadt, Flüchtlinge der endlosen Folge von Kriegen. Denk mal darüber nach: Sulla gewinnt seinen Krieg gegen die aufständischen italienischen Verbündeten und bezahlt seine Soldaten mit Land. Aber um dieses Land zu bekommen, müssen die besiegten Verbündeten erst vertrieben werden. Wo enden sie, wenn nicht als Bettler und Sklaven in Rom? Und wofür das Ganze? Das Land ist vom Krieg verwüstet. Die Soldaten haben keine Ahnung, wie man es bestellt; in ein oder zwei Jahren verkaufen sie ihren Gutsbesitz an den Meistbietenden und kehren in die Stadt zurück. Das Land fällt in die Hände von einigen wenigen Großgrundbesitzern; Kleinbauern, die sich gegen die Konkurrenz wehren, werden niedergerungen und enteignet – und auch sie finden den Weg nach Rom. Immer öfter habe ich das in meinem Leben mitangesehen, die Kluft zwischen Arm und Reich, die Winzigkeit des einen, die Größe des anderen. Rom ist wie eine Frau von sagenumwobenem Reichtum und legendärer Schönheit, in Gold gewandet und mit Juwelen behangen, den Bauch dick mit einem Fötus namens Imperium – und von Kopf bis Fuß mit Millionen herumkrabbelnder Läuse verseucht.«

Cicero runzelte die Stirn. »Hortensius hatte mich gewarnt, daß du politische Reden schwingen würdest.«

»Das liegt nur daran, daß Politik die Luft ist, die wir atmen – ich atme, also was sollte sonst herauskommen? In anderen Städten ist es vielleicht anders, aber nicht in der Republik und nicht, solange wir denken können. Nenn es Politik, nenn es Realität. Die Banden existieren nicht ohne Grund. Niemand kann sie vertreiben. Jeder fürchtet sie. Ein Mann, der zum Mord entschlossen ist, findet einen Weg, sie für seine Zwecke zu nutzen. Er müßte nur dem Vorbild erfolgreicher Politiker nacheifern.«

»Du meinst ...«

»Ich meine keinen bestimmten Politiker. Alle benutzen die Banden oder versuchen es zumindest.«

»Aber du meinst *Sulla*.«

Cicero hatte den Namen als erster ausgesprochen. Ich war überrascht. Ich war beeindruckt. An irgendeinem Punkt war das Gespräch unserer Kontrolle entglitten und hatte rasant eine aufwieglerische Richtung genommen.

»Ja«, sagte ich. »Wenn du darauf bestehst: Sulla.« Ich wandte mich ab. Mein Blick fiel auf den gelben Vorhang. Ich ertappte mich dabei hindurchzustarren, als könnte ich dahinter Bilder eines alten Alptraums erkennen. »Warst du in Rom, als die Proskriptionen begannen?«

Cicero nickte.

»Ich auch. Dann weißt du ja, wie es war. Jeden Tag wurde eine neue Liste Geächteter auf dem Forum angeschlagen. Und wer stand immer ganz vorne, um die Namen zu lesen? Nein, niemand, der vielleicht aufgeführt gewesen sein könnte. Die hatten sich alle zu Hause verkrochen oder sich klugerweise auf dem Land verbarrikadiert. Die ersten in der Schlange waren immer die Banden und ihre Anführer – weil es Sulla egal war, wer seine Feinde oder vermeintlichen Feinde vernichtete, solange sie nur vernichtet wurden. Man mußte sich nur den Kopf eines Geächteten über die Schulter werfen und eine Quittung unterschreiben, um einen Sack Silber in Empfang zu nehmen. Es gab nichts, was man nicht tun durfte, um an diesen Kopf zu kommen. Die Haustür eines Bürgers aufbrechen, seine Kinder schlagen, seine Frau vergewaltigen – nur die Wertsachen mußten an Ort und Stelle verbleiben, denn wenn der Kopf erst vom Rumpf getrennt war, fiel der Besitz eines geächteten Römers an Sulla.«

»Nicht ganz ...«

»Ich habe mich natürlich falsch ausgedrückt. Ich wollte sagen, wenn ein Feind des Staates enthauptet wird, wird sein Anwesen beschlagnahmt und sein Besitz fällt dem Staat zu – was bedeutet, daß es zum frühestmöglichen Termin auf einer Auktion zu Schleuderpreisen an Sullas Freunde verkauft wird.«

Daraufhin erbleichte selbst Cicero. Er verbarg seine Erregung geschickt, aber ich beobachtete, wie seine Augen für den Bruchteil einer Sekunde unruhig hin und her schossen, als habe er Sorge, daß sich zwischen den Papyrusrollen Spione verbergen könnten. »Du bist ein Mann von radikalen Ansichten, Gordianus. Die Hitze löst deine Zunge. Aber was hat das mit dem erörterten Thema zu tun?«

Ich mußte lachen. »Und was ist das Thema? Ich glaube, ich hab es vergessen.«

»Wie man einen Mord arrangiert«, gab Cicero ungehalten zurück und klang ganz wie der Lehrer einer Rednerschule, der einen widerspenstigen Schüler zum vorgegebenen Thema zurücksteuern will. »Einen Mord aus rein persönlichen Motiven.«

»Nun gut. Ich versuche ja nur zu zeigen, wie leicht es heutzutage ist, einen Mörder zu finden. Und nicht nur in der Subura. Du kannst dich an jeder Straßenecke umsehen – ja, sogar an dieser. Ich würde jede Wette eingehen, daß ich nur dein Haus verlassen und genau einmal um den Block gehen müßte, um mit einem neuen Freund zurückzukehren, der mehr als bereit wäre, meinen vergnügungssüchtigen, mit Huren verkehrenden, hypothetischen Vater zu ermorden.«

»Du übertreibst, Gordianus. Wärst du in Rhetorik ausgebildet, würdest du die Grenzen einer Hyperbel kennen.«

»Ich übertreibe nicht. So dreist sind die Banden inzwischen tatsächlich. Das ist einzig und allein Sullas Schuld. Er hat sie zu seinen persönlichen Kopfgeldjägern gemacht. Er hat sie von der Leine gelassen, auf daß sie in Rom herumstreunen wie ein Rudel Wölfe. Bis zum Ende der Proskriptionen im letzten Jahr hatten die Banden praktisch unbegrenzte Macht zu jagen und zu töten. Gut, hin und wieder bringen sie den Kopf eines Mannes, der nicht auf der Liste steht – na und? So was kann vorkommen. Setzt man seinen Namen eben auf die Liste. Der Tote wird posthum zum Feind des Staates erklärt. Keine große Sache, wenn deswegen seine Familie enterbt wird, seine Kinder ruiniert und in die Armut getrieben werden, frisches Blut für die Banden. Irgendein Freund Sullas wird ein neues Stadthaus erwerben.«

Cicero sah aus, als habe er Zahnschmerzen. Er hob die

Hand, um mich zum Schweigen zu bringen. Ich hob die Hand, um seinen Protest abzuwehren.

»Ich komme erst zu dem, was ich eigentlich sagen will. Es sind nämlich nicht nur die Reichen und Mächtigen, die seit den Proskriptionen gelitten haben und noch immer leiden. Wenn die Büchse der Pandora erst einmal geöffnet ist, kann niemand sie wieder schließen. Verbrechen wird zur Gewohnheit. Das Undenkbare wird gewöhnlich. Von hier, wo du lebst, siehst du es nicht. Die Straße ist zu eng und zu ruhig. Kein Unkraut sprießt zwischen den Pflastersteinen vor deiner Tür. Oh, in der schlimmsten Zeit sind ohne Zweifel ein paar Nachbarn mitten in der Nacht aus ihren Häusern gezerrt worden, vielleicht hat man vom Dach einen Blick über das Forum, und du hast an klaren Tagen die Köpfe gezählt, die man neu aufgespießt hatte.

Aber ich sehe tagtäglich ein anderes Rom, Cicero, das andere Rom, das Sulla der Nachwelt hinterlassen hat. Man sagt, er plane sich in Kürze zur Ruhe zu setzen und wolle uns eine neue Verfassung geben, die die oberen Schichten stärken und den Plebs auf seinen Platz verweisen soll. Und wo ist der, wenn nicht in dem von Verbrechen heimgesuchten Rom, das Sulla uns vermacht? Mein Rom, Cicero. Ein Rom, das im Schatten brütet, sich nachts bewegt und die Luft des Lasters atmet ohne die Masken der Politik oder des Wohlstands. Deswegen hast du mich doch schließlich kommen lassen, oder nicht? Um dich in diese Welt zu führen oder sie für dich zu betreten und zu beschaffen, was immer es ist, was du suchst. Das kann ich dir bieten, wenn du die Wahrheit suchst.«

In diesem Moment kam Tiro zurück mit einem silbernen Tablett mit drei Bechern, einem runden Laib Brot, getrockneten Äpfeln und weißem Käse. Seine Anwesenheit ernüchterte mich schlagartig. Wir waren auf einmal nicht mehr zwei Männer, die allein in einem Zimmer saßen und über Politik diskutierten, sondern zwei Bürger und ein

Sklave, oder zwei Männer und ein Junge, wenn man Tiros Unschuld bedachte. Ich hätte mich nie zu solch gewagten Äußerungen hinreißen lassen, wenn er den Raum nicht verlassen hätte. Ich fürchtete, daß ich schon zu viel gesagt hatte.

# Fünf

Tiro stellte das Tablett auf dem niedrigen Tisch zwischen uns ab. Cicero musterte es gelangweilt. »So viel zu essen, Tiro?«

»Es ist fast Mittag, Herr. Gordianus wird hungrig sein.«

»Nun gut. Dann müssen wir ihm unsere Gastfreundschaft erweisen.« Er starrte auf das Tablett, schien es jedoch nicht wirklich wahrzunehmen. Er rieb sich sanft die Schläfen, als ob ich seinen Kopf mit zu vielen aufrührerischen Gedanken belastet hatte.

Der Fußweg hatte mich hungrig gemacht. Vom Sprechen war meine Zunge dick und trocken. Von der Hitze hatte ich großen Durst. Trotzdem wartete ich geduldig, bis Cicero das Mahl eröffnete – meine politischen Ansichten mögen radikal sein, doch meine Manieren sind noch nie in Zweifel gezogen worden –, als Tiro mich dadurch entsetzte, daß er sich freudig in seinem Stuhl vorbeugte, sich ein Stück Brot abbrach und nach seinem Becher griff.

In solchen Augenblicken erlebt man, wie tief die Wurzeln der Konvention reichen. Denn obwohl mich das Leben die Willkür des Schicksals und die Absurdität der Sklaverei gelehrt hatte, trotz all meiner Bemühungen, Tiro vom Moment unseres Kennenlernens an als gleichwertigen Menschen zu behandeln, hielt ich doch die Luft an, als ich sah, wie ein Sklave sich zuerst etwas zu essen vom Tisch nahm, während sein Herr noch nicht soweit war.

Sie bemerkten es beide. Tiro blickte erstaunt auf. Cicero lachte leise.

»Gordianus ist schockiert. Er ist nicht an unsere Umgangsformen gewöhnt, Tiro, oder an deine Manieren. Es ist in Ordnung, Gordianus. Tiro weiß, daß ich mittags nie esse.

Er ist es gewohnt, ohne mich anzufangen. Bitte, bedien dich. Der Käse ist recht gut, direkt aus einer Molkerei in Arpinum und mit den besten Wünschen meiner Großmutter hierher gesandt.

Was mich angeht, werde ich nur einen Schluck Wein zu mir nehmen. Nur ein wenig; bei der Hitze schlägt er mir sonst garantiert auf den Magen. Bin ich der einzige, der an dieser speziellen Krankheit leidet? Ich kann den ganzen Hochsommer über nichts essen; manchmal faste ich tagelang. In der Zwischenzeit, während dein Mund mit Essen statt mit Hochverrat beschäftigt ist, habe ich vielleicht eine Chance, etwas näher zu erläutern, warum ich dich hergebeten habe.«

Cicero nahm einen Schluck und verzog leicht das Gesicht, als würde ihm schon in dem Moment übel, in dem der Wein seinen Gaumen berührt. »Wir sind schon vor einiger Zeit vom Thema abgekommen, oder nicht? Was wohl Didotus dazu sagen würde, Tiro? Wofür bezahle ich diesen alten Griechen seit Jahren, wenn ich es nicht einmal zu Hause schaffe, ein wohlgeordnetes Gespräch zu führen? Ungeordnete Rede ist nicht nur unschicklich, sie kann am falschen Ort und zur falschen Zeit sogar tödlich sein.«

»Ich war mir nie ganz im klaren darüber, was eigentlich das Thema unseres Geprächs war, werter Cicero. Ich meine, mich zu erinnern, daß wir die Ermordung des Vaters von irgend jemandem geplant haben. Meines Vaters oder Tiros? Nein, die sind ja beide schon tot. Vielleicht deines Vates?«

Das fand Cicero nicht komisch. »Ich habe ein hypothetisches Modell in den Raum gestellt, Gordianus. Ich wollte nur deine Meinung bezüglich einiger Faktoren hören – methodisches Vorgehen, Praktikabilität, Plausibilität – im Zusammenhang mit einem sehr realen und tödlichen Verbrechen. Einem Verbrechen, das bereits begangen worden ist. Es ist leider eine tragische Tatsache, daß ein gewisser Bauer aus dem Dörfchen Ameria –«

»Der jenem hypothetischen Bauern, den du mir eben beschrieben hast, ähnelt?«

»Bis aufs Haar. Wie ich gerade sagen wollte, vor fast acht Monaten wurde in den Straßen Roms ein gewisser Bauer aus Ameria in einer Vollmondnacht an den Iden des September ermordet. Seinen Namen scheinst du bereits zu kennen: Sextus Roscius. In heute genau acht Tagen – an den Iden des Mai – wird der Prozeß gegen seinen Sohn eröffnet, der angeklagt ist, die Ermordung seines Vaters geplant zu haben. Ich habe seine Verteidigung übernommen.«

»Bei einer solchen Verteidigung ist der Ankläger überflüssig, sollte man meinen.«

»Was soll das heißen?«

»Nach allem, was du gesagt hast, scheint es offenkundig, daß du den Sohn für schuldig hältst«

»Unsinn! War ich so überzeugend? Das sollte mich wohl freuen. Ich wollte dir nur eine Vorstellung von dem Bild geben, das seine Ankläger zeichnen könnten.«

»Willst du etwa sagen, du glaubst, dieser Sextus Roscius ist unschuldig?«

»Natürlich! Warum sollte ich ihn sonst gegen diese haarsträubenden Anschuldigungen verteidigen?«

»Cicero, ich kenne genug Advokaten und Redner, um zu wissen, daß sie nicht notwendigerweise an die Sache glauben müssen, die sie vertreten. Genausowenig wie sie einen Mann für unschuldig halten müssen, um seine Verteidigung zu übernehmen.«

Plötzlich starrte mich Tiro wütend quer über den Tisch an. »Du hast kein Recht, so zu sprechen«, sagte er mit einem kleinen Kiekser in der Stimme. »Marcus Tullius Cicero ist ein Mann von allerhöchsten Prinzipien und unzweifelhafter Integrität, ein Mann, der sagt, was er denkt, und jedes

Wort glaubt, das er sagt, was heutzutage in Rom vielleicht selten ist, aber trotzdem –«

»Das reicht!« Ciceros Stimme klang ungeheuer kräftig, aber nicht besonders zornig. Er hob die Hand in der typischen Rhetorengeste *Haltet ein!*, schien dabei jedoch ein Lächeln nicht unterdrücken zu können.

»Du mußt dem jungen Tiro verzeihen«, sagte er und beugte sich mit einem Anflug von Vertraulichkeit näher zu mir. »Er ist ein loyaler Diener, und dafür bin ich dankbar. Das ist heutzutage selten genug.« Er sah Tiro voller Zuneigung an, offen, ehrlich und ohne Scham. Tiro fand es auf einmal angemessen, woanders hinzusehen – auf den Tisch, das Tablett und zu dem sanft wogenden Vorhang.

»Aber vielleicht ist er manchmal auch ein wenig zu loyal. Was meinst du, Gordianus? Was denkst *du*, Tiro – vielleicht sollten wir dieses Thema Diodotus bei seinem nächsten Besuch vorschlagen und sehen, was der Meister der Redekunst daraus macht. Ein durchaus passendes Stück für eine gelehrte Debatte: Kann ein Sklave seinem Herrn gegenüber zu loyal sein? Will sagen, zu enthusiastisch in seiner Hingabe, zu bereitwillig in der Verteidigung seines Herrn?«

Ciceros Blick streifte das Tablett, und er nahm sich ein Stück getrockneten Apfel. Er hielt es zwischen Daumen und Zeigefinger hoch und betrachtete es, als überlegte er, ob seine empfindliche Konstitution in der Mittagshitze einen so winzigen Happen vertragen konnte. Es entstand ein Schweigen, nur unterbrochen vom Gezwitscher eines Vogels draußen im Atrium. In der Stille schien der Raum um uns herum erneut zu atmen oder es zumindest zu versuchen, er rang vergeblich um einen Hauch frischer Luft; der Vorhang bauschte sich zögernd nach innen und wieder nach außen, nie weit genug, um wirklich ein Lüftchen in der einen oder anderen Richtung durchzulassen, als sei der Wind ein warmes und greifbares Wesen, das sich in dem bestickten Saum verheddert hatte. Cicero runzelte die Stirn und legte das Apfelstückchen wieder auf das Tablett zurück.

Plötzlich gab der Vorhang ein vernehmbares Schnalzen von sich. Ein Hauch warmer Luft strömte über die Fliesen und meine Füße. Der Raum hatte seinen zurückgehaltenen Seufzer endlich getan.

»Du fragst, ob ich Sextus Roscius des Mordes an seinem Vater für schuldig halte?« Cicero spreizte seine Finger und preßte die Spitzen gegeneinander. »Die Antwort lautet nein. Wenn du ihn kennenlernst, wirst du ebenfalls von seiner Unschuld überzeugt sein.«

Offenbar sollten wir jetzt endlich zur Sache kommen. Ich hatte auch langsam genug von den Spielchen in Ciceros Arbeitszimmer, genug von dem gelben Vorhang und der drückenden Hitze.

»Wie genau ist er ums Leben gekommen, der alte Herr? Knüppel, Messer, Steine? Wie viele Angreifer? Gab es Zeugen? Hat man die Täter identifiziert? Wo hielt sich der Sohn zum Zeitpunkt der Tat genau auf und wie hat er davon erfahren? Wer hatte sonst noch Grund, den Alten umzubringen? Wer führt die Anklage gegen seinen Sohn und warum?« Ich machte eine kurze Pause, allerdings nur um einen Schluck Wein zu nehmen. »Und noch etwas –«

»Gordianus«, sagte Cicero lachend, »wenn ich all das wüßte, müßte ich deine Dienste wohl kaum in Anspruch nehmen, oder?«

»Aber ein bißchen mußt du doch wissen.«

»Mehr als ein bißchen, aber noch immer nicht genug. Nun gut, zumindest deine letzte Frage kann ich beantworten. Die Anklage ist eingebracht worden von einem Anwalt namens Gaius Erucius. Wie ich sehe, hast du schon von ihm gehört – oder ist dir der Wein im Mund zu Essig geworden?«

»Ich habe mehr als nur von ihm gehört«, sagte ich. »Hin

und wieder habe ich sogar schon für ihn gearbeitet, aber nur, weil ich hungrig war. Erucius wurde als Sklave auf Sizilien geboren; jetzt ist er ein Freigelassener und der größte Winkeladvokat in ganz Rom. Es kommt ihm nur auf das Honorar an. Er würde einen Mann verteidigen, der seine Mutter vergewaltigt hat, wenn es um genug Gold ginge, und die alte Frau hinterher der Verleumdung anklagen, wenn er irgendeinen Profit darin sehen könnte. Hast du irgendeine Ahnung, wer ihn engagiert hat, den Fall zu übernehmen?«

»Nein, aber wenn du Sextus Roscius triffst –«

»Du redest dauernd davon, daß ich irgendwelche Leute treffen soll – zuerst Caecilia Metella, jetzt Sextus Roscius, werden sie bald zu uns stoßen?«

»Eigentlich wäre es das beste, wenn wir sie aufsuchen.«

»Was macht dich so sicher, daß ich mitkommen werde? Ich bin unter dem Eindruck hierhergekommen, du hättest Arbeit für mich, aber bis jetzt hast du mir noch nicht einmal erklärt, was du eigentlich willst. Von Bezahlung war bisher ebensowenig die Rede.«

»Ich kenne dein übliches Honorar, zumindest soweit Hortensius mich davon unterrichten konnte. Ich bin davon ausgegangen, daß er Bescheid weiß.«

Ich nickte.

»Was den Auftrag anbetrifft, geht es um folgendes: Ich möchte einen Beweis für Sextus Roscius' Unschuld. Mehr noch, ich will wissen, wer die wahren Mörder sind. Mehr noch, ich will wissen, wer diese Mörder beauftragt hat und warum. Und all das binnen acht Tagen, vor den Iden.«

»Du tust so, als hätte ich den Auftrag schon angenommen. Vielleicht bin ich nicht interessiert, Cicero.«

Er schüttelte den Kopf und lächelte ein dünnlippiges Lächeln. »Du bist nicht der einzige, der Schlüsse über den Charakter eines anderen Menschen ziehen kann, bevor er ihn getroffen hat, Gordianus. Ich weiß das eine oder andere über dich. Genaugenommen, drei Dinge. Jedes dieser drei würde dich veranlassen, den Fall anzunehmen. Erstens brauchst du Geld. Ein Mann mit deinen Mitteln, der in einem großen Haus auf dem Esquilin lebt – da kann es gar nicht genug Geld geben. Hab ich recht?«

Ich zuckte die Schultern.

»Zweitens hat Hortensius mir erzählt, daß du Geheimnisse liebst. Oder vielmehr Geheimnisse haßt. Du bist der Typ, der das Ungewisse nicht ertragen kann, der sich getrieben fühlt, die Wahrheit der Unwahrheit zu entreißen, im Chaos nach einer verborgenen Ordnung zu suchen. Wer hat den alten Roscius ermordet, Gordianus? Du hängst schon am Haken wie ein Fisch an der Angel. Gib's zu.«

»Na ja...«

»Drittens bist du ein Mann, der die Gerechtigkeit liebt.«

»Hat dir das auch Hortensius gesagt? Hortensius könnte einen Gerechten nicht von –«

»Das hat mir keiner gesagt. Das habe ich in der letzten halben Stunde selbst herausbekommen. Kein Mensch, der die Gerechtigkeit nicht liebt, würde so offen seine Meinung sagen wie du. Ich biete dir eine Gelegenheit, etwas dafür zu tun.« Er beugte sich in seinem Stuhl vor. »Könntest du mit ansehen, wie ein Unschuldiger hingerichtet wird? Wirst du den Fall also übernehmen oder nicht?«

»Das werde ich.«

Cicero klatschte in die Hände und sprang auf. »Gut. Sehr gut! Wir machen uns sofort auf den Weg zu Caecilias Haus.«

»Jetzt sofort? In der Hitze? Es ist gerade Mittag vorbei.«

»Wir dürfen keine Zeit vergeuden. Wenn dir die Hitze zu viel ist, könnte ich eine Sänfte für dich kommen lassen – aber nein, das würde zu lange dauern. Es ist nicht weit, Tiro, hol uns zwei breitkrempige Hüte.«

Tiro warf seinem Herrn einen kläglichen Blick zu.

»Na gut, dann hol drei.«

# Sechs

Was läßt dich annehmen, daß sie zu dieser Stunde überhaupt wach ist?«

Das Forum lag völlig verlassen da. Die Pflastersteine schimmerten in der Hitze. Keine Menschenseele war unterwegs mit Ausnahme von uns dreien, die wir wie Diebe über die Steinplatten schlichen. Ich ging schneller. Die Hitze brannte durch die dünnen Sohlen meiner Schuhe. Meine beiden Begleiter trugen teures Schuhwerk, wie ich bemerkte, mit dickeren Sohlen zum Schutz ihrer Füße.

»Caecilia wird bestimmt wach sein«, versicherte mir Cicero. »Sie leidet unter hoffnungsloser Schlaflosigkeit – soweit ich das beurteilen kann, schläft sie nie.«

Wir erreichten den Fuß der Via Sacra. Mein Mut sank, als ich die steile, schmale Straße hinaufblickte, die zu den imposanten Villen auf dem Palatin führte. Die Straße bestand nur aus Steinen und Sonne und war völlig ohne jeden Schatten. Die Schichten flirrender Hitze ließen den Gipfel des Palatin im Dunst verschwimmen, sehr hoch und sehr weit weg.

Wir begannen den Aufstieg. Tiro ging voran und schien die Anstrengung nicht zu bemerken. Der Eifer, mit dem er sich als Begleiter aufgeboten hatte, kam mir merkwürdig vor. Es war mehr als bloße Neugierde und der Wunsch, seinem Herrn zu folgen. Aber es war zu heiß, um weiter darüber zu grübeln.

»Um eines muß ich dich bitten, Gordianus.« Cicero zeigte erste Anzeichen von Ermattung, aber er redete darüber hinweg wie ein wahrer Stoiker. »Mir hat die Offenheit gefallen, mit der du eben in meinem Arbeitszimmer gesprochen hast. Niemand konnte behaupten, daß du kein ehrlicher Mann bist. Aber hüte deine Zunge in Caecilias Haus. Ihre Familie ist seit langem mit Sulla verbunden – seine verstorbene vierte Frau war eine Metella.«

»Du meinst die Tochter von Delmaticus? Von der er sich hat scheiden lassen, als sie auf dem Sterbebett lag?«

»Genau. Die Metelli waren über die Scheidung nicht eben glücklich, trotz Sullas Auflüchten.«

»Die Auguren haben in eine Schale mit Schafeingeweiden geblickt und ihm gesagt, die Krankheit seiner Frau würde das ganze Haus verpesten.«

»Das hat Sulla jedenfalls behauptet. Caecilia selbst würde wahrscheinlich an nichts, was du sagen könntest, Anstoß nehmen, aber man kann nie wissen. Sie ist eine alte Frau, unverheiratet und kinderlos. Sie hat bisweilen merkwürdige Anwandlungen – wie alle Frauen, die zu lange sich selbst überlassen bleiben, ohne Ehemann und Familie, die sie mit vernünftigen Aufgaben beschäftigt halten könnten. Momentan gehört ihre Leidenschaft jedem orientalischen Kult, der gerade neu und schick in Rom ist, je entlegener und bizarrer, desto besser. Rein irdische Angelegenheiten berühren sie nicht so besonders.

Aber es ist durchaus wahrscheinlich, daß noch jemand mit besseren Ohren und schärferen Augen im Haus ist, ich denke an meinen guten jungen Freund Marcus Messalla – wir nennen ihn wegen seines roten Haares Rufus. Er ist kein Fremder in Caecilia Metellas Haus; er kennt sie seit seiner Kindheit, und sie ist beinahe so etwas wie eine Tante für ihn. Ein prächtiger junger Mann – oder mit seinen sechzehn Jahren noch nicht ganz ein junger Mann. Rufus kommt recht häufig zu Zusammenkünften, Vorträgen und dergleichen in mein Haus, und er kennt sich bei Gericht schon ziemlich gut aus. Er möchte unbedingt bei der Verteidigung von Sextus Roscius helfen.«

»Aber?«

»Aber seine familiären Verbindungen machen ihn gefährlich. Hortensius ist sein Halbbruder – als er den Fall abgab, schickte er den jungen Rufus zu mir, um mir die Sache anzudienen. Noch entscheidender jedoch ist, daß die ältere Schwester des Jungen eben jene Valeria ist, die Sulla vor kurzem zur fünften Frau genommen hat. Der arme Rufus empfindet wenig Zuneigung für seinen neuen Schwager, aber die Heirat hat ihn in eine prekäre Lage gebracht. Ich möchte dich bitten, dich in seiner Gegenwart mit Beleidigungen unseres geschätzten Diktators zurückzuhalten.«

»Natürlich, Cicero.« Als ich das Haus am Morgen verlassen hatte, hätte ich im Leben nicht angenommen, in Kürze mit solch hochadeligen Zeitgenossen wie den Metelli und den Messalli zu verkehren. Ich betrachtete meine Kleidung, eine gewöhnliche Bürgertoga über einer schlichten Tunika. Der einzige Tupfer Purpur war ein Rotweinflecken knapp über dem Saum. Bethesda behauptete, Stunden mit dem vergeblichen Versuch zugebracht zu haben, ihn zu entfernen.

Als wir den Gipfel erklommen hatten, zeigte selbst Tiro Zeichen von Erschöpfung. Schweiß klebte seine dunklen Locken auf seine Stirn. Sein Gesicht war vor Anstrengung gerötet – oder vielleicht auch vor so etwas wie erregter Erwartung. Erneut fragte ich mich, warum es ihn so zu Caecilia Metellas Haus drängte.

»Hier ist es«, keuchte Cicero und blieb stehen, um zu Atem zu kommen. Das Haus vor uns war ein riesiger, langgezogener Bau, rosafarben verputzt und umgeben von uralten Eichen. Die Tür war unter einem Portico in die Mauer eingelassen und wurde von zwei behelmten Soldaten in voller Kampfausrüstung mit Schwertern in den Gürteln und Speeren in den Fäusten flankiert. Ergraute Veteranen von Sullas Armee, wie ich erschrocken bemerkte.

»Die Wachen«, sagte Cicero und machte eine vage Handbewegung, während er die Stufen hinaufstieg. »Ignoriere sie einfach. Unter dem ganzen Leder müssen sie ja vor Hitze vergehen. Tiro?«

Tiro, der fasziniert die Ausrüstung der Soldaten angestarrt hatte, sprang vor seinem Herrn die Stufen hoch, um an die schwere Eichentür zu klopfen. Geraume Zeit verstrich, in der wir alle drei zu Atem zu kommen suchten und im Schatten des Porticos unsere Hüte abnahmen. Lautlos öffnete sich nach einer Weile die Tür. Von drinnen wehte uns kühle Luft und der Duft von Weihrauch zur Begrüßung entgegen.

Tiro und der Sklave an der Tür tauschten die üblichen Förmlichkeiten aus – »mein Herr ist gekommen, deine Herrin zu besuchen« –, dann warteten wir einen weiteren Moment, bevor der Sklave in der Halle uns hereinbat. Er nahm uns unsere Hüte ab und verschwand, um einen weiteren Sklaven zu holen, der uns anmelden würde. Über die Schulter warf ich einen Blick auf den Türsteher, der auf einem Hocker neben dem Portal saß und mit irgendeiner Bastelarbeit beschäftigt war. Sein Fuß war an die Wand gekettet, und die Kette war eben lang genug, daß er die Tür erreichen konnte.

Der Empfangssklave erschien, offensichtlich enttäuscht, daß es Cicero war und nicht irgendein unterwürfiger Klient, dem man ein paar Denar abpressen konnte, bevor man ihm den weiteren Zutritt ins Haus genehmigte. An Kleinigkeiten – seiner hohen Stimme, den sichtbar vergrößerten Brüsten – erkannte ich, daß er ein Eunuch war. Während sie im Orient ein uralter und unverzichtbarer Bestandteil der Sozialstruktur waren, blieben die Geschlechtslosen in Rom eine Seltenheit und wurden mit großem Abscheu betrachtet. Cicero hat zwar gesagt, daß Caecilia eine Anhängerin orientalischer Kulte war, aber sich einen Eunuchen im Haus zu halten, kam mir trotzdem reichlich bizarr und affektiert vor.

Wir folgten ihm um das zentrale Atrium herum und eine

Marmortreppe hinauf. Der Sklave zog einen Vorhang zurück, und ich folgte Cicero in eine Kammer, die in einem alexandrinischen Luxusbordell keineswegs fehl am Platze gewirkt hatte.

Wir schienen in ein großes und überdekoriertes Zelt geraten zu sein, überall Plüsch und Kissen und Teppiche und Vorhänge. In den Ecken standen Roste, an denen Duftlampen aus Messing hingen, die dünne Rauchfäden ausatmeten. Aus diesem Zimmer drang der Duft von Weihrauch durch das ganze Haus. Die verschiedenen Gewürze wurden ohne jedes Gefühl für Dosierung oder Geruchseigenschaften verbrannt. Die derbe Konzentration von Sandelholz und Myrrhe war ekelerregend. Jede ägyptische Hausfrau hatte das besser hingekriegt.

»Herrin«, flüsterte der Eunuch. »Der geschätzte Anwalt Marcus Tullius Cicero.« Er zog sich rasch zurück.

Am anderen Ende des Raums lag unsere Gastgeberin bäuchlings zwischen den Kissen auf dem Boden. Links und rechts neben ihr knieten zwei Sklavinnen. Sie waren dunkelhäutig und nach ägyptischer Mode gekleidet, mit durchsichtigen Gewändern und heftig geschminkt. Über ihnen thronte, den gesamten Raum dominierend, das Objekt, vor dem Caecilia hingestreckt lag.

Etwas Vergleichbares hatte ich noch nie gesehen. Es war ganz offensichtlich die Verkörperung einer der orientalischen Erdgöttinnen, Cybele oder Astarte oder Isis, obwohl ich diese spezielle Mutation noch nie gesehen hatte. Die Statue war knapp drei Meter hoch, und ihre Spitze berührte fast die Decke. Sie hatte ein strenges, fast männliches Gesicht und trug eine Krone aus Schlangen. Auf den ersten Blick hielt ich die hängenden Objekte, die ihren Leib verzierten, für zahllose Brüste. Bei genauerem Hinsehen erkannte ich jedoch an ihrer seltsamen Anordnung, daß es sich um Hoden handeln mußte. In einer Hand hielt die Göttin eine Sense, deren Klinge knallrot angemalt war.

»Was?« erhob sich eine gedämpfte Stimme aus den Kissen. Caecilia zappelte einen Moment unbeholfen, bis die Sklavinnen sie bei den Armen nahmen und ihr aufhalfen. Sie fuhr herum und sah uns entsetzt an.

»Nein, nein!« kreischte sie. »Dieser dumme Eunuch! Aus dem Zimmer, Cicero! Du durftest nicht reinkommen, du solltest vor dem Vorhang warten. Wie hat er nur einen so törichten Fehler begehen können? Männer sind im Heiligtum der Göttin nicht erlaubt. O je, jetzt ist es wieder passiert. Nun, gerechterweise solltet ihr zur Bestrafung alle drei geopfert oder doch zumindest ausgepeitscht werden, aber ich nehme an, das kommt nicht in Frage. Natürlich könnte einer von euch, stellvertretend für die anderen bestraft werden – aber nein, ich werde dich nicht einmal darum bitten. Ich weiß doch, wie sehr du an dem jungen Tiro hängst. Vielleicht der andere Sklave –« Ihr Blick streifte meinen eisernen Ring, das Zeichen eines gemeinen Bürgers, sie erkannte, daß ich niemandes Sklave war und warf enttäuscht die Hände in die Luft. Ihre Nägel waren ungewöhnlich lang und in ägyptischer Manier mit Henna rot gefärbt.

»O je, das heißt, ich werde wohl statt eurer eines der armen Sklavenmädchen auspeitschen lassen müssen, genau wie letzte Woche, als dieser dämliche Eunuch den gleichen dummen Fehler mit Rufus gemacht hat. O je, und sie sind so zartfühlend. Die Göttin wird sehr zornig sein ...«

»Ich kann einfach nicht verstehen, wie er denselben Fehler zweimal machen konnte. Glaubst du er macht das absichtlich?« Wir saßen in Caecilias Empfangraum, einem hohen, langen mit Oberlichtern versehenen Saal, an dessen gegenüberliegenden Enden die Türen offen standen, um Luft hereinzulassen. Die Wände waren mit der realistischen Darstellung eines Gartens bemalt – grünes Gras,

Bäume, Pfauen, Blumen und einem blauen Himmel darüber. Der Boden war grün gefliest, die Decke mit blauem Tuch verhangen.

»Nein, sag lieber nichts, Cicero. Ich weiß sowieso, was du antworten würdest. Aber Ahausarus ist viel zu wertvoll für mich, als daß ich ihn aufgeben könnte, und zu empfindlich, um bestraft zu werden. Wenn er nur nicht so schusselig wäre.«

Wir saßen zu viert um ein kleines, silbernes Tischchen, auf dem Wasser und Granatäpfel aufgedeckt worden waren – Cicero, meine Wenigkeit, Caecilia und der junge Rufus, der Metellas Heiligtum wohlweislich gemieden und statt dessen im Garten gewartet hatte. Tiro stand ein kleines Stück hinter dem Stuhl seines Herrn.

Metella war eine große, kräftige Frau. Trotz ihres Alters wirkte sie recht robust. Welche Farbe ihr Haar ursprünglich auch immer gehabt haben mochte, jetzt leuchtete es in flammendem Rot und war unter dem Henna wahrscheinlich weiß. Sie trug es mit einer langen silbenen Nadel spiralförmig hochgesteckt. Die Spitze der Nadel ragte auf einer Seite hervor, das andere Ende war mit einem Karneol verziert. Metella trug eine teuer aussehende Stola und jede Menge Schmuck. Ihr Gesicht war mit Puder und Rouge bedeckt. In einer Hand hielt sie einen Fächer, mit dem sie in der Luft herumwedelte, als wolle sie ihren Duft um den ganzen Tisch verteilen.

Rufus war ebenfalls ein Rotschopf, mit braunen Augen, geröteten Wangen und einer von Sommersprossen bedeckten Nase. Er war so jung, wie Cicero es angedeutet hatte. Tatsächlich konnte er nicht älter als sechzehn sein, denn er trug noch immer das Einheitsgewand der minderjährigen Jungen und Mädchen – weiße Wolle und lange Ärmel, um die Blicke der Lüstlinge abzuwehren. In ein paar Monaten würde er die Toga der Männer anlegen, aber im Augenblick war er vor dem Gesetz noch ein Kind. Es war nicht zu übersehen, daß er Cicero bewunderte, was Cicero ebenso offensichtlich gefiel.

Keinem der beiden Adeligen schien es unangenehm, mit mir an einem Tisch zu sitzen. Natürlich brauchten sie meine Hilfe bei einem Problem, bei dem keiner von ihnen irgendwelche Erfahrung hatte. Sie behandelten mich mit demselben Respekt, mit dem ein Senator, dem zu Hause ein Torbogen in seinem Schlafzimmer einzustürzen drohte, einen Maurer behandelt hätte. Tiro ignorierten sie.

Cicero räusperte sich. »Caecilia, heute ist ein wirklich heißer Tag. Wenn wir uns jetzt lange genug mit der bedauernswerten Verletzung deines Heiligtums beschäftigt haben, könnten wir vielleicht zu irdischeren Angelegenheiten kommen.«

»Aber natürlich, Cicero. Du bist wegen des armen Sextus hier.«

»Ja. Gordianus kann uns vielleicht bei der Klärung der Tatumstände behilflich sein, während ich die Verteidigung vorbereite.«

»Die Verteidigung. O ja. Oje. Vermutlich stehen sie immer noch draußen, oder nicht, diese schrecklichen Wachen. Ihr müßt sie doch bemerkt haben.«

»Ich fürchte, ja.«

»Es ist mir ja so peinlich. Am Tag ihrer Ankunft habe ich ihnen geradeheraus erklärt, daß ich das nicht hinnehmen würde. Aber das hat natürlich nichts genutzt. Anordnung des Gerichts, so sagen sie. Wenn Sextus Roscius sich hier aufhalten würde, müsse er unter Hausarrest gestellt werden, mit Soldaten vor jeder Tür, Tag und Nacht. ›Arrest?‹ sagte ich. ›Wie im Gefängnis, wie ein gefangener Soldat oder ein entflohener Sklave? Ich kenne das römische Recht ziemlich gut, und es gibt kein Gesetz, das es erlauben würde, einen römischen Bürger in seinem eigenen Haus oder in dem seiner Patronin festzuhalten.‹ So ist es schon immer gewesen: Ein Bürger, der eines Verbrechens angeklagt ist, hat stets die Möglichkeit zur Flucht gehabt, wenn er sich dem Prozeß nicht stellen wollte und bereit war, seinen Besitz zurückzulassen.

Also haben sie einen Delegierten des Gerichts zu mir geschickt, der mir alles ganz elegant erklären konnte – aus deinem Mund hätte es nicht geschliffener klingen können, Cicero. ›Sie haben völlig recht‹, sagt er, ›außer in bestimmten Fällen. Bei Kapitalverbrechen.‹ Und was sollte das heißen, wollte ich wissen. ›Kapital‹, sagte er, ›wie in *capito*, das Haupt – also sämtliche Verbrechen, auf die Enthauptung oder die Entfernung anderer lebenwichtiger Organe mit Todesfolge als Höchststrafe steht.‹«

Caecilia Metella lehnte sich zurück und fächerte sich Luft zu. Rufus beugte sich vor und legte seine Hand sanft auf ihren Arm.

»Da ist mir erst klar geworden, wie schrecklich das Ganze ist. Der arme junge Sextus, der einzig überlebende Sohn meines lieben Freundes, der nach dem Verlust seines Vaters jetzt auch noch Gefahr läuft, seinen Kopf zu verlieren. Und schlimmer noch! Dieser kleine Beamte, diese Person, dieser Delegierte erklärt mir in allen Einzelheiten, was das Wort *kapital* bedeutet, wenn man des Vatermordes für schuldig befunden wird. Oh! Ich hätte es nie geglaubt, wenn du mir es nicht persönlich bestätigt hättest, Cicero, Wort für Wort. Einfach zu schrecklich, zu schrecklich, um es auszusprechen!«

Caecilia wedelte sich wie wild Luft zu. Ihre Augenlider, schwer von ägyptischem Antimon, flatterten wie Mottenflügel. Sie schien kurz vor einer Ohnmacht zu stehen.

Rufus griff nach einem Becher Wasser. Sie winkte ab. »Ich gebe nicht vor, diesen jungen Mann zu kennen; es war sein Vater, den ich als sehr, sehr guten Freund liebte und verehrte. Aber er ist der Sohn von Sextus Roscius, und ich habe ihm in meinem Haus Zuflucht gewährt. Und die Prozedur, die dieser Mann, dieser Delegierte, diese abscheuliche Person mir beschrieben hat, sollte nur den erbärmlichsten, übelsten und niedrigsten Mördern widerfahren.«

Sie klimperte mit den Wimpern und streckte dann aufs Geratewohl den Arm aus. Rufus tastete einen Moment hektisch umher, bis er einen Becher fand und in ihre Hand drückte. Sie nahm einen Schluck und gab ihm den Becher zurück.

»Also habe ich diese Kreatur, diesen Delegierten meines Erachtens höflich gefragt, ob es zuviel Mühe bereiten würde, diese Soldaten zumindest in einem gewissen Abstand von meinem Haus zu postieren, anstatt sie direkt neben der Tür herumlungern zu lassen. Es ist demütigend! Ich weiß doch, wie gern meine Nachbarn klatschen. Jeden Morgen kommen Klienten und andere Schützlinge an meine Pforte, um kleine Gefälligkeiten zu erbitten – und die Soldaten schrecken sie ab. Meine Nichten und Neffen haben schon Angst herzukommen. Oh, diese Soldaten haben gelernt, ihren Mund zu halten, aber ihr solltet sehen, wie sie die jungen Mädchen anstieren! Kannst du nicht etwas dagegen unternehmen, Rufus?«

»Ich?«

»Natürlich du. Du mußt doch einen gewissen Einfluß haben ... bei Sulla. Sulla hat die Gerichtshöfe eingerichtet. Und er ist mit deiner Schwester Valeria verheiratet.«

»Ja, aber das heißt nicht ...« Rufus lief tiefrot an.

»Na, komm schon.« Caecilias Stimme nahm einen verschwörerischen Klang an. »Du bist doch ein recht gutaussehender Junge, allemal so schön wie Valeria. Und wir wissen doch, daß Sulla auf beiden Ufern des Flusses grast.«

»Caecilia!« Ciceros Augen flammten wütend auf, aber seine Stimme blieb fest.

»Ich will ja gar nichts Unschickliches vorschlagen. Nur ein bißchen Charme, Cicero. Eine Geste, ein Blick. Natürlich soll Rufus nicht wirklich etwas *machen*. Ich meine, Sulla ist alt genug, um sein Großvater zu sein. Noch ein Grund mehr, warum er sich zu einer kleinen Gefälligkeit für einen so bezaubernden Jungen herablassen könnte.«

»Sulla findet mich nicht bezaubernd«, sagte Rufus.

»Und warum nicht? Er hat doch Valeria wegen ihres Aussehens geheiratet, oder nicht? Und du siehst ihr so ähnlich, daß du ihr Bruder sein könntest.«

Man hörte ein seltsam prustendes Geräusch. Es war der hinter dem Stuhl seines Herrn stehende Tiro, der die Lippen aufeinander preßte, um ein Lachen zu unterdrücken. Cicero überdeckte es mit einem lauten Räuspern.

»Wenn wir vielleicht auf einen Punkt zurückkommen könnten, der vor einer Weile erwähnt wurde«, sagte ich. Drei Augenpaare wanderten zu mir. Cicero sah erleichtert aus, Tiro aufmerksam und Caecilia verwirrt. Rufus starrte auf den Boden und war noch immer knallrot.

»Du sprachst von der Strafe, die auf das Verbrechen des Vatermordes steht. Damit kenne ich mich nicht aus. Vielleicht könntest du mir das noch einmal erläutern, Cicero.«

Die Stimmung wurde plötzlich düster, als ob eine Wolke die Sonne verdunkelt hätte. Caecilia wandte sich ab und versteckte sich hinter ihrem Fächer. Rufus wechselte unbehagliche Blicke mit Tiro.

Cicero füllte seinen Becher und trank einen großen Schluck Wasser. »Kein Wunder, daß dir das Thema unvertraut ist, Gordianus. Vatermord ist unter Römern ein sehr seltenes Verbrechen. Die letzte Verurteilung datiert aus der Zeit, als mein Großvater noch ein junger Mann war.

Traditionell wird die Todesstrafe durch Enthauptung exekutiert, für einen Sklaven durch Kreuzigung. Im Fall eines Vatermords jedoch kennt das Gesetz eine uralte und sehr strenge Strafe, die vor Jahrhunderten nicht von Juristen, sondern von Priestern festgeschrieben worden ist, um den Zorn des Vaters Jupiter gegen jeden Sohn auszudrükken, der es wagen sollte, den Träger des nämlichen Samens niederzustrecken, der ihn erschaffen hat.«

»Bitte, Cicero.« Caecilia linste über ihren Fächer und ließ ihre bemalten Lider klimpern. »Es einmal zu hören, reicht völlig. Es verursacht mir Alpträume.«

»Aber Gordianus sollte es erfahren. Zu wissen, daß es um das Leben eines Menschen geht, ist eine Sache; aber zu wissen, wie er sterben wird, wieder eine ganz andere. Das Gesetz schreibt folgendes vor: Der verurteilte Vatermörder ist direkt im Anschluß an seine Verurteilung auf das Marsfeld außerhalb der Stadtmauern unweit des Tibers zu führen. Die Bevölkerung soll mit Fanfaren und Zimbelklängen aufgefordert werden, Zeuge der Hinrichtung zu sein.

Wenn das Volk versammelt ist, soll der Vatermörder nackt ausgezogen werden wie am Tag seiner Geburt. Zwei kniehohe Podeste sollen in einigem Abstand voneinander aufgestellt werden. Der Vatermörder soll jedes mit einem Fuß betreten und sich, die Hände hinter dem Rücken mit Ketten gefesselt hinhocken. Auf diese Weise ist jede Stelle seines Körpers den Henkersknechten zugänglich, die, so schreibt es das Gesetz vor, den Täter mit geknoteten Peitschen zu schlagen haben, bis das Blut wie Wasser aus seinem Körper rinnt. Wenn der Delinquent von seinem Sitz fällt, muß er ihn wieder besteigen. Die Peitschen sollen ihn an jeder Stelle seines Körpers treffen, selbst unter seinen Füßen und am Unterleib zwischen den Beinen. Das Blut, das von seinem Körper tropft ist dasselbe Blut, das in den Adern seines Vaters rann und ihm sein Leben geschenkt hat. Während er es aus seinen eigenen Wunden quellen sieht, kann er über die Verschwendung nachdenken.«

Cicero blickte unbestimmt in die Ferne, während er sprach. Caecilia starrte ihn an, die Augen hinter ihrem Fächer konzentriert zusammengekniffen.

»Ein Sack ist vorzubereiten, groß genug, einen Menschen aufzunehmen, aus Fellen und so dicht genäht, daß er wasser- und luftdicht ist. Wenn die Auspeitscher ihr

Werk vollendet haben – das heißt, wenn der Vatermörder von oben bis unten mit Blut bedeckt ist, daß man nicht mehr sagen kann, wo das Blut endet und das rohe Fleisch beginnt –, muß der Verurteilte dazu gebracht werden, in diesen Sack zu kriechen. Der Sack soll in einiger Entfernung von den Podesten bereitgehalten werden, damit das versammelte Volk ihn kriechen sehen, mit Kot und Abfall bewerfen und verfluchen kann.

Wenn er den Sack erreicht hat, soll er gezwungen werden, hineinzukriechen. Wenn er Widerstand leistet, wird er zurück zu den Podesten geschleift, und die Bestrafung beginnt von vorne.

Innerhalb des Sacks ist der Vatermörder gleichsam in den Mutterleib zurückgekehrt, ungeboren gemacht. Die Geburt, so sagen uns die Philosophen, ist eine Qual. Ungeboren gemacht zu werden, ist eine noch größere Qual. In den Sack, der an dem zerfetzten, blutenden Fleisch des Vatermörders scheuert, werden jetzt vier lebendige Tiere getrieben. Zunächst ein Hund, das sklavischste und verachtenswerteste aller Tiere und ein Hahn mit besonders geschärftem Schnabel und Krallen. Diese Symbole sind uralt: Hund und Hahn, Wächter und Wecker, Beschützer von Heim und Herd; weil sie beim Schutz des Vaters vor dem Sohn versagt haben, müssen sie ihren Platz zusammen mit dem Mörder einnehmen. Hinzu kommt noch eine Schlange, das männliche Prinzip, das, selbst wenn es Leben gibt, noch töten kann, und ein Affe, die grausamste Parodie der Götter auf die Menschheit.«

»Stell dir das vor!« seufzte Caecilia hinter ihrem Fächer. »Stell dir diesen Lärm vor!«

»Alle fünf sollen gemeinsam in den Sack eingenäht und zum Ufer des Flusses getragen werden. Der Sack darf nicht gerollt oder mit Stöcken geschlagen werden – die Tiere darin müssen lebendig bleiben, damit sie den Vatermörder so lange wie möglich quälen können. Während die Priester die letzten Flüche aussprechen, wird der Sack in den Tiber geworfen. Am ganzen Flußlauf bis Ostia sollen Beobachtungsposten eingerichtet werden; wenn der Sack auf Grund läuft, muß er sofort wieder in die Strömung zurückgestoßen werden, bis er das offene Meer erreicht hat und aus dem Blickfeld verschwunden ist.

Der Vatermörder zerstört den Quell seines eigenen Lebens. So sollen ihm, wenn er sein Leben aushaucht, eben jene Elemente vorenthalten werden, die der Welt Leben schenken – ohne Erde, Luft und Wasser, ja sogar ohne Sonnenlicht soll er seine letzten qualvollen Stunden oder Tage zubringen, bis der Sack schließlich an den Nähten platzt, sein Inhalt vom Meer verschlungen wird, und seine Überreste von Jupiter zu Neptun und weiter an Pluto gereicht werden, jenseits der Zuwendung, Erinnerung und selbst des Ekels der Menschheit.«

Der Raum war in Schweigen verfallen. Schließlich atmete Cicero lange und tief ein. Ein schmales Lächeln umspielte seine Lippen, und ich fand, daß er selbstzufrieden aussah, wie ein Schauspieler oder Redner nach einer erfolgreichen Rezitation.

Caecilia senkte ihren Fächer. Unter ihrer Schminke war sie aschfahl. »Wenn du ihn kennenlernst, Gordianus, wirst du ihn jetzt verstehen. Der arme junge Sextus, du wirst begreifen, warum er so verzweifelt ist. Wie ein Kaninchen, das gelähmt ist vor Angst. Der arme Junge. Das werden sie ihm antun, wenn man sie nicht aufhält. Du mußt ihm helfen, junger Mann. Du mußt Rufus und Cicero helfen, sie daran zu hindern.«

»Natürlich. Ich werde tun, was ich kann. Wenn die Wahrheit Sextus Roscius retten kann – ich vermute, er hält sich irgendwo hier im Haus auf?«

»Oh, ja, er darf das Haus nicht verlassen; du hast die Wachen gesehen. Er wäre jetzt auch hier bei uns, wenn . . .«

»Ja?«

Rufus räusperte sich. »Wenn du ihn triffst, wirst du ja sehen.«

»Was werde ich sehen?«

»Der Mann ist ein Wrack«, sagte Cicero. »Völlig in Panik, wirr und restlos verzweifelt. Beinahe wahnsinnig vor Angst.«

»Hat er solche Angst, verurteilt zu werden? Die Anklage gegen ihn muß auf sehr starken Füßen stehen.«

»Natürlich hat er Angst.« Caecilia schlug mit dem Fächer nach einer Fliege, die sich auf ihrem Arm niedergelassen hatte. »Hättest du etwa keine Angst, wenn dir etwas derart Entsetzliches droht? Und nur weil er unschuldig ist, heißt das ja noch lange nicht ... nun ja, was ich sagen will, wir alle kennen Fälle, besonders seit ... ich meine, seit einem Jahr oder so ... wenn man unschuldig ist, heißt das in diesen Tagen kaum, daß man sich in Sicherheit wiegen kann.« Sie warf Rufus einen kurzen Blick zu, den er angestrengt ignorierte.

»Der Mann fürchtet sich vor seinem eigenen Schatten«, sagte Cicero. »Er hatte schon Angst, als er herkam, aber jetzt hat er noch mehr Angst. Angst, verurteilt zu werden, und Angst vor einem Freispruch. Er behauptet, daß derjenige, der seinen Vater ermordet hat, entschlossen ist, auch ihn umzubringen, und daß der Prozeß selbst eine Intrige sei, ihn zu erledigen. Wenn die Justiz versagt, werden sie ihn auf offener Straße ermorden.«

»Er wacht mitten in der Nacht schreiend auf«, sagte Caecilia, nach der Fliege schlagend. »Ich kann ihn durchs ganze Haus rüber bis in den Westflügel hören. Alpträume. Ich glaube, der Affe ist das schlimmste. Bis auf die Schlange ...«

Rufus schüttelte sich. »Caecilia sagt, daß er sogar erleichtert war, als man die Wachen vor der Tür postiert hat – als ob sie hier wären, um ihn zu beschützen, anstatt seine Flucht zu verhindern. Von wegen Flucht! Er verläßt nicht einmal sein Zimmer.«

»Das stimmt«, sagte Cicero. »Sonst hättest du ihn in meinem Arbeitszimmer kennengelernt, Gordianus, ohne daß wir unsere Gastgeberin hätten belästigen müssen.«

Caecilia lächelte spröde, um das Kompliment zu würdigen. Im nächsten Moment schoß ihr Blick zum Tisch, und ihr Fächer klatschte auf die Platte. Diese Fliege würde sie jedenfalls nicht mehr belästigen.

»Ich hätte sie im Laufe meiner Ermittlungen ohnehin früher oder später aufsuchen müssen.«

»Aber warum?« wandte Cicero ein. »Caecilia weiß nichts über den Mord. Sie ist lediglich eine Freundin der Familie, keine Zeugin.«

»Nichtsdestoweniger war Caecilia Metella eine der letzten, die den älteren Roscius lebend gesehen hat.«

»Ja, das stimmt.« Sie nickte. »Er hat sein letztes Mahl in genau diesem Raum eingenommen. Oh, wie er diesen Raum geliebt hat. Er hat mir einmal erzählt, daß er mit der freien Natur nichts anzufangen wüßte. Felder und Weiden und das Landleben in Ameria haben ihn unendlich gelangweilt. ›Das hier reicht mir als Garten vollkommen‹, hat er einmal erklärt.« Sie wies auf die bemalten Wände. »Siehst du den Pfau, der dort drüben auf der Südwand ein Rad schlägt? Da, die Sonne fällt eben darauf. Wie er dieses Bild geliebt hat, die Farben – ich weiß noch, er nannte ihn immer seinen Gaius und wollte, daß ich dasselbe tat. Gaius liebte diesen Raum auch sehr.«

»Gaius?«

»Ja. Sein Sohn.«

»Ich dachte, der Tote hätte nur einen Sohn.«

»Oh, nein. Nun, ja, ein Sohn verblieb ihm, nachdem Gaius gestorben war.«

»Und wann war das?«

»Laß mich nachdenken. Vor drei Jahren? Ja, ich kann mich noch gut daran erinnern, weil es der Abend von Sullas Triumph war. Überall auf dem Palatin fanden Feste statt.

Menschen zogen von einer Versammlung zur nächsten. Jeder feierte – der Bürgerkrieg war endlich vorbei. Ich habe selbst einen Empfang gegeben, in diesem Raum, alle Türen zum Garten standen offen. Es war ein lauer Abend – das Wetter war, wie es zur Zeit ist. Sulla persönlich war eine Weile hier. Ich erinnere mich noch an den Witz, den er machte. ›Heute abend‹, sagte er, ›gibt es für jeden, der in Rom Rang und Namen hat, nur eine Alternative: feiern oder fliehen!‹ Natürlich gab es einige die gefeiert haben, obwohl sie besser geflohen wären. Aber wer hätte sich damals auch vorstellen können, daß die Dinge sich soweit entwickeln würden?« Sie zog die Brauen hoch und seufzte.

»Dann ist Gaius Roscius also hier gestorben?«

»O nein, darum geht es ja. Deswegen fällt mir das Ganze wieder ein. Gaius und sein Vater *hätten* hier sein sollen – oh, das hätte der gute Sextus wirklich aufregend gefunden, Seite an Seite mit Sulla in diesem Raum zu stehen, die Gelegenheit zu haben, ihm seinen Sohn Gaius vorzustellen. Und wenn man den Geschmack des Diktators kennt« – sie vermied es, jemand Bestimmten anzusehen – »hätten sie sich vielleicht ganz prima verstanden.«

»Sulla und der Junge, meinst du.«

»Was denn sonst.«

»Dann war es ein wohlgestalteter Bursche?«

»O ja. Blond und gutaussehend, intelligent und mit guten Manieren. Alles, was sich der liebe Sextus von einem Sohn gewünscht hatte.«

»Wie alt war Gaius?«

»Laß mich überlegen, er hatte schon eine Weile vorher seine Männertoga angelegt. Neunzehn, nehme ich an, vielleicht zwanzig.«

»Also deutlich jünger als sein Bruder?«

»O ja, ich vermute, der arme Sextus ist – was, mindestens vierzig? Er hat zwei Töchter, mußt du wissen. Die ältere ist schon fast sechzehn.«

»Standen sie sich nahe, die beiden Brüder?«

»Gaius und der junge Sextus? Das glaube ich nicht. Ich wüßte nicht wie – sie haben sich praktisch nie gesehen. Gaius hat die meiste Zeit hier mit seinem Vater in der Stadt gelebt, während Sextus das Gut in Ameria geleitet hat.«

»Ich verstehe. Du wolltest erzählen, wie Gaius ums Leben gekommen ist.«

»Ich weiß wirklich nicht, was all das mit dem anstehenden Fall zu tun hat?«

Cicero rutschte unbehaglich auf seinem Stuhl hin und her. »Es ist im Grunde nichts weiter als Klatsch.«

Ich sah ihn kurz und nicht ohne Sympathie an. Bisher hatte er mich mit ungewöhnlicher Höflichkeit behandelt, zum Teil, weil er naiv war, zum Teil aber auch, weil es in seinem Wesen lag. Doch daß ich so freimütig mit einer Frau sprach, die soweit über mir stand (einer Metella!), war selbst für sein liberales Gefühl zuviel. Er erkannte den Dialog als das, was er war, ein Verhör nämlich, und nahm daran Anstoß.

»Nein, nein, Cicero, laß ihn fragen.« Caecilia wies ihn mit ihrem Fächer zurück und gönnte mir ein Lächeln. Sie war glücklich, ja richtiggehend begierig, über ihren verstorbenen Freund zu reden. Ich mußte mich unwillkürlich fragen, welcher Art ihre Beziehung zu dem Feste feiernden, das Vergnügen liebenden, alten Sextus dereinst gewesen war.

»Nein. Gaius Roscius ist nicht in Rom gestorben.« Caecilia seufzte. »Sie hätten an jenem Tag eigentlich herkommen sollen, um den frühen Abend auf meinem Empfang zu verbringen; dann wollten wir alle gemeinsam zu Sullas Villa gehen, um an dem Triumphbankett teilzunehmen. Tausende von Gästen waren eingeladen. Sullas Großzügigkeit kannte keine Grenzen. Sextus Roscius war ganz besonders daran gelegen, einen guten Eindruck zu machen; wenige Tage zuvor war er noch mit dem jungen Gaius vorbeigekommen, um meinen Rat hinsichtlich der angemessenen Kleidung einzuholen. Wenn alles nur wie geplant vonstatten gegangen wäre, würde der junge Gaius heute noch leben ...« Ihre Stimme erstarb. Sie hob ihren Blick und ließ ihn zu dem sonnenbeschienenen Pfau schweifen.

»Die Parzen haben eingegriffen«, schlug ich vor.

»Wie es ihre schlechte Angewohnheit ist. Zwei Tage vor dem Triumph erhielt Sextus *pater* eine Nachricht von Sextus *filius* in Ameria, der ihn drängte, nach Hause zu kommen. Irgendein Notfall – ein Brand, eine Flut, ich weiß nicht mehr. Jedenfalls so dringend, daß Sextus zusammen mit Gaius zum Familienanwesen zurückeilte. Er hoffte, zu den Feierlichkeiten zurück zu sein. Statt dessen blieb er bis zur Beerdigung in Ameria.«

»Wie ist es passiert?«

»Eine Lebensmittelvergiftung. Ein Glas verdorbener eingelegter Pilze. Sextus hat mir das Unglück später in allen Einzelheiten beschrieben. Wie sein Sohn zusammenbrach und pure Galle zu erbrechen begann. Wie Sextus ihm in den Rachen griff, weil er glaubte, sein Sohn würde erstikken. Daß der Schlund des Jungen glühendheiß gewesen sei und seine Finger, als er sie wieder herauszog, blutig. Gaius spuckte weitere Galle, diesmal dickflüssig und schwarz, und war wenige Minuten später tot. Sinnlos, tragisch. Der gute Sextus war danach nie mehr ganz der alte.«

»Du hast gesagt, Gaius sei neunzehn oder zwanzig gewesen, und ich dachte, sein Vater war Witwer. Wann ist die Mutter des Jungen gestorben?«

»Oh – aber sicher, woher sollst du das wissen? Sie starb bei der Geburt von Gaius. Ich glaube, das war einer der Gründe, warum Sextus den Jungen so sehr liebte. Er ähnelte seiner Mutter sehr. Sextus hat Gaius als ihr letztes Geschenk an ihn betrachtet.«

»Und die beiden Söhne – sie müssen im Abstand von fast zwanzig Jahren geboren sein. Von derselben Mutter?«

»Nein. Sagte ich das nicht? Gaius und der junge Sextus waren Halbbrüder. Die erste Frau starb vor Jahren an einer Krankheit.« Caecilia zuckte die Schultern. »Das ist vielleicht auch ein Grund, warum sie sich nie besonders nahestanden.«

»Ich verstehe. Und hat Gaius' Tod Sextus Roscius und seinen älteren Sohn einander wieder nähergebracht?«

Caecilia wandte traurig den Blick ab. »Nein, ganz im Gegenteil, fürchte ich. Manchmal hat eine Tragödie diese Wirkung auf eine Familie, daß sie die alten Wunden wieder aufreißt. Manchmal liebt ein Vater einen Sohn mehr als den anderen – wer kann daran etwas ändern? Als Gaius starb, machte Sextus den Bruder des Jungen für den Tod verantwortlich. Natürlich war es ein Unfall, aber einem alten, von Schmerz geschüttelten Mann fehlt bisweilen die Stärke, den Göttern die Schuld zu geben. Er kehrte nach Rom zurück und vergeudete seine Zeit – und sein Vermögen. Er hat mir einmal erzählt, daß er nach Gaius' Tod niemanden mehr hatte, dem er ein Erbe hinterlassen wollte, also war er entschlossen, seinen Reichtum durchzubringen, bevor er starb. Grausame Worte, ich weiß. Während Sextus *filius* das Anwesen leitete, verpraßte Setus *pater* blindlings, so viel er nur konnte. Die Verbitterung auf beiden Seiten läßt sich vorstellen.«

»Genug Verbitterung für einen Mord?«

Caecilia zuckte müde die Schultern. Ihre Lebhaftigkeit war von ihr gewichen. Die Maske von Henna und Schminke verblaßte rapide und gab den Blick frei auf die runzelige alte Frau, die sich darunter verbarg. »Ich weiß nicht. Es wäre fast undenkbar, daß Sextus Roscius von seinem eigenen Sohn ermordet worden ist.«

»An jenem Abend im letzten September – an den Iden, oder nicht? – hat Sextus Roscius hier gespeist . . . vor seinem Tod?«

»Ja.«

»Wann hat er dein Haus verlassen?«

»Ich weiß noch, daß er früh ging. Normalerweise blieb er stets bis spät in die Nacht, aber an jenem Abend hat er sich noch vor dem letzten Gang verabschiedet. Eine Stunde nach Anbruch der Dunkelheit.«

»Und weißt du, wohin er wollte?«

»Nach Hause, nehme ich an ...« Ihre Stimme verlor sich auf eine durch und durch unnatürliche Art. Caecilia Metella, die so viele Jahre allein gelebt hatte, mangelte es an zumindest einer Fertigkeit, über die alle römischen Ehefrauen verfügen. Caecilia Metella konnte nicht lügen.

Ich räusperte mich. »Vielleicht hat sich Sextus Roscius an jenem Abend doch nicht auf den Heimweg gemacht, als er dein Haus verließ. Vielleicht gab es einen Grund, warum er früher aufbrechen mußte. Eine Verabredung? Eine Botschaft?«

»Nun, ja, in der Tat.« Caecilia runzelte die Stirn. »Mir ist, als wäre da ein Bote gekommen. Ja, ein ganz gewöhnlicher Bote, wie man ihn sich von der Straße holen kann. Er meldete sich beim Personaleingang. Ahausarus kam zu mir und sagte, draußen in der Küche warte ein Mann mit einer Botschaft für Sextus Roscius. Ich habe an jenem Abend eine kleine Gesellschaft gegeben; wir waren höchstens zu sechst oder acht und noch nicht mit dem Essen fertig. Sextus wirkte entspannt, fast als ob er dösen würde. Ahausarus flüsterte ihm etwas ins Ohr. Sextus sah ein wenig erstaunt aus, stand jedoch sofort auf und verließ den Raum, ohne mich um Erlaubnis zu bitten.«

»Ich vermute, du hast nicht zufällig auf irgendeine Weise in Erfahrung bringen können, wie die Botschaft lautete?«

Cicero stöhnte leise auf. Caecilia richtete sich gerade auf und die natürliche Farbe kehrte in ihre Wangen zurück. »Junger Mann, Sextus Roscius und ich waren sehr alte, sehr enge Freunde.«

»Ich verstehe, Caecilia Metella.«

»Tatsächlich? Ein alter Mann braucht jemanden, der sich um seine Interessen kümmert und ein wenig Neugier zeigt, wenn fremde Boten ihn mitten in der Nacht stören. Natürlich bin ich ihm gefolgt und habe gelauscht.«

»Ah. Dann könntest du mir vielleicht sagen, wer den Boten geschickt hat?«

»Seine genauen Worte lauteten: ›Elena bittet dich auf der Stelle, ins Haus der Schwäne zu kommen. Es ist sehr wichtig.‹ Und dann zeigte er Sextus ein Pfand.«

»Was für ein Pfand?«

»Einen Ring.«

»Einen Ring?«

»Den Ring einer Frau – klein, silbern, ganz schlicht. Die Art Ringe, wie sie ein armer Mann seiner Geliebten geben würde oder die Art kleines Geschenk, die ein reicher Mann einer...«

»Ich verstehe.«

»Tatsächlich? Nach Gaius' Tod begann Sextus, sehr viel Zeit und Geld in Lokalen dieser Art zu verbringen und auszugeben. Ich rede natürlich von Bordellen. Du hältst das für jämmerlich bei einem Mann seines Alters? Aber verstehst du nicht, daß es wegen Gaius war. Als ob er von dem plötzlichen und überwältigenden Bedürfnis ergriffen war, einen weiteren Sohn zu zeugen. Völlig absurd natürlich, aber manchmal muß ein Mensch sich seiner Natur beugen. Heilung geschieht an den seltsamsten Orten.«

Wir saßen eine Weile schweigend. »Ich glaube, du bist eine weise Frau, Caecilia Metella. Weißt du sonst noch irgend etwas über diese Elena?«

»Nein.«

»Oder das Haus der Schwäne?«

»Nichts, außer daß es in der Nähe der Pallacina-Thermen liegt, in der Nähe von Sextus' Haus beim Circus Flaminius. Du hast doch nicht etwa geglaubt, er hätte irgendeinen ordinären Schuppen in der Subura frequentiert, oder?«

Cicero räusperte sich. »Ich denke, es ist vielleicht an der Zeit, daß Gordianus den jungen Sextus Roscius kennenlernt.«

»Nur noch ein paar kurze Fragen«, sagte ich. »Sextus Roscius hat das Abendessen unmittelbar danach verlassen?«

»Ja.«

»Aber nicht alleine.«

»Nein, er ging mit zwei Sklaven, die ihn hierher begleitet hatten. Seine Lieblingssklaven. Sextus hat sie immer mitgebracht.«

»Du kannst dich nicht zufällig an ihre Namen erinnern?«

»Natürlich kann ich das, sie sind jahrelang in meinem Haus ein- und ausgegangen. Chrestus und Felix. Überaus loyal. Sextus hat ihnen völlig vertraut.«

»Waren sie als Leibwächter geeignet?«

»Ich nehme an, sie haben irgendwelche Messer bei sich getragen. Aber sie waren nicht wie Gladiatoren gebaut, wenn du das meinst. Nein, ihre Hauptaufgabe bestand darin, die Lampen zu tragen und ihren Herrn ins Bett zu bringen. Ich kann mir nicht vorstellen, daß sie gegen eine Bande bewaffneter Schläger viel hätten ausrichten können.«

»Und mußte ihr Herr ins Bett gebracht oder auf seinem Weg durch die Straßen begleitet oder gestützt werden?«

»Du meinst, ob er so betrunken war?« Caecilia lächelte nachsichtig. »Sextus war kein Mann, der sich in seinen Genüssen Mäßigung auferlegt hätte.«

»Vermutlich trug er eine edle Toga.«

»Seine beste.«

»Und Schmuck?«

»Sextus trat nicht bescheiden auf. Ich nehme an, daß an seiner Person auch Gold zu sehen war.«

Ich schüttelte meinen Kopf über soviel Kühnheit: Ein alter Mann, der praktisch unbewacht nach Anbruch der

Dunkelheit durch die Straßen Roms läuft, vom Wein berauscht und seinen Reichtum fröhlich herzeigend, auf dem Weg zu der geheimnisvollen Einladung einer Hure. An den Iden des September hatte Sextus Roscius sein Glück schließlich verlassen, aber wer war das Werkzeug des Schicksals gewesen und zu welchem Zweck?

# Sieben

Sextus Roscius und seine Familie waren in einem entfernten Flügel des großen Hauses untergebracht worden. Ahausarus, der Eunuch, führte uns durch ein Labyrinth immer schmalerer und weniger prachtvollerer Flure. Schließlich gelangten wir in einen Bereich, in dem die Wandgemälde dringend der Restaurierung bedurften, bis sie ganz verschwanden und durch gewöhnlichen Putz ersetzt wurden, der entweder abgefallen oder zumindest bröckelig war. Die Fliesen unter unseren Füßen wurden uneben und rissig mit faustgroßen Löchern. Wir waren weit entfernt von den gepflegten Gärten und lauschigen Speisesälen, in denen Caecilia uns empfangen hatte, weit jenseits sogar von Küchen und Sklavenquartieren. Die Gerüche in diesem Teil des Hauses waren weniger köstlich als die von gerösteter Ente und gegartem Fisch. Wir mußten uns irgendwo in der Nähe des zum Hause gehörigen Aborts befinden.

Wie jede aufrechte römische Patronin der alten Schule schien Caecilia gewillt, Peinlichkeit und sogar Skandal zu ertragen, um die Familie eines Klienten zu schützen, aber es war offenkundig, daß sie keinerlei Wunsch verspürte, den jungen Sextus Roscius irgendwo in ihrer Nähe zu wissen oder ihn mit ihrem Reichtum zu verwöhnen. Ich begann mich zu fragen, ob Caecilia selbst von der Unschuld des Mannes überzeugt war, wenn sie ihm ein so schäbiges Dach zuwies.

»Wie lange lebt Roscius schon unter Metellas Dach?« fragte ich Cicero.

»Ich bin nicht sicher. Rufus?«

»Noch nicht lange. Zwanzig Tage vielleicht; er ist keinesfalls vor den Iden des April hier eingetroffen. Ich besuche Caecilia recht häufig und wußte trotzdem nichts von seiner Anwesenheit, bis die Wachen vor der Tür postiert wurden und sie sich zu einer Erklärung genötigt sah. Vorher hatte sie keinerlei Anstrengung unternommen, uns bekannt zu machen. Ich glaube, sie mag ihn nicht besonders, und seine Frau ist natürlich sehr gewöhnlich.«

»Und was tut er hier in der Stadt, wenn er das Landleben so liebt?«

Rufus zuckte die Schultern. »Das weiß ich auch nicht so genau, und Caecilia weiß es bestimmt nicht. Er stand plötzlich eines Nachmittags mit seiner Familie vor ihrer Tür und bat um Einlaß. Ich bezweifle, daß sie ihn je vorher getroffen hat, aber als ihr klar wurde, daß es sich um Sextus' Sohn handelte, hat sie ihn sofort hereingelassen. Wie es scheint, kocht der Ärger wegen dem Tod des Alten schon seit einiger Zeit vor sich hin, schon seit Ameria. Ich vermute, daß sie ihn aus dem Dorf vertrieben haben; er tauchte praktisch ohne Besitz hier in Rom auf, mit nicht einmal einem Haussklaven. Wenn man ihn fragt, wer sich um seine Ländereien in Ameria kümmert, sagt er, daß er das meiste verkauft hat und irgendwelche Vettern den Rest verwalten. Wenn man ihn darum bittet, ein wenig präziser zu werden, bekommt er einen seiner Anfälle. Meiner Meinung nach hat Hortensius den Fall aus reiner Frustration aufgegeben.«

Ahausarus bat uns mit großem Getue und viel Trara durch den letzten Vorhang. »Sextus Roscius, der Sohn des Sextus Roscius«, sagte er und nickte einer Gestalt zu, die in der Mitte des Raumes saß, »ein hochgeschätzter Klient meiner Herrin. Ich bringe Besucher«, sagte er mit einer vage abschätzigen Geste in unsere Richtung. »Der junge Massala und Cicero, der Anwalt, die du bereits kennengelernt hast. Und ein weiterer Herr namens Gordianus.« Tiro überging er natürlich, genauso wie er die Frau, die im Schneidersitz nähend in einer Ecke des Raumes auf dem

Boden saß, sowie die beiden Mädchen ignorierte, die unter dem Oberlicht knieten und spielten.

Ahausarus zog sich zurück. Rufus trat vor. »Du siehst besser aus heute, Sextus Roscius.«

Der Mann nickte matt.

»Vielleicht hast du uns heute nachmittag mehr zu erzählen. Cicero muß mit der Vorbereitung deiner Verteidigung beginnen – in acht Tagen fängt dein Prozeß an. Deswegen ist auch Gordianus mitgekommen, den man den Sucher nennt. Er verfügt über die besondere Fähigkeit, die Wahrheit zu ergründen.«

»Ein Magier?« Zwei traurige Augen blickten mich an.

»Nein«, sagte Rufus. »Ein Ermittler. Mein Bruder Hortensius bedient sich des öfteren seiner Talente.«

Die traurigen Augen wandten sich Rufus zu. »Hortensius – der Feigling, der den Schwanz zwischen die Beine geklemmt hat und geflüchtet ist? Was soll mir ein Freund von Hortensius nutzen?«

Rufus blasses, sommersprossiges Gesicht nahm die Farbe reifer Kirschen an. Er klappte seinen Mund auf, aber ich hob meine Hand. »Sag mir eins«, sprach ich mit lauter Stimme. Cicero runzelte die Stirn und schüttelte den Kopf, aber ich winkte ab. »Sag es mir jetzt, bevor wir fortfahren. Sextus Roscius von Ameria: Hast du deinen Vater ermordet oder seine Ermordung in irgendeiner Weise geplant und vorbereitet?«

Ich baute mich direkt vor ihm auf, so daß er zu mir aufblicken mußte, was er auch tat. Was ich sah, war ein einfaches Gesicht von der Art, wie römische Politiker es gerne und lustvoll preisen, ein von Sonne, Wind und Wetter gegerbtes Gesicht. Roscius mochte ein reicher Bauer sein, er war nichtsdestoweniger ein Bauer. Kein Mann kann Landarbeiter befehligen, ohne selbst das Aussehen eines Landarbeiters anzunehmen und sich die Fingernägel schmutzig zu machen, selbst wenn er Sklaven kommandiert. Sextus Roscius hatte etwas Ungeschliffenes an sich, ein charakteristisches Phlegma, so leer und unbeweglich wie Granit. Dies war der Sohn, den man auf dem Lande zurückgelassen hatte, um die Rücken der störrischen Sklaven zu peitschen und dafür zu sorgen, daß die Ochsen ausgespannt wurden, während der hübsche junge Gaius als verhätschelter Stadtjunge mit großstädtischen Manieren im Haus seines vergnügungssüchtigen Vaters aufwuchs.

Ich suchte in seinen Augen nach Groll, Verbitterung, Eifersucht oder Habgier. Und ich sah nichts. Statt dessen sah ich die Augen eines Tieres, das mit einem Fuß in eine Falle geraten ist und die näherkommenden Jäger hört.

Roscius antwortete mir zu guter Letzt mit einem leisen, heiseren Flüstern: »Nein.« Er sah mir unentwegt in die Augen. Angst war alles, was ich darin sah, und obwohl die Angst einen eher als alles andere zum Lügen verleitet, glaubte ich, daß er mir die Wahrheit sagte. Cicero mußte dasselbe gesehen haben; Cicero hatte mir erklärt, daß Roscius unschuldig war und daß ich ihn nur treffen müßte, um es selbst zu sehen.

Sextus Roscius war von mittlerem Alter, und wenn man davon ausging, daß er ein hart arbeitender Mann von beträchtlichem Reichtum war, konnte ich seine heutige Erscheinung nur für untypisch halten. Die schreckliche Last seiner ungewissen Zukunft – oder die schreckliche Schuld seines Verbrechens – lag schwer auf seinen Schultern. Seine Haare und sein Bart waren länger, als selbst die Mode auf dem Land es vorschrieb, zottig, ungepflegt und voller grauer Strähnen. Er saß zusammengesunken auf einem Stuhl, gebeugt und zerbrechlich, obwohl ich mit einem Seitenblick auf Cicero und Rufus feststellen konnte, daß er ein vergleichsweise sehr viel größerer Mann mit kräftigen Muskeln war. Unter seinen Augen hatten sich dunkle Ringe gebildet. Seine Haut wirkte teigig. Seine Lippen waren trocken und aufgesprungen.

Caecilia Metella behauptete, daß er nachts schreiend aufwachte. Sie hatte zweifelsohne nach dem ersten Blick entschieden, daß er den Verstand verloren hatte. Aber Caecilia war nie durch die endlosen, von Menschen wimmelnden Straßen der Armen in Rom oder Alexandria gewandert. Verzweiflung kann in Wahnsinn übergehen, aber für die Augen desjenigen, der zuviel von beidem gesehen hat, gibt es einen klaren Unterschied. Sextus Roscius war kein Verrückter. Er war verzweifelt.

Ich sah mich nach einer Sitzgelegenheit um. Roscius schnippte mit den Fingern in Richtung der Frau. Sie war ebenfalls mittleren Alters, stämmig und unansehnlich. An der Art, wie sie es wagte, wütend zurückzustarren, erkannte ich, daß es seine Frau war. Sie schnippte ihrerseits mit den Fingern in Richtung der beiden Mädchen, die sich vom Boden erhoben und davonhuschten. Roscia Majora und Roscia Minora, nahm ich an, die einfallslose Namensgebung der Römer voraussetzend, bei der alle Töchter der Familie den Zunamen des Vaters erhielten und lediglich der Reihenfolge nach unterschieden wurden.

Roscia, die Ältere, war vermutlich etwa so alt wie Rufus oder ein wenig jünger, ein Kind auf der Schwelle zur Mannbarkeit. Wie Rufus trug sie ein schlichtes, weißes Gewand, das ihre Gliedmaßen verbarg. Eine wallende Mähne kastanienbraunen Haars war im Nacken zu einem Knoten geflochten und fiel von dort in Wellen bis zu ihrer Hüfte; nach ländlicher Sitte war es noch nie geschnitten worden. Sie hatte ein hübsches Gesicht, aber um ihre Augen hatte sich derselbe gehetzte Blick eingenistet wie bei ihrem Vater.

Das jüngere der beiden Mädchen war das Ebenbild ihrer Schwester in klein, mit demselben Gewand, demselben langen, geflochtenen Haar. Sie folgte den anderen Frauen quer durch das Zimmer, war jedoch noch zu klein, um ebenfalls einen Stuhl zu tragen. Statt dessen kicherte sie und zeigte auf Cicero.

»Spaßmachergesicht!« rief sie und bedeckte dann hastig ihren Mund mit der Hand. Ihre Mutter knurrte und trieb sie aus dem Zimmer. Ich warf einen Blick auf Cicero, der den Spott mit stoischer Gelassenheit hinnahm. Rufus, der neben Cicero so schön wie Apollo ausah, errötete und blickte zur Decke.

Das ältere Mädchen folgte ihrer Mutter, aber bevor sie durch den Vorhang schlüpfte, wandte sie sich noch einmal um. Cicero und Rufus setzten sich gerade und schienen sie nicht zu bemerken. Erneut war ich von der Schönheit ihres Gesichtes fasziniert – der volle Mund und die glatte Stirn, die tiefbraunen, von Trauer getönten Augen. Sie mußte mich beim Starren ertappt haben, denn sie erwiderte meinen Blick mit einer Offenheit, den man bei Mädchen ihrer Klasse und ihres Alters nur selten sieht. Sie zog die Lippen zurück, ihre Augen wurden schmal, und ihr Gesichtsausdruck war auf einmal eine Einladung – sinnlich, kalkuliert und provozierend. Sie lächelte. Sie nickte. Ihre Lippen bewegten sich, doch ich konnte die Worte nicht lesen.

Cicero und Rufus saßen am anderen Ende des Raumes und steckten tuschelnd die Köpfe zusammen. Ich sah mich über die Schulter um, wo lediglich Tiro nervös von einem Fuß auf den anderen trat. Sie konnte nur mich gemeint haben, dachte ich.

Als ich mich erneut umwandte, war Roscia Majora verschwunden, und nur der sanft wiegende Vorhang und ein Hauch von Jasmin erinnerte an sie. Die Vertraulichkeit ihres Abschiedsblicks ließ mich erstaunt und verwirrt zurück. Es war ein Blick, wie Liebende ihn einander zuwerfen, dabei hatte ich sie nie zuvor getroffen.

Ich ging zu dem Stuhl, den man für mich aufgestellt hatte. Tiro folgte mir und schob ihn mir hin. Ich schüttelte den Kopf, um wieder klare Gedanken fassen zu können. Ein weiterer Blick auf den Vater des Mädchens ernüchterte mich vollends.

»Wo sind deine Sklaven, Sextus Roscius? Zu Hause würde es dir auch wohl im Traum nicht einfallen, deine Frau und deine Töchter zu bitten, Stühle für den Besuch heranzuschleppen.«

Die traurigen Augen leuchteten auf. »Warum nicht? Glaubst, daß sie dafür zu schade sind? Es tut einer Frau gut, von Zeit zu Zeit an ihren Platz gemahnt zu werden. Vor allem Frauen wie den meinen, mit einem Ehemann und Vater, der reich genug ist, daß sie den ganzen Tag herumsitzen und tun können, was sie wollen.«

»Verzeihung, Sextus Roscius. Ich wollte dich nicht beleidigen. Du spricht weise. Vielleicht sollten wir das nächste Mal Caecilia Metella bitten, uns die Stühle zu holen.«

Rufus unterdrückte ein Lachen. Cicero zuckte zusammen ob meiner Unverschämtheit.

»Du bist ein echter Klugschwätzer, was?« bellte Sextus Roscius. »Ein schlauer Stadtmensch wie die anderen auch. Was willst du?«

»Nur die Wahrheit, Sextus Roscius. Die herauszufinden ist nämlich mein Beruf, und weil die Wahrheit das einzige ist, das einen unschuldigen Mann retten kann – einen Mann wie dich.«

Roscius sank tiefer in seinen Stuhl. Er hätte es an Muskelkraft mit zwei von uns aufnehmen können, selbst in seinem geschwächten Zustand, aber mit Worten war er leicht zu schlagen.

»Was willst du wissen?«

»Wo sind deine Sklaven?«

Er zuckte die Schultern. »Zu Hause in Ameria natürlich. Auf den Gütern.«

»Alle? Du hast keine Sklaven mitgebracht, die kochen, saubermachen und sich um deine Töchter kümmern? Das verstehe ich nicht.«

Tiro neigte sich zu Cicero und flüsterte ihm etwas ins Ohr. Cicero nickte und winkte ab. Tiro verließ den Raum.

»Was für einen wohlerzogenen kleinen Sklaven du hast.« Roscius kräuselte die Lippen. »Fragt seinen Herrn um Erlaubnis, wenn er mal pissen muß. Hast du die sanitären Anlagen hier gesehen? Absolut einzigartig. Fließendes Wasser direkt im Haus. Mein Vater hat ständig davon geredet – du weißt ja, wie sehr alte Männer es hassen, nachts nach draußen zu müssen, um Wasser zu lassen. Das braucht man hier nicht! Der Abort ist viel zu edel, als daß Sklaven hier scheißen sollten, wenn du mich fragst. Normalerweise stinkt es auch nicht so übel, außer wenn es so verdammt heiß ist.«

»Wir sprachen von deinen Sklaven, Sextus Roscius. Mit zweien von ihnen würde ich ganz besonders gerne reden. Die beiden Lieblingsdiener deines Vaters, die in der Nacht seines Todes bei ihm waren. Felix und Chrestus. Sind die auch in Ameria?«

»Woher soll ich das wissen?« gab er mürrisch zurück. »Die sind wahrscheinlich längst abgehauen. Oder man hat ihnen die Kehle durchgeschnitten.«

»Und wer sollte so etwas tun?«

»Ihnen die Kehle durchschneiden? Dieselben Männer, die meinen Vater ermordet haben, natürlich.«

»Und warum?«

»Weil die Sklaven Zeugen waren, du Dummkopf.«

»Und woher weißt du das?«

»Weil sie es mir gesagt haben.«

»Hast du so vom Tod deines Vaters erfahren – durch die Sklaven, die bei ihm waren?«

Roscius zögerte. »Ja. Sie haben mir einen Boten aus Rom geschickt.«

»Du warst in Ameria in der Nacht, in der er getötet wurde?«

»Natürlich. Das können mindestens zwanzig Leute bezeugen.«

»Und wann hast du von dem Mord erfahren?«

Roscius zögerte erneut. »Der Bote traf am übernächsten Morgen ein.«

»Und was hast du dann gemacht?«

»Ich bin noch am selben Tag in die Stadt gekommen. Ein anstrengender Ritt. Man kann es in acht Stunden schaffen, wenn man ein gutes Pferd hat. Ich bin bei Tagesanbruch losgeritten und in der Abenddämmerung hier angekommen – im Herbst sind die Tage kurz. Die Sklaven haben mir die Leiche gezeigt. Die Wunden ...« Seine Stimme wurde zu einem Flüstern.

»Und haben sie dir auch die Straße gezeigt, in der er ermordet wurde?«

Sextus Roscius starrte zu Boden. »Ja.«

»Den genauen Tatort?«

Er schauderte. »Ja.«

»Ich muß ihn persönlich in Augenschein nehmen.«

Er schüttelte den Kopf. »Ich werde nicht noch einmal dorthin gehen.«

»Ich verstehe. Die beiden Sklaven können es mir zeigen, Felix und Chrestus.« Ich beobachtete sein Gesicht. Ein Leuchten blitzte in seinen Augen auf, und ich war auf einmal argwöhnisch, obwohl ich nicht sagen konnte weswegen. »Ah«, sagte ich, »aber die Sklaven sind ja in Ameria, oder nicht?«

»Das habe ich dir doch schon gesagt.« Roscius schien trotz der Hitze zu zittern.

»Aber ich muß den Tatort so bald wie möglich inspizieren. Ich kann nicht warten, bis diese Sklaven nach Rom gebracht worden sind. Soweit ich weiß, war dein Vater auf dem Weg zu einem Etablissement, das man das Haus der Schwäne nennt. Vielleicht hat sich das Verbrechen ja in der Nähe ereignet.«

»Ich hab noch nie von dem Lokal gehört.« Log er mich an oder nicht? Ich betrachtete sein Gesicht, aber mein Instinkt versagte.

»Vielleicht könntest du mir trotzdem erklären, wie ich zum Tatort komme?«

Er konnte und er tat es. Das überraschte mich ein wenig, wenn ich in Betracht zog, wie wenig er sich in der Stadt auskannte. Es gibt tausend Straßen in Rom, und nur eine Handvoll von ihnen hat Namen. Aber anhand der markanten Punkte, an die Roscius sich erinnern konnte, tüftelten Cicero und ich mit vereinten Kräften die Route aus. Es war so kompliziert, daß wir es aufschreiben mußten. Cicero sah sich um und murmelte etwas von Tiros Abwesenheit; zum Glück hatte Tiro seine Wachstafel und seinen Stylus hinter Ciceros Stuhl auf dem Boden liegen lassen. Rufus erklärte sich bereit, die Schreibarbeit zu übernehmen.

»Nun sag mir, Sextus Roscius: Weißt du, wer deinen Vater ermordet hat?«

Er senkte den Blick und sagte sehr lange nichts. Vielleicht war es nur die Hitze, die ihn erschöpft hatte. »Nein.«

»Trotzdem hast du Cicero erzählt, daß du dasselbe Schicksal befürchtest – daß irgendwelche Männer entschlossen sind, auch dich zu töten. Daß die Anklage selbst ein Angriff auf dein Leben sei.«

Roscius schüttelte den Kopf und schlang die Arme um sich. Das trotzige Leuchten in seinen traurigen Augen wurde matt. »Nein, nein«, murmelte er. »So was hab ich nie gesagt.« Cicero warf mir einen erstaunten Blick zu. Roscius' Gemurmel wurde lauter. »Gebt es auf, alle miteinander! Gebt es auf! Ich bin ein todgeweihter Mann. Man wird mich in den Tiber werfen, in einen Sack eingenäht, und wofür? Für nichts! Was soll nur aus meinen beiden kleinen Töchtern werden, meinen hübschen kleinen Töchtern, meinen schönen Mädchen?« Er fing an zu weinen.

Rufus trat neben ihn und legte ihm die Hand auf die Schulter, doch Roscius schüttelte sie heftig ab.

Ich erhob mich und verbeugte mich förmlich. »Kommt, meine Herren, ich glaube, wir sind hier für heute fertig.«

Cicero stand widerwillig auf. »Aber du hast doch sicher gerade erst angefangen. Frag ihn –«

Ich legte einen Finger auf meine Lippen, wandte mich zum Gehen und rief Rufus, der noch immer versuchte, Sextus Roscius zu trösten. Ich hielt den Vorhang für Cicero und Rufus zur Seite und warf dann einen letzten Blick zurück zu Roscius, der zitternd auf seinen Fingerknöcheln herumkaute.

»Über dir schwebt ein schrecklicher Schatten, Sextus Roscius von Ameria. Ob es Schuld, Scham oder Furcht ist, kann ich nicht erkennen, und du hast offenbar nicht die Absicht, es zu erklären. Aber ob es dich nun tröstet oder quält: Ich verspreche dir, daß ich alles in meinen Kräften Stehende unternehmen werde, um den Mörder deines Vaters zu entlarven, wer immer es sei; und ich werde erfolgreich sein.«

Roscius hieb mit der Faust auf die Lehne. Seine Augen waren noch immer feucht, aber er weinte nicht mehr. Das Feuer war wieder aufgelodert. »Mach, was du willst!« fuhr er mich an. »Noch so ein Großstadtidiot. Ich hab dich nicht um deine Hilfe gebeten. Als ob die Wahrheit von irgendeiner Wichtigkeit oder Bedeutung wäre. Geh schon, geh und begaffe seine Blutflecken auf dem Boden! Geh und schau dir an, wo der Alte auf dem Weg zu seiner Hure gestorben ist! Was für einen Unterschied macht das schon? Selbst hier bin ich nicht sicher!«

Das war nicht alles. Ich ließ meinen Arm sinken, und der schwere Vorhang verschluckte den Rest seiner Beschimpfungen.

»Mir kommt es so vor, als wüßte er mehr, als er uns sagt«, sagte Rufus, als wir durch den Flur zu Caecilias Flügel gingen.

»Natürlich tut er das. Aber was?« Cicero verzog das Gesicht. »Ich beginne zu verstehen, warum Hortensius den Fall abgegeben hat.«

»Tatsächlich?« fragte ich.

»Der Mann ist unmöglich. Wie soll ich ihn verteidigen? Verstehst du jetzt, warum Caecilia ihn in diesen stinkigen Winkel des Haues verbannt hat. Am liebsten würde ich den Fall auch wieder abgeben.«

»Davon würde ich dir abraten.«

»Wieso?«

»Weil meine Ermittlung eben erst begonnen hat, und wir bereits einen vielversprechenden Anfang gemacht haben.«

»Aber wie kannst du so etwas sagen? Wir haben nichts herausbekommen, weder von Caecilia noch von Roscius selbst. Caecilia weiß nichts und ist nur wegen ihrer sentimentalen Anhänglichkeit an den Toten in den Fall verwikkelt. Roscius weiß etwas, sagt es uns aber nicht. Was könnte ihn so sehr ängstigen, daß er seinen eigenen Verteidigern nicht hilft? Wir wissen nicht einmal genug, um zu entscheiden, worüber er lügt.« Cicero zog eine verzweifelte Miene. »Aber trotzdem, beim Herkules, ich glaube noch immer, daß er unschuldig ist. Hast du nicht auch das Gefühl?«

»Ja, schon möglich. Aber du irrst, wenn du glaubst, daß wir nichts von Bedeutung entdeckt haben. Ich habe bloß aufgehört, ihm weitere Fragen zu stellen, weil ich schon genug lose Enden zum Entwirren habe. Ich habe heute nachmittag genug erfahren, um mich die nächsten zwei Tage beschäftigt zu halten.«

»Zwei Tage?« Cicero stolperte über eine lockere Fliese. »Aber in acht Tagen fängt bereits der Prozeß an, und ich habe noch immer nichts, worauf ich meine Verteidigung aufbauen kann.«

»Ich verspreche dir, Marcus Tillius Cicero, in acht Tagen werden wir nicht nur wisen, wo Sextus Roscius ermordet wurde – was für sich genommen kein unwesentliches Detail ist –, sondern auch warum, von wem und zu welchem Zweck. Im Augenblick jedoch würde es mich sehr glücklich machen, ein weit simpleres, jedoch keineswegs weniger dringendes Geheimnis zu lüften.«

»Und das wäre?«

»Wo finde ich den viel gepriesenen überdachten Abort?«

Rufus lachte. »Wir sind bereits daran vorbeigegangen. Du mußt umkehren. Die zweite Tür links wird dich dorthin führen. Du kannst es an den blauen Kacheln und einem kleinen Relief von Triton über der Tür erkennen.«

Cicero kräuselte die Nase. »Vermutlich wird der Gestank dich leiten. Und wenn du gerade dabei bist«, rief er mir nach, »schau, ob du herausfinden kannst, wo Tiro abgeblieben ist. Beim letztenmal, als wir hier waren, ist genau das gleiche passiert – er hat behauptet, er hätte sich in den Fluren verirrt. Wenn er noch immer auf dem Abort ist, muß er ja schwer zu leiden haben. Sag ihm, das kommt davon, daß er sich weigert, meinem Beispiel zu folgen und mittags zu fasten. Soviel Nahrung ist eine völlig unnatürliche Belastung für den Körper, vor allem in dieser Hitze ...«

Eine Wendung nach links und ein kurzer Gang einen schmalen Flur hinunter führten mich zu der blau gekachelten Tür, in kleinen Nischen im Durchgang sah ich Aschehäufchen und die Überreste von Weihrauch und süß brennenden Hölzern, die die übelriechenden Düfte, die aus dem Innern drangen, überdecken sollten. An einem so drückenden Tag wie heute mußte der Weihrauch ständig nachgefüllt werden, aber Caecilias Sklaven legten bei der Erfüllung ihrer Pflichten eine gewisse Lässigkeit an den Tag oder aber sämtliche Weihrauchvorräte waren für das Heiligtum der Herrin beansprucht worden. Ich trat durch den schweren, blauen Vorhang.

Es gibt kein Volk der Welt, das bei der Organisation von Wasser und Abfällen eine größere Geschicklichkeit entwikkelt hat, als das römische. »Wir werden«, wie es ein athenischer Spaßvogel einmal formuliert hat, »von einer Nation von Klempnern regiert.« Trotzdem mangelte es hier, in einem der feinsten Häuser im Herzen der Stadt, an einigem. Die blauen Fliesen mußten dringend geschrubbt werden. Die steinerne Rinne war verstopft, und als ich auf das Ventil drückte, tröpfelte nur ein kleines Rinnsal heraus. Ein summendes Geräusch ließ meinen Blick nach oben wandern. Über dem Dachfenster zur Luftzufuhr spannte sich ein riesiges Spinnennetz, in dem sich zahllose Fliegen gefangen hatten.

Ich erledigte, weswegen ich gekommen war, und nahm einen tiefen Atemzug, als ich wieder durch den blauen Vorhang trat. Ich hielt die Luft an, als ich durch die gegenüberliegende Tür gedämpfte Stimmen wahrnahm. Eine der Stimmen gehörte Tiro.

Ich schlich mich hinüber und neigte den Kopf näher zu dem dünnen gelben Vorhang. Die andere Stimme gehörte einer jungen Frau, sie sprach einen ländlichen Akzent, jedoch nicht ohne eine gewisse Vornehmheit. Sie tuschelte ein paar Worte, dann keuchte sie und stöhnte auf.

Ich begriff sofort.

Ich hätte mich zurückziehen können. Statt dessen trat ich näher an den Vorhang und preßte mein Gesicht gegen den dünnen gelben Stoff. Ich hatte geglaubt, ihr überraschender, verführerischer Blick hätte mir gegolten und sie wäre wegen mir noch einen Moment im Zimmer verharrt. Ich hatte geglaubt, ihre stumme Botschaft sei an mich gerichtet gewesen. Aber sie hatte die ganze Zeit durch mich hindurchgesehen, als wäre ich Luft. Es war der hinter mir stehende Tiro, dem sie diesen Blick zugeworfen hatte, die Botschaft, die Einladung.

Sie flüsterten leise, vielleicht drei Meter entfernt. Ich konnte die Worte kaum verstehen.

»Hier gefällt es mir nicht«, sagte sie. »Es stinkt.«

»Aber es ist der einzige Raum in der Nähe des Aborts – das war der einzige Vorwand, der mir blieb – wenn mein Herr nach mir sucht, muß ich in der Nähe sein ...«

»Schon gut, schon gut«, keuchte sie. Ich hörte, wie sie sich umarmten. Ich schob den Vorhang ein wenig zur Seite und linste in den Raum.

Es war ein kleiner Vorratsraum. Durch ein schmales, hohes Fenster fiel weißes Licht herein, ohne ihn wirklich erleuchten zu können. Staubkörnchen tanzten durch die dicke, schwere Luft. Zwischen den übereinandergestapelten Kartons, Kästen und Säcken sah ich nacktes Fleisch aufblitzen: Tiros Hüften und Gesäß. Seine dünne Baumwolltunika war hochgerutscht und wurde auf seinem Rücken von den Fingern des Mädchens umklammert. Er preßte seinen Unterleib gegen ihren, zog ihn zurück und stieß wieder nach vorn in dem uralten, eindeutigen Rhythmus.

Ihre vereinten Gesichter lagen im Schatten. Das Mädchen war nackt. Das geschlechtlose Gewand lag zusammengeknüllt und verlassen auf dem Boden. Man hatte die sinnliche Figur und die atemberaubende Schönheit ihres weißen Fleisches darunter nicht ahnen können, leuchtend und fest wie Alabaster glitzerte es von Schweiß in dem heißen, stickigen Raum, als hätte sie sich von Kopf bis Fuß eingeölt. Ihr Körper reagierte auf seine Bewegungen, schraubte sich in einer seltsam krampfhaften Bewegung an der Wand hoch wie eine Schlange, die sich über das heiße Pflaster windet.

»Komm«, flüsterte Tiro mit heiserer, tonloser Stimme, die ich nie erkannt hätte – weder die Stimme eines Sklaven noch die eines Freiers, die Stimme des Tieres, des Ungeheuers, des Körpers.

Das Mädchen packte seine Hinterbacken mit beiden Händen und drückte ihn fester an sich. Ihr Kopf war zurückgeworfen, ihre Brüste vorgestreckt. »Nur noch ein wenig länger«, flüsterte sie.

»Nein, jetzt, man wird schon auf mich warten ...«

»Dann denk dran, du hast versprochen, wie letztesmal – nicht in mir – mein Vater würde ...«

»Jetzt!« sagte Tiro mit einem langgezogenen Stöhnen.

»Nicht in mir!« zischte das Mädchen. Ihre Finger krallten sich in das zarte Fleisch seiner Hüften, und sie schob ihn weg. Tiro taumelte erst rückwärts, dann wieder nach vorn und sank in ihre Arme. Er preßte sein Gesicht gegen ihre Wange, dann gegen ihren Hals, ihre Brüste, bevor er weiter nach unten glitt. Er küßte ihren Nabel und fuhr mit der Zunge über die glänzenden Samenfäden, die an der glatten Haut ihres Bauches klebten. Er umfing ihre Hüften und preßte sein Gesicht zwischen ihre Beine.

Ich sah sie nackt, entblößt im weichen, dunstigen Licht. Nur ihr Gesicht war im Schatten verborgen. Ihr Körper war vollkommen, schlank und geschmeidig, blaß und makellos wie satter Rahm; weder der Körper eines Mädchens noch der einer Frau, sondern der eines Mädchens, deren Weiblichkeit erwacht ist, von der Unschuld befreit, doch noch unverdorben von Zeit.

Ohne Tiro zwischen uns beiden kam ich mir auf einmal ebenso nackt vor wie das Mädchen. Ich zog mich zurück. Der dünne gelbe Vorhang fiel lautlos und kräuselte sich sanft, als habe sich ein vom Weg abkommender Windhauch in diesen Flur verirrt.

# Acht

Sie haben es also gleich dort getrieben, im Haus der reichen Frau, direkt vor der Nase seines Herrn? Gut für die beiden!«

»Nein, Bethesda. Direkt vor *meiner* Nase.« Ich schob meine Schale beiseite und blickte in den Himmel. Der Widerschein der Lichter der Stadt überstrahlte die kleineren Sterne, aber die größeren Sternbilder leuchteten hell und funkelnd in der warmen Abendluft. Weiter westlich war ein Band dunkler Gewitterwolken aufgezogen wie die Staubwolke einer berittenen Armee. Ich lag mit geschlossenen Augen auf einem Sofa und lauschte der Stille des Gartens mit all seinen verborgenen Geräuschen: das leise Flackern der Fackel, das Zirpen einer Zikade am Teich, das laute Schnurren von Bast, die sich am Tischbein rieb. Ich hörte das beruhigende Klappern von Geschirr, und Bethesdas leisen Schritt, als sie sich ins Haus zurückzog. Die Katze folgte ihr, das Schnurren wurde einen Moment lang lauter, bevor es in der Stille verklang.

Bethesda kehrte zurück. Ich hörte das Rascheln ihres Gewands und spürte ihre Nähe, als sie sich zu mir auf das Sofa setzte. Ihr Gewicht ließ meinen Kopf nach unten sinken, dann hob sie ihn mit zarten Händen an und bettete ihn in ihren Schoß, ein weiteres Gewicht ließ sich am Fußende nieder. Warmes Fell strich gegen meine nackten Füße, und ich konnte die Vibration ebenso spüren wie hören – das laute, zufriedene Schnurren einer Katze, die von den Köstlichkeiten vom Teller ihres Herrn fett geworden ist.

»Hat dir das Essen nicht geschmeckt, Herr? Du hast fast gar nichts gegessen.« Bethesda streichelte zart meine Schläfe.

»Das Essen war köstlich«, log ich. »Die Hitze hat mir den Appetit verdorben. Und das ganze Herumlaufen heute.«

»Du hättest bei dem heißen Wetter nicht soviel laufen sollen. Du hättest die reiche Frau dazu bringen sollen, dir eine Sänfte zu bestellen.«

Ich zuckte mit den Achseln. Bethesda streichelte meinen Hals. Ich ergriff ihre Hand und strich mit ihren Fingern über meine Lippen. »So zart und weich. Du arbeitest hart, Bethesda – ich necke dich zwar oft wegen deiner Faulheit, aber eigentlich weiß ich, daß das nicht stimmt –, und trotzdem sind deine Hände so zart wie die einer Vestalin.«

»Das hat mir meine Mutter beigebracht. In Ägypten weiß selbst das ärmste Mädchen, wie es ihren Körper pflegt und sich schön hält. Nicht wie die römischen Frauen.« Auch ohne die Augen zu öffnen, konnte ich die Miene sehen, zu der sie ihr Gesicht verzog, verächtlich und hochmütig. »Schmieren sich Cremes und Schminke ins Gesicht, als ob sie Mörtel zum Mauern verstreichen würden.«

»Die Römer haben keinen Stil«, gab ich ihr recht. »Keine Eleganz. Vor allem die Frauen. Die Römer sind viel zu schnell zu reich geworden. Sie sind ein primitives und vulgäres Volk, dem die ganze Welt gehört. Früher einmal hatten sie wenigstens Manieren. Ein paar haben vermutlich immer noch welche.«

»Wie du?«

Ich lachte. »Nein, nicht ich. Ich habe weder Manieren noch Geld. Ich habe nur eine Frau, eine Katze und ein Haus, das ich mir nicht leisten kann. Ich dachte an Cicero.«

»Nach deiner Beschreibung scheint er ein sehr anspruchsloser Mann zu sein.«

»Ja, Bethesda, Cicero hat nichts, was dich interessieren würde.«

»Aber der Junge ...«

»Nein, Bethesda, Rufus Messalla ist selbst für deinen Geschmack zu jung, und viel zu reich.«

»Ich meinte den Sklavenjungen. Der dich abgeholt hat. Den du mit dem Mädchen gesehen hast. Wie sieht er ohne Kleidung aus?«

Ich zuckte die Schultern. »Ich hab ihn kaum gesehen. Zumindest nicht die Teile, die dich interessieren würden.«

»Vielleicht weißt du ja nicht, welche Teile mich interessieren würden.«

»Vielleicht nicht.« Mit geschlossenen Augen sah ich sie wieder vor mir, gegen die Wand gedrückt, sich zuckend gemeinsam bewegend, zitternd in einem Rhythmus, von dem die ganze Welt ausgeschlossen war. Bethesda ließ ihre Hand unter meine Tunika gleiten und begann, meine Brust zu streicheln.

»Was ist danach passiert? Sag mir nicht, daß man sie erwischt hat, sonst werde ich ganz traurig.«

»Nein, man hat sie nicht erwischt.«

»Hast du dem Jungen zu verstehen gegeben, daß du ihn beobachtet hast?«

»Nein. Ich bin dann den Flur entlanggegangen, bis ich auf Cicero und Rufus gestoßen bin, die mit Caecilia im Garten saßen und allesamt sehr ernste Gesichter machten. Tiro kam wenig später hinzu und sah aus, als sei ihm das Ganze angemessen peinlich. Cicero hat nichts gesagt. Niemand hat Verdacht geschöpft.«

»Natürlich nicht. Sie glauben, sie wissen so viel und er, der er nur ein Sklave ist, weiß so wenig. Du wärst überrascht, was Sklaven so alles anstellen können, ohne erwischt zu werden.«

Eine Strähne ihres Haares fiel auf meine Wange, und ich atmete den Duft von Henna und Kräutern ein. »Wäre ich wirklich überrascht, Bethesda?«

»Nein. Du nicht. Dich überrascht gar nichts.«

»Weil ich von Natur aus argwöhnisch bin. Den Göttern sei Dank dafür.« Bast schnurrte laut an meinen Füßen. Ich lehnte meine Schulter gegen Bethesdas Hüfte.

»So müde«, sagte sie sanft. »Soll ich dir etwas vorsingen?«

»Ja, Bethesda, sing etwas Leises und Beruhigendes. Sing etwas in einer Sprache, die ich nicht verstehe.«

Ihre Stimme war wie ein stilles Wasser, rein und tief. Ich hatte das Lied nie zuvor gehört, und obwohl ich kein Wort verstand, wußte ich, daß es ein Wiegenleid sein mußte. Vielleicht war es ein Lied, das ihre Mutter ihr vorgesungen hatte. Ich lag halb träumend in ihrem Schoß, während Bilder grausamster Gewalttaten harmlos vor meinem inneren Auge vorüberzogen. Die Bilder waren ungewöhnlich lebhaft und gleichzeitig irgendwie weit weg, als ob ich sie durch eine dicke Scheibe getönten Glases sehen würde. Ich sah die betrunkenen Gladiatoren und die Einbalsamierer und die Messerstecherei, die sich am Morgen auf der Straße ereignet hatte. Und ich sah Tiros vor Erregung gerötetes Gesicht. Ich sah einen alten Mann, der in irgendeiner Gasse von Banditen überfallen wurde, die wieder und wieder auf ihn einstachen. Ich sah einen nackten gefesselten Mann, der ausgepeitscht, mit Exkrementen beworfen und mit Tieren in einen Sack eingenäht wurde, um lebendigen Leibes in den Tiber geworfen zu werden.

Irgendwann war das Wiegenlied zu Ende und ging in ein anderes Lied über, das ich schon oft gehört hatte, ohne die Worte je verstanden zu haben. Es war eines der Lieder, die Bethesda sang, um mich zu erregen, und während sie sang, spürte ich an den Bewegungen ihres Körpers, daß sie ihr Gewand abgelegt hatte, und ich roch den starken Moschusduft ihrer nackten Haut. Sie erhob sich, stieg über mich und legte sich dann eng neben mich auf das Sofa. Sie schob meine Tunika bis zu den Hüften hoch, genau wie die Tochter von Sextus Roscius es bei Tiro getan hatte. Ich hielt meine Augen die ganze Zeit geschlossen, selbst als sie sich nach unten beugte und mich in den Mund nahm, selbst als ich sie wieder nach oben zog, auf sie rollte und in sie drang. Ich umarmte Bethesdas Körper, aber hinter meinen geschlossenen Augen sah ich das Mädchen, das nackt und vom Samen eines Sklaven besudelt vor mir stand.

Wir blieben lange Zeit regungslos liegen, die Körper von Hitze und Schweiß vereint, als ob unser Fleisch schmelzen und ineinander fließen könnte. Bast, die irgendwann geflohen war, kehrte zurück und bettete sich schnurrend auf unsere miteinander verflochtenen Beine. Ich hörte ein Donnergrollen und glaubte, nur geträumt zu haben, bis einige Spritzer warmen Regens, der vom Garten hereingeweht war, auf meine Haut fielen. Die Fackel flackerte und verlosch. Erneut donnerte es, Bethesda kuschelte sich enger an mich und murmelte irgend etwas in ihrer Geheimsprache. Der Regen fiel in fetten Tropfen gerade vom Himmel, platschte auf Dachziegel und Pflastersteine, ein langer, stetiger Guß, kräftig genug, die übelriechendsten Abflüsse und Straßen Roms sauberzuspülen, läuternder Regen, der, wie die Poeten und Priester beschwören, von den Göttern gesandt wird, um Väter wie Söhne von ihren Sünden reinzuwaschen.

# Neun

Am nächsten Morgen stand ich früh auf und wusch mich in dem Brunnen im Garten. Der ausgetrocknete Boden war vom Regen der Nacht aufgeweicht und feucht. Dicker Tau überzog die Pflanzen. Der Himmel glänzte matt wie eine milchige Perle mit einem Tupfer Koralle und schimmerte wie das Innere einer Muschel. Ich beobachtete, wie die farbige Glasur sich in Dunst auflöste und die Farbe des Himmels unmerklich in ein richtiges Blau überging, wolkenlos in gleißendes Licht getaucht, ein Vorbote der heraufziehenden Hitze. Ich zog meine leichte Tunika und meine sauberste Toga an und aß einen Happen Brot. Ich ließ Bethesda auf dem Sofa schlafen. Sie hatte sich zum Schutz gegen den noch immer kühlen Morgen in ihr Gewand gewickelt, und Bast hatte sich um ihren Hals gelegt wie ein Kragen aus schwarzem Fell.

Schnellen Schritts ging ich zu Ciceros Haus. Wir hatten am Abend zuvor verabredet, daß ich auf meinem Weg zum Schauplatz des Mordes an Sextus Roscius bei ihm vorbeischauen würde. Aber als ich bei Cicero eintraf, ließ er mir durch Tiro mitteilen, daß er nicht vor Mittag aufstehen würde. Er litt unter akuten Verdauungsstörungen und machte eine Backpflaume, die er entgegen seiner strengen Diät bei Caecilia Metella gegessen hatte, für seine vorübergehende Unpäßlichkeit verantwortlich. Freundlicherweise bot er mir Tiros Dienste für den Tag an.

Die Straße glänzte nach dem Regenguß, und die Luft roch sauber und wie frisch gewaschen, als wir aufbrachen. Nachdem wir den Fuß des Kapitolinischen Hügels erreicht, die Porta Fontinalis passiert und das Viertel des Circus Flaminius betreten hatten, machte die Hitze des Tages bereits wieder erste Ansprüche auf die Macht über die Stadt geltend. Die Pflastersteine begannen zu dampfen. Die Mauern fingen an zu schwitzen und Feuchtigkeit abzusondern. Der frische Mogen wurde langsam schwül und stickig.

Ich wischte mir mit dem Saum meiner Toga die Stirn und verfluchte die Hitze. Ich warf einen Seitenblick auf Tiro und sah, daß er lächelte und mit einem dümmlichen Blick stur geradeaus stierte. Ich konnte mir vorstellen, warum er so gut gelaunt war, sagte aber nichts.

Um den gesamten Circus Flaminius herum spannt sich ein Netz labyrinthartiger Straßen. In der Nähe des Circus, vor allem direkt gegenüber dem langgezogenen Gebäude, wo der meiste Verkehr durchkommt, wimmelt es von Geschäften, Tavernen, Bordellen und Gasthäusern. Die Straßenzüge, die den Rand des Viertels markieren, sind mit zwei- und dreistöckigen Gebäuden zugebaut, von denen viele die engen Straßen überragen und das Sonnenlicht verdecken. Eine Straße sieht ziemlich genauso aus wie die andere, ein Mischmasch sämtlicher Architekturstile und Preisklassen. Bei der Häufigkeit von Bränden und Erdbeben wird Rom praktisch permanent neu erbaut; mit dem Wachstum der Bevölkerung sind ganze Straßenzüge in die Hand großer Grundstücks- und Hauseigentümer gekommen, wobei sich die jüngsten Gebäude in aller Regel durch die ärmlichste Architektur und Bauweise auszeichnen. Manchmal stößt man auf ehrwürdige Backsteinhäuser, die ein Jahrhundert von Katastrophen unbeschadet überstanden haben, umgeben von baufälligen Mietshäusern ohne jede Verzierung, die aussehen, als seien sie lediglich aus Lehm und Stöcken gebaut. Unter Sulla war das alles natürlich nur noch schlimmer geworden.

Wir folgten dem Weg, den Sextus Roscius uns erklärt und den der junge Messala niedergeschrieben hatte. Rufus' Aufzeichnungen waren eine kaum lesbare Katastrophe. Ich sagte zu Tiro, es sei bedauerlich, daß er anderweitig beschäftigt und daher nicht in der Lage gewesen sei, die Notizen in seiner klaren, sauberen Handschrift niederzulegen. »Als Adliger hat sich Rufus natürlich nie die Mühe gemacht, ordentlich schreiben zu lernen, zumindest nicht so, daß irgend jemand anders es lesen konnte, während du ein bemerkenswertes Talent darin zu haben scheinst, deinen Griffel zu führen.« Die Bemerkung sollte so beiläufig wie möglich klingen, doch ich registrierte lächelnd, wie Tiro errötete.

Ich war mir sicher, daß wir auf dem richtigen Weg waren, denn er führte uns durch breite Straßen und unter Vermeidung engerer und gefährlicherer Abkürzungen auf natürlichem Weg von Caecilias Haus in die Nähe des Circus. Wir kamen an etlichen Tavernen vorbei, bei denen Sexuts Roscius jedoch wahrscheinlich nicht haltgemacht hatte, zumindest nicht in jener Nacht, nicht, wenn er es so eilig gehabt hatte, den Absender der geheimnisvollen Botschaft zu erreichen.

Wir kamen auf einen breiten, sonnenüberfluteten Platz. Die Läden lagen der zentralen Zistene zugewandt, zu der die Anwohner kamen, um ihr tägliches Wasser zu zapfen. Eine große Frau mit breiten Schultern in schmuddeligen Gewändern schien die selbsternannte Herrin der Zisterne zu sein und die kurze Schlange von Sklaven und Hausfrauen zu regulieren, die tratschend umherstanden und darauf warteten, an die Reihe zu kommen. Einer der Sklaven warf einen halbvollen Eimer Wasser in Richtung einer zerlumpten Rasselbande, die in der Nähe herumlungerte. Die Kinder kreischten vergnügt auf und schüttelten sich wie Hunde.

»Hier durch«, sagte Tiro. Er studierte die Wegbeschreibung und runzelte die Stirn. »Glaube ich zumindest.«

»Ja, daran kann ich mich noch erinnern: ein schmaler Durchgang zwischen einem Weinladen und einem hohen, rotgetünchten Mietshaus.« Ich überblickte den asymmetrischen Platz und die sechs einmündenden Straßen. Die Gasse, die der alte Sextus in jener Nacht genommen hatte, war die engste von allen und wegen einer scharfen Biegung nach wenigen Metern die am wenigsten einsehbare. Vielleicht war es der kürzeste Weg zu der Frau namens Elena. Vielleicht war es der einzige Weg.

Ich sah mich um und entdeckte einen Mann, der den Platz überquerte. Ich hielt ihn für einen kleinen Kaufmann oder Ladenbesitzer, ein Mann von einigem Vermögen, jedoch keineswegs reich, wenn man nach seinen abgetragenen, aber solide verarbeiteten Schuhen ging. An seinem entspannten Gang und der Art, wie er sich auf dem Platz umsah, ohne offenbar etwas wahrzunehmen, schloß ich, daß es sich um einen Anwohner handeln mußte, der oft, wenn nicht täglich hier vorbeikam. Neben der öffentlichen Sonnenuhr, die auf einem kleinen Sockel aufgestellt war, blieb er stehen, runzelte die Stirn und verzog die Nase. Ich trat zu ihm.

»Verflucht sei der«, zitierte ich, »der die Stunden erfunden und die erste Sonnenuhr in Rom aufgestellt!«

»Ah!« Er blickte mit einem breiten Lächeln auf, und nahm den Refrain sofort auf. »Erbarmen, Erbarmen! Man hat meinen Tag zerstückelt wie die Zähne eines Kamms!«

»Oh, du kennst das Stück«, begann ich, aber er ließ sich nicht unterbrechen.

»Als ich klein war, war mein Magen meine Uhr und führte mich nie in die Irre; doch heute gibt es nichts zu essen, selbst wenn die Tische überquellen, bis die Schatten länger werden. Es ist die Sonnenuhr, die Rom regiert; die Römer hungern und dursten derweil!«

Wir lachten leise. »Bürger«, sagte ich, »kennst du dich in diesem Viertel aus?«

»Aber sicher. Ich lebe schon seit Jahren hier.«

»Dann kannst du mir sicher helfen. Zwar leide ich weder Hunger noch Durst, doch es gibt ein anderes Bedürfnis, das ich zu befriedigen suche. Ich bin ein Liebhaber von Vögeln.«

»Vögel? Hier gibt es nur Tauben. Zu sehnig für meinen Geschmack.« Er lächelte und gab den Blick auf eine Zahnlücke frei.

»Ich dachte an eleganteres Geflügel. Daheim zu Wasser, zu Lande oder am Himmel. Ein Freund eines Freundes hat mir erzählt, daß es hier in der Gegend Schwäne gibt.«

Er begriff sofort. »Das Haus der Schwäne, meinst du.«

Ich nickte.

»Einfach nur diese Straße entlang.« Er wies auf die Lücke zwischen dem Weinladen und dem roten Mietshaus.

»Führt mich vielleicht eine der anderen Straßen genauso bequem dorthin?«

»Nicht, wenn du nicht doppelt so lange wie nötig laufen willst. Nein, diese Straße ist der einzig praktische Weg. Es ist ein einzelner Häuserblock, von dem nur ein paar Sackgassen abgehen. Und der Spaziergang lohnt sich bestimmt«, fügte er augenzwinkernd hinzu.

»Das will ich hoffen. Komm, Tiro.« Wir wandten uns der engen Straße zu. Man konnte sie nur ein kleines Stück einsehen. Die Gebäude zu beiden Seiten waren hoch. Selbst im hellen Morgenlicht schienen sich die Wände um uns zu schließen, feucht und modrig, eine düstere Seite aus Backstein und Mörtel.

Die Gebäude, die die Straße säumten, waren hauptsächlich langgezogene Mietshäuser, von denen die meisten nur eine Tür und keine Fenster im Erdgeschoß hatten, so daß wir lange an nackten Wänden entlangliefen. Alle fünfzig Schritte waren Nischen in die Mauer eingelassen, in denen noch immer die Überreste der Fackeln der letzten Nacht glommen. Unter jeder Fackel war eine kleine Steinplatte angebracht, auf der die groben Umrisse eines Schwans eingraviert waren, die primitive Arbeit eines billigen Kunsthandwerkers. Die Kacheln waren Reklametafeln. Die Fakkeln sollten die nächtliche Klientel zum Haus der Schwäne geleiten.

»Wir müssen bald da sein«, sagte Tiro und blickte von dem Wachstäfelchen auf. »Wir haben bereits eine nach links abgehende Straße passiert und kommen jetzt zu einer weiteren nach rechts. Laut Rufus' Wegbeschreibung hat Sextus Roscius mitten auf der Straße einen großen Blutfleck gefunden. Aber nach der langen Zeit kann man wohl nicht davon ausgehen, daß er noch immer –«

Tiro kam nicht mehr dazu, die Frage zu beenden. Statt dessen brach seine Stimme beim letzten Wort, als er nach unten blickte und abrupt stehenblieb. »Hier«, flüsterte er und schluckte vernehmlich.

Der Körper eines Menschen enthält viel Blut. Auch sind die Pflastersteine porös und die Abflüsse der meisten römischen Straßen nicht der Rede wert, vor allem in den niedrig gelegenen Vierteln. Zudem hatte es in jenem Winter nur wenig geregnet. Trotzdem mußte der alte Sextus Roscius eine ganze Zeitlang stark blutend mitten auf der Straße gelegen haben, um einen derart großen und unauslöschlichen Fleck zu hinterlassen.

Der Fleck war fast völlig rund, und sein Durchmesser entsprach der Armlänge eines großen Mannes. Zu den Rändern hing war er ausgebleicht und verwischt und ging unmerklich in den allgemeinen Schmutz über. Aber zur Mitte hin war er noch immer recht ausgeprägt, ein sehr dunkles, fast schwarzes Rot. Die täglich vorüberlaufenden Füße hatten die Oberfläche der Steine wieder zu ihrer üblichen öligen Glätte abgeschliffen, aber als ich mich niederkniete, um eine genaueren Blick auf die Stelle zu werfen, konnte ich in den Spalten noch immer winzige, vertrocknete Partikel geronnenen Blutes entdecken.

Ich blickte nach oben. Selbst von der Mitte der Straße war es nur aus einem extrem schrägen Winkel möglich, eines der Fenster im ersten Stock zu sehen. Umgekehrt hätte man sich weit über den Sims lehnen müssen, um aus den Fenstern auf die Straße zu blicken.

Die nächste Tür war wenige Meter die Straße hinauf, der Eingang zu dem langgezogenen Mietshaus zu unserer Linken. Die Mauer auf der rechten Seite war genauso nichtssagend mit Ausnahme eines kleines Lebensmittelladens an der Ecke, wo die Straße sich mit einer schmalen Sackgasse kreuzte. Der Laden war noch nicht offen. Die gesamte Vorderseite bestand aus einer durchgehenden, sehr hohen und sehr breiten, blaßgelb getünchten Holztür, die oben mit verschiedenen Hieroglyphen für Getreide, Gemüse und Gewürze verziert war. Viel weiter unten in einer Ecke der Tür entdeckte ich eine weitere Markierung, die meinen Atem stocken ließ.

»Sieh dir das an, Tiro!« Ich eilte zurück und hockte mich neben die Tür. Von Hüfthöhe abwärts war das Holz mit einem Schmutz- und Staubfilm überzogen, der zum Boden hin in eine immer dicker werdende Dreckschicht überging. Trotzdem konnte man den Handabdruck in Kniehöhe noch recht deutlich erkennen. Ich legte meine Hand darauf und verspürte ein eigenartiges Schaudern, als mir ohne jeden Zweifel klar wurde, daß ich einen blutigen Handabdruck berührte, den Sextus Roscius vor Monaten hier hinterlassen hatte.

Tiro blickte erst auf den Handabdruck, dann auf den Fleck auf der Straße. »Sie sind recht weit voneinander entfernt«, flüsterte er.

»Ja. Aber dieser Fleck war zuerst da.« Ich stand auf und ging an der Tür vorbei bis zur Ecke. Die kleine, enge Abzweigung war überhaupt keine Straße oder, wenn sie es je gewesen war, zumindest jetzt mit einer soliden zwei Stockwerke hohen Mauer zugemauert. Der Zwischenraum bis zur Ecke war vielleicht sieben oder acht Meter lang und keine zwei Meter breit. Am Ende hatte jemand Müll verbrannt; Abfall- und Knochenreste ragten aus einem hüfthohen Haufen weißer und grauer Asche. Hier hinaus lagen keine Fenster, weder von den Mauern zur Linken und Rechten, noch von dem Mietshaus gegenüber. Die nächste Fackel war mindestens vierzig Schritte entfernt aufgestellt. In der Nacht würde die kleine Sackgasse völlig im Dunkeln liegen und erst dann eingesehen werden können, wenn man sie direkt passierte – ein perfekter Ort für einen Hinterhalt.

»Hier haben sie gewartet, Tiro, genau an dieser Stelle, in dieser Einbuchtung, weil sie wußten, daß er auf dem Weg zu dieser Elena, die ihn benachrichtigt hatte, hier vorbeikommen würde. Wahrscheinlich haben sie gewußt, wie er aussah, gut genug, um ihn im Licht der Fackeln seiner Sklaven zu erkennen. Sie haben keinen Moment gezögert, sich an dieser Ecke auf ihn zu stürzen und auf ihn einzustechen.«

Ich ging langsam zu dem Handabdruck. »Die erste Verletzung muß eine Brust- oder Bauchwunde gewesen sein – ich vermute, sie haben ihm direkt ins Gesicht geblickt, um sicherzugehen –, denn er konnte mühelos mit der Hand berühren, hineinpacken, sich die ganze Hand mit Blut beschmieren. Irgendwie riß er sich los. Vielleicht hat er geglaubt, diese Tür aufstoßen zu können, aber er muß auf die Knie gefallen sein – du siehst ja, wie niedrig der Abdruck ist.« Ich warf einen Blick auf die Straße hoch. »Aber das eigentliche Gemetzel hat dort, mitten auf der Straße stattgefunden. Irgendwie hat er sich noch einmal auf die Füße gerappelt und ist bis dorthin getaumelt, bevor sie ihn zu Boden streckten.«

»Vielleicht haben die Sklaven versucht, die Angreifer abzuwehren«, sagte Tiro.

»Vielleicht«, sagte ich, obwohl ich mir gut vorstellen konnte, daß sie beim ersten Blitzen von Stahl in blinder Panik davongestoben waren.

Ich bückte mich erneut, um den Handabdruck zu untersuchen. Plötzlich begann die hohe und breite Tür zu zittern, sprang auf und traf mich voll auf die Nase.

»Hey, was ist denn das?« vernahm ich eine Stimme von drinnen. »Schon wieder ein Strolch, der vor meinem Laden schläft? Ich laß dich verprügeln. Los, verschwinde, laß mich die Tür aufmachen!«

Die Tür rumpelte erneut. Ich blockierte sie mit dem Fuß, bis ich aufgestanden und zur Seite getreten war.

Ein knorriges Gesicht lugte dahinter hervor. »Verschwinde, hab ich gesagt!« knurrte der Mann. Die Tür schwang in den Angeln zitternd in weitem Bogen auf und schlug gegen die Mauer auf der anderen Seite der Sackgasse, so daß der kleine Gang, in dem die Mörder sich versteckt hatten, völlig versperrt war.

»Oh, doch kein Strolch«, murmelte der alte Mann und musterte mich von oben bis unten. Ich rieb mir noch immer die Nase. »Ich bitte um Verzeihung.« Seine Stimme war keine Andeutung von Freundlichkeit oder Bedauern anzuhören.

»Ist das dein Laden?«

»Sicher ist das mein Laden. Seit mein Vater gestorben ist, und das war wahrscheinlich lange vor deiner Geburt. Davor hat er seinem Vater gehört.« Er blinzelte in die Sonne und schüttelte wie angeekelt ob soviel Helligkeit den Kopf, bevor er zurück in den Laden schlurfte.

»Du machst erst jetzt deinen Laden auf?« sagte ich, ihm nach drinnen folgend. »Das kommt mir reichlich spät vor.«

»Das ist mein Laden. Ich fange an, wenn ich soweit bin.«

»Wenn er *soweit ist*!« kreischte eine Stimme vor einer Ladentheke im hinteren Teil. Der lange Raum lag im Dunkel. Nach dem blendenden Licht auf der Straße starrte ich wie ein Blinder in die Finsternis. »Wenn er soweit ist, sagt er! Wenn ich ihn endlich dazu bringen kann aufzustehen und sich anzuziehen, heißt das. Wenn *ich* soweit bin, könnte er genausogut sagen. Eines Tages werde ich mir auch nicht mehr die Mühe machen aus dem Bett zu steigen und statt dessen einfach nur rumliegen wie er, und was soll dann werden?«

»Halts Maul, Alte!« Der Mann stieß gegen einen flachen Tisch, ein Korb stürzte um und getrocknete Oliven wurden über den ganzen Boden verteilt. Tiro trat vor und begann, sie einzusammeln.

»Wer ist das?« fragte der alte Mann, sich vorbeugend und blinzelnd. »Dein Sklave?«

»Nein.«

»Na ja, benimmt sich jedenfalls wie ein Sklave. Du willst ihn nicht vielleicht verkaufen?«

»Ich hab dir doch gesagt, er ist nicht mein Sklave.«

Der Alte zuckte die Schultern. »Wir hatten auch mal einen Sklaven. Bis mein dummer Sohn den faulen Hund freigelassen hat. Er hat früher immer morgens den Laden aufgemacht. Was ist schon Schlimmes dabei, wenn ein alter Mann gerne ausschläft, solange er einen Sklaven hat, der den Laden für ihn aufmacht? Er hat auch nicht viel gestohlen, selbst wenn er ein fauler Hund war. Eigentlich sollte er immer noch hier sein, Sklave oder nicht. Ein Freigelassener hat gewisse Verpflichtungen gegenüber demjenigen, der ihn freigelassen hat, das weiß doch jeder, gesetzliche Verpflichtungen, jawohl, Sklave oder nicht, und im Moment brauchen wir ihn. Statt dessen treibt er sich irgendwo in Apulia herum und hat sich eine Frau genommen. Gib ihnen die Freiheit und das erste, was ihnen einfällt, ist loszuziehen und Nachwuchs in die Welt zu setzen wie anständige Leute auch. Er hat den Laden immer aufgemacht. Hat auch nicht viel gestohlen.«

Während er so weiterleierte, gewöhnten sich meine Augen langsam an die Dunkelheit. Der Laden befand sich in einem Zustand fortgeschrittenen Verfalls, staubig und ungefegt. Die runzligen, schwarzen Oliven, die Tiro wieder eingesammelt hatte, waren mit Staub bedeckt. Ich hob den

Deckel einer tönernen Urne und nahm mir eine getrocknete Feige. Das Fruchtfleisch war mit grauem Schimmel überzogen. Der ganze Raum war vom muffigen Gestank eines lange leerstehenden Hauses erfüllt, vermischt mit dem süßsauren Geruch verfaulter Früchte.

»Woher willst du das denn wissen?« krähte eine schrille Stimme aus dem hinteren Teil des Ladens. Ich konnte die Frau jetzt deutlicher erkennen. Sie trug ein schwarzes Kopftuch und schien irgend etwas mit einem Messer kleinzuhacken, so daß sie jeden Satz mit einem scharfen Hieb auf den Tresen unterstrich. »Du weißt doch gar nichts, Alter, oder du kannst dich nicht mehr daran erinnern. Dein Kopf ist doch wie ein Sieb. Dieser Nichtsnutz von Gallius hat dauernd geklaut. Ich hätte ihm wegen Diebstahl die Hände abhacken lassen, aber wem hätte das etwas genutzt? Einen Sklaven ohne Hände kann man nicht verkaufen, und einen Dieb will auch niemand haben, außer die Minen und die Galeeren, und totes Fleisch bringt nichts ein, wie man sagt. Er war nicht gut für uns. Ohne jemand wie ihn sind wir besser dran.«

Der Mann wandte sich langsam wieder mir zu und zog eine Grimasse hinter dem Rücken der Frau. »Tja, bist du nun hier, um etwas zu kaufen, oder willst du dir anhören, wie eine alte Frau Unsinn redet?«

Ich sah mich nach etwas halbwegs Eßbarem um. »Eigentlich waren es die Zeichen an deiner Tür, die meine Aufmerksamkeit erregt haben. Die kleinen Symbole für Früchte, Getreide...«

»Ah, die hat auch Gallius gemacht. Kurz bevor mein Sohn ihn freigelassen hat. Er war ein talentierter Sklave, selbst wenn er faul war. Und er hat praktisch nie etwas gestohlen.«

»Ein Zeichen ist mir besonders aufgefallen. Es ist anders als die übrigen. Ganz unten auf der Tür – der Handabdruck.«

Sein Gesicht wurde hart. »Den hat Gallius nicht gemalt.«

»Das hab ich auch nicht angenommen. Es sieht fast aus wie Blut.«

»Das ist es auch.«

»Alter, du redest zuviel«, knurrte die Frau und hieb ihr Messer auf den Tresen. »Manche Dinge kann man sehen, aber man sollte nicht darüber reden.«

»Halts Maul, Alte! Ich hätte es doch schon lange abwaschen lassen, aber du wolltest ja, daß es dran bleibt, und solange es noch da ist, ist es auch nicht verwunderlich, daß die Leute es bemerken.«

»Wie lange ist es denn schon da?«

»Oh, seit Monaten. Seit letztem September, glaub ich.«

Ich nickte. »Und wie –«

»Ein Mann ist mitten auf der Straße ermordet worden, ein reicher Mann, wie ich gehört habe. Stell dir das vor, direkt vor meinem Laden erstochen.«

»Im Dunkeln?«

»Natürlich – sonst wäre die Tür doch offen gewesen, oder nicht? Bei Herkules – stell dir vor, er wäre hier hereingewankt, als der Laden noch auf war! Der Klatsch und der Ärger hätten kein Ende mehr genommen.«

»Alter, du weißt doch gar nichts über die Sache, also warum bist du nicht einfach still? Frag den werten Herrn, ob er etwas kaufen möchte.« Die Frau hielt den Kopf weiter gesenkt und starrte mich wie ein Stier unter ihren buschigen Augenbrauen an.

»Natürlich weiß ich, daß ein Mann umgebracht wurde, wenn du nichts dagegen hast«, bellte der Alte sie an.

»Wir haben nichts gesehen und nichts gehört. Nur den Tratsch am nächsten Morgen.«

»Tratsch?« fragte ich. »Dann hat es also im Viertel Gerede gegeben. Stammte der Tote von hier?«

»Nicht, daß ich wüßte«, sagte der Mann. »Es heißt nur, daß ein paar Stammkunden der Schwäne dabei waren, als man am nächsten Morgen seine Leiche umdrehte, und die sollen sein Gesicht erkannt haben.«

»Die Schwäne?«

»Ein Vergnügungslokal für Männer. Ich selbst weiß nichts weiter darüber.« Er rollte mit den Augen, wies verstohlen auf seine Frau und senkte die Stimme. »Obwohl mein Junge mir ein paar ziemlich wilde Geschichten über den Laden erzählt hat.«

Das Messer sauste mit besonderer Grimmigkeit auf den Tresen nieder.

»Es ist jedenfalls irgendwann passiert, nachdem wir den Laden abgeschlossen hatten und nach oben ins Bett gegangen waren.«

»Und du hast gar nichts gehört? Man sollte doch annehmen, daß es Schreie oder andere Geräusche gegeben hat.«

Der Mann wollte antworten, aber seine Frau unterbrach ihn. »Unsere Zimmer liegen nach hinten hinaus. Wir haben kein Fenster zur Straße. Was interessiert dich das eigentlich so?«

Ich zuckte die Schulter. »Ich bin nur vorbeigekommen und habe den Handabdruck bemerkt.«

»Meine Frau«, sagte der Mann mit Leidensmiene. »Abergläubisch wie die meisten Frauen.«

Das Messer sauste nach unten. »Ich hab ihn aus einem ganz praktischen Grund dran gelassen. Hatten wir irgendwelche Diebstähle, seit es passiert ist? Na?«

Der alte Mann verzog den Mund. »Sie glaubt, es würde bei Nacht die Diebe abschrecken. Ich hab ihr gesagt, daß es wahrscheinlich eher die Kunden abhält.«

»Wenn die Tür offen ist, kann man es ja nicht sehen, weil es auf der Rückseite ist. Nur bei geschlossener Tür kann man es von der Straße aus sehen, und dann brauchen wir schließlich Schutz. Du nennst mich abergläubisch? Ein gewöhnlicher Verbrecher wird es sich zweimal überlegen, bevor er einen Laden mit einem blutigen Handabdruck am

Eingang ausraubt. Man schlägt einem Dieb die Hände ab, weißt du. Das macht Eindruck, das sag ich dir aber. Wenn wir es uns selbst ausgedacht hätten und es etwas anderes als Blut gewesen wäre, wäre es ohne Bedeutung, kein Schutz, gar nichts. Aber der Abdruck eines Sterbenden, der hat schon eine gewisse Macht. Frag den Fremden hier. Er hat es auch gespürt, oder nicht?«

»Ich hab es gespürt!« Es war der hinter mir stehende Tiro. Drei Augenpaare wandten sich ihm zu und sahen, wie sein Gesicht tomatenrot anlief.

»Du bist sicher, daß du ihn nicht verkaufen willst?« fragte der alte Mann, und sein Atem ging auf einmal pfeifend.

»Ich hab dir doch schon gesagt –«

»Eine Macht!« kreischte die alte Frau.

»Sag mir: Wer hat den Mord gesehen? Es muß doch Klatsch gegeben haben. Tagein, tagaus kommen die Leute in deinen Laden. Wenn tatsächlich jemand Zeuge dieses Mordes war, müßtest du das doch wissen.«

Der Alte atmete plötzlich wieder normal. Er starrte mich lange an und wandte sich dann seiner Frau zu. Soweit ich es erkennen konnte, starrte sie ihn nur wütend an, aber vielleicht hatte sie ihm auch ein unmerkliches Zeichen gegeben, das meinen Augen entgangen war, denn als er sich erneut umdrehte, schien er die widerwillige Erlaubnis zum Reden erteilt bekommen zu haben.

»Es gibt eine Person ... eine Frau. Sie lebt in dem Mietshaus gegenüber. Ihr Name ist Polia. Eine junge Frau, eine Witwe. Sie lebt allein mit ihrem Sohn, einem kleinen stummen Jungen. Mir ist, als hätte ein anderer Kunde gesagt, daß Polia direkt danach mit jedem über den Mord geredet hätte und wie sie ihn mit eigenen Augen von ihrem Fenster aus gesehen hat. Natürlich hab ich sie danach gefragt, als die beiden das nächste Mal in meinen Laden kamen. Und weißt du was? Sie wollte kein Wort darüber verlieren, wurde so stumm wie der Junge. Sie sagte nur, ich solle sie nie wieder danach fragen und niemandem irgend etwas erzählen, das möglicherweise ...« Er biß mit einem schuldbewußten Zucken die Zähne aufeinander.

»Nur noch eins«, sagte ich, während ich die getrockneten Feigen nach einigen eßbaren Exemplaren durchwühlte, »mag der kleine stumme Junge Feigen? Tiro, gib dem Mann eine Münze aus meiner Börse.«

Tiro, der meinen Beutel über seine Schulter getragen hatte, griff hinein und zog ein Kupferstück hervor. »Oh, nein, mehr als ein As, Tiro. Gib dem Mann eine Sesterze und sag ihm, er soll das Wechselgeld behalten. Schließlich zahlt dein Herr meine Spesen.«

Der alte Mann nahm die Münze entgegen und beäugte sie mißtrauisch. Hinter ihm konnte ich seine Frau sehen, die mit einem Ausdruck grimmiger Befriedigung weiter auf den Tresen einhieb.

»So ein stiller Sklave mit so guten Manieren. Und du bist völlig sicher, daß du ihn mir nicht vielleicht doch verkaufen willst?«

Ich lächelte nur und machte Tiro ein Zeichen, mir zu folgen. Bevor ich nach draußen trat, wandte ich mich noch einmal um. »Wenn dein Sohn euren einzigen Sklaven unbedingt verkaufen mußte, warum ist er dann nicht hier, um euch selbst zu helfen?«

Sobald die Frage ausgesprochen war, wußte ich die Antwort. Ich biß mir auf die Unterlippe und wünschte, die Worte ungesagt machen zu können.

Die Frau schleuderte das Messer quer durch den Raum, wo es zitternd in einer Wand stecken blieb. Sie warf ihre Arme gen Himmel und stürzte sich kopfüber auf die Theke. Der alte Mann neigte den Kopf und rang seine Hände. Im düsteren Licht des verfallenen Ladens boten die beiden ein unheimliches Bild, eingefroren in einem plötzlichen Ausbruch von Trauer, der beinahe erschütternd und gleichzeitig fast komisch war.

»Die Kriege«, murmelte der Alte. »In den Kriegen gefallen ...«

Ich drehte mich um, legte meinen Arm um Tiro, der wie vom Donner gerührt dastand. Gemeinsam schlichen wir uns hinaus auf die sonnenbeschienene Straße.

# ZEHN

Das Mietshaus gegenüber war von vergleichsweise neuer Bauart. Die fensterlose Fassade zur Straße war bisher nur mit einer bescheidenen Anzahl von Wahlslogans beschmiert worden (da Wahlen während der Diktatur Sullas zwar weiter stattfanden, jedoch ohne große Begeisterung). Häufiger waren es erlesen-zotige Kritzeleien, die, ihrem Inhalt nach zu urteilen, wahrscheinlich von zufriedenen Kunden aus dem Haus der Schwäne auf dem Heimweg hinterlassen worden waren. Ich sah, wie der junge Tiro seinen Kopf verrenkte, um einen der obszöneren Sprüche zu lesen und dann wie ein Schulmeister mißbilligend zu schnalzen. Mit einem Auge überflog auch ich die Litaneien, neugierig, ob ein bestimmter Name auftauchen würde; aber jene Elena, die Sextus Roscius herbeizitiert hatte, oder besondere Talente, über die sie möglicherweise verfügte, waren nicht erwähnt.

Ein kurzer Treppenabsatz führte zur Tür des Hauses, die in der morgendlichen Hitze offen stand. Von einem kleinen, kargen Vorraum gingen zwei Gänge nach links ab. Einer führte ins Treppenhaus. Der andere war ein dunkler Flur, der bis zum anderen Ende des Gebäudes führte und von zahlreichen Kammern gesäumt wurde, die von zerlumpten, nicht zueinander passenden Vorhängen verdeckt waren.

Am Ende des Gangs erhob sich ein großer, hagerer Mann von seinem Platz am Boden und kam auf uns zugetrottet, wobei er verstohlen links und rechts blickte und sein Kinn kratzte. Er war ein Wächter, wie es in jedem Mietshaus mindestens einen gibt, in größeren Gebäuden manchmal auch einen pro Etage – ein ansonsten arbeitsloser Mieter, der von seinen Hausgenossen oder dem Vermieter einen kleinen Obolus kassiert, um die Besitztümer der Mieter zu bewachen, die den Tag über außer Haus sind, und außerdem ein Auge auf Fremde und Besucher zu haben. Manchmal wird auch ein Sklave für diesen Dienst angestellt, aber dieses Haus sah kaum aus wie eines, in dem Sklavenbesitzer wohnten, außerdem erkannte ich auf den ersten Blick, daß er den eisernen Ring eines freien Römers trug.

»Bürger«, sagte er und blieb abrupt vor uns stehen. Er war sehr groß und mager mit angegrautem Bart und wirrem Blick.

»Bürger«, sagte ich ebenfalls. »Ich suche eine Frau.«

Er lächelte dümmlich. »Wer tut das nicht?«

»Eine Frau namens Polia.«

»Polia?«

»Ja. Sie wohnt im ersten Stock, glaube ich.«

»Polia«, wiederholte er und kratzte sein Kinn.

»Eine Witwe mit einem Jungen. Der Sohn ist stumm.«

Der Mann zuckte die Schultern, eine Geste, die völlig übertrieben wirkte. Gleichzeitig hielt er langsam seine rechte Hand auf.

»Tiro«, setzte ich an, aber Tiro war mir bereits zuvorgekommen. Er griff in die Ledertasche über seiner Schulter, zog ein paar Kupfermünzen hervor und zeigte sie mir. Ich nickte, machte ihm jedoch ein Zeichen, er solle noch warten. Derweil baute der hagere Riese sich vor uns auf und starrte mit unverhohlener Gier auf Tiros Faust.

»Es *gibt* also eine Frau namens Polia, die auch noch hier wohnt?« fragte ich.

Der Mann schürzte die Lippen und nickte dann. Ich neigte meinen Kopf zu Tiro, der ihm ein As gab.

»Und sie ist jetzt auf ihrem Zimmer?«

»Das weiß ich nicht genau. Eine aus den oberen Etagen. Hat eine Kammer mit Tür und allem Drum und Dran.«

»Eine verschlossene Tür?«

»Nicht der Rede wert.«

»Dann werde ich mich oben auf der Treppe wahrscheinlich mit einem weiteren Wächter abgeben müssen, oder nicht? Vielleicht sollte ich die übrigen Münzen für ihn aufbewahren.« Ich wandte mich Richtung Treppe.

Der Riese hielt mich mit einem überraschend sanften Händedruck auf der Schulter zurück. »Du würdest dein Geld nur verschwenden. Er ist ein Nichtsnutz, trinkt schon nach dem Aufstehen den ersten Wein. Wahrscheinlich schläft er gerade mal wieder, bei der Hitze. Um ihn zu fragen, wo Polias Zimmer ist, müßtest du ihn bloß aufwekken. Das kann ich dir auch selbst zeigen, ihr müßt nur leise die Treppe hochgehen.«

Der Riese ging voran und nahm locker zwei Stufen auf einmal, wobei er übertriebenerweise auf Zehenspitzen ging und bei fast jedem Schritt das Gleichgewicht zu verlieren drohte. Wie er vorhergesagt hatte, war der andere Wächter oben eingeschlafen. Es war ein runder, kleiner Mann, der mit ausgestreckten Pummelbeinchen gegen die Wand gelehnt saß, auf einem Knie ein Weinschlauch und zwischen die Beine ein Tongefäß geklemmt. Der Riese stieg behutsam über ihn hinweg und rümpfte die Nase.

Der schmale Flur war von den beiden kleinen Fenstern an jedem Ende nur schwach beleuchtet. Die Decke war so niedrig, daß unser Führer sich unter den niedrigsten Balken ducken mußte. Wir folgten ihm bis zu einer Tür etwa in der Mitte des Flures und warteten, während er leise klopfte. Bei jedem Klopfen sah er sich nervös in Richtung des schlafenden Wächters auf dem Treppenabsatz um, und als Tiro einmal auf eine knarrende Diele trat, bedeutete er ihm mit beiden Händen, ruhig zu sein. Ich konnte nur annehmen, daß der kleine Säufer über Vergeltungsmöglichkeiten verfügte, die einem Fremden verborgen blieben.

Nach einer Weile öffnete sich die schmale Tür einen Finger breit. »Oh, du«, sagte die Frau. »Ich hab dir doch schon tausendmal gesagt, *nein*. Warum läßt du mich nicht einfach in Ruhe? Es muß noch mindestens fünfzig andere Frauen in diesem Haus geben.«

Der Riese sah mich an und wurde tatsächlich rot. »Ich bin nicht allein. Du hast Besuch«, zischte er.

»Besuch? Doch nicht etwa meine Mutter?«

»Nein. Ein Mann. Und sein Sklave.«

Ihr Atem stockte. »Nicht die, die schon mal hier waren.«

»Natürlich nicht. Sie stehen hier direkt neben mir.«

Die Tür ging ein Stück weiter auf, so daß man jetzt das ganze Gesicht der Witwe sehen konnte. In der Dunkelheit war außer zwei verängstigten Augen jedoch nicht viel zu erkennen. »Wer bist du?«

Am Ende des Flures rutschte der betrunkene Wächter unruhig hin und her, so daß das Tongefäß zwischen seinen Beinen umfiel. Es drehte sich und rollte auf die Stufen zu.

»Beim Herkules!« Der Riese keuchte und sprang dann auf Zehenspitzen zu dem Treppenabsatz. Als er ihn eben erreicht hatte, kullerte das Tongefäß über die Kante und begann mit lautem Gepolter die Stufen hinunterzurollen.

Der kleine Wächter war auf der Stelle hellwach. »Was ist los? Du!« Er rutschte nach vorn und kämpfte sich auf die Füße. Der Riese eilte bereits die Treppen hinab, seinen Kopf mit den Händen schützend, aber der Kleine war zu schnell für ihn. Blitzschnell hatte er sich eine Latte gepackt und drosch dem Riesen damit auf Schultern und Kopf, wobei er mit lauter Stimme kreischte: »Hast du wieder Fremde auf meine Etage gebracht! Mir meine Trinkgelder geklaut! Hab ich dich wieder erwischt! Du nutzloser Haufen Scheiße! Los, zieh ab, verschwinde, oder muß ich dich durchprügeln wie einen Hund?«

Der Anblick war absurd, mitleiderregend und peinlich. Tiro und ich mußten gleichzeitig lachen und hörten gleichermaßen abrupt wieder auf, als wir uns umdrehten und in das aschfarbene Gesicht der jungen Witwe blickten.

»Wer bist du? Und was willst du hier?«

»Mein Name ist Gordianus. Ich handle im Auftrag des hochgeschätzten Anwalts Marcus Tullius Cicero. Dies ist sein Sekretär Tiro. Ich möchte dir nur ein paar Fragen stellen betreffs eines gewissen Ereignisses im letzten September.«

Ihr Gesicht wurde noch blasser. »Ich wußte es. Frag mich nicht wie, aber ich wußte es. Ich habe letzte Nacht davon geträumt... Aber ihr müßt wieder gehen. Ich kann im Moment mit niemandem reden.«

Ihr Gesicht verschwand hinter der Tür. Sie wollte sie zuschlagen, aber ich stellte meinen Fuß auf die Schwelle. Das Holz war so dünn und billig, daß es unter dem Druck knackte.

»Komm schon, laß mich doch rein. Da vorne an der Treppe lauert doch ein ganz beeindruckender Wachhund, ich höre ihn gerade wieder hochkommen. Ich bin überzeugt, daß du völlig sicher bist – du mußt nur schreien, wenn ich etwas Unschickliches tue.«

Die Tür schwang abrupt auf, aber es war nicht die Witwe, die vor uns stand. Es war ihr Sohn, und obwohl er höchstens acht Jahre alt sein konnte, sah er nicht eben klein aus, vor allem mit dem erhobenen Dolch in der rechten Hand.

»Nein, Eco, nein!« Die Frau packte den Arm des Jungen und zog ihn zurück. Er starrte mich weiter direkt an, ohne mit der Wimper zu zucken. Überall auf dem Flur gingen klappernd Türen auf. Der kleine Wächter, der die Treppe hinaufkam, lallte laut: »Was ist denn da los?«

»Oh, um Cybeles willen, kommt rein.« Der Frau gelang es, ihrem Sohn das Messer zu entreißen. Sie verriegelte rasch die Tür hinter uns.

Der Junge starrte mich weiter feindselig an. »Schnitz lieber an denen rum«, sagte ich, zog die Feigen aus der Tasche und warf sie ihm zu. Er fing sie alle mit einer Hand.

Das Zimmer war klein und eng wie die meisten Wohnungen in derartigen Häusern, aber es gab ein Fenster mit Läden und Platz auf dem Boden, wo zwei Personen schlafen konnten, ohne sich auch nur zu berühren.

»Lebt ihr allein hier?« fragte ich. »Nur ihr beiden?« Ich ließ meinen Blick über die wenigen Habseligkeiten wandern, die im Raum verteilt lagen: Kleidung zum Wechseln, ein kleiner Korb mit Schönheitsmitteln, ein paar Holzspielzeuge. Ihre Sachen, seine Sachen.

»Was geht dich das an?« Sie stand in der Ecke des Zimmers in der Nähe des Fensters, und der Junge stand vor ihr. Sie hatte einen Arm um ihn gelegt, um ihn zu liebkosen und gleichzeitig zurückzuhalten.

»Gar nichts«, sagte ich. »Hast du was dagegen, wenn ich mal aus deinem Fenster sehe? Du ahnst gar nicht, wie gut du es hast, einen Blick auf die Straße zu haben, oder doch?« Der Junge zuckte, als ich näher kam, aber die Frau hielt ihn fest. »Es ist natürlich kein überwältigender Ausblick«, sagte ich, »aber die Straße ist nachts vermutlich recht ruhig, und frische Luft ist ein Segen.«

Die Fensterbank reichte mir bis zur Hüfte. Das Fenster war einen knappen halben Meter in die Mauer eingelassen, so daß es eine Art Sitzbank bildete; die Frau hatte ein dünnes Kissen darauf gelegt. Ich mußte mich weit vorbeugen, um hinausblicken zu können. Wegen des Überhangs konnte ich die Außenmauer des Mietshauses selbst nicht sehen, aber ich hatte einen guten Blick auf den Eingang des kleinen Lebensmittelladens ein Stück weiter nach rechts gegenüber: Die alte Frau kehrte mit derselben Aggressivität, mit der sie auf das Hackbrett eingedroschen hatte, die Straße vor dem Laden. Direkt unter uns war der große Fleck von Sextus Roscius' Blut, der sich aus dieser Entfernung deutlich von den Pflastersteinen abhob.

Ich klopfte auf das Kissen. »Ist bestimmt ein gemütliches Plätzchen, vor allem an einem so heißen Tag wie heute. Muß auch im Herbst ganz nett sein, an warmen Abenden hier zu sitzen und die Passanten zu beobachten. In einer klaren Nacht kann man am Himmel bestimmt auch die Sterne erkennen.«

»Nach Anbruch der Dunkelheit halte ich die Läden geschlossen«, sagte sie, »egal wie das Wetter ist. Und auf die Leute auf der Straße achte ich schon gar nicht. Ich kümmere mich um meine Angelegenheiten.«

»Du heißt doch Polia, nicht wahr?«

Sie ließ sich gegen die Wand sacken, packte den Jungen fester und fuhr ihm unbeholfen durchs Haar. Er verzog das Gesicht, sah zu ihr hoch und versuchte aufgeregt, ihren Arm wegzudrücken. »Ich kenne dich nicht. Woher weißt du meinen Namen?«

»Sag mir, Polia, die kluge Devise, dich um deine eigenen Angelegenheiten zu kümmern – seit wann genau befolgst du die? Schon immer, oder ist es ein jüngerer Vorsatz? Vielleicht etwas, was du, sagen wir, seit dem letzten September beherzigst?«

»Ich habe keine Ahnung, wovon du redest.«

»Als der Wächter mich hochgeführt hat, hast du geglaubt, wir wären jemand anders.«

»Ich habe nur gefragt, ob es meine Mutter ist. Sie kommt dauernd her, um mich um Geld anzubetteln, und ich habe nichts mehr, was ich ihr geben könnte.«

»Nein, ich habe die Worte deutlich gehört. Er sagte, es sei ein Bürger und sein Sklave, und du sagtest: ›Nicht die, die schon mal hier waren.‹ Die Vorstellung, sie noch einmal zu treffen, schien dich ziemlich aufzuregen.«

Das Gezappel des Jungen eskalierte in einen regelrechten Ringkampf. Sie packte ihn hart und schlug ihm mit der flachen Hand auf den Kopf. »Warum verschwindet ihr nicht einfach wieder und laßt uns in Ruhe?«

»Weil ein Mann ermordet worden ist und ein anderer dafür sterben soll.«

»Was kümmert mich das?« fuhr sie mich an. Verbitterung verunstaltete, was noch von ihrer Schönheit übrig war. »Was hatte mein Mann verbrochen, als er an Fieber starb? Was hat er getan, daß er den Tod verdient? Das wissen nicht einmal die Götter. Denen ist es egal. Menschen sterben jeden Tag.«

»Dieser Tote ist im September direkt unter deinem Fenster erstochen worden. Ich glaube, du hast gesehen, wie es passiert ist.«

»Nein, und wie sollte ich mich auch an so etwas erinnern?« Die Frau und ihr Kind schienen bei ihrem Kampf in der Ecke einen seltsamen, zuckenden Tanz aufzuführen. Polias Atem ging mühsamer. Der Junge nahm seinen Blick die ganze Zeit nicht von mir.

»So etwas würdest du bestimmt nicht vergessen. Man kann sogar den Blutfleck noch erkennen, wenn man aus dem Fenster sieht. Das muß ich dir ja nicht sagen, oder?«

Plötzlich riß sich der Junge los. Ich zuckte zurück. Tiro trat vor mich, um mich abzuschirmen, aber das war gar nicht notwendig. Der Junge brach in Tränen aus und rannte aus dem Zimmer.

»Da, siehst du, was du angerichtet hast? Du hast mich dazu gebracht, seinen Vater zu erwähnen. Bloß weil Eco nicht sprechen kann, vergessen die Leute immer, daß er genausogut hört wie irgend jemand sonst. Es gab eine Zeit, da konnte er auch noch sprechen. Aber seit dem Tod seines Vaters hat er kein Wort mehr gesagt. Das Fieber hat sie beide erwischt. Und jetzt raus. Sonst hab ich euch nichts zu sagen. Verschwindet!«

Sie fuchtelte mit dem Messer herum, während sie sprach, und schien dann plötzlich zu bemerken, was sie in der Hand hatte. Sie hielt es ungelenk und mit zitternden Fingern auf uns gerichtet, und es sah so aus, als würde sie sich eher selbst verletzen als auf jemand einzustechen.

»Komm, Tiro«, sagte ich. »Für uns gibt es hier nichts weiter zu erfahren.«

Der kleine Wächter hatte seinen Weinschlauch wieder gefüllt und saß, den Wein schmatzend zwischen seine Lippen gießend, auf der oberen Treppenstufe. Er murmelte irgend etwas und streckte die Hand aus, als wir an ihm vorbeikamen. Ich schenkte ihm keine Beachtung. Der Wächter für das Erdgeschoß saß wieder da, wo wir ihn entdeckt hatten, auf dem Boden kauernd am Ende des Flures. Er schenkte uns keine Beachtung.

Auf der Straße war es unmenschlich heiß. Tiro stieg nur zögernd die letzten Stufen hinab. Er sah verdutzt aus.

»Was ist los?« fragte ich.

»Warum hast du ihr kein Geld angeboten? Wir wissen, daß sie Zeugin des Mordes war, der alte Mann hat es doch gesagt. Sie könnte das Silber bestimmt gut gebrauchen.«

»In meiner Börse ist nicht genug Geld, um sie zum Reden zu bringen. Hast du das nicht gesehen? Sie ist total verängstigt. Ich glaube ohnehin nicht, daß sie Geld angenommen hätte. Sie ist es nicht gewohnt, arm zu sein, zumindest nicht arm genug, um zu betteln. Noch nicht jedenfalls. Wer weiß, was für eine Geschichte sie zu erzählen hat?« Ich versuchte, möglichst hart zu klingen. »Und wen kümmert es schon? Was immer es sein mag, es gibt tausend andere Witwen in der Stadt, die die gleiche Geschichte erzählen könnten, und eine ist mitleiderregender als die andere. Für uns ist allein die Tatsache von Interesse, daß sie irgend jemand schon vor geraumer Zeit zum Schweigen gebracht hat. Sie nutzt uns nichts mehr.«

Ich hatte fast erwartet, daß Tiro mich zur Rede stellen würde, aber das war natürlich undenkbar. Er war ein Sklave, und ein sehr junger dazu, und hatte deshalb nicht bemerkt, wie völlig falsch ich die Frau behandelt hatte. Ich war mit ihr genauso rüde umgegangen wie mit dem Ladenbesitzer oder dem Wächter. Vielleicht hätte sie geredet, wenn es mir gelungen wäre, in ihr eine andere Saite zum Klingen zu bringen als die der Angst. Ich ging mit hastigen

Schritten voran, ohne den Blutfleck zu beachten, und zu wütend, um mich darum zu kümmern, wohin ich lief. Die Sonne knallte mir vom Himmel wie ein Faustschlag in den Nacken. Ich rannte voll in den Jungen.

Wir machten beide einen erschreckten Satz zurück, atemlos von dem Zusammenstoß. Ich fluchte. Eco gab einen unterdrückten, rauhen, kehligen Laut von sich.

Ich war so geistesgegenwärtig, einen besorgten Blick auf seine Hände zu werfen. Sie waren leer. Ich sah ihm einen Moment in die Augen und trat dann zur Seite, um weiterzugehen. Er packte den Ärmel meiner Tunika, schüttelte den Kopf und zeigte auf das Fenster.

»Was willst du? Wir haben deine Mutter in Ruhe gelassen. Du solltest jetzt besser zu ihr gehen.«

Eco schüttelte den Kopf und stampfte mit dem Fuß auf. Er machte uns ein Zeichen zu warten und rannte nach drinnen.

»Was glaubst du, was er will?« fragte Tiro.

»Ich bin mir nicht sicher«, sagte ich, und noch während ich sprach, ahnte ich die Wahrheit und verspürte ein kitzelndes Gefühl der Angst.

Im nächsten Augenblick tauchte der Junge wieder auf mit einem schwarzen Umhang über dem Arm und einem Gegenstand, den er in einer Falte seiner Tunika verbarg. Er zog seine Hand hervor, und die lange Klinge glitzerte in der Sonne. Tiro stockte der Atem, und er packte meinen Arm. Ich hielt ihn sanft zurück, weil ich wußte, daß das Messer nicht für uns bestimmt war.

Der Junge kam langsam auf mich zu. Sonst war niemand auf der Straße; um diese Tageszeit war es zu heiß.

»Ich glaube, er möchte uns etwas mitteilen«, sagte ich.

Eco nickte.

»Über jenen Septemberabend.«

Er nickte erneut und wies mit der Klinge auf den Blutfleck.

»Über den Tod des alten Mannes auf der Straße. Der Mord passierte ein oder zwei Stunden nach Einbruch der Dunkelheit, hab ich recht?«

Er nickte.

»Wie hätte man dann mehr als einen Schatten erkennen sollen?«

Er wies auf die Fackelnischen entlang der Straße und dann nach oben, während seine Hände eine Kugel in der Luft formten.

»Ah, ja, es war an den Iden – der Mond stand ziemlich hoch und voll am Himmel«, sagte ich. Er nickte.

»Wo sind die Mörder hergekommen?«

Eco wies auf die Sackgasse, die jetzt von der Tür des Lebensmittelladens versperrt war.

»Genau wie ich dachte. Und wie viele waren es?«

Er hielt drei Finger hoch.

»Nur drei? Bist du sicher?«

Er nickte heftig. Dann begann die Pantomime.

Er rannte ein Stück die Straße hinauf und stolzierte dann mit wichtigtuerischem Blick auf uns zu. Er machte schnörkelige Gesten in beide Richtungen.

»Der alte Sextus Roscius«, sagte ich. »Begleitet von seinen beiden Sklaven zur Rechten und zur Linken.«

Der Junge klatschte in die Hände und nickte. Er rannte zur Tür des Ladens, klemmte seine Schulter dahinter und stieß sie zu. Durch das Holz konnte ich die alte Frau hinter ihrem Tresen fluchen hören. Der Junge warf sich den dunklen Umhang über die Schulter und drängte sich, das lange Messer gezückt, gegen die Wand der Sackgasse. Ich folgte ihm.

»Drei Angreifer, sagst du. Und wer bist du jetzt, ihr Anführer?«

Er nickte und machte mir ein Zeichen, ich solle den Part des alten Sextus übernehmen, der die mondbeschienene Straße entlanggeschlendert kam.

»Los, Tiro«, sagte ich, »du bist Felix oder Chrestus oder wer immer zur Rechten seines Herrn stand, den Angreifern am nächsten.«

»Hältst du das für klug, Herr?«

»Sei still, Tiro, und spiel mit.«

Wir gingen nebeneinander durch die enge Straße. Aus der Sicht des Opfers lauerte die schmale Sackgasse ohne jede Warnung; selbst in einer Vollmondnacht mußte sie ein unsichtbares, schwarzes Loch gewesen sein. Als ich daran vorbeikam, hielt ich den Blick stur geradeaus gerichtet und nahm aus den Augenwinkeln nicht einmal das leiseste Zukken einer Bewegung wahr, und dann war es auch schon zu spät. Ohne jede Warnung war der stumme Junge auf einmal hinter uns, packte Tiro bei der Schulter und schob ihn zur Seite. Das tat er zweimal, einmal rechts und einmal links von mir; zwei Täter, die zwei Sklaven aus dem Weg schafften. Das zweite Mal schubste Tiro zurück.

Ich wollte mich umdrehen, aber Eco gab mir einen Stoß gegen die Schulter, damit ich meine Position nicht veränderte. Von hinten hakte er sich bei mir unter, als wolle er mich festhalten. Mit einem Klaps auf meinen Arm machte er sich los, um eine neue Rolle einzunehmen. Er kreiste jetzt vor mir, das Messer gezückt, das Gesicht von einer Kapuze verborgen und humpelnd. Er griff mit der anderen Hand nach oben, um mein Kinn zu packen und sah mir direkt ins Gesicht. Er hob den Dolch und stieß zu.

»Wo?« sagte ich. »Wo wurde er zuerst getroffen?«

Er tippte auf einen Punkt zwischen Schlüsselbein und Brust, direkt über meinem Herzen. Unwillkürlich fuhr ich mit der Hand an die Stelle. Eco nickte, das Gesicht noch immer im Schatten der Kapuze verborgen. Dann wies er auf den Handabdruck an der Ladentür.

»Dann muß Sextus sich losgerissen haben –«

Er schüttelte den Kopf und deutete eine Wurfbewegung an.

»Man hat ihn zu Boden geschleudert?« Nicken. »Und irgendwie fand er die Kraft, zu der Tür zu kriechen –«

Eco schüttelte erneut den Kopf und wies auf die Stelle, wo der alte Mann zu Boden gefallen war. Er begann, heftig auf den imaginären Körper einzutreten, wobei er eigenartig kehlige Geräusche von sich gab. Höhnisch grinsend und knurrend imitierte er – wie mir plötzlich mit einem Gefühl der Übelkeit klar wurde – ein Lachen.

»Dann war er also hier«, sagte ich und nahm meinen Platz zu Füßen des Jungen ein. »Entsetzt, verwirrt, blutend. Sie trieben ihn weiter voran, mit Tritten, Flüchen, Spott und Gelächter. Er griff nach oben und erreichte die Tür...«

Zum zweitenmal an diesem Vormittag schlug mir die Tür vor die Nase, als sie quietschend aufschwang.

»Was denkst du, was du hier machst?« Es war die Frau. »Du hast kein Recht –«

Eco sah sie und erstarrte. »Weiter«, sagte ich, »beachte sie gar nicht. Weiter. Sextus war zu Boden gestürzt und stützte sich jetzt gegen die Tür. Was dann?«

Der Junge kam, erneut humpelnd, auf mich zu, und machte eine Bewegung, als würde er mit beiden Händen meine Toga packen und mich direkt auf die Straße schleudern. Er hinkte rasch zu dem am Boden liegenden Phantom und fuhr fort, auf es einzutreten, wobei er mit jedem Tritt ein Stück nach vorn ging, bis er direkt auf dem riesigen Blutfleck stand. Dabei wies er auf seine beiden imaginären Begleiter.

»Drei«, sagte ich, »alle drei Täter haben ihn umringt. Aber wo waren die beiden Sklaven? Tot?« Nein. »Verwundet?« Nein. Der Junge tat die Frage mit einer angeekelten Geste der Verachtung ab. Die Sklaven waren geflohen. Ich warf einen Seitenblick auf Tiro, der darüber sehr enttäuscht schien.

Eco hockte sich auf den Blutfleck, zog das Messer hervor und hielt es hoch über seinen Kopf, bevor er es wieder und wieder bis fast auf das Pflaster niedersausen ließ. Er begann am ganzen Körper zu zittern und fiel auf die Knie. Er machte ein Geräusch wie ein leise wiehernder Esel. Er weinte.

Ich kniete mich neben ihn und legte meine Hand auf seine Schulter. »Ist ja schon gut«, sagte ich. »Ist ja gut. Ich möchte, daß du dich nur noch ein wenig weiter erinnerst.« Er entzog sich meiner Hand und wischte sich das Gesicht ab, wütend über seine eigenen Tränen. »Nur noch ein wenig mehr. Hat sonst noch jemand den Vorfall beobachtet? Jemand aus dem Mietshaus oder von der anderen Straßenseite?«

Er starrte die Frau des Ladenbesitzers an, die uns vom Eingang des Ladens wütend beobachtet. Er hob die Hand und zeigte auf sie.

»Ha!« Die Frau verschränkte die Arme und senkte wie ein angriffsbereiter Stier den Kopf. »Der Junge lügt. Entweder das, oder er ist genauso blind wie stumm.«

Der Kleine zeigte erneut auf sie, als könne er sie mit seinem ausgestreckten Finger zu einem Geständnis bewegen. Dann wies er auf ein kleines Fenster über dem Laden, wo für den Bruchteil einer Sekunde das Gesicht des Alten auftauchte, bevor es abrupt hinter einem Paar Fensterläden verschwand, die von innen zugezogen wurden.

»Ein Lügner«, knurrte die Frau. »Er hat eine Tracht Prügel verdient.«

»Du hast doch gesagt, daß die Zimmer nach hinten heraus liegen und es keine Fenster zur Straße gibt«, sagte ich.

»Hab ich das? Dann ist es auch die reine Wahrheit.« Sie konnte nicht wissen, daß ich eben erst ihren Mann gesehen hatte, der direkt über ihr zu schweben schien, wie der vom Rumpf getrennte Kopf eines *deus ex machina* im Theater.

Ich wandte mich wieder Eco zu. »Drei, hast du gesagt. Hatten sie außer ihren Umhängen noch irgendwelche besonderen Kennzeichen? Waren sie groß oder klein? Ist dir irgend etwas Ungewöhnliches aufgefallen? Einer von ihnen hat gehinkt, sagst du, der Anführer. Welches war das verkrüppelte Bein, das linke oder das rechte?«

Der Junge dachte einen Moment lang nach und zeigte dann auf sein linkes Bein. Er kämpfte sich auf die Füße und humpelte im Kreis um mich herum.

»Das linke? Bist du sicher?«

»Lächerlich!« schrie die alte Frau. »Der dumme Junge weiß überhaupt nichts! Es war das rechte Bein, das er nachgezogen hat, sein rechtes!« Ehe sie sich versah, waren ihr die Worte herausgerutscht. Sie schlug sich die Hand vor den Mund. Ein triumphierendes Lächeln kroch auf mein Gesicht und erstarb gleich wieder, als sie mich mit einem Blick bedachte, wie Medusa ihn Perseus hätte zuwerfen können. Einen Moment stand sie ratlos da, dann ergriff sie entschlossen die Initiative. Sie stürmte auf die Straße, packte den Griff der breiten Tür, stampfte in den Laden zurück und zog die Tür in breitem Bogen hinter sich zu, so daß Tiro aus dem Weg springen mußte. »Wir werden wieder öffnen«, rief sie niemand im besonderen zu, »wenn dieser Pöbel von der Straße verschwunden ist!« Nicht mit einem lauten Knall, sondern mit einem Rumpeln und einem dumpfen Schlag fiel die Tür zu.

»Sein linkes«, sagte ich wieder zu dem Jungen gewandt. Er nickte. Eine Träne kullerte über seine Wangen, die er wütend mit seinem Ärmel wegwischte. »Und die Hand – in welcher Hand hatte er das Messer? Denk nach!«

Eco schien in eine unergründbare Tiefe zu starren, die sich unter dem Blutfleck zu unseren Füßen verbarg. Langsam, wie in Trance legte er den Dolch von der rechten in die linke Hand. Seine Augen wurden schmal. Seine linke Hand zuckte in winzigen, stechenden Bewegungen durch die Luft. Er blinzelte, blickte dann nickend auf und sah mich wieder direkt an.

»Ein Linkshänder! Gut, ein Linkshänder mit einem lahmen linken Bein – damit sollte man ihn leicht genug identifizieren können. Und sein Gesicht – hast du auch sein Gesicht gesehen?«

Er schauderte und schien mit den Tränen zu kämpfen. Er nickte langsam und schwer, ohne mir direkt in die Augen zu blicken.

»Genau? So genau, daß du ihn wiedererkennen würdest, wenn du ihn siehst?«

Er warf mir einen erschrockenen Blick zu, während er sich rasch abwandte. Ich packte seinen Arm und zog ihn wieder näher an den Blutfleck heran. »Aber wie hättest du ihn so genau erkennen sollen? Wo warst du, am Fenster in eurem Zimmer?«

Er nickte. Ich sah nach oben.

»Selbst am hellichten Tag könntest du von dort das Gesicht eines Menschen nicht genau erkennen. Und in der besagten Nacht war es dunkel, selbst wenn wir Vollmond hatten.«

»Dummkopf! Begreifst du denn nicht?« Die Stimme kam von oben, aus dem Fenster über dem Laden. Der alte Mann hatte die Läden geöffnet und beobachtete uns erneut. Er sprach in einem heiseren Flüstern. »Nicht in jener Nacht hat er das Gesicht des Mannes genau gesehen. Sie sind noch einmal zurück gekommen, ein paar Tage später.«

»Und woher weißt du das?« fragte ich, den Hals reckend.

»Sie ... Sie sind in meinen Laden gekommen.«

»Und wie hast du sie erkannt? Hast *du* das Verbrechen auch beobachtet?«

»Nein, ich nicht, oh, nein.« Der Alte sah sich besorgt über die Schulter um. »Aber in dieser Straße passiert nichts, was meine Frau nicht sieht. Sie hat sie in jener Nacht beobachtet, von diesem Fenster aus, wo ich jetzt stehe. Und sie hat sie wiedererkannt, als sie ein paar Tage später bei Sonnenlicht zurückkamen, dieselben drei – sie hat den Anführer an seinem Humpeln erkannt und einen der beiden anderen an der Größe – ein blonder Riese mit einem roten Gesicht. Der dritte hatte, glaube ich, einen Bart, aber mehr kann ich euch auch nicht sagen. Der Anführer hat überall in der Gegend Fragen gestellt, genau wie du. Nur daß wir ihm nichts erzählt haben, ich schwöre, kein Sterbenswörtchen, auch nichts von Polia und daß sie behauptet hat, sie hätte den ganzen Mord beobachtet. Die haben mir gar nicht gefallen. Ich wenigstens hab ihnen nichts erzählt; nur – jetzt, wo ich drüber nachdenke, glaube ich, mußte ich den Laden verlassen, nur für einen Moment, während meine Alte sie schließlich abgewimmelt hat – du glaubst doch nicht, daß sie ihr großes Maul wieder nicht...«

Hinter mir hörte ich einen seltsamen, fast tierischen Laut. Ich drehte mich um und bückte mich, als ich Ecos Messer auf mich zufliegen sah. Auch die Reflexe des Alten waren erstaunlich schnell. Das Messer zischte in Richtung eines offenen Fensters, traf jedoch statt dessen auf zugeschlagene Läden. Die Klinge bohrte sich in das Holz, blieb einen Moment lang stecken und fiel dann mit einem metallischen Klirren auf das Pflaster. Ich wandte mich um und starrte Eco an, überrascht von der Wucht, mit der der kleine Junge das Messer geschleudert hatte. Er hatte das Gesicht in den Händen vergraben und weinte.

»Die sind alle verrückt hier«, flüsterte Tiro.

Ich packte Ecos Handgelenk und riß ihm die Hände vom Gesicht. Er warf den Kopf von der einen Seite zur anderen und wollte seine Tränen verbergen. Er versuchte, sich loszureißen. Aber ich hielt ihn fest.

»Die Männer sind zurückgekommen«, sagte ich. »Sie sind wegen dir gekommen. Könnte es sein, daß sie gesehen haben, daß du sie in der Nacht des Mordes beobachtet hast?«

Er schüttelte heftig den Kopf.

»Nein. Dann haben sie es von der alten Frau in dem Laden erfahren. Sie hat sie zu dir geführt. Aber nach dem, was die Leute so erzählen, hat deine Mutter den Mord gesehen. Hat sie das? Stand sie mit dir am Fenster?«

Er schüttelte erneut den Kopf. Er weinte.

»Dann warst du der einzige, der es gesehen hat. Du und die Alte von gegenüber. Aber die Frau war schlau genug, sich da rauszuhalten und sie woandershin zu schicken. Du hast deiner Mutter ein paar Einzelheiten berichtet, oder nicht? Genau wie uns? Und sie fing an, sie weiterzuerzählen, als habe sie das Verbrechen selbst beobachtet. Hab ich recht?«

Er zitterte und schluchzte.

»Verflixt«, flüsterte ich. »Verflixt. Also kamen sie zurück, um sie zu suchen, nicht dich. Und sie haben sie in eurer Wohnung gefunden. Warst du auch dort?«

Er brachte ein Nicken zustande.

»Und was dann? Drohungen, Bestechungen?« fragte ich und wußte schon, daß es etwas viel Schlimmeres war.

Der Junge riß sich los. Schluchzend und jammernd begann er sich links und rechts ins Gesicht zu schlagen. Tiro drängte sich näher an mich und sah entsetzt zu. Schließlich hörte der Junge auf. Er stampfte mit dem Fuß auf und sah mich direkt an. Mit zusammengebissenen Zähnen verzog er sein Gesicht zu einer Maske des Hasses und hob beide Arme. Seine Hände bewegten sich steif, wie gegen seinen Willen. Er machte eine obszöne Geste und ballte seine Hände zu Fäusten, als ob sie im Feuer verdorrt wären.

Sie hatten seine Mutter vergewaltigt, die gar nichts gesehen hatte, die nichts von dem Mord wissen konnte, wenn er es ihr nicht erzählt hätte, deren einziges Verbrechen es gewesen war, ein bißchen Klatsch aus zweiter Hand an eine alte Frau von gegenüber weiterzugeben. Sie hatten sie vergewaltigt, und Eco hatte es mit angesehen.

Ich blickte zu Tiro, um mich zu vergewissern, daß er verstanden hatte. Er hatte seine Hand auf den Mund gelegt und seinen Blick abgewendet.

Plötzlich stieß mich der Junge zur Seite und rannte los, das auf der Straße liegende Messer aufzuheben. Er kam zurück, nahm meine Hand und legte meine Finger um den Knauf. Bevor ich ihm Geld geben oder auch nur eine tröstende oder verständnisvolle Geste machen konnte, war er zurück in das Mietshaus gelaufen, wobei er den hageren Wächter aus dem Weg schubste, der aus der Tür trat, um frische Luft zu schnappen.

Ich betrachtete das Messer in meiner Hand. Ich seufzte und schloß die Augen, mir war auf einmal ganz schwindlig von der Hitze. »Für seine Rache«, flüsterte ich. »Er glaubt, wir bringen Gerechtigkeit, Tiro.«

# Elf

Wir verbrachten die Stunden der schlimmsten Nachmittagshitze in einer kleinen Taverne. Ursprünglich hatte ich vorgehabt, mich gleich weiter auf die Suche nach der Hure Elena zu machen – das Haus der Schwäne konnte vom Tatort aus nur noch ein paar Schritte entfernt sein –, aber mir fehlte der Mut. Statt dessen kehrten wir um, und trotteten zurück die schmale Straße hinunter bis zu dem offenen Platz.

Er lag fast verlassen da. Die Krämer hatten ihre Läden geschlossen. Die Hitze war so stechend, daß selbst die fliegenden Händler mit ihren Karren verschwunden waren. Nur ein paar Kinder und ein Hund planschten weiter in den großen Pfützen um die öffentliche Zisterne. Sie hatten den Eisendeckel des Brunnens beiseite geschoben, und einer der Jungen stand gefährlich nahe an seinem Rand. Ohne sich auch nur umzusehen, hob er seine Tunika und begann in das Loch zu pinkeln.

Ein im Eckstein eines kleinen Mietshauses eingelassenes Mosaik, das eine Rebe roter Weintrauben zeigte, pries eine Taverne in der Nähe an. Vereinzelte violette und weiße Fliesen führten uns um die Ecke und eine kurze Treppe hinab. Die Taverne war ein kleiner, muffiger Raum, düster, feucht und leer.

Die Hitze hatte mich völlig erschöpft. Nach dem vielen Laufen hätte ich etwas essen sollen, aber ich hatte keinen Hunger. Statt dessen bestellte ich Wasser und Wein und beschwatzte Tiro, mitzuhalten. Ich bestellte noch mehr, und mittlerweile mußte auch Tiro nicht mehr lange überredet werden. Jetzt wo seine Zunge gelöst und er nicht mehr so auf der Hut war, verspürte ich den Drang, ihn direkt nach seinem Stelldichein mit der Tochter von Sextus Roscius zu fragen. Wenn ich es nur getan hätte! Aber dieses eine Mal unterdrückte ich meine Neugier.

Tiro war keinen Wein gewohnt. Eine Zeitlang wurde er recht lebhaft und schwatzte munter über die Ereignisse des Vormittags und des vorherigen Tages, wobei er sich hin und wieder selbst unterbrach, um ein Wort des Lobes auf seinen weisen Herrn auszusprechen, während ich dösend dabeisaß und nur mit halbem Ohr zuhörte. Dann wurde er schlagartig still und starrte trübsinnig in seinen Becher. Er nahm einen letzten Schluck, stellte den Becher ab, lehnte sich in seinen Stuhl zurück und war auf der Stelle eingeschlafen.

Nach einer Weile schloß auch ich die Augen, schlief zwar nicht fest ein, dämmerte jedoch scheinbar längere Zeit vor mich hin und öffnete nur gelegentlich die Augen für die gleichbleibende Aussicht auf Tiro, der mit hängendem Unterkiefer in den Stuhl gegenüber gefläzt saß und den tiefen Schlaf der Jungen und Unschuldigen schlief.

Die Halbträume, in die ich teils versank, teils mir ihrer bewußt blieb, waren düster, unbehaglich und alles andere als unschuldig. Ich saß im Haus von Caecilia Metella und verhörte Sextus Roscius; er stammelte und murmelte vor sich hin, und obwohl er anscheinend Lateinisch sprach, konnte ich kaum ein Wort von dem verstehen, was er sagte. Als er sich von seinem Stuhl erhob, bemerkte ich, daß er einen schweren Umhang trug und beim Weggehen das linke Bein nachzog. Ich wandte mich entsetzt ab und rannte in den Flur. Korridore gabelten und vereinigten sich wie Gänge in einem Labyrinth. Ich hatte mich verirrt. Ich schob einen Vorhang zur Seite und sah ihn von hinten. Dahinter stand die junge Witwe nackt und weinend an die Wand gedrückt, während er sie brutal vergewaltigte.

Aber wie so häufig in Träumen veränderten sich die Dinge, und mir wurde mit Schrecken klar, daß die Frau nicht die Witwe war, sondern Roscius' eigene Tochter, die, als sie mich bemerkte, keinerlei Scham zeigte, sondern mir statt dessen Küsse zuwarf und ihre Zunge zeigte.

Ich öffnete die Augen und sah den schlafenden Tiro. Ein Teil von mir wollte aufwachen, aber ich war zu schwach. Meine Lider waren zu schwer, und mir fehlte der Wille, die Augen offen zu halten. Vielleicht gehörte es aber auch zu dem Traum.

Im Lagerraum von Caecilias Haus kopulierten der Mann und die Frau weiter. Ich sah ihnen von der Schwelle aus zu wie ein verschreckter Junge. Der Mann in dem Umhang sah sich über die Schulter um. Ich lächelte still in mich hinein, weil ich erwartete, Tiros vor Erregung gerötetes, unschuldiges, beschämtes Gesicht zu sehen. Statt dessen sah ich Sextus Roscius mit lüsternem Blick und durchdrungen von einer Leidenschaft, für die es keine Worte gab.

Ich schlug mir die Hand vor den Mund und wich angeekelt zurück. Irgend jemand zupfte mich am Ärmel. Es war der stumme Junge, der sich mit verheulten Augen auf die Lippen biß, um nicht zu wimmern. Er versuchte, mir ein Messer zu geben, aber ich weigerte mich, es anzunehmen. Er schubste mich wütend beiseite und stürzte sich dann auf die kopulierenden Gestalten.

Er stach wahllos und brutal auf sie ein. Doch sie wollten nicht aufhören, als ob die Stiche ein geringfügigeres Ärgernis wären, verglichen mit der Lust, die es sie kosten würde, voneinander abzulassen und den Jungen beiseite zu stoßen. Ich wußte, daß sie nicht loslassen konnten, als ob ihr Fleisch irgendwie eins geworden wäre. Während sie ineinander drangen und sich wanden, bildete sich eine Lache von Blut, das von ihren verschlungenen Körpern rann. Es breitete sich auf dem Boden aus wie ein tiefroter Teppich. Es floß unter meine Füße. Ich versuchte, einen Schritt nach vorn zu machen, war aber wie festgewachsen, unfähig mich zu bewegen oder auch nur zu sprechen, starr wie eine Leiche.

Ich öffnete die Augen, aber nichts schien sich zu ändern. Alles, was ich sah, war eine rote Flut. Mir wurde klar, daß meine Augen immer noch geschlossen waren und ich gegen meinen Willen weiter träumte. Ich hob die Hand, um meine Augen mit den Fingern zu öffnen, aber die Lider blieben fest geschlossen. Ich kämpfte, keuchend und außer Atem, ohne mich aus dem Traum reißen zu können.

Im nächsten Augenblick war ich dann auf einmal wach. Meine Augen waren offen. Meine Hände waren auf dem Tisch. Tiro saß mir gegenüber und schlief friedlich.

Mein Mund war trocken wie Alaun. Mein Kopf fühlte sich an wie mit Wolle ausgestopft. Mein Gesicht und meine Hände waren taub. Ich versuchte, nach dem Wirt zu rufen, brachte jedoch kaum einen Ton heraus. Es war sowieso egal; der Mann war selbst auf einem Stuhl in der Ecke eingedöst, die Arme verschränkt und das Kinn auf der Brust.

Ich stand auf. Meine Glieder fühlten sich an wie trockenes Holz. Ich taumelte auf den Eingang zu, die Treppe hoch, auf die Gasse und um die Ecke auf den Platz. Er lag jetzt völlig verlassen im blendenden Sonnenlicht; selbst die Bengels waren verschwunden. Ich schleppte mich zu der Zisterne, kniete mich nieder und starrte ins Schwarze. Das Wasser war zu tief unten, um ein Spiegelbild zurückzuwerfen, aber ich spürte die aufsteigende Kühle im Gesicht. Ich zog den Eimer hoch, spritzte mir Wasser ins Gesicht und goß den Rest über meinen Kopf.

Danach fühlte ich mich langsam wieder wie ein Mensch. Ich wollte nur noch zu Hause sein und nichts tun, unter dem Portico sitzen und in den Garten blicken, mit Bast, die an meinen Füßen döste, und Bethesda, die mir ein kühles Tuch für meine erhitzte Stirn brachte.

Statt dessen spürte ich eine zögernde Hand auf meiner Schulter. Es war Tiro.

»Alles in Ordnung, Herr?«

Ich atmete tief ein. »Ja.«

»Es ist die Hitze. Die schreckliche, unnatürliche Hitze. Wie eine Strafe. Sie macht einen ganz dumm im Kopf, sagt Cicero, und dörrt den Geist aus.«

»Komm, Tiro, hilf mir auf die Beine.«

»Du solltest dich hinlegen und schlafen.«

»Nein! Bei dieser Hitze ist der Schlaf der schlimmste Feind des Menschen. Bringt schreckliche Träume ...«

»Sollen wir lieber zurück in die Taverne gehen?«

»Nein. Oder doch: ich nehme an, wir schulden dem Mann etwas für den Wein.«

»Nein. Ich habe aus deiner Börse gezahlt, bevor ich gegangen bin. Er hat selbst geschlafen, aber ich habe das Geld auf den Tresen gelegt.«

Ich schüttelte den Kopf. »Und hast du ihn geweckt, bevor du gegangen bist, damit ihn niemand bestiehlt, während er schläft?«

»Natürlich.«

»Tiro, du bist ein Ausbund an Tugendhaftigkeit. Du bist die Rose inmitten der Dornen. Die süße Beere zwischen den stacheligen Zweigen.«

»Ich bin lediglich ein Spiegel meines Herrn«, sagte er und klang dabei eher stolz als bescheiden.

# Zwölf

Eine Weile wurde die noch immer hochstehende Sonne von einem Band weißer Wolken verhüllt, die aus dem Nichts aufgezogen waren. Die schlimmste Hitze war vorüber, aber die Stadt gab jetzt nach und nach die im Laufe des Tages gespeicherte Wärme ab, Pflastersteine und Ziegel glühten wie Wände eines Ofens; wenn nicht ein erneutes Gewitter sie abkühlte, würden die Steine die ganze Nacht über Wärme abgeben und die Stadt und alle, die in ihr lebten, ausdörren.

Tiro drängte mich, kehrtzumachen, eine Sänfte für meinen Heimweg zu mieten oder doch zumindest zu Fuß zu Ciceros Haus zurückzugehen. Aber es wäre unsinnig gewesen, sich dem Haus der Schwäne so weit zu nähern, ohne ihm einen Besuch abzustatten.

Wir gingen ein weiteres Mal durch die enge Straße, vorbei an der kleinen Sackgasse, in der die Mörder gelauert hatten und die jetzt wieder von der Tür des Lebensmittelladens verdeckt war. Aus seinen düsteren Winkeln drang der übersüße Geruch verdorbener Früchte; ich blickte nicht hinein. Wir mieden den Blutfleck und passierten die Tür, die zu der Wohnung der Witwe führte. Der hagere Wächter saß dösend auf der Treppe. Als wir vorbeikamen, öffnete er die Augen und sah uns erstaunt und übellaunig an, als ob unser Gespräch bereits so lange zurückläge, daß er unsere Gesichter schon wieder vergessen hatte.

Das Haus der Schwäne lag sogar noch näher, als ich vermutet hatte. Die Straße verengte sich und bog, den Blick auf das hinter uns liegende Stück Weges verdeckend, nach links ab. Unser Ziel lag gleich rechts und war nicht zu verfehlen.

Wie luxuriös mußte es auf Männer mit bescheidenen Mitteln wirken, die hergelockt von Mund-zu-Mund-Propaganda und geleitet von den Fackeln und primitiven Schwan-Emblemen, die die Straße säumten, nachts hier ankamen. Wie herrlich ordinär mußte es einem Mann von gewisser Vornehmheit wie dem alten Sextus Roscius erschienen sein, wie einladend für die fleischlichen Gelüste, von denen er besessen war.

Die Fassade hob sich deutlich von allen anderen in der Straße ab. Die Gebäude in der Nachbarschaft waren verputzt und in blassen Schattierungen von Safran, Rost oder fleckigem Weiß getüncht. Die verputzte Fassade des Hauses der Schwäne war von einem leuchtenden, schrillen Rosa, hier und da, wie etwa um die Giebeldreiecke über den Fenstern, mit roten Kacheln verschönert. Eine halbkreisförmige Säulenhalle ragte auf die Straße. Auf der Spitze der Halbkuppel thronte eine Venusstatue, die für den zur Verfügung stehenden Platz viel zu klein war; die bildhauerischen Bemühungen waren wahrhaft schmerzlich anzusehen, ja beinahe blasphemisch zu nennen. Selbst Tiro kicherte, als er sie entdeckte. Von der Kuppel der Säulenhalle hing eine Lampe, die man wohlwollend als schiffsförmig bezeichnen konnte, obwohl ich wegen der leichten Krümmung und der abgeflachten Spitze des Objekts argwöhnte, daß es ein menschliches Anhängsel darstellen sollte, das auf obszöne Weise zu groß geraten war. In wie vielen Nächten war Sextus Roscius ihrem Schein wie einem Leuchtfeuer gefolgt, drei Marmorstufen hinauf zu dem schwarzen Rost, auf dem ich jetzt mit Tiro stand und schamlos im hellen Tageslicht an die Tür klopfte?

Ein Sklave öffnete die Tür, ein großer, muskulöser junger Mann, der eher den Eindruck eines Leibwächters oder Gladiators als den eines Türstehers machte. Er hatte ekelhaft unterwürfige Manieren. Er hörte gar nicht auf zu lächeln, sich zu verbeugen und zu nicken, während er uns zu einem flachen Diwan in dem plüschig eingerichteten Vorraum führte. Wir mußten nicht lange auf den Eigentümer warten.

Mein Gastgeber war eine in jeder Beziehung rundliche Erscheinung, vom Bauch bis zur Nase und der kahlen Krone seines Hauptes. Das wenige verbliebene Haar war sorgfältig geölt und frisiert worden. Seine Wangen waren auf groteske Weise gepudert und mit Rouge überzogen. Seine Vorliebe für Schmuck schien von derselben Vulgarität wie sein Geschmack in allen Fragen der Inneneinrichtung. Alles in allem bot er den Anblick eines heruntergekommenen Epikureers, und seine Bemühungen, die Atmosphäre eines levantinischen Bordells nachzuempfinden, grenzten ans Parodistische. Der Versuch der Römer, den Orient nachzuahmen, gelingt selten. Eleganz und echter Luxus sind nicht so leicht zu kopieren oder zu Großhandelspreisen zu kaufen.

»Bürger«, sagte er, »du kommst zu einer ungewöhnlichen Tageszeit. Die meisten unserer Kunden treffen eher gegen Sonnenuntergang ein. Aber umso besser für dich – so hast du die Auswahl aller Mädchen, ohne warten zu müssen. Die meisten von ihnen schlafen noch, aber ich werde sie für dich gerne aus ihren Betten scheuchen. So gefallen sie mir selbst auch am besten, eben erwacht und noch vom Duft des Schlafes umfangen wie feuchte Rosen vom Morgentau.«

»Eigentlich komme ich wegen eines ganz bestimmten Mädchens.«

»Ja?«

»Sie ist mir empfohlen worden. Ein Mädchen namens Elena.«

Der Mann stierte mich mit leerem Blick an und nahm sich für seine Antwort Zeit. Als er schließlich sprach, konnte ich keine Arglist ausmachen, sondern lediglich die ehrliche Vergeßlichkeit eines Mannes, der im Laufe der Jahre so viele Körper ge- und verkauft hatte, daß man nicht erwarten konnte, daß er sich an sie erinnerte. »Elena«, sagte er, als ob es sich dabei um ein Fremdwort handeln würde, dessen Bedeutung ihm entfallen war. »Und ist sie dir kürzlich empfohlen worden, Herr?«

»Ja. Es ist allerdings schon eine Weile her, daß mein Freund sie zuletzt besucht hat. Er weilt zur Zeit nicht in Rom, sondern ist mit der Verwaltung seiner Landgüter beschäftigt. Geschäftliche Angelegenheiten halten ihn davon ab, in die Stadt zu kommen, aber er schreibt voll angenehmer Erinnerung von dieser Elena. Er sagt, er wäre froh, auf dem Land eine Frau zu finden, deren Liebkosungen ihm nur einen Bruchteil jener Befriedigung schenken würden.«

»Ah.« Der Mann legte seine Fingerspitzen aufeinander, schürzte die Lippen und sah aus, als würde er seine Ringe an jeder Hand zählen. Ich ertappte mich dabei, daß ich ein Gemälde an der gegenüberliegenden Wand anstarrte, auf dem Priapus einer Schar nackter Kurtisanen den Hof machte, die alle mit angemessener Ehrfurcht auf den überdimensionierten Stab zu blicken schienen, der sich steil zwischen den Beinen des Gottes erhob.

»Vielleicht könntest du diese Elena ein wenig genauer beschreiben.«

Ich dachte einen Moment lang nach und schüttelte dann den Kopf. »Es ist zwar seltsam, aber mein Freund hat mir ihre Erscheinung nie beschrieben. Er nennt nur ihren Namen und versichert mir, daß ich nicht enttäuscht sein werde.«

Die Laune meines Gastgebers schien sich zu bessern. »Ah, ja, das kann ich dir von allen meinen Mädchen versprechen.«

»Dann bist du sicher, daß du keine Elena hast?«

»Also, der Name kommt mir irgendwie bekannt vor. Ja, ich meine mich vage an das Mädchen zu erinnern. Aber ich bin sicher, daß wir schon seit geraumer Zeit keine Elena mehr haben.«

»Aber was könnte ihr denn passiert sein? Bist du sicher, daß deine Mädchen gesund sind?«

»Natürlich sind sie gesund; ich habe noch nie ein Mädchen wegen Krankheit verloren. Sie wurde verkauft, wenn ich mich recht erinnere – an einen Privatmann, nicht an ein Haus der Konkurrenz«, fügte er noch hinzu, um mich davon abzuhalten, meine Suche anderen Orts fortzusetzen.

»Ein Privatmann? Da wird mein Freund aber enttäuscht sein. Ich frage mich, ob ich den Käufer wohl kenne – vielleicht spielt mir irgend jemand hinter meinem Rücken einen Streich. Du könntest mir nicht zufällig sagen, wer der Mann ist?«

»Ich fürchte, ich kann mich beim besten Willen nicht mehr an die Einzelheiten erinnern, ohne meinen Buchhalter zu konsultieren. Außerdem ist es ein Prinzip unseres Hauses, den Verkauf von Sklavinnen nie öffentlich zu erörtern, es sei denn mit einem potentiellen Käufer.«

»Ich verstehe.«

»Ah, seht, Stabius hat eine kleine Auswahl zusammengestellt. Vier wunderschöne Mädchen. Dein einziges Problem wird sein, dich für eine zu entscheiden. Vielleicht willst du ja auch zwei auf einmal. Oder gleich alle vier, eine nach der anderen. Meine Mädchen machen selbst aus dem gewöhnlichsten Mann noch einen Satyrn, und du, mein Herr, siehst nicht aus wie ein gewöhnlicher Mann.«

Verglichen mit den Bordellen von Antiochia oder Alexandria war das erste Angebot meines Gastgebers enttäuschend durchschnittlich. Alle vier Mädchen waren brünett. Zwei von ihnen wirkten gewöhnlich, fast hausbacken, obwohl sie für Männer, die nur vom Kopf abwärts gucken, ihre schlichten Reize hatten. Die anderen beiden waren durchaus attraktiv, wenngleich keine von ihnen so schön war wie die Witwe Polia oder zumindest so schön, wie die junge Witwe gewesen sein mußte, bevor ihr Gesicht von Narben des Kummers gezeichnet wurde. Alle vier trugen ärmellose, farbige Gewänder aus einem so anschmiegsamen und durchsichtigen Stoff, daß kaum ein Detail ihres Körpers verborgen blieb. Mein Gastgeber berührte die jüngste und hübscheste Frau an der Schulter und forderte sie auf vorzutreten.

»Hier, mein Herr, biete ich dir die zarteste Knospe in meinem Garten an, meine neueste, frischeste Blüte: Talia. Niedlich und verspielt wie ein Kind. Aber schon eine Frau, da kannst du gewiß sein.« Er stand hinter ihr und hob das Gewand vorsichtig von ihren Schultern. Es teilte sich in der Mitte, und einen kurzen Augenblick lang stand sie völlig nackt da, den Kopf gesenkt, den Blick abgewandt. Hinter mir hörte ich Tiro nach Luft schnappen.

Der Bordellbesitzer spielte fröhlich mit ihren Brüsten und ließ seine Finger ihren Unterleib hinabwandern. Ich sah, wie sich die samtige Haut unter ihrem Nabel mit einer Gänsehaut überzog. »Sie errötet noch, siehst du – wie ihr die Farbe in die Wangen schießt. Talia errötet auch noch an anderen Stellen, die zu erwähnen zu delikat wäre.« Er bedeckte sie wieder. »Aber trotz ihrer kindlichen Schüchternheit ist sie im Bett völlig schamlos, wie ich dir versichern kann.«

»Wie lange ist sie schon bei dir?«

»Oh, noch gar nicht lange, mein Herr. Höchstens einen Monat. Praktisch noch eine Jungfrau, und doch schon erstaunlich versiert mit jeder Öffnung. Vor allem mit dem Mund ist sie überaus talentiert –«

»Ich bin nicht interessiert.«

»Nicht?«

»Ich war ganz auf Elena eingestellt.«

Mein Gastgeber biß die Zähne aufeinander.

»Aber wenn sie nicht hier ist, bring mir deine erfahrenste Hure. Ihr Aussehen ist mir egal. Diese Mädchen sind viel zu jung, um zu wissen, was sie tun; ich hab kein Interesse an Kindern. Bring mir deine älteste Hure. Zeig mir eine voll erblühte, eine heißblütige Frau, der keine erdenkliche Spielart der Liebe fremd ist. Außerdem muß sie passables Latein sprechen. Der Austausch von Worten macht den halben Spaß für mich aus. Gibt es im Haus der Schwäne eine solche Frau?«

Mein Gastgeber klatschte in die Hände. Der Sklave namens Stabius drängte die Mädchen aus dem Raum. Talia, die junge Blüte, die unser Gastgeber für uns entschleiert hatte und die so überzeugend errötet war und sich abgewandt hatte, bedeckte im Gehen ihren Mund mit der Hand und unterdrückte ein Gähnen.

»Stabius!«

Der Sklave wandte sich noch einmal um.

»Stabius, bring uns Elektra!«

Die Frau, die Elektra hieß, ließ sich Zeit. Als unser Gastgeber sie schließlich ankündigte, wußte ich, daß es die Frau war, die ich gesucht hatte.

Am auffälligsten war ihr Haar, eine wallende Mähne schwarzer Locken, die von weißen Strähnen an beiden Schläfen akzentuiert wurde. Sie hatte ihre Schminke mit der Zurückhaltung aufgelegt, die man nur durch jahrelange Praxis erwirbt; mein Gastgeber hätte ruhig einige Stunden bei ihr nehmen können. Selbst wenn ihre Züge zu ausgeprägt waren, um fein genannt zu werden, auch wenn ihre Haut nicht mehr zart war, so ließ sich doch im weichen Licht des Atriums mit voller Überzeugung feststellen, daß sie eine Schönheit war. Mit den Jahren hatte sie sich den Vorzug verdient, ein weniger enthüllendes Gewand zu tragen als die jungen Mädchen, ein langärmeliges, weites, weißes Kleid, das in der Taille mit einer Schnur zusammengebunden war. Die Kurven ihrer Hüften und Brüste waren auch ohne den Blick durch hauchzarten Stoff verführerisch genug.

In jedem Bordell traf man zumindest eine Frau wie diese, und in den Städten, die sich den Verfeinerungen der Lust verschrieben hatten, gab es ganze Häuser von ihnen. Elektra war die große Mutter. Nicht die Mutter eines erwachsenen Mannes, sondern die Mutter, an die er sich aus seiner Kindheit erinnert; nicht alt, sondern weise, mit einem Körper, der weder schlank und mädchenhaft noch gealtert jenseits der Schönheit ist, sondern voll ausgereift und von verschwenderischer Fülle.

Ich warf einen Blick zu Tiro, der von ihrer Erscheinung recht erstaunt war. Sie war wahrscheinlich nicht der Typ Frau, den er im Dienste eines Herrn wie Cicero sehr oft zu Gesicht bekommen würde.

Ich trat mit meinem Gastgeber beiseite und verhandelte. Er verlangte natürlich zuviel. Erneut klagte ich über die abwesende Elena. Er verzog das Gesicht und ging mit dem Preis herunter. Ich äußerte weitere Bedenken, und er senkte ihn erneut. Schließlich willigte ich ein und gab Tiro Anweisung, ihn zu bezahlen. Er überreichte die Münzen mit einem schockierten Gesichtsausdruck. Ob er den Preis für extravagant hielt (vor allem, da er aus der Börse seines Herrn beglichen wurde) oder ob ihm klar war, daß ich ein gutes Geschäft gemacht hatte, wußte ich nicht zu sagen.

Elektra ging voran, um uns zu ihrer Kammer zu führen. Ich folgte ihr und machte Tiro ein Zeichen, mit uns zu kommen.

Tiro wirkte überrascht. Genau wie mein Gastgeber.

»Bürger, Bürger, ich hatte keine Ahnung, daß du vorhattest, den Jungen mitzunehmen. Dann muß ich natürlich auf einer Zuzahlung bestehen.«

»Unsinn. Der Sklave geht überall hin, wo ich auch hingehe.«

»Herr –«

»Der Junge ist ein Sklave, nicht mehr als ein persönlicher Besitz. Genausogut könntest du mir berechnen, daß ich meine Sandalen anbehalte. Ich war in dem Glauben, daß dies ein seriöser Laden ist. Natürlich war ich auch in dem Glauben, ein bestimmtes Mädchen hier zu finden –«

Mein Gastgeber spielte mit den Münzen in seiner Hand. Ihr Geklimper vermischte sich mit dem Klirren seiner Ringe, er schnalzte mit den Lippen und wandte sich ab.

Elektras Zimmer war mit dem Vorraum und den Fluren nicht zu vergleichen. Ich vermutete, daß sie es selbst dekoriert hatte; es atmete die unfehlbare Schlichtheit griechischen Geschmacks und die behagliche Aura eines lange bewohnten Zimmers. Sie ließ sich auf einem breiten Diwan nieder. Davor standen zwei Stühle. Ich machte Tiro ein Zeichen, auf einem von ihnen Platz zu nehmen, und setzte mich selbst auf den anderen.

Sie lächelte und lachte still in sich hinein, vielleicht glaubte sie, wir seien schüchtern oder wir würden zumindest so tun. »Hier ist es viel bequemer«, sagte sie, und strich mit der Hand über den abgewetzten Bezug des Diwans. In ihrer Stimme konnte man den Hauch eines Akzents heraushören.

»Da bin ich sicher. Aber ich möchte zuerst reden.«

Das war offenbar nichts Neues für sie. »Natürlich. Soll ich mich ausziehen?«

Ich warf einen Blick auf Tiro, der bereits zu erröten begann. »Ja«, sagte ich. »Zieh dein Kleid aus, während wir reden. Aber langam.«

Elektra erhob sich. Sie warf ihre Haare zurück und griff sich in den Nacken, um die Klammer zu lösen. Hinter ihr entdeckte ich auf einem kleinen Tisch neben dem Diwan eine winzige Sanduhr. Die obere Kammer war voll, und der Sand rieselte fröhlich hinab. Als wir den Raum betreten hatten, mußte sie sie so elegant und unauffällig umgedreht haben, daß ich es nicht bemerkt hatte. Elektra war ein echter Profi.

»Erzähl mir etwas über Elena«, sagte ich.

Sie zögerte nur einen Herzschlag lang. »Bist du ein Freund von ihr? Ein Kunde?«

»Nein.«

»Kennst du sie?«

»Auch nicht.«

Das schien sie zu amüsieren. »Warum fragst du dann nach ihr?« Das Kleid war von ihren Schultern geglitten und fiel, von der Schnur gehalten, in Falten um ihre Taille. Ihre Haut war erstaunlich glatt, das Fleisch überraschend fest. Gegen die blasse Haut hob sich ihr Schmuck besonders gut ab, silberne Armreife um die Handgelenke und eine schmale Kette, die die üppige Wölbung ihrer Brüste betonte. Möglicherweise war es nicht ihr Schmuck, aber sie hatte ihn garantiert selbst ausgesucht. Wieder stellte sie den Geschmack ihres Herrn in den Schatten.

Sie schien Tiro bewußt zu ignorieren, was ihm die Freiheit ließ, sie anzustarren. Er beobachtete sie mit einer Art hilfloser Intensität, die Lippen geschürzt, die Augenbrauen zusammengezogen, als ob er Schmerzen litte.

»Vielleicht beantwortest du einfach nur die Frage. Schließlich habe ich schon für dich bezahlt. Wenn ich unzufrieden bin, werde ich mich bei deinem Herrn beschweren und mein Geld zurückverlangen. Vielleicht schlägt er dich dann.«

Sie lachte laut. »Das glaube ich nicht«, sagte sie. »Und du auch nicht.« Sie nahm einen Kamm zur Hand, der vor einem kleinen Spiegel auf dem Tisch lag, setzte sich auf das Bett, betrachtete ihr Spiegelbild und kämmte sich das Haar. Sie war in der Tat ganz außergewöhnlich. Mein Gastgeber hätte das Doppelte seines ursprünglichen Preises verlangen sollen.

»Du hast recht. Ich hab das nur gesagt, um den Jungen zu erregen.«

Sie wandte ihren Blick gerade lange genug vom Spiegel ab, um mich mit hochgezogener Braue zu mustern. »Du hast eine verdorbene Phantasie. Ich glaube, wir verschwenden mit diesem Gerede nur unsere Zeit.«

Ich schüttelte den Kopf. »Erzähl mir von Elena. Wann hat sie hier aufgehört?«

»Irgendwann im Herbst. Vor dem Winter.«

»Im September vielleicht?«

»Ja, ich glaube schon. Ja, es war kurz nach den römischen Festspielen. Ich kann mich noch daran erinnern, weil an den Feiertagen hier immer viel Betrieb ist. Das müßte dann so Ende September gewesen sein.«

»Wie alt ist Elena?«

»Ein Kind.«

»So jung wie Talia?«

»Ich habe gesagt ein Kind, kein Kleinkind.«

»Und wie sieht sie aus?«

»Sehr hübsch. Eines der hübschesten Mädchen im ganzen Haus, hab ich immer gesagt. Sehr blond mit einer Hautfarbe wie heller Honig. Ich nehme an, ihre Eltern waren Skythen. Sie hatte einen schönen Körper, sehr sinnlich für ihr Alter mit vollen Brüsten, breiten Hüften und einer winzigen Taille. Wie eitel sie wegen ihrer schmalen Taille war!«

»Hatte sie einen speziellen Kunden? Einen Mann, der sie auf eine besondere Art mochte?«

Elektra musterte mich. »Bist du deswegen hier?«

»Ja.«

»Bist du ein Freund dieses Mannes! Wie hieß er noch, Sextus?«

»Ja, so hieß er. Nein, ich war kein Freund von ihm.«

»Du redest, als ob er tot wäre.«

»Das ist er auch.«

Sie legte Kamm und Spiegel in den Schoß. »Und Elena? War sie bei ihm, als er starb? Weißt du, wo sie jetzt ist?«

»Ich weiß gar nichts über sie, außer dem, was du mir über sie sagen kannst.«

»Sie war ein wunderschönes Mädchen. So zart.« Elektra sah auf einmal sehr traurig und sehr schön aus. Nach einem kurzen Moment nahm sie erneut Kamm und Spiegel zur Hand. »So lange war sie gar nicht hier. Etwa ein Jahr, würde ich sagen. Mein Herr hat sie bei einer Auktion vor dem Tempel des Kastor gekauft, zusammen mit einem halben Dutzend anderer Mädchen, die alle etwa gleich alt waren und dieselbe Hautfarbe hatten. Aber sie war etwas Besonderes, auch wenn er das nie gesehen hat.«

»Aber Sextus hat es gesehen?«

»Der alte Mann? Oh, ja. Nach dem erstenmal kam er mindestens alle fünf oder sechs Tage. Zum Ende hin tauchte er fast täglich hier auf.«

»Zum Ende?«

»Seitdem sie schwanger war. Bevor sie uns verlassen hat.«

»Schwanger? Wer war der Vater?«

Elektra lachte. »Dies ist ein Bordell, falls du es vergessen hast. Nicht jeder Kunde gibt sich damit zufrieden, einer Frau einfach nur beim Kämmen zuzusehen.« Sie zuckte die Schultern. »An einem Ort wie diesem weiß ein Mädchen nie, welcher Mann der Vater gewesen sein könnte, obwohl einige Mädchen anfangen zu träumen. Bei Elena war es das erste Mal. Ich hab ihr gesagt, sie sollte es wegmachen lassen, aber sie wollte nicht. Eigentlich hätte ich es dem Herrn erzählen müssen.«

»Aber das hast du nicht getan. Warum nicht?«

»Ich hab dir doch schon gesagt: Elena war wunderschön und so zart. Sie wollte dieses Baby so sehr. Ich hab mir gedacht, wenn sie es lange genug vor dem Herrn geheimhalten kann, muß er sie es bekommen lassen, selbst wenn sie es hinterher nicht behalten darf.«

»Aber Elena hat es auch noch einem anderen außer dir erzählt. Einige Mädchen fangen an zu träumen, hast du gesagt. Wovon hat sie denn geträumt?«

Ihre Augen blitzten wütend auf. »Du weißt es doch schon. Das höre ich an der Art, wie du fragst.«

»Ich weiß nur, was du mir erzählst.«

»Also gut. Sie hat dem alten Mann, Sextus, erzählt, daß sie schwanger ist und daß das Baby von ihm sei. Und der Dummkopf hat ihr geglaubt. Männer in seinem Alter wollen manchmal ganz verzweifelt ein Kind zeugen. Er hat seinen Sohn verloren, weißt du; er hat ihr gegenüber ständig davon geredet. Wer weiß, vielleicht war es ja wirklich sein Kind.«

»Und inwiefern hätte das Elena geholfen?«

»Na wie schon? Das ist das, wovon jedes Mädchen in so einem Haus träumt, zumindest bis sie eines besseren belehrt wird. Ein reicher Mann verliebt sich in sie, kauft sie dem Herrn ab und nimmt sie in sein Haus auf. Vielleicht läßt er sie sogar frei und richtet ihr eine eigene Wohnung ein, wo sie das Kind als Bürgerin großziehen kann. In ihren wildesten Phantasien erkennt er den Bastard vielleicht sogar als sein eigenes Kind an und macht ihn zum Erben. Man hat schon von derartigen Wundern gehört. Elena war noch jung genug, davon zu träumen.«

»Und wie ist ihr Traum ausgegangen?«

»Sextus hat ihr versprochen, daß er sie kaufen und freilassen würde. Er sprach sogar von Heirat. Das hat sie mir jedenfalls erzählt, und ich glaube nicht, daß sie sich das nur ausgedacht hat.«

»Und dann?«

»Er ist einfach nicht mehr gekommen. Elena hat eine Zeitlang gute Miene zum bösen Spiel gemacht, aber ihre Schwangerschaft wurde langsam sichtbar, und die Tage verstrichen. Ich hab sie in den Armen gehalten, wenn sie nachts weinte. Männer sind grausam ...«

»Wo ist sie jetzt?«

»Der Herr hat sie verkauft.«

»An wen?«

»Ich weiß es nicht. Ich dachte, daß es vielleicht Sextus gewesen wäre, der sie schließlich doch noch gekauft hat. Aber jetzt erzählst du mir, daß er tot ist – und du weißt nichts von Elena.«

Ich schüttelte den Kopf.

»Ende September hat man sie abgeholt. Ohne Ankündigung, ohne Vorbereitung. Stabius kam reingeplatzt und sagte, sie solle ihre Sachen zusammenpacken. Der Herr hätte sie verkauft, und sie müsse das Haus auf der Stelle verlassen. Sie zitterte wie ein kleines Kätzchen. Sie weinte vor Glück, und ich weinte mit ihr. Sie hat sich nicht mal die Mühe gemacht, ihre Sachen mitzunehmen, sie sagte, Sextus würde ihr schon alles kaufen. Ich bin ihr bis zum Ende des Flures gefolgt. Sie haben in der Halle auf sie gewartet. Als ich sie gesehen habe, wußte ich, daß irgend etwas nicht stimmte. Ich glaube, sie wußte es auch, aber sie hat versucht, es zu überspielen. Sie gab mir einen Kuß und lächelte mir zu, während sie mit ihnen durch die Tür ging.«

»Nicht Sextus«, sagte ich. »Zu diesem Zeitpunkt war Sextus Roscius bereits tot.«

»Nein, nicht der alte Herr. Zwei Männer, deren Aussehen mir gar nicht gefallen hat. Weder der große Blonde noch der mit dem Hinkebein.«

Ich mußte, ohne es zu merken, ein Geräusch oder Zeichen von mir gegeben haben. Elektra hörte auf, ihre Haare zu kämmen, und starrte mich an. »Was ist los? Kennst du ihn – den Mann mit dem Hinkebein?«

»Noch nicht.«

Sie legte ihren Kamm beiseite und starrte mich mit durchdringendem Blick an. »Was für eine Art Rätsel ist das? Du weißt, wo Elena ist, oder nicht? Weißt du, wer sie gekauft hat?«

»Ich hab dir doch schon gesagt, alles, was ich über Elena weiß, ist das, was du mir erzählt hast.«

»Das ist eine Lüge«, sagte sie.

Tiro rutschte unbehaglich auf seinem Stuhl hin und her. Ich glaube, er hatte noch nie einen Sklaven so mit einem Bürger reden hören.

»Ja«, gab ich nickend zu. »Es gibt etwas, das ich über Elena weiß: deswegen bin ich hier. Ich werde es dir erzählen. An dem Abend, als Sextus Roscius ermordet wurde – nicht weit von hier, Elektra, nur ein paar Schritte die Straße hinunter – an jenem Abend, war er Gast bei einem Essen im Haus einer wichtigen Patrizierin – Caecilia Metella. Hast du von ihr gehört? Hat Elena sie einmal erwähnt?«

»Nein.«

»Nach Einbruch der Dunkelheit kam ein Bote. Er brachte eine schriftliche Botschaft für Sextus. Sie stammte von Elena, die ihn drängte, sofort ins Haus der Schwäne zu kommen.«

»Ausgeschlossen.«

»Warum?«

»Elena konnte nicht schreiben.«

»Aber vielleicht sonst jemand im Haus.«

»Stabius kann ein bißchen schreiben. Und die Buchhalter, aber die kriegen wir nie zu Gesicht. Ist ja auch egal. Eine Botschaft an einen wohlhabenden Mann senden, ihn wie einen Hund vom Haus einer vornehmen Dame abholen zu lassen – Elena war eine Träumerin, aber sie war nicht verrückt. So etwas hätte sie nie getan, bestimmt nicht ohne meinen Rat einzuholen.«

»Bist du sicher?«

»Absolut.«

Ich nickte und warf einen Blick auf die Sanduhr. Es war noch immer eine beträchtliche Menge Sand übrig. »Ich glaube, wir haben genug geredet«, sagte ich.

Jetzt war es an Elektra, einen Blick auf die Sanduhr zu werfen. Sie schloß einen Moment die Augen. Die Anspannung und Sorge wichen langsam aus ihrem Gesicht. »Nur noch eins.« Sie stand auf und löste die Schnur um ihre

Hüfte. »Wenn du irgend etwas über Elena und das Baby in Erfahrung bringst, würdest du es mich wissen lassen? Selbst wenn es eine schlechte Nachricht ist. Du müßtest mich noch nicht einmal wiedertreffen, wenn du nicht willst. Du kannst einfach einen Sklaven zu Stabius schicken. Er wird schon dafür sorgen, daß ich deine Botschaft erhalte.«

»Wenn ich etwas herausfinde, sorge ich dafür, daß du es erfährst.«

Sie nickte dankbar und ließ das Kleid von ihren Hüften gleiten.

Ich sah sie lange an. Sie stand bewegungslos, den Kopf gesenkt, einen Fuß ein wenig vor dem anderen gesetzt und die Hände in die Hüften gestützt, damit ich die Linien ihres Körpers betrachten und ihren verführerischen Duft einatmen konnte.

»Du bist eine wunderschöne Frau, Elektra.«

»Das haben schon einige Männer gesagt.«

»Aber ich bin nicht hergekommen, weil ich eine Frau wollte. Ich bin auf der Suche nach Elena.«

»Ich verstehe.«

»Und obwohl ich deinen Herrn dafür bezahlt habe, war es nicht dein Körper, den ich wollte.

»Ich weiß.« Sie hob ihren Kopf und sah mich an. »Aber uns bleibt immer noch reichlich Zeit.«

»Nein. Nicht für mich. Nicht heute. Aber du kannst mir ein Geschenk machen. Einen Gefallen tun.«

»Ja.«

»Der Junge.« Ich wies auf Tiro, der meinen Blick mit einem Ausdruck von Lust und Verblüffung erwiderte. Sein Gesicht war sehr rot.

»Natürlich«, sagte Elena. »Willst du uns zusehen?«

»Nein.«

»Willst du uns beide zusammen nehmen?« Sie neigte den Kopf und schenkte mir ein schiefes Lächeln. »Ich könnte mit einem Teil von dir vorliebnehmen.«

»Du mißverstehst mich. Ich werde in der Halle warten. Ausschließlich der Junge soll seinen Spaß haben, nicht ich. Und du vielleicht auch.«

Sie zog skeptisch die Brauen hoch. Was für eine Art Mann bezahlte schließlich gutes Geld dafür, seinen Sklaven von einer Hure verwöhnen zu lassen?

Ich wandte mich zum Gehen. Tiro wollte ebenfalls aufstehen. »Aber, Herr –«

»Still, Tiro. Bleib da. Ein Geschenk. Nimm es dankbar an.«

Ich ging und schloß die Tür hinter mir. Ich blieb noch eine ganze Weile im Flur stehen, weil ich halbwegs erwartete, daß Tiro mir doch folgen würde. Er tat es nicht.

In der Halle war das Geschäft in Gang gekommen. Der Besitzer begrüßte neue Gäste; Stabius und ein weiterer Sklave führten die Ware vor. Alle Stühle waren besetzt, und einige Kunden mußten sogar stehen. Ich gesellte mich zu ihnen, hielt mich jedoch unauffällig im Hintergrund. Es dauerte nicht lange, bis Tiro rasch den Flur hinunter gelaufen kam, wobei er mit unbeholfenen Bewegungen seine Tunika an den Schultern zurechtzupfte. Sein Gesicht war feucht von Schweiß und sein Haar zerzaust. Er hatte sich nicht einmal die Zeit gelassen, seine Kleider zu richten, bevor er aus dem Zimmer gestürzt war.

»Fertig?« fragte ich.

Ich erwartete ein Grinsen, aber er sah mich kaum an, bevor er in die kleine Menge eintauchte und unbarmherzig zur Tür drängte. Ich folgte ihm, nachdem ich einen Blick über die Schulter auf die neueste Auswahl von Mädchen geworfen hatte. Unter ihnen war auch die junge Talia. Ihr Besitzer hatte ihr das Gewand von der Schulter gezogen und tätschelte sanft ihre Brüste. »Sie errötet noch, siehst du?« hörte ich ihn sagen. »Wie ihr die Farbe in die Wangen schießt. Sie errötet auch noch an anderen Stellen, die zu erwähnen zu delikat wäre...«

Auf der Straße ging Tiro so schnell, daß ich rennen mußte, um ihn einzuholen. »Ich hätte es nicht tun dürfen«, sagte er kopfschüttelnd und stur nach vorne starrend.

Ich legte meine Hand auf seine Schulter. Obwohl er zunächst wegzuckte, verlangsamte er doch seinen Schritt wie ein gehorsames Pferd. »Fandest du sie nicht begehrenswert, Tiro?«

»Natürlich, fand ich das. Sie ist...« Er suchte nach einem Wort und zuckte, als er kein angemessenes fand, mit den Schultern.

»Hat es dir keinen Spaß gemacht?«

»Doch, natürlich.«

»Dann hättest du dich wenigstens bedanken können.«

»Aber ich hätte es nicht tun dürfen«, murrte er. »Es war schließlich Ciceros Geld, nicht deins. Du wirst ihm die Kosten berechnen, was glaubst du, würde er sagen, wenn er davon wüßte? Daß du sein Geld benutzt, eine Frau für mich zu kaufen...«

»Er muß es ja nicht erfahren. Außerdem hatte ich sowieso schon für die Hure bezahlt; es war eine legitime Ausgabe, das mußt du zugeben. Es war nur vernünftig, daß einer von uns auch Gebrauch von ihr gemacht hat.«

»Ja, wenn du es so sehen willst. Trotzdem...« Er sah mich direkt an, nur einen Augenblick lang, aber lange genug, um in ihn hineinzusehen. Nicht wegen des Vertrauensbruchs gegenüber Cicero fühlte er sich schuldig, sondern wegen des Betrugs an jemand anderem.

Da wurde mir zum erstenmal klar, wie stark Tiro für die Tochter von Sextus Roscius entflammt war.

# Dreizehn

Erneut kamen wir an dem Mietshaus der Witwe Polia vorbei, an dem Blutfleck und dem Laden des Alten und seiner Frau. Tiro war in der Stimmung, schnell zu gehen; ich hielt zunächst Schritt und beschleunigte unser Tempo dann noch. Für einen Tag hatte ich genug von Fremden und ihren Tragödien. Ich wollte endlich wieder zu Hause sein.

Wir betraten den Platz. Die Läden hatten wieder aufgemacht; die Straßenhändler waren zurückgekehrt. Die Sonne stand immer noch über den Dächern und fiel auf die öffentliche Sonnenuhr. Bis zur Dämmerung blieb noch eine Stunde.

Um die Zisterne spielten Kinder; Hausfrauen und Sklaven standen Schlange, um Wasser für das Abendessen zu holen. Der Platz hallte von Lärm und Getriebe wider, doch irgend etwas fehlte. Erst allmählich wurde mir klar, daß die Hälfte der Menschen ihr Gesicht in dieselbe Richtung gewandt hatten. Einige von ihnen zeigten auf etwas.

Rom ist eine Stadt der Brände und des Rauchs. Die Leute leben vom Brot, Brot wird in Öfen gebacken, und Öfen stoßen Rauchwolken aus. Aber der Rauch eines brennenden Mietshauses sieht völlig anders aus. Er ist dick und schwarz; an klaren Tagen steigt er in fetten Säulen auf. Ascheströme treiben und wirbeln am Himmel, um ins Herz des Feuers eingesogen und um so höher hinaufgeschleudert zu werden.

Das Feuer lag direkt auf unserem Weg, irgendwo zwischen unserem jetzigen Standpunkt und dem Kapitolinischen Hügel. Als Tiro es erblickte, schien er auf einmal von allen Sorgen befreit. Sein Gesicht wurde vom glatten, gesunden Glanz der Erregung überzogen, und er beschleunigte seinen Schritt. Es ist der natürliche Impuls des Menschen, Feuer zu fliehen, aber das Stadtleben zerstört die tierischen Instinkte; auf unserem Weg zum Brandherd kam uns keine einzige Person entgegen, sondern wir wurden statt dessen in einen ständig anschwellenden Sog von Fußgängern und Pferdewagen aus allen Richtungen hineingezogen, in dem die Leute von überall herbeigeeilt kamen, um die Katastrophe auf ihrem Höhepunkt zu erleben.

Die Brandstelle befand sich nahe am Fuß des Kapitolinischen Hügels, direkt jenseits der Servianischen Mauer, in einem Block von schicken Wohnungen südlich des Circus Flaminius. Ein dreistöckiges Mietshaus stand völlig in Flammen. Sie schlugen aus den Fenstern und tanzten auf dem Dach. Wenn es ein Drama von der Art gegeben hatte, wie die Menge es so liebte, hatten wir es verpaßt; man sah keine hilflosen Opfer, die von den oberen Fenstern herunterschrien, keine Babys, die auf die Straße geworfen wurden. Die Bewohner waren entweder bereits geflohen oder lagen tot im Innern.

Hier und da sah ich in der Menge Frauen, die sich die Haare rauften, weinende Männer und eng umeinander gescharte Familien. Die Trauernden und Mittellosen wurden von der allgemeinen Menschenansammlung verschluckt, die die lodernden Flammen mit unterschiedlichen Mienen beobachteten, die alle Regungen von Ehrfurcht bis Entzücken widerspiegelten.

»Angeblich ist es im Lauf des Nachmittags ausgebrochen«, sagte ein Mann in unserer Nähe, »und hat so lange gebraucht, das ganze Gebäude zu erfassen.« Sein Freund nickte ernst. »Trotzdem sollen mehrere Familien in den oberen Stockwerken eingeschlossen worden und bei lebendigem Leibe verbrannt sein. Man hat sie schreien hören. Ein brennender Mann hat sich noch vor knapp einer

Stunde aus einem der oberen Fenster auf die Straße gestürzt und ist mitten in der Menge gelandet. Wenn wir dort hinüber gehen, können wir vielleicht noch die Stelle erkennen, wo er aufgeschlagen ist...«

In einem Korridor zwischen den Flammen und den Schaulustigen rannte ein graubärtiger Mann hektisch hin und her und engagierte Passanten, ihm beim Löschen zu helfen. Der angebotene Lohn war kaum mehr als die symbolische Honorierung eines freiwilligen Einsatzes, und nur wenige gingen darauf ein. Es bestand kaum Gefahr, daß sich das Feuer in nördlicher Richtung den Hügel hinauf ausdehnte; es wehte kein Wind, der die Flammen dorthin hätte tragen können, und die großen Freiflächen zwischen den einzelnen Gebäuden boten hinreichend Schutz. Aber in südlicher Richtungzum Circus hin grenzte ein weiteres, kleineres Mietshaus an das brennende Gebäude und war nur durch einen schmalen Spalt von den Flammen getrennt, die ein großer Mann mit ausgestreckten Armen hätte überbrücken können. Die gegenüberliegende Wand war bereits rauchgeschwärzt, und als das brennende Haus einzustürzen begann, fielen kleine Asche- und Schutthäufchen in den Zwischenraum, wobei einige brennende Teilchen auf dem Dach des niedrigeren Gebäudes gegenüber landeten, von wo eine Mannschaft von Sklaven sie hastig auf die Straße schaufelte.

Ein vornehmer, gutgekleideter Mann, der von einer großen Gefolgschaft von Sklaven, Sekretären und Gladiatoren begleitet wurde, trat aus der Menge hervor und sprach den verzweifelten Graubärtigen an. »Bürger«, rief er ihm zu, »bist du der Besitzer dieser Häuser?«

»Nicht von dem brennenden Haus«, gab der ungehalten zurück. »Das gehört meinem dummen Nachbarn Varius. Er ist ein Idiot, der seinen Mietern auch am heißesten Tag des Jahres erlaubt, Feuer zu machen. Er ist nicht etwa hier und bekämpft das Feuer. Wahrscheinlich macht er gerade

Ferien in Baiae. Das andere Haus gehört mir, das, das noch steht.«

»Aber vielleicht nicht mehr sehr lange.« Der Patrizier sprach mit fester Stimme, die auch auf dem Forum jederzeit einen guten Eindruck gemacht hätte. Sein Gesicht war mir unbekannt, aber ich wußte, um wen es sich handelte.

»Crassus«, flüsterte ich.

»Ja«, sagte Tiro, »Crassus. Mein Herr kennt ihn.« In seiner Stimme klang eine Spur von Stolz mit, der Stolz derjenigen, die die Tuchfühlung mit der Prominenz genießen, egal worauf sich deren Berühmtheit gründet. »Kennst du das Lied: ›Crassus, Crassus, reich wie Kroesus.‹ Man sagt, er sei schon jetzt der reichste Mann Roms, Sulla nicht mitgerechnet natürlich, womit er reicher ist als die meisten Könige unserer Zeit, und er wird jeden Tag reicher. Sagt jedenfalls Cicero.«

»Und was sagt dein Herr sonst noch über Crassus?« Das Objekt unserer Erörterungen hatte einen Arm um die Schulter des Graubärtigen gelegt. Gemeinsam gingen sie zu einer Stelle, von wo aus sie einen besseren Blick auf die Lücke zwischen den beiden Gebäuden hatten. Ich folgte ihnen und starrte an ihnen vorbei in die Spalte, die wegen des fortwährenden Regens von Asche und glühenden Ziegeln unpassierbar war.

»Man sagt, daß Crassus über viele Tugenden verfügt und nur ein Laster hat, und das ist seine Habgier. Aber Cicero sagt, daß Gier nur das Symptom eines noch tiefer liegenden Lasters ist: des Neides. Reichtum ist alles, was Crassus hat. Er scheffelt ihn, weil er mißgünstig ist auf die Qualitäten anderer Männer, als ob sein Neid eine tiefe Grube wäre und er sie nur mit genug Gold und Vieh und Häusern und Sklaven zuschütten müßte, um endlich auf einer Stufe mit seinen Rivalen zu stehen.«

»Dann sollten wir also Mitleid mit Marcus Crassus haben? Dein Herr ist wirklich sehr mitfühlend.«

Wir ließen die Menge der Schaulustigen hinter uns und drängten uns näher heran, um zu hören, was sich Crassus und der Besitzer des Mietshauses über dem Prasseln der Flammen zuriefen. Das Feuer schlug mir wie heißer Atem ins Gesicht, und ich mußte die Augen wegen der durch die Luft wirbelnden Ascheteilchen zukneifen.

Wir standen im Herzen der Krise. Es schien ein seltsamer Ort, um ein Geschäft abzuschließen,wenn man den Vorteil außer acht ließ, den er Crassus bot. Der arme Graubärtige sah nicht so aus, als würde er einen harten Verhandlungspartner abgeben. Über dem Knistern der Flammen konnte ich Crassus' ausgebildete Rednerstimme hören wie Glockengeläut.

»Zehntausend Denar«, tönte er. Ich konnte die Antwort des Hauseigentümers nicht verstehen, las jedoch in seiner Miene und seinen Gesten Empörung. »Also gut.« Crassus zuckte die Schultern. Er schien gerade einen höheren Preis anbieten zu wollen, als vor dem gefährdeten Gebäude eine Flammenwand hochschlug. Ein Trupp Arbeiter rannte sofort zu der Stelle, schlug mit Lumpen auf die Flammen ein, während Eimer voll Wasser von Hand zu Hand gereicht wurden. Ihre Bemühungen schienen den neuen Brandherd zu ersticken, als die Flammen plötzlich an einer ganz anderen Stelle erneut aufloderten.

»Achttausendfünfhundert«, sagte Crassus. »Mein letztes Angebot. Mehr als der Preis für das kahle Grundstück, was nach Lage der Dinge bald alles sein könnte, was noch übrig ist. Und bedenke die Kosten für den Abtransport des ganzen Schutts.« Er starrte in das Flammenmeer und schüttelte den Kopf. »Achttausend, nicht mehr. Wenn du interessiert bist, mußt du jetzt zuschlagen. Wenn die Flammen erst einmal Ernst machen, werde ich dir kein As mehr bieten.«

Der Graubärtige verzog gequält das Gesicht. Ein paar tausend Denar waren kaum ein angemessener Preis. Aber wenn das Gebäude völlig ausgebrannt war, war es völlig wertlos.

»Trommle mein Gefolge zusammen«, rief Crassus seinem Sekretär zu. »Sag ihnen, sie sollen sich zum Abmarsch bereit halten, ich bin hergekommen, um zu kaufen, nicht um ein Haus in Flammen aufgehen zu sehen.«

Der Graubärtige brach zusammen. Er packte Crassus' Ärmel und nickte. Der machte seinem Sekretär ein Zeichen, worauf jener sofort eine fette Börse hervorzog und den Mann an Ort und Stelle bezahlte.

Crassus hob die Hand und schnippte mit den Fingern. Sofort geriet seine ganze Mannschaft in Bewegung. Gladiatoren und Sklaven huschten zwischen den Gebäuden hin und her wie Ameisen, rissen den erschöpften Freiwilligen die Eimer aus der Hand, lösten Pflastersteine und warfen Steinbrocken, Lehm und alles Unbrennbare, was sich sonst finden ließ, in die Lücke zwischen den beiden Häusern.

Crassus machte auf dem Absatz kehrt und kam direkt auf uns zu. Ich hatte ihn schon oft auf dem Forum gesehen, aber noch nie aus solcher Nähe. Er war kein schlecht aussehender Mann, dessen Haare sich lichteten, ein wenig älter als ich, mit einer ausgeprägten Nase und einem hervorstehenden Kinn. »Bürger!« rief er mir zu. »Schließ dich dem Kampf an. Ich werde dir den zehnfachen Tageslohn eines Arbeiters zahlen, die eine Hälfte jetzt, die andere später, und das gleiche für deinen Sklaven.«

Ich war zu überrascht, um zu antworten. Crassus ging völlig unbeeindruckt weiter und machte jedem halbwegs kräftigen Mann in der Menschenmenge dasselbe Angebot. Sein Sekretär folgte ihm auf dem Fuß und zahlte die Honorare aus.

»Sie müssen den Rauch gesehen haben und vom Forum direkt über den Hügel gekommen sein«, sagte Tiro.

»Eine Chance, ein Haus am Fuß des Kapitols praktisch umsonst zu erwerben – warum nicht? Ich hab gehört, daß er auf allen Hügeln Sklaven postiert hat, um nach Bränden Ausschau zu halten, damit er als erster an der Brandstelle ist und die Überreste aufkaufen kann.«

»Das ist noch längst nicht die übelste Geschichte, die man sich über Crassus erzählt.« Tiros Gesicht wurde fahl, entweder wegen meines kritisch musternden Blicks oder wegen der Hitze des Feuers.

»Was soll das heißen?«

»Nun ja, nur daß er sein Vermögen durch die Proskriptionen gemacht hat. Als Sulla seine Feinde enthaupten ließ, wurde ihr Besitz vom Staat beschlagnahmt. Ganze Güter wurden zur Versteigerung freigegeben. Sullas Freunde konnten sie zu skandalös niedrigen Preisen kaufen. Und sonst wagte keiner mitzubieten.«

»Das weiß doch jeder, Tiro.«

»Aber Crassus ist eines Tages zu weit gegangen. Selbst für Sulla.«

»Inwiefern?« Tiro senkte die Stimme, obwohl uns vermutlich niemand bei dem Knattern der Flammen und dem plötzlichen Lärm von Crassus' Mietlingen hätte hören können. »Eines Tages habe ich mitbekommen, was Rufus meinem Herrn erzählt hat. Wie du weißt, ist Rufus Sullas Schwager, seit der mit Valeria verheiratet ist; er hört alle möglichen Sachen, die sonst Sullas Haus nie verlassen würden.«

»Ja, und weiter?«

»Man erzählt sich, daß Crassus den Namen eines Unschuldigen auf die Listen setzen ließ, damit er die Grundstücke des Mannes in die Finger kriegen konnte. Es handelte sich um einen alten Patrizier, der niemanden mehr hatte, der seine Interessen wahrnahm; seine Söhne waren in den Kriegen gefallen – im Kampf für Sulla! Der arme Mann wurde von Schlägern aufgegriffen und noch am selben Tag geköpft. Ein paar Tage später wurden seine Güter versteigert, und Crassus sorgte dafür, daß sonst niemand mitbieten durfte. Die Proskriptionen waren ursprünglich nur für politische Feinde gedacht, und das war schon schlimm genug, aber Crassus hat sie benutzt, um seine persönliche Gier zu befriedigen. Sulla raste vor Wut oder hat zumindest so getan. Und er hat Crassus seither nicht mehr für ein öffentliches Amt kandidieren lassen, weil er Angst hat, daß der Skandal publik wird.«

Ich suchte die geschäftige Menge nach Crassus ab. Er stand inmitten der pulsierenden Masse von Sklaven und Gladiatoren und starrte, ohne das Durcheinander um ihn herum zu beachten, wie ein stolzer Vater auf seine Neuerwerbung. Ich drehte mich um und folgte seinem Blick. Gemeinsam beobachteten wir, wie die Grundmauer des brennenden Mietshauses mit einem sprühenden Funkenregen in sich zusammenstürzte. Das Feuer war unter Kontrolle. Das kleinere Gebäude war gerettet.

Wieder blickte ich zu Crassus. Seine Miene war von einer fast inbrünstigen Freude gerötet – die Ekstase über einen günstigen Handel stand ihm deutlich ins Gesicht geschrieben. Im rötlichen Schein des lodernden Feuers sahen seine Züge glatter und jünger aus, als es seinem Alter entsprach, siegestrunken und mit Augen, die vor unstillbarer Gier leuchteten. Ich starrte in das Antlitz von Marcus Licinius Crassus und sah die Zukunft Roms.

# Vierzehn

Cicero war noch immer unpäßlich, als ich mit Tiro zu seinem Haus auf dem Kapitol zurückkehrte. Sein alter Diener teilte uns mit ernster Miene mit, daß sein Herr gegen Mittag aufgestanden sei und sogar den Abstieg bis zum Forum bewältigt habe, um irgendwelchen Geschäften nachzugehen, jedoch von seiner Darmverstimmung geschwächt und von der Hitze erschöpft nach kurzer Zeit zurückgekehrt sei. Cicero hatte sich zu Bett begeben und Anweisung erteilt, daß nicht einmal Tiro ihn stören solle. Das konnte mir nur recht sein. Mir war überhaupt nicht danach, die Ereignisse und die Akteure des Tages vor Ciceros kritischem Auge Revue passieren zu lassen.

Tiro machte sich stark, mir Essen und Trinken und sogar ein Bett anzubieten, falls ich zu erschöpft sei, um nach Hause zu gehen. Ich lehnte ab. Ich erklärte ihm, daß er mich frühestens übermorgen wiedersehen würde. Ich hatte beschlossen, dem Städtchen Ameria und den Landgütern des Sextus Roscius einen Besuch abzustatten.

Der Spaziergang den Hügel hinab und über das Forum verschaffte mir wieder einen klaren Kopf. Es war Abendessenszeit, und von jeder Ecke wehte der laue Wind mir den Duft diverser Gerichte um die Nase. Auf dem Forum ging ein weiterer, langer geschäftiger Tag zu Ende. Die tiefstehende Sonne warf lange Schatten auf die offenen Plätze. Hier und dort ging das Geschäft noch ein wenig weiter. Bankiers standen in kleinen Gruppen am Fuße der Tempelstufen und tauschten den letzten Tagesklatsch aus; Freunde riefen sich kurzfristige Einladungen zum Abendessen zu; ein paar vereinzelte Bettler saßen in windgeschützten Ecken und zählten ihre Tageseinnahmen.

Vielleicht ist Rom zu dieser Stunde am angenehmsten. Das wahnwitzige Getriebe des Tages ist vorüber, die Mattigkeit eines warmen Abends steht bevor. Zur Dämmerung bewegt Rom errungene Siege und bevorstehende Annehmlichkeiten in seinem Herzen. Egal, ob sich die Siege als trivial und flüchtig, die Annehmlichkeiten als unbefriedigend erweisen, zu dieser Stunde ist Rom im Frieden mit sich selbst. Sind die Denkmäler von Göttern und Helden der glorreichen römischen Vergangenheit von Verfall und Vernachlässigung gezeichnet? In diesem Licht erscheinen sie wie frisch gemeißelt, die bröckelnden Kanten geglättet, die Risse vom sanften Zwielicht gekittet. Ist die Zukunft ungewiß und unvorhersehbar, ein fiebriger Sprung in das Dunkel? Gewiß, die Dunkelheit lauert schon, doch noch ist sie nicht herabgesunken, und Rom kann sich immer noch einbilden, daß die Nacht der Stadt nur süße Träume bringen wird und die Alpträume für ihre Untertanen bereithält.

Ich verließ das Forum und folgte gewöhnlicheren Straßen. Ich ertappte mich bei dem Wunsch, die Sonne könne am Horizont stehenbleiben, wie ein Feuerball, der auf einer Fensterbank liegt, und die Dämmerung könne immerfort verweilen. Zu welch geheimnisvoller Stadt sich Rom dann verwandeln würde, auf ewig in blaue Schatten getaucht, die unkrautbewachsenen Gänge und Gassen kühl und wohlriechend wie moosige Ufer, die großen Straßen mit dunklen schattigen Narben kleinerer Nebenstraßen gesäumt, in denen die Römer sich finden und fortpflanzen.

Ich kam zu dem langen, gewundenen und kahlen Durchgang, durch den ich Tiro am Vortag geführt hatte, die enge Gasse. Mein Gefühl von Frieden und heiterer Erwartung verließ mich. Die enge Gasse bei Sonnenaufgang zu passieren ist eine Sache, in der Dunkelheit jedoch ist sie ein völlig anderer Ort. Nach wenigen Schritten war ich bereits von verfrühter Finsternis umfangen, mit schwarzen Mauern zu beiden Seiten, ein vages Grau vor und hinter und ein dünnes Band dämmrig blauen Himmels über mir.

An einem solchen Ort bildet man sich leicht nicht nur alle möglichen Geräusche und Gestalten ein, sondern auch einen ganzen Katalog anderer Phänomene, die von namenlosen und feineren Sinnen als Augen und Ohren wahrgenommen werden. Wenn ich nun also glaubte, Schritte in meinem Rücken zu hören, war das nicht das erste Mal, daß mir das in der engen Gasse passierte. Wenn es mir so vorkam, daß die Schritte jedesmal verharrten, wenn ich stehenblieb, um zu lauschen, und ihren Gang wieder aufnahmen, wenn auch ich mich entschloß, weiterzueilen, so war das keine neue Erfahrung. Aber an jenem Abend verspürte ich auf einmal eine ungewohnte Sorge, fast eine Panik. Ich ging, ohne es recht zu merken, schneller und schneller und sah mich häufig über die Schulter um, um mich zu vergewissern, daß das Nichts, das ich vor wenigen Augenblicken gesehen hatte, noch immer dasselbe Nichts war, das mich zäh verfolgte. Als ich zu guter Letzt aus der engen Gasse auf die breitere Straße trat, kamen mir die letzten Spuren der Dämmerung hell und einladend vor wie die Mittagssonne.

Ich mußte noch eine Sache erledigen, bevor ich mich auf meinen Weg den Esquilin hinauf begab. In der Via Subura gibt es nicht weit von dem Pfad, der zu meinem Haus führt, Stallungen, in denen in der Stadt zu Besuch weilende Bauern einen Stand und Stroh für ihre Klepper finden und Reiter ihre Pferde wechseln. Der Besitzer ist ein alter Bekannter. Ich erklärte ihm, daß ich am nächsten Tag ein Reittier für einen kurzen Ausflug nach Ameria und zurück brauchte.

»Nach Ameria?« Er hockte auf einer Bank und prüfte im Licht einer frisch entzündeten Lampe seinen Tagesumsatz. »Da mußt du mindestens mit acht Stunden rechnen.«

»Mehr Zeit darf ich nicht brauchen. Wenn ich erst einmal dort bin, muß ich den restlichen Tag nutzen, um meine Geschäfte zu erledigen, und dann ganz früh am nächsten Morgen wieder zurück nach Rom aufbrechen. Es sei denn, ich muß schon vorher eine überstürzte Flucht antreten.«

Der Stallmeister sah mich mißtrauisch an. Er ist sich bis heute nicht sicher, womit ich meinen Lebensunterhalt verdiene, vermutet jedoch wegen der abseitigen Tageszeiten, zu denen ich komme und gehe, wahrscheinlich, daß es irgend etwas Anrüchiges sein muß. Trotzdem bin ich immer absolut zuvorkommend bedient worden.

»Ich nehme an, du machst dich allein auf den Weg wie ein verdammter Idiot?«

»Ja.«

Er räusperte sich und spuckte auf den mit Stroh bedeckten Boden. »Dann brauchst du ein schnelles, kräftiges Pferd.«

»Dein schnellstes und kräftigstes«, stimmte ich ihm zu. »Vespa.«

»Und wenn Vespa nicht zur Verfügung steht?«

»Ich kann ihren Schwanz von hier aus über ihr Gatter hängen sehen.«

»Ach, tatsächlich. Eines Tages kommst du wahrscheinlich mit der Geschichte von ihrem traurigen Ende zu mir zurück, und wie du alles in deinen Kräften Stehende getan hast, sie vor Schlimmerem zu bewahren. Eine ›überstürzte Flucht‹, was du nicht sagst. Wovor? Aber das wirst du mir natürlich nicht sagen. Sie ist meine beste Stute. Ich sollte sie nicht an einen Mann ausleihen, der sie überstrapazieren und außerdem noch in Gefahr bringen wird.«

»Es ist viel wahrscheinlicher, daß Vespa eines Tages von einem Ausritt mit mir unversehrt, aber ohne Reiter zu dir zurückkehrt, worüber du allerdings kaum eine Träne vergießen dürftest. Ich werde morgen früh vor Anbruch der Dämmerung hier sein. Halte das Pferd für mich bereit.«

»Zum üblichen Preis?«

»Nein«, sagte ich und sah, wie sein Kinn herunterfiel.

»Der übliche Preis – plus einen besonderen Zuschlag.« Im blauen Zwielicht und dem blassen Schein der Lampe konnte ich in seinem Gesicht die Falten eines widerwilligen Lächelns ausmachen. Ich würde Cicero das Zusatzhonorar in Rechnung stellen.

Auf den Kuppen der sieben Hügel Roms hält sich der Tag am längsten. Die Sonne war endgültig untergegangen, aber der Hügel des Esquilin erstrahlte noch immer in hellerem Licht, als die schmale, in tiefem Schatten liegende Ader, dic zu seinen Füßen pulsierte. Als ich den holprigen Pfad zu meinem Haus hinaufeilte, betrat ich einen Raum verbliebenen, blaßbläulichen Zwielichts. Über dem Hügel leuchteten bereits schwach die ersten Sterne an einem Himmel von tiefstem Blau.

Meine Nase witterte es zuerst. Der Geruch von lange in der Sonne gebackenen Exkrementen schlug mir über die Pflastersteine entgegen. Irgendwann im Laufe des Tages hatte meine Nachbarin vom Lande ihre Gabe über die Mauer auf den Pfad zu meinem Haus geworfen, und mein anderer Nachbar hatte sie noch nicht eingesammelt. Aus alter Gewohnheit hielt ich die Luft an, raffte meine Toga und trat ein wenig zur Seite, als ich mich der dunklen Masse näherte, die wie eine brütende Kröte im Weg hockte. Zufällig warf ich einen Blick nach unten und erinnerte mich lächelnd daran, wie ich Tiro davor bewahrt hatte, seine Schuhe zu ruinieren.

Ich blieb stehen. Trotz des verblassenden Lichtes und der weichen Schatten waren die Fußabdrücke in den Exkrementen von beinahe übernatürlicher Klarheit. Zumindest zwei Männer hatten mir in meiner Abwesenheit einen Besuch abgestattet. Und beide hatten es auf dem Rückweg geschafft, in die Scheiße zu treten.

Aus keinem vernünftigen Grund beschleunigte ich meine Schritte. Mein Herz pochte plötzlich laut in meinen Ohren. Gleichzeitig bildete ich mir ein, die Stimme einer

Frau zu hören, die von irgendwo weiter unten am Fuße des Hügels meinen Namen rief.

Meine Haustür stand weit offen. Von außen hatte jemand am Türrahmen einen dunklen, leuchtenden Händeabdruck hinterlassen. Ich mußte ihn nicht berühren; selbst im farblosen Zwielicht konnte ich noch erkennen, daß es der Abdruck einer blutigen Hand war.

Im Haus war alles still. Keine Lampen oder Kerzen brannten; nur das letzte Licht der Dämmerung im Garten beleuchtete die Szenerie, eine riesige Raute gespenstischen Blaus, das zwischen den Säulen in die offenen Räume sikkerte. Unter mir erstreckte sich der Fußboden düster und ungewiß wie die Oberfläche eines Teiches, aber direkt vor meinen Füßen konnte ich deutlich Blutflecken erkennen – dicke Tropfen, einige unberührt, andere verschmiert, als habe jemand hineingetreten. Die Tropfen bildeten eine Spur, die an der Wand von Bethesdas Zimmer endeten.

Genau in der Mitte der Wand war ein riesiger Blutspritzer, pechschwarz auf dem weißen Verputz, mit winzigen, bis zur Decke ausfächernden Fäden und einer breiten Schmierspur, die bis zum Boden führte. Daneben hatte jemand mit Blut eine Botschaft gekritzelt. Die Buchstaben waren klein, unregelmäßig und plump. In der Dunkelheit konnte ich sie nicht entziffern.

»Bethesda?« flüsterte ich. Das Wort hallte dumm und nutzlos in meinen Ohren nach. Ich wiederholte es lauter und lauter und war erschreckt, wie schrill meine Stimme klang. Niemand antwortete.

Ich rührte mich nicht. Die Stille war umfassend. Dunkelheit schien sich in jeder Ecke zu sammeln, aufzusteigen und den Raum zu erfüllen. Unter dem Licht des Mondes und der Sterne war der Garten aschgrau geworden. Die Dämmerung war vorüber. Die Nacht hatte sich gesenkt.

Ich machte ein paar Schritte von der Wand weg und versuchte zu überlegen, wo ich eine Lampe und Zunder finden konnte. Bethesda hatte sich stets um alle Feuer im Haus gekümmert. Der Gedanke an sie riß ein schwarzes Loch der Angst in meinen Magen. Im selben Moment stolperte ich über irgend etwas, das auf dem Boden lag.

Es war klein, weich und rührte sich nicht. Ich machte einen Schritt zurück und rutschte in einer Blutlache aus. Die Gestalt zu meinen Füßen war fast völlig ins Dunkel getaucht und bis zur Unkenntlichkeit verstümmelt, aber ich wußte sofort, was es war oder gewesen war.

In der Tür erschien ein flackerndes Licht. Ich wich zurück und verfluchte mich dafür, daß ich keine Waffe bei mir hatte. Dann fiel mir das Messer ein, das mir der stumme Junge gegeben hatte und das noch immer in den Falten meiner Tunika steckte. Ich griff danach, tastete blindlings umher, bis meine Hand auf den Knauf stieß. Ich zog das Messer und ging mit schnellen, festen Schritten zur Tür, wo ich auf das aus dem Dunkel auftauchende Licht der Lampe stieß, es mit einer raschen Bewegung umkreiste und dem, der sie trug, von hinten meinen Arm um den Hals schlang.

Sie kreischte auf und biß mich in den Unterarm. Ich versuchte, mich loszureißen, aber ihre Zähne waren tief in mein Fleisch gegraben. »Bethesda«, flehte ich, »laß mich los!«

Sie öffnete den Mund und fuhr herum, den Rücken zur Wand. Sie wischte sich das Blut von den Lippen. Irgendwie war es ihr gelungen, die Lampe aufrecht und am Brennen zu halten, ohne einen Tropfen Öl zu vergießen.

»Warum hast du das getan?« schrie sie. Sie hämmerte mit der Faust gegen die Wand in ihrem Rücken. Aus ihrem Blick sprach eine Art Wahnsinn. Im Licht der Lampe sah ich die Wunden in ihrem Gesicht und an ihrem Hals. Der Kragen ihres Kleids war völlig zerfetzt.

»Bethesda, bist du verletzt? Blutest du?«

Sie schloß die Augen und atmete tief ein. »Nur ein bißchen.« Sie hielt die Lampe hoch, blickte in den Raum und verzog das Gesicht zu einer so entsetzten Grimasse, daß ich glaubte, eine neue Gefahr sei in das Haus eingedrungen. Doch als ich ihrem Blick zum Boden folgte, sah ich nur die zerschmetterte und blutgetränkte Leiche ihrer geliebten Bast.

Ich versuchte, sie festzuhalten, aber Bethesda ließ sich nicht halten. Zitternd riß sie sich los und eilte von Raum zu Raum, um mit ihrer Lampe jede Kerze und Lampe im Haus anzuzünden. Als es überall hell war und sie sich vergewissert hatte, daß niemand mehr in dunklen Ecken lauerte, verriegelte sie die Tür und ging erneut durchs ganze Haus, um alle Fenster zu schließen.

Ich sah ihr schweigend zu. Im flackernden Licht sah ich die Zerstörung, die im Haus angerichtet worden war: umgestürzte Möbel, von der Wand gerissene Vorhänge, zertrümmerte Gegenstände. Ich senkte den Blick, vom Chaos betäubt und ertappte mich dabei, der Blutspur von der verstümmelten Leiche Basts über den Boden bis zu der Schrift an der Wand zu folgen. Die Buchstaben waren unterschiedlich groß, viele waren unförmig oder spiegelverkehrt, aber die Rechtschreibung war korrekt, möglicherweise ein totaler Analphabet, der die Zeichen von einer Vorlage abgeschrieben hatte. Es tat mir in den Augen weh, sie zu lesen:

SCHWEIG ODER STIRB
LASS DER RÖMISCHEN JUSTIZ
IHREN GERECHTEN LAUF

Bethesda ging an mir vorbei, wobei sie einen großen Bogen um die tote Katze machte und ihren Blick von der Wand abgewandt hielt. »Du mußt recht hungrig sein«, sagte sie. Ihre Stimme war seltsam sachlich und ruhig.

»Sehr hungrig«, gab ich zu. Ich folgte ihr in die Küche im hinteren Teil des Hauses.

Sie nahm den Deckel von einem Topf, nahm einen ganzen Fisch und warf ihn auf den Tisch, wo er einen strengen Geruch in der warmen, stehenden Luft verströmte. Daneben lagen eine Handvoll frische Kräuter, eine Zwiebel und einige Weinblätter. »Siehst du«, sagte Bethesda, »ich war gerade vom Markt zurückgekommen.«

»Wann sind sie gekommen? Wie viele waren es?«

»Zwei Männer.« Sie griff nach einem Messer, ließ es auf den Fisch niedersausen und trennte seinen Kopf mit einem einzigen sauberen Schlag ab. »Sie waren zweimal hier. Das erste Mal am späteren Vormittag. Ich habe getan, was du mir immer aufträgst, die Tür verriegelt und durch das kleine Fenster mit ihnen gesprochen. Ich hab ihnen gesagt, daß du weg bist und wahrscheinlich erst sehr spät wiederkommst. Sie haben ihren Namen nicht gesagt. Sie meinten, sie würden später noch mal wiederkommen.«

Ich beobachtete, wie sie mit ihren Fingernägeln und der scharfen Spitze des Messers den Fisch säuberte. Sie war außergewöhnlich geschickt mit ihren Händen.

»Später bin ich dann zum Markt gegangen. Ich hab den Fisch ganz billig bekommen. Es war so heiß, und der Markt war staubig, so daß der Mann Angst hatte, der Fisch würde verderben, bevor er ihn verkaufen könnte. Ganz frisch aus dem Fluß. Ich habe meine Einkäufe erledigt und bin den Hügel hoch gelaufen. Die Tür war geschlossen, der Riegel an Ort und Stelle. Ich hab das extra überprüft, genau wie du mir immer sagst.«

Sie begann, mit festen, schnellen Hieben die Kräuter zu hacken. Die alte Frau des Ladenbesitzers fiel mir ein.

»Aber der Tag war so heiß und windstill. Kein Lüftchen aus dem Garten. Ich konnte mich kaum wachhalten. Also hab ich die Tür offen gelassen. Ich wollte nur kurz lüften, und dann hab ich sie wohl vergessen. Ich war so müde, daß ich mich in meinem Zimmer hingelegt habe. Ich weiß nicht, ob ich wirklich eingeschlafen bin, aber nach einer Weile hörte ich sie in der Halle. Irgendwie hab ich gleich gewußt, daß es dieselben Männer waren. Sie fingen an, deinen Namen zu rufen und Unverschämtheiten zu brüllen. Ich hab mich in meinem Zimmer versteckt. Ich konnte hören, wie sie im ganzen Haus herumgetrampelt sind, alle Möbel umgeschmissen und Dinge gegen die Wand geworfen haben. Dann sind sie in mein Zimmer gekommen. Man denkt ja immer, man kann sich verstecken, wenn's drauf ankommt, aber sie haben mich sofort gefunden.«

»Und was dann?« Mein Herz klopfte wie wild in meiner Brust.

»Nicht was du denkst.« Sie wischte sich eine Träne aus dem Auge. »Die Zwiebel«, sagte sie. Ich sah die Quetschung um ihr Handgelenk, wie ein Armband, vom Griff eines kräftigen Mannes.

»Aber sie haben dir weh getan.«

»Sie haben mich rumgeschubst. Ein paarmal geschlagen. Einer hat mich von hinten festgehalten. Sie haben mich gezwungen zuzusehen.« Sie starrte auf den Tisch. Ihr Tonfall wurde bitter. »Ich habe mich den ganzen Tag über mit Bast gekabbelt. Der Geruch von dem Fisch hat sie völlig verrückt gemacht. Einer der beiden hat sie in der Küche aufgespürt und in die Halle gebracht. Sie hat ihn gebissen und ihm das Gesicht zerkratzt. Er hat sie gegen die Wand geschleudert. Dann hat er ein Messer gezogen.« Sie blickte von ihrer Arbeit auf. »Sie haben etwas aufgeschrieben. Mit dem Blut. Sie meinten, es sei für dich und du solltest es nicht vergessen. Was steht denn da? Ein Fluch?«

»Nein. Eine Drohung. Aber sie ergibt keinen Sinn.«

»Es hat mit dem jungen Sklaven zu tun, der gestern hier war, stimmt's? Der neue Klient, der Vatermörder?«

»Vielleicht, obwohl ich nicht weiß wie. Cicero hat erst gestern nach mir geschickt, und ich habe erst heute angefangen, ein wenig herumzustochern. Trotzdem müssen sie schon hierher unterwegs gewesen sein, noch bevor ich mit dem Ladenbesitzer und seiner Frau gesprochen hatte... Wie bist du ihnen entwischt?«

»Genau wie dir eben. Mit meinen Zähnen. Der Große, der mich festgehalten hat, war ein ziemlicher Feigling. Er hat gequiekt wie ein Schwein.«

»Wie haben sie ausgesehen?«

Sie zuckte die Schultern. »Leibwächter, Gladiatoren. Kämpfer. Kräftige Männer. Häßlich.«

»Und einer von ihnen hat gehinkt.« Ich sprach die Worte mit großer Gewißheit aus, aber Bethesda schüttelte den Kopf.

»Nein. Gehinkt hat keiner. Beim erstenmal hab ich sie beide weggehen sehen.«

»Bist du sicher? Kein steifes Bein?«

»Den, der mich festgehalten hat, hab ich nicht so genau gesehen. Aber derjenige, der die Wand beschmiert hat, war sehr groß und blond, ein Riese. Sein Gesicht hat geblutet, wo Bast ihn gekratzt hat. Ich hoffe, er behält eine Narbe.« Sie warf den Fisch zurück in den Topf, bestreute ihn mit den Kräutern und Weinblättern, goß aus einem Krug ein wenig Wasser hinzu, stellte den Topf auf den Ofen und bückte sich, um nach dem Feuer zu sehen. Ich bemerkte, daß ihre Hände zu zittern begonnen hatten.

»Männer wie die«, sagte sie, »würden sich wohl kaum damit zufrieden geben, eine Katze zu töten, was meinst du?«

»Nein. Wahrscheinlich nicht.«

Sie nickte. »Die Tür stand noch immer offen. Ich wußte, daß ich fliehen mußte, während der blonde Riese noch damit beschäftigt war, die Buchstaben an die Wand zu schmieren, also hab ich den Kerl, der mich festhielt, gebissen so fest ich konnte, hier.« Sie zeigte auf die dickste Stelle ihres Unterarms. »Ich riß mich los und rannte nach draußen. Sie folgten mir. Aber als sie zwischen den Mauern der beiden Nachbarn vorbeikamen, blieben sie plötzlich stehen.

Ich konnte hören, wie sie hinter mir angewiderte Geräusche von sich gaben und wie die Schweine grunzten.«

»Dann sind sie wahrscheinlich in den Kothaufen getreten.«

»Ja. Stell dir das vor, Männer, die ihre Hände mit dem Blut einer Katze beschmieren können, werden wegen ein bißchen Scheiße an den Sandalen zu empfindlichen Weibern. Römer!« Sie spuckte das Wort aus wie Gift. Nur eine gebürtige Alexandrinerin konnte den Namen der Hauptstadt der Welt mit solch vernichtendem Abscheu aussprechen.

»Ich hab mich auf der Straße herumgetrieben, bis ich dachte, daß sie jetzt weg sein müßten. Aber als ich unten an dem Pfad stand, hatte ich auf einmal Angst hochzugehen. Statt dessen bin ich in die Taverne gegenüber gegangen. Ich kenne eine Frau, die dort kocht, vom Ansehen vom Markt. Sie hat mir erlaubt, mich in einem der leeren Zimmer im ersten Stock zu verstecken, bis ich dich nach Hause kommen sah. Sie hat mir eine Lampe geliehen, und ich hab von unten deinen Namen gerufen, um dich zu warnen, bevor du das Haus erreicht hattest, aber du hast mich nicht gehört.« Sie starrte ins Feuer. »Werden sie zurückkommen?«

»Heute nacht bestimmt nicht«, versicherte ich ihr, ohne zu wissen, ob das stimmte oder nicht.

Nach dem Essen sehnte ich mich nach Schlaf, aber Bethesda gab keine Ruhe, bis die tote Katze entfernt war.

Wir Römer haben tierische Wesen nie als Götter verehrt. Wir sind auch, was unsere Haustiere anbetrifft, nicht übermäßig sentimental. Wie sollte es auch anders sein bei einem Volk, das dem Leben eines Menschen so wenig Wert beimißt? Unter der betäubenden Apathie ihrer Herren verlieren die aus aller Welt, jedoch vor allem aus dem Orient importierten Sklaven häufig jeden Sinn für das Heilige, den sie in ihrer Kindheit in fernen Ländern vielleicht entwickelt haben. Aber Bethesda hatte sich angesichts des Todes eines Tieres ein Gefühl für Anstand und Ehrfurcht bewahrt und trauerte auf ihre Weise um Bast.

Sie bestand darauf, daß ich in der Mitte des Gartens einen Scheiterhaufen errichtete. Sie nahm ein Kleid aus dem Schrank, ein edles Gewand aus weißem Leinen, das ich ihr erst vor einem Jahr geschenkt hatte. Ich zuckte innerlich zusammen, als ich sah, wie sie es an den Nähten zu einem Leichentuch zerriß. Sie legte Lage nach Lage um den zerschundenen Körper, bis kein Blut mehr durchsikkerte. Dann plazierte sie das Bündel auf dem Scheiterhaufen, murmelte vor sich hin und sah zu, wie die Flammen hochloderten. In der windstillen Nacht stieg der Rauch gerade nach oben auf und verdeckte die Sicht auf die Sterne.

Ich wollte nur noch schlafen. Ich befahl Bethesda, sich mir anzuschließen, aber sie weigerte sich, bis sie alles Blut vom Boden gewaschen hatte. Sie kniete sich neben einen Eimer heißes Wasser und schrubbte bis tief in die Nacht. Ich konnte sie immerhin davon überzeugen, die Botschaft an der Wand unangetastet zu lassen, obwohl sie ganz offensichtlich dachte, daß das alle möglichen magischen Katastrophen geradezu heraufbeschwor.

Sie ließ nicht zu, daß ich auch nur eine einzige Lampe oder Kerze löschte, so daß ich schließlich in einem festlich erleuchteten Haus einschlief. Irgendwann war Bethesda mit dem Schubben fertig und legte sich zu mir, aber ihre Nähe brachte mir keine Ruhe. Die ganze Nacht hindurch stand sie immer wieder auf, um die Riegel an Fenstern und Türen zu überprüfen, die Lampen nachzufüllen und die abgebrannten Kerzen zu ersetzen.

Ich schlief unruhig und schreckte häufig hoch. Ich träumte. Ich ritt durch endlose Meilen kahler Wüste auf einem weißen Roß, ohne mich erinnern zu können, wann oder wie ich aufgebrochen war, und ohne je mein Ziel zu erreichen. Mitten in der Nacht wachte ich noch einmal auf und fühlte mich schon jetzt erschöpft von einer langen, unangenehmen Reise.

# Fünfzehn

Es kam überhaupt nicht in Frage, daß Bethesda während meiner Abwesenheit allein zu Hause blieb. Vor einem Jahr wäre das Problem erst gar nicht aufgetaucht; damals hielt ich mir noch zwei junge, kräftige Sklaven. Mit Ausnahme der seltenen Anlässe, zu denen ich eine Leibwache oder Gefolgschaft brauchte, waren sie bei Bethesda geblieben – einer hatte sie auf Besorgungsgängen begleitet, der andere derweil das Haus bewacht, und alle beide waren ihr im Haushalt zur Hand gegangen und hatten sie beschützt. Vor allem jedoch hatte sie jemanden zum Herumkommandieren; wenn sie mir abends ihr Leid mit den beiden klagte und sich ausmalte, was sie hinter ihrem Rücken tratschten, mußte ich oft ein Lächeln unterdrücken.

Aber Sklaven sind ein permanenter Kostenfaktor und eine wertvolle Ware, vor allem für jemand, der sie sich kaum leisten kann. Ein günstiges Angebot eines Klienten zu einem Zeitpunkt, als ich es nötig hatte, ließ mich schwach werden, und ich hatte sie beide verkauft. Im letzten Jahr war Bethesda ohne jeden Zwischenfall gut alleine zurecht gekommen, bis heute.

Ich konnte sie nicht allein lassen. Aber was hätte sie davon, wenn ich einen Leibwächter für sie engagierte. Es war nicht unwahrscheinlich, daß die Täter zurückkamen; würde ein einzelner Leibwächter oder zwei oder drei etwas gegen Menschen ausrichten können, die zum Mord entschlossen waren? Wenn ich Bethesda anderweitig unterbrachte, würde das Haus leer stehen. Und wenn ihre Hoffnung auf Beute sich als vergeblich erwiesen hatte, waren Männer dieser Art durchaus fähig, mein gesamtes Hab und Gut in Brand zu stecken.

Lange vor dem ersten Hahnenschrei lag ich wach und überlegte, was zu tun sei. Die einzige Lösung, die mir in den Sinn kam, während ich an die kerzenbeleuchtete Decke starrte, war, den Fall abzugeben. Es würde keinen Ritt nach Ameria geben. Ich konnte im ersten Licht der Dämmerung in die Subura hinabsteigen, einen Boten zu Cicero schicken, ihm mitteilen lassen, daß ich von dem Auftrag zurückgetreten sei, und ihn bitten, meine Unkosten zu begleichen. Dann konnte ich mich den ganzen Tag mit Bethesda in meinem Haus verbarrikadieren, mich mit ihr im Bett tummeln, über die Hitze lamentieren und durch den Garten schlendern; und wenn irgendein Eindringling an meine Tür klopfte, würde ich einfach sagen: »Ja, ja, ich habe mich für das Schweigen und gegen den Tod entschieden! Soll die römische Justiz ihren gerechten Lauf nehmen! Und jetzt verschwinde!«

Auf meinem Hügel gibt es einen Hahn, der viel früher kräht als alle anderen; ich habe den Verdacht, er gehört meiner Nachbarin vom Lande, die alltäglich ihren Abfall über die Mauer schmeißt – ein Hahn vom Land mit ländlichen Sitten, ganz anders als die fauleren und luxuriöseren römischen Vögel. Wenn er krähte, waren es noch gut zwei Stunden bis zum Anbruch der Dämmerung. Ich beschloß, mit seinem ersten Schrei aufzustehen und dann eine Entscheidung zu treffen.

Wenn die Welt schläft, verändert sich das Wesen der Zeit. Augenblicke gerinnen und schmelzen wieder, wie Klümpchen in magerem Käse. Die Zeit wird ungleichmäßig, schwer faßbar und unsicher. Für den Schlaflosen dauert jede Nacht ewig und ist trotzdem zu kurz. Ich lag lange wach und betrachtete die flackernden Schatten über meinem Kopf, konnte weder schlafen, noch einen der Gedanken zu Ende denken, die mir durch den Kopf huschten. So wartete ich auf den Hahnenschrei, bis ich anfing zu glauben, der Vogel hätte verschlafen. Dann ließ er sich schließlich doch vernehmen, klar und schrill in der stillen, warmen Morgenluft.

Ich sprang auf und stellte überrascht fest, daß ich tatsächlich geschlafen oder mich doch an der Grenze zum Schlaf bewegt hatte. Einen verwirrten Moment lang fragte ich mich, ob ich das Krähen vielleicht nur geträumt hatte. Dann hörte ich ihn erneut.

Im Licht der vielen Kerzen wechselte ich meine Tunika und spritzte mir ein wenig Wasser ins Gesicht. Bethesda war schließlich doch noch zur Ruhe gekommen; ich sah sie inmitten eines Kreises von Kerzen auf einer Strohmatte unter dem Säulengang am anderen Ende des Gartens liegen, endlich schlafend. Sie hatte sich einen Fleck gesucht, der möglichst weit von jener Wand entfernt war, wo Bast gestorben war.

Ich durchquerte leise den Garten, um sie nicht zu wekken. Sie lag in sich zusammengerollt auf der Seite, ihre Gesichtszüge weich und entspannt. Eine schimmernde Strähne ihres blauschwarzen Haars fiel auf ihre Wange. Im Schein der Kerzen wirkte sie auf mich mehr als je zuvor wie ein Kind. Ein Teil von mir sehnte sich danach, sie in meine Arme zu nehmen und zu ihrem Bett zu tragen, sie warm und sicher zu halten, neben ihr zu liegen und zu träumen, bis die Morgensonne auf unseren Gesichtern uns weckte. Die ganze schmutzige Geschichte, in die Cicero mich hineingezogen hatte, zu vergessen und ihr den Rücken zu kehren. Ich wurde von einer Welle so intensiver Zärtlichkeit übermannt, daß Tränen einen Schleier vor meine Augen zogen. Das Bild ihres Gesichts verschwamm; das Licht der Kerzen verschmolz zu glitzerndem Nebel. Man sagt, es sei eine Sache, seine Geschicke mit einer freien Frau in der Ehe zu teilen, jedoch eine ganz andere, eine Frau als Sklavin zu besitzen, und ich habe mich oft gefragt, welches von beiden bitterer und welches süßer ist.

Der Hahn krähte erneut, diesmal zusammen mit einem

anderen von weiter her. In diesem Augenblick traf ich meine Entscheidung.

Ich kniete mich neben Bethesda und weckte sie so sanft wie möglich. Trotzdem schreckte sie hoch und starrte mich einen Moment lang an, als wäre ich ein Fremder. Ich spürte einen Stich des Zweifels und wandte mich ab, weil ich wußte, daß mein Zögern, wenn sie es bemerkte, ihre Angst nur verschlimmern würde, bis sie gar nicht mehr zur Ruhe kam. Ich sagte ihr, sie solle sich anziehen, ihr Haar kämmen und sich etwas Brot nehmen, wenn sie hungrig wäre; sobald sie fertig sei, würden wir einen kurzen Spaziergang machen.

Ich wandte mich rasch ab und beschäftigte mich damit, sämtliche Kerzen zu löschen. Es wurde dunkel im Haus. Nach einer Weile kam Bethesda aus ihrem Zimmer und verkündete, sie sei fertig. In ihrer Stimme klang noch Angst mit, jedoch kein Hauch von Vorwurf oder Mißtrauen. Ich murmelte ein stilles Gebet, daß ich mich richtig entschieden hatte, und fragte mich, zu wem ich eigentlich betete.

Der Pfad den Hügel hinab war von Schatten gesäumt, Schwarz in Schwarz. Im Schein der Fackel warfen die Steine wirre Schatten, während ihre Kanten tückisch und spitz aufragten. Es wäre fast sicherer gewesen, den Weg im Dunkeln zurückzulegen. Bethesda stolperte und klammerte sich an meinen Arm. Sie schielte nervös von einer Seite zur anderen, vor Angst, daß irgend etwas in der Dunkelheit lauern könnte, und achtete nicht darauf, wohin sie ihre Füße setzte.

Auf halbem Weg den Hügel hinab stießen wir auf eine Nebelbank, die Strudel bildete wie ein Fluß in einer Schlucht, so dicht, daß sie den Schein der Fackel zurückwarf und uns in einen milchigweißen Kokon einhüllte. Wie die unheimliche Hitze, die Rom gepackt hielt, hatte auch der Nebel etwas Irreales. Er war kein bißchen erfrischend oder erleichternd, eine feuchtwarme Masse, die von Abschnitten mit kühler Luft durchsetzt war. Sie verschlang das Licht und verschluckte Geräusche. Das Knirschen der losen Steine unter unseren Füßen klang gedämpft und wie von ferne. Selbst die Grillen hatten aufgehört zu zirpen, und für einen Moment waren alle Hähne verstummt.

Neben mir schauderte Bethesda, aber ich war im stillen ganz froh über den Nebel. Wenn er sich bis zum Sonnenaufgang hielt, konnte ich die Stadt vielleicht unbeobachtet verlassen, unbemerkt selbst von Augen, die dazu engagiert waren, mich zu beobachten.

Der Stallmeister schlief noch, als wir eintrafen, aber ein Sklave erklärte sich bereit, ihn zu wecken. Zunächst war der Mann mürrisch; ich war eine Stunde früher gekommen als erwartet, und der Sklave hätte meine Abreise auch regeln können, ohne seinen Herrn zu wecken. Aber als ich ihm mein Ansinnen erläuterte und mein Angebot machte, war er plötzlich hellwach und zuvorkommend.

Für die nächsten beiden Tage würde er Bethesda in seinem Haus aufnehmen. Ich warnte ihn, sie nicht zu hart arbeiten zu lassen, da sie ihren eigenen Rhythmus habe und schwere Arbeit nicht gewohnt sei. (Das war eine Lüge, aber ich hatte nicht die Absicht, Bethesda für ihn bis an ihre Grenzen schuften zu lassen.) Wenn er sie zum Beispiel etwas nähen ließe, würde sie ihm mehr einbringen als ihre Unterbringung kostete.

Für diese Zeit wollte ich zwei kräftige Sklaven zur Bewachung meines Hauses. Er beharrte jedoch darauf, lediglich einen entbehren zu können. Ich war skeptisch, bis er den Jungen aus dem Bett scheuchte. Einen häßlicheren und größeren jungen Mann hatte ich noch nie gesehen. Ich hatte keine Ahnung, wo er wohl herkommen mochte. Er hörte auf den seltsamen Namen Scaldus. Sein Gesicht war wund und rot, von der heißen Sonne der vergangenen Woche verbrannt; sein Haar stand in strähnigen Büscheln von seinem Kopf ab und war von der gleichen Beschaffenheit und Farbe wie die Strohhalme, die daran hingen. Wenn seine schiere Größe nicht ausreichte, jeden Besucher einzuschüchtern, dann bestimmt sein Gesicht. Er sollte seinen Posten vor meiner Tür beziehen und ihn bis zu meiner Rückkehr nicht verlassen; eine Frau aus dem Stall würde ihm tagsüber Nahrung und Wasser bringen. Selbst wenn er ein Feigling oder nicht so stark war, wie er aussah, konnte er zumindest Alarm schlagen, wenn Einbrecher sich meinem Haus näherten. Was die Bezahlung anging, willigte der Stallmeister ein, meinen Kreditrahmen zu erweitern. Die Mehrkosten würde ich Cicero belasten.

Es bestand keine Notwendigkeit, zum Haus zurückzukehren. Ich hatte alles mitgebracht, was ich für die Reise brauchte. Ein Sklave holte Vespa aus dem Stall. Ich stieg auf, drehte mich um und sah, daß Bethesda mich mit verschränkten Armen anstarrte. Sie war mit dem getroffenen Arrangement offensichtlich nicht glücklich, wie ich an ihren dünnen Lippen und dem wütenden Flackern in ihrem Augen erkennen konnte. Ich lächelte erleichtert. Sie begann sich bereits von dem Schock des vergangenen Abends zu erholen.

Ich verspürte den Drang, mich hinabzubeugen und sie zu küssen, selbst vor dem Stallmeister und seinen Sklaven; statt dessen wandte ich meine Aufmerksamkeit Vespa zu, suchte ihre frühmorgendliche Verspieltheit zu dämpfen und führte sie im ruhigen Trott durch die Straßen. Ich hatte schon vor langer Zeit gelernt, daß die Geste, mit der ein Herr öffentlich seine Zuneigung für seinen Sklaven bekundet, stets mißlingt. Egal wie ehrlich er sie meint, sie gerät ihm immer herablassend und peinlich, eine Parodie seiner wahren Gefühle. Trotzdem packte mich plötzlich die Angst, daß ich es auf ewig bereuen könnte, mir diesen Abschiedskuß versagt zu haben.

Der Nebel war so dicht, daß ich mich verirrt hätte, wenn ich den Weg nicht auch mit verbundenen Augen gefunden hätte. Dicke Schwaden wirbelten um uns herum, verschluckten das Getrappel von Vespas Hufen und verbargen uns vor der Million römischer Augenpaare. Um uns schien die Stadt zu erwachen, aber das war eine Illusion; die Stadt war nie ganz eingeschlafen. Die ganze Nacht hindurch kommen und gehen Männer und Pferde und Wagen durch die in tiefem Schatten liegenden Straßen. Ich passierte die Porta Fontinalis. Als ich die Abstimmungshalle am Marsfeld hinter mir gelassen hatte, verfiel ich in einen leichten Trab und nahm die große Via Flaminia in nördlicher Richtung.

Hinter mir verschwand Rom, unsichtbar, in der Ferne. Der verhaltene Gestank der Stadt wurde von dem Geruch bestellter Äcker und frischen Taus abgelöst. Im Nebel verborgen schien die Welt offen und grenzenlos, ein Ort ohne Mauern oder selbst Menschen. Dann ging die Sonne über den schwarzen und grünen Feldern auf und vertrieb den sanften Dunstschleier, der sie umfing. Als ich den breiten, sich nach Norden windenden Arm des Tibers erreicht hatte, war der Himmel bereits wieder hart wie Kristall, wolkenlos und hitzeschwanger.

# Zweiter Teil

# Omen

# Sechzehn

Wenn die Reichen sich aus der Stadt zu ihrer Villa auf dem Land begeben (und zurück), machen sie diese Reise mit ganzen Gefolgschaften von Gladiatoren und Leibwächtern. Die umherziehenden Armen reisen in Scharen, die Schauspieler in Truppen. Jeder Bauer, der seine Schafe zum Markt treibt, wird sich mit Hirten umgeben. Wer jedoch allein unterwegs ist – so lautet ein Sprichwort, das so alt ist wie die Etrusker – hat einen Narren zum Begleiter.

Überall, wo ich bisher gelebt habe, herrscht unter Stadtmenschen der Glaube vor, daß das Leben auf dem Lande sicherer, ruhiger und weniger kriminell und bedrohlich ist. Vor allem die Römer entwickeln eine geradezu blinde Sentimentalität hinsichtlich des Landlebens und seines friedlichen und jedem Zugriff des Verbrechens und niederer Leidenschaft enthobenen Wesens. Dieser Phantasie hängen vor allem diejenigen an, die nie viel Zeit auf dem Lande verbracht haben und vor allem nie einen Tag auf den Straßen gereist sind, die Rom wie in alle Richtungen ausstrahlende Speichen über die ganze Welt gelegt hat. Das Verbrechen lauert überall, und nirgendwo schwebt ein Mann zu jedem Moment in größerer Gefahr als auf offener Straße, besonders wenn er allein unterwegs ist.

Wenn er schon alleine reisen mußte, sollte er sich zumindest sehr schnell fortbewegen und für niemanden anhalten. Die alte Frau, die anscheinend verletzt und verlassen am Straßenrand liegt, ist vielleicht gar nicht verletzt und verlassen und noch nicht einmal eine Frau, sondern ein junger Bandit aus einer Schar von Räubern, Mördern und Entführern. Auf offener Straße kann man leicht sterben oder für immer verschwinden. Für den Unvorsichtigen kann eine Route von zehn Meilen eine unvermutete Wendung nehmen, die auf einem Sklavenmarkt Tausende von Meilen von der Heimat entfernt endet. Der Reisende muß jeden Moment darauf vorbereitet sein, zu fliehen, ohne Scham um Hilfe zu rufen oder, wenn es sein muß, zu töten.

Trotz dieser Gedanken oder vielleicht gerade deswegen verlief der lange Tag ohne Zwischenfälle. Die zurückzulegende Entfernung machte einen langen, beschwerlichen Ritt ohne Pausen erforderlich. Ich härtete mich rasch gegen die Strapazen ab und gab mich dem Rhythmus eines gleichbleibenden Tempos hin. Den ganzen Tag lang überholte mich kein einziger Reiter. Ich passierte einen Reisenden nach dem andern, als wären sie Schildkröten am Straßenrand.

Die Via Flaminia verläuft von Rom aus in nördlicher Richtung, wobei sie in ihrem Verlauf durch das südöstliche Etrurien zweimal den Tiber kreuzt. Bei der Stadt Narnia führt eine Brücke in den südlichsten Teil Umbriens, und ein paar Meilen nördlich von Narnia gabelt sich die Straße, und der kleinere Abzweig führt zurück zum Flußlauf. Die Straße erklimmt eine Kette von steilen Hügeln, bevor sie in ein flaches Tal mit fruchtbaren Weinbergen und Weiden abfällt. Hier, eingebettet in ein V-förmiges Stück Land zwischen dem Tiber und dem Nar, liegt das verschlafene Städtchen Ameria.

Ich war seit Jahren nicht mehr von Rom aus nach Norden gereist. Wenn ich die Stadt verlassen mußte, führten mich meine Geschäfte für gewöhnlich zum Hafen von Ostia oder durch eine Gegend luxuriöser Villen und Anwesen in südlicher Richtung auf der Via Appia bis zu den Ferienorten Baiae und Pompei, wo die Reichen sich die Langeweile durch die Hervorbringung neuer Skandale und die Planung neuer Untaten vertreiben und die Mächtigen sich in den Bürgerkriegen auf die eine oder andere Seite geschlagen hatten. Gelegentlich wagte ich mich auch in östlicher

Richtung vor, in die aufständischen Gebiete, die ihrer Wut auf Rom in einem Bundesgenossenkrieg Luft gemacht hatten. Im Süden und Osten hatte ich die Verwüstungen von zehn Jahren Krieg mit eigenen Augen gesehen – zerstörte Bauernhöfe, Brücken und Straßen, Leichenberge, die unbedeckt vor sich hinfaulten, bis sie zu Knochenbergen geworden waren.

Im Norden hatte ich das gleiche Bild erwartet, aber das Land waren größtenteils unversehrt; hier waren die Menschen vorsichtig bis zur Feigheit gewesen, hatten mit ihren Einsätzen bis zum letzten Moment gezögert und waren so lange auf dem goldenen Mittelweg geblieben, bis sich ein klarer Sieger abgezeichnet hatte, auf dessen Seite sie sich dann eilends geschlagen hatten. Im Bundesgenossenkrieg hatten sie sich geweigert, sich den aufständischen Stämmen anzuschließen, die gegenüber Rom auf ihre Rechte pochten, sondern hatten statt dessen gewartet, bis Rom sie um Hilfe bat, und sich so die gleichen Rechte ohne Revolte gesichert. In den Bürgerkriegen hatten sie auf des Messers Schneide zwischen Marius und Sulla, zwischen Sulla und Cinna getanzt, bis der Diktator als Triumphator daraus hervorgegangen war. Sextus Roscius der Ältere hatte sich allerdings schon offen zu Sulla bekannt, bevor es opportun wurde.

Der Krieg hatte die sanft geschwungenen Weiden und dichten Wälder, die die südlichen Gefilde von Etrurien und Umbrien bedeckten, intakt gelassen. Während man in anderen Regionen die Erschütterungen, die Krieg und Umsiedlungen mit sich gebracht hatten, auf tausenderlei Weise spüren konnte, herrschte hier ein Gefühl von Zeitlosigkeit und Unveränderlichkeit, ja beinahe Stagnation vor. Die Menschen begegneten einem Fremden weder mit Freundlichkeit noch mit Neugier; von den Feldern drehten sich Gesichter nach mir um, starrten mich leeren Blickes an und wandten sich dann mit mißmutiger Miene wieder ihrer

Arbeit zu. Magere Rinnsale tröpfelte durch steinige Flußbetten; ein feiner Staub bedeckte und verhüllte alles. Die Hitze lastete schwer auf dem Land, aber noch etwas anderes schien wie eine Decke über der Erde zu liegen: eine erstikkende und entmutigende Schwermut unter dem gleißenden Sonnenlicht.

Die Monotonie der Reise ließ mir Zeit zum Nachdenken; die sich ständig verändernde Landschaft befreite den Verstand aus den spinnenwebartigen Straßen und Sackgassen Roms. Doch das Rätsel, wer den Angriff auf mein Haus befohlen hatte, entzog sich weiter einer Lösung. Nachdem ich meine Ermittlung ernsthaft aufgenommen hatte, drohte mir von allen Seiten und aus jedem Lager Gefahr – der Ladenbesitzer und seine Frau, die Witwe, die Hure, jeder hätte den Feind warnen können. Aber meine Besucher waren bereits am frühen Morgen gekommen, einen Tag, nachdem ich mich mit Cicero getroffen hatte und für den Fall engagiert worden war, als ich selbst erst auf dem Weg zum Tatort war und noch keine Befragung durchgeführt hatte. Ich listete die Namen derjenigen auf, die schon am Tag zuvor von meinem Engagement gewußt hatten: Cicero selbst und Tiro, Caecilia Metella, Rufus Messalla, Bethesda. Wenn die Intrige gegen Sextus Roscius nicht auf verrückte Weise unlogisch und noch verwickelter war, als ich ahnte, hatte keiner dieser Menschen einen Grund, mich von dem Fall abzuschrecken. Es gab natürlich immer die Möglichkeit eines lauschenden Sklaven entweder in Ciceros oder Caecilias Haus; ein Spion, der die Information an die Feinde von Sextus Roscius weitergeleitet hatte, aber in Anbetracht der von Cicero inspirierten Loyalität und der Art von Bestrafungen unter Caecilias Regime schien mir die Wahrscheinlichkeit lächerlich gering. Trotzdem hatte irgend jemand früh genug von meiner Verwicklung in den Fall erfahren, um dafür zu sorgen, daß tags darauf angemietete Schläger vor meiner Tür standen, irgend jemand, der auch bereit war, mich umbringen zu lassen, wenn ich die Sache nicht fallenließ.

Je länger ich darüber nachdachte, desto verworrener wurde das Problem, und die Gefahr schien ständig zu wachsen, bis ich mich zu fragen begann, ob Bethesda an dem Ort, an dem ich sie zurückgelassen hatte, wirklich sicher war. Wie konnte ich sie schützen, wenn ich keine Ahnung hatte, aus welcher Richtung sie bedroht wurde? Ich schob die Zweifel beiseite und starrte auf die vor mir liegende Straßc. Furcht war fruchtlos. Nur die Wahrheit konnte mir Sicherheit bringen.

Bei der zweiten Tiberüberquerung machte ich für einen Moment im Schatten einer riesigen Eiche am Ufer halt. Während ich noch rastete, kamen von Norden ein grauhaariger Bauer und drei Aufseher geritten mit einem Zug von dreißig Sklaven im Schlepptau. Der Bauer und zwei seiner Männer stiegen ab, während der dritte die Hals an Hals geketteten Sklaven zum Trinken an den Fluß führte. Der Bauer und seine Männer hielten sich abseits. Nach ein paar mißtrauischen Blicken in meine Richtung ignorierten sie mich vollends. Aus den wenigen Fetzen ihres Gespräches, die zu mir herüberdrangen, schloß ich, daß der Bauer aus Narnia stammte und unlängst in der Nähe von Falerii zu Land gekommen war, wohin die Sklaven jetzt geführt wurden, um die dort eingesetzten Arbeiter zu verstärken.

Ich nahm einen Bissen Brot und einen Schluck aus meinem Weinschlauch, wobei ich träge eine Biene verscheuchte, die meinen Kopf umkreiste. Die Sklaven stellten sich nebeneinander am Ufer auf, fielen auf die Knie, spritzten sich Wasser ins Gesicht und beugten sich nieder, um wie die Tiere zu trinken. Die meisten von ihnen waren mittleren Alters, einige wenige älter, ein paar jünger. Zum Schutz ihrer Füße trugen sie alle eine Art Sandalen, einen Fetzen Leder, den man ihnen unter die Füße gebunden hatten. Ansonsten waren sie nackt mit Ausnahme von zwei oder drei Sklaven, die sich einen dünnen Lumpen um die Hüfte gewickelt hatten. Viele hatten frische Narben und Striemen auf ihrem Hintern und ihrem Rücken. Selbst die kräftigsten von ihnen sahen ausgezehrt und ungesund aus. Der Jüngste oder doch zumindest Kleinste von ihnen war ein magerer, nackter Junge am Ende des Zuges. Er schluchzte in einem fort und murmelte die ganze Zeit etwas von seiner Hand, die er in einem unmöglichen Winkel in die Luft hielt. Der Aufseher brüllte ihn an, stampfte mit dem Fuß auf und ließ seine Peitsche knallen, aber der Junge hörte nicht auf zu klagen.

Ich aß mein Brot auf, trank einen Schluck Wein und lehnte mich gegen den Baum. Ich versuchte, mich auszuruhen, aber das unaufhörliche, nur vom Knallen der Peitsche unterbrochene Gejammer zerrte an meinen Nerven. Für einen reichen Bauern sind Sklaven billiger als Vieh. Wenn sie sterben, sind sie mühelos zu ersetzen; der Zufluß von Sklaven nach Rom nimmt kein Ende, wie Wellen, die sich am Strand brechen. Ich bestieg Vespa und ritt weiter.

Der Tag wurde immer heißer. Den ganzen Nachmittag lang sah ich kaum einen Menschen. Die Felder waren verlassen worden, bis die Luft sich wieder ein wenig abkühlte, die Straßen waren leer; ich hätte genausogut der einzige Reisende auf der ganzen Welt sein können. Als ich die Gegend von Narnia erreichte, begann sich das Leben auf den Feldern wieder zu regen, und der Verkehr wurde langsam dichter. Narnia selbst ist eine geschäftige Marktstadt. Die Einfallstraßen werden von Grabsteinen und Tempeln gesäumt. Im Zentrum stieß ich auf einen breiten Platz, der im Schatten einiger Bäume lag und von kleinen Läden und Ställen umgeben war. Der süße Duft von Stroh und die strengen Gerüche von Ochsen, Kühen und Schafen lagen schwer in der erhitzten Luft.

An einer Ecke des Platzes befand sich eine kleine Taverne. In die offene Holztür war eine Lehmfliese eingelassen, die einen jungen Hirten zeigte, der sich ein Lamm über die Schulter geworfen hatte; ein Holzschild unter dem Sturz hieß den Gast in der Taverne Zum blökenden Lamm willkommen. Das Innere des Lokals machte einen düsteren und finsteren Eindruck, aber es war kühl. Der einzige andere Gast war ein abgemagerter alter Mann, der an einem Tisch in der Ecke saß und ausdruckslos ins Leere starrte. Der Wirt war ein unglaublich fetter Etrusker mit dunkelgelben Zähnen; er war so riesig, daß er den winzigen Raum fast alleine füllte. Er war glücklich, mir einen Becher des hiesigen Weins bringen zu dürfen.

»Wie weit ist es von hier bis Ameria?« fragte ich ihn.

Er zuckte mit den Schultern. »Wie frisch ist dein Pferd?«

Ich sah mich um und entdeckte in einem versilberten Wasserkrug auf dem Tresen mein Spiegelbild. Mein Gesicht war rot und schweißüberströmt, mein Haar zerzaust und mit Staub bedeckt. »Nicht frischer als ich.«

Er zuckte erneut mit den Schultern. »Eine Stunde, wenn man sich beeilt. Länger, wenn du sichergehen willst, daß deinem Pferd nicht das Herz in der Brust zerspringt. Von woher kommst du denn jetzt?«

»Aus Rom.« Die Worte waren mir herausgerutscht, bevor ich sie zurückhalten konnte. Den ganzen Tag hatte ich mich gemahnt, die Gefahren des Landlebens im Auge zu behalten, aber wenige Augenblicke in einer urigen Taverne hatten meine Zunge schon gelöst.

»Aus Rom? Die ganze Strecke an einem einzigen Tag? Da mußt du aber früh aufgebrochen sein. Nimm noch einen Becher. Keine Sorge, ich werde ihn mit reichlich Wasser verlängern. Rom, sagst du. Ich habe einen Sohn in Rom oder vielmehr, ich hatte einen Sohn. Hat in den Kriegen für Sulla gekämpft. Sollte angeblich ein Stück Land dafür bekommen. Vielleicht hat er das ja auch. Ich habe schon seit Monaten kein Wort mehr von ihm gehört. Die ganze Strecke seit heute morgen? Hast du Familie in Ameria?«

Irgendwie ist es leichter, einem fetten als einem hageren Gesicht zu trauen. Auf einem hageren Gesicht zeichnet sich Hinterhältigkeit ab wie eine Narbe, während sie sich hinter plumper, einfältiger Leere gut zu verbergen weiß. Aber Augen können nicht lügen, und in seinen erkannte ich keine Spur von Verschlagenheit. Mein Gastgeber war lediglich neugierig, geschwätzig und gelangweilt.

»Nein«, sagte ich. »Keine Familie. Geschäfte.«

»Ah. Muß ja sehr wichtig für dich sein, wenn du dafür einen so langen und beschwerlichen Ritt in Kauf nimmst.«

Arglist oder nicht, ich beschloß ihm nur soviel von der Wahrheit anzuvertrauen, wie ich unbedingt mußte. »Mein Patron ist ein ungeduldiger Mann«, sagte ich. »So ungeduldig wie reich. Es gibt ein Stück Ackerland in der Gegend von Ameria, für das er sich interessiert. Ich bin gekommen, um es für ihn zu begutachten.«

»Ah, das passiert ständig. Als ich noch ein kleiner Junge war, gab es in dieser Gegend nur Kleinbauern, Einheimische, die das Land vom Vater auf den Sohn weitervererbten. Jetzt kommen ständig Fremde aus Rom hier hoch und kaufen alles auf. Keiner weiß mehr, wem die Hälfte des Lands eigentlich gehört. Jedenfalls nie deinem Nachbarn, sondern immer irgendeinem reichen Mann in Rom, der zweimal im Jahr hochkommt, um Bauer zu spielen.« Er lachte, dann verdüsterte sich sein Gesicht. »Und je größer die Güter, desto mehr Sklaven schaffen sie her. Früher haben sie sie quer über diesen Platz getrieben oder in Wagen durchgekarrt, bis wir dem einen Riegel vorgeschoben haben und ihre Route von der Hauptverkehrsstraße auf kleinere Wege umgeleitet haben. Es ist nicht gut für einen Mann in Ketten, hier durchzukommen und einen Hauch von Freiheit zu schnuppern. Außerdem bereitet einem Mann wie mir der Anblick von zu vielen unglücklichen Sklaven Unbehagen.«

Noch immer ins Leere starrend, klopfte der alte Mann in

der Ecke mit seinem Becher auf den Tisch. Der Wirt watschelte durch den Raum. Die winzigste Anstrengung ließ ihn keuchen und nach Luft schnappen.

»Dann machst du dir Sorgen wegen der entlaufenen Sklaven?« fragte ich.

»Nun, das kommt schon vor. Oh, ich meine, nicht so sehr in dieser Stadt, aber ich habe eine Schwester, die weiter im Norden einen Bauern geheiratet hat. Lebt völlig einsam. Natürlich haben sie ihre eigenen Haussklaven und ein paar Freigelassene zum Schutz. Aber trotzdem, nur ein Narr würde seine Türe nachts unverschlossen lassen. Ich sag dir, eines Tages werden es mehr als nur zwei oder drei entlaufene Sklaven sein. Stell dir mal vor, es wären zwanzig – oder hundert und einige von ihnen professionelle Mörder. Knapp dreißig Meilen weiter nördlich von hier gibt es ein Anwesen, wo Sklaven hingeschickt werden, um als Gladiatoren ausgebildet zu werden. Stell dir mal vor, hundert von diesen Ungeheuern entkommen aus ihren Käfigen und haben nichts mehr zu verlieren.«

»Ach, du bist ein Narr!« bellte der alte Mann. Er hob seinen Becher und leerte ihn in einem Zug. Der Rotwein sickerte aus seinen Mundwinkeln und tropfte sein ergrautes Kinn hinab. Er knallte den Becher auf den Tisch und starrte weiter stur geradeaus. »Narr!« sagte er noch einmal. »Nichts zu verlieren, sagst du? Man würde sie kreuzigen und ihnen die Eingeweide herausreißen! Meinst du Sulla und der Senat würden es zulassen, daß eine Hundertschaft Gladiatoren mordend und ihre Frauen vergewaltigend durch die Lande zieht? Selbst ein Sklave wird nicht gern an einen Baum genagelt. Keine Sorge, die Not begehrt nicht auf, solange es genug Angst gibt, um sie in Schach zu halten.«

Der alte Mann schob sein Kinn nach vorn und lächelte ein gräßliches Lächeln. Endlich wurde mir klar, daß er blind war.

»Natürlich, Vater«, säuselte der fette Etrusker und machte eine Verbeugung, die der Alte unmöglich sehen konnte.

Ich beugte mich vor und spielte mit dem Becher in meiner Hand. »Angst vor Sklaven oder nicht, heutzutage scheint ein Mann manchmal selbst in seinem eigenen Haus nicht mehr sicher zu sein. Ein Vater ist möglicherweise vor seinem eigenen Sohn nicht sicher. Diesmal nur Wasser, bitte.« Ich hielt meinen Becher hoch. Der Wirt kam hurtig herbeigewatschelt.

»Was willst du damit sagen?« Seine Hände zitterten, als er mir eingoß. Er sah sich nervös über die Schulter nach dem Alten um.

»Ich dachte nur an eine Klatschgeschichte, die ich gestern in Rom gehört habe. Ich habe einigen Bekannten auf dem Forum von meiner Reise erzählt und sie gefragt, ob sie irgend etwas über Ameria wüßten. Na ja, die meisten hatten noch nie davon gehört.«

Ich nahm einen großen Schluck und verfiel in Schweigen. Der Wirt kniff die Brauen zusammen, und eine Menge plumper Falten zog auf seiner Stirn auf. Auch der alte Mann bewegte sich zum erstenmal und neigte seinen Kopf in meine Richtung. Der kleine Raum war auf einmal so still wie eine Grabkammer.

Der Etrusker atmete pfeifend. »Und?«

»Und was?« sagte ich.

»Die Klatschgeschichte!« Es war der Alte. Er zog eine verächtliche Miene und wandte sich ab, als würde ihn das Ganze tatsächlich oder vorgeblich nicht mehr interessieren. »Das kleine Ferkel lebt nur für Klatsch. Schlimmer als seine Mutter je war.«

Der Wirt sah mich an und zog eine hilflose Grimasse.

Ich zuckte müde mit den Schultern, als lohnte es sich kaum, die Geschichte zu erzählen. »Nur irgendwas über einen Prozeß, der demnächst in Rom stattfinden soll, bei dem es um einen Mann aus Ameria geht. Er heißt Roscius, glaube ich; ja, wie der berühmte Schauspieler. Er ist angeklagt wegen – nun ja, es ist mir fast zu peinlich, es auszusprechen – wegen der Ermordung seines eigenen Vaters.«

Der Wirt nickte kaum merklich und trat einen Schritt zurück. Er zog einen Lappen aus seiner Tunika und wischte sich die Schweißperlen von der Stirn, bevor er begann, den Tresen zu wienern, wobei er wieder vor Anstrengung keuchte. »Tatsächlich?« sagte er schließlich. »Ja, ich habe auch schon davon gehört.«

»Nur schon davon gehört? Ein derartiges Verbrechen in einem so kleinen Ort ganz in der Nähe. Ich hätte gedacht, das ganze Dorf spricht davon.«

»Na ja, es ist ja nicht direkt hier passiert.«

»Nicht?«

»Nein. Das Verbrechen selbst wurde in Rom begangen. Da wurde der alte Roscius ermordet, sagt man.«

»Du hast ihn gekannt, was?« Ich versuchte, weiterhin möglichst beiläufig zu klingen. Der Wirt mochte vielleicht keinen Verdacht schöpfen, aber der alte Mann tat es bestimmt. Das konnte ich an der Art erkennen, wie er seine Lippen schürzte, das Kinn langsam hin und her bewegte und konzentriert auf jedes Wort lauschte.

»Den alten Sextus Roscius? Nein. Also, so gut wie gar nicht. Er war hin und wieder hier, als ich noch ein Junge war, stimmt's nicht, Vater? Aber in letzter Zeit kaum noch. Schon seit etlichen Jahren nicht mehr. Ein verstädterter Römer mit weltgewandten Manieren, das ist er geworden. Wahrscheinlich ist er noch manchmal nach Hause gekommen, aber er hat nie hier haltgemacht. Hab ich recht Vater?«

»Narr«, knurrte der alte Mann. »Fetter, tolpatschiger Narr ...«

Der Wirt wischte sich erneut die Stirn, warf einen Blick auf seinen Vater und schenkte mir ein verlegenes Lächeln.

Ich betrachtete den Alten mit aller falschen Zuneigung, die ich aufbringen konnte, und zuckte mit den Schultern, als wollte ich sagen: *Ich verstehe. Alt und unmöglich zu ertragen, aber was soll ein guter Sohn schon machen?*

»Eigentlich meinte ich den Sohn, als ich dich fragte, ob du diesen Roscius kennst. Wenn es wahr ist, was man ihm vorwirft – na ja, man muß sich ja fragen, was ist das für ein Mensch, der ein derartiges Verbrechen begehen könnte.«

»Sextus Roscius? Ja, den kenne ich. Nicht gut, aber gut genug, um ihn auf der Straße zu grüßen. Etwa in meinem Alter. An Feiertagen ist er hierher auf den Markt gekommen. Und dann hat er auch öfter mal dem blökenden Lamm einen Besuch abgestattet.«

»Und was denkst du? Konnte man es ihm ansehen?«

»Oh, er war über den alten Herrn verbittert, keine Frage. Nicht daß er dauernd davon gesprochen hätte, er war nicht der Typ, der Reden schwingt, selbst wenn er schon ein paar intus hatte. Aber hin und wieder mal ließ er ein Wort fallen. Andere Leute hätten es wahrscheinlich gar nicht bemerkt, aber ich höre zu, und ich höre so manches.«

»Dann glaubst du, er könnte es wirklich getan haben?«

»Oh, nein. Ich weiß mit absoluter Sicherheit, daß er es *nicht* war.«

»Und woher?«

»Weil er nicht mal in der Nähe von Rom war, als es passiert ist. Oh, es gab jede Menge Gerede, als die Nachricht vom Tod des Alten bekannt wurde, und es gab jede Menge Leute, die bezeugen konnten, daß Sextus seinen Haupthof in Ameria schon seit Tagen nicht mehr verlassen hatte.«

»Aber man beschuldigt den Sohn ja auch gar nicht, selbst zugestochen zu haben. Angeblich hat er bezahlte Mörder gedungen.«

Darauf wußte der Wirt auch nichts zu sagen, war jedoch

offensichtlich unbeeindruckt. Er runzelte gedankenvoll die Stirn. »Merkwürdig, daß du den Mord erwähnst. Ich war praktisch der erste, der davon gehört hat.«

»Der erste in Narnia, meinst du?«

»Der erste überhaupt. Es war im letzten September.« Er starrte auf die gegenüberliegende Wand und erinnerte sich. »Der Mord ist nachts passiert; ja, so muß es wohl gewesen sein. Hier in der Gegend herrschte kaltes Wetter, es ging ein böiger Wind, und der Himmel war grau. Wenn ich abergläubisch wäre, würde ich dir jetzt wahrscheinlich erzählen, daß ich in jener Nacht einen bösen Traum hatte oder aufgewacht bin, und ein Geist war im Zimmer.«

»Frevel!« knurrte der alte Mann und schüttelte angewidert den Kopf. »Kein Respekt vor den Göttern.«

Der Wirt schien ihn nicht gehört zu haben und starrte noch immer in die Tiefen der fleckigen Lehmwand. »Aber irgend etwas muß mich aufgeweckt haben, denn ich war am nächsten Morgen sehr früh auf den Beinen. Früher als gewöhnlich.«

»Er war schon immer ein Faulpelz«, murmelte der Alte.

»Warum sollte ein Wirt früh aufstehen? Die Kunden kommen ohnehin meistens erst am späten Vormittag. Aber an jenem Morgen war ich vor Tagesanbruch wach. Vielleicht hatte ich etwas Schlechtes gegessen.«

Der alte Mann schnaubte und knurrte. »Etwas Schlechtes gegessen! Ist es zu *fassen*?«

»Ich hab mich gewaschen und angezogen. Ich hab meine Frau schlafen lassen und bin die Treppe runter in diesen Raum gekommen. Über den Hügeln sah man die ersten Streifen der Dämmerung. Es hatte über Nacht aufgeklart; nur am Horizont im Osten stand eine einzelne Wolke, die von unten in rotes und gelbes Licht getaucht war. Und auf der Straße kam ein Mann aus südlicher Richtung. Ich habe ihn als erster gehört – du weißt doch, wie weit Geräusche zu hören sind, wenn die Luft noch still und kühl ist. Dann hab ich ihn gesehen, in einem leichten, von zwei Pferden gezogenen Wagen, so schnell, daß ich fast ins Haus gegangen wäre, um mich zu verstecken. Statt dessen hielt ich die Stellung, und als er herankam, wurde er langsamer und blieb stehen. Er nahm seine Lederkappe ab, und ich erkannte, daß es Mallius Glaucia war.«

»Ein Freund?«

Der Wirt rümpfte die Nase. »Vielleicht hat er einen Freund, jedenfalls nicht mich. War früher Sklave, und selbst damals war er schon unverschämt und arrogant. Sklaven schlagen nach ihren Herren, und das gilt ganz besonders für Mallius Glaucia.

Auf der anderen Seite des Hügels in Ameria wirst du zwei verschiedene Zweige der Familie Roscius antreffen«, fuhr er fort. »Sextus Roscius, Vater und Sohn, die Ehrbaren, die das Gut aufgebaut und sich ein Vermögen erarbeitet haben; und diese beiden Vettern, Magnus und Capito und ihre Familie. Üble Typen, würde ich sagen, obwohl ich nicht behaupten kann, je viel mit ihnen zu tun gehabt zu haben, außer daß ich hin und wieder ein Glas Wein an sie ausgeschenkt habe. Aber manchen Menschen sieht man es einfach an, daß sie gefährlich sind. Und solche Typen sind Magnus und der alte Capito. Mallius Glaucia, der Mann, der an jenem Morgen aus dem Süden herangedonnert kam, war von Geburt an Magnus' Sklave, bis der ihn freigelassen hat. Zweifelsohne als Belohnung für irgendein entsetzliches Verbrechen. Glaucia blieb weiter in Magnus' Diensten, und daran hat sich bis heute nicht geändert. Sobald ich sah, daß er der Mann auf dem Wagen war, wünschte ich, ich wäre hinter der Tür verschwunden, bevor er mich sehen konnte.«

»Ein großer Mann, dieser Mallius Glaucia?«

»Die Götter selbst können nicht größer sein.«

»Hübsch anzusehen?«

»Er hat vielleicht hübsches blondes Haar, aber sonst ist er

häßlich wie ein Säugling. Mit derselben knallroten Gesichtsfarbe. Wie dem auch sei, er kommt also mit seinem Wagen angebraust. ›Du hast aber früh auf‹, sagt er. Ich hab ihm erklärt, daß ich keineswegs schon geöffnet hätte und machte Anstalten, nach drinnen zu verschwinden. Ich wollte gerade die Tür zuschlagen, als er seinen Fuß dazwischen klemmte. Ich erklärte ihm noch mal, daß das Lokal noch nicht geöffnet wäre, und versuchte, die Tür zu schließen. Aber er hielt seinen Fuß eisern dagegen. Dann stieß er mit einem Dolch in den offenen Spalt. Und als ob das allein nicht schon schlimm genug gewesen wäre, war der Dolch nicht glänzend und sauber – oh, nein. Die Klinge war blutverschmiert.«

»Rot oder schwarz?«

»Nicht mehr allzu frisch, aber auch noch nicht uralt. Das meiste Blut auf der Klinge war schon getrocknet, aber in der Mitte, wo es am dicksten war, war es noch ein wenig feucht und rot. So sehr ich mich auch anstrengte, ich kriegte die Tür nicht zu. Ich wollte laut um Hilfe rufen, aber meine Frau ist ängstlich, mein Sohn ist weg, meine Sklaven hätten keine Chance gegen Glaucia und von wem sollte ich Hilfe erwarten ...« Er warf einen schuldbewußten Blick zu dem alten Mann in der Ecke. »Also hab ich ihn reingelassen. Er wollte Wein pur, ohne Wasser. Ich brachte ihm einen Becher; er kippte ihn in einem Zug weg, warf ihn auf den Boden und verlangte eine ganze Flasche. Er saß genau da, wo du jetzt sitzt, und trank die ganze Flasche leer. Ich versuchte ein paarmal, den Raum zu verlassen, aber jedesmal wenn ich gehen wollte, fing er an, mit lauter Stimme mit mir zu reden, in einer Art und einem Ton, daß ich wußte, er wollte, daß ich blieb und ihm zuhörte.

Er hat gesagt, er käme direkt aus Rom und wäre erst nach Einbruch der Dunkelheit losgefahren. Er hat gesagt, er habe schreckliche Neuigkeiten. Und dann hat er mir erzählt, daß Sextus Roscius tot war. Ich hab mir nicht viel dabei gedacht. ›Ein alter Mann‹, sagte ich zu ihm. ›War es das Herz?‹ Und Glaucia lachte. ›Etwas in der Richtung‹, sagte er. ›Ein Messer im Herz, wenn du es genau wissen willst.‹ Und dann stach er mit der blutigen Klinge in diesen Tisch.«

Mit seinem kurzen, pummeligen Arm zeigte der Wirt auf die Stelle. Ich blickte nach unten und sah neben meinem Becher eine tiefe Kerbe in dem rauhen Holz.

»Na ja, ich nehme an, er hat meinen Gesichtsausdruck bemerkt. Er lachte erneut – das muß der Wein gewesen sein. ›Nun mach dir mal nicht in die Hose, Wirt‹, sagte er. ›Ich war es nicht. Sehe ich aus, als könnte ich einen Menschen töten? Aber das ist die Klinge, mit der es geschehen ist, direkt aus dem Herz des Toten gezogen.‹ Dann wurde er wütend. ›Glotz mich nicht so an!‹ brüllte er. ›Ich hab dir doch gesagt, ich war's nicht. Ich bin bloß der Bote, der den Verwandten zu Hause die schlechte Nachricht zu überbringen hat.‹ Und dann taumelte er aus der Tür, stieg in seinen Wagen und war verschwunden. Kann man es mir da übelnehmen, wenn ich sage, ich werde nie wieder früh aufstehen?«

Ich starrte auf den Tisch und die Narbe, die die Klinge hinterlassen hatte. Durch die Art, wie das Licht ins Zimmer fiel, und weil ich sie so angestrengt betrachtete, schien sie tiefer und dunkler zu werden, je länger ich hinstarrte. »Dieser Mann kam also, um Sextus Roscius zu erzählen, daß sein Vater ermordet worden war?«

»Nicht direkt. Das heißt, er kam nicht, um es Sextus Roscius zu berichten. Die Leute erzählen sich, daß Sextus die Neuigkeit erst irgendwann im Laufe des Nachmittags erfahren hat, als die Geschichte schon als Dorfklatsch die Runde machte. Ein Nachbar traf ihn auf der Straße und sprach ihm sein Beileid aus, weil er natürlich davon ausging, daß Sextus Bescheid wußte. Am nächsten Tag traf aus Rom ein Bote aus dem Haus des alten Herrn ein – er hat auch in dieser Taverne Rast gemacht –, aber zu dem Zeitpunkt war die Neuigkeit ja schon nicht mehr neu.«

»Wem hat dieser Glaucia die Nachricht dann überbracht? Seinem früheren Herrn Magnus?«

»Wenn Magnus überhaupt in Ameria war. Aber der Bengel verbringt neuerdings die meiste Zeit in Rom, wo er sich mit den Banden herumtreibt, wie man hört, und Geschäfte für seinen älteren Vetter erledigt; ich meine den alten Capito. Dem hat Glaucia wahrscheinlich Bericht erstatten wollen. Obwohl man nicht annehmen sollte, daß Capito wegen dem alten Roscius eine Träne vergießen würde; man kann nicht behaupten, daß die beiden Zweige der Roscius-Familie sich besonders mögen. Die Fehde reicht schon Jahre zurück.«

Das blutige Messer, der mitten in der Nacht losgesandte Bote, die alte Familienfehde; die Schlußfolgerung schien offensichtlich. Ich wartete darauf, daß der Wirt sie aussprach, aber er seufzte nur und schüttelte den Kopf, als wäre er am Ende seiner Geschichte angekommen.

»Aber«, sagte ich, »nach allem, was du mir erzählst, kann doch niemand ernsthaft annehmen, daß Sextus Roscius seinen Vater getötet hat.«

»Ah, das ist der Teil, der für mich auch keinen Sinn ergibt. Überhaupt keinen. Weil jedermann weiß, zumindest hier in der Gegend, daß der alte Sextus Roscius von Sullas Leuten umgebracht wurde oder zumindest von einer Bande, die in Sullas Namen gehandelt hat.«

»Was?«

»Der alte Herr wurde geächtet. Zum Staatsfeind erklärt. Auf die Listen gesetzt.«

»Nein. Du mußt dich irren. Du hast diese Geschichte mit einer anderen verwechselt.«

»Na ja, es gab noch ein paar andere aus dieser Gegend, die reguläre Geschäfte und Häuser in Rom hatten und auf die Listen gesetzt wurden. Entweder hat es sie den Kopf gekostet, oder sie sind geflohen. Aber die würde ich bestimmt nicht mit Sextus Roscius verwechseln. Es ist hier allgemein bekannt, daß der Mann Opfer der Proskriptionen geworden ist.«

*Aber er war doch ein Anhänger Sullas*, wollte ich sagen, hielt mich jedoch im letzten Moment zurück.

»So ist das nun mal«, sagte der Wirt. »Ein paar Tage später traf ein Trupp Soldaten aus Rom ein und machte eine öffentliche Bekanntmachung, bei der verkündet wurde, daß Sextus Roscius *pater* ein Feind des Staates und als solcher in Rom getötet worden sei. Sein Besitz sollte konfisziert und versteigert werden.«

»Aber das Ganze hat sich im letzten September ereignet. Die Proskriptionen waren vorbei, und zwar schon seit Monaten.«

»Glaubst du, daß das auch das Ende von Sullas Feinden war? Was sollte ihn davon abhalten, einen weiteren aufzuspüren?«

Ich rollte den leeren Becher zwischen meinen Handflächen hin und her und starrte auf seinen Grund. »Du hast diese Bekanntmachung wirklich mit eigenen Ohren gehört?«

»Ja, wenn du es genau wissen willst. Zuerst haben sie es in Ameria verkündet, wie man mir erzählt hat, aber dann haben sie das Ganze hier noch mal wiederholt, weil es Familien gibt, die in beiden Städten ansässig sind. Wir waren natürlich schockiert, aber die Kriege haben so viel Bitterkeit und Zerstörung hinterlassen, daß ich nicht behaupten könnte, irgend jemand hätte eine Träne wegen des alten Mannes vergossen.«

»Aber wenn das, was du sagst, wahr ist, dann muß der jüngere Sextus Roscius enterbt worden sein.«

»Ja, vermutlich. Wir haben ihn schon seit geraumer Zeit nicht mehr hier in der Gegend gesehen. Neuerdings erzählt man sich, daß er in Rom bei der Patronin des alten Herrn wohnt. Na ja, offensichtlich steckt mehr hinter der Sache, als man auf den ersten Blick erkennt.«

»Offensichtlich. Wer hat denn dann die Güter des alten Mannes aufgekauft?«

»Dreizehn Höfe hat er angeblich besessen. Nun, der alte Capito muß auf jeden Fall als erster an der Reihe gewesen sein, denn er hat die drei besten bekommen, einschließlich des alten Familienstammsitzes. Man sagt, er hätte den jungen Sextus persönlich rausgeschmissen, ihn mit einem Tritt vor die Tür befördert. Aber der Besitz gehört jetzt ihm, offen und ehrlich; er hat ihn auf der staatlichen Auktion in Rom rechtmäßig ersteigert.«

»Und die anderen Höfe?«

»Hat alle irgendein reicher Bursche aus Rom gekauft; ich kann mich nicht erinnern, seinen Namen je gehört zu haben. Hat wahrscheinlich noch nie selbst einen Fuß nach Ameria gesetzt, bloß ein weiterer Großgrundbesitzer, der die Gegend aufkauft. Wie dein Auftraggeber bestimmt auch. Ist das dein Problem, Bürger, Neid? Na, die Gans ist jedenfalls schon gründlich ausgenommen. Wenn du nach gutem Land in Ameria suchst, mußt du wohl noch ein bißchen weitersuchen.«

Ich warf einen Blick durch die offene Tür. Von der Stelle, wo ich Vespa angebunden hatte, warf ihr Schwanz einen seltsam in die Länge gezogenen Schatten, der nervös über die staubige Türschwelle zuckte. Die Schatten waren lang geworden; der Tag neigte sich schnell seinem Ende zu, und ich hatte noch keinen Plan für die Nacht. Ich nahm ein paar Münzen aus meiner Börse und legte sie auf den Tisch. Der Wirt sammelte sie ein und verschwand durch eine enge Tür in den hinteren Teil des Ladens, wobei er sich seitwärts durch die Öffnung quetschen mußte.

Der alte Mann wandte seinen Kopf und spitzte die Ohren, als er das raschelnde Geräusch hörte. »Gierig«, murmelte er. »Jedesmal, wenn er eine Münze kriegt, trägt er sie gleich in sein kleines Kästchen. Muß Stunde um Stunde Buch führen, kann nicht warten, bis er die Taverne geschlossen hat. Schon immer fett gewesen, ein gieriges Schweinchen. Er kommt ganz nach der Mutter, nicht nach mir, wie man sieht.«

Ich ging leise Richtung Tür, aber nicht leise genug. Der Alte sprang hoch und baute sich vor mir auf der Schwelle auf. Er schien mir durch den milchigen Schleier, der über seinen Augen lag, ins Gesicht zu starren. »Du«, sagte er, »Fremder. Du bist nicht hier, um Land zu kaufen. Du bist wegen dieses Mordes hier, stimmt's?«

Ich mühte mich, eine Unschuldsmiene aufzusetzen, bis mir wieder einfiel, daß das nicht nötig war. »Nein«, sagte ich.

»Auf wessen Seite bist du? Auf Sextus Roscius' oder auf Seiten seiner Ankläger?«

»Ich hab dir doch schon gesagt, Alter –«

»Ist es nicht rätselhaft, daß ein alter Mann geächtet werden und sein eigener Sohn anschließend dieses Verbrechens angeklagt werden kann? Und ist es nicht merkwürdig, daß ausgerechnet der elende Capito davon profitieren sollte? Und noch merkwürdiger, daß eben dieser Capito der erste in ganz Ameria ist, der Wind von dem Mord bekommt, und der Überbringer der nächtlichen Nachricht ist Glaucia – der nur von einem Mann geschickt worden sein kann, jenem niederträchtigen Magnus. Wie hat Magnus so schnell von dem Vorfall erfahren, warum hat er einen Boten losgeschickt und wie kommt der in Besitz des blutigen Dolches? Für dich ist der Fall ganz klar, oder nicht? Zumindest glaubst du das.

Mein Sohn erzählt dir, der junge Sextus sei unschuldig, aber mein Sohn ist ein Narr, und du wärest ebenso ein Narr, wenn du auf ihn hören würdest. Er sagt, er hört alles, was in diesem Raum gesprochen wird, aber er hört gar nichts; er ist viel zu beschäftigt damit, selber zu reden. Ich bin derjenige, der hört. Seit zehn Jahren, seit ich meine Augen verloren habe, habe ich gelernt zu hören. Davor hab ich auch nie was gehört – ich dachte, ich hätte gehört, aber ich war taub, genau wie du taub bist oder jeder andere Mensch mit Augen auch. Du würdest nicht glauben, was ich alles höre. Ich höre jedes Wort, was in diesem Raum gesprochen wird, und sogar ein paar, die nicht gesagt werden. Ich höre die Worte, die Männer still vor sich hinflüstern, ohne sich bewußt zu sein, daß ihre Lippen sich bewegen oder ihr Atem leise Seufzer ausstößt.«

Ich berührte seine Schulter und wollte ihn sanft beiseite schieben, aber er stand fest wie eine Eisenstange.

»Der junge und der alte Sextus Roscius, ich kenne sie beide seit Jahren. Und laß mich dir eines sagen, egal wie unmöglich es scheint und worauf alle anderen Beweise auch hindeuten mögen, der Sohn steckt hinter dem Mord an dem Vater! Wie sie sich gegenseitig gehaßt haben! Es fing an, als Roscius seine zweite Frau nahm und einen Sohn von ihr hatte, Gaius, den Sohn, den er bis zu dessen Tod verwöhnte und verhätschelte. Ich kann mich noch an den Tag erinnern, an dem er den Säugling mit in diese Taverne brachte und jedem das hübsche, goldgelockte Ding in den Arm drückte, denn welcher Vater ist nicht stolz auf einen neugeborenen Sohn. Und der junge Sextus stand derweil in der Tür, vergessen, unbeachtet, aufgeblasen, voll Haß wie eine Kröte. Damals konnte ich noch sehen. Ich weiß nicht mehr, wie eine Blume aussieht, aber das Gesicht dieses jungen Mannes sehe ich noch immer vor mir, und den Ausdruck purer Mordlust in seinen Augen.«

Ich glaubte gehört zu haben, daß der Wirt zurückgekommen war, und sah mich um.

»Sieh mich an!« kreischte der alte Mann. »Glaub nicht, ich wüßte nicht, wann du dich abwendest – ich höre es an deinem Atem. Sieh mich an, wenn ich mit dir rede! Und höre die Wahrheit: Der Sohn haßte den Vater, und der

Vater haßte den Sohn. Ich konnte spüren, wie der Haß in genau diesem Raum wuchs und schwärte, Jahr für Jahr. Ich hörte die Worte, die nie ausgesprochen wurden – die Worte der Wut, der Verbitterung, der Rache. Und wer sollte es einem von beiden verdenken, vor allem dem Vater – einen solchen Sohn zu haben, einen solchen Versager, eine solche Enttäuschung. Ein gieriges, kleines Schwein, das ist aus ihm geworden. Gierig und fett und respektlos. Stell dir den Kummer vor, die Verbitterung! Ist es ein Wunder, daß mein Enkel nie zu Besuch kommt und nicht mit seinem Vater reden will? Man sagt, Jupiter verlangt, daß ein Sohn seinem Vater gehorcht und ein Vater seinem Vater, aber welche Ordnung kann es geben in einer Welt, in der die Männer blind oder fett werden wie die Schweine? Die Welt ist ein Trümmerfeld, verloren und ohne jede Hoffnung auf Erlösung. Die Welt ist finster ...«

Ich wich entsetzt zurück. Im nächsten Moment schob mich der fette Wirt beiseite, packte den alten Mann bei den Schultern und zerrte ihn aus dem Weg. Ich trat durch die Tür und sah mich um. Die milchigen Augen des Alten waren starr auf mich gerichtet. Er plapperte weiter. Sein Sohn hatte das Gesicht abgewendet.

Ich band Vespa los, stieg auf und ritt, so schnell ich konnte, aus der Stadt und über die Brücke.

# Siebzehn

Vespa schien es genauso eilig zu haben wie ich, das Dorf Narnia hinter sich zu lassen. Sie muckte nicht auf, als ich sie für den Rest unserer Tagesreise hart herannahm. Als wir ein wenig nördlich von Narnia eine Weggabelung erreichten, blieb sie nur widerwillig stehen.

An der Gabelung stand ein öffentlicher Wassertrog. Ich ließ sie langsam trinken und zügelte sie jedesmal nach einigen Schlucken. Hinter dem Trog stand ein primitives Schild, ein auf einen Stock montierter Ziegenschädel. In die ausgebleichte Stirn hatte jemand einen nach links weisenden Pfeil und das Wort AMERIA geritzt. Ich verließ die breite Via Flaminia und folgte der Nebenstraße nach Ameria, einem schmalen Pfad, der sich auf den Sattel einer steilen Hügelkette wand.

Wir begannen den Aufstieg. Auch Vespa wurde jetzt langsam müde, und die Stöße gegen mein Hinterteil ließen mich mit den Zähnen knirschen. Ich beugte mich vor und streichelte ihren Hals. Die letzte Hitze des Tages löste sich nach und nach auf, und die steile Wand der Hügelkette tauchte uns in kühlen Schatten.

Unweit des Gipfels traf ich auf eine Gruppe von Sklaven, die sich um einen Ochsenkarren geschart hatten und halfen, ihn auf die Kuppe des Hügels zu schieben. Das Vehikel schlingerte und schwankte, bis es schließlich ebenen Boden erreicht hatte. Die Sklaven stützten sich aufeinander, einige von ihnen lächelten erleichtert, andere waren zu erschöpft, um irgendwelche Gefühlsregungen zu zeigen. Ich ritt bis zum Wagenlenker vor und winkte.

»Machst du diese Fahrt oft?« fragte ich.

Der Junge fuhr zusammen, als er meine Stimme hörte,

und lächelte dann. »Nur wenn es etwas zum Markt nach Narnia zu bringen gibt. Die Fahrt diesen Hügel *hinunter* ist der eigentlich gefährliche Teil.«

»Das kann ich mir vorstellen.«

»Im letzten Jahr haben wir dabei einen Sklaven verloren. Er hat geholfen, den Wagen bei der Talfahrt abzubremsen und ist unter ein Rad gekommen. Auf der anderen Seite nach Ameria runter ist es nicht halb so steil.«

»Aber es geht trotzdem bergab. Das wird meinem Pferd gefallen.«

»Ein wunderschönes Tier.« Er betrachtete Vespa mit der Bewunderung eines Bauernjungen.

»Und«, sagte ich, »kommst du aus Ameria?«

»Nicht direkt. Ich lebe außerhalb der Stadt am Fuß des Hügels.«

»Vielleicht kannst du mir sagen, wie ich das Haus von Sextus Roscius finde.«

»Das kann ich schon. Es ist nur so, daß Sextus Roscius nicht mehr dort lebt.«

»Du meinst den Alten?«

»Oh, den man ermordet hat? Wenn du den suchst, wirst du seine Überreste in der Familiengruft finden. Er hat nie in Ameria gelebt, soweit ich weiß, jedenfalls nicht seit meiner Geburt.«

»Nein, nicht den alten Mann; den Sohn.«

»Er hat ganz in der Nähe vom Haus meines Vaters gelebt, wenn du den mit den beiden Töchtern meinst.«

»Ja, er hat eine Tochter etwa in deinem Alter; ein sehr hübsches Mädchen.«

Der Bursche grinste. »Sehr hübsch. Und sehr freundlich.« Er zog die Brauen hoch, was wohl welterfahren wirken sollte. Das Bild von Roscias nacktem Körper blitzte in meinem Kopf auf. Ich sah sie gegen die Wand gedrückt, matt vor Befriedigung, mit dem vor ihr knienden Tiro. Vielleicht war er nicht der erste gewesen.

»Erklär mir den Weg zu seinem Haus«, sagte ich.

Er zuckte die Schultern. »Ich kann dir erklären, wie man dort hinkommt, aber wie gesagt, es ist nicht mehr sein Haus. Man hat Sextus Roscius vertrieben.«

»Wann?«

»Vor ungefähr zwei Monaten.«

»Und warum?«

»Per Gesetz, verfügt von Rom. Sein Vater war geächtet worden. Weißt du, was das heißt?«

»Nur zu gut.«

Er fuhr sich mit dem Finger über die Kehle. »Und dann nehmen sie einem das ganze Land und alles Geld ab. Sie lassen der Familie nichts. Unten in Rom hat es irgendeine Auktion gegeben. Mein Vater sagte, er hätte nichts dagegen, bei einigen Grundstücken mitzubieten, vor allem bei solchen, die an unser Land grenzen. Aber er meinte, es wäre sinnlos. Die Auktionen sind immer manipuliert. Man muß ein Freund eines Freundes von Sulla sein oder den richtigen Mann kennen, den man bestechen kann.«

Das war bereits das zweite Mal, daß ich diese Proskriptionsgeschichte hörte. Sie ergab keinen Sinn, aber wenn sie stimmte, war es denkbar einfach zu beweisen, daß Sextus Roscius am Tod seines Vaters unschuldig war.

»Und wer wohnt jetzt dort?«

»Der alte Capito. Hat den Familiensitz und ein paar der besten Ackergrundstücke gekauft. Mein Vater hat auf den Boden gespuckt, als er hörte, wer unser neuer Nachbar werden würde. Den ganzen Winter hindurch hat Capito Sextus und seiner Familie erlaubt, in dem Haus wohnen zu bleiben. Die Menschen hier haben es nur für recht und billig gehalten, daß Capito Mitleid mit ihnen hatte. Dann hat er sie endgültig rausgeworfen.«

»Und hat niemand sie bei sich aufgenommen? Sextus Roscius muß doch Freunde gehabt haben, die ihm irgendwie verpflichtet waren.«

»Du wärst überrascht, wie schnell ein Mann seine Freunde verlieren kann, wenn es Ärger aus Rom gibt, sagt mein Vater immer. Außerdem war Roscius ein Einzelgänger; ich kann nicht sagen, daß er viele Freunde gehabt hätte. Mein Vater war vermutlich am ehesten so etwas wie sein Freund, wo wir doch Nachbarn waren. Nachdem Capito ihn rausgeworfen hatte, hat er ein paar Nächte unter unserem Dach gewohnt. Er und seine Frau und die Töchter.« Die Stimme des Jungen verlor sich, und an seinen Augen erkannte ich, daß er an Roscia dachte. »Aber er ist nicht lange in Ameria geblieben, sondern hat sich gleich auf den Weg nach Rom gemacht. Man sagt, der Alte hätte dort eine einflußreiche Patronin gehabt, die Sextus um Hilfe bitten wollte.«

Wir ritten eine Weile schweigend weiter. Die Räder des Ochsenkarrens quietschten und klapperten über die holperige Straße. Die Sklaven trotteten nebenher. »Du hast gesagt, der alte Herr sei geächtet worden«, sagte ich.

»Ja.«

»Und als das verkündet wurde, hat da niemand protestiert?«

»Oh, doch. Man hat eine Delegation zu Sulla geschickt. Aber wenn du das wirklich genau wissen willst, müßtest du mit meinem Vater reden.«

»Wie heißt dein Vater?«

»Titus Megarus. Ich bin Lucius Megarus.«

»Und mein Name ist Gordianus. Ja, ich würde sehr gern mit deinem Vater sprechen. Sag mal, wie würde er wohl reagieren, wenn du einen Fremden zum Abendessen mitbringen würdest?«

Der Junge war auf einmal mißtrauisch. »Ich glaube, das würde drauf ankommen.«

»Worauf?«

»So wie du redest, hast du irgendein Interesse an Capito und seinem Land.«

»So ist es.«

»Und auf wessen Seite stehst du?«

»Ich bin für Sextus und gegen Capito.«

»Dann wäre mein Vater, glaube ich, erfreut, dich zu sehen.«

»Gut. Ist es noch weit bis zu eurem Haus?«

»Siehst du die Rauchfahne da rechts, genau über den Bäumen? Das ist es.«

»Das ist ja ganz nah. Und wo liegt Capitos Haus?«

»Noch ein Stück weiter, auf der anderen Seite der Hauptstraße, zu deiner Linken. Nach der nächsten Biegung kann man gleich für einen Moment das Dach sehen.«

»Sehr gut. Tu mir einen Gefallen: Wenn du nach Hause kommst, erzählt deinem Vater, daß ein Mann aus Rom ihn heute abend zu sprechen wünscht. Sag ihm, ich bin ein Freund von Sextus Roscius. Wenn er mich an seinen Tisch laden würde, wäre ich ihm überaus dankbar. Wenn ich unter eurem Dach schlafen könnte, wäre ich ihm zu doppeltem Dank verpflichtet; ein Platz in der Scheune würde mir völlig reichen. Wäre er beleidigt, wenn ich ihm Geld anbieten würde?«

»Wahrscheinlich.«

»Dann laß ich es lieber. Hier trennen sich unsere Wege für eine Weile.«Als wir die Wegbiegung hinter uns hatten, konnte ich durch die Bäume im letzten Sonnenlicht in der Ferne ein rotes Ziegeldach erkennen.

»Wo willst du hin?«

»Ich werde mal kurz bei eurem neuen Nachbarn vorbeischauen. Es ist wahrscheinlich zwecklos, aber ich möchte zumindest einen Blick auf das Haus und vielleicht auch auf seinen Besitzer werfen.« Ich winkte dem Jungen zu und drängte Vespa dann zu einem gleichmäßigen Trab.

Das Haus, in dem Sextus Roscius der Jüngere geboren und groß geworden war und über das er in Abwesenheit seines

Vaters geherrscht hatte, war das großartige Beispiel einer idealen Landvilla, ein imposantes, zweistöckiges Gebäude mit einem roten Lehmdach, umgeben von einer Ansammlung von Schuppen und Scheunen. Im schwächer werdenden Licht hörte ich das Läuten von Kuhglocken und das Blöken von Schafen. Die Herden wurden heimgetrieben. Arbeiter kamen durch Weinlauben von den Feldern getrottet; eine lange Reihe von Sensen schien über ein Meer von Blättern und Ranken zu treiben. Ihre scharfen Klingen fingen die letzten Strahlen der untergehenden Sonne ein und blitzten kalt und blutfarben herüber.

Das Haupthaus war Gegenstand umfangreicher Renovierungsarbeiten. Ein Labyrinth von Stegen und Netzen verdeckte die Fassade, und links und rechts des Hauses wurden symmetrische Seitenflügel angebaut. Die Anbauten befanden sich noch in halbfertigem Zustand und wirkten wie blanke Gerippe. Durch den linken Seitenflügel konnte ich Ansätze einer Gartenanlage erkennen, in der ein rotgesichtiger Kampfhahn von einem Mann ungeduldig zwischen den Erdarbeiten und Spalieren auf und ab schritt und einer Gruppe von Sklaven Befehle zubellte. Die Sklaven stützten sich auf ihre Spaten, ihre dreckverschmierten Gesichter trugen den gelangweilten Ausdruck von Menschen, die man schon sehr lange angebrüllt hat.

Ihr Herr tobte weiter, und es machte nicht den Eindruck, als wolle er demnächst aufhören. Er rannte vor und zurück, fuchtelte mit den Armen und schien die Luft mit seinen Fäusten erwürgen zu wollen. Er war ein Mann auf der Schwelle zum Alter, weißhaarig und leicht gebeugt. Bei seiner Auf- und Abmarschiererei konnte ich sein Gesicht nur jeweils einen Moment lang sehen. Seine Haut war gegerbt und von Pockennarben übersät. Nase, Wangen und Kinn schienen ineinander überzugehen. Bemerkenswert waren allein seine Augen, die hell wie die Klingen der weit entfernten Sensen im letzten Tageslicht funkelten.

Ich stieg ab und hielt Vespas Zügel, während ich an die Tür klopfte. Der große, hagere Sklave, der öffnete, starrte unterwürfig auf meine Füße und erklärte in einem verängstigten Flüstern, daß sein Herr außer Haus beschäftigt sei.

»Ich weiß«, sagte ich. »Ich hab gesehen, wie er im Garten eine Parade abhält. Aber es ist nicht dein Herr, den ich sprechen möchte.«

»Nicht? Ich fürchte, die Herrin ist ebenfalls unabkömmlich.«Der Sklave blickte auf, jedoch nicht hoch genug, um mir in die Augen zu sehen.

»Sag mal, wie lange bist du schon Capitos Sklave?«

Er runzelte die Stirn, als versuche er im stillen zu entscheiden, ob die Frage gefährlich war. »Erst seit kurzem.«

»Erst seit das Gut seinen Besitzer gewechselt hat – meinst du. Mit anderen Worten, du hast zum Hausstand gehört.«

»Das ist richtig. Aber bitte, vielleicht sollte ich meinem Herrn doch lieber sagen –«

»Nein, sag mir eins: Es gab zwei Sklaven, die dem Vater deines früheren Herrn in Rom gedient haben, Felix und Chrestus. Weißt du, wen ich meine?«

»Ja.« Er nickte zögernd und schien meine Füße weiterhin überaus faszinierend zu finden.

»Sie waren bei ihm in Rom, als der alte Herr ermordet wurde. Wo sind sie jetzt?«

»Sie sind ...«

»Ja?«

»Sie waren eine Weile hier, in diesem Haus. Sie haben meinem früheren Herrn Sextus Roscius gedient, als der noch Gast meines neuen Herrn Capito war.«

»Und als Sextus Roscius ausgezogen ist? Hat er die Sklaven mitgenommen?«

»Oh, nein. Sie sind noch eine Weile hier geblieben.«

»Und dann?«

»Ich glaube – ich weiß es natürlich nicht genau–«

»Was sagst du? Sprich lauter.«

»Vielleicht solltest du doch mit meinem Herrn Capito reden.«

»Ich glaube nicht, daß dein Herr große Lust hat, mit mir zu reden, jedenfalls nicht lange. Wie heißt du?«

»Carus.« Er fuhr kurz zusammen und spitzte die Ohren, als habe er im Haus etwas gehört, aber das Geräusch kam von draußen. Im stillen Zwielicht der Dämmerung konnte man Capito hinter dem Haus laut schimpfen hören, jetzt begleitet von einer heiseren Frauenstimme. Das konnte nur die Herrin des Hauses sein. Sie schienen sich vor den Sklaven anzubrüllen.

»Sag mal, Carus, war Sextus Roscius ein besserer Herr als Capito?«

Er sah aus, als sei ihm unbehaglich zumute, wie ein Mann mit einer vollen Blase. Er nickte kaum wahrnehmbar.

»Dann wirst du mir vielleicht helfen, wenn ich dir sage, daß ich Sextus Roscius' Freund bin. Der beste Freund, den er auf dieser Welt noch hat. Ich muß unbedingt wissen, wo Felix und Chrestus sind.«

Sein Gesicht nahm einen noch gequälteren Ausdruck an, bis ich glaubte, daß er mir erzählen würde, daß die beiden tot waren. Statt dessen warf er einen kurzen Blick über seine Schulter und betrachtete dann wieder meine Füße. »In Rom«, sagte er. »Mein Herr hat sie seinem Partner in der Stadt verkauft, demjenigen, dem auch das gesamte Hab und Gut von Sextus Roscius zugefallen ist.«

»Magnus, meinst du.«

»Nein, der andere.« Er senkte seine Stimme. »Der Goldene. Felix und Chrestus sind in Rom, im Haus eines Mannes namens Chrysogonus.«

*Chrysogonus*, ein griechisches Wort: goldgeboren. Einen Moment lang schwebte der Name konturenlos durch meinen Kopf, dann schien er plötzlich wie ein Donnerschlag in meinen Ohren zu explodieren und wurde zum Schlüssel, den mir ein ahnungsloser Sklave in die Hand gedrückt hatte, ein glänzender, goldener Schlüssel, mit dem man das Geheimnis um die Ermordung von Sextus Roscius aufschließen konnte.

Im Garten konnte ich noch immer Capitos Geschimpfe und die kreischenden Antworten seiner Frau hören. »Sag deinem Herrn nichts davon«, zischte ich dem Sklaven zu. »Hast du mich verstanden? Nichts.« Ich drehte mich um und bestieg Vespa. Sie hatte geglaubt, wir hätten endlich das Ziel unserer Reise erreicht, sie schnaubte widerwillig und schüttelte den Kopf; ich trieb sie weiter. Mit einem wachsamen Auge über die Schulter blickend und jetzt ängstlich darauf bedacht, nicht gesehen zu werden, ritt ich davon. Niemand durfte wissen, daß ich hier gewesen war; niemand durfte wissen, wo ich schlief. *Chrysogonus*, dachte ich und schüttelte ungläubig den Kopf. Die Gefahr ließ mich schaudern. Natürlich war sie die ganze Zeit dagewesen, aber erst jetzt hatte ich Augen, sie zu erkennen.

Ich stieß auf die Hauptstraße und ritt zurück zu der Gabelung, die mich zum Haus von Titus Megarus führen würde. Über den Bäumen sah ich im verblassenden Licht eine Rauchfahne aufsteigen, die Behaglichkeit und Ruhe versprach. Ich erklomm einen kleinen Hang und sah plötzlich zwei Reiter, die sich auf der Via Flaminia näherten. Ihre Rösser trotteten träge bergauf, erschöpft wie Vespa. Die Männer schienen fast zu dösen, als ob sie von einem langen Tagesritt müde wären, dann blickten sie beide nacheinander auf, und ich sah ihre Gesichter.

Es waren zwei kräftige, breitschultrige Männer in leichten, ärmellosen Sommertuniken, beide sauber rasiert. Der Linke hatte strähniges, schwarzes Haar, mürrische Augen und einen brutalen Mund, er hielt die Zügel in der linken Hand. Sein Freund hatte struppiges, strohblondes Haar, und sah aus wie ein Schläger, häßlich und schwerfällig; er war so groß, daß sein Pferd aussah wie ein überlastetes Fohlen, und über eine Wange liefen drei schmale, parallele rote Kratzer, die unverkennbare Spur einer Katzenpfote.

Mein Herz pochte so heftig, daß ich glaubte, sie müßten es deutlich hören. Sie starrten mich kalt an, als ich vorüberritt. Ich brachte ein Nicken und einen matten Gruß zustande. Sie sagten nichts und wandten ihren Blick auf die Straße. Ich beschleunigte Vespas Schritt und wagte es nach einer Weile, mich über die Schulter umzusehen. Über die leichte Anhöhe hinweg sah ich, wie sie den Weg zu Capitos Haus einschlugen.

# Achtzehn

Der Dunkelhaarige«, sagte mein Gastgeber, »ja, das muß Magnus gewesen sein. Ja, er zieht das linke Bein nach, und das schon seit Jahren; warum weiß niemand so genau. Er erzählt unterschiedliche Versionen der Geschichte. Manchmal ist es eine verrückte Hure in Rom gewesen, dann wieder ein eifersüchtiger Ehemann oder ein betrunken randalierender Gladiator. Er behauptet jedenfalls, denjenigen, der ihm das angetan hat, umgebracht zu haben, und das hat er wahrscheinlich auch.«

»Und der andere, der große, häßliche Blonde?«

»Mallius Glaucia, ohne Zweifel. Magnus' Ex-Sklave und jetzt seine rechte Hand. Magnus verbringt neuerdings einen Großteil seiner Zeit in Rom, während sein Vetter Capito vollauf damit beschäftigt ist, die Villa umzubauen; Glaucia pendelt zwischen den beiden hin und her wie ein Hund, der einen Knochen apportiert.«

Die Welt war finster und voller Sterne. Mondlicht stand über den flachen, sanft geschwungenen Hügeln und überzog sie mit einem silbernen Glanz. Ich saß mit Titus Megarus auf dem Dach seines Hauses, so daß wir einen weiten Blick nach Westen und Süden hatten. Am Horizont erstreckte sich eine Kette höherer Hügel, die das Tal in der Ferne begrenzten; irgendwo dahinter verlief der Tiber. Im Vordergrund bezeichneten ein paar vereinzelte Lichter und mondbeschienene Dächer das schlafende Städtchen Ameria, und linker Hand, von einigen Bäumen halb verdeckt, konnte ich das obere, kaum daumennagelgroße Stockwerk des Hauses ausmachen, in dem Capito, Magnus und Mallius Glaucia für den Abend versammelt waren. Ein einzelnes Fenster sandte ein blaßgelbes Licht in die Nacht.

Titus Megarus war kein weltgewandter Mann, aber er war ein ausgezeichneter Gastgeber. Er begrüßte mich persönlich an der Tür und sorgte auch dafür, daß man Vespa einen Platz in seinem Stall zuwies. Beim Essen weigerte er sich standhaft, irgendein heikles Thema zu besprechen, weil das, wie er meinte, Magenverstimmungen verursachte. Statt dessen wechselten sich seine fünf Kinder im Laufe des Essens beim Vortrag von Liedern ab. Das Essen war reichlich und frisch; der Wein war hervorragend. Langsam entspannte ich mich und legte meine Furcht ab, bis ich mich schließlich halb liegend auf einem Diwan auf dem Dachgarten des Hauses wiederfand. In dem offenen Säulengang unter uns waren die Frauen und Kinder des Hauses versammelt. Eine von Titus' Töchtern sang, während eine andere die Lyra spielte. An diesem warmen Abend stieg der Klang süß und leise zu uns herauf wie ein vages Echo aus einem tiefen Brunnen. Auf Einladung seines Vaters saß der Junge Lucius bei uns und hörte schweigend zu.

Ich war so müde und wundgeritten, daß ich mich kaum bewegen konnte und es bei all der Behaglichkeit auch gar nicht wollte. Ich lag, einen Becher warmen Wein in der Hand, auf dem Divan, kämpfte gegen den Schlaf, ließ meinen Blick über das völlig friedlich daliegende Tal wandern und grübelte über die mörderischen Geheimnisse, die hier verborgen lagen.

»Es war dieser Mallius Glaucia, der gestern abend in mein Haus eingedrungen ist«, sagte ich, »zusammen mit einem weiteren Täter. Ich bin mir ganz sicher – die Kratzspuren auf seiner Backe lassen daran keinen Zweifel. Derselbe Mann, der wie wild die ganze Nacht durchgeritten ist, um Capito hier in Ameria die Nachricht von Sextus Roscius' Ermordung zu überbringen. Bestimmt ist er beide Male vom selben Herrn losgeschickt worden.«

»Glaucia tut nichts ohne einen Befehl von Magnus; er ist

wie eine dieser Schattenspielpuppen, die man auf Jahrmärkten sieht.«

Titus starrte nach oben in den Sternenhimmel. Ich schloß meine Augen und stellte mir vor, Bethesda läge neben mir auf dem Diwan, wärmer als der Abendwind, weicher als die blassen, durchsichtigen Wolken, die um den zunehmenden Mond jagten. Von dem Säulengang unter uns klang plötzlich weibliches Lachen herauf, und ich dachte, wie natürlich sie sich in die schlichten Sitten des Landlebens einfügen würde.

Titus nippte an seinem Wein. »Sextus ist also losgezogen und des Mordes an dem alten Herrn angeklagt worden. Das war mir neu; vermutlich sollte ich öfter mal in diese Taverne in Narnia gehen, um den neuesten Klatsch mitzukriegen. Und du schnüffelst hier herum, um die Wahrheit herauszufinden. Viel Glück. Das wirst du brauchen.« Er schüttelte den Kopf und beugte sich vor, um das Licht in der Villa seines Nachbarn argwöhnisch zu betrachten. »Capito und Magnus wollen ihn endgültig aus dem Weg haben. Sie werden keine Ruhe geben, bis der Mann tot ist.«

Ich warf einen Blick zu Capitos Haus, dann nach oben zu den Sternen. Ich wollte nur schlafen. Aber wer wußte, ob mein Gastgeber am kommenden Morgen noch genauso gesprächig sein würde?

»Sag mir, Titus Megarus ...« Vor lauter Wein und Müdigkeit versagte meine Stimme.

»Was soll ich dir sagen, Gordianus von Rom?« Er sprach undeutlich. Er machte einen so natürlich nüchternen und in allen Dingen gemäßigten Eindruck, daß er wahrscheinlich zu der Sorte Mann gehörte, die dem Wein nur in Gesellschaft zusprach.

»Erzähl mir alles. Alles, was du weißt über den Tod des alten Sextus Roscius und seinen Streit mit Capito und Magnus und alles, was danach geschehen ist.«

»Das Ganze ist ein einziger schmutziger Skandal«,

knurrte er. »Jeder weiß, daß irgendwas an der Sache stinkt, aber niemand unternimmt etwas dagegen. Ich habe es versucht, aber es hat nichts gebracht.«

»Fang ganz am Anfang an. Der Streit zwischen dem verstorbenen Sextus Roscius und seinen Vettern Magnus und Capito – wie lange reicht der zurück?«

»Es war ein Familienstreit, den sie schon mit ihrer Geburt geerbt haben. Alle drei hatten denselben Großvater; Sextus' Vater war der älteste von drei Söhnen, Capito und Magnus waren die Söhne der beiden jüngeren Brüder. Als der Großvater starb, fiel praktisch das gesamte Anwesen natürlich an den ältesten Sohn – also an den Vater von Sextus Roscius. Na, du weißt ja, wie so was geht, manchmal gibt es eine gütige Einigung mit dem Rest der Familie, manchmal einen häßlichen Streit. Wer kennt schon alle Einzelheiten? Ich weiß nur, daß es sich bis zu den Vettern der zweiten Generation weitervererbt hat, immer machten Capito und Magnus gemeinsame Sache gegen Sextus, um einen größeren Anteil am Familienvermögen zu ergaunern. Irgendwie waren sie schließlich erfolgreich. Ein paar leichtgläubige Seelen in Ameria glauben, sie seien schlicht vom Schicksal begünstigt worden. Aber jeder, der über ein bißchen Verstand verfügt, weiß, daß sie sich die Hände blutig gemacht haben müssen, auch wenn sie schlau genug waren, es wieder abzuwaschen.«

»Also gut, der Vater des älteren Sextus Roscius erbt den Familienbesitz, die anderen bekommen ein besseres Almosen. Sextus Roscius der Ältere ist wiederum sein Haupterbe – ich nehme an, er war der älteste Sohn der Familie?«

»Der einzige männliche Nachkomme; die Roscii sind keine besonders fruchtbare Familie.«

»Also gut, der ältere Sextus erbt, sehr zum Kummer seiner verarmten Vettern Capito und Magnus. Wie arm waren sie eigentlich?«

»Capitos Vater hat es stets geschafft, einen der Höfe

unten am Nar zu halten und davon seinen bescheidenen Lebensunterhalt zu bestreiten. Aber Magnus hat es wirklich übel getroffen. Sein Vater verlor seinen ererbten Hof und brachte sich schließlich um. Deswegen ist Magnus in die Stadt gegangen, um dort seinen Weg zu machen.«

»Verbitterte Männer. Und wenn Magnus nach Rom gegangen ist, um alles über das Leben zu lernen, ist Mord eine Lektion, die man sich schnell angeeignet hat. Wenn mein Gedächtnis mich im Stich läßt, korrigiere mich: Der alte Sextus hat zweimal geheiratet. Der ersten Verbindung entspringt *filius*. Die Frau stirbt, und Sextus *pater* heiratet erneut. Ein zweiter Sohn wird geboren, Gaius, und die geliebte junge Frau stirbt im Kindbett. Der junge Sextus bekommt die Verwaltung der Güter übertragen, während sein Vater und Gaius sich nach Rom begeben. Aber dann, vor drei Jahren, am Abend von Sullas Triumph, ruft der junge Sextus Vater und Bruder heim nach Ameria, und während ihres Aufenthaltes stirbt Gaius an einer Lebensmittelvergiftung. Was hatte denn der Dorfklatsch von Ameria dazu zu sagen, Titus?«

Er zuckte mit den Schultern und nahm einen weiteren Schluck Wein zu sich. »Gaius war hier in der Gegend praktisch ein Fremder, obwohl sich alle darüber einig waren, daß er wirklich ein attraktiver junger Mann war. Ich persönlich fand ihn zu kultiviert, fast blasiert, aber so hat ihn sein Vater vermutlich erzogen, mit Privatlehrer und vornehmen Abendgesellschaften. Was kann der Junge dafür?«

»Aber sein Tod – wurde er allgemein als Unfall hingenommen?«

»Das stand immer außer Frage.«

»Mal angenommen, es wäre kein Unfall gewesen. Könnten Capito und Magnus etwas damit zu tun gehabt haben?«

»Das kommt mir reichlich weit hergeholt vor. Was hätten sie damit gewonnen, außer dem Vater ein Leid zuzufügen? Wenn sie jemand umbringen wollten, warum dann nicht den alten Herrn selbst oder die ganze Familie? Sicher, Capito ist ein gewalttätiger Mensch. Er hat mehr als einen Sklaven erstochen oder zu Tode geprügelt, und man sagt, er hätte in Rom einen völlig Fremden in den Tiber geworfen, nur weil der Mann auf einer Brücke nicht zur Seite gehen wollte, und sei ihm dann hinterhergesprungen, um sicherzugehen, daß er auch wirklich ertrank. Vermutlich könnten er und Magnus Gaius aus reiner Grausamkeit ermordet haben, aber das halte ich für unwahrscheinlich.«

»Ich auch. Es ist ohnehin nur ein nebensächliches Detail.« Vielleicht war es der Wein, der mein Blut erwärmte, oder die frische Brise, die von den Hügeln hinabwehte; ich fühlte mich plötzlich hellwach und konzentriert. Ich starrte auf das Licht in Capitos Haus. Es flackerte in der warmen Luft, die in Wellen vom Boden aufstieg, und starrte wie ein einzelnes böses Auge zurück. »Und jetzt zum vergangenen September. Sextus Roscius wird in Rom ermordet. Es gibt Zeugen, die den Anführer beobachten, einen schwarzgekleideten kräftigen Mann mit einem lahmen linken Bein.«

»Magnus, ohne Zweifel!«

»Er scheint sein Opfer zu kennen. Außerdem ist er Linkshänder und recht stark.«

»Wieder Magnus.«

»Der Mörder wird von zwei anderen Schlägern begleitet. Der eine ist ein blonder Riese.«

»Mallius Glaucia.«

»Ja. Der andere – wer weiß? Der Ladenbesitzer sagt, er hatte einen Bart. Die Witwe Polia könnte sie alle drei identifizieren, aber man wird sie nie im Leben zu einer Aussage bewegen können. Jedenfalls ist es Glaucia, der sehr früh am nächsten Morgen hier eintrifft, um Capito die Nachricht zu überbringen, mit einem blutigen Dolch im Gewand.«

»Was? Das ist ein Detail, das ich bisher noch nicht gehört habe.«

»Es stammt von dem Tavernenwirt in Narnia.«

»Ah, der mit dem blinden Vater. Sie sind beide völlig verdreht. Schwaches Blut.«

»Vielleicht. Vielleicht auch nicht. Der Wirt hat mir jedenfalls erzählt, daß Glaucia die Nachricht direkt zu Capito gebracht hat. Wer war eigentlich der erste, der Sextus Roscius vom Tod seines Vaters berichtet hat?« Ich sah ihn an und zog eine Braue hoch.

Titus nickte. »Ja, das war ich. Ich hab es frühmorgens am öffentlichen Brunnen in Ameria gehört. Als ich Sextus dann nachmittags traf, war ich mir ganz sicher, daß er es schon wußte. Aber als ich ihm mein Beileid aussprach, war sein Gesichtsausdruck – nun ja, er war merkwürdig. Man konnte es nicht direkt Trauer nennen; du mußt wissen, die beiden empfanden wenig Zuneigung füreinander. Furcht, ja, ich habe Furcht in seinen Augen gesehen.«

»Und Überraschung? Entsetzen?«

»Nicht direkt, eher Verwirrung und Angst.«

»Gut. Am nächsten Tag trifft dann ein offizieller Bote ein, hergeschickt vom Haus des alten Herrn in Rom.«

Titus nickte. »Und noch einen Tag später trafen die sterblichen Überreste des Toten ein. Die Roscii haben ein Familiengrab auf einem kleinen Hügel hinter der Villa; an klaren Tagen kann man die Stelen von hier aus sehen. Am achten Tag hat Sextus seinen Vater beerdigt und dann eine siebentägige Trauer begonnen. Er hat sie nie beendet.«

»Warum?«

»Weil in der Zwischenzeit die Soldaten eintrafen. Sie müssen aus dem Norden von Volaterrae hergekommen sein, wo Sulla einen Feldzug gegen die letzten versprengten Anhänger des Marius in Etrurien führte. Die Soldaten kamen jedenfalls eines Tages hier an und verkündeten öffentlich auf dem Dorfplatz, daß Sextus Roscius der Ältere zum Staatsfeind erklärt worden und sein Tod in Rom eine legale Hinrichtung auf Geheiß unseres geschätzten Sulla gewesen wäre. Sein gesamtes Anwesen wurde beschlagnahmt. Alles sollte versteigert werden – Ländereien, Häuser, Schmuck, Sklaven. Datum und Ort der Versteigerung wurden offiziell bekannt gegeben, irgendwo in Rom.«

»Und wie hat der junge Sextus darauf reagiert?«

»Das weiß keiner. Er hat sich in seine Villa zurückgezogen und sich geweigert, das Haus zu verlassen oder Besucher zu empfangen. Das mag ja für einen in Trauer befindlichen Mann durchaus angemessen gewesen sein, aber Sextus lief Gefahr, alles zu verlieren. Die Leute begannen sich zu erzählen, daß es möglicherweise stimmte, daß sein Vater zum Staatsfeind erklärt worden war. Wer weiß, was der alte Herr in Rom getrieben hatte? Vielleicht war er ein marianischer Spion, vielleicht hatte man ihn bei einer Verschwörung zur Ermordung Sullas erwischt.«

»Aber die Proskriptionen waren offiziell am ersten Juni beendet. Roscius wurde im September ermordet.«

Titus zuckte die Schultern. »Du redest wie ein Anwalt. Wenn Sulla den Mann tot sehen wollte, warum soll es dann nicht legal sein, wenn der Diktator es für legal erklärt?«

»Herrschte großes Interesse an der Auktion?«

»Es weiß doch jeder, daß sie vorher abgesprochen sind. Warum sich also die Mühe machen? Irgendwelche Freunde von Sulla erhalten am Ende für einen Spottpreis den Zuschlag, und jeder, der sonst noch mitbieten will, wird aus dem Saal geführt. Glaub mir, wir waren alle überrascht, als Magnus und eine Schlägertruppe aus Rom mit irgendeinem offiziellen Schriftstück vor Roscius' Tür auftauchten und ihm erklärten, er solle auf der Stelle seinen gesamten Besitz aufgeben.«

»Also hat er sich einfach so beiseite drängen lassen?«

»Niemand hat mitbekommen, was genau geschehen ist, mit Ausnahme der Sklaven natürlich. Die Leute schmücken so was immer gerne aus. Manche sagen, Magnus habe Roscius angetroffen, wie er gerade Myrrhe am Grab seines Vaters verbrannte, ihm das Rauchgefäß aus der Hand geschlagen und ihn mit vorgehaltenem Speer von dem Grabmal vertrieben. Andere behaupten, er habe Sextus die Kleider vom Leib gerissen, ihn nackt auf die Straße gejagt und ihm die Hunde auf den Hals gehetzt. Sextus hat mir keine der beiden Geschichten bestätigt; er weigerte sich, überhaupt darüber zu sprechen, und ich wollte ihn nicht dazu zwingen.

Sextus und seine Familie haben jedenfalls eine Nacht im Haus eines befreundeten Händlers in Ameria verbracht, und am nächsten Morgen zog Capito in dic Villa ein. Man kann sich vorstellen, daß es deswegen eine Menge Stirnrunzeln gab. Natürlich haben es nicht alle ungern gesehen; Sextus hat seine Feinde und Capito seine Freunde in diesem Tal. Sextus begab sich also direkt zu Capito; und wieder gab es keine Zeugen. Schließlich erlaubte Capito Sextus die Rückkehr auf den Hof und ließ ihn in ein kleines Haus am Rande des Anwesens ziehen, wo normalerweise zur Erntezeit die Saisonarbeiter untergebracht werden.«

»Und das war das Ende der Geschichte?«

»Nicht ganz. Ich habe ein Treffen des Gemeinderates von Ameria einberufen und erklärt, daß wir etwas unternehmen müßten. Es hat mich einige Überredungskunst gekostet, die alten Knochen dazu zu bewegen, eine Entscheidung zu treffen. Und die ganze Zeit hat mich Capito wütend über den Tisch angestarrt – o ja, Capito sitzt auch in unserem ehrenwerten Gemeinderat. Schließlich wurde beschlossen, daß wir gegen die Proskription von Sextus Roscius protestieren und versuchen sollten, seinen Namen von jeder Schuld freizusprechen und dafür zu sorgen, daß sein Besitz wieder an seinen Sohn zurückgegeben wurde. Capito war mit allem einverstanden. Sulla lagerte noch immer in Volaterrae; also wurde eine zehnköpfige Delegation ausgesandt, um den Fall vorzutragen – ich, Capito und acht weitere Männer.«

»Und was hat Sulla gesagt?«

»Wir haben ihn gar nicht zu Gesicht bekommen. Zuerst ließ man uns warten. Fünf Tage lang, als ob wir Barbaren wären, die um einen Gefallen bettelten, und nicht römische Bürger, die gegenüber dem Staat eine Petition einbrachten. Alle waren ungeduldig und mürrisch; sie hätten das Ganze am liebsten gleich gelassen und wären direkt wieder nach Hause marschiert, wenn ich ihnen nicht ins Gewissen geredet hätte, die Sache durchzustehen. Schließlich wurden wir vorgelassen, nicht zu Sulla, sondern zu Sullas Stellvertreter, einem Ägypter namens Chrysogonus. Hast du schon mal von ihm gehört?« fragte Titus, als er den Ausdruck sah, der über mein Gesicht huschte.

»Oh, ja. Ein junger Mann, so sagt man, von natürlichem Charme und blendendem Aussehen, mit genug Intelligenz und Ehrgeiz, beides möglichst vorteilhaft für sich einzusetzen. Er hat als Sklave in Sullas Haushalt angefangen, wo er niedrige Gartenarbeit verrichten mußte. Aber Sulla hat einen Blick für Schönheit und sieht sie nur ungern mit Knochenarbeit verschwendet. Chrysogonus wurde zum Liebling des alten Mannes. Das war vor einigen Jahren, als Sullas erste Frau noch lebte. Irgendwann hat Sulla seine Lust am Körper des Sklaven gestillt und ihn dafür mit der Freiheit, Reichtümern und einer hohen Position in seiner Gefolgschaft belohnt.«

Titus schnaubte verächtlich. »Ich hab mich schon gefragt, was dahinter steckt. Uns sagte man nur, daß dieser Chrysogonus ein mächtiger Mann sei, dem Sulla Gehör schenken würde. Ich erklärte ihnen, daß wir den Diktator persönlich treffen wollten, aber alle Sekretäre und Adjutanten schüttelten den Kopf, als wäre ich ein störrisches Kind, und meinten, es wäre sehr viel vorteilhafter, zunächst das Wohlwollen von Chrysogonus zu gewinnen, der Sulla den Fall dann an unserer Stelle vortragen würde.«

»Und hat er das getan?«

Titus sah mich wehleidig an. »Es ist folgendermaßen

gelaufen: Schließlich erhielten wir unsere Audienz und wurden in einen Raum geführt, wo uns die Gegenwart seiner Goldenheit zuteil wurde. Er saß da und starrte an die Decke, als ob ihn jemand mit dem Hammer auf die Stirn geschlagen hätte. Schließlich ließ er sich gnädig dazu herab, mit seinen blauen Augen zu blinzeln und uns einen flüchtigen Blick zu gewähren. Und dann lächelte er. Ich schwöre dir, so ein Lächeln hast du noch nie gesehen; als ob Apollo persönlich zur Erde hinabgestiegen sei. Es hatte etwas Unnahbares, wenngleich nicht Kaltes. Es wirkte vielmehr so, als ob wir ihm leid täten, als ob er traurig wäre, wie man sich vorstellt, daß ein Gott traurig ist, wenn er gewöhnliche Sterbliche betrachtet.

Er nickte. Er neigte seinen Kopf. Er fixierte uns mit seinen blauen Augen, und man hatte das Gefühl, daß uns ein überlegenes Wesen einen unendlich großen Gefallen erweisen würde, allein indem es unsere Existenz zur Kenntnis nahm. Er hörte sich unsere Petition an, und danach sagte jeder von uns sein Sprüchlein auf mit Ausnahme von Capito, der steif und stumm wie ein Stein im Hintergrund stand. Und dann erhob sich Chrysogonus aus seinem Stuhl, warf die Schultern zurück, strich sich eine goldene Locke aus der Stirn und legte den Finger auf den Mund, als würde er angestrengt nachdenken; und es war einem fast peinlich, ein gewöhnlicher schmutziger Sterblicher zu sein, der es wagte, den Raum mit diesem perfekten Exemplar der menschlichen Rasse zu teilen.

Er erklärte uns, daß wir edle Römer wären, solche Mühen auf uns genommen zu haben, um der Gerechtigkeit zum Sieg zu verhelfen. Er meinte, Begebenheiten wie die, von der wir ihm berichtet hätten, seien sehr, sehr selten, daß es jedoch eine Handvoll beklagens- und bedauernswerter Einzelfälle gäbe, in denen Männer fälschlicherweise geächtet worden seien. Er würde deshalb unsere Petition bei der nächsten sich bietenden Gelegenheit dem großen Sulla persönlich hinterbringen. In der Zwischenzeit sollten wir uns in Geduld üben; wir würden doch sicherlich verstehen, daß der Diktator einer Republik tausenderlei Sorgen hätte, die ihn von allen Seiten bedrängten, von denen sein Bemühen, die marianische Verschwörung, die in den etruskischen Hügeln wie ein Geschwür eitere, endgültig auszumerzen, nicht die geringste sei. Zehn Köpfe wippten auf und nieder wie Korken auf einer Welle, und meiner war einer von ihnen. Und ich weiß noch, auch wenn ich mich heute deswegen schäme, daß ich froh war, daß man uns nicht bis zu Sulla vorgelassen hatte, denn wenn die Gegenwart seines Stellvertreters schon derartig einschüchternd war, wie hätten wir uns erst zum Narren gemacht, wenn wir mit dem großen Mann selbst verhandelt hätten?

Aber dann räusperte ich mich und fand irgendwie den Mut zu sagen, daß wir, wenn wir schon Sulla nicht persönlich treffen könnten, zumindest darauf beharrten, eine klare Antwort zu bekommen, bevor wir nach Ameria zurückkehrten. Chrysogonus wandte mir seine blauen Augen zu und zog die Brauen nur ein winziges Stück hoch, so wie man einen Sklaven ansieht, der die Unverschämtheit besitzt, ein Gespräch zu unterbrechen wegen irgendeiner Banalität, die er für wichtig hält. Schließlich nickte er und sagte: ›Selbstverständlich, selbstverständlich‹, und dann versicherte er, daß er nach seiner Rückkehr nach Rom persönlich einen Stilus zur Hand nehmen, den Namen Sextus Roscius aus den Proskriptionslisten streichen und dafür sorgen würde, daß der Besitz des alten Herrn wiederhergestellt und auf seinen Sohn überschrieben würde. Wir müßten natürlich geduldig sein, weil die Mühlen der Gerechtigkeit in Rom langsam mahlten, jedoch nie gegen den Willen des Volkes.

Dann sah er Capito direkt an, weil ihm klar war, daß jener sich zumindest einen Teil des konfiszierten Besitzes angeeignet hatte, und fragte ihn, ob er mit dieser Rechtsprechung einverstanden sei, selbst wenn sie auf seine Kosten ginge. Und Capito nickte, lächelte unschuldig wie ein Kind und erklärte, daß in seinem Herzen allein der Geist römischer Gerechtigkeit wohnt, und wenn bewiesen werden könnte, daß sein verstorbener Vetter tatsächlich kein Feind des Staates oder unseres geliebten Sullas gewesen sei, würde er seinen Anteil an dessen Gütern mit Freuden an den rechtmäßigen Erben zurückgeben und ihm nicht einmal die inzwischen vorgenommenen Instandsetzungsarbeiten in Rechnung stellen.«

»Und was geschah dann?«

»Nichts. Sulla und seine Armee erledigten ihren Auftrag in Volaterrae und kehrten nach Rom zurück.«

»Und ihr habt nichts mehr von Chrysogonus gehört?«

»Kein Wort.« Titus zuckte schuldbewußt die Schultern. »Du weißt doch, wie es ist, wie man solche Sachen schleifen läßt – ich bin ein Bauer, kein Politiker. Im Dezember habe ich schließlich einen Brief aufgesetzt, einen weiteren im Februar. Keine Antwort. Vielleicht wäre ja irgend etwas geschehen, wenn Sextus Roscius sich weiter darum gekümmert hätte, aber er zog sich noch mehr zurück als vorher. Er und seine Familie blieben in dem kleinen Haus auf dem Grundstück, und niemand hörte ein Wort von ihnen, als ob sie Gefangene wären oder Capito sie zu seinen Sklaven gemacht hätte. Na ja, wenn ein Mann sich nicht für seine eigenen Rechte stark macht, kann er nicht erwarten, daß seine Nachbarn ihm unter die Arme greifen.«

»Und wie lange ging das so?«

»Bis April. Dann muß irgend etwas zwischen Capito und Sextus vorgefallen sein. Mitten in der Nacht stand Sextus auf einmal mit seiner Frau und seinen beiden Töchtern vor meiner Tür. Sie waren in einem gewöhnlichen Ochsenkarren unterwegs, trugen ihr Hab und Gut mit eigenen Händen und hatten nicht einmal einen Sklaven, um den

Karren zu lenken. Er bat mich, ihn für die Nacht aufzunehmen, was ich natürlich getan habe. Sie sind vier oder fünf Nächte geblieben. Ich weiß es nicht mehr genau –«

»Drei«, sagte eine leise Stimme. Es war Lucius, der Junge, dessen Anwesenheit ich fast vergessen hatte. Er saß, die Knie an die Brust gezogen, gegen eine niedrige Mauer gelehnt. Ein Lächeln umspielte seinen Mundwinkel, genau wie bei der Erwähnung von Roscius' Tochter, als ich ihn am frühen Abend getroffen hatte.

»Na gut, dann eben drei«, sagte Titus. »Vermutlich ist es mir nur länger vorgekommen. Sextus Roscius hat seine Schwermut mit in dieses Haus gebracht. Meine Frau hat sich ständig beschwert, daß er uns Unglück bringen würde. Und natürlich ist die junge Roscia ...« Er senkte seine Stimme. »Seine ältere Tochter. Nicht eben der beste moralische Einfluß für ein Haus mit jungen Männern.« Er warf einen Blick zu Lucius, der den Mond betrachtete und überzeugend Taubheit simulierte.

»Dann machte er sich auf den Weg nach Rom. Er hat mir erzählt, sein Vater hätte dort eine Patronin, die möglicherweise Einfluß auf Sulla ausüben könnte. Von einem Mordprozeß hat er nichts gesagt. Ich nahm an, er wäre mittlerweile verzweifelt genug, diesem Chrysogonus sein Anliegen noch einmal persönlich vorzutragen.«

»Es wird dich vermutlich nicht überraschen zu erfahren, daß auch Chrysogonus von der Aufteilung von Sextus Roscius' Gütern profitiert hat.«

»Na, wenn das keine schmutzige Geschichte ist. Und woher weißt du das?«

»Ein Sklave namens Carus hat es mir heute nachmittag erzählt. Er empfängt die Gäste in Capitos Villa.«

»Dann haben die drei von Anfang an unter einer Decke gesteckt – Capito, Magnus und Chrysogonus.«

»Es hat ganz den Anschein. Wer außer Chrysogonus hätte Sextus *pater* illegal auf die bereits geschlossenen Proskriptionslisten setzen können? Und wer außer Capito und Magnus wollte den alten Herrn tot sehen?«

»Ja, so muß es gewesen sein. Die drei haben die Ermordung des alten Sextus Roscius geplant und die ganze Zeit vorgehabt, ihn auf die Proskriptionslisten zu setzen, um das Land, nachdem der Staat es konfisziert hatte, hinterher aufzukaufen. Und jeder Außenstehende, der möglicherweise versuchen sollte, Klarheit in die Angelegenheit zu bringen, muß sich früher oder später mit Chrysogonus persönlich auseinandersetzen, was bedeutet, er könnte genausogut mit einer Wand reden. Was für eine üble Geschichte, noch schmutziger, als ich dachte. Aber die Krönung ist doch, Sextus Roscius des Mordes an seinem Vater zu beschuldigen – damit sind sie auf jeden Fall zu weit gegangen, selbst wenn ein enger Freund Sullas mitmacht. Das ist absurd, unsagbar grausam!«

Ich betrachtete den Mond. Er war schon fett und weiß; in sechs Tagen, zu den Iden, würde er voll sein, und Sextus Roscius wäre mit seinem Schicksal konfrontiert. Träge wandte ich meinen Kopf und blickte zu dem Fenster, das hell von Capitos Villa herüberleuchtete. Warum waren sie noch immer wach? Magnus und Glaucia mußten von ihrem Tagesritt genauso müde sein wie ich. Was planten sie jetzt?

»Trotzdem«, sagte ich und verschluckte das Wort in einem Gähnen, »trotzdem fehlt noch immer ein Glied in der Kette. Irgend etwas, wodurch das ganze Rätsel einen Sinn bekäme. Etwas noch Schmutzigeres, als du gedacht hast...«

Ich blickte zu dem gelben Fenster. Ich schloß meine Augen nur für einen Augenblick und machte sie viele Stunden lang nicht wieder auf.

# Neunzehn

Ich wachte mit einem Blinzeln auf und fand mich alleine in einem heißen, stickigen Raum wieder. Ich hatte traumlos geschlafen, fühlte mich jedoch erstaunlich erholt. Ich lag lange zufrieden und regungslos auf dem Rücken und genoß das Gefühl, neues Leben in meine Arme, Beine, Finger und Zehen fließen zu spüren. Dann rührte ich mich schließlich doch und merkte, was für eine harte Strafe auf einen so anstrengenden Ritt steht, wie ich ihn tags zuvor absolviert hatte. Es gelang mir, mich aufzurichten und meine schmerzenden Beine auf den Boden zu setzen. Ich bemerkte wieder verblüfft, wie ausgeruht ich mich fühlte, wenn man bedachte, daß ich bereits wach war, während die Welt noch immer im Dunkeln lag, bis ich plötzlich am Rand eines Vorhangs, der vor dem Fenster hing, ein seltsam flackerndes Leuchten wahrnahm. Ich erhob mich mühsam von dem Diwan und taumelte ungelenk zu dem Fenster. Ich schob den Vorhang beiseite, und heißes, blendendes Licht brannte in meinen Augen.

Im selben Moment öffnete sich die Tür zu der winzigen Kammer, und Lucius steckte seinen Kopf herein. »Endlich«, sagte er in jenem ärgerlichen Tonfall, mit dem Kinder ihre Eltern parodieren. »Ich hab schon zweimal versucht, dich zu wecken, aber ich hab dir nicht mal ein Stöhnen entlockt. Alle anderen sind schon seit Stunden auf.«

»Wie spät ist es?«

»Genau Mittag. Deswegen bin ich hergekommen, um zu sehen, ob du inzwischen wach bist. Ich bin eben aus der Stadt zurückgekommen und hab auf die Sonnenuhr im Garten gesehen, und da hab ich mich gefragt, ob du etwa noch immer schläfst.«

Ich sah mich in dem Zimmer um. »Aber wie bin ich hierher gekommen?« Ich bückte mich stöhnend, um meine Tunika aufzuheben, die von der Armlehne eines Stuhls auf den Boden gerutscht war.

»Vater und ich haben dich gestern abend vom Dach nach unten getragen. Kannst du dich nicht mehr daran erinnern? Du warst schwer wie ein Sack Ziegelsteine, und wir haben dich auch nicht dazu bringen können, mit dem Schnarchen aufzuhören.«

»Ich schnarche nie.« Das hatte Bethesda mir erzählt. Oder hatte sie gelogen, um meiner Eitelkeit zu schmeicheln?

Lucius lachte. »Man konnte dich im ganzen Haus hören! Meine Schwester Tertia hat sich einen Spaß daraus gemacht. Sie sagte –«

»Schon gut.« Ich begann mir die Tunika überzustreifen. Das Ding verhedderte sich, als ob es ein Eigenleben führte. Meine Arme waren genauso steif wie meine Beine.

»Jedenfalls hat mein Vater gesagt, daß wir dich lieber ausziehen, weil deine Kleider von der Reise so verschwitzt und verschmutzt waren. Er hat der alten Naia aufgetragen, sie zu waschen, bevor sie gestern abend zu Bett gegangen ist. Und es ist wieder so heiß heute, daß sie bestimmt schon trocken sind.«

Es gelang mir schließlich, mich zu bedecken, wenn auch nicht gerade elegant. Ich blickte erneut aus dem Fenster. Kein Windhauch raschelte durch die Baumkronen. Sklaven arbeiteten auf den Feldern, aber der Hof war menschenleer bis auf ein kleines Mädchen, das mit einem Kätzchen spielte. Das Licht, das auf die Pflastersteine fiel, blendete meine Augen. »Unmöglich. Ich werde es heute nie zurück nach Rom schaffen.«

»Und das ist auch gut so.« Das kam von Titus Megarus, der auf einmal mit strengem Gesicht hinter seinem Sohn aufgetaucht war. »Ich hab mir heute morgen mal die Stute angesehen, auf der du gestern von der Stadt hergeritten bist. Ist es eine Angewohnheit von dir, ein Pferd so anzutreiben, bis es zusammenbricht?«

»Ich bin es überhaupt nicht gewohnt, ein Pferd zu reiten.«

»Das überrascht mich nicht. Kein richtiger Reiter hätte ein so prachtvolles Tier dermaßen erschöpft. Du hattest doch nicht etwa vor, mit ihr heute wieder zurückzureiten?«

»Doch, eigentlich schon.«

»Das kann ich nicht zulassen.«

»Wie soll ich sonst von hier wegkommen?«

»Du kannst eins von meinen Pferden nehmen.«

»Vespas Besitzer wird nicht gerade begeistert sein.«

»Daran habe ich auch schon gedacht. Du hast mir doch gestern abend erzählt, daß der Prozeß gegen Sextus Roscius für die Iden angesetzt ist.«

»Ja.«

»Dann werde ich einen Tag vorher in die Stadt kommen und Vespa mitbringen. Ich werde sie selbst beim Stall an der Via Subura abgeben, und falls es hilfreich ist, kann ich mich auch zum Haus dieses Advokaten Cicero durchfragen und ihm erzählen, was ich weiß. Wenn er mich bei dem Prozeß als Zeuge aufrufen will – nun, dann wäre ich wohl bereit, mein Gesicht zu zeigen, selbst wenn Sulla persönlich anwesend wäre. Und, bevor ich es vergesse, nimm das hier.« Er zog eine Schriftrolle aus seiner Tunika.

»Was ist das?«

»Die Petition, die der Gemeinderat von Ameria Sulla – oder vielmehr Chrysogonus – vorgetragen hat, um gegen die Proskription von Sextus Roscius zu protestieren, die Kopie des Gemeinderats. Das Original sollte irgendwo im Forum aufbewahrt werden, aber solche Schriftstücke neigen dazu zu verschwinden, wenn sie irgend jemand bloßstellen könnten, oder nicht? Aber dies ist eine beglaubigte Kopie; unterzeichnet von uns allen, sogar von Capito.

Wenn sie hier in meinem Haus herumliegt, nützt sie doch nichts. Vielleicht kann Cicero sie gebrauchen.

In der Zwischenzeit leihe ich dir eins von meinen Pferden. Der Gaul wird es nicht mit deinem weißen Prachttier aufnehmen können, aber du wirst auch nur halb so schnell reiten müssen. Ein Vetter von mir hat auf dem halben Weg nach Rom einen Bauernhof. Bei ihm kannst du übernachten und dann morgen bis zur Stadt weiterreiten. Er schuldet mir den einen oder anderen Gefallen, also hab keine Angst, dich an seinem Tisch satt zu essen. Wenn du es gar nicht erwarten kannst, nach Rom zu kommen, mußt du ihn überreden, eines seiner Pferde gegen meins einzutauschen, und dann wie ein Verrückter bis in die Stadt weiterreiten.«

Ich zog eine Braue hoch und willigte dann mit einem Kopfnicken ein. Der strenge Blick wurde freundlicher. Titus war ganz der römische Vater, der es gewohnt war, Vorträge zu halten und seinen Willen gegen jeden im Haus durchzusetzen. Nach Erledigung seiner Pflichten gegenüber Vespa lächelte er jetzt und fuhr seinem Sohn durch das Haar. »Und nun kannst du dir am Brunnen Gesicht und Hände waschen und mit uns zusammen essen. Auch wenn man in der Stadt gerade erst aufsteht, einige von uns sind schon seit dem ersten Hahnenschrei auf den Beinen und haben sich hungrig gearbeitet.«

Die gesamte Familie hatte sich im Schatten eines riesigen Feigenbaums versammelt. Außer Lucius hatte Titus Megarus noch einen weiteren Sohn im Säuglingsalter und drei Töchter, die alle denselben Familiennamen trugen, sowie einen weiteren Namen, der nach traditioneller römischer Sitte die Geburtenfolge bezeichnete: Megara Majora, Megara Minora, Megara Tertia. Obwohl ich nicht genau unterscheiden konnte, wer auf dem Hof lebte und wer nur zu Besuch war, nahmen an jenem Tag auch noch zwei Schwäger am Essen teil, einer von ihnen verheiratet mit kleinen

Kindern, zwei Großmütter und ein Großvater. Die Kinder rannten umher, die Frauen saßen auf der Wiese, die Männer auf Stühlen, und mittendrin liefen zwei Sklavinnen auf und ab und sorgten dafür, daß keiner von uns hungrig blieb.

Titus' Frau lehnte gegen den Baumstamm und versorgte das Baby; ihre älteste Tochter saß daneben und gurrte ein Schlaflied, das der vor sich hinplätschernden Melodie des in der Nähe vorbeifließenden Baches nachempfunden schien. Im Haus von Titus Megarus hatte stets jemand ein Lied auf den Lippen.

Titus stellte mich seinem Vater und seinen Schwägern vor, die schon etwas über den Zweck meines Besuchs zu wissen schienen. Gemeinsam machten sie sich über Capito, Magnus und ihren Kumpan Glaucia lustig, dann ließen sie das Thema mit einem Kopfnicken fallen und schürzten die Lippen, als wollten sie mir sagen, daß ich mich auf ihre Diskretion verlassen konnte. Bald wandte sich das Gespräch dem Wetter und der Ernte zu, und Titus rückte mit seinem Stuhl näher zu mir.

»Wenn du vorhattest, dir Capito und seine Kumpane vor deiner Abreise einmal anzusehen, wirst du wohl enttäuscht werden.«

»Wieso?«

»Ich habe Lucius heute morgen zu Besorgungen in die Stadt geschickt, und auf dem Rückweg ist er den dreien auf der Straße begegnet. Magnus murmelte irgendeine Unfreundlichkeit, also hat Lucius ihn höflich gefragt, wohin die Reise gehen sollte. Capito hat ihm erzählt, daß sie unterwegs zu neuen Gütern am Ufer des Tiber seien, um dort zu jagen. Was natürlich bedeutet, daß sie unmöglich vor Sonnenuntergang zurück sein können, wenn sie überhaupt heute noch heimkehren.«

»Womit das Haus in der Obhut von Capitos Frau bleibt.«

»Wohl kaum. Als Lucius in der Stadt war, hat er aufgeschnappt, daß die beiden gestern einen schrecklichen Streit hatten und daß die Frau nach Einbruch der Dunkelheit aus dem Haus gestürmt ist, um bei ihrer Tochter in Narnia zu übernachten. Das heißt, zur Zeit ist niemand für das Anwesen verantwortlich außer einem graubärtigen alten Verwalter, den Capito von Sextus Roscius geerbt hat. Man sagt, der Alte trinkt den ganzen Tag Wein und haßt seinen neuen Herrn. Ich erzähle dir das nur für den Fall, daß du in Capitos Villa Dinge zu erledigen hast. Der Herr und seine Frau und alle anderen außer Haus, das kommt dir vermutlich ungelegen. Oder auch nicht.«

Er wandte sich wieder dem allgemeinen Gespräch zu und trug das feinsinnige Lächeln eines Verschwörers zur Schau, der ziemlich zufrieden mit sich war.

Tatsächlich verließ ich Titus Megarus ohne die Absicht, noch einmal bei Capitos Haus haltzumachen. Was ich wissen mußte, hatte ich schon auf dem Hinweg in Erfahrung gebracht; in meinem Beutel trug ich eine Kopie der Petition, die Titus und seine Mitbürger Chrysogonus aus Protest gegen die Proskription von Sextus Roscius vorgelegt hatten. Ich hatte kaum Augen für die friedliche Heiterkeit des Tals von Ameria, als ich es verließ. Während ich auf meinem Durchschnittspferd den Hügel hinaufritt, waren meine Gedanken schon in Rom, bei Bethesda, Cicero und Tiro; bei den Leuten aus der Straße des Hauses der Schwäne. Ich runzelte die Stirn, als mir die Witwe Polia in den Sinn kam und mußte dann lächeln, als ich an die Hure Elektra dachte; und dann machte ich abrupt kehrt und begab mich auf den Weg zu Capitos Haus.

Der Sklave Carus war nicht erfreut, mich zu sehen. Er erkannte mich mit einem geplagten Blick, als sei ich nur gekommen, ihn zu quälen.

»Warum so bedrückt?« fragte ich und ging an ihm vorbei in die große Vorhalle. Die Wände waren frisch rosa verputzt. Der in einem schwarzweißen Karomuster geflieste Boden war mit Sägemehlhäufchen bedeckt, und der ganze Raum hallte mit dem unnatürlichen Echo eines Hauses wieder, das gerade renoviert wird. »Ich hatte gedacht, heute wäre so etwas wie ein Feiertag für dich, wo doch dein Herr und deine Herrin nicht da sind.«

Er verzog das Gesicht, als wollte er mir eine Lüge auftischen, besann sich jedoch eines Besseren. »Was willst du?«

»Was stand denn vorher hier?« fragte ich und trat näher zu einer Nische, die eine überaus schlechte Kopie einer griechischen Alexanderbüste beherbergte, ein lächerlich prätentiöses Kunstwerk, bestimmt nicht die Art Gegenstand, die der junge Sextus Roscius in seinem Heim aufgestellt hätte; es sah mehr aus wie ein Dekorationsstück aus dem Haus eines Wegelagerers, der die Villen der geschmacklosen Reichen ausplündert.

»Ein Blumenstrauß«, sagte Carus und starrte mit leerem Blick auf die Büste, die mit ihrem nichtssagenden Ausdruck und den wüsten Haarsträhnen eher an Medusa als an Alexander erinnerte. »In den Tagen, bevor sich alles änderte, hat meine Herrin immer eine silberne Vase in diese Nische gestellt mit frischen Blumen aus dem Garten. Manchmal im Frühling haben die Mädchen auch Wildblumen von den Hügeln mitgebracht...«

»Ist der Verwalter schon betrunken?«

Er sah mich argwöhnisch an. »Analaeus ist so gut wie nie nüchtern.«

»Dann sollte ich vielleicht besser fragen: Ist er unpäßlich?«

»Falls du bewußtlos meinst, wahrscheinlich. Am anderen Ende des Anwesens gibt es ein kleines Haus, in das er sich gerne zurückzieht, wenn er kann.«

»Das Haus, in dem Sextus und seine Familie gewohnt haben, nachdem Capito sie vertrieben hatte?«

Carus sah mich finster an. »Genau. Ich habe gesehen, wie

Analaeus sich heute morgen zusammen mit dem neuen Sklavenmädchen aus der Küche dorthin auf den Weg gemacht hat, nachdem der Herr weggeritten war. Die und eine Flasche Wein sollten ihn den Tag über beschäftigt halten.«

»Gut, dann wird uns ja niemand stören.« Ich schlenderte in den nächsten Raum, eine Art Wohnzimmer. Der Raum war übersät mit den Abfällen der gestrigen Feier, einer Feier, wie sie drei Männer von rauher Wesensart abhalten, wenn ihre Frauen nicht da sind. Eine schüchterne, junge Sklavin versuchte eifrig, Ordnung in das Chaos zu bringen, wobei sie sich mit einem Ausdruck völliger Hilflosigkeit von einer Katastrophe zur nächsten bewegte. Sie wich meinem Blick aus, und als Carus in die Hände klatschte, verließ sie hastig den Raum.

An einer Wand hing bedeutungsvoll ein großes Familienporträt, Wachsmalerei auf Holz. Von dem kurzen Blick, den ich tags zuvor auf ihn geworfen hatte, erkannte ich Capito: ein weißhaariger, mürrisch aussehender Mann. Seine Frau war eine strenge Matrone mit ausgeprägter Nase. Links und rechts standen diverse erwachsene Kinder mit Ehegatten. Die gesamte Familie schien den Künstler argwöhnisch anzustarren, als befürchteten sie bereits, einen überhöhten Preis zahlen zu müssen.

»Wie ich sie verabscheue«, flüsterte Carus. Ich sah ihn überrascht an. Er hielt den Blick weiter auf das Bild gerichtet. »Die ganze Sippschaft, verdorben bis ins Mark. Guck sie dir an, so selbstgefällig und selbstzufrieden. Das Porträt war so ziemlich das erste, was sie nach ihrem Einzug bestellt haben. Sie haben extra einen Künstler aus Rom dafür hergebracht. So begierig waren sie, diesen schadenfrohen Blick des Triumphes für die Nachwelt festzuhalten.« Er schien unfähig, weiter zu sprechen; seine Lippen zitterten vor Verachtung. »Wie kann ich dir erzählen, was ich in diesem Haus mitangesehen habe, seit sie hier eingezogen sind? Die Gemeinheit, die Vulgarität, die vorsätzlichen Grausamkeiten? Sextus Roscius war vielleicht nicht der beste Herr, den man sich wünschen kann, und auch die Herrin war bestimmt manchmal wütend, aber sie haben mir nie ins Gesicht gespuckt. Und selbst wenn Sextus Roscius seinen Töchtern ein schrecklicher Vater war, was geht mich das an? Ah, die Mädchen waren immer so niedlich. Wie leid sie mir getan haben.«

»Ein schrecklicher Vater?« sagte ich. »Was meinst du damit?«

Carus ignorierte mich. Er schloß die Augen und wandte sich von dem Porträt ab. »Was willst du eigentlich? Wer hat dich nach Ameria geschickt? Sextus Roscius? Oder diese reiche Frau aus Rom, von der er gesprochen hat? Weswegen bist du gekommen? Um sie im Schlaf zu ermorden?«

»Ich bin kein Mörder«, erklärte ich ihm.

»Warum bist du dann hier?« Er wirkte plötzlich wieder ängstlich.

»Ich bin gekommen, um dir eine Frage zu stellen, die ich gestern vergessen habe.«

»Ja?«

»Sextus Roscius – *pater*, nicht *filius* – hat regelmäßig eine Prostituierte in Rom besucht. Ich meine, es gab etliche Prostituierte, aber diese war etwas ganz Besonderes für ihn. Ein junges Mädchen mit honigfarbenem Haar, sehr süß. Ihr Name –«

»Elena«, sagte er.

»Ja.«

»Sie haben sie kurz nach der Ermordung des alten Herrn hierhergebracht.«

»Wer hat sie hergebracht?«

»Ich kann mich nicht so recht erinnern, wer oder wann genau. Alles war so verwirrend, dieser ganze Unsinn mit den Listen und Gesetzen. Vermutlich waren es Magnus und Mallius Glaucia.«

»Und was haben sie mit ihr gemacht?«

Er schnaubte verächtlich. »Was haben sie nicht mit ihr gemacht?«

»Du meinst, sie haben sie vergewaltigt?«

»Und Capito hat zugesehen. Er hat sich dabei von den Küchenmädchen Essen und Wein auftragen lassen und sie fast zu Tode geängstigt. Ich hab ihnen gesagt, sie sollten in der Küche bleiben, ich würde die Bedienung übernehmen – und Capito hat mich mit der Peitsche geschlagen und geschworen, er würde mich kastrieren lassen. Sextus Roscius war außer sich, als ich ihm davon erzählte. Das war zu der Zeit, als er noch Zutritt zum Haus hatte, obwohl die Soldaten ihn bereits rausgeworfen hatten. Er hat ständig mit Capito gestritten, und wenn er sich nicht mit ihm gestritten hat, hat er in dem kleinen Haus auf der anderen Seite gesessen und vor sich hingebrütet. Ich weiß, daß sie sich oft über Elena gestritten haben.«

»Und als sie sie hergebracht haben, konnte man da schon sehen, daß sie schwanger war?«

Er warf mir einen wütenden, verängstigten Blick zu, und ich sah, daß er sich fragte, wie ich soviel wissen konnte, ohne einer von ihnen zu sein. »Natürlich«, gab er unwillig zurück, »zumindest, wenn sie nackt war. Begreifst du denn nicht, darum ging es doch. Magnus und Glaucia behaupteten, sie könnten sie dazu bringen, das Kind zu verlieren, vor allem wenn sie sie beide gleichzeitig nahmen.«

»Und haben sie es geschafft?«

»Nein. Danach haben sie sie in Ruhe gelassen. Vielleicht war es Sextus gelungen, Capito milder zu stimmen, ich weiß nicht. Ihr Bauch wuchs und wuchs. Sie wurde den Küchensklaven zugeteilt und hat ihren Teil der Arbeit erledigt. Aber direkt nach der Geburt des Kindes ist sie verschwunden.«

»Wann war das?«

»Vor etwa drei Monaten. Ich kann mich nicht mehr genau erinnern.«

»Dann haben sie sie also zurück nach Rom gebracht?«

»Vielleicht. Oder sie haben sie umgebracht. Entweder sie oder das Baby oder alle beide.«

»Wie meinst du das?«

»Komm mit, ich zeig's dir.«

Wortlos führte er mich auf ein Feld hinter dem Haus. Er bahnte sich einen Weg durch die Weinreben und zwischen den Sklaven hindurch, die im Schatten der Blätter dösten oder schliefen. Ein Pfad wand sich auf einen Hügel zu der Familiengrabstätte, deren Stelen ich tags zuvor kurz gesehen hatte.

»Hier«, sagte er. »An der Erde kann man die neueren Gräber erkennen. Der alte Herr wurde hier neben Gaius beerdigt.« Er wies auf zwei Gräber. Das ältere von beiden war mit einer edel geschnitzten Stele verziert, die einen gutaussehenden jungen Römer in der Tracht eines Hirten darstellte, der von Satyrn und Nymphen umgeben war; darunter war viel Text eingraviert, aus dem mir die Worte GAIUS, GELIEBTER SOHN, GESCHENK DER GÖTTER sofort ins Auge fielen. Der frischere Hügel wurde lediglich durch eine schlichte Tafel ohne Inschrift markiert, offenbar nur eine vorübergehende Lösung.

»Man sieht, wie abgöttisch Gaius von seinem Vater geliebt wurde«, sagte Carus. »Eine wunderschöne Arbeit, nicht wahr? Extra angefertigt von einem Kunsthandwerker aus der Stadt, der den Jungen kannte; ist ihm wie aus dem Gesicht geschnitten. Er war sehr attraktiv, wie man sieht, und der Stein fängt sogar den Ausdruck seiner Augen ein. Der alte Herr hat natürlich bisher nur eine Bettlerstele bekommen, auf der nicht einmal sein Name steht. Sextus wollte sie nur so lange dort lassen, bis er eine Spezialanfertigung nach Porträts seines Vaters in Auftrag geben konnte. Du kannst wetten, daß Capito keinen Denar seines neu erworbenen Vermögens für einen Grabstein ausgeben wird.«

Er berührte nach alter etruskischer Sitte mit den Fingern seine Lippen und dann jeden der beiden Grabsteine, um den Toten seine Ehrerbietung zu erweisen, und führte mich dann zu einem mit Unkraut überwucherten Fleck in der Nähe. »Und das ist das Grab, das auf einmal da war, nachdem Elena verschwunden war.«

Es war nichts weiter als ein kleiner Erdhügel mit einem in zwei Teile gebrochenen Stein, um die Stelle zu markieren.

»Wir haben gehört, wie sie in der Nacht zuvor das Kind geboren hat. Sie hat laut genug geschrien, um das ganze Haus aufzuwecken. Vielleicht haben Magnus und Glaucia ihr doch irgendwelche furchtbaren inneren Verletzungen zugefügt. Am nächsten Tag tauchte Sextus Roscius hier auf, obwohl ihm Capito längst verboten hatte, das Haus zu betreten. Doch Sextus hat sich Zugang zu Capitos Arbeitszimmer verschafft. Sie haben die Tür zugeschlagen, und dann habe ich sie lange streiten hören. Erst haben sie sich angeschrien, später wurde es ganz leise. Hinterher war Elena verschwunden, aber ich weiß nicht wohin. Und dann haben mir ein paar der anderen Sklaven von dem neuen Grab erzählt. Es ist ein recht kleines Grab, oder nicht? Aber nur für das Baby doch auch wieder ziemlich groß. Elena war selbst klein, fast noch ein Kind. Was denkst du, ist es groß genug für sie und ihr Baby?«

»Ich weiß es nicht«, sagte ich.

»Ich auch nicht. Und niemand hat es mir je erzählt. Aber ich glaube, daß Baby wurde entweder tot geboren oder sie haben es umgebracht.«

»Und Elena?«

»Sie haben sie zu Chrysogonus nach Rom gebracht. Das hat man sich wenigstens unter den Sklaven erzählt. Vielleicht ist da auch nur der Wunsch der Vater des Gedankens.«

»Vielleicht liegt auch Elena hier begraben, und das Kind lebt noch.«

Carus zuckte nur die Schultern und machte sich auf den Weg zurück zum Haus.

So brach ich doch später als erhofft von Ameria auf. Ich beherzigte den Rat von Titus Megarus und übernachtete bei seinem Vetter. Den ganzen Weg über und in jener Nacht unter fremden Dach grübelte ich über das, was Carus mir erzählt hatte, und aus irgendeinem Grund waren es weder die Worte über Elena und ihr Kind noch die über Capito und seine Familie, die mir im Kopf herumgingen. Es war vielmehr etwas, was er über seinen früheren Herrn gesagt hatte: »Und selbst wenn Sextus Roscius seinen Töchtern ein schrecklicher Vater war, was geht mich das an?« In diesen Worten klang etwas Irritierendes mit, und ich zerbrach mir darüber den Kopf, bis mich der Schlaf schließlich wieder übermannte.

# Zwanzig

Ich erreichte Rom kurz nach Mittag. Es war brütend heiß, doch in Ciceros Arbeitszimmer herrschte ein recht frostiges Klima.

»Und wo hast du gesteckt?« fuhr er mich an. Er rannte mit verschränkten Armen im Zimmer umher und starrte erst mich und dann einen Haussklaven an, der im Atrium Unkraut zupfte. Tiro stand an einem Tisch vor einem Haufen ausgebreiteter und mit Gewichten beschwerter Schriftrollen. Auch Rufus war da, er saß in einer Ecke und klopfte sich mit dem Finger auf die Unterlippe. Die beiden warfen mir mitleidige Blicke zu, die mir signalisierten, daß ich heute nicht das erste Opfer von Ciceros Zorn war. In nur vier Tagen sollte der Prozeß stattfinden, und der Debütant vor der Rostra verlor langsam die Fassung.

»Aber du hast doch sicher gewußt, daß ich in Ameria war«, sagte ich. »Ich habe Tiro Bescheid gesagt, bevor ich die Stadt verlassen habe.«

»Ja, wie schön für dich, einfach nach Ameria zu verschwinden und uns hier mit dem Fall allein zu lassen. Du hast Tiro gesagt, daß du gestern zurück sein wolltest.« Er stieß einen kleinen Rülpser aus, verzog das Gesicht und hielt sich den Bauch.

»Ich habe Tiro gesagt, daß ich mindestens einen Tag fort sein würde, möglicherweise auch länger. Ich nehme an, es interessiert dich nicht weiter zu hören, daß mein Haus seit unserer letzten Begegnung von bewaffneten Schlägern überfallen worden ist – und vielleicht in meiner Abwesenheit noch ein weiteres Mal angegriffen wurde, was ich nicht weiß, weil ich noch nicht dorthin zurückgekehrt, sondern statt dessen direkt hierher gekommen bin. Sie haben meine Sklavin bedroht, die mit Glück entkommen ist, und meine Katze abgeschlachtet, was dir als Lappalie erscheinen mag, in einem zivilisierten Land wie Ägypten jedoch ein Omen von geradezu katastrophalen Ausmaßen wäre.«

Tiro wirkte entsetzt. Cicero sah aus, als litte er unter heftigen Verdauungsstörungen. »Ein Angriff auf dein Haus – am Abend, bevor du Rom verlassen hast? Das kann unmöglich etwas mit meinem Auftrag zu tun haben. Wie hätte irgend jemand davon wissen können –«

»Das kann ich dir auch nicht sagen, aber die Botschaft, die die Täter mit Blut an meiner Wand hinterlassen haben, war deutlich genug. ›Schweig oder stirb. Laß der römischen Justiz ihren gerechten Lauf.‹ Wahrscheinlich ein guter Rat. Bevor ich Rom verlassen konnte, mußte ich die sterblichen Überreste meiner Katze verbrennen, eine Unterkunft für meine Sklavin finden und eine Wache vor meiner Tür postieren. Was die Reise selbst angeht, bist du herzlich eingeladen, einmal selbst binnen zwei Tagen nach Ameria und zurück zu reiten, um zu sehen, ob du hinterher besserer Laune bist. Mein Hintern ist so wundgeritten, daß ich kaum stehen kann, vom Sitzen ganz zu schweigen. Meine Arme sind sonnenverbrannt, und meine Innereien fühlen sich an, als hätte mich ein Titan genommen und wie ein paar Würfel durch die Gegend geworfen.«

An Ciceros Unterkiefer traten die Muskeln hervor, seine Lippen waren geschürzt. Er wollte mich gerade erneut anfahren.

Ich hob die Hand, um ihn nicht zu Wort kommen zu lassen. »Aber, nein, Cicero, du mußt dich jetzt noch gar nicht für all die Mühen bedanken, die ich um deinetwillen auf mich genommen habe. Erst einmal wollen wir uns einen Moment in Ruhe hinsetzen, während einer deiner Sklaven uns etwas zu trinken und ein Mahl bringt, das einen hungrigen Mann mit einem eisernen Magen zufriedenstellt, der seit Tagesanbruch nichts gegessen hat. Dann werde ich dir erzählen, was ich auf meinem Erkundungsgang mit Tiro neulich und in Ameria herausgefunden habe. Und danach kannst du dich bei mir bedanken.«

Was Cicero, nachdem ich meine Geschichte beendet hatte, auch recht ausgiebig tat. Seine Verdauungsprobleme schienen sich in Luft aufgelöst zu haben, er verstieß sogar gegen seine strenge Diät und trank einen Becher Wein mit uns. Ich sprach die noch ungeklärte Frage der Finanzen an, Cicero zeigte sich äußerst zugänglich. Er willigte ein, nicht nur die zusätzlichen Kosten zu übernehmen, die dadurch entstanden, daß ich Vespa ein paar Tage länger in Ameria zurückgelassen hatte, sondern bot freiwillig an, bis zur Beendigung des Prozesses einen bewaffneten Leibwächter für mein Haus zu engagieren. »Miete dir einen Gladiator oder wen immer du willst«, sagte er. »Stell mir den Betrag in Rechnung.« Als ich die Petition hervorzog, mit der die Bürger von Ameria Sulla gebeten hatten, die Proskription des alten Roscius rückgängig zu machen, glaubte ich, Cicero würde mich zum Alleinerben einsetzen.

Während ich berichtete, beobachtete ich aufmerksam Rufus' Gesicht. Sulla war immerhin sein Schwager, auch wenn die Geschichte, die Titus Megarus mir erzählt hatte, nicht Sulla belastete, sondern Chrysogonus, seinen Ex-Sklaven und Stellvertreter. Trotzdem fürchtete ich, er könne beleidigt sein. Einen Augenblick lang erwog ich die Möglichkeit, Rufus könnte mich an die Feinde von Sextus Roscius verraten und Mallius Glaucia auf mich angesetzt haben, aber in seinen braunen Augen konnte ich keinerlei Arglist entdecken, und es war nur schwer vorstellbar, daß sich hinter diesen fragend hochgezogenen Augenbrauen und der sommersprossigen Nase ein Spion verbarg. (Vor Frauen mit rotem Haar soll man sich hüten, heißt es in Alexandria, aber einem rothaarigen Mann kann man blind vertrauen.) Es war vielmehr so, daß Rufus, als sich die

Erzählung Sulla zuwandte und schlechtes Licht auf ihn warf, einen recht zufriedenen Eindruck machte.

Als ich fertig war, begann Cicero seine Strategie zu skizzieren, und Rufus zeigte sich eifrig bemüht, ihm zu helfen. Cicero wollte ihn gleich zum Forum schicken, aber ich schlug vor, daß Rufus statt dessen mich begleiten und sich später um die juristischen Botengänge kümmern sollte. Nachdem ich die Wahrheit zutage gefördert hatte, wollte ich Sextus Roscius damit konfrontieren, um zu sehen, ob ich nicht durch seinen Panzer dringen konnte, wobei es mir aus Gründen des Anstands lieber war, bei Caecilia Metella nicht als einsamer Fragesteller aufzutauchen, sondern als bescheidener Besucher in Gesellschaft ihres lieben jungen Freundes.

Tiro war damit beschäftigt, seine Zusammenfassung meines Berichts zu vervollständigen. Sobald ich den Besuch bei Caecilia erwähnte, sah ich, wie er verstohlen aufblickte. Er biß sich auf die Unterlippe und runzelte die Stirn, offensichtlich bemüht, einen legitimen Vorwand zu finden, um mit uns zu kommen. Natürlich dachte er an die junge Roscia. Als Rufus und ich unseren Aufbruch vorbereiteten, wurde er zusehends nervöser, sagte jedoch nichts.

»Und, Cicero«, sagte ich schließlich, »wenn du Tiro vielleicht entbehren könntest – das heißt, wenn du ihn nicht für deine Arbeit in diesem Fall brauchst –, wäre ich dir sehr dankbar, wenn er uns begleiten könnte.« Ich beobachtete, wie Tiros Gesicht aufleuchtete.

»Aber ich wollte mit ihm noch einmal deinen Bericht durchgehen. Vielleicht möchte ich mir ein paar eigene Beobachtungen notieren.«

»Ja, also, ich dachte nur – das heißt, es gibt da noch ein paar Punkte in den Gesprächen, zu denen er mich neulich begleitet hat, vor allem was die Befragung im Haus der Schwäne angeht, die ich mit ihm klären muß – Gedächtnislücken, die aufgefrischt werden müssen und so weiter. Natürlich hat das auch noch einen Tag Zeit, aber viele Tage bleiben uns nicht mehr. Außerdem könnte es gut sein, daß sich im Gespräch mit Roscius ein paar neue Aspekte ergeben, die er aufzeichnen könnte.«

»Also gut«, sagte Cicero. »Ich bin sicher, daß ich für den Rest des Nachmittages auch ohne ihn zurecht komme.« In seiner Euphorie angesichts eines überwältigenden Sieges in der Rostra ging er sogar so weit, sich noch einen Becher Wein einzuschenken und nach einer Brotkruste zu greifen.

Tiro sah aus, als würde er jeden Moment vor Glück losheulen.

Ich hatte Cicero angelogen; ich hatte keine Fragen an Tiro, Als wir über das Forum und den Palatin hinauf zu Caecilias Haus marschierten, unterhielt ich mich vielmehr mit Rufus. Tiro trottete abwesend und mit glasigen Augen hinter uns her.

Bei unserer ersten Begegnung hatte ich Rufus wenig Beachtung geschenkt. Sämtliche seiner Qualitäten waren durch die Menschen um ihn herum überdeckt worden. Als Patrizierin strahlte Caecilia ein weit größeres Prestige aus, sie ging selbstverständlicher und selbstbewußter mit ihrer Macht um; als Gelehrter stellte Cicero ihn in den Schatten; und was das jugendliche Ungestüm anging, konnte er es nicht mit Tiro aufnehmen. Als ich jetzt endlich Gelegenheit fand, mit ihm allein zu sprechen, war ich ebenso von seiner Zurückhaltung und seinen Manieren wie von seiner schnellen Auffassungsgabe beeindruckt. Cicero hatte ihn offenbar seit Übernahme des Falles mit Botengängen zum Forum beschäftigt gehalten und ihm die Erledigung des notwendigen Formularkrams und gerichtlicher Angelegenheiten in seinem Namen übertragen. Als wir das Forum überquerten, tauschte er mit Bekannten ein Nicken oder ein paar Worte – ehrerbietig gegenüber älteren Patriziern, weniger respektvoll gegenüber Altersgenossen oder Vertretern der niederen Stände. Obwohl er noch nicht die Toga eines erwachsenen Mannes trug, war er unter wichtigen Leuten offenbar bekannt und geschätzt.

Auf dem Forum erkennt man einen Mann an der Größe und Imposanz seines Gefolges. Crassus war berühmt dafür, mit Leibwächtern, Sklaven, Sekretären, Lakaien, Wahrsagern und Gladiatoren im Schlepptau durch die Straßen zu paradieren. Wir sind schließlich eine Republik, und die schiere Masse von Volk, die einen Politiker umgibt, zieht die Aufmerksamkeit auf sich. Es ist eher die Quantität als die Qualität seiner Gefolgschaft, die einem Mann auf dem offenen Forum Ansehen einbringt; man sagt, daß einige Zeitgenossen, die nach Ämtern streben, sich ihre Anhängerschar im Paket kaufen, und es gibt Römer, die von den Krumen leben, die abfallen, wenn man sich im Gefolge eines mächtigen Mannes in der Stadt blicken läßt. Auf halbem Weg über das Forum wurde mir klar, daß Tiro und ich, wie unangemessen wir auch wirken mochten, als Rufus' Gefolgschaft angesehen wurden. Ich konnte mir bei dieser Vorstellung ein Lachen nicht verkneifen.

Rufus schien meine Gedanken gelesen zu haben. »Mein Schwager«, begann er und betonte die Worte so, daß nur Sulla gemeint sein konnte, »hat sich neuerdings angewöhnt, das Forum ganz ohne Gefolge zu überqueren mit nicht einmal einem Leibwächter. Als Vorbereitung auf seinen Ruhestand, sagt er, und auf seine Rückkehr ins Privatleben.«

»Ob das klug ist?«

»Ich nehme an, er ist so bedeutend, daß er kein Gefolge mehr braucht, um andere zu beeindrucken. So glänzend und brillant, daß alle seine Begleiter schlicht unsichtbar wären, von seinem blendenden Licht verdeckt wie Kerzen neben der Sonne.«

»Und während man Kerzen, wenn man Lust hat, ausblasen kann, vermag niemand die Sonne zu löschen.«

Rufus nickte. »Die deshalb keine Leibwächter braucht. Scheint Sulla zumindest zu glauben. Er nennt sich neuerdings auch Sulla, Geliebter der Fortuna – als ob er mit der Göttin persönlich verheiratet wäre. Er glaubt, sein Leben steht unter ihrem Schutz, und wer wollte ihm da widersprechen?«

Rufus hatte den ersten Schritt gemacht und seine Bereitschaft angedeutet, offen über den Gatten seiner Schwester zu sprechen. »Du kannst Sulla ernstlich nicht leiden, was?« sagte ich.

»Ich habe den größten Respekt vor ihm. Ich glaube, er muß ein wahrhaft großer Mann sein. Aber ich kann es kaum ertragen, mich im selben Raum mit ihm aufzuhalten. Es übersteigt meine Vorstellungskraft zu erkennen, was Valeria in ihm sieht, obwohl ich weiß, daß sie ihn aufrichtig liebt. Wie sehr sie sich ein Kind von ihm wünscht! Ich höre sie ohne Ende mit den Frauen in unserem Haus darüber reden, wenn sie zu Besuch ist. Als Geliebte des Geliebten der Fortuna wird sie vermutlich ihren Willen bekommen.«

»Dann hast du deinen Schwager ganz gut kennengelernt?«

»So gut, wie ich es als kleiner Bruder seiner Frau eben muß.«

»Und hast du auch die Bekanntschaft seines engeren Freundeskreises gemacht?«

»Du möchtest mich nach Chrysogonus fragen?«

»Ja.«

»Alle Geschichten sind wahr. Heute sind sie natürlich nur noch freundschaftlich verbunden. In fleischlichen Angelegenheiten ist Sulla sehr launenhaft, aber gleichzeitig treu, weil er seine Geliebten nie fallenläßt; wenn er jemand einmal seine Zuneigung geschenkt hat, entzieht er sie nie wieder. Wenn Sulla eins ist, dann standhaft, als Freund wie als Feind. Was Chrysogonus angeht, ich glaube, wenn du ihn sähest, würdest du es verstehen. Es stimmt, er hat als bloßer

Sklave angefangen, aber manchmal gefällt es den Göttern, die Seele eines Löwen im Körper eines Lamms wohnen zu lassen.«

»Dann ist Chrysogonus also ein raubgieriges Lamm?«

»Ein Lamm schon lange nicht mehr. Es ist wahr, Sulla hat ihm das Fell geschoren, aber ihm ist eine Mähne aus purem Gold nachgewachsen. Chrysogonus trägt sie mit Anmut. Er ist sehr reich, sehr mächtig und völlig skrupellos. Und schön wie ein junger Gott. Dafür hat Sulla ein Auge.«

»Es klingt, als könntest du Sullas Liebling noch weniger leiden als ihn selbst.«

»Ich habe nie gesagt, daß ich Sulla nicht leiden kann, oder? So einfach ist die Sache nicht. Es fällt mir schwer, meine Gefühle in Worte zu fassen. Er ist ein großer Mann. Seine Aufmerksamkeit schmeichelt mir, auch wenn sie unschicklich ist, wo er doch mit meiner Schwester verheiratet ist.« Er warf mir einen Seitenblick zu, der ihn weit älter als sechzehn aussehen ließ. »Du hast wahrscheinlich gedacht, Caecilia macht Witze oder phantasiert, als sie neulich vorschlug, ich solle meinen Charme zugunsten von Sextus Roscia einsetzen.« Er schnaubte und rümpfte die Nase. »Mit Sulla? Unvorstellbar!«

Wir kamen an einer Gruppe von Senatoren vorbei. Einige von ihnen erkannten Rufus und blieben stehen, um ihn nach dem Fortgang seiner Studien zu fragen und ihm zu erzählen, daß sie von seinem Bruder Hortensius gehört hätten, daß er irgend etwas mit einem Fall zu tun hätte, der in Kürze vor der Rostra verhandelt werden sollte. Mit Männern seiner eigenen Klasse legte Rufus ein nahezu perfektes Verhalten an den Tag, gleichzeitig charmant und aufmerksam, zurückhaltend und doch selbstbewußt wie alle Römer; aber ich erkannte, daß ein Teil von ihm unnahbar und distanziert blieb, ein Beobachter und Kritiker des eigenen künstlichen Gehabes. Ich begann zu begreifen, warum Cicero so erfreut war, ihn als Protegé um sich zu haben, und ich begann mich zu fragen, ob nicht in gewisser Weise Cicero der Schüler war, der von Rufus lernte, sich über seine eigene ländliche Abstammung und Anonymität zu erheben, um jene mühelose Selbstverständlichkeit des gesellschaftlichen Umgangs anzunehmen, die einem jungen Patrizier aus einer der bedeutenden römischen Familien in die Wiege gelegt war.

Die Senatoren zogen ihres Wegs, und Rufus fuhr fort, als wären wir nie unterbrochen worden. »Ich bin sogar morgen abend zu einer Gesellschaft geladen, die Chrysogonus in seinem Haus auf dem Palatin ganz in der Nähe von Caecilias Villa gibt. Sulla und sein engster Freundeskreis werden dort sein; Valeria nicht. Ich habe erst heute morgen eine Nachricht von Sulla erhalten, in der er mich auffordert, doch unbedingt zu kommen. ›Bald wird man dir die Toga der Erwachsenen anlegen‹, schreibt er. ›Es ist Zeit, daß deine Erziehung zum Mann beginnt. Welcher Ort wäre dafür geeigneter als die Gesellschaft der vornehmsten Männer Roms?‹ Kannst du dir das vorstellen – er redet über seine Freunde von der Bühne, alles Schauspieler, Komödianten und Akrobaten. Zusammen mit den Sklaven, die er zu Bürgern gemacht hat, damit sie die Plätze derjenigen einnehmen, die er hat enthaupten lassen. Meine Eltern bedrängen mich hinzugehen. Hortensius sagt, ich wäre ein Dummkopf, wenn ich es nicht täte. Sogar Valeria meint, ich sollte hingehen.«

»Genau wie ich«, sagte ich leise und atmete tief ein, um den Aufstieg auf den Palatin zu beginnen.

»Um den ganzen Abend Sullas Annäherungsversuche abzuwehren? Dafür müßte ich Akrobat, Schauspieler und Komödiant auf *einmal* sein.«

»Tu es für Sextus Roscius und seinen Fall. Tu es für Cicero.«

Bei der Erwähnung von Ciceros Namen wurde sein Gesicht ernst. »Wie meinst du das?«

»Ich brauche Zugang zu Chrysogonus' Haus. Ich muß sehen, welche von Sextus Roscius' Sklaven sich noch in seinem Besitz befinden. Wenn es geht, möchte ich sie befragen. Es wäre leichter, wenn ich einen Freund in seinem Haus hätte. Hältst du es für Zufall, daß diese Feier und unser Bedürfnis sich treffen? Die Götter sind uns gewogen.«

»Fortuna will ich hoffen, und nicht Venus.«

Ich lachte, obwohl es mich wertvollen Atem kostete, und stapfte dann weiter den Berg hinauf.

»Dann stimmt es also?« sagte ich. Ich starrte Sextus Roscius in die Augen und wollte ihn dazu bringen, eher zu blinzeln als ich. »Jedes Wort, das Titus Megarus mir erzählt hat? Aber warum hast du uns das nicht gleich gesagt?«

Wir saßen in demselben engen, erbärmlichen Zimmer, in dem wir uns schon einmal getroffen hatten. Diesmal hatte sich Caecilia Metella, nachdem sie eine Kurzfassung der Geschichte gehört hatte, uns angeschlossen. Die Vorstellung, ihr geliebter Sextus Roscius sei als Feind Sullas geächtet worden, sei absurd, erklärte sie, geradezu obszön. Sie war begierig zu hören, was sein Sohn dazu zu sagen hatte. Rufus saß direkt neben ihr, und eine ihrer Sklavinnen stand schweigend in der Ecke und wedelte ihr mit Pfauenfedern an einem langen Stiel frische Luft zu, als sei sie die Gemahlin eines Pharaos. Tiro stand mit Täfelchen und Stilus zappelnd rechts neben mir.

Sextus starrte zurück, nicht bereit zu blinzeln. Dieses Blickduell kostete bald soviel Kraft wie die Hitze. Die meisten Männer, die Zeit zum Erfinden einer Ausrede oder Lüge gewinnen wollen, wenden den Blick ab, betrachten irgend etwas, egal was, solange es nicht zurückstarrt. Sextus Roscius hingegen stierte mich ausdruckslos an, bis ich schließlich blinzelte. Ich meinte, ein Lächeln auf seinem Gesicht gesehen zu haben, aber das kann auch Einbildung gewesen sein. Ich begann zu glauben, daß er vielleicht wirklich verrückt war.

»Ja«, sagte er schließlich. »Es stimmt. Jedes einzelne Wort.«

Caecilia stieß ein eigenartig verzweifeltes Kichern aus. Rufus strich ihr sanft über die faltige Hand.

»Warum hast du Cicero dann nichts davon erzählt? Hast du irgend etwas gegenüber Hortensius erwähnt, als er noch dein Anwalt war?«

»Nein.«

»Aber wie sollen dich diese Männer verteidigen, wenn du ihnen nicht erzählst, was du weißt?«

»Ich habe keinen von beiden gebeten, meinen Fall zu übernehmen. Das hat sie getan.« Er zeigte unhöflich auf Caecilia Metella.

»Willst du damit sagen, daß du gar keinen Anwalt willst?« fuhr Rufus ihn an. »Was glaubst du, wie deine Chancen stünden, wenn du allein gegen einen Ankäger wie Gaius Erucius vor der Rostra erscheinst?«

»Wie stehen meine Chancen denn jetzt? Selbst wenn es mir irgendwie gelingen sollte, ihnen vor Gericht zu entkommen, dann spüren sie mich eben hinterher auf und machen mit mir, was sie wollen, genau wie mit meinem Vater.«

»Nicht unbedingt«, wandte Rufus ein. »Nicht, wenn Cicero die Lügen von Capito und Magnus vor Gericht bloßstellen kann.«

»Aber um das zu tun, müßte er Chrysogonus' Namen ins Spiel bringen, oder nicht? O ja, man kann keine Flöhe fangen, ohne mit dem Hund zu kämpfen, und das geht nicht, ohne an der Leine seines Herrn zu ziehen. Der Hund könnte beißen, und seinem Herrn wird es gar nicht gefallen, sich von einem kleinen Bauernanwalt bloßstellen zu lassen. Selbst wenn er den Fall gewinnt, wird euer hochgeschätzter Meister Kichererbse mit seinem Kopf auf einem Stock enden. Erzähl mir nicht, daß es einen Advokaten in

Rom gibt, der das Risiko eingehen will, Sulla offen ins Gesicht zu spucken. Und wenn es ihn doch gibt, ist er viel zu dumm, um mich erfolgreich zu vertreten.«

Rufus und Tiro waren gleichermaßen empört. Wie konnte Roscius so über Cicero reden, ihren Cicero? Roscius' Ängste galten ihnen nichts; ihr Glauben an Cicero war unerschütterlich.

Ich hingegen fürchtete, daß Roscius recht hatte. Der Fall war genauso gefährlich, wie er sagte. Mich hatte man bereits bedroht (eine Tatsache, die ich unter Caecilias Dach mit Absicht verschwieg). Wenn Cicero noch nicht dasselbe Schicksal ereilt hatte, dann nur, weil er zu jenem Zeitpunkt mit der Ermittlung an sich nichts zu tun hatte und ein Mann mit weit größerem Einfluß war als ich.

Trotzdem kamen Roscius' Worte mir irgendwie unaufrichtig vor. Ja, sein Fall war gefährlich, und weiteres Vorgehen beschwor möglicherweise den Zorn der Mächtigen herauf. Aber konnte das für ihn von irgendeiner Bedeutung sein, wo seine einzige Alternative ein grausamer Tod war? Wenn er sich gewehrt und uns die Wahrheit an die Hand gegeben hätte, die seine Unschuld und die Schuld seiner Ankläger beweisen konnte, konnte er nur gewinnen: sein Leben, seinen Frieden, vielleicht sogar die Annullierung der Proskription seines Vaters und die Rückgabe seiner Güter. Konnte er in so tiefe Hoffnungslosigkeit versunken sein, daß er völlig gelähmt war? Kann man einen Menschen so weit demoralisieren, daß er sich nach einer Niederlage und dem Tod sehnt?

»Sextus Roscius«, sagte ich, »hilf mir, es zu verstehen. Kurz nach der Tat hast du vom Tod deines Vaters erfahren. Seine Leiche wurde nach Ameria überführt, wo du mit dem Beerdigungsritual begonnen hast. Dann kamen Soldaten, verkündeten, er sei geächtet worden, so daß sein Tod eine Hinrichtung und kein Mord war, und beschlagnahmten seinen gesamten Besitz. Du wurdest aus deinem

Haus vertrieben und hast bei Freunden im Dorf gewohnt. Es gab eine Auktion in Rom; Capito oder noch wahrscheinlicher Chrysogonus hat den Besitz aufgekauft. Wußtest du damals schon, wer deinen Vater ermordet hat?«

»Nein.«

»Aber du mußt doch einen Verdacht gehegt haben.«

»Ja.«

»Also gut. Nachdem Capito sich erst einmal häuslich niedergelassen hatte, bot er dir an, wieder auf dem Gut zu leben, und erlaubte dir, mit deiner Familie eine baufällige Hütte weit entfernt vom Haupthaus zu beziehen. Wie konntest du diese Demütigung hinnehmen?«

»Was hätte ich tun sollen? Gesetz ist Gesetz. Titus Megarus und der Stadtrat waren losgezogen, um Sulla persönlich eine Petition zu meinen Gunsten zu überbringen. Ich konnte nur warten.«

»Aber schließlich hat dich Capito doch ganz von dem Gut vertrieben. Warum hat er das getan?«

»Vermutlich hatte er schließlich genug von mir. Vielleicht hat er sich schuldig gefühlt.«

»Zu diesem Zeitpunkt muß dir doch zweifelsfrei klar gewesen sein, daß Capito selbst in die Ermordung deines Vaters verwickelt war. Hast du ihm gedroht?«

Er wandte den Blick ab. »Wir haben uns nie geprügelt, aber wir hatten heftige Auseinandersetzungen. Ich erklärte ihm, er sei ein Dummkopf, es sich in dem großen Haus so bequem zu machen, weil man es nie zulassen würde, daß er es behielt. Er meinte, ich sei nicht mehr als ein Bettler und sollte ihm lieber für die mir erwiesene Wohltätigkeit die Füße küssen.« Er umklammerte die Lehne seines Stuhls, und seine Knöchel wurden weiß. Er knirschte in einem plötzlichen Wutanfall mit den Zähnen. »Er sagte, ich würde eher sterben, als das Land zurückzubekommen. Er sagte, ich könne froh sein, daß ich noch nicht tot wäre. Es hat so ausgesehen, als hätte er mich rausgeworfen, aber in Wirklichkeit bin ich um mein Leben gerannt. Selbst bei Titus Megarus war ich nicht sicher; ich konnte spüren, wie sie das Haus nach Einbruch der Dunkelheit beobachteten, wie Nachtfalken, die auf ihre Chance lauern. Deswegen bin ich hierher nach Rom gekommen. Aber selbst hier wäre ich auf offener Straße nicht sicher gewesen. Dieser Raum ist der einzige Ort, an dem ich mich nicht bedroht fühle. Und nicht einmal hier lassen sie mich in Frieden! Ich hätte nie geglaubt, daß es so weit kommt, daß sie mich vor Gericht schleifen und mich in einen Sack binden wollen. Siehst du denn nicht, daß alle Macht auf ihrer Seite ist? Wer weiß, mit welchen Lügen dieser Erucius aufwarten wird? Am Ende steht sein Wort gegen Ciceros. Und auf wessen Seite wird sich wohl der Richter schlagen, wenn es darauf hinausläuft, den Diktator zu beleidigen? Ihr könnt gar nichts für mich tun!« Er fing plötzlich an zu weinen.

Caecilia Metella verzog das Gesicht, als habe sie etwas nicht Zuträgliches gegessen. Wortlos erhob sie sich von ihrem Stuhl und strebte zur Tür, die Sklavin mit dem Pfauenfächer folgte ihr auf dem Fuß. Rufus sprang auf, aber ich machte ihm ein Zeichen zu bleiben.

Roscius saß, das Gesicht in den Händen vergraben, da. »Du bist ein seltsamer Mann«, sagte ich schließlich. »Du bist erbarmungswürdig, und ich kann doch kein Mitleid mit dir empfinden. Du hast einen grausamen Tod vor Augen, eine Situation, in der die meisten Menschen jede erdenkliche Lüge vorbringen würden, um sich zu retten, während du es scheinbar um jeden Preis vermeiden willst, die Wahrheit zu sagen, die dich allein retten könnte. Jetzt, wo sie doch ans Licht gekommen ist, gibst du sie zu und hast keinen Grund mehr zu lügen, und trotzdem ... Du läßt mich meinen eigenen Instinkten mißtrauen, Sextus Roscius. Ich bin verwirrt, wie ein Hund, der vor einem Kaninchenbau einen Fuchs wittert.«

Er hob langsam den Kopf. Sein Gesicht war verzerrt vor

Haß, Mißtrauen und jener Angst, die stets in seinen Augen lauerte.

Ich schüttelte den Kopf. »Mit dir zu reden, erschöpft mich. Ich kriege Kopfschmerzen davon. Ich hoffe nur, daß Ciceros Kopf robuster ist.« Wir standen auf, um zu gehen. Ich wandte mich noch einmal um. »Da ist noch etwas«, sagte ich. »Eigentlich eine Lappalie. Es geht um eine junge Hure namens Elena. Weißt du, wen ich meine?«

»Ja. Natürlich. Sie hat eine Weile in dem Haus gelebt, nachdem Capito es übernommen hat.«

»Und wie ist sie dorthin gekommen?«

Er dachte nach. Zumindest hatte er aufgehört zu weinen. »Magnus und Glaucia haben sie in der Stadt aufgestöbert, glaube ich. Vermutlich hatte sie mein Vater irgendwann vorher gekauft, sie aber noch in der Obhut des Bordellbesitzers gelassen. Nach der Versteigerung hat Magnus sie dann für sich reklamiert.«

»Sie trug ein Kind, wenn ich mich nicht irre.«

Er stutzte. »Ja, du hast recht.«

»Wessen Kind?«

»Wer weiß? Sie war schließlich eine Hure.«

»Natürlich. Und was ist aus ihr geworden?«

»Woher soll ich das wissen?«

»Ich meine, nachdem sie das Baby zur Welt gebracht hat.«

»Woher soll ich das wissen?« wiederholte er wütend. »Was würdest du mit einer Hure und einem neugeborenen Sklavenkind machen, wenn du ein Mann wie Capito wärst? Wahrscheinlich sind beide längst auf einem Sklavenmarkt verkauft worden.«

»Nein«, sagte ich. »Nicht beide. Wenigstens eins von beiden ist tot und neben dem Grab deines Vaters in Ameria beerdigt.«

Von der Schwelle aus beobachtete ich ihn aufmerksam, aber er zeigte keine Reaktion.

Wir gingen schweigend zurück zu Caecilias Wohnräumen. Aus dem Augenwinkel konnte ich beobachten, wie Tiro unruhig mit den Füßen gescharrt hatte und immer nervöser geworden war, je näher unser Aufbruch rückte. Mein Kopf war zu voll mit Gedanken an Sextus Roscius, um mich um ihn zu kümmern, aber als wir jetzt zu Caecilias Flügel des Hauses zurückmarschierten, begann ich mich zu fragen, unter welchem dürftigen Vorwand ich ihn entlassen konnte, damit er sich auf die Suche nach dem Mädchen begeben konnte.

Aber Tiro war mir bereits einen Schritt voraus. Er blieb plötzlich stehen und begann sich suchend abzutasten wie jemand, der etwas verloren hat. »Beim Herkules«, sagte er. »Ich habe den Stilus und das Täfelchen liegenlassen. Es wird nur einen Augenblick dauern, sie zu holen – es sei denn, ich hatte sie gar nicht bei mir, als du Roscius befragt hast. Dann muß ich sie ganz woanders liegenlassen haben«, fügte er noch hinzu, verzweifelt bemüht um eine Ausrede, seine Abwesenheit in die Länge zu ziehen.

»Du hattest sie bei dir«, sagte Rufus mit einem Hauch Feindseligkeit in der Stimme. »Ich weiß genau, daß du sie in der Hand hattest.«

Ich schüttelte den Kopf. »Da bin ich mir nicht so sicher. Du solltest jedenfalls zurückgehen und nachsehen, ob du sie findest, Tiro. Laß dir Zeit. Es ist ohnehin zu spät für Rufus, heute noch etwas auf dem Forum erledigt zu bekommen, und die Sonne brennt noch immer zu heiß, um unverzüglich zu Ciceros Haus zurückzueilen. Ich denke, Rufus und ich werden unsere Gastgeberin bewegen, sich noch eine Weile mit uns in ihrem Garten zu unterhalten, damit wir uns von dieser Hitze erholen können.«

Doch Caecilia sah sich außerstande, uns Gesellschaft zu leisten; der Eunuch Ahausarus erläuterte uns, daß die Befragung von Sextus Roscius sie erschöpft hatte. Obwohl persönlich indisponiert, lud sie uns ein, uns ihrer Sklaven zu bedienen, die durch den Säulengang huschten, Sitzmöbel aus der Sonne in den Schatten trugen, kalte Getränke servierten und alles für unsere Bequemlichkeit taten. Rufus wirkte lustlos und gereizt. Ich sprach ihn erneut auf die Gesellschaft an, die Chrysogonus am nächsten Abend in seinem Haus geben wollte.

»Wenn es dir ernsthaft unangenehm ist, daran teilzunehmen«, sagte ich, »dann laß es bleiben. Ich dachte nur, daß du mir möglicherweise Zutritt zu dem Haus verschaffen könntest, durch den Sklaveneingang vielleicht. Es gibt da ein paar Details, die ich nur dort in Erfahrung bringen kann. Aber ich habe natürlich kein Recht, dich zu bitten, daß –«

»Nein, nein«, murmelte er, als hätte ich ihn bei einem Tagtraum erwischt. »Ich gehe ja hin. Ich zeig dir das Haus, bevor wir den Palatin wieder hinabsteigen; es ist ganz in der Nähe. Und sei es nur um Ciceros willen, wie du gesagt hast.«

Er rief einen der Diener herbei und verlangte mehr Wein. Mir kam es so vor, als hätte er schon jetzt zuviel, aber als der Wein kam, trank er den Becher in einem Zug leer und bestellte einen weiteren. Ich räusperte mich und runzelte die Stirn. »Ich bin sicher, das Diktum lautet: Mäßigung in allen Dingen, Rufus. Darauf würde zumindest Cicero bestehen.«

»Cicero«, sagte er, als handele es sich dabei um einen Fluch. Dann wiederholte er den Namen noch einmal, als wäre es ein Witz. Er stand von seinem Hocker auf, ging zu einem Divan und ließ sich auf die Kissen sinken. Eine milde Brise wehte durch den Garten und ließ die vertrockneten Blätter des Papyrus rascheln und den Akanthus seufzen. Rufus schloß die Augen, und sein sanfter Gesichtsausdruck erinnerte mich daran, daß er in Wahrheit noch immer ein Junge war. Ungeachtet seines adligen Standes und seiner weltmännischen Art trug er nach wie vor das Gewand der Minderjährigen mit seinen züchtigen langen Ärmeln, das auch Roscia in eben jenem Moment tragen mußte, wenn Tiro es ihr noch nicht vom Leib gerissen hatte.

»Was glaubst du, was sie jetzt gerade treiben?« fragte Rufus unvermittelt. Er klappte ein Auge auf und sah meinen verdutzten Gesichtsausdruck.

Ich tat so, als verstünde ich nicht, und schüttelte den Kopf.

»Du weißt schon, wen ich meine«, stöhnte Rufus. »Tiro braucht ganz schön lange, um seinen Stilus zu holen, oder nicht? Seinen Stilus!« Er lachte, als habe er den Witz eben erst begriffen. Aber es war ein kurzes und bitteres Lachen.

»Dann weißt du es also«, sagte ich.

»Natürlich weiß ich es. Es ist gleich beim ersten Besuch von Cicero passiert. Und danach jedesmal wieder. Ich fing schon an zu glauben, daß du es nicht bemerkt hättest. Ich hab mich gefragt, was für eine Art Sucher du bist, wenn etwas derart Offensichtliches deiner Aufmerksamkeit entgeht. Es ist wirklich lächerlich, wie offen sie es treiben.«

Er klang eifersüchtig und verbittert. Ich nickte mitfühlend. Roscia war schließlich ein sehr begehrenswertes Mädchen. Ich war selbst ein wenig eifersüchtig auf Tiro.

Ich senkte meine Stimme und versuchte, nicht herablassend, sondern freundlich zu klingen. »Er ist schließlich bloß ein Sklave, der im Leben nicht viel zu erwarten hat.«

»Das ist es ja gerade!« rief Rufus. »Daß ein blöder Sklave es schafft, Befriedigung zu finden, während es mir verwehrt bleibt. Chrysogonus war ebenfalls ein Sklave, und auch er hat gefunden, wonach er suchte, genau wie Sulla in ihm gefunden hat, was er suchte, und in Valeria und all seinen anderen Eroberungen und Ehefrauen. Manchmal kommt es mir so vor, als bestünde die ganze Welt aus Menschen, die sich gegenseitig finden, während ich ausgeschlossen bleibe. Und von allen Menschen auf der ganzen

Welt will mich ausgerechnet Sulla – das ist ein Scherz der Götter!« Er schüttelte den Kopf, lachte jedoch nicht. »Sulla will mich und kann mich nicht haben; ich will jemanden, der nicht einmal weiß, daß es mich gibt. Es ist grausam, auf der ganzen Welt nur einen einzigen Menschen zu begehren, der dieses Begehren nicht erwidert! Hast du je jemanden geliebt, der deine Gefühle nicht erwidert hat, Gordianus?«

»Aber sicher. Welchem Mann ist es nicht so gegangen?«

Ein Sklave kam mit einem neuen Becher Wein. Rufus nippte daran, stellte ihn dann auf den Tisch und starrte ihn trübsinnig an. Mir schien Roscia soviel Schmerzen nicht wert, aber ich war auch nicht sechzehn. »So unverfroren offensichtlich«, murmelte er. »Wie lange werden die beiden wohl brauchen?«

»Weiß Caecilia davon?« fragte ich. »Oder Sextus Roscius?«

»Von unseren Turteltäubchen? Ich bin sicher, sie haben keine Ahnung. Caecilia lebt auf einer Art Wolke, und wer weiß, was in Sextus Roscius' Kopf vor sich geht? Vermutlich würde sogar er sich verpflichtet fühlen, eine gewisse Empörung aufzubringen, wenn er erfährt, daß seine Tochter es mit dem Sklaven eines anderen Mannes treibt.«

Ich wartete einen Moment, weil ich ihn nicht zu rasch mit Fragen überhäufen wollte. Ich dachte an Tiro und die Gefahr, mit der er spielte. Rufus war schließlich jung und frustriert und von vornehmer Geburt, während Tiro ein Sklave war, der im Haus einer bedeutenden Frau das Undenkbare tat. Rufus konnte sein Leben mit einem einzigen Wort für immer vernichte. »Und was ist mit Cicero – weiß Cicero Bescheid?«

Rufus sah mir direkt in die Augen. Der Ausdruck auf seinem Gesicht war so seltsam, daß ich ihn nicht zu deuten wußte. »Weiß Cicero Bescheid?« wiederholte er flüsternd. Dann war der Anfall vorbei. Rufus wirkte sehr müde.

»Über Tiro und Roscia, meinst du. Nein, natürlich weiß er nichts. Er würde so etwas nie bemerken. Solche Leidenschaften nimmt er gar nicht wahr.«

Rufus ließ sich tief verzweifelt in die Kissen zurücksinken.

»Ich verstehe«, sagte ich. »Obwohl es dir vielleicht schwerfällt, das zu glauben, ich verstehe dich. Roscia ist natürlich ein prachtvolles Mädchen, aber versetz dich einmal in ihre Lage. Es gibt für dich keine Möglichkeit, ihr auf schickliche Art den Hof zu machen.«

»Roscia?« Er sah mich verdutzt an und rollte dann mit den Augen. »Was kümmert mich Roscia?«

»Ich verstehe«, sagte ich wieder, ohne irgend etwas zu verstehen. »Oh. Dann ist es Tiro, den du ...« Ich sah mich auf einmal mit einer ganzen Reihe neuer Komplikationen konfrontiert.

Dann erkannte ich die Wahrheit. Von einem Moment zum nächsten verstand ich, nicht wegen seiner Worte oder seiner Miene, sondern wegen einer Nuance des Tonfalls oder Augenaufschlags, die mir eben erst wieder eingefallen war, ein isolierter Augenblick, der die Erinnerung an einen anderen auslöst, so wie uns Offenbarungen manchmal unvorbereitet und scheinbar unerklärlich zuteil werden.

Wie absurd, dachte ich, und gleichzeitig auch wieder rührend, denn wen hätte die Ernsthaftigkeit seines Leidens nicht gerührt? Die Gesetze der Menschen streben nach Ausgewogenheit, doch die Gesetze der Liebe sind der Inbegriff der Launenhaftigkeit. Mir kam es so vor, als sei Cicero – der gesetzte, pingelige und von Verdauungsstörungen geplagte Cicero – wahrscheinlich der letzte Mensch in Rom, der Rufus' Begierde erwidern würde; der Junge hätte sich kein hoffnungsloseres Liebesobjekt aussuchen können. Ohne Zweifel strebte Rufus, jung und voller intensiver Gefühle, wie er war, den griechischen Idealen von Ciceros Freundeskreis nach, sah sich als Alkibiades für Ciceros Sokrates. Kein Wunder, daß ihn die Vorstellung wütend machte, was Tiro und Roscia in eben diesem Augenblick genossen, während er von unstillbarer Leidenschaft und aller angestauter Energie seiner Jugend verzehrt wurde.

Ich lehnte mich in meinen Stuhl zurück, perplex und ohne zu wissen, welchen Rat ich ihm geben konnte. Ich klatschte in die Hände, winkte eine Sklavin herbei und bestellte uns neuen Wein.

# Einundzwanzig

Der Stallmeister war nicht begeistert, als er den Bauerngaul sah, auf dem ich anstelle seiner geliebten Vespa angeritten kam. Eine Handvoll Münzen und die Versicherung, daß er für seine Unannehmlichkeiten reichlich belohnt würde, beruhigten ihn jedoch wieder. Was Bethesda anging, so ließ er mich wissen, daß sie während meiner gesamten Abwesenheit geschmollt hatte, in der Küche drei Schüsseln zerdeppert, die ihr zugeteilte Näharbeit ruiniert und sowohl die Köchin wie die Haushälterin zum Weinen gebracht hatte. Sein Verwalter hatte darum gebeten, sie schlagen zu dürfen, was der Stallmeister jedoch mit Rücksicht auf unsere Absprache verboten hatte. Er rief einem seiner Sklaven zu, er solle sie holen. »Ein Glück, daß wir sie los sind«, fügte er noch hinzu, aber als sie wie eine Königin aus seinem Haus in die Ställe stolziert kam, bemerkte ich, daß er seinen Blick kaum von ihr wenden konnte.

Ich täuschte Desinteresse vor, sie unnahbare Kühle. Sie bestand darauf, auf dem Heimweg beim Markt vorbeizugehen, damit wir am Abend etwas zu essen im Haus hatten. Während sie ihre Einkäufe machte, schlenderte ich auf der Straße umher, und nahm die schmutzigen Gerüche und Sehenswürdigkeiten der Subura in mich auf, froh, wieder zu Hause zu sein. Selbst der Haufen frischen Unrats, den wir bei unserem Aufstieg passieren mußten, tat meiner guten Laune keinen Abbruch.

Scaldus, der Sklave des Stallmeisters, lehnte mit ausgestreckten Beinen an der Tür. Zunächst glaubte ich, er schliefe, aber als wir uns näherten, rührte sich der Koloß und sprang mit alarmierender Behendigkeit auf die Füße. Als er mein Gesicht sah, entspannte er sich und grinste dümmlich. Er erklärte mir, daß er sich mit seinem Bruder abgewechselt hatte, so daß das Haus keinen Augenblick unbewacht gewesen sei, daß jedoch in meiner Abwesenheit niemand vorbeigekommen sei. Ich gab ihm eine Münze und sagte, er könne jetzt gehen, worauf er unverzüglich gehorsam den Hügel hinabeilte.

Bethesda sah mich entsetzt an, aber ich versicherte ihr, daß für unsere Sicherheit gesorgt war. Cicero hatte versprochen, für die Bewachung des Hauses aufzukommen. Bevor wir schlafen gingen, würde ich in der Subura einen Leibwächter anheuern.

Sie wollte etwas sagen, und an der Art, wie sie ihre Lippen schürzte, erkannte ich, daß es etwas Sarkastisches sein würde. Also verschloß ich ihren Mund mit einem Kuß. Ich führte sie rückwärts ins Haus und schloß die Tür mit meinem Fuß. Sie ließ das Gemüse und das Brot, das sie getragen hatte, fallen und schlang ihre Arme um meinen Hals und meine Schultern. Sie sank zu Boden und zog mich zu sich herab.

Sie war überglücklich, mich wiederzusehen, und sie zeigte es mir. Aber sie war auch wütend, daß ich sie in einem fremden Haus zurückgelassen hatte, und sie zeigte mir auch das. Sie krallte ihre Nägel in meine Schultern, trommelte mit den Fäusten auf meinen Rücken und kniff meinen Hals und meine Ohrläppchen. Ich fiel über sie her wie ein seit Tagen ausgehungerter Mann. Es schien mir unvorstellbar, daß ich nur zwei Nächte weggewesen war.

Sie hatte am Morgen gebadet. Ihre Haut schmeckte nach einer fremden Seife, und sie hatte sich hinter den Ohren, am Hals und an den geheimsten Stellen ihres Körpers mit einem ungewohnten Parfum betupft – das sie, wie sie mir später erzählte, aus dem Privatversteck der Frau des Stallmeisters geklaut hatte, als keiner hinsah. Wir lagen nackt und erschöpft in den letzten Strahlen der Sonne, während unser Schweiß einen obszönen Abdruck auf dem abgenutzten Teppich hinterließ. Mein Blick wanderte zufällig über die geschmeidigen Kurven ihres Körpers und fiel auf die Botschaft, die noch immer in Blut an die Wand hinter uns geschmiert war: »Schweig oder stirb ...«

Ein plötzlicher Windzug aus dem Atrium kühlte den Schweiß auf meinem Rücken. Unter meiner Zunge überzog sich Bethesdas Schulter mit einer Gänsehaut. Einen merkwürdigen Augenblick lang schien es, als würde mein Herz aufhören zu schlagen, als hätte es zwischen dem verblassenden Licht, der Wärme ihres Körpers und der Botschaft über uns vorübergehend ausgesetzt. Die Welt kam mir auf einmal vor wie ein fremder, unheimlicher Ort, und mir war, als hörte ich die Worte als Flüstern in meinem Ohr. Ich hätte das als Omen deuten können. Ich hätte auf der Stelle aus meinem Haus, aus Rom und vor der römischen Justiz fliehen können. Statt dessen biß ich in Bethesdas Schulter, sie stöhnte auf, und der Abend strebte weiter seinem verzweifelten Abschluß entgegen.

Gemeinsam zündeten wir die Lampen an – und obwohl Bethesda ein furchtloses Gesicht aufsetzte, bestand sie doch darauf, daß in jedem Zimmer Licht brannte. Ich schlug vor, daß sie mich auf dem Weg in die Subura begleitete, wo ich mich nach einem Leibwächter umsehen wollte, aber sie bestand darauf, zu Hause zu bleiben, um das Essen zu machen. Die Vorstellung, sie auch nur für kurze Zeit allein im Haus zurückzulassen, verursachte mir quälende Sorgen, aber sie blieb hartnäckig und bat mich nur, schnell zurück zu sein. Ich begriff, daß sie sich entschieden hatte, tapfer zu sein, und auf ihre eigene Art ihre Macht über das Haus wiedergewinnen wollte; in meiner Abwesenheit würde sie ein Weihrauchstäbchen verbrennen und irgendein Ritual zelebrieren, das sie vor langer Zeit von ihrer Mutter gelernt hatte. Nachdem sich die Tür hinter mir geschlossen hatte, lauschte ich einen Moment, um sicherzugehen, daß Bethesda sie von innen verriegelte.

Der Mond ging, inzwischen fast voll, am Himmel auf und warf ein bläuliches Licht über die Häuser auf dem Hügel, so daß die Ziegeldächer aussahen, als seien sie mit einem Kupferfries verziert worden. Die Subura zu meinen Füßen war wie ein riesiges Becken aus Licht und gedämpften Geräuschen, in das ich eintauchte, als ich rasch den Hügel hinabstieg und auf die zur Nachtzeit geschäftigste Straße Roms trat.

Irgendein Bandenmitglied hätte ich an jeder Straßenecke aufgabeln können, aber ich wollte keinen gewöhnlichen Schläger. Ich suchte einen professionellen Kämpfer und Leibwächter aus dem Gefolge eines reichen Mannes, ein Sklave von bewährter Qualität, dem man trauen konnte. Ich ging zu einer kleinen Taverne hinter einem der besseren Bordelle an der Via Subura und traf dort Varus den Mittler. Er begriff sofort, was ich wollte, und wußte, daß ich kreditwürdig war. Nachdem ich ihm einen Becher Wein spendiert hatte, verschwand er und kehrte wenig später mit einem Riesen im Schlepptau zurück.

Die beiden gaben ein recht gegensätzliches Paar ab, als sie nebeneinander in den düsteren Raum traten. Varus war so klein, daß er nur bis zum Ellenbogen des Riesen reichte; seine Glatze und seine beringten Finger glänzten im Licht, während seine käsigen Gesichtszüge im Schein der Lampen völlig konturlos wurden und ineinander zu fließen schienen. Das Ungeheuer an seiner Seite wirkte kaum gezähmt; in seinen Augen glomm ein glühendes Rot, das kein Widerschein der Lampen war. Er machte einen fast unnatürlich kräftigen und soliden Eindruck, als ob er aus Baumstämmen oder Granitblöcken gemacht sei; selbst sein Gesicht sah aus, als sei es aus Stein gemeißelt, ein vom Künstler wegen seiner Grobschlächtigkeit verworfener Rohentwurf. Sein Haar und sein Bart waren lang und zottig, aber nicht verwahrlost, und seine Tunika war aus gutem Stoff. Diese Kleidung ließ einen verantwortungsbewußten Besitzer erkennen. Er sah so gut gepflegt aus wie ein edles Pferd. Außerdem sah er aus, als könne er einen Menschen mit bloßen Händen töten.

Er war genau der Mann, den ich wollte. Sein Name war Zoticus.

»Der Lieblingsleibwächter seines Herrn«, versicherte Varus. »Der Mann tut keinen Schritt aus dem Haus, ohne Zoticus an seiner Seite zu wissen. Ein bewährter Totschläger – hat erst letzten Monat das Genick eines Einbrechers gebrochen. Und kräftig wie ein Ochse, da kannst du sicher sein. Riechst du seine Knoblauchfahne? Sein Herr verfüttert es an ihn wie Hafer an ein Pferd. Ein alter Gladiatorentrick zur Kräftigung. Sein Herr ist ein wohlhabender und respektabler Besitzer von drei Bordellen, zwei Tavernen und einer Spielhalle hier in der Subura; ein Mann, der auf dieser Welt keinen Feind hat, dessen bin ich sicher, aber er schützt sich gerne gegen das Unvorhersehbare. Wer würde das nicht? Macht keinen Weg ohne seinen treuen Zoticus. Aber weil er Varus einen Gefallen schuldet, überläßt er mir die Kreatur ausnahmsweise als Leihgabe – für die vier Tage, um die du gebeten hast, nicht länger. Um eine lange zurückliegende Schuld bei mir zu begleichen. Du kannst dich wahrhaft glücklich schätzen, Gordianus, Varus den Mittler als Freund zu haben.«

Wir feilschten um die Bedingungen, und ich ließ ihn ein viel zu gutes Geschäft machen, weil mich die Sorge zu Bethesda zurücktrieb. Aber der Sklave war sein Geld wert; als wir durch das Gedränge der Subura schritten, merkte ich, wie die Leute Platz machten, uns auswichen und eingeschüchterte Blicke, über meinen Kopf hinweg auf das Ungeheuer hinter mir warfen. Zoticus sprach wenig, was mich weiter für ihn einnahm. Als wir den Pfad zu meinem Haus hinaufstiegen und den Lärm der Subura hinter uns ließen, schwebte er über mir wie ein Schutzgeist und hatte die ganze Zeit ein wachsames Auge auf die Schatten um uns herum.

Als wir in Sichtweite des Hauses kamen, hörte ich, wie sein Atem schneller ging, und spürte seine Hand wie einen Ziegelstein auf meiner Schulter. Vor der Tür stand ein fremder Mann mit verschränkten Armen. Er wies uns an, stehenzubleiben, und zückte dann aus einem Ärmel einen langen Dolch. Einen Augenblick später fand ich mich hinter Zoticus wieder, und während die Welt an mir vorbeisauste, sah ich in den Augenblicken eine lange Klinge in seiner Faust.

Klappernd öffnete sich die Haustür, und ich hörte Bethesda lachen und dann erklären. Anscheinend hatte ich Cicero falsch verstanden. Er hatte nicht nur angeboten, einen Leibwächter zu bezahlen; er hatte sich sogar die Mühe gemacht, den Mann persönlich vorbeizuschicken. Nur eine Minute, nachdem ich das Haus verlassen hatte, hatte es an der Tür geklopft. Bethesda hatte das Pochen zunächst ignoriert und dann schließlich durch das Fenstergitter gespäht. Der Mann hatte nach mir gefragt; Bethesda hatte vorgegeben, daß ich mich im Haus aufhielt, jedoch unpäßlich sei. Er hatte Ciceros Namen genannt, seine Empfehlung übermittelt und erklärt, daß er geschickt worden sei, das Haus zu bewachen, wie sich ihr Herr bestimmt erinnern würde. Und ohne ein weiteres Wort hatte er seinen Posten bei der Tür bezogen.

»Zwei sind auf jeden Fall besser als einer«, fand Bethesda, und ich spürte einen Stich, als sie beide nacheinander eingehend betrachtete. Und vielleicht war es dieses winzige Aufflammen von Eifersucht, das mich das Offensichtliche übersehen ließ. Ich hätte schwerlich sagen können, welcher von beiden häßlicher oder größer oder einschüchternder war oder welchen Bethesda faszinierender zu finden schien. Ohne seinen roten Bart und das rötliche Gesicht hätte der andere Zoticus' Bruder sein können. Sie musterten sich wie unter Gladiatoren üblich, mit aufeinandergepreßten Zähnen und Basiliskenblick, als ob das kleinste Zucken ihrer Lippen die Aufrichtigkeit ihrer gegenseitigen Verachtung trüben könnte.

»Na gut«, sagte ich, »heute nacht lassen wir sie beide Wache schieben, morgen entscheiden wir uns dann für einen. Einer patrouilliert um das Haus und auf dem Pfad, der andere bleibt drinnen in der Halle.«

Cicero hatte mir gesagt, ich solle mich selbst um einen Wächter kümmern; daran konnte ich mich recht deutlich erinnern. Aber vielleicht hatte er in seiner Aufregung über die Neuigkeiten, die ich ihm gebracht hatte, seine eigenen Anweisungen vergessen. Ich konnte ohnehin nur an die Düfte denken, die mir aus Bethesdas Küche entgegenschlugen, und an einen langen, sorgenfreien Nachtschlaf.

Als ich die Halle verließ, warf ich einen Blick auf den Rotbart, den Cicero mir geschickt hatte. Er saß mit verschränkten Armen, den Blick auf die gegenüberliegende, verschlossene Tür gerichtet, auf einem Stuhl an der Wand, den blanken Dolch noch immer gezückt. Über seinem Kopf stand die in Blut geschriebene Botschaft, so daß ich es nicht vermeiden konnte, sie ein weiteres Mal zu lesen. »Schweig oder stirb.« Die Worte machten mich krank; am Morgen würde ich Bethesda die Wand abschrubben lassen. Ich sah in Rotbarts starre Augen und warf ihm ein Lächeln zu. Er lächelte nicht zurück.

In Komödien treten häufig Charaktere auf, die etwas Dummes tun, das für jeden im Publikum, für jeden auf der Welt außer ihnen selbst völlig offensichtlich dumm ist. Die Zuschauer zappeln auf ihren Sitzen, lachen und rufen manchmal sogar laut: »Nein, nein! Siehst du denn nicht, du Dummkopf?« Doch der zu seinem Schicksal verdammte Mensch auf der Bühne kann sie nicht hören, und die Götter fahren zu ihrer großen Belustigung fort, die Vernichtung eines weiteren blinden Sterblichen in die Wege zu leiten.

Manchmal jedoch führen sie uns nur bis an die Schwelle der Katastrophe, um uns dem Abgrund im letzten Moment zu entreißen, wobei sie sich über unsere unerklärliche Rettung genauso köstlich amüsieren wie über unseren unvorhersehbaren Tod.

In jener Nacht wachte ich plötzlich völlig übergangslos auf und trat in jenen seltsamen Bewußtseinszustand ein, der die Welt zwischen Mitternacht und Dämmerung regiert. Ich lag allein in meinem Zimmer. Bethesda hatte mich nach einem ausgiebigen Mahl mit Fisch und Wein dorthin geführt, mir meine Tunika abgestreift, mich trotz der Hitze mit einer dünnen Wolldecke zugedeckt und wie ein Kind auf die Stirn geküßt. Ich stand auf und ließ die Decke zu Boden sinken; die Nachtluft war stickig vor Hitze. Das Zimmer lag im Dunkeln, nur ein einzelner Strahl Mondlicht fiel durch das winzige hohe Fenster. Blind tappte ich zur Ecke des Zimmers, konnte jedoch in der Finsternis meinen Nachttopf nicht finden, oder Bethesda hatte ihn ausgeleert und nicht zurückgestellt.

Es spielte keine Rolle. In einer so merkwürdigen Nacht hätte sich ein Nachttopf in einen Pilz verwandeln oder in Luft auflösen können, und es wäre mir wie eine Bagatelle vorgekommen. Ich empfand dasselbe Fremdheitsgefühl wie zuvor, als ich mit Bethesda in der Halle gelegen hatte. Ich sah und spürte alles um mich herum mit absoluter Klarheit, und doch kam es mir vor wie unheimliches und unvertrautes Gelände, als ob der Mond die Farbe gewechselt hätte, als ob die Götter gen Himmel aufgestiegen wären und die Erde im tiefen Schlaf sich selbst überlassen hätten. Alles Mögliche konnte geschehen.

Ich schob den Vorhang beiseite und trat ins Atrium. Vielleicht war ich doch noch nicht wach und schlafwandelte nur, denn das Haus besaß jene Unwirklichkeit vertrauter

Orte, die durch die Geographie der Nacht in eine Schräglage gebracht worden waren. Blaues Mondlicht durchflutete den Garten und verwandelte ihn in einen Dschungel von Knochen, die messerscharfe Schatten warfen. Im Säulengang waren vereinzelte Lampen weit heruntergebrannt. Hinter der Mauer, die die Halle verdeckte, brannte die hellste Lampe von allen und warf ein schwach gelbes Licht um die Ecke wie ein Lagerfeuer hinter einem Bergkamm.

Ich ging zu der Ecke des Gartens und raffte meine Tunika. Wie ein Schuljunge erleichterte ich mich fast geräuschlos, in dem ich auf das weiche Gras zielte. Als ich fertig war, ließ ich meine Tunika wieder sinken und meinen Blick über das Knochenfeld wandern, das durch den Schatten einer vorbeiziehenden Wolke in die eingeäscherten Ruinen Karthagos in einer mondlosen Nacht verwandelt worden war.

Inmitten der Gerüche von Erde, Urin und Hyazinthen witterte ich einen Knoblauchhauch in der warmen Luft. Der Schein der Lampe in der Halle flackerte, bewegte sich und warf den schwankenden Schatten eines Mannes auf die Außenwand von Bethesdas Zimmer.

Wie eine Traumfigur ging ich zur Halle, wie im Traum schien ich auch unsichtbar zu sein. Eine helle Lampe stand auf dem Boden und warf merkwürdige Schatten nach oben. Rotbart stand vor der beschmierten Wand mit der bedrohlichen Botschaft, wobei er mit einer Hand über die Oberfläche strich. Seine Hand war mit einem rotgefleckten Tuch umwickelt, aus dem etwas Dunkles und Dickflüssiges zu Boden tropfte. Seine andere Hand hielt den Dolch umklammert, dessen blitzende Klinge blutverschmiert war.

Die Tür zum Haus stand weit offen. Dagegen gelehnt, als solle er sie offenhalten, lag der riesige Körper von Zoticus, seine Kehle so tief durchgeschnitten, daß der Kopf sich fast ganz vom Körper gelöst hatte. Eine riesige Blutlache war aus seinem Hals auf den Steinboden geflossen. Der Teppich war völlig durchgeweicht. Ich beobachtete, wie Rotbart sich bückte, um das Tuch in die Blutlache zu tauchen, wobei er seinen Blick nie von der Wand nahm, als wäre er ein Künstler und die Wand das Bild, an dem er gerade arbeitete. Er machte einen Schritt nach vorn und schrieb weiter.

Dann drehte er sich ganz langsam um und sah mich.

Jetzt erwiderte er das Lächeln, das ich ihm zuvor geschenkt hatte, mit einem furchtbaren, klaffenden Grinsen.

Er mußte sich in Sekundenschnelle auf mich gestürzt haben, obwohl es mir so vorkam, als würde er sich mit einer nachdenklichen und unmöglichen Langsamkeit bewegen. Ich hatte alle Zeit der Welt zu beobachten, wie er den Dolch hochriß, den plötzlichen Knoblauchschwall in meiner Nase zu spüren, über das angespannte, zuckende Grinsen in seinem Gesicht zu grübeln und mich töricht zu fragen, welchen Grund er haben konnte, mich so wenig zu mögen.

Mein Körper war klüger als mein Hirn. Irgendwie war es ihm gelungen, das Handgelenk des Angreifers zu packen und den Dolch abzulenken. Er kratzte mir kaum wahrnehmbar über die Wangen und hinterließ eine schmale rote Spur, die ich erst viel später spürte. Plötzlich war ich platt an die Wand gedrückt und die Luft aus mir herausgetrieben, so verwirrt, daß ich einen Moment lang glaubte, ich läge flach auf dem Boden und das volle Gewicht von Rotbarts Körper lastete auf meiner Brust.

Mit einer gewundenen Drehung taumelten wir zu Boden wie aus dem Tritt gekommene Akrobaten. Wie in der Brandung von den Füßen gerissene Ertrinkende rollten wir umher, so daß ich nie wußte, wo unten und oben war. Die Spitze des Dolches kitzelte meine Kehle, aber es gelang mir jedesmal, dem Stoß seines Arms im letzten Moment eine andere Richtung zu geben. Er war geradezu lächerlich stark, mehr wie ein Sturm oder eine Lawine als wie ein Mann. Im Kampf mit ihm kam ich mir vor wie ein kleiner Junge. Ich hatte keine Hoffnung, ihn zu besiegen. Ich konnte nur versuchen, von einem zum nächsten Moment zu überleben.

Plötzlich fiel mit Bethesda ein, und ich wußte, daß sie bereits tot sein mußte, genau wie Zoticus. Warum hatte er mich bis zum Schluß geschont? Und dann sauste auf einmal ein Knüppel auf Rotbarts Schädel nieder.

Während er über mir schwankte, nahm ich hinter seiner Schulter für einen Moment Bethesda wahr. In der Hand hielt sie den Holzbalken, mit dem die Tür verriegelt wurde. Er war so schwer, daß sie ihn kaum schwingen konnte. Sie wollte erneut ausholen, geriet jedoch unter seinem Gewicht ins Stolpern und taumelte rückwärts. Rotbart kam wieder zu Sinnen. Blut rann aus einer Platzwunde am Hinterkopf und tropfte auf seinen Bart und seine Lippen, was ihm das Aussehen eines tollwütigen Tieres im Blutrausch verlieh. Er kämpfte sich auf die Knie, fuhr herum und hob seinen Dolch. Ich schlug gegen seine Brust, brachte jedoch nicht die nötige Kraft auf.

Bethesda stand aufrecht mit erhobenem Balken. Rotbart stach mit dem Dolch zu, schlitzte jedoch nur ihr Gewand auf. Rasch drehte er sich in die andere Richtung und bekam mit der freien Hand einen Fetzen zu fassen. Er zog heftig daran und Bethesda fiel nach hinten. Der Balken sauste mit der ganzen Kraft seines eigenen Gewichtes nach unten. Ob mit Absicht oder zufällig, er traf Rotbart jedenfalls direkt auf dem Kopf, und als er über mir zusammenbrach, packte ich seinen zustechenden Arm und richtete ihn gegen seine eigene Brust.

Die Klinge versank bis zum Knauf in seinem Herz. Sein Gesicht war direkt über mir, er verdrehte die Augen und klappte den Mund auf. Knoblauchgestank und der Geruch seiner faulen Zähne schlug mir entgegen. Ich rollte mich hastig zur Seite, während er einen verzweifelten rasselnden Atemzug machte. Dann zuckte er heftig und sank in sich zusammen, als sei irgend etwas in ihm explodiert. Einen

Augenblick später schoß ein Blutschwall aus seinem offenen Mund.

Irgendwo ganz weit weg schrie Bethesda. Ein großes, massives totes Etwas lag schwer auf mir, zuckend und Galle ausstoßend, bis meine Augen blind und Nase und Mund bedeckt, ja selbst meine Ohren verstopft waren. Ich versuchte, mich freizustrampeln, lag jedoch hilflos da, bis Bethesda mir zur Hilfe kam. Schließlich rollte die massive Leiche auf den Rücken und starrte mit hängendem Kinn zur Decke.

Ich kämpfte mich auf die Knie. Wir klammerten uns aneinander, beide so heftig zitternd, daß wir uns kaum umarmen konnten. Ich spuckte Blut und schnaubte und wischte mir das Gesicht am Oberteil ihres sauberen weißen Gewands ab. Wir streichelten uns und stammelten sinnlose Worte des Trostes wie Überlebende einer gewaltigen Verwüstung.

Die Lampe brannte zischend nieder und warf zitternd groteske Schatten an die Wand, so daß es aussah, als ob die unbeweglichen Leichen noch zuckten. Die eigenartige Geographie der Nacht jedoch war ungebrochen: Wir waren Liebende aus einem Gedicht, die sich nackt und halbnackt auf Knien an einem großen, stillen See umarmten. Nur daß der See aus Blut war – so viel Blut, daß ich mein Spielgebild darin sehen konnte. Ich starrte mir in die Augen und kam mit einem Schock zur Besinnung. Mir wurde endlich bewußt, daß ich mich nicht in einem Alptraum befand, sondern mitten im Herzen der großen, schlummernden Stadt Rom.

# Zweiundzwanzig

Ganz offensichtlich«, sagte ich, »war die Botschaft als Warnung an *dich* gemeint, Cicero.«

»Aber wenn er vorhatte, dich und deine Sklavin zu ermorden, warum hat er dann nicht erst das Gemetzel erledigt? Warum hat er dich nicht einfach im Schlaf ermordet und die Botschaft hinterher geschrieben?«

Ich zuckte die Schultern. »Weil er schon genug Blut zur Verfügung hatte, welches aus Zoticus aufgeschlitzter Kehle sprudelte. Weil im Haus alles ruhig war und er keine Angst hatte, daß ich aufwachen würde. Weil er, wenn er die Botschaft bereits geschrieben hatte, für den Fall, daß es irgendwelche unvorhergesehene Komplikationen geben oder wir vor unserem Tod schreien würden, das Haus sofort verlassen konnte. Vielleicht hat er auch auf einen weiteren Mörder gewartet. Ich weiß es nicht, Cicero. Ich kann nicht für einen Toten sprechen. Aber er wollte mich umbringen, dessen bin ich sicher. Und die Warnung war für dich.«

Der Mond war untergegangen. Die dunkelsten Stunden der Nacht waren angebrochen, auch wenn die Dämmerung nicht mehr fern sein konnte. Bethesda befand sich irgendwo in den Sklavenquartieren und schlief fest, wie ich hoffte. Rufus, Tiro und ich saßen inmitten von zischenden Kohlenbecken, während unser Gastgeber grimassierend und sein Kinn reibend auf und ab lief.

Sein Gesicht wirkte abgespannt, und sein Kinn war mit Stoppeln übersät, aber seine Augen blitzten und funkelten alles andere als schläfrig – so hatte er ausgesehen, als Bethesda und ich nach einer mitternächtlichen Flucht durch die halbe Stadt an seine Tür klopften. Erstaunlicherweise war Cicero noch wach und das Haus hell erleuchtet gewesen. Ein Sklave mit verquollenen Augen hatte uns ins Arbeitszimmer geführt, wo Cicero mit einem Bündel Pergamentrollen in den Händen laut lesend auf und ab ging, wobei er gelegentlich an einer Schale dampfender Lauchsuppe nippte – Hortensius' Geheimrezept, um die Stimme geschmeidiger zu machen.

Er hatte unter Tiros Mithilfe fast den kompletten ersten Entwurf seiner Rede zur Verteidigung von Sextus Roscius fertiggestellt, nachdem er den ganzen Abend ohne Pause daran gearbeitet hatte. Er hatte sie an Tiro und Rufus ausprobiert, als wir blutbespritzt und zitternd vor seiner Tür ankamen.

Bethesda verschwand schnell in der Obhut von Ciceros Haushälterin, die versprach, sich um sie zu kümmern. Cicero bestand darauf, daß ich mich zu allererst wusch und eine frische Toga anlegte. Ich hatte mein Bestes getan, aber im Licht der Lampen in seinem Arbeitszimmer entdeckte ich immer wieder kleine Spritzer getrockneten Bluts an Fingernägeln und Füßen.

»Jetzt liegen also zwei Leichen in deinem Haus«, sagte Cicero und rollte die Augen. »Na gut, ich werde morgen jemand vorbeischicken, der sich darum kümmert. Weitere Kosten! Der Besitzer von Zoticus wird garantiert alles andere als begeistert sein, wenn man ihm einen toten Leibwächter zurückbringt; eine finanzielle Regelung wird gefunden werden müssen. Du bist wie eine Amphore ohne Boden, in die ich ständig Münzen werfe, Gordianus.«

»Diese Botschaft«, unterbrach ihn Rufus nachdenklich, »wie lautete sie noch einmal genau?«

Ich schloß die Augen und sah jedes Wort in grellem Rot im flackernden Lampenlicht vor mir. »›Der Dummkopf hat nicht gehorcht. Jetzt ist er tot. Ein klügerer Mann wird Urlaub machen, sind die heiligen Iden des Mai gekommen.‹ Außerdem scheint er auch die alte Nachricht mit frischem Blut nachgezogen zu haben.«

»Äußerst sorgfältig«, sagte Cicero.

»Ja, und ein besserer Schreiber als Mallius Glaucia. Seine Buchstaben waren wohlgeformt, und er schien auch nicht nach Vorlage, sondern aus dem Gedächtnis zu arbeiten. Ein Sklave eines höhergestellten Herrn.«

»Man sagt, Chrysogonus hätte Gladiatoren, die lesen und schreiben können«, sagte Rufus.

»Ja, wirklich zu dumm, daß du diesen Rotbart umbringen mußtest«, sagte Cicero vorwurfsvoll. »Sonst hätten wir vielleicht erfahren, wer ihn geschickt hat.«

»Aber er sagte, er käme von dir, Cicero.«

»Du brauchst gar nicht sarkastisch zu werden, Gordianus. Natürlich hab nicht ich ihn geschickt. Du solltest dir selbst einen Leibwächter besorgen, und ich wollte ihn bezahlen, so lautete unsere Verabredung. Um ehrlich zu sein, habe ich die ganze Geschichte vergessen, als du weg warst. Ich habe angefangen, mir Notizen für die Verteidigung zu machen, und gar nicht mehr daran gedacht.«

»Aber er konnte meiner Sklavin ausdrücklich erklären, daß er von dir geschickt war, als er vor meiner Tür stand. Es war eine vorsätzliche List, um mich zu täuschen, was bedeutet, daß wer immer ihn geschickt hat, von unserer Verabredung *gewußt* haben muß, die wir nur wenige Stunden zuvor getroffen hatten, nämlich daß du einen Leibwächter zum Schutz meines Hauses bezahlen wolltest. Wie kann das sein, Cicero? Die einzigen Menschen, die von diesem Gespräch wußten, waren genau dieselben, die jetzt wieder in diesem Raum versammelt sind.«

Ich starrte Rufus an. Er errötete und schlug die Augen nieder. Enttäuschte Liebe kann in Haß umschlagen, und abgewiesenes Begehren nach Rache verlangen. Die ganze Zeit über war er eine Schlange gewesen, dachte ich, vertraut mit Ciceros Strategie und gleichzeitig Pläne schmiedend, um sie zum Scheitern zu bringen. Man kann nie einem Patrizier trauen, dachte ich, egal wie jung und unschuldig er wirken mochte. Irgendwie war es den Feinden von Sextus Roscius gelungen, sich seiner Motive zu bedienen und sie zu ihren Zwecken zu mißbrauen. Er war tatsächlich bereit gewesen, mein Leben und das von Sextus Roscius zu opfern, nur um Cicero zu demütigen – das schien unmöglich, wenn man in sein jungenhaftes Gesicht mit der sommersprossigen Nase blickte, aber das ist der Stoff, aus dem man Römer macht.

Ich wollte ihn gerade laut anklagen und sein Geheimnis offenbaren – seine versteckte Leidenschaft für Cicero, seinen Verrat –, aber welcher Gott auch immer mir in jener Nacht das Leben gerettet hatte, er entschloß sich, auch noch meine Ehre zu retten, und bewahrte mich davor, mich vor einem großzügigen Klienten und seinem wohlgeborenen Bewunderer bloßzustellen.

Tiro machte ein unterdrücktes, würgendes Geräusch, als versuche er erfolglos, sich zu räuspern.

Sofort waren alle Blicke auf ihn gerichtet. In seinem Gesicht stand deutlich die Schuld geschrieben – er blinzelte, errötete und kaute an seinen Lippen.

»Tiro?« Ciceros Stimme klang trotz Lauchsuppe schrill und heiser. Doch sein Gesicht verriet nur milde Bestürzung, als wolle er sich sein Urteil in Erwartung einer ganz einfachen und einleuchtenden Erklärung vorbehalten.

Rufus sah mich mit feurigem Blick an, als wollte er sagen: Und wie konntest du an *mir* zweifeln? »Ja, Tiro«, sagte er, verschränkte seine Arme und blickte über seine sommersprossige Nase. »Gibt es irgend etwas, was du uns gerne mitteilen möchtest?« Er wirkte herablassender, als ich ihn mir je hätte vorstellen können. Dieser kalte, unerbittliche Blick – ist er eine Maske, die alle Patrizier bei Bedarf von einem Augenblick zum anderen aufsetzen können, oder ist er ihr einzig wahres Gesicht, wenn alle Masken gefallen sind?

Tiro biß sich auf die Fingerknöchel und begann zu weinen. Und da erkannte ich die Wahrheit.

»Das Mädchen«, flüsterte ich. »Roscia.«

Tiro verbarg sein Gesicht und schluchzte laut.

Cicero war außer sich vor Wut. Er rannte im Zimmer auf und ab wie ein Wolf. Es gab Momente, in denen ich glaubte, er würde den armen Tiro, der händeringend und schluchzend dasaß, tatsächlich schlagen. Statt dessen warf er die Arme in die Luft und schrie sich die Lunge aus dem Leib, bis er so heiser war, daß er kaum noch ein Wort herausbrachte.

Gelegentlich versuchte Rufus, zu vermitteln und die Rolle des alles verstehenden und vergebenden Patriziers zu spielen. Die Rolle stand ihm schlecht. »Aber, Cicero, so etwas kommt ständig vor. Außerdem braucht Caecilia nichts davon zu erfahren.« Er streckte den Arm aus, um Ciceros Hand zu greifen, aber Cicero riß sich wütend los, blind für Rufus' schmerzerfüllte Reaktion.

»Während sich ihr gesamter Haushalt heimlich über sie lustig macht? Nein, nein, Caecilia mag genau wie ich getäuscht worden sein, aber du glaubst doch nicht etwa, daß ihre Sklaven nichts davon mitbekommen haben? Es gibt nichts, absolut nichts Schlimmeres, als einen Skandal, der sich direkt vor der Nase einer römischen Matrone abspielt, während ihre Sklaven sich hinter ihrem Rücken darüber amüsieren. Der Gedanke, daß ich solche Schande über ihr Haus gebracht habe! Ich kann ihr nie wieder offen in die Augen sehen.«

Tiro schniefte und schreckte zusammen, als Cicero an ihm vorbeikam. Ich kratzte das Blut von meinen Fingernägeln und stöhnte innerlich über die ersten Anzeichen eines heftigen Kopfschmerzes. Im Atrium konnte man das erste Licht der Dämmerung ausmachen.

»Laß ihn auspeitschen, wenn es sein muß, Cicero. Oder laß ihn erhängen«, sagte ich. »Es ist schließlich dein gutes Recht, und niemand würde etwas dagegen einwenden.

Aber schone deine Stimme für den Prozeß. Indem du hier rumschreist, bestrafst du nur Rufus und mich.«

Cicero erstarrte und sah mich wütend an. Zumindest hatte ich seinem unaufhörlichen Hin- und Herrennen ein Ende gemacht.

»Tiro hat möglicherweise wirklich dumm und verwerflich gehandelt«, fuhr ich fort. »Vielleicht hat er sich auch nur verhalten wie jeder junge Mann, der sich nach Liebe sehnt. Aber es gibt keinen Grund anzunehmen, daß er dich oder uns verraten hat, zumindest nicht wissentlich. Er ist getäuscht worden, eine uralte Geschichte.«

Einen Moment lang sah es so aus, als hätte Cicero sich endlich beruhigt. Er atmete tief ein und starrte zu Boden. Dann explodierte er erneut. »Wie oft?« wollte er wissen und warf wieder die Hände in die Luft. »Wie oft?« Wir waren das alles schon einmal durchgegangen, aber die genaue Zahl schien ihn besonders zu irritieren.

»Fünfmal, glaube ich. Vielleicht sechsmal«, erwiderte Tiro schüchtern, wie jedesmal, wenn Cicero ihm diese Frage gestellt hatte.

»Angefangen hat es bei meinem ersten, dem allerersten Besuch in Caecilia Metellas Haus. Wie konntest du dich nur zu so etwas hinreißen lassen? Und es dann auch noch heimlich zu tun, hinter meinem Rücken, hinter dem Rücken ihres Vaters und seiner Patronin, direkt in ihrem Haus! Wo war dein Sinn für Anstand? Oder Schicklichkeit? Was, wenn man dich entdeckt hätte? Ich hätte keine andere Wahl gehabt, als über dich an Ort und Stelle die schwerste Strafe zu verhängen! Und man hätte mich dafür verantwortlich gemacht. Ihr Vater hätte einen Prozeß gegen mich anstrengen und mich ruinieren können.« Seine Stimme war so heiser und kratzend geworden, daß ihr bloßer Klang mich zusammenfahren ließ.

»Höchst unwahrscheinlich«, sagte Rufus gähnend, »in Anbetracht seiner Lage.«

»Das spielt keine Rolle! Wirklich Tiro. Ich sehe keinen Ausweg aus dieser Sache. Jede angemessene Strafe, die mir einfällt, ist so streng, daß sie mich schaudern läßt. Und trotzdem sehe ich keine Alternative.«

»Du könntest ihm natürlich einfach vergeben«, schlug ich vor und rieb mir meine schmerzenden Augen.

»Nein! Nein, nein, nein! Wenn Tiro bloß irgendein einfacher, ahnungsloser Arbeitssklave der untersten Kategorie wäre, ließe sich sein Verhalten vielleicht noch entschuldigen – er müßte natürlich gleichwohl bestraft werden, aber das Verbrechen wäre zumindest nachvollziehbar. Aber Tiro ist ein Sklave, der sich mit dem Gesetz besser auskennt als die meisten Bürger. Was er mit der jungen Roscia getan hat, war nicht der spontane Akt einer ahnungslosen Kreatur, sondern die bewußte Entscheidung eines gebildeten Sklaven, dessen Herr ganz offensichtlich viel zu nachgiebig und viel, viel zu vertrauensselig gewesen ist.«

»Oh, in Jupiters Namen, hör endlich auf, Cicero!« Rufus war mit seiner Geduld am Ende. Ich schloß die Augen und stieß ein stilles Dankgebet an die unsichtbaren Götter aus, daß es Rufus gewesen war, der schließlich seine Stimme erhoben hatte und nicht ich, denn ich hatte mir schon so lange auf die Zunge gebissen, daß sie fast blutete. »Siehst du denn nicht, daß das sinnlos ist? Welches Verbrechen Tiro auch immer begangen haben mag, außer uns in diesem Raum weiß niemand davon, jedenfalls niemand, den es kümmert, zumindest so lange das Mädchen den Mund hält. Es ist eine Angelegenheit, die zwischen dir und deinem Sklaven geregelt werden muß. Schlaf eine Nacht darüber und vergiß das Ganze, bis der Prozeß vorbei ist. In der Zwischenzeit mußt du nur dafür sorgen, daß er von dem Mädchen ferngehalten wird. Wie Gordianus sagt, schone deine Stimme und spar dir deine Wut für Wichtigeres, zum Beispiel die Rettung von Sextus Roscius. Worauf es jetzt ankommt, ist herauszufinden, was Tiro ihr erzählt hat und wie die Informationen in die Hände unserer Feinde gelangt sind.«

»Und warum das Mädchen seinen eigenen Vater verraten sollte.« Ich sah Tiro sorgenvoll an. »Vielleicht hast du dazu eine Idee.«

Tiro warf Cicero einen unterwürfigen Blick zu, als wolle er sich erst vergewissern, ob er die Erlaubnis zum Sprechen oder auch nur zum Atmen hatte. Einen Moment lang sah es so aus, als stünde Cicero vor einem erneuten Ausbruch. Statt dessen fluchte er nur, wandte sich dem schwach erhellten Atrium zu und verschränkte die Arme, als wolle er seine Wut zurückhalten.

»Nun, Tiro?«

»Es kommt mir noch immer unfaßbar vor«, sagte er leise und schüttelte den Kopf. »Vielleicht irre ich mich ja. Als du behauptet hast, daß dich jemand aus diesem Raum verraten haben muß, habe ich bei mir gedacht, ich nicht, ich habe es niemandem gesagt, bis mir auf einmal bewußt wurde, daß ich es Roscia erzählt habe ...«

»Genauso wie du ihr an jenem Tag alles über mich erzählt hast, als ich Sextus Roscius zum erstenmal befragt habe«, sagte ich.

»Ja.«

»Und am nächsten Tag tauchten Mallius Glaucia und ein weiterer von Magnus' Schlägern bei mir auf, töteten meine Katze und hinterließen ihre blutige Botschaft, damit ich den Fall nicht weiterverfolge. Ja, es scheint mir sehr wahrscheinlich, daß Roscia das Leck in unserem Schiff ist.«

»Aber wieso? Sie liebt ihren Vater. Sie würde alles tun, um ihm zu helfen.«

»Hat sie das gesagt?«

»Ja. Deswegen hat sie mich doch ständig mit Fragen über die Ermittlung bedrängt und sich erkundigt, was Cicero unternimmt, um ihrem Vater zu helfen. Sextus Roscius hat sie stets aus dem Zimmer geschickt, wenn er über geschäftliche Dinge sprach, und er hat ihr oder ihrer Mutter nie etwas darüber erzählt. Sie konnte es nicht ertragen, so völlig im dunkeln zu tappen.«

»Also hat sie dich während oder nach euren flüchtigen Zusammenkünften mit detaillierten Fragen über die Verteidigung ihres Vaters ausgehorcht.«

»Ja. Aber so wie du es formulierst, klingt es so intrigant, plump und künstlich.«

»Oh, nein. Ich bin sicher, sie ist so glatt wie poliertes Gold.«

»Du sagst das, als wäre sie eine Schauspielerin.« Er senkte die Stimme und warf einen Blick zu Cicero, der uns den Rücken zugedreht hatte und in das Atrium getreten war. »Oder eine Hure.«

Ich lachte. »Keine Hure, Tiro. Das solltest du doch besser wissen.« Ich sah, wie er errötete und sich erneut nach Cicero umsah, als ob er erwartete, daß ich nun die Episode mit Elektra erwähnen und ihn in den Augen seines Herren weiter heruntermachen würden. »Nein«, sagte ich, »die Beweggründe einer Hure sind immer durchsichtig und nachvollziehbar, eben weil sie suspekt sind, und nur ein echter Narr würde sich von ihr bezirzen lassen oder ein Mann, der sich unbedingt zum Narren machen will.« Ich erhob mich von meinem Stuhl, ging steif durch das Zimmer und legte meine Hand auf seine Schulter. »Aber selbst weise Männer lassen sich von denen, die jung, unschuldig und aufrichtig zu sein scheinen, hinters Licht führen. Vor allem, wenn sie selbst jung und unschuldig sind.«

Tiro blickte erneut zum Atrium, wo Cicero außer Hörweite stand. »Glaubst du wirklich, daß das *alles* war, was sie von mir wollte, Gordianus? Daß alles nur ein Mittel war herauszubekommen, was ich wußte?«

Ich erinnerte mich daran, wie ich sie bei meinem ersten Besuch bei Caecilia gesehen hatte, an den Ausdruck auf dem Gesicht des Mädchens, daran wie sie sich ihm, nackt an der Wand, voller Verlangen entgegengebogen hatte. Ich dachte auch an das lüsterne Funkeln in den Augen des jungen Lucius Megarus, das bei der Erinnerung an ihren Aufenthalt im Haus seines Vaters aufgeblitzt war. »Nein, nicht nur. Wenn du meinst, ob sie gar nichts empfunden hat, als sie mit dir zusammen war, so würde ich das stark bezweifeln. Vertrauen ist nie ganz rein, und der Betrug genausowenig.«

»Wenn sie Informationen gesammelt hat«, sagte Rufus, »hat sie sie vielleicht selbst auf ganz unschuldige Weise weitergegeben. Vielleicht gibt es in Caecilias Haus einen Sklaven oder eine Sklavin, der sie vertraut, einen Spion, den Chrysogonus dort plaziert hat und der sie aushorcht, genau wie sie Tiro ausgehorcht hat.«

Ich schüttelte den Kopf. »Das glaube ich nicht. Bisher konntest du sie doch nur treffen, wenn du einen von uns bei einem Gang zu Caecilias Haus begleitet hast, stimmt's?«

»Ja...« Er antwortete zögernd, als ob er die nächste Frage bereits erwartete.

»Aber irgend etwas sagt mir, daß Roscia dir diesmal vorgeschlagen hat, sie heimlich zu treffen – morgen.«

»Ja.«

»Aber woher weißt du das?« fragte Rufus.

»Weil der Prozeß näherrückt. Wer auch immer über Roscia Informationen einholt, hat sie bestimmt gedrängt, regelmäßiger Bericht zu erstatten, jetzt, wo der entscheidende Tag ins Haus steht. Sie konnten sich nicht mehr darauf verlassen, daß es Tiro möglich war, sie täglich zu treffen. Also haben sie sie gedrängt, ein Treffen zu arrangieren. Stimmt's, Tiro?«

»Ja.«

»Und nun haben wir schon morgen«, sagte ich mit einem Blick in den Garten, wo Cicero noch immer bemüht war, seine Fassung zurückzugewinnen. Das Licht war erst rosafarben, dann ockergelb geworden und verblaßte jetzt rasch zu weiß. Die Kühle der Nacht war bereits auf dem Rückzug. »Wann und wo, Tiro?«

Er blickte erneut zu seinem Herrn, der nach wie vor keine Anzeichen machte zuzuhören, und tat dann einen tiefen Seufzer. »Auf dem Palatin. In der Nähe von Caecilia Metellas Haus gibt es zwischen zwei Grundstücken einen kleinen Park mit Wiese und Bäumen; dort soll ich sie drei Stunden nach Mittag treffen. Sie hat gesagt, wenn ich mit dir oder Rufus unterwegs wäre, sollte ich vorgeben, eine dringende Besorgung für Cicero machen zu müssen und umgekehrt. Sie hat gesagt, mir würde bestimmt etwas einfallen.«

»Und das ist jetzt gar nicht mehr nötig. Weil ich dich begleiten werde.«

»Was?« Es war der empörte Cicero, der ins Zimmer zurückkam. »Kommt gar nicht in Frage! Unmöglich! Es wird keinen weiteren Kontakt zwischen den beiden geben.«

»Doch«, sagte ich, »das wird es. Weil ich es so sage. Weil mein Leben von jetzt an bis zum Prozeß jeden Augenblick in Gefahr sein wird und ich keinen Weg unbeschritten lassen werde, die Wahrheit herauszufinden.«

»Aber wir kennen die Wahrheit doch schon.«

»Tatsächlich? Genau wie du vor einer Stunde die Wahrheit kanntest, bevor Tiro sein Geständnis abgelegt hat. Es gibt immer noch mehr Wahrheiten herauszufinden, und noch mehr und noch mehr. Bis dahin schlage ich vor, daß wir alle versuchen, ein wenig zu schlafen. Vor uns liegt ein anstrengender Tag. Rufus hat auf dem Forum zu tun, Tiro und ich haben eine Verabredung mit der jungen Roscia. Und heute abend, während du, Cicero, an deinen Notizen arbeitest und an deiner Rede feilst und Lauchsuppe schlürfst, werden wir drei eine kleine Feier besuchen, die der ehrwürdige Chrysogonus in seiner Villa auf dem Palatin veranstaltet. Und nun wünsche ich dir einen guten Morgen, Cicero, und, wenn du mir einen Platz zum Schlafen anweisen könntest, auch eine gute Nacht.«

# Dreiundzwanzig

Wie lange mein Gastgeber geschlafen hatte, oder ob er überhaupt zu Bett gegangen war, weiß ich nicht; ich weiß nur, daß ich Cicero, als Tiro mich an jenem Mittag in meiner winzigen Kammer gegenüber dem Arbeitszimmer sanft weckte, mit rauher, durchdringender Stimme deklamieren hörte, während er in dem kleinen Garten auf und ab schritt.

»Bedenkt, meine Herren, die Geschichte, die vor nicht allzu vielen Jahren einem gewissen Titus Cloelius aus Tarracina widerfahren ist, ein friedliches Städtchen sechzig Meilen südöstlich von Rom an der Via Appia. Eines Abends begab er sich nach dem Essen in demselben Zimmer zur Ruhe, in dem auch seine beiden erwachsenen Söhne schliefen. Am nächsten Morgen fand man ihn mit durchschnittener Kehle. Die Untersuchung förderte weder Verdächtige noch Motive zutage; die beiden Söhne behaupteten, sie hätten fest geschlafen und nichts gehört. Trotzdem wurden sie wegen Vatermordes angeklagt – und die Umstände waren in der Tat verdächtig. Wie, so argumentierte die Anklage, hätten sie ein solches Ereignis verschlafen können? Warum waren sie nicht aufgewacht und dem Vater zur Hilfe geeilt? Und welcher Mörder hätte es gewagt, sich in ein Zimmer mit drei schlafenden Männern zu begeben mit der Absicht, nur einen von ihnen zu töten und dann zu verschwinden?

Und doch wurden die Söhne von den guten Richtern für nichtschuldig erklärt und von jedem Verdacht losgesprochen. Und was war der entscheidende Beweis? Die Söhne wurden am nächsten Morgen bei offener Tür *fest schlafend* vorgefunden? Wie könne das angehen, so argumentierte die Verteidigung, und die Richter waren einhellig ihrer Meinung, wenn sie wirklich schuldig wären? Denn welcher Mann könne, nachdem er alles göttliche und menschliche Recht durch ein so ruchloses Verbrechen entweiht habe, hinterher ruhig einschlafen? Männer, so die Logik der Verteidigung, die eine derart empörende Untat begangen hatten, könnten unmöglich im selben Zimmer fest geschlafen, ja neben der noch warmen Leiche ihres Vaters geschnarcht haben. Also wurden die beiden Söhne von Titus Cloelius freigesprochen ...

Ja, ja, der Teil ist sehr gut, wirklich sehr gut, kein Wort muß geändert werden.«

Er räusperte sich geräuschvoll und flüsterte leise vor sich hin, bevor er seine Stimme wieder erhob. »Die Geschichte weiß von Söhnen, die, um den Vater zu rächen, ihre Mutter getötet haben: Orest, der Klytämnestra ermordete, um Agamemnon zu rächen, Alkmäon, der aus Rache für Amphiaraus Eriphyle umbrachte ... oder war es Amphiaraus, der Eriphyle tötete? Nein, nein, so stimmt's schon ... Und obwohl diese Männer im Einklang mit dem Willen der Götter gehandelt haben und Orakelsprüchen gefolgt sein sollen, haben die Furien sie dennoch gnadenlos gehetzt und niemals zur Ruhe kommen lassen, denn dies ist die Natur, selbst wenn die Tat in Erfüllung ihrer Kindespflicht gegenüber einem ermordeten Vater geschehen ist, der Natur ... Nein, nein, Moment, so geht's nicht. Das ergibt überhaupt keinen Sinn. Zu viele Worte, viel zu viele Worte ...«

»Soll ich die Vorhänge öffnen?« fragte Tiro. Ich richtete mich auf dem Diwan auf, rieb mir die Augen und fuhr mit der Zunge über meine ausgetrockneten Lippen. Diese Kammer war wie ein Ofen, drückend heiß und ohne einen Luftzug. Das Licht, mit dem die gelben Vorhänge getränkt waren, war ebenso grell wie Ciceros Stimme.

»Auf gar keinen Fall«, sagte ich. »Dann müßte ich ihm nicht nur zuhören, sondern auch noch zusehen. Ich bin nicht sicher, daß ich soviel Helligkeit ertragen würde. Gibt es hier irgendwas zu trinken?«

Er ging zu einem kleinen Tisch und goß mir ein Glas Wasser aus einem silbernen Krug ein.

»Wie spät ist es, Tiro?«

»Wir haben jetzt die neunte Stunde – zwei Stunden nach Mittag.«

»Ah, dann haben wir noch eine Stunde Zeit bis zu unserer Verabredung. Ist Rufus schon auf?«

»Rufus Messala ist schon seit Stunden auf dem Forum. Cicero hat ihm eine ganze Liste mit Aufträgen mitgegeben.«

»Und meine Sklavin?«

Tiro lächelte verhalten. Was hatte Bethesda getan – ihn auf die Wange geküßt, ihm geschmeichelt, ihn geneckt oder einfach nur mit den Augen geblitzt? »Ich weiß nicht, wo sie jetzt ist. Cicero hat Anweisung gegeben, daß sie nichts weiter tun muß, als sich um deine Bedürfnisse zu kümmern, aber sie hat heute morgen freiwillig angeboten, in der Küche zu helfen. Bis die Köchin darauf bestanden hat, daß sie sie wieder verläßt.«

»Kreischend und ihr Töpfe nachwerfend, nehme ich an.«

»So in der Art.«

»Nun gut, wenn du den Verwalter siehst, kannst du ihm sagen, er kann sie in meine Kammer sperren, wenn er möchte. Soll sie doch hier sitzen und Cicero den ganzen Tag beim Deklamieren zuhören. Das sollte Bestrafung genug für alle zerbrochenen Schalen und Teller sein.«

Tiro runzelte die Stirn, um zu zeigen, daß ihm mein Sarkasmus mißfiel. Eine leichte Brise wehte durch die gelben Vorhänge und trug Ciceros Stimme mit sich: »Und eben wegen jener Schwere des Verbrechens des Vatermordes muß die Tat unwiderlegbar bewiesen werden, bevor ein vernünftiger Mann es glauben kann. Denn welcher Wahnsinnige, welcher zutiefst verdorbene Auswurf der Menschheit bringt über sich und sein Haus solchen Fluch nicht nur der Menschen, sondern auch der Götter? Ihr wißt, werte Römer, daß ich recht habe: Eine so große Kraft und Schicksalsgewalt besitzt das eigene Fleisch und Blut, daß jeder Fleck, den man sich davon zuzieht, sich nicht nur nicht abwaschen läßt, sondern so tief ins Herz des Vatermörders eindringt, daß Raserei und Wahnsinn die Macht über ihn ergreifen, der ohnehin schon von abgrundtiefer Verruchtheit ergriffen sein muß... Oh, ja, das ist es, genau. Beim Herkules, das ist gut!«

»Wenn du dir das Gesicht waschen willst, ich habe dir eine Schüssel und ein Handtuch mitgebracht«, sagte Tiro und wies auf das Tischchen neben dem Diwan. »Und da du keine saubere Kleidung bei dir hast, habe ich im Haus nachgesehen und ein paar Teile gefunden, die dir passen müßten. Sie sind natürlich schon getragen, aber sauber.«

Er nahm eine Reihe von Tuniken zur Hand und breitete sie zur Begutachtung neben mir auf dem Diwan aus. Ciceros Kleidung konnte es nicht sein, weil sein Körper länger und schmaler als meiner war; ich vermutete, daß sie für Tiro gemacht worden waren. Selbst die einfachste Tunika war besser gearbeitet und aus einem feineren Stoff als meine beste Toga. Am Abend zuvor hatte Cicero mir ein weites ärmelloses Gewand gegeben, als er mir mein Bett zugewiesen hatte; daß man auch nackt schlafen konnte, überstieg offenbar seine Vorstellungskraft. Was die bei meiner und Bethesdas Flucht hastig übergeworfene, blutbefleckte Tunika anging, die ich auf dem Weg zu seinem Haus getragen hatte, so war sie augenscheinlich vom Boden meiner Schlafkammer aufgehoben und weggeworfen worden.

Während ich mich wusch und anzog, besorgte Tiro aus der Küche Brot und eine Schale mit Früchten. Ich aß alles auf und ließ ihn mehr holen. Ich war völlig ausgehungert, und weder die Hitze noch Ciceros fortwährende Litaneien oder seine Selbstbeweihräucherungen konnten mir den Appetit verderben.

Schließlich trat ich mit Tiro durch die Vorhänge ins helle Sonnenlicht des Gartens. Cicero blickte von seinem Text auf, aber bevor er etwas sagen konnte, tauchte Rufus hinter ihm auf.

»Cicero, Gordianus, hört euch das an. Ihr werdet es nicht glauben. Es ist ein absoluter Skandal.« Cicero drehte sich um und zog eine Augenbraue hoch. »Es ist natürlich nur ein Gerücht, aber ich bin sicher, daß wir das irgendwie verifizieren können. Weißt du, was sämtliche Güter von Sextus Roscius zusammen wert sind?«

Cicero zuckte leicht mit den Schultern und gab die Frage an mich weiter.

»Eine Reihe von Bauernhöfen«, überschlug ich, »einige von ihnen in bester Lage unweit der Mündung des Nar in den Tiber; eine wertvolle Villa auf dem Hauptgut bei Ameria, dann noch der Besitz in der Stadt – mindestens vier Millionen Sesterzen.«

Rufus schüttelte den Kopf. »Eher sechs Millionen. Und was, glaubst du, hat Chrysogonus – ja, der Goldengeborene höchstpersönlich, nicht Capito oder Magnus – was glaubst du, hat er bei der Auktion für das gesamte Paket bezahlt? Zweitausend Sesterzen. *Zweitausend*!«

Cicero war sichtlich schockiert. »Unmöglich«, sagte er. »So gierig ist nicht einmal Crassus.«

»Oder so unverfroren«, sagte ich. »Wie hast du das herausgefunden?«

Rufus lief rot an. »Das ist das Problem. Und der Skandal! Einer der offiziellen Auktionatoren hat es mir erzählt. Er hat das Gebot selbst entgegengenommen.«

Cicero warf die Hände in die Luft. »Der Mann würde nie vor Gericht aussagen!«

Rufus schien verletzt. »Natürlich nicht. Aber er war immerhin bereit, mit mir zu reden. Und ich bin sicher, er hat nicht übertrieben.«

»Das spielt keine Rolle. Wir brauchen eine Verkaufsurkunde. Und natürlich den Namen Sextus Roscius auf den Proskriptionslisten.«

Rufus zuckte mit den Schultern. »Ich habe den ganzen Tag gesucht und nichts gefunden. Die offiziellen Unterlagen sind natürlich eine Katastrophe. Man kann erkennen, daß sie durchwühlt und nachträglich verändert worden sind, womöglich sogar teilweise entwendet. Die staatlichen Urkunden aus der Zeit zwischen den Bürgerkriegen und den Proskriptionen befinden sich in einem unmöglichen Zustand.«

Cicero strich sich nachdenklich über die Lippen. »Wenn wir feststellen, daß der Name Sextus Roscius auf die Proskriptionslisten gesetzt wurde, können wir sicher davon ausgehen, daß es sich um einen Betrug handelt. Und doch würde es seinen Sohn entlasten.«

»Und wenn nicht, wie können Capito und Chrysogonus dann rechtfertigen, daß sie den Besitz behalten?« fragte Rufus.

»Das«, unterbrach ich, »ist zweifellos der Grund, warum Chrysogonus und seine Kumpane Sextus am liebsten ganz aus dem Weg schaffen würden, wenn möglich mit legalen Mitteln. Wenn die Familie erst einmal ausgelöscht ist, wird es niemanden mehr geben, der sie herausfordern kann, und die Frage, ob es sich um eine Ächtung oder einen Mord gehandelt hat, wird ungeklärt bleiben. Der Skandal ist für jeden offenkundig, der auch nur beiläufig nach der Wahrheit fragt; deswegen reagieren sie so verzweifelt und so brutal. Ihnen bleibt nichts anderes übrig, als jeden zum Schweigen zu bringen, der etwas weiß oder sich dafür interessiert.«

»Dennoch«, sagte Cicero, »kommt es mir mehr und mehr so vor, als seien ihnen die öffentliche Meinung oder selbst die Entscheidungen des Gerichts völlig egal. Ihr Hauptanliegen ist es, den Skandal vor Sulla geheim zu halten. Ich glaube ernsthaft, daß er nichts davon weiß, und sie sind verzweifelt bemüht, daß es dabei bleibt.«

»Durchaus möglich«, sagte ich. »Und sie verlassen sich auch ohne Zweifel darauf, daß dein Selbsterhaltungstrieb dich davon abhält, diesen häßlichen Skandal vor der Rostra zu enthüllen. Du kannst dich unmöglich bis zur Wahrheit vorarbeiten, ohne Sullas Namen hineinzuziehen. Du müßtest ihn zumindest in eine peinliche Situation bringen, schlimmstenfalls sogar beschuldigen. Man kann den Ex-Sklaven nicht anklagen, ohne seinen Freund und früheren Herrn zu beleidigen.«

»Also wirklich, Gordianus, hältst du so wenig von meinen rhetorischen Fähigkeiten? Natürlich werde ich auf des Messers Schneide balancieren müssen. Aber Diodotus hat mich gelehrt, sowohl dem Takt wie der Wahrheit verpflichtet zu sein. In der Obhut eines klugen und ehrlichen Anwalts müssen nur die Schuldigen die Waffen der Redekunst fürchten, und ein wahrhaft weiser Redner wendet sie nie gegen sich selbst.« Er warf mir sein selbstbewußtestes Lächeln zu, aber ich dachte im stillen, daß das, was ich bisher von seiner Rede gehört hatte, den eigentlichen Skandal nur streifte. Das Publikum mit unerklärlichen Geschichten von nächtlings ermordeten Leichen zu schockieren und sie mit epischen Erzählungen einzulullen war eine Sache; den Namen Sullas fallen zu lassen war, beim Herkules, eine ganz andere.

Ich warf einen Blick auf die Sonnenuhr. Uns blieb noch eine halbe Stunde, bevor die junge Roscia ungeduldig werden würde. Ich verabschiedete mich von Rufus und Cicero und legte meine Hand auf Tiros Schulter, als wir das Haus verließen. Hinter mir hörte ich, wie sich Cicero sofort wieder in seine Rede stürzte und Rufus mit seiner Lieblingsstelle ergötzte: »Denn welcher Wahnsinnige, welcher zutiefst verdorbene Auswurf der Menschheit, bringt über sich und sein Haus solchen Fluch nicht nur der Menschen, sondern auch der Götter? Ihr wißt, werte Römer...« Ich sah mich um und beobachtete, wie Rufus jedem Wort und jeder Geste mit einem Blick atemloser Bewunderung folgte.

Erst jetzt fiel mir auf, daß Cicero, bevor wir gingen, kein Wort zu Tiro gesagt hatte und ihn nur mit einem kühlen Nicken entlassen hatte, als er sich zum Gehen wandte. Welche Worte auch immer zwischen ihnen wegen Tiros Benehmen gefallen waren, ich erfuhr sie nicht, weder von Tiro noch von Cicero; und Cicero erwähnte die Affäre, zumindest in meiner Gegenwart, nie wieder.

Tiro war schweigsam, als wir das Forum überquerten und den Palatin hinaufstiegen. Als wir uns dem Ort des Stelldicheins näherten, wurde er zusehends nervöser, und seine Miene so finster wie die Maske eines Schauspielers. Als wir in Blickweite des kleinen Parks waren, faßte er meinen Ärmel und blieb stehen.

»Kann ich sie zuerst allein treffen, nur einen Moment? Bitte?« fragte er mit gesenktem Kopf und niedergeschlagenen Augen wie ein Sklave, der um Erlaubnis bittet.

Ich atmete tief ein. »Ja, sicher. Aber nur einen Moment. Und sag nichts, was sie in die Flucht treiben könnte.« Ich stand im Schatten eines Weidenbaumes und beobachtete, wie er mit schnellen Schritten auf den Durchgang zwischen den hohen Mauern der angrenzenden Villen zuging. Er verschwand im Buschwerk, versteckt von Eiben und wild wuchernden Rosen.

Was er ihr in dieser grünen Laube sagte, weiß ich nicht. Ich hätte ihn fragen können, aber das tat ich nicht, und er kam nie von sich aus darauf zu sprechen. Vielleicht hat Cicero ihn später verhört und die Details erfahren, aber das halte ich für unwahrscheinlich. Manchmal hat sogar ein

Sklave ein Geheimnis, wenn es ihm schon verwehrt bleibt, sonst etwas auf dieser Welt zu besitzen.

Ich wartete nicht lange, kürzer als ich geplant hatte; in jedem Augenblick, der verstrich, sah ich das Mädchen vor meinem inneren Auge durch den entfernten Ausgang des Parks fliehen, bis ich nicht länger stehenbleiben konnte. Einen passenden Moment, ihr die Wahrheit zu entlocken, würde es nicht geben, doch dies war die beste Gelegenheit, auf die ich hoffen konnte.

Der kleine Park war schattig und kühl, aber stickig von Staub. Staub lag auf den verdorrten Rosen- und Efeublättern, die sich an den Mauern hochrankten. Staub stieg vom Boden auf, wenn man seine Schritte auf die dünnen und vertrockneten Stellen im Gras setzte. Zweige knackten und Blätter raschelten, als ich mir einen Weg durch das Gebüsch bahnte; sie hörten mich kommen, obwohl ich bemüht war, möglichst leise zu sein. Ich erspähte sie durch das Gestrüpp und stand im nächsten Moment vor der steinernen Bank, auf der sie nebeneinander Platz genommen hatten. Das Mädchen starrte mich mit den Augen eines verängstigten Tieres an. Sie wäre davongestürzt, wenn Tiro sie nicht fest am Handgelenk gepackt hätte.

»Wer bist du?« Sie starrte mich wütend an und verzog das Gesicht, während sie versuchte, sich loszureißen. Dann sah sie Tiro an, der ihren Blick jedoch nicht erwiderte, sondern statt dessen stur geradeaus ins Gebüsch guckte.

Dann saß sie auf einmal völlig still, doch ich konnte in ihren Augen erkennen, daß sie panisch und fieberhaft nachdachte. »Ich werde schreien«, sagte sie ruhig. »Wenn es sonst niemand hört, die Wachen vor Caecilias Haus hören es bestimmt. Sie kommen, wenn sie mich schreien hören.«

»Nein«, sagte ich mit sanfter Stimme und trat einen Schritt zurück, um sie zu beruhigen. »Du wirst nicht schreien. Du wirst reden.«

»Wer bist du?«

»Du weißt, wer ich bin.«

»Ja, das stimmt. Du bist der, den sie den Sucher nennen.«

»Genau. Und du bist gefunden worden, Roscia Majora.«

Sie biß sich auf die Lippe, und ihre Augen wurden schmal. Es war erstaunlich, wie unfreundlich das Gesicht eines so hübschen Mädchens aussehen konnte. »Ich weiß nicht, was du meinst. Nun gut, du hast mich gemeinsam mit diesem Sklaven hier auf dieser Bank sitzend angetroffen – es ist Ciceros Sklave, nicht wahr? Er hat mich hierher gelockt, hat gesagt, er hätte eine Botschaft von seinem Herrn für meinen Vater –«

Sie sprach nicht in jenem zögernden Ton, in dem man sich eine Lüge zur späteren Verwendung formulierend zurechtlegt, sondern so, als wäre das, was sie sich im Moment zusammenphantasierte, die reine Wahrheit. Ich sah, daß sie eine erfahrene Lügnerin war. Tiro wollte ihr nach wie vor nicht in die Augen sehen. »Bitte, Gordianus«, flüsterte er, »kann ich jetzt gehen?«

»Auf gar keinen Fall. Ich brauche dich hier, um mir zu sagen, wenn sie lügt. Außerdem bist du mein Zeuge. Wenn du mich jetzt mit ihr allein läßt, erfindet sie womöglich noch schmutzige Geschichten über mein Benehmen.«

»Ein Sklave kann kein Zeuge sein«, zischte sie mich an.

»Natürlich kann er das. Vermutlich unterrichtet man Bauerntöchter aus Ameria nicht in den Feinheiten des römischen Rechts, oder doch? Ein Sklave ist ein absolut zuverlässiger Zeuge, solange seine Aussage unter der Folter zustande kommt. Das Gesetz verlangt sogar ausdrücklich, daß ein Sklave, der als Zeuge auftritt, gefoltert werden *muß*. Ich hoffe also, du fängst nicht an zu schreien und irgendwelchen Unsinn zu erfinden, Roscia Majora. Selbst wenn du für Tiro nichts als Verachtung übrig hast, möchtest du doch sicher nicht dafür verantwortlich sein, daß man ihn auf die Folterbank spannt und ihn mit glühenden Eisen verbrennt.«

Sie starrte mich wütend an. »Ein Ungeheuer, das bist du, genau wie all die anderen. Wie ich euch alle verachte.«

Meine Antwort kam mir wie selbstverständlich auf die Lippen, aber ich zögerte lange, weil ich wußte, daß es, wenn sie erst ausgesprochen war, kein Zurück mehr gab. »Doch vor allem deinen Vater.«

»Ich weiß nicht, was du meinst.« Ihr Atem hatte einen Moment gestockt, und die Wut, die wie ein Schutzschild auf ihrem Gesicht lag, war von einem Moment zum nächsten dem darunter liegenden Schmerz gewichen. Sie war noch immer ein Kind, trotz all ihrer Ausgekochtheit. Sie verschränkte die Finger, versuchte, sich erneut mit einem Panzer aus Bitterkeit zu schützen, was ihr jedoch nur halb gelang. Es war, als ob sie halbnackt wäre, als sie schließlich weitersprach, mit unverschämter Feindseligkeit, zugleich aber mit schmerzlich entblößter Verletzlichkeit.

»Was willst du?« flüsterte sie heiser. »Warum bist du hierhergekommen? Warum kannst du uns nicht einfach in Ruhe lassen? Sag was, Tiro.« Sie griff nach dem Arm, der noch immer ihr Handgelenk gepackt hielt, und begann, ihn zärtlich zu streicheln, wobei sie erst Tiro ansah, bevor sie ihren Blick demütig senkte. Die Geste wirkte gleichzeitig berechnend und ehrlich, voller Hintergedanken, aber auch voller Sehnsucht nach Zärtlichkeit. Tiro lief bis zu den Haarwurzeln rot an. An seinen weißen Fingerknöcheln und der plötzlichen Grimasse, die Roscia zog, erkannte ich, daß er, vielleicht sogar ohne es zu merken, ihr Handgelenk schmerzhaft zusammenpreßte.

»Sag was, Tiro«, keuchte sie, und kein Mann hätte mit Sicherheit sagen können, ob die Tränen in ihrer Stimme echt waren oder nicht.

»Tiro hat mir schon genug gesagt.« Ich sah sie direkt an, verschloß jedoch die Augen vor dem Schmerz in ihrem

Gesicht. Ich ließ meine Stimme kalt und hart klingen. »Mit wem triffst du dich, wenn du Caecilias Haus verläßt – ich meine, außer mit Tiro? Ist dies der Ort, wo du die Geheimnisse deines Vaters an die Wölfe weitergibst, die ihn bei lebendigem Leib geschunden sehen wollen? Sag es mir, du dummes Kind! Welche Belohnung konnte dich dazu verleiten, dein eigen Fleisch und Blut zu verraten?«

»Mein eigen Fleisch und Blut!« kreischte sie. »Mein eigen Fleisch und Blut? Ich hab kein Fleisch! Das ist das Fleisch meines Vaters, das hier!« Sie riß sich aus Tiros Umklammerung los und kniff sich in eine Handvoll Fleisch am Oberarm. »Dieses Fleisch, das ist sein Fleisch!« wiederholte sie, hob den Saum ihres Gewands, um mir ihre nackten, weißen Beine zu zeigen, und kniff sich in die strammen Muskeln, als könne sie ihr Fleisch von den Knochen zupfen. »Und das, und das! Nicht meins, sondern seins!« schrie sie und kniff sich in die Wangen und Hände und zerrte an ihren Haaren. Als sie den Kragen ihres Gewandes aufreißen wollte, um ihre Brüste bloßzulegen, gebot Tiro ihr Einhalt. Er wollte sie umarmen, aber sie schlug ihm mit der flachen Hand ins Gesicht.

»Verstehst du?« Ihr ganzer Körper bebte, als weine sie, aber aus ihren funkelnden, fiebrigen Augen flossen keine Tränen.

»Ja«, sagte ich. Tiro saß neben ihr und schüttelte noch immer verwirrt den Kopf.

»Verstehst du es wirklich?« Eine einzelne Träne rann über ihre Wange.

Ich schluckte und nickte langsam. »Wann hat es angefangen?«

»Als ich in Minoras Alter war. Deswegen –« Sie schluchzte auf und konnte nicht weitersprechen.

»Minora – die Kleine, deine Schwester?«

Sie nickte. Endlich begriff auch Tiro. Seine Lippen zitterten, und sein Blick wurde düster.

»Und das ist deine Rache – seinen Feinden zu helfen, wo du nur kannst.«

»Lügner! Du hast doch gesagt, du verstehst! Keine Rache – Minora ...«

»Dann, um deine kleine Schwester vor ihm zu retten?«

Sie nickte und wandte voller Scham ihr Gesicht ab. Tiro beobachtete sie mit einem Ausdruck völliger Hilflosigkeit, zappelte mit den Händen, als ob er sie berühren wollte, sich aber nicht traute. Ich konnte es nicht ertragen, beide auf einmal anzuschauen und wandte meinen Blick in den leeren, endlosen, brütenden Himmel über mir.

Ein Luftzug, dem sich die Blätter erst raschelnd entgegenstellten, bevor sie sich ergaben, wehte durch den Park. Irgendwo weit weg rief eine Frau, dann war es wieder völlig ruhig. Inmitten der Stille konnte man noch immer das entfernte Murmeln der unter uns liegenden Stadt hören. Über uns flog ein einzelner Vogel und teilte den Himmel.

»Wie sind sie an dich herangetreten? Woher haben sie es gewußt?«

»Ein Mann ... es war hier ... eines Tages.« Sie schluchzte nicht mehr, aber ihre Stimme war dünn und brüchig. »Seit unserer Ankunft in der Stadt bin ich jeden Nachmittag hierhergekommen. Es ist der einzige Ort, der mich an zu Hause erinnert, an das Land. Eines Tages kam ein Mann – sie müssen Caecilias Haus beobachtet haben, und sie wußten, daß ich seine Tochter war. Zuerst hat er mir angst gemacht. Dann haben wir geredet. Geplaudert, wie er es nannte, damit es harmloser klang, als er über meinen Vater redete, als sei er nur ein neugieriger Nachbar. Er muß sich ja für so raffiniert gehalten haben oder mich für blöde, nach den Fragen zu urteilen, die er stellte. Er hat mir eine alberne kleine Halskette angeboten, von der Sorte, wie sie Caecilia auf den Müll geworfen hätte. Ich hab ihm gesagt, er soll sie wegstecken und aufhören, mich zu beleidigen. Ich hab ihm erklärt, daß ich nicht blöd bin und genau wüßte, was er wollte. Oh, nein, nein, sagte er, und machte dermaßen ein Theater, daß ich ihm am liebsten ins Gesicht gespuckt hätte. Ich hab ihm gesagt, er soll damit aufhören, einfach aufhören! Ich wüßte, was er wollte, daß er von Capito oder Magnus käme. Doch er tat so, als hätte er noch nie von ihnen gehört. Es ist mir egal, hab ich ihm erklärt. Ich weiß, was du willst. Und ich werde dir helfen, wo immer ich kann. Dann hat er es endlich kapiert. Du hättest sein Gesicht sehen sollen.«

Ich starrte in das Efeu über ihrem Kopf, in die dichte, staubbedeckte Dunkelheit, die Domäne der Wespen und Schnecken und zahlloser kleinerer Lebewesen, die sich gegenseitig verschlangen und wiederverschlangen. »Und du kommst noch immer jeden Nachmittag hierher.«

»Ja.«

»Und triffst noch immer denselben Mann.«

»Ja. Und dann schick ich ihn weg, damit ich allein sein kann.«

»Und du erzählst ihm alles.«

»Alles. Was mein Vater zum Frühstück gegessen hat. Was mein Vater in der Nacht davor im Bett zu meiner Mutter gesagt hat, als ich an der Tür gelauscht habe. Jedesmal, wenn Cicero oder Rufus kommen, und was sie sagen.«

»Und all die kleinen Geheimnisse, die du Tiro entlocken kannst.«

Sie zögerte nur einen Moment lang. »Ja, das auch.«

»Wie beispielsweise meinen Namen und den Grund, warum Cicero mich engagiert hat?«

»Ja.«

»Und die Tatsache, daß ich Cicero gebeten habe, einen Wächter für mein Haus zu mieten?«

»Oh, ja. Das war gerade gestern. Darüber hat er mich ganz besonders ausgiebig befragt. Er wollte ganz genau wissen, was Tiro mir erzählt hatte, bis in jede Einzelheit.«

»Und du bist natürlich sehr gut darin, die genauen Einzelheiten mitzubekommen und zu behalten.«

Sie sah mich direkt an. Ihre Gesichtszüge waren wieder hart geworden. »Ja. Sehr gut. Ich vergesse nichts. *Gar nichts.*«

Ich schüttelte den Kopf. »Aber was hast du damit gewonnen? Was ist mit deinem eigenen Leben? Welche Zukunft hast du ohne deinen Vater?«

»Auch keine schlimmere als meine Vergangenheit, nicht schrecklicher, als all die Jahre, in denen er mich gezwungen hat... all die Jahre, in denen ich seine...«

Tiro versuchte erneut, sie zu trösten, und wieder stieß sie ihn weg.

»Aber selbst wenn du ihn mit so mörderischem Haß verabscheust, was für ein Leben erwartet dich, dich und deine Mutter und die kleine Minora, wenn diese Sache ihren Lauf nimmt? Ohne jemanden, an den ihr euch wenden könnt, zu einem Dasein als Bettler verdammt –«

»Bettler sind wir jetzt schon.«

»Aber vielleicht spricht man deinen Vater ja frei. Wenn das geschieht, besteht die Chance, daß er mit unserer Hilfe wieder als rechtmäßiger Besitzer seiner Güter eingesetzt wird.«

Sie fixierte mich mit einem harten Blick und überlegte, was ich geagt hatte, erwog es mit ausdrucksloser Miene. Dann sprach sie ihr Urteil. »Das macht keinen Unterschied. Wenn du mich vor die Wahl stellen würdest zu tun, was ich getan habe, oder zu dem Leben zurückzukehren, das ich vorher gelebt habe, würde es mir trotzdem nicht leid tun. Ich würde es genauso wieder tun. Ich würde ihn verraten, wo ich könnte. Ich würde alles tun, um seinen Feinden zu helfen, ihm den Tod zu bringen. Jetzt hat er es schon auf sie abgesehen. Ich kann es daran erkennen, wie er sie ansieht, wenn meine Mutter den Raum verläßt. Dieser Ausdruck in seinen Augen – manchmal sieht er Minora und mich an, und dann lächelt er. Kannst du dir das vorstellen? Er lächelt, um mir zu zeigen, daß er weiß, daß ich es verstanden habe. Er lächelt, um mich an all die Male zu erinnern, wo er mit mir sein Vergnügen gehabt hat. Er lächelt bei dem Gedanken an das Vergnügen, das er noch jahrelang mit Minora haben könnte. Selbst jetzt, wo sein Leben fast vorüber ist, denkt er daran. Vielleicht ist es das einzige, woran er denkt. Bisher hab ich ihn von ihr ferngehalten – ich belüge und betrüge ihn, und einmal habe ich ihn mit einem Messer bedroht. Aber weißt du, was ich glaube? Wenn sie ihn zum Tode verurteilen, wird es das letzte sein, was er noch zustande bringt. Selbst wenn er es vor den Augen seiner Henker tun muß, wird er einen Weg finden, ihr die Kleider vom Leib zu reißen und sich in sie zu drängen.«

Sie zitterte und schwankte, als würde sie ohnmächtig werden. In ihrer Hilflosigkeit erlaubte sie Tiro, ihre Schultern sanft zu umfassen. Ihre Stimme klang so entfernt und hohl, als käme sie direkt vom Mond. »Er lächelt, weil ein Teil von ihm immer noch nicht glaubt, daß sie ihn töten werden. Er glaubt, er wird ewig leben, und wenn das stimmt, gibt es für mich keine Hoffnung, ihn aufzuhalten.«

Ich schüttelte den Kopf. »Du haßt ihn so sehr, daß es dir egal ist, wen dein Verrat verletzt und wie viele Unschuldige du damit vernichtest. Wegen dir wäre ich jetzt schon zweimal fast umgebracht worden.«

Sie wurde blaß, jedoch nur für einen Moment. »Keiner, der meinem Vater hilft, ist unschuldig«, sagte sie dumpf. Tiros Umarmung begann sich zu lösen.

»Und jeder Mann darf deinen Körper besitzen, wenn er dir von Nutzen sein kann?«

»Ja! Ja, und ich schäme mich deswegen nicht! Mein Vater hat jedes Recht auf mich, sagt das Gesetz. Ich bin bloß ein Mädchen, ich bin nichts, ich bin der Dreck unter seinem Fingernagel, kaum besser als eine Sklavin. Welche Waffen stehen mir zur Verfügung? Was kann ich einsetzen, um

Minora zu schützen? Nur meinen Körper. Und meinen Verstand. Also benutze ich sie.«

»Selbst wenn dein Verrat Tod bedeutet?«

»Ja! Wenn das der Preis ist – wenn andere sterben müssen.« Sie begann erneut zu weinen, als ihr klar wurde, was sie gesagt hatte. »Obwohl ich nie daran gedacht und nichts davon gewußt habe. Ich hasse nur ihn.«

»Und wen liebst du, Rosca Majora?«

Sie kämpfte gegen ihre Tränen. »Minora«, flüsterte sie.

»Und sonst niemanden?«

»Niemanden!«

»Was ist mit dem Jungen in Ameria, Lucius Megarus?«

»Woher weißt du von ihm?«

»Und mit Lucius' Vater, dem braven Bauern Titus, dem besten Freund deines Vaters auf der ganzen Welt?«

»Das ist eine Lüge«, fuhr sie mich an. »Mit ihm ist nichts passiert.«

»Du meinst, du hast dich ihm angeboten, und er hat dich zurückgewiesen.« Ich war fast genauso überrascht wie Tiro, als sie es mit ihrem Schweigen eingestand. Er löste sich ganz von ihr. Sie schien es nicht zu bemerken.

»Wer ist sonst noch in den Genuß deiner Gunst gekommen, Roscia Majora? Weitere Sklaven in Caecilias Haus als Gegenleistung dafür, daß sie deinem Vater nachspioniert haben? Der Spion, der dich hier trifft, diese Kreatur des Feindes, was ist mit ihm? Was passiert, wenn du ihm die Informationen gegeben hast, die er verlangt?«

»Red keinen Unsinn«, sagte sie stumpf. Sie hatte aufgehört zu weinen und war jetzt nur noch trotzig.

Ich seufzte. »Tiro bedeutet dir gar nichts, was?«

»Nichts«, sagte sie.

»Er war nur ein Werkzeug, das du benutzt hast?«

Sie sah mir in die Augen. »Ja«, sagte sie. »Nichts weiter als das. Ein Sklave. Ein dummer Junge. Ein Werkzeug.« Sie sah ihn kurz an und wandte sich dann ab.

»Bitte –« setzte Tiro an.

»Ja«, sagte ich. »Du kannst jetzt gehen. Wir werden beide gehen. Es gibt nichts weiter zu sagen.«

Er versuchte nicht, sie noch einmal zu berühren oder sie auch nur anzusehen. Wir stapften durch das Gebüsch, bis wir in die Strahlen der inzwischen tiefer stehenden Sonne traten. Tiro schüttelte den Kopf und trat in den Boden. »Gordianus, verzeih mir«, begann er, aber ich unterbrach ihn.

»Jetzt nicht, Tiro«, sagte ich, so leise ich konnte. »Unser kleines Stelldichein ist noch nicht ganz vorüber. Ich vermute, daß man uns auch in diesem Augenblick beobachtet – nein, sieh dich nicht um; guck nach vorne und tu so, als würdest du nichts bemerken. Jeden Nachmittag, hat sie gesagt. Sie hat sich mit dem Mann bestimmt nicht vor dem Treffen mit dir verabredet, sondern hinterher. Er wartet nur, bis wir gegangen sind. Folge mir bis zu dem Weidenbaum an der Ecke vor Caecilias Haus. Von dort sollten wir den Zugang zu Roscias Versteck unbemerkt beobachten können.«

Wir mußten nicht lange warten. Nur Augenblicke später huschte ein Mann in einer schwarzen Tunika über die Straße und verschwand in dem grünen Hohlweg. Wir rannten zurück und bahnten uns einen Weg in das Grün, bis ich ihre Stimmen hörte. Ich machte Tiro ein Zeichen stehenzubleiben. Ich spitzte meine Ohren, konnte jedoch nur ein paar Worte verstehen, bevor ich Roscia durch eine Schneise zwischen den Eiben erblickte. Das Schicksal wollte es, daß auch sie mich entdeckte. Einen Augenblick lang glaubte ich, sie würde schweigen, aber sie war bis zum Ende loyal gegenüber den Feinden ihres Vaters.

»Geh!« rief sie. »Lauf! Sie sind zurückgekommen!«

Man hörte das Geräusch eines durch das Blattwerk brechenden Körpers, als der Mann blindlings auf uns zugerannt kam.

»Nein!« rief sie. »Lauf in die andere Richtung.« Aber der Mann war zu erschrocken, um sie zu hören. Er lief mir geradewegs in die Arme, knallte mit dem Kopf gegen meinen und stieß mich zu Boden. Im nächsten Moment war er wieder auf den Beinen und schubste Tiro aus dem Weg. Tiro setzte ihm nach, aber die Verfolgung war zwecklos. Ich rannte den beiden nach und traf Tiro auf der Straße. Er hatte schweißüberströmt und mit niedergeschlagenem Gesichtsausdruck kehrtgemacht. Er hielt sich den Unterarm, den er sich an einem dornigen Rosenzweig aufgekratzt hatte.

»Ich hab's versucht, Gordianus, aber ich hab ihn nicht erwischt.«

»Gut, sonst hättest du wahrscheinlich ein Messer zwischen die Rippen bekommen. Ich hab sein Gesicht genau genug gesehen.«

»Ja?«

»Ein bekanntes Gesicht in der Subura und auch auf dem Forum. Ein Mietling von Gaius Erucius, dem Ankläger. Das habe ich mir schon gedacht. Erucius schreckt vor nichts zurück, um an Beweismaterial zu kommen.«

Müde trotteten wir den Palatin hinab, und obwohl es bergab ging, schien der Weg lang und beschwerlich. Darüber, daß ich das Mädchen so hart ins Verhör genommen hatte, empfand ich eine tiefe und bittere Scham, aber ich hatte es um Tiros willen getan. Er hatte sie vorher geliebt; die Enthüllung ihres Leids hatte seine Liebe für sie noch wachsen lassen – ich hatte sie vor meinen Augen erblühen sehen. Eine solch hoffnungslose Leidenschaft konnte ihm nur nie endende Qual und Reue einbringen. Nur ihre Zurückweisung konnte ihn davon frei machen, also hatte ich mich bemüht, vor seinen Augen all ihre Verbitterung aufzuwühlen. Aber nun begann ich mich zu fragen, ob Roscia sich nicht vielleicht um Tiros willen mit mir verbündet hatte, denn der letzte Blick, den sie mir zugeworfen hatte, bevor sie zu reden begonnen hatte, hatte mir signalisiert, daß sie verstand, und als sie mit solch blanker Verachtung von Tiro gesprochen hatte, war das entweder die Wahrheit oder vielleicht das letzte zärtliche Geschenk, das sie ihm machen konnte.

# Vierundzwanzig

Wir kehrten zu dem Haus auf dem Kapitolinischen Hügel zurück. Rufus war gegangen, Cicero ruhte, hatte jedoch Anweisung gegeben, daß man mich unverzüglich zu ihm vorlassen sollte. Während Tiro sich im Arbeitszimmer beschäftigte, führte mich der alte Tiro, der Türsteher, weiter ins Innere des Hauses in Regionen, die ich nie zuvor betreten hatte.

Ciceros Schlafkammer war ähnlich karg wie die, die er mir zugewiesen hatte. Die einzige Konzession an den Luxus war ein kleiner, privater Garten vor dem Zimmer, in dem ein winziger Brunnen sprudelte und schluchzte, und in dessen sanften Wellen sich das nachdenkliche Gesicht der über ihm stehenden Minerva widerspiegelte. Ciceros Vorstellung von Ruhen bestand offenbar darin, statt im Stehen im Liegen weiterzuarbeiten. Ich traf ihn auf dem Rücken liegend und eine Schriftrolle studierend an. Weitere Rollen lagen verstreut auf dem Boden.

Ich berichtete ihm mit unterkühlten, schlichten Worten die Einzelheiten von Roscias Verrat – vom Mißbrauch ihres Vaters, ihrer Verbitterung, von der Arglist des Gaius Erucius, der die Verzweiflung des Mädchens zu seinem Vorteil genutzt hatte. Die Neuigkeiten schienen Cicero nicht im geringsten zu erschüttern. Er stellte ein paar Fragen, um Details klarzustellen, nickte, wenn er verstanden hatte, und wandte sich dann wieder seiner Lektüre zu, nachdem er mich mit einem knappen Wink entlassen hatte.

Ich blickte unsicher und verwirrt auf ihn herab und fragte mich, ob die Enthüllung von Roscius' Charakter ihn völlig kaltlassen konnten. »Das bedeutet dir alles gar nichts?« sagte ich schließlich.

»Was?« Er kräuselte irritiert die Nase, blickte jedoch nicht auf.

»Vatermörder oder nicht, was für ein Mensch ist dieser Sextus Roscius?«

Cicero ließ die Schriftrolle auf seine Brust sinken und sah mir lange in die Augen, bevor er sprach. »Gordianus, nun hör mir mal gut zu. Im Moment habe ich kein Interesse, den Charakter von Sextus Roscius zu erörtern oder seine kleinen Sünden zu beurteilen. Die Informationen, die du mir gebracht hast, enthalten nichts, was meinen Prozeßvorbereitungen nützlich sein könnte; für mich sind sie wertlos. Ich habe dafür keine Zeit – ich habe für gar nichts Zeit, was mich von dem einfachen, geschlossenen logischen Zirkel ablenkt, den zur Verteidigung von Sextus Rosicus zu konstruieren ich mich so angestrengt bemühe. Deine Pflicht, Gordianus, ist es, mir beim Errichten dieses Bauwerks zu helfen und nicht das Fundament zu zerstören oder Steine, die ich bereits gemauert habe, wieder herauszureißen. Hast du mich verstanden?«

Er machte sich nicht die Mühe, darauf zu warten, ob ich nickte oder nicht. Mit einem Seufzer und einem Winken entließ er mich und wandte sich wieder seinen Aufzeichnungen zu.

Ich fand Bethesda in meiner Schlafkammer. Sie war eifrig damit beschäftigt, sich die Nägel mit einer neuen Hennaverbindung zu lackieren, die sie auf einem Markt in der Nähe des Circus Flaminius entdeckt hatte, wo sie die meiste Zeit des Tages bummelnd und tratschend verbracht hatte. Sie wurde eben mit ihrem großen Zeh fertig. Sie saß vorgebeugt mit angewinkeltem Bein, so daß ihr Gewand sich teilte und den Blick auf ihren nackten Oberschenkel freigab. Sie lächelte und wackelte wie ein Kind mit den Zehen.

Ich trat zu ihr und strich ihr mit dem Handrücken übers Haar. Sie blinzelte und streckte mir ihre Wange entgegen, um deren sanfte Haut an meinen Fingerknöcheln zu reiben. Plötzlich fühlte ich wie ein Tier das Verlangen, in der Sinnenwelt des Körpers zu versinken.

Statt dessen befiel mich eine große Verwirrung. Immer wieder blitzte Roscias Bild in meinem Kopf auf, brachte mein Blut in Wallung und ließ mein Gesicht glühen von einer Hitze, die weder reine Lust noch reine Scham war, sondern eine Mischung aus beidem. Ich fuhr mit der Hand über Bethesdas Haut, schloß die Augen und sah den nackten, zitternden Körper des Mädchens, eingekeilt zwischen der Wand und Tiros stoßenden Flanken. Ich berührte Bethesdas Ohr mit den Lippen; sie seufzte, und ich erschauderte, weil ich mir einbildete, gehört zu haben, wie sie den Namen des kleinen Mädchens flüsterte: »Minora, Minora.« Natürlich hatte ich das Kind bei meiner ersten Befragung von Sextus Roscius gesehen, aber ich konnte mich nicht mehr an ihr Gesicht erinnern. Ich sah nur Roscias gequälte Miene, als ich sie verhörte, denselben Ausdruck, den sie getragen hatte, als Tiro sie nahm.

Lust, Scham, Ekstase und Qual wurden eins, und selbst mein eigener Körper verschmolz mit dem Bethesdas. Sie klammerte ihre kühlen Schenkel um mein Geschlecht und preßte sie leise lachend zusammen. Der junge Lucius auf der Straße nach Ameria fiel mir ein, grinsend und errötend; ich stellte mir vor, wie Roscia sich, die Schenkel noch feucht von Lucius' Samen, dem Vater des Jungen anbot. Wie hatte Titus Megarus sie zurückgewiesen – mit einem bedauernden Seufzer, einem verächtlichen Schaudern, einer festen, väterlichen Ohrfeige? Ich sah die groben, von der Landarbeit gegerbten Hände von Sextus Roscius, die zwischen die kühlen Schenkel des Mädchens glitten, seine Schwielen, die über ihre geschmeidige Haut kratzten. Ich schloß fest die Augen und sah seine Augen, die mir glühend wie Kohlen entgegenstarrten. Bethesda umarmte mich, gurrte in mein Ohr und fragte mich, warum ich zitterte.

Als ich den Höhepunkt nahen spürte, löste ich mich von ihr und ergoß mich zwischen ihren Beinen über die ohnehin zerknitterten und von der Hitze unserer Körper feuchten Laken. Eine gigantische Leere tat sich auf und schloß sich gleich wieder. Mein Kopf lag zwischen ihren Brüsten, die sich sanft hoben und senkten wie das Deck eines Schiffes auf dem offenen Meer. Langsam, ganz langsam löste sie ihre hennalackierten Nägel aus meinem Rücken wie eine Katze, die ihre Krallen zurückzieht. Neben dem pochenden Herzschlag in meinem Ohr konnte ich aus dem Garten eine dünne Stimme hören:

»Die Natur und die Götter verlangen absoluten Gehorsam gegenüber dem Vater. Wie von Weisen treffend gesagt wird, kann schon durch bloßes Verziehen des Gesichts die Kindespflicht verletzt ... nein, nein, den Teil bin ich schon oft genug durchgegangen. Wo ist es, der Abschnitt, wo ich ... Tiro, komm und hilf mir! Ah, hier: Aber laßt uns nun die Rolle betrachten, die jener Chrysogonus in dieser Angelegenheit gespielt hat – kaum goldgeboren, wie sein fremder Name andeutet, sondern vielmehr aus dem unreinsten aller Metalle, verkleidet und billig veredelt durch seine eigenen heimtückischen Anstrengungen, wie ein mit gestohlenem Gold plattiertes Blechgefäß ...«

Die Gesellschaft in Chrysogonus' Haus sollte erst nach Sonnenuntergang beginnen. Bis dahin hatte Cicero längst gegessen und sich ein Nachtgewand angelegt. Die meisten Sklaven schliefen, und das Haus war bis auf die Räume, in denen Cicero noch an seiner Rede arbeiten wollte, verdunkelt. Auf mein Drängen hatte er widerwillig einige seiner kräftigeren Sklaven als Wächter auf dem Dach und in der Halle postiert. Es schien unwahrscheinlich, daß unsere Feinde es wagen würden, Cicero direkt anzugreifen, aber sie hatten bereits demonstriert, daß sie zu Schandtaten weit jenseits meiner Erwartungen fähig waren.

Ich hatte ursprünglich erwogen, daß Tiro und ich Rufus in der Verkleidung von Sklaven begleiten könnten, aber das kam jetzt wohl nicht mehr in Frage; es bestand aller Grund zu der Annahme, daß einer der Gäste einen von uns oder beide wiedererkannte. Statt dessen sollte Rufus allein an der Gesellschaft teilnehmen und sich vom Haus seiner Familie aus mit eigenem Gefolge dorthin auf den Weg machen. Tiro und ich würden draußen im Schatten auf ihn warten.

Chrysogonus' Haus war nur wenige Schritte von Caecilias Villa entfernt und lag ganz in der Nähe von dem Park, in dem Tiro Roscia getroffen hatte. Im ersterbenden Licht beobachtete ich, wie er den undurchdringlichen Schatten einen verstohlenen Blick zuwarf, als ob sie dort noch immer auf ihn warten könnte. Er verlangsamte seine Schritte, bis er schließlich ganz stehenblieb und in die Dunkelheit starrte. Ich ließ ihn einen Moment gewähren und zupfte dann an seinem Ärmel. Er fuhr zusammen, sah mich stumm an und folgte mir dann rasch.

Der Eingang zu Chrysogonus' Villa war hell erleuchtet, und zahllose Geräusche drangen herüber. Fackeln säumten den Portikus, manche steckten in Wandhaltern, andere wurden von Sklaven getragen. Eine Gruppe von Leier-, Zimbel- und Flötenspielern musizierte in der Nähe, während ununterbrochen neue Gäste eintrafen. Die meisten von ihnen hatten sich von keuchenden Sklaven in Sänften den Berg hinauftragen lassen. Einige, die selbst auf dem Palatin lebten, waren bescheiden genug, zu Fuß zu kommen, umgeben von Trauben kriecherischer, überflüssiger Diener und Sklaven.

Nachdem die Sänftenträger ihre Herren vor der Haustür abgeliefert hatten, wurden sie um eine Ecke zum hinteren Teil des Hauses geschickt. Das Begleitpersonal wurde auf die Räumlichkeiten verteilt, in denen sich die Sklaven zum Warten versammelten, während sich ihre Herren unterhalten ließen. Es war ein warmer Abend; zahlreiche Gäste blieben auf der Schwelle stehen, um den Musikern zuzuhören. Ihre Melodien wehten süßer als Vogelgesang im Zwielicht herüber. Chrysogonus konnte sich von allem das Beste leisten.

»Aus dem Wcg!« Dic Stimme klang vertraut und ertönte hinter uns. Tiro und ich sprangen zur Seite, als rumpelnd eine Sänfte an uns vorbeisauste. Es war ein offenes Modell, das von zehn Sklaven getragen wurde. Die Passagiere waren niemand anders als Rufus in Begleitung seines Halbbruders Hortensius. Rufus hatte gerufen; er schien sich prächtig zu amüsieren, lachte laut und warf uns ein verschwörerisches Grinsen zu, als er vorbeikam. Seine geröteten Wangen deuteten darauf hin, daß er sich für den Abend Mut angetrunken hatte.

Hortensius blickte zum Glück gerade in die andere Richtung und sah uns nicht. Andernfalls hätte er mich bestimmt erkannt. Mir fiel plötzlich auf, wie auffällig wir uns benahmen, und ich zog Tiro in den tiefen Schatten der überhängenden Äste eines Feigenbaumes. Dort warteten wir eine Weile und beobachteten, wie die Feiernden und ihr Gefolge eintrafen und im Haus verschwanden. Wenn Chrysogonus seine Gäste persönlich begrüßte, tat er das in der Halle; auf der Treppe ließ sich jedenfalls kein blonder Halbgott blikken.

Schließlich wurde der Strom der Gäste dünner, bis er ganz versiegte. Anscheinend waren jetzt alle da, obwohl die Fackelträger steif auf ihrem Platz stehenblieben und die Musiker weiterspielten. Die Szene wurde zunächst unheimlich und leicht unwirklich, dann regelrecht gespenstisch: Auf einer in Mondlicht getauchten, verlassenen Straße versorgten Sklaven in festlicher Kleidung ein unsichtbares Publikum mit Licht und Musik. Der Ehrengast war noch nicht eingetroffen.

Schließlich hörte ich das Getrampel zahlloser Füße. Ich blickte mich in die Richtung um, aus der das Geräusch kam, und sah einen Kasten aus gelber Gaze nahen, hell und flatternd wie von unsichtbaren Wellen getragen. Er schien ohne jeden Antrieb aus eigener Kraft zu schweben, und einen kurzen Moment lang war die Illusion absolut überzeugend, als sei sie allein dazu erdacht worden, mich hier in diesem Moment zu täuschen.

Dann bildeten sich um die gelbe Kiste Wellen der Bewegung. Einen verwirrenden Augenblick lang waren sie nur das, Andeutungen etwas nach wie vor Unsichtbaren; dann nahmen sie plötzlich Gestalt an. Sämtliche Sänftenträger waren Nubier. Ihre Haut war völlig schwarz, dazu trugen sie schwarze Lendenschurze und schwarze Sandalen. Im Schatten waren sie nahezu unsichtbar; als sie in den Schein des aufgehenden Mondes traten, war es, als würden sie jedes Licht verschlucken bis auf einen matten Glanz, der ihre breiten, muskulösen Schultern nachzeichnete. Insgesamt waren es zwölf Träger, sechs auf jeder Seite, weit mehr als notwendig, um eine Sänfte mit einem einzelnen Insassen zu tragen. Ihre vereinte Kraft ließ sie mit unheimlicher Geschmeidigkeit vorwärts gleiten. Hinter ihnen ging ein großes Gefolge aus Sklaven, Dienern, Sekretären, Leibwächtern und Schmarotzern. Es mochte stimmen, daß Sulla, wie Rufus behauptet hatte, es sich neuerdings angewöhnt hatte, das Forum am hellichten Tag alleine zu überqueren, aber nachts bewegte er sich nach wie vor mit all dem Pomp und der Vorsicht durch die Straßen, die einem Diktator der Republik geziemte.

Endlich zeigte sich Chrysogonus persönlich. Als die Prozession näherkam, war einer der Fackelträger ins Haus gerannt. Kurz darauf trat der ganz in Gelb und Gold gewandete Chrysogonus auf den Porticus. Irgendwie hatte ich ihn bei all meinen diversen Aktivitäten nie persönlich zu Gesicht bekommen, sondern nur gehört, welcher Ruf ihm vorauseilte. Er war in der Tat von blendender Schönheit, groß und kräftig gebaut, mit goldenem Haar, einem breiten

Kinn und leuchtend blauen Augen. Im flackernden Fackellicht deutete ich die wechselnden Masken seines Mienenspiels: zunächst ängstlich und unsicher wie jeder Gastgeber, der einen verspäteten Ehrengast erwartet, dann plötzlich hart und konzentriert, als würde er all seine Kraft zusammennehmen, und schließlich strahlend charmant, so abrupt und überwältigend, daß es schwer vorstellbar war, daß dies nur ein weiteres aufgesetztes Gesicht war. Er machte eine kurze Handbewegung. Sofort gingen die Musiker, deren Spiel etwas nachgelassen hatte, lauter und mit neuem Elan zur Sache.

Die Sänfte kam zum Stehen, und die Nubier setzten ihre Last ab. Ein Mann mit gezückter Waffe schlug die gelbe Gaze zurück, die den Insassen der Kabine abschirmte. Sulla erhob sich, lächelnd und korpulent, und sein rötliches Gesicht glänzte im Schein der Fackeln. Er trug eine Robe von kunstvoller orientalischer Machart, eine Vorliebe, die er sich während seines Feldzuges gegen Mithridates zugelegt hatte; der Stoff war in verschiedenen Grünschattierungen gefärbt und mit Silber bestickt. Sein Haar, einst blond wie das von Chrysogonus, war dicht und ausgebleicht, blaßgelb wie Hirsebrei.

Chrysogonus trat auf ihn zu, um ihn zu begrüßen, wobei er eine angedeutete Verbeugung machte. Sie umarmten sich, sprachen kurz miteinander, lachten und lächelten. Sie legten sich gegenseitig die Arme um die Schultern und verschwanden im Haus.

Die Sänftenträger wurden entlassen. Die Gefolgsleute sortierten sich zwanglos nach Wichtigkeit und gingen nach dem Herrn ins Haus. Ihnen folgten die noch immer spielenden Musiker und zuletzt die Fackelträger, wobei zwei von ihnen rechts und links neben der Tür stehenblieben und ein schwaches Licht für mögliche Spätankömmlinge spendeten. Aus dem Haus drang gedämpfter Applaus und Jubel. Die Seele des Abends war eingetroffen.

Zwei Tage zuvor hatte Rufus mir Chrysogonus' Villa von außen gezeigt und mich auf jeden Eingang hingewiesen, wobei er mir, so gut er es aus dem Gedächtnis konnte, die Lage der Räume erläutert hatte. An der Nordseite, um die Ecke von dem Portikus und verdeckt durch eine Gruppe von Zypressen auf dem dahinterliegenden Gelände war eine kleine Haustür in die Mauer eingelassen. Laut Rufus führte sie in eine Speisekammer, die sich an die riesigen Küchen im hinteren Teil des Hauses anschloß. Wir sollten warten, bis Rufus kam, wenn es ihm nicht gelang, Felix und Chrestus selbst aufzuspüren. Andernfalls würde er sie zu uns schicken. Die Dunkelheit schützte uns vor neugierigen Blicken von der Straße, und die Zypressen schirmten uns vor den Sänftenträgern ab, die auf der Freifläche zwischen dem Haus und den Ställen herumlungerten. Das Haus selbst hatte keine Fenster nach Norden, nur einen verlassenen, unbeleuchteten Balkon im oberen Stockwerk.

Ich befürchtete, daß Tiro nervös werden könnte, weil er es nicht gewohnt war, untätig in der Dunkelheit herumzusitzen, aber er schien ganz zufrieden damit, gegen den Baumstamm gelehnt in die Nacht zu starren. Er hatte seit unserem Treffen mit Roscia praktisch kein Wort mit mir gewechselt. Er war viel tiefer verletzt, als er zu erkennen gab. Gelegentlich sah er mich von der Seite an, um seinen Blick jedesmal mit blitzenden Augen sofort wieder abzuwenden.

Es kam mir vor, als warteten wir eine lange Zeit. Die Musik aus dem Haus vermischte sich mit dem Zirpen der Zikaden, und einmal hörte ich eine Stimme etwas vortragen, regelmäßig unterbrochen von Lachsalven und Applaus. Endlich flog die Tür auf. Ich erstarrte im Schatten des Baumes und machte mich bereit loszurennen, aber es war nur eine Sklavin, die einen Eimer mit dreckigem Wasser leerte. Sie schüttete ihn blind in die Dunkelheit, fuhr dann herum und schlug die Tür hinter sich zu. Tiro wischte seine Beine ab, weil ein paar Tropfen auf den Saum seiner Tunika gespritzt waren. Ich griff in meinen Ärmel und spürte den Griff des Messers – desselben Messers, das der stumme Sohn Polias mir auf der Straße zum Haus der Schwäne in die Hand gedrückt hatte, vor langer Zeit, so kam es mir vor, und weit weg.

Ich war fast eingedöst, als die Tür erneut aufging. Ich umklammerte den Knauf des Messers und richtete mich auf. Die Tür quietschte leise in den Angeln und schwang dermaßen verstohlen auf, daß ich wußte, es konnte nur Rufus sein oder aber gedungene Mörder, die gekommen waren, um uns zu töten.

»Gordianus?« flüsterte eine Stimme.

»Komm raus, Rufus. Mach die Tür hinter dir zu.«

Er schloß sie mit derselben übertriebenen Vorsicht und stand blinzelnd wie ein Maulwurf da, trotz des hellen Mondes unfähig, irgend etwas in der Dunkelheit zu erkennen.

»Hast du sie schon gefunden?« fragte ich.

»Sie sind im Haus, ja. Oder es gibt zumindest zwei Sklaven namens Felix und Chrestus, die beide neu im Haus sind; das hat mir jedenfalls eine der Servierinnen erzählt. Aber ich habe sie nirgends entdecken können. Sie kümmern sich nicht um die Gäste. Sie haben keinen Kontakt zu irgend jemandem außerhalb des Hauses. Chrysogonus hält sie sich als seine persönlichen Arbeitssklaven. Das Mädchen sagt, daß sie das obere Stockwerk praktisch nie verlassen.«

»Vielleicht kann sie ihnen eine Botschaft übermitteln.«

»Das habe ich sie schon gefragt. Chrysogonus würde sehr wütend werden, wenn sie während der Feier nach unten kämen. Aber sie ist bereit, euch zu ihnen zu führen.«

»Wo ist das Mädchen?«

»Sie wartet in der Speisekammer auf mich. Sie hat so getan, als müsse sie etwas holen.«

»Vielleicht rennt sie aber auch in diesem Augenblick zu Chrysogonus.«

Rufus sah sich besorgt zu der Tür um und schüttelte dann den Kopf. »Das glaube ich nicht.«

»Warum nicht?«

»Du weißt doch, wie das ist. Man weiß, ob ein Sklave bereit ist, irgendeine schmutzige Sache hinter dem Rücken seines Herrn abzuwickeln. Ich glaube, sie kann den Goldengeborenen nicht besonders leiden. Sklaven hassen es, für einen Freigelassenen zu arbeiten, heißt es doch – die ehemaligen Sklaven sind immer die grausamsten Herren.«

Ich blickte zu der Tür und dachte, wie leicht uns dahinter der Tod erwarten könnte. Ich atmete tief ein und beschloß dann, mich auf Rufus' Einschätzung zu verlassen. »Geh voran.«

Er nickte und öffnete verstohlen die Tür. Der Sturz war so niedrig, daß ich mich bücken mußte. Tiro folgte mir. Es bestand keine Veranlassung, daß er mitkam, und ich hatte ihn eigentlich vor der Tür warten lassen wollen, aber als ich mich über die Schulter umsah, war sein Gesichtsausdruck von solcher Entschlossenheit, daß ich nachgab. Leise quietschend schloß sich die Tür hinter uns.

Das Mädchen war jung und hübsch, mit langen schwarzen Haaren und einer zarten Haut, die im Licht der Lampe, die sie in der Hand hielt, honigfarben glänzte. Wäre sie eine Kurtisane gewesen, wäre ihr Aussehen nicht weiter bemerkenswert gewesen, für ein einfaches Serviermädchen jedoch schien ihre Schönheit von absurder Extravaganz. Chrysogonus war berühmt dafür, sich mit hübschen Dekorationen und Spielsachen zu umgeben.

»Das sind die Männer«, erklärte Rufus. »Kannst du sie so leise nach oben bringen, daß niemand etwas merkt?«

Das Mädchen nickte und lächelte, als ob es dumm sei, überhaupt zu fragen. Dann öffnete sich ihr Mund, sie schnappte nach Luft und fuhr herum. Die Tür hinter ihr ging langsam auf.

Der Raum war niedrig und eng, mit Regalen, Flaschen,

Urnen, Schalen und Säcken vollgestellt. Knoblauch hing von der Decke, und der staubige Geruch, der vom Boden aufstieg, lag schwer in der Luft. Ich zog mich, so weit ich konnte, in eine Ecke zurück und drängte Tiro hinter mich. Im selben Augenblick schlang Rufus seinen Arm um die Taille des Mädchens, zog sie an sich und preßte seinen Mund auf ihren.

Die Tür ging auf. Rufus küßte das Mädchen noch einen Moment länger, dann lösten sie sich voneinander.

Der Mann in der Tür war hochgewachsen und breitschultrig, so groß, daß er fast den ganzen Rahmen füllte. Von hinten fiel Licht auf sein Haar, das wie ein schimmernder goldener Heiligenschein um sein im Dunkeln liegendes Gesicht lag. Er kicherte leise und trat näher. Die Lampe, die in der Hand des Mädchens zitterte, beleuchtete sein Gesicht von unten. Ich sah das Blau seiner Augen und das Grübchen in seinem breiten Kinn, die hohen Wangenknochen und die glatte, klare Stirn. Er war nur wenige Schritte entfernt von mir und hätte mich zwischen den Tontöpfen und Urnen bestimmt gesehen, wenn es nicht so dunkel gewesen wäre. Ich bemerkte, daß das Mädchen das Licht bewußt mit dem Körper abschirmte und ihn mit ihrer Lampe blendete, um uns in noch tieferen Schatten zu tauchen.

»Rufus«, sagte er schließlich, wobei er das Wort mit einem langgezogenen Zischen ausklingen ließ, als sei es kein Name, sondern ein Seufzer. Er sagte es noch einmal, diesmal mit einer merkwürdigen Betonung der Vokale. Seine Stimme war tief und voll, verspielt, angeberisch und so intim wie eine Berührung. »Sulla fragt nach dir. Sorex wird jetzt gleich tanzen. Eine Meditation über den Tod der Dido – hast du sie schon gesehen? Sulla wäre gar nicht froh darüber, wenn du es verpaßt.«

Es entstand eine lange Pause. Ich bildete mir ein, daß Rufus' Ohren rot wurden, aber vielleicht war es auch nur das hindurchscheinende Licht.

»Aber natürlich, wenn du beschäftigt bist, werde ich Sulla

sagen, daß du einen Spaziergang machst.« Chrysogonus sprach langsam wie ein Mann, der keinen Grund zur Eile hat. Er wandte seine Aufmerksamkeit dem Mädchen zu. Er ließ seinen Blick über ihren Körper wandern und griff nach ihr. Wo er sie berührte, konnte ich nicht erkennen. Sie erstarrte, keuchte, und die Lampe in ihrer Hand zitterte. Tiro zuckte hinter mir. Ich legte meine Hand auf seine und drückte sie fest.

Chrysogonus nahm dem Mädchen die Lampe ab und stellte sie auf ein Regal. Er löste den Knoten, der ihr Gewand am Hals zusammenhielt, und streifte es über ihre Schultern. Es flatterte an ihrem Körper hinab wie landende Tauben, bis sie nackt vor uns stand. Chrysogonus machte einen Schritt zurück, schürzte seine wulstigen Lippen und musterte mit schweren Lidern erst Rufus und dann das Mädchen. Er lachte leise. »Wenn du sie haben willst, junger Messalla, kannst du sie natürlich haben. Ich verwehre meinen Gästen nichts. Welches Vergnügen du in diesem Haus auch immer finden magst, es gehört dir, ohne daß du erst fragen mußt. Doch du brauchst es nicht wie ein Schuljunge zu tun, der sich in der Speisekammer rumdrückt. Im oberen Stockwerk gibt es genug bequeme Zimmer. Laß sie dir von dem Mädchen zeigen. Laß sie nackt durch das Haus flanieren, wenn du willst – reite sie wie ein Pony! Es wäre nicht das erste Mal.« Er berührte sie erneut, sein Arm bewegte sich, als würde er eine Spur quer über ihre nackten Brüste zeichnen. Das Mädchen stöhnte und zitterte, blieb jedoch absolut still stehen.

Er wandte sich zum Gehen, drehte sich jedoch noch einmal um. »Aber mach nicht zu lange. Sulla wird mir vergeben, wenn du diesen Tanz verpaßt, aber am späteren Abend wird Metrobius einen neuen Gesang vorstellen von... ah, egal, von irgendeinem dieser Speichellecker – wer kann sich schon all die Namen merken? Der arme Narr ist heute abend hier und will sich einschmeicheln. Nach allem, was ich gehört habe, ist es eine Huldigung an die Götter, daß sie uns einen Mann gesandt haben, der den Bürgerkrieg beendet hat: ›Sulla, Liebling Roms, Retter der Republik‹, beginnt es, glaube ich. Und ich bin sicher, daß es genauso ekelerregend fromm weitergeht – außer ...« Chrysogonus lächelte und lachte dann hinter geschürzten Lippen, ein tiefes, rauhes Lachen, das er für sich zu behalten schien, wie ein Mann, der Münzen in seiner Hand rollt. »Nur, daß Metrobius mir erzählt hat, daß er sich die Freiheit genommen hat, ein paar zotige Verse hinzuzudichten, skandalös genug, um den jungen Dichter den Kopf zu kosten. Stell dir den Gesichtsausdruck des albernen Poeten vor, wenn er hört, wie seine Huldigung sich in Anwesenheit Sullas in eine Beleidigung verwandelt. Sulla wird den Scherz natürlich sofort durchschauen und mitspielen, indem er mit den Füßen aufstampft und vorgibt, empört zu sein – genau die Art Spaß, die Sulla liebt. Es wird der Höhepunkt des Abends werden, Rufus, jedenfalls für einige von uns. Sulla würde sehr enttäuscht sein, wenn du ihn nicht mit uns teilen könntest.« Er lächelte ein vielsagendes Lächeln, starrte die beiden lange an, zog sich dann zurück und schloß dann die Tür hinter sich.

Niemand rührte sich. Ich beobachtete die flackernde Liebkosung des Lampenlichtes auf der Silhouette des Mädchens, auf der geschmeidigen Haut ihrer Schenkel und Hüften. Schließlich bückte sie sich und hob ihr Gewand auf. Tiro drängte sich mit großen Augen resolut an mir vorbei, um ihr zu helfen. Rufus blickte eifrig in eine andere Richtung.

»Also«, sagte ich schließlich, »wenn ich das richtig verstanden habe, hat uns der Hausherr soeben höchstpersönlich erlaubt, oben herumzuschnüffeln. Wollen wir?«

# Fünfundzwanzig

Die Tür, durch die Chrysogonus verschwunden war, führte in einen kurzen Flur. Durch einen schmalen Gang zur Linken konnte man geschäftigen Lärm aus der Küche hören. Der Vorhang, der die Öffnung zur Rechten drapierte, durch die Chrysogonus gegangen war, wiegte noch immer sanft hin und her. Das Mädchen führte uns jedoch geradeaus zu einer Tür am Ende des Flurs, die sich zu einer steinernen Wendeltreppe öffnete.

»Es gibt noch eine andere Treppe in dem Raum, in dem mein Herr Gäste empfängt«, flüsterte sie, »sehr protzig, aus edelstem Marmor mit einer Venusstatue in der Mitte. Aber das hier ist die Treppe, die die Sklaven benutzen. Wenn uns irgend jemand entgegenkommt, beachtet ihn gar nicht, selbst wenn man uns merkwürdig ansieht. Oder noch besser, kneift mich so fest, daß ich kreischen muß, und tut alle so, als wärt ihr betrunken. Sie werden bestimmt das Schlimmste annehmen und uns in Ruhe lassen.«

Doch auf der Treppe begegneten wir niemandem, und der Flur im obersten Stockwerk lag völlig verlassen da. Aus dem Erdgeschoß drangen gedämpfte Flöten- und Leierklänge nach oben sowie gelegentlich aufbrandender Beifall – vermutlich in Anerkennung von Sorex' Tanzkünsten – aber das Obergeschoß lag dunkel und still da. Der Flur war recht breit und phantastisch dekoriert. Links und rechts gingen große, hohe Räume ab, die noch luxuriöser eingerichtet waren. Alle Flächen schienen mit Teppichen ausgelegt, mit Wandbehängen geschmückt, mit Intarsien verziert oder kunstvoll bemalt zu sein. Wohin das Auge auch schaute, bot sich eine Orgie aus Farben, Stoffen und Formen dar.

»Vulgär, nicht wahr?« sagte Rufus mit der Verachtung des Patriziers. Cicero wäre ganz seiner Meinung gewesen, aber die Einrichtung war nur deswegen vulgär, weil die Räume so vollgepackt waren und alles so einen demonstrativen Eindruck machte. Am meisten beeindruckt war ich vom gleichbleibend guten Geschmack Chrysogonus', der nur die besten und teuersten Handarbeiten und Kunstwerke erworben hatte – Silber mit Reliefmustern, Gefäße aus delischer und korinthischer Bronze, bestickte Tagesdecken, edle Orientteppiche, kunstvoll geschnitzte Tische und Stühle mit Intarsien aus Perlmutt und Lapislazuli, farbenprächtige Mosaike, kostbare Marmorstatuen und phantastische Gemälde. Es stand außer Zweifel, daß all diese Werke Beute aus den Proskriptionen waren; andernfalls hätte man ein ganzes Leben gebracht, so viele Gegenstände von so hoher Qualität und so unterschiedlicher Herkunft anzusammeln. Doch niemand konnte behaupten, daß Chrysogonus blindlings geplündert hatte. Sollten die anderen die Spreu nehmen, für sich hatte er nur das Beste ausgewählt, mit dem geübten Auge für Qualität, das Sklaven entwickeln, die davon träumen, eines Tages selbst frei und reich zu sein. Ich war froh, daß Cicero nicht bei uns war; zu sehen, wie Sullas ehemaliger Sklave in gestohlenem Luxus von solch grandiosen Ausmaßen lebte, hätte seine empfindliche Verdauung aufs heftigste gestört.

Der Flur wurde enger, die Räume weniger prachtvoll. Das Mädchen hob einen schweren Vorhang, wir schlüpften hindurch, und nachdem sie ihn wieder fallen gelassen hatte, hörte man keinen Laut mehr von unten. Auch sonst waren wir in eine andere Welt eingetreten und befanden uns auf einmal wieder in Räumen mit grob verputzten Wänden und rauchfleckigen Decken, die Zimmer des gemeinen Bedarfs – Lagerkammern, Sklavenquartiere, Arbeitsräume. Doch selbst hier war weitere Beute angehäuft. Kisten mit bronzenen Gefäßen türmten sich in einer Ecke, zusammengerollte Teppiche lehnten wie schläfrige Wächter an der Wand, in schwere Tücher eingewickelte Tische und Stühle stapelten sich bis zur Decke.

Das Mädchen tappte durch das Chaos, blickte sich verstohlen nach allen Seiten um und machte uns dann ein Zeichen, ihr zu folgen. Sie zog einen Vorhang zurück.

»Was willst du denn hier oben?« fragte eine nörgelnde Stimme. »Ist unten heute abend nicht eine Gesellschaft im Gange?«

»Ach, laß sie doch in Ruhe«, sagte eine andere Stimme mit vollem Mund. »Nur weil Aufilia mir Extraportionen bringt und bei deinem häßlichen Gesicht die Nase rümpft ... doch wer ist das?«

»Nein«, sagte ich, »bleibt ruhig sitzen. Eßt in Ruhe zu Ende.«

Die beiden saßen auf dem harten Fußboden und aßen im Licht einer einzelnen Lampe Kohl und Gerste aus rissigen Schalen. Der Raum war klein und eng mit kahlen Wänden; die winzige Flamme der Lampe ließ die Falten in ihren Gesichtern wie tiefe Furchen aussehen und warf ihre gebückten Schatten bis an die Decke. Ich blieb auf der Schwelle stehen. Tiro drängte sich hinter mich und sah über meine Schulter. Rufus hielt sich im Hintergrund.

Der hagere Nörgler schnaubte verächtlich und starrte mürrisch auf sein Essen. »Für das, was du vorhast, Aufilia, ist dieser Raum zu klein. Kannst du dir nicht einen anderen leeren Raum suchen mit einem Divan, der groß genug für euch drei ist?«

»Felix!« zischte der andere, stieß den Kollegen mit seinem pummeligen Ellenbogen an und gestikulierte heftig. Felix blickte auf und erbleichte, als er den Ring an meinem Finger sah. Er hatte gedacht, wir wären alle drei Sklaven, die nach einem Platz suchten, ihre eigene Party zu feiern.

»Vergib mir, Bürger«, flüsterte er und verbeugte sich. Sie verfielen in Schweigen und warteten darauf, daß ich etwas sagte. Vorher waren sie menschliche Wesen gewesen, der eine hager und reizbar, der andere fett und gutmütig, mit lebendigen Gesichtern im warmen Licht, die aßen und sich mit dem Mädchen kabbelten. Von einem Augenblick zum nächsten waren ihre Gesichter grau und beliebig geworden, mit derselben leeren Miene, die jeder Sklave jedes strengen Herrn aufsetzte, der je in Rom gelebt hatte.

»Schaut mich an«, sagte ich. »Schaut mich an! Und wenn ihr nicht zu Ende essen wollt, stellt eure Schalen ab und steht auf, damit ich euch in die Augen sehen kann. Wir haben nicht viel Zeit.«

»Bevor man es sehen konnte, hatte er das Messer gezückt«, sagte Felix. »Blitzartig.«

»Ja, im wahrsten Sinne des Wortes blitzartig!« Chrestus stand hinter ihm und rieb sich nervös seine Patschhände, wobei sein Blick zwischen meinem Gesicht und dem seines Freundes hin und her wanderte.

Nachdem ich erklärt hatte, wer ich war und was ich wollte, hatten sie erstaunlich bereitwillig, ja geradezu eifrig begonnen zu reden. Tiro stand mit nachdenklichem Gesicht neben mir im Lampenlicht. Ich hatte Rufus im letzten Zimmer des Hauptflures postiert, so daß er möglicherweise umherirrende Gäste verscheuchen konnte. Das Mädchen hatte ich mitgeschickt; sie war seine Entschuldigung dafür, sich im oberen Stockwerk herumzudrücken, und außerdem gab es keinen Grund, sie weiter in die Sache zu verwikkeln oder ihr die volle Wahrheit über den Grund unseres Besuches anzuvertrauen.

»Wir hatten keine Chance, unserm Herrn zur Hilfe zu kommen. Sie haben uns aus dem Weg gestoßen«, sagte Felix. »Kräftige Männer, so stark wie Pferde.«

»Und nach Knoblauch haben sie gestunken«, fügte Chrestus hinzu. »Sie hätten auch uns getötet, wenn Magnus sie nicht gebremst hätte.«

»Und ihr seid sicher, daß es Magnus war?« fragte ich.

»O ja.« Felix schauderte. »Ich hab sein Gesicht nicht gesehen, darauf hat er geachtet. Aber ich hab seine Stimme gehört.«

»Und unser Herr hat seinen Namen genannt, weißt du noch, kurz bevor Magnus zum erstenmal auf ihn eingestochen hat«, sagte Chrestus. »›Magnus, Magnus, verflucht seist du!‹ mit ganz dünner Stimme. In meinen Träumen höre ich sie manchmal noch heute.«

Felix schürzte seine schmalen Lippen. »A ja, stimmt. Das hatte ich ganz vergessen.«

»Und die beiden anderen Täter?« fragte ich.

Sie zuckten einträchtig mit den Schultern. »Einer von ihnen könnte Mallius Glaucia gewesen sein, obwohl ich mir da nicht sicher bin«, sagte Felix. »Der andere hatte einen Bart, das weiß ich noch genau.«

»Einen roten Bart?«

»Schon möglich. Schwer zu sagen bei dem Licht. Er war noch größer als Glaucia und stank fürchterlich nach Knoblauch.«

»Rotbart«, murmelte ich. »Und wie hat Magnus sie davon abgehalten, euch zutöten?«

»Er hat es verboten. ›Hört auf, ihr Idioten!‹« knurrte Chrestus, als spiele er eine Rolle. »›Das sind wertvolle Sklaven. Wenn ihr einen von beiden beschädigt, ziehe ich euch das vom Lohn ab!‹ Wertvoll hat er uns genannt – und wo sind wir gelandet: Wir dürfen Sandalen einölen und die Nachttöpfe des Goldengeborenen polieren.«

»Aber nichtsdestoweniger wertvoll«, sagte ich. »Als hätte Magnus selbst geplant, euch zu erben.«

»O ja.« Felix nickte. »Das muß von Anfang an der Plan gewesen sein, daß er und Capito irgendwie die Besitztümer unseres Herrn in ihre schmutzigen Hände bekommen. Wer weiß, wie sie das angestellt haben? Und jetzt sind wir wieder hier in der Stadt gelandet, außer daß wir sie nie zu sehen bekommen. Der Goldene hält uns Tag und Nacht in diesen stickigen Räumen gefangen. Man könnte meinen, er will uns bestrafen. Oder uns hier verstecken, genauso wie er die Hälfte seiner Beute versteckt. Ich frage dich, was ist das für ein Zufall, daß ich, wenn ich mich in diesen Räumen umsehe, zahllose Gegenstände sehe, die direkt aus dem Haus meines alten Herrn beim Circus stammen? Diese Stühle, die du draußen übereinandergestapelt siehst, und die gelbe Vase im Flur, und der alexandrinische Wandbehang, der dort zusammengerollt in der Ecke liegt – das hat alles unserem Herrn gehört, bevor er ermordet wurde. Nein, wir sind nicht der einzige Besitz, der in Chrysogonus' Händen gelandet ist.«

Chrestus nickte bestätigend.

»Am Abend des Mordes«, sagte ich im Versuch, sie wieder zum Thema zurückzusteuern, »wurdet ihr beiseite gestoßen, durch das Wort von Magnus gerettet, und dann seid ihr verschwunden. In die Nacht verschwunden ohne einen Laut oder Hilferuf – leugnet es nicht, ich habe einen Zeugen, der das beschwören kann.«

Felix schüttelte den Kopf. »Ich weiß zwar nicht, was für einen Zeugen du haben willst, aber wir sind nicht weggelaufen, jedenfalls nicht richtig. Wir sind ein Stück die Straße hinuntergerannt und dann stehengeblieben. Chrestus wäre weiter gerannt, aber ich habe ihn zurückgehalten.«

Chrestus schaute niedergeschlagen drein. »Das stimmt«, sagte er.

»Wir standen im Dunkeln und haben sie beobachtet. Was für ein prächtiger Mensch er war! Was für ein edler Römer! Ein Sklave hätte sich keinen besseren Herrn wünschen können. Er hat mich in dreißig Jahren keinmal geschlagen, nicht ein einziges Mal! Wie viele Sklaven können das schon von ihrem Herrn behaupten?«

»Ein furchtbarer Anblick!« Chrestus seufzte, und seine massigen Schultern bebten. »Ich werde nie vergessen, wie sein Körper gezuckt hat, als sie mit den Dolchen auf ihn eingestochen haben. Wie das Blut in die Luft gespritzt ist wie Wasser aus einem Brunnen. Ich hab damals noch gedacht, daß ich auf der Stelle zurücklaufen, mich neben ihm auf die Straße werfen sollte und ihnen zurufen sollte: ›Nehmt auch mein Leben!‹ Ich hab es praktisch auch gesagt, stimmt's nicht, Felix?«

»Na ja...«

»Kannst du dich nicht erinnern? Ich hab zu dir gesagt: ›Jetzt ist unser Leben so gut wic vorbei. Nichts wird je wieder so sein wie vorher.‹ Hab ich das nicht gesagt? Und hab ich nicht recht gehabt?« Er begann leise zu weinen.

Felix verzog sein Gesicht und berührte den Arm seines Freundes, um ihn zu trösten, wobei er zu mir gewandt mit den Schultern zuckte, als wäre ihm seine eigene Zärtlichkeit peinlich. »Das stimmt. Ich weiß noch genau, wie du das gesagt hast. Ach, es war schrecklich, das Ganze von Anfang bis Ende mitanzuschauen. Als sie fertig waren, wußten wir, daß absolut keine Hoffnung bestand, daß unser Herr noch lebte, also sind wir schließlich umgekehrt und den ganzen Weg bis nach Hause gerannt. Wir haben eine Sänfte hingeschickt, um die Leiche zu bergen, und am nächsten Morgen habe ich einen Boten nach Ameria losgesandt.«

Plötzlich zog er die Brauen zusammen. »Was ist?« fragte ich.

»Nur eine Sache, die mir erst jetzt wieder einfällt. Etwas sehr Merkwürdiges. Es kam mir schon damals merkwürdig vor, und jetzt in der Erinnerung ist es noch viel merkwürdiger. Als sie fertig waren – als es keinen Zweifel geben konnte, daß unser armer Herr tot war –, begann der Bärtige, seinen Kopf abzuschneiden.«

»Was?«

»Er packte ihn bei den Haaren, riß den Kopf heftig zurück und begann, ihn mit einer langen und breiten Klinge abzuschneiden. Wie ein Metzger, der ein Leben lang nichts anderes getan hat. Magnus hat es zunächst nicht bemerkt, er sah zu den Fenstern hoch, glaube ich. Aber als er sich umsah, brüllte er den Mann an, er solle das sofort lassen! Stieß ihn zurück und schlug ihn ins Gesicht. Dafür mußte er sich ganz schön lang machen.«

»Er hat Rotbart geohrfeigt, während der damit beschäftigt war, einem anderen Mann den Kopf abzuschneiden? Das hört sich so dumm an, daß es eigentlich nicht zu glauben ist.«

Felix schüttelte den Kopf. »Du kennst Magnus nicht, wenn du glaubst, daß ihn das davon abhalten würde. Wenn er einen Wutanfall bekommt, würde er auch Pluto persönlich ohrfeigen und ihm ins Auge spucken. Sein gemieteter Freund wußte nur zu gut, daß er es nicht wagen durfte zurückzuschlagen. Aber warum, glaubst du, hat der Mann das getan? Angefangen, den Kopf unseres Herrn abzuschneiden, meine ich?«

»Aus Gewohnheit«, sagte ich. »Das haben sie doch bei den Proskriptionen immer getan, oder nicht? Den Kopf des Opfers abgeschnitten, um die staatliche Belohnung zu beanspruchen. Rotbart war so daran gewöhnt, den Kopf seiner Opfer abzuschneiden, daß er bei Sextus Roscius automatisch dasselbe tat.«

»Aber warum hat Magnus ihn daran gehindert? Es hätte ihm doch egal sein können.« Es war Tiro, der im Licht der Lampe ungewohnt weise aussah. »Das war doch die Geschichte, die sie verbreitet haben, oder nicht, daß Sextus Roscius geächtet worden sei? Warum sollte also sein Kopf nicht abgeschnitten werden?«

Alle drei starrten mich an. »Weil – ich weiß nicht. Weil Magnus wollte, daß es wie ein Mord aussah? Weil er wollte, daß es aussah wie die Tat von Räubern, nicht von gedungenen Mördern? Ja, zu diesem Zeitpunkt hatte er sich noch nicht entschlossen, die falsche Proskriptionsgeschichte zu benutzen, und es war auch noch nicht geplant, Roscius *filius* als Vatermörder anzuklagen ...« Die Worte schienen einen Sinn zu ergeben, als ich sie aussprach, und einen Moment glaubte ich, die Wahrheit erkannt zu haben. Sie flackerte kurz auf und war dann wieder weg, als hätte jemand von uns die Lampe ausgepustet. Ich schüttelte den Kopf. »Ich weiß es nicht.«

»Ich verstehe sowieso nicht, welchen Sinn diese Fragen haben sollen«, sagte Tiro bedrückt. »Das wußten wir doch alles schon von dem stummen Jungen.«

»Der kleine Eco würde wohl kaum einen zulässigen Zeugen abgeben. Und seine Mutter würde nie aussagen.«

»Aber was ist mit Felix und Chrestus. Von ihnen könnte auch keiner als Zeuge aussagen, es sei denn –« Tiro sprach den Satz nicht zu Ende.

»Es sei denn, was?« Chrestus, der das Gesetz nicht kannte, sah mich tatsächlich hoffnungsvoll an. Bevor ich ihnen davon berichtet hatte, hatten sie nicht einmal von dem Prozeß gegen Sextus Roscius gewußt. Die neue Idee, vor Gericht auszusagen, schien Chrestus zu gefallen. Tiro, der Sklave eines Anwalts, wußte es besser.

»Es sei denn«, sagte ich, »euer neuer Herr erlaubt es. Und ich denke, wir wissen alle, daß Chrysogonus das nie tun würde, also müssen wir uns darüber nicht weiter den Kopf zerbrechen«, sagte ich, wohlwissend, daß das Kopfzerbrechen erst anfing. Am Morgen würde ich Rufus bitten, bei Gericht förmlich zu beantragen, daß Chrysogonus eine Aussagegenehmigung für seine beiden Sklaven erteilte. Er konnte sich natürlich weigern, aber wie würde das aussehen? Cicero könnte ihn so weit unter Druck setzen, daß er die offizielle Vernehmung von Felix und Chrestus erlaubte. Schließlich hatten sie die Gesichter der Mörder nie direkt gesehen, und Chrysogonus ahnte vielleicht nicht, wieviel sie wußten. Und welche Entschuldigung könnte er vorbringen, dem Gericht Beweismaterial zu verweigern, es sei denn, er wollte seine eigene Beteiligung vertuschen.

Was, wenn er einwilligte und sie dem Gericht übergab? Das römische Gesetz verlangte in seiner unergründlichen Weisheit, daß jeder Sklave, der als Zeuge aussagte, der Folter unterworfen werden mußte. Die freiwillige Aussage eines Sklaven war unzulässig; nur die Folter war ein zuverlässiges Siegel der Glaubwürdigkeit. Was könnte sie erwarten? Ich stellte mir den korpulenten Chrestus nackt an Ketten hängend vor, den Hintern von glühenden Eisen verbrannt; den hageren Felix an einen Stuhl gefesselt, die Hand in einem Schraubstock.

»Und danach«, sagte ich, um das Thema zu wechseln, »hast du dem Sohn deines Herrn in Ameria gedient?«

»Nicht sofort«, erklärte Felix. »Und dem jungen Sextus Roscius haben wir auch nie gedient. Wir sind im Haus am Circus Flaminius geblieben, haben unerledigte Dinge geregelt und dem Verwalter geholfen. Wir sind nicht einmal nach Ameria gereist, um an den Beerdigungsfeierlichkeiten für unseren Herrn teilzunehmen. Und dann stand eines Tages Magnus vor der Tür und behauptete, das Haus würde ihm gehören und wir auch. Es stand alles in den Papieren, die er bei sich hatte; was sollten wir machen?«

»Das war in der Zeit, als das kalte Wetter begann«, sagte Chrestus, »aber so wie sich Magnus aufführte, hätte man meinen können, wir hätten Hochsommer gehabt. Oh, unser alter Herr hat gut gelebt und sein Vergnügen gehabt, da gibt es kein Vertun, aber er wußte, daß jedes Laster seinen Ort hatte – Trinkgelage gehörten in eine Taverne, Päderastie in die Bäder, Hurerei ins Bordell und nicht ins Haus, und jede Feier hat einen Anfang und ein Ende. Aber bei Magnus war es eine einzige riesige Orgie, unterbrochen von gelegentlichen Raufereien. Das Haus hat nach Gladiatoren und Schlägern gestunken, und an manchen Abenden hat er sogar Eintritt verlangt. Es war erschütternd, wie die Leute, die im Haus ein und aus gingen, das Andenken unseres Herrn entweiht haben.«

»Und dann kam das Feuer«, sagte Felix verdrießlich. »Na, was will man in einem Haus, das sich derart dem Trunk und der Verwahrlosung hingibt, erwarten? Es brach in der Küche aus und sprang schnell auf das Dach über. Magnus war so betrunken, daß er kaum aufrecht stehen konnte; er betrachtete die Flammen und lachte laut – ich hab gesehen, wie er regelrecht vor Lachen umfiel. Womit ich nicht sagen will, daß er ein freundlicher Mensch ist. Er hat uns immer wieder ins brennende Haus zurückgeschickt, um Wertsachen rauszuholen, und gedroht, uns zu schlagen, als wir zurückschraken. Zwei Sklaven sind auf diese Weise ums Leben gekommen, eingesperrt in den Flammen, weil Magnus sie losgeschickt hatte, seine Lieblingssandalen zu holen. Das gibt dir eine Vorstellung davon, wie sehr wir ihn alle gefürchtet haben, daß wir eher bereit waren, uns den Flammen auszusetzen als seinem Zorn. Ich vermute, das Leben unter Sextus Roscius hatte uns alle verwöhnt.«

»Und dann«, sagte Chrestus und kam ein wenig näher, »wurden wir alle auf Wagen verladen und nach Ameria hochgekarrt, in die tiefste Provinz, und landeten in diesem riesigen Haus als Bedienstete von Capito und seiner Frau. Aus dem Regen in die Traufe, wie man so sagt. Man konnte kaum eine Nacht durchschlafen, weil sie sich ständig anbrüllten. Ich sage dir, diese Frau ist verrückt. Nicht exzentrisch – Caecilia Metella ist exzentrisch –, sondern total verrückt. Einmal hatte sie mich mitten in der Nacht rufen lassen, damit ich die Haare in ihrer Bürste zähle und die grauen von den schwarzen trenne. Sie wollte Buch führen über jedes Haar, das sie verlor! Und natürlich mußte es immer mitten in der Nacht sein, wenn Capito in seinem Zimmer schlief und sie allein vor dem Spiegel saß und in ihr Gesicht starrte. Ich dachte, als nächstes würde sie mich ihre Falten zählen lassen.«

Er machte eine kurze Pause, und ich glaubte, er wäre

fertig, aber er kam erst richtig in Fahrt. »Und das Merkwürdigste war, daß Sextus Roscius ständig auftauchte, der Sohn des Herrn. Ich hatte geglaubt, er müsse auch tot sein, weil wir sonst seine Sklaven geworden wären; aber dann dachte ich, daß er uns und das Land wohl verkauft haben mußte. Aber das war auch unwahrscheinlich, weil er doch praktisch wie ein Gefangener oder Bettler in dieser beengten Hütte auf dem Anwesen wohnte. Und dann haben wir von anderen Sklaven schließlich Gerüchte über diese angebliche Proskription gehört, was überhaupt keinen Sinn ergab. Ich dachte, die ganze Welt wäre so verrückt geworden wie Capitos Frau.

Und das Seltsamste war, wie Sextus Roscius sich benahm. Zugegeben, der Mann kannte uns kaum, weil er bei den wenigen Anlässen, zu denen er nach Rom kam, immer nur ein paar Augenblicke im Haus seines Vaters verbracht hat, und wir auch nicht seine Sklaven waren. Aber man sollte doch meinen, er hätte eine Gelegenheit gefunden, uns zur Seite zu nehmen, genau wie du jetzt, um uns nach dem Tod seines Vaters zu fragen. Wir waren schließlich dabei, als es passiert ist; das muß er gewußt haben. Aber jedesmal wenn er uns traf, hat er in die andere Richtung gesehen. Und wenn er darauf wartete, Capito zu sehen – normalerweise, um ihn um Geld anzubetteln –, und einer von uns hielt sich aus irgendeinem Grund in der Halle auf, hat er lieber draußen gewartet, selbst wenn es kalt war. Als ob er Angst vor uns hätte! Ich fing an zu glauben, daß man ihm vielleicht erzählt hatte, daß wir Komplizen bei der Ermordung seines Vaters gewesen waren, als ob irgend jemand das von zwei harmlosen Sklaven annehmen könnte!«

Erneut flackerte so etwas wie die Wahrheit im Zimmer auf wie ein mattes Licht neben der Lampe, zu schwach, um Schatten zu werfen. Ich schüttelte verwirrt den Kopf. Ich spürte eine Hand auf meiner Schulter und fuhr zusammen.

»Gordianus!« Es war Rufus, ohne das Mädchen. Chrestus

und Felix wichen zurück. »Gordianus, ich muß zurück auf die Feier. Ich hab das Mädchen schon vorgeschickt. Chrysogonus hat einen Sklaven nach uns suchen lassen; Metrobios soll jeden Moment anfangen zu singen. Wenn ich bis dahin nicht zurück bin, werde ich nur ihre Aufmerksamkeit erregen.«

»Ja, gut«, sagte ich. »Geh schon vor.«

»Wirst du alleine aus dem Haus finden?«

»Natürlich.«

Er sah sich in dem Zimmer um, ihm war in der billigen Umgebung einer Sklavenunterkunft offensichtlich unbehaglich zumute. Die Rolle des Spions stand ihm nicht; er fühlte sich mehr zu Hause, wenn er im hellen Tageslicht auf dem offenen Forum den jungen Patrizier spielen konnte. »Bist du bald fertig? Ich finde, ihr solltet hier so schnell wie möglich verschwinden. Nach Metrobius' Vortrag ist das Unterhaltungsprogramm beendet, und alle möglichen merkwürdigen Gestalten werden durchs Haus geistern. Dann seid ihr hier nicht mehr sicher.«

»Wir werden uns beeilen«, sagte ich, packte seine Schulter und schob ihn zur Tür. »Außerdem«, sagte ich leise, »kann es doch nicht so schrecklich gewesen sein, Aufilia eine Stunde lang zu unterhalten.«

Er verzog einen Mundwinkel und schüttelte meine Hand ab.

»Ich habe doch gesehen, wie du sie in der Speisekammer geküßt hast.«

Er fuhr herum und starrte mich wütend an, warf den anderen dann einen schiefen Blick zu und machte ein paar Schritte zurück, bis sie ihn nicht mehr sehen konnten. Er sprach so leise, daß ich ihn kaum verstehen konnte. »Du solltest keine Witze darüber machen, Gordianus.«

Ich trat mit ihm auf den Flur. »Das war kein Witz«, sagte ich. »Ich habe nur gemeint –«

»Ich weiß, was du gemeint hast. Aber vertu dich nicht. Ich

habe sie nicht aus Vergnügen geküßt, sondern weil ich mußte. Ich habe die Augen geschlossen und an Cicero gedacht.« Seine Gesichtszüge erstarrten, bevor er wieder ganz gelassen wirkte, wie alle Liebenden beruhigt dadurch, daß er den Namen des Geliebten aussprach. Er atmete tief ein, lächelte mich seltsam an und wandte sich dann zum Gehen. Was ich als nächstes sah, ließ meinen Herzschlag für einen Moment stocken.

»Da bist du ja, junger Messalla!« Die Stimme war wahrhaft golden, wie Honig oder Perlen in Bernstein. Er kam durch den Flur auf Rufus zu, kaum zwanzig Schritte entfernt. Einen Augenblick lang sah ich sein Gesicht und er meins. Dann fiel der Vorhang.

Ich hörte ihn durch den Stoff. »Komm, Rufus, Aufilia ist wieder bei der Arbeit, und du mußt dich wieder ins Vergnügen stürzen.« Er lachte ein tiefes, kehliges Lachen. »›Eros macht die Alten zu Narren und die Jungen zu Sklaven.‹ Sagt der süße Sulla immer, und der sollte es wissen. Aber ich werde nicht zulassen, daß du hier oben herumschleichst und dich nach weiteren Eroberungen umschaust, während der alte Metrobius sich die Seele aus dem Leib trällert.«

Es lag kein Argwohn in seiner Stimme, und zu meiner Erleichterung hörte ich sie im Flur verklingen, als die beiden sich zurückzogen. Aber ich wußte, was ich in seinen Augen gesehen hatte, als unsere Blicke sich trafen. Ein leichtes Runzeln war über seine glatte Stirn gehuscht, und in seinen blassen Augen war kurz Verwunderung aufgeleuchtet, als ob er sich fragte, welcher seiner zahlreichen Diener ich sein könnte, und wenn ich nicht sein Sklave war, wessen dann, und was ich während der Feier hier oben zu suchen hatte. Wenn mein Ausdruck in jenem Augenblick ebenso eindeutig war wie seiner – wenn ich nur ein Zehntel so überrascht und erschreckt ausgesehen hatte, wie ich mich fühlte –, würde Chrysogonus, so schnell er konnte,

Leibwächter nach oben schicken, um der Sache nachzugehen.

Ich trat zurück in den Raum. »Rufus hat recht. Wir müssen uns beeilen. Es gibt nur noch eine Sache, nach der ich euch fragen wollte«, sagte ich; tatsächlich war es der einzige echte Grund meines Kommens. »Es gab da ein Mädchen, eine Sklavin, eine Hure – jung, blond und hübsch. Aus dem Haus der Schwäne – Elena.«

In ihren Augen las ich, daß sie sie kannten. Sie tauschten einen verschwörerischen Blick aus, als wollten sie entscheiden, wer das Wort ergreifen sollte. Schließlich räusperte sich Felix.

»Ja, das Mädchen Elena. Der Herr hat sie sehr gern gehabt.«

»Wie gern?«

Es entstand ein angespanntes Schweigen. Ich stand in der Tür und bildete mir ein, Geräusche aus dem Flur zu hören. »Schnell!« sagte ich.

Es war Chrestus, der weitersprach – der emotionale Chrestus, der eben geweint hatte. Aber seine Stimme war flach und monoton. »Das Haus der Schwäne sagst du, also weißt du, woher sie kam. Dort hat der Herr sie gefunden. Sie war von Anfang an anders als all die anderen. Zumindest glaubte das der Herr. Wir waren nur überrascht, daß er sie so lange dort ließ. Er zögerte die Entscheidung hinaus, wie ein Mann vielleicht zögert, eine Braut zu nehmen. Als ob es sein Leben grundsätzlich verändern würde, wenn er sie ins Haus holte, und er sich als alter Mann, der er war, nicht sicher wäre, ob er diese Veränderung noch wollte. Schließlich hatte er sich dazu durchgerungen, sie zu kaufen, aber der Bordellbesitzer war ein zäher Verhandlungspartner; immer wieder hielt er unseren Herrn hin und trieb den Preis in die Höhe. Sextus Roscius wurde immer verzweifelter. Wegen einer Nachricht von Elena hat er auch an jenem Abend Caecilia Metellas Gesellschaft verlassen.«

»Wußte er, daß sie schwanger war? Wußtet ihr es?«

Sie sahen sich nachdenklich an. »Damals wußten wir es noch nicht«, sagte Chrestus, »aber später war es nicht zu übersehen.«

»Später, als sie in Capitos Haus gebracht wurde?«

»Ah, ja, das weißt du also auch. Dann weißt du vielleicht auch, was sie am Abend ihrer Ankunft mit ihr getrieben haben. Sie haben versucht, ihren Körper zu zerbrechen. Sie haben versucht, das Kind in ihrem Leib zu töten, obwohl sie keine offene Abtreibung vornehmen wollten – aus irgendeinem Grund glaubte Capito, daß das die Götter erzürnen würde. Man stelle sich das vor, ein Mann, an dessen Händen so viel Blut klebt! Er hatte Angst vor dem ungeborenen Leben und dem Geist der Toten, obwohl er die Lebenden mit Freuden erwürgen konnte.«

»Und Elena?«

»Sie haben es nicht geschafft, ihren Willen zu brechen. Sie hat überlebt. Sie haben sie von den anderen getrennt gehalten, aber mir ist es gelungen, ein paar Minuten mit ihr zu sprechen, lange genug, um schließlich ihr Vertrauen zu gewinnen. Sie schwor, daß sie die Nachricht, die unseren Herrn an jenem Abend auf die Straße gelockt hatte, nie abgeschickt hatte. Ich weiß nicht, ob ich ihr das geglaubt habe. Und sie schwor, daß es sein Kind war.«

Auf dem Boden hinter mir raschelte etwas. Ich packte den Knauf meines Messers und fuhr herum. Ich sah gerade noch den langen Schwanz einer Ratte zwischen den zusammengerollten Teppichen an der Wand verschwinden. »Und dann wurde das Kind geboren. Was geschah danach?«

»Das war das Ende von beiden.«

»Wie meinst du das?«

»Das Ende von Elena. Und das Ende des Kindes.«

»Was ist geschehen?«

»Es war die Nacht, als die Wehen einsetzten. Jeder im

Haus wußte, daß ihre Zeit gekommen war. Die Frauen schienen es zu wissen, ohne daß jemand ihnen davon erzählt hatte; die männlichen Sklaven waren nervös und gereizt. Es war derselbe Abend, an dem der Verwalter mir und Felix erzählte, daß Capito uns zurück nach Rom schikken wollte. Zurück zu Magnus, dachten wir; er hielt sich damals noch in der Stadt auf, zusammen mit Mallius Glaucia. Aber der Verwalter sagte uns, nein, wir würden zu einem ganz neuen Herrn kommen.

Am nächsten Morgen holten sie uns in aller Frühe und luden uns zusammen mit ein paar anderen Gegenständen, die für Chrysogonus' Haus bestimmt waren, auf einen Ochsenkarren – Möbel, Kisten und so weiter. Und als wir gerade aufbrechen wollten, führten sie Elena nach draußen.

Sie war so schwach, daß sie kaum stehen konnte. Dünn und ausgezehrt, mit teigiger und schweißnasser Haut – sie mußte nur wenige Stunden zuvor geboren haben. Auf dem Karren gab es keinen Platz, wo sie sich hinsetzen oder -legen konnte; wir haben ihr, so gut wir konnten, aus Kleidern ein Lager zwischen den Kisten bereitet. Sie war völlig ausgelaugt und fieberte, sie wußte kaum, wie ihr geschah, aber sie fragte ständig nach dem Baby.

Schließlich kam die Hebamme aus dem Haus gerannt. Sie war völlig außer Atem, in Tränen aufgelöst und hysterisch. ›Um der Götter willen‹, flüsterte ich ihr zu, ›wo ist das Kind?‹ Sie starrte Elena an. Aber Elena war kaum bei Bewußtsein; sie lehnte gegen Felix' Schulter, murmelte vor sich hin, zitterte und ihre Lider flatterten. ›Ein Junge‹, flüsterte die Hebamme, ›es war ein Junge.‹

›Ja, ja‹, sagte ich, ›aber wo ist er? Wir brechen jede Minute auf!‹ Du kannst dir vielleicht vorstellen, wie verwirrt und wütend ich war. Ich fragte mich, wie wir es je schaffen sollten, uns um eine geschwächte Mutter und ihr neugeborenes Kind zu kümmern. ›Tot‹, flüsterte die Hebamme, so leise, daß ich sie kaum verstand. ›Ich hab versucht, sie aufzuhalten, aber ich konnte nicht – er hat mir den Jungen aus den Armen gerissen. Ich bin ihm bis zum Steinbruch gefolgt und habe beobachtet, wie er das Kind gegen einen Felsen geschleudert hat.‹

Dann kam der Fahrer und hinter ihm Capito, der ihn anbrüllte, er solle endlich losfahren. Capito war kreidebleich. Oh, das ist seltsam! Ich erinnere mich jetzt plötzlich wieder! Der Fahrer knallte mit der Peitsche. Die Karre rumpelte los, das Haus wurde kleiner. Alles klapperte und holperte. Plötzlich war Elena wach und wimmerte um ihr Baby, zu schwach, um laut zu schreien. Capito starrte uns hinterher, steif wie eine Säule, mit aschfahlem Gesicht! Und die Hebamme fiel auf ihre Knie, umklammerte seine Schenkel und rief: ›Gnade, Herr!‹ Und als wir gerade auf die Straße einbiegen wollten, kam ein Mann um das Haus gerannt und blieb dann schwer atmend im Schatten eines Baumes stehen – Sextus Roscius. Das letzte, was ich gesehen habe, war die Hebamme, die sich an Capito klammerte und immer lauter rief: ›Gnade, Gnade!‹«

Er atmete zitternd ein und wandte sein Gesicht zur Wand. Felix legte seine Hand auf Chrestus' Schulter und fuhr mit der Erzählung fort. »Das war eine Reise! Drei – nein, vier Tage – auf einem rumpelnden Ochsenkarren. Das reicht, um einem die Knochen zu zerbrechen und den Unterkiefer auszurenken. Wir sind jedes Stück, das wir zu Fuß gehen konnten, gelaufen, aber einer von uns mußte immer mit Elena im Wagen bleiben. Sie konnte nichts essen. Sie konnte nicht schlafen, war jedoch auch nie richtig wach. Das ersparte es uns zumindest, ihr von dem Baby erzählen zu müssen. Am dritten Tag begann sie zwischen den Beinen zu bluten. Der Fahrer konnte bis zum Sonnenuntergang keinen Halt einlegen. Wir haben dann eine Hebamme aufgetrieben, die die Blutung stillen konnte, aber Elena war glühend heiß. Am nächsten Tag ist sie in unseren Armen gestorben, als wir gerade die Porta Fontinalis sehen konnten.«

Die Lampe flackerte, und der Raum wurde düster. Felix bückte sich ruhig, nahm die Lampe, trug sie zu einer Bank in der Ecke des Raumes und füllte Öl nach. Im aufflammenden Licht sah ich, wie Tiro die beiden Sklaven mit großen, feuchten Augen anstarrte.

»Dann war es also Capito, der das Kind getötet hat?« sagte ich ohne rechte Überzeugung wie ein Schauspieler, der den falschen Text spricht.

Felix stand mit fest aufeinander gepreßten Händen da, die Knöchel weiß. Chrestus sah blinzelnd zu mir auf wie ein Mann, der eben aus einem Traum erwacht ist. »Capito?« sagte er leise. »Vermutlich schon. Ich hab dir doch erzählt, daß Magnus und Glaucia weit weg in Rom waren. Wer hätte es sonst sein sollen?«

## Sechsundzwanzig

Chrysogonus' Haus war groß, aber nicht so weitläufig wie Caecilias Villa; trotzdem bogen Tiro und ich, als wir uns ohne Aufilias Hilfe auf die Suche nach der Sklaventreppe machten, irgendwo falsch ab. Nach einem mißglückten Versuch, zum Ausgangspunkt zurückzukehren, fanden wir uns auf einer schmalen Galerie wieder, die auf einen Balkon führte, von wo aus man unser Versteck bei den Zypressen neben der Tür zur Speisekammer einsehen konnte.

Von irgendwo aus dem Innern des Hauses drang eine trällernde Stimme – entweder ein Mann, der unnatürlich hoch, oder eine Frau, die sehr tief sang. Die Stimme wurde lauter als ich Tiro näher an die Innenwand zog. Der Klang schien von hinter den dünnen Wandteppichen zu kommen. Ich preßte mein Ohr an einen lüsternen Priapus, umgeben von ebenso lüsternen Nymphen, und konnte die Worte fast verstehen.

»Ruhig, Tiro«, flüstere ich und machte ihm Zeichen, mir zu helfen, das untere Ende des Wandbehangs anzuheben und ihn aufzurollen. Dahinter kam ein schmaler, horizontaler Schlitz in der Steinmauer zum Vorschein.

Die Öffnung war so breit, daß zwei Personen bequem nebeneinanderstehen und gemeinsam den Ausblick genießen konnten, der sich auf Chrysogonus und seine Gesellschaft bot. Der hohe Raum, in dem er seine Gäste empfing, erstreckte sich vom Marmorfußboden bis unter das Kuppeldach. Das Fenster, durch das wir hinabblickten, war in einem spitzen Winkel nach unten angebracht, so daß keine Kante unseren Blick versperrte.

Wie alles andere in Chrysogonus' Haus war auch die Tafel verschwenderisch und überladen. Vier flache Tische, jeweils umgeben von einem Halbkreis von neun Sofas, waren auf der freien Fläche in der Mitte des Raumes arrangiert worden. Cicero oder selbst Caecilia Metella wären empört gewesen bei der Vorstellung, mehr als acht Besucher gleichzeitig zu empfangen – wenige ungeschriebene Gesetze römischer Etikette hielten sich hartnäckiger als die Regel, daß ein Gastgeber nur so viele Gäste um seinen Tisch versammeln sollte, daß er sich problemlos mit allen gleichzeitig unterhalten kann. Chrysogonus hatte viermal so viele Freunde geladen und um Tische versammelt, auf denen sich die Delikatessen stapelten – mit Fischrogen gefüllte Oliven, Schüsseln mit Nudeln, dekoriert mit den ersten frischen Spargelspitzen der Saison, in gelbem Sirup konservierte Feigen und Birnen sowie diverse Geflügelspezialitäten. Die Düfte mischten sich und stiegen in meine Nase. Mein Magen knurrte.

Die meisten der Gäste waren Männer; die wenigen Frauen fielen durch ihre sinnliche Figur auf – keine Ehefrauen oder Geliebte, sondern Kurtisanen. Die jüngeren Männer waren durchgängig schlank und gutaussehend, während die älteren Herren jene gepflegt gelangweilte Miene sehr reicher Männer zur Schau trugen, die sich amüsierten. Ich ließ meinen Blick über die Menge wandern, jederzeit bereit, das Fenster fluchtartig zu verlassen, bis mir klar wurde, daß es recht unwahrscheinlich war, daß einer der Gäste nach oben gucken würde. Alle Augen waren auf den Sänger in der Mitte des Raumes gerichtet, hin und wieder riskierte jemand einen flüchtigen, verstohlenen Blick auf Sulla oder in Richtung eines jungen Mannes, der zappelnd und nägelkauend an dem am wenigsten prominenten Tisch saß.

Der Sänger trug ein wallendes, violettes Gewand mit roten und grauen Stickereien. Unmengen schwarzen Haars mit weißen Strähnchen türmten sich in Wellen und Locken einer Frisur von beinahe lächerlicher architektonischer

Komplexität. Als er sich in unsere Richtung umdrehte, sah ich sein in feinen Kreide- und Umbraschattierungen getöntes Gesicht mit den sorgfältig überschminkten Fältchen und Hängebacken und erkannte sofort den berühmten Frauendarsteller Metrobius. Ich hatte ihn schon ein paarmal gesehen, nie in der Öffentlichkeit und noch nie auf einer Bühne, immer nur kurz auf der Straße und einmal in Hortensius' Haus, als der bedeutende Anwalt geruht hatte, mich über seine Schwelle vorzulassen. Sulla hatte sich als junger Mann vor langer Zeit in Metrobius vernarrt, als er noch ein mittelloser Niemand und Metrobius (so sagt man) ein wunderschöner und hinreißender Unterhaltungskünstler war. Trotz der Spuren der Zeit und der Launen des Schicksals hatte Sulla ihn nie verlassen. Nach fünf Ehen, einem Dutzend Affären und zahllosen Abenteuern war es Sullas Beziehung zu Metrobius, die alle anderen überdauert hatte.

War Metrobius früher einmal schlank und schön und vermutlich sogar ein guter Sänger gewesen, so war er heute klug genug, seine Auftritte auf Privatgesellschaften unter treuen Anhängern und sein Repertoire auf komische Nummern und Parodien zu beschränken. Trotz seiner heiseren und gepreßten Stimme haftete seinen schwülstigen Manieriertheiten und den subtilen Gesten seiner Hände und Augenbrauen etwas Besonderes an, das es einem unmöglich machte, den Blick von ihm zu wenden. Sein Vortrag war eine Mischung aus Singen und Rezitieren, wie ein von einer einzelnen Lyra begleiteter Sprechgesang. Gelegentlich, wenn das Thema besonders martialisch wurde, stimmte noch eine Trommel mit ein. Metrobius tat so, als würde er jedes Wort mit äußertem Ernst vortragen, was die komische Wirkung noch erhöhte. Er mußte schon begonnen haben, den Text abzuändern, bevor wir zufällig dazugekommen waren, denn der junge Poet und aufstrebende Speichellekker, aus dessen Feder der Lobgesang ganz offensichtlich stammte, litt unübersehbar unter den Qualen der Scham.

Wer weiß noch, daß Sulla als junger Geck,
hatte kein Heim, keine Schuhe, kein Geld.
Wie entkam er der Gosse, dem Elend, dem Dreck
und wurde Roms strahlender Held?
Wie kam er von unten bis ganz an die Spitze?
Durch eine Ritze! Durch eine Ritze!
Durch die Spalte, die ausgeleiert und groß
gähnend klaffte in Nicopolis' Schoß!

Das Publikum johlte. Sulla schüttelte verächtlich den Kopf und tat so, als wäre er zutiefst empört. Neben ihm glühte Chrysogonus geradezu vor Entzücken. Am selben Tisch saß noch Hortensius, der dem jungen Tänzer Sorex etwas ins Ohr flüsterte, während Rufus neben ihm gelangweilt und angewidert aussah. Auf der anderen Seite des Raumes wurde der redigierte Dichter weiß wie ein Fischbauch.

Das Lied wurde mit jedem Vers zotiger, und das Publikum lachte immer öfter und freimütiger. Bald brüllte auch Sulla selbst vor Lachen. Derweil biß sich der junge Poet auf die Lippen und rutschte unruhig hin und her, wobei sein Gesicht die Farbe änderte wie ein Stück Holzkohle im Wind, bei jeder Respektlosigkeit wurde es blaß, bei jedem geschundenen Reim knallrot. Nachdem er endlich begriffen hatte, daß es sich um einen Scherz handelte, schien er zunächst erleichtert – immerhin würde niemand ihn für die Travestie verantwortlich machen, und selbst Sulla schien sich zu amüsieren. Er brachte ein ängstliches Lächeln zustande, schmollte dann jedoch nachhaltig, zweifelsohne empört über das, was man aus seiner patriotischen Huldigung gemacht hatte. Die anderen jungen Männer an seinem Tisch wandten ihm, nachdem sie vergeblich versucht hatten, ihn zum Lachen zu bewegen, ihren Rücken zu und lachten um so lauter. Die Römer lieben einen starken Mann, der die Größe hat, über sich selbst zu lachen, und verachten den Schwächling, der das nicht kann.

Das Lied ging weiter. Von unten drang das Echo von Metrobius' Stimme an unsere Ohren, der einen kindlichen Singsang mit einem grauenhaft kruden griechischen Akzent imitierte:

Sullas Frau ist eine Hure,
sein Gesicht ist rot und blau.
Sein Gesicht ist voller Pickel,
Sullas Frau ist eine Sau.

Das Publikum hielt den Atem an. Einige Anwesende kicherten nervös. Chrysogonus unterdrückte sein goldenes Lächeln. Hortensius hatte sich gerade etwas in den Mund gesteckt und sah sich im Raum um, unsicher, ob er es hinunterschlucken sollte. Der ruinierte junge Dichter sah angeekelt aus – im wahrsten Sinne des Wortes angeekelt, das Gesicht blaß und schweißnaß, als ob er irgendeine Köstlichkeit der Tafel nicht vertragen hätte und sich jeden Moment übergeben müßte.

Die Lyra verstummte, und Metrobius verharrte sehr lange regungslos. Die Lyra schlug einen scharfen Ton an. Metrobius neigte den Kopf. »Nun ja«, sagte er schelmisch, »es ist vielleicht nicht Sophokles oder Aristophanes – aber mir gefällt's!« Die Spannung löste sich. Der Raum brach in befreites Lachen aus; sogar Rufus lächelte. Hortensius schluckte endlich und griff nach seinem Pokal. Der junge Dichter hielt sich den Bauch vor Schmerzen. Der Lyraspieler zupfte ein paar Akkorde, und Metrobius atmete tief ein. Sein Lied näherte sich dem Ende.

Tiro drehte sich kopfschüttelnd zu mir. »Ich verstehe diese Menschen überhaupt nicht«, flüsterte er. »Was für eine Feier ist das eigentlich?«

Das hatte ich mich auch schon gefragt. »Vielleicht stimmen die Gerüchte ja. Ich glaube, unser geschätzter Diktator und Retter der Republik denkt möglicherweise wirklich über seinen baldigen Rücktritt nach. Dann gibt es jede Menge feierliche Anlässe und Zeremonien, Lobeshymnen, Gedenkreden und die offizielle Veröffentlichung seiner *Erinnerungen*. Alles sehr steif, förmlich, ehrwürdig und römisch. Aber hier unter Seinesgleichen trinkt er lieber und macht einen Witz daraus. Was für ein seltsamer Mensch er doch ist! Aber warte, das Lied ist noch nicht zu Ende.«

Metrobius ließ seine Wimpern klappern und formte seine Hände zu einer demütigen, mädchenhaften Geste, die Parodie schüchterner Jungfräulichkeit. Er öffnete seinen geschminkten Mund und sang:

Beim Kampf der Gladiatoren,
da fiel ihr Blick auf ihn.
Sie zeigte ihr Gefallen
Ganz keck an seinem Ding.

Das Gelächter war ohrenbetäubend. Sulla selbst beugte sich vor, ließ seine flache Hand auf den Tisch krachen und fiel fast von seinem Sofa. Chrysogonus lächelte selbstzufrieden und ließ niemanden im Zweifel über die Urheberschaft dieser Zeile. Hortensius warf verspielt einen Spargelspeer in Metrobius' Richtung; er segelte über dessen Kopf hinweg und traf den jungen Dichter mitten auf die Stirn. Rufus löste sich von Sorex, der ihm lächelnd etwas ins Ohr flüstern wollte. Er sah kein bißchen belustigt aus.

An jenem Tag wurde Fleisch durchbohrt,
und viele hat es das Leben gekostet.
Auch Sulla zog hurtig sein Schwert,
zum Beweis, daß es noch nicht verrostet.
Die Dame zeigte sich freudig erregt –

Das Lied wurde vom klirrenden Krachen eines umgestürzten Tisches unterbrochen. Rufus war mit hochrotem Kopf aufgesprungen. Hortensius legte eine Hand auf sein Knie, um ihn zurückzuhalten, aber Rufus riß sich los. »Valeria mag für dich nur eine Halbschwester sein, Hortensius, aber sie ist mein eigenes Fleisch und Blut«, fuhr er ihn an, »und ich werde mir diesen Schmutz nicht weiter anhören. Und sie ist deine Frau«, sagte er, blieb vor dem Sofa des Ehrengastes stehen und starrte Sulla wütend an. »Wie kannst du derartige Beleidigungen dulden?«

Mit einemmal herrschte Stille im Raum. Sulla rührte sich lange Zeit gar nicht, sondern blieb auf einen Ellenbogen gestützt und mit ausgestreckten Beinen sitzen. Er starrte ins Leere und verzog das Kinn, als habe er Zahnschmerzen. Schließlich setzte er seine Füße auf den Boden, richtete sich auf und musterte Rufus mit einer Miene, die gleichzeitig Hohn, Reue und Belustigung widerspiegelte.

»Du bist ein sehr stolzer junger Mann«, sagte er. »Sehr stolz und sehr hübsch, wie deine Schwester.« Er griff nach seinem Wein und nahm einen Schluck. »Aber im Gegensatz zu Valeria scheint es dir an Humor zu mangeln. Und wenn Hortensius nur dein Halbbruder ist, erklärt das vielleicht, warum du über die Hälfte seines Verstandes verfügst, von guten Manieren ganz zu schweigen.«

Er schlürfte noch einmal an seinem Wein und seufzte. »Als ich in deinem Alter war, hat mir vieles an der Welt auch nicht gefallen. Anstatt zu jammern, habe ich mich daran gemacht, sie zu verändern, und das ist mir gelungen. Wenn ein Lied dich beleidigt, mach kein Theater. Schreib ein besseres.«

Rufus stand da und starrte ihn an, die Arme steif herunterhängend, die Fäuste geballt. Ich versuchte mir all die Beleidigungen vorzustellen, die durch seinen Kopf gingen, und flüsterte ein stilles Gebet, daß die Götter seinen Mund geschlossen halten würden. Er öffnete ihn, als wollte er etwas sagen, dann sah er sich wütend um und stolzierte nach draußen.

Sulla lehnte sich auf sein Sofa zurück und sah recht enttäuscht aus, das letzte Wort behalten zu haben. Es herrschte ein unbehagliches Schweigen, das nur von einer flapsigen Bemerkung des Möchtegerndichters unterbrochen wurde: »Das war ein junger Mann, der soeben seine Karriere ruiniert hat!« Von einem Niemand gegen einen jungen Messalla und Schwager Sullas gerichtet, war es eine entsetzlich dumme Bemerkung. Das Schweigen wurde noch drückender, nur vereinzeltes Stöhnen war zu hören, während Hortensius hüstcltc.

Allein der Gastgeber zeigte sich unbeeindruckt. Chrysogonus lächelte sein goldenes Lächeln und warf einen herzlichen Blick auf Metrobius. »Ich glaube, es fehlt zumindest noch ein Vers – zweifelsohne der beste, wenn er bis zum Schluß aufbewahrt wurde.«

»Wohl wahr!« Sulla erhob sich mit funkelnden Augen und vom Wein nur ganz leicht schwankend. Er ging in die Mitte des Raumes. »Was für ein wundervolles Geschenk ihr mir alle heute abend gemacht habt! Sogar der kleine Rufus, der sich so töricht und anmaßend benommen hat – so ein feuriger Rotschopf mit so feurigem Temperament, ganz im Gegensatz zu seiner Schwester. Was für ein Abend! Ihr habt mich an alles erinnert, ob ich wollte oder nicht – an die guten wie an die schlechten Tage. Aber die alten Zeiten waren noch immer die besten, als ich jung war und nichts außer Hoffnung, Gottvertrauen und die Liebe meiner Freunde hatte. Damals war ich ein sentimentaler Narr!« Mit diesen Worten nahm er Metrobius' Gesicht zwischen beide Hände und küßte ihn voll auf den Mund, was das Publikum mit spontanem Applaus quittierte. Als Sulla sich aus der Umarmung löste, sah ich Tränen auf seinen Wangen. Er lächelte und wankte zu seinem Platz zurück, wobei er dem Lyraspieler ein Zeichen gab fortzufahren, als er sich auf sein Sofa fallen ließ.

Das Lied begann aufs neue:

Die Dame zeigte sich freudig erregt –

aber Tiro und ich bekamen das Ende nie zu hören. Statt dessen fuhren wir gleichzeitig herum, abgelenkt von demselben unverkennbaren Geräusch – dem metallischen Gleiten einer Stahlklinge, die aus der Scheide gezogen wurde.

Chrysogonus hatte schließlich doch jemanden geschickt, um das obere Stockwerk zu kontrollieren, oder wir hatten uns einfach zu lange an einer Stelle aufgehalten. Eine massige Gestalt löste sich aus dem Schatten der Tür und trat humpelnd in das helle Mondlicht, das vom Balkon hereinfiel. Sein wirres Haar war wie ein Heiligenschein aus blauen Flammen, und der Ausdruck seiner Augen ließ mir das Blut in den Adern gefrieren. In seiner linken Hand hielt er ein Messer mit einer Klinge so lang wie ein Unterarm – vielleicht dieselbe Klinge, die er benutzt hatte, um wieder und wieder auf Sextus Roscius einzustechen.

Einen Herzschlag später stand sein Kumpan neben ihm, der blonde Riese Mallius Glaucia. Die Wunde, die Bast in sein Gesicht gerissen hatte, sah in dem blassen Licht häßlich geschwollen aus. Er hielt sein Messer im selben Winkel wie sein Herr, nach oben und nach vorn, als sei er im Begriff, einen Tierkadaver aufzuschlitzen.

»Was habt ihr hier zu suchen?« sagte Magnus und spielte mit dem Messer in seiner Hand, so daß die Klinge im Mondlicht blitzte. Seine Stimme war höher, als ich erwartet hatte. Sein ländliches Latein wurde überdeckt vom durchdringend nasalen Akzent der Straßenbanden.

Ich sah beiden Männern in die Augen; sie hatten keine Ahnung, wer ich war. Glaucia war zu meinem Haus geschickt worden, um mich einzuschüchtern oder zu ermorden, zweifelsohne von Magnus, aber keiner der beiden hatte mich je leibhaftig zu Gesicht bekommen außer als vorbeiziehenden Fremden auf der Straße vor Capitos Haus. Ich zog meine Hand langsam wieder aus der Tunika hervor. Ich hatte ursprünglich vorgehabt, nach meinem Messer zu greifen; statt dessen hatte ich den eisernen Ring von meinem Finger gestreift. Ich warf die Hände in die Luft.

»Verzeihung, bitte«, sagte ich, überrascht, wie leicht es war, angesichts zweier Riesen mit langen Dolchen bescheiden und demütig zu klingen. »Wir sind die Sklaven des jungen Marcus Valerius Messalla Rufus. Wir sind nach oben geschickt worden, ihn zu holen, bevor die Abendunterhaltung begann. Wir haben uns verirrt – zu dumm!«

»Und spioniert ihr deswegen dem Hausherrn und seinen Gästen nach?« zischte Magnus. Er und Glaucia trennten sich und kamen wie Flanken einer Armee auf uns zu.

»Wir sind hier stehengeblieben, um einen Blick vom Balkon zu werfen und ein wenig frische Luft zu schnappen.« Ich zuckte die Schultern, ließ die Hände in Sicht und tat mein Bestes, jämmerlich und verwirrt zu klingen. Ich warf einen Blick zu Tiro, der sich meiner Vorgabe entweder bewundernswert anpaßte oder schlicht von Sinnen war vor Angst. »Wir haben den Gesang gehört und das kleine Fenster entdeckt, was natürlich dumm und anmaßend von uns war, und ich bin sicher, euer Herr wird dafür sorgen, daß wir für soviel Unverschämtheit geschlagen werden. Es ist nur so, daß wir nicht oft Gelegenheit haben, eine solch glanzvolle Versammlung zu betrachten.«

Magnus packte mich bei den Schultern und stieß mich auf den Balkon, ins Licht. Glaucia schubste Tiro gegen mich, so daß ich rückwärts gegen die hüfthohe Mauer taumelte und sie mit beiden Händen fassen mußte, um mein Gleichgewicht zu halten. Der klaffende Abgrund unter mir löste sich in eine Graskuppe auf, auf der die Zypressen im Mondlicht seltsame Schatten warfen. Von unten hatte der Balkon nicht halb so hoch ausgesehen.

Magnus riß an meinen Haaren, kitzelte mit der Klinge das weiche Fleisch unter meinem Kinn und zwang mich, ihn anzusehen. »Ich hab dein Gesicht schon mal gesehen«, flüsterte er. »Glaucia, guck mal! Woher kennen wir diesen Hund?«

Der blonde Riese musterte mich, schürzte die Lippen und runzelte die Stirn. Er schüttelte ratlos den Kopf. »Weiß nicht«, grunzte er. Dann leuchtete sein Gesicht auf. »In Ameria«, sagte er. »Weißt du nicht mehr, Magnus? Noch gar nicht lange her, auf der Straße, kurz vor dem Abzweig zu Capitos Villa. Er kam uns alleine auf einem Pferd entgegen.«

»Wer bist du?« knurrte Magnus mich an. »Was hast du hier zu suchen?« Der Druck des Messers wurde fester, bis ich spürte, wie meine Haut riß. Ich stellte mir vor, wie Blut die Klinge hinabtröpfelte. *Es spielt keine Rolle, wer ich bin,* wollte ich sagen. *Ich weiß, wer ihr seid, alle beide.* Du *hast deinen Vetter kaltblütig ermordet und seine Güter gestohlen. Und* du *bist in mein Haus eingedrungen und hast eine blutige Botschaft an die Wand geschmiert. Du hättest Bethesda umgebracht, wenn du eine Chance gehabt hättest, und vorher hättest du sie wahrscheinlich vergewaltigt.*

Ich riß mein Knie nach oben, direkt in Magnus' Schritt. Reflexartig ließ er die Hand sinken. Die Klinge schlitzte meine Tunika auf und kratzte über meine Brust. Egal, ich wußte ohnehin, daß ich verloren war – Glaucia stand direkt neben mir, den Dolch gezückt. Ich machte mich auf den Stoß in mein Herz gefaßt.

Nur, daß mich niemand erstach, sondern statt dessen Glaucia auf die Knie fiel, das Messer fallen ließ und an seinen Kopf faßte. Hinter ihm stand Tiro mit einem blutigen Ziegelstein in der Hand. »Er hat sich aus der Mauer gelöst«, erklärte er mit verdutztem Blick.

Keiner von uns dachte daran, nach Glaucias Dolch zu greifen, außer Magnus. Er packte ihn blitzschnell, machte ein paar Schritte zurück und stürzte dann, schnaufend wie ein Stier und ein Messer in jeder Hand, auf uns zu.

Bevor ich es wußte, war ich über die Mauer verschwunden, als sei mein Körper gesprungen und habe meinen Verstand zurückgelassen. Ich fiel in die Finsternis, wenn auch nicht allein. Ein Stück rechts über mir segelte ein weiterer Körper durch die Nacht – Tiro. Wie ein ausgebrannter Komet trudelte hinter ihm ein blutverschmierter Ziegelstein violett glänzend im blauen Mondlicht in die Tiefe. Magnus war nur noch ein wutverzerrtes Gesicht, das über die hohe Mauer auf uns herabblickte, flankiert von zwei gezückten Dolchen, die von Sekunde zu Sekunde kleiner wurden.

# Dritter Teil

# Gerechtigkeit

# Siebenundzwanzig

Etwas bemerkenswert Hartes und Großes sauste mir entgegen und stieß von unten gegen mich; fester, trockener Boden. Wie von der Hand eines Riesen geworfen, wurde ich nach vorn geschleudert, überschlug mich und blieb abrupt liegen. Neben mir hörte ich Tiro stöhnen. Er klagte über irgend etwas, aber die Worte klangen verwischt und undeutlich. Für den Augenblick hatte ich Magnus völlig vergessen. Ich konnte nur denken, wie erstaunlich dünn die Luft war, und wie außergewöhnlich fest im Gegensatz dazu die Erde. Dann kam ich zu mir und blickte auf.

Magnus' wütendes Gesicht schien unglaublich weit weg; wie konnte ich nur so tief gesprungen sein? Es bestand keine Gefahr, daß er mir folgen würde – kein vernünftiger Mensch würde einen solchen Satz wagen, es sei denn, es ginge um sein Leben. Magnus würde es auch nicht wagen, Alarm zu schlagen, nicht solange Sulla sich im Haus aufhielt – sonst bestand die Gefahr, daß zu viele Fragen gestellt wurden. Wir waren so gut wie frei, dachte ich. In der Zeit, die Magnus brauchen würde, um durch die Flure und Treppen hinabzueilen, wären wir längst in der Dunkelheit verschwunden. Warum lächelte er dann auf einmal?

Ein stöhnendes Geräusch ließ mich den Blick zu Tiro wenden, der zitternd auf allen vieren neben mir im verdorrten Gras hockte. Er richtete sich auf und versuchte es zumindest, bevor er hilflos nach vorn stürzte, er probierte es wieder und fiel erneut. Sein Gesicht war schmerzverzerrt. »Mein Knöchel«, flüsterte er heiser und fluchte dann. Ich blickte zum Balkon hoch. Magnus war nicht mehr da.

Ich kämpfte mich auf die Füße und zog Tiro hoch. Er biß die Zähne zusammen und gab ein seltsam gurgelndes Geräusch von sich – ein Schmerzensschrei, den er mit schierer Willenskraft unterdrückte.

»Kannst du gehen?« fragte ich.

»Natürlich.« Tiro stieß sich von mir ab und fiel prompt auf die Knie. Ich zog ihn wieder hoch, legte seinen Arm um meine Schulter und begann, so schnell ich konnte, zu gehen, dann zu traben. Irgendwie schaffte er es, an meiner Seite zu humpeln, wobei er vor Schmerz zischte. Wir gelangten etwa dreißig Meter weit, bevor ich weit hinter uns ein Geräusch hörte. Mein Mut sank.

Ich blickte mich um und sah Magnus im Schein der Fackeln vor Chrysogonus' Portikus auf die Straße stürzen. Hinter ihm kam eine weitere Gestalt aus dem Haus – ich erkannte den massigen Körper von Mallius Glaucia. Einen Augenblick lang konnte ich das Gesicht des blonden Riesen genau erkennen, blutverschmiert, vom blaßblauen Mondlicht beleuchtet und eingerahmt von den flackernden Fackeln sah es kaum menschlich aus. Die beiden blieben in der Mitte der Straße stehen und sahen sich in alle Richtungen um. Ich zog Tiro in den Schatten des Baumes, unter dem wir zuvor die Ankunft Sullas beobachtet hatten, und glaubte, die Dunkelheit würde uns schützen, aber Magnus mußte die Bewegung aus dem Augenwinkel wahrgenommen haben. Ich hörte einen Schrei und das Klappern von Sandalen auf den Pflastersteinen.

»Auf meine Schultern!« zischte ich. Tiro begriff sofort und humpelte in Position. Ich bückte mich zwischen seinen Beinen, hob ihn hoch und begann zu rennen, überrascht von meiner eigenen Stärke. Mühelos glitt ich über die glatten Steine. Ich atmete tief ein und lachte laut, weil ich glaubte eine ganze Meile so laufen und meinen Vorsprung auf Magnus mit jedem Schritt vergrößern zu können. Ich hörte sie hinter mir rufen, aber nur leise; vor allem hörte ich das Blut in meinen Ohren pochen.

Dann war der Kitzel des Augenblicks mit einem einzigen

Atemzug, der flacher kam als die anderen, plötzlich vorbei. Schritt für Schritt verpuffte mein Energieschub. Der ebene Boden schien sich erst bergauf zu neigen, und dann zu schmelzen, als ob ich durch Schlamm laufen würde. Anstatt zu lachen, hustete ich jetzt und konnte mit einemmal meine Füße kaum vom Boden heben; Tiro war schwer wie eine Bronzestatue. Ich hörte Magnus und Glaucia näherkommen.

Wir stolperten an einer hohen, efeubewachsenen Mauer entlang. Dann war die Mauer zu Ende. Und plötzlich erkannte ich zu meiner Linken Caecilia Metellas Haus. Der Portikus war von einer einzelnen Kohlenpfanne beleuchtet, flankiert von den beiden Wärtern, die zur Bewachung von Sextus Roscius hier postiert waren.

»Helft uns!« brachte ich keuchend hervor. »Caecilia Metella kennt mich. Zwei Männer sind hinter uns her – Kriminelle – Mörder!«

Die beiden Soldaten bauten sich, die Schwerter gezückt vor uns auf, machten jedoch keine Anstalten, mich aufzuhalten, als ich mich bückte und Tiro von meinen Schultern auf seine Füße gleiten ließ. Er tat einen wackeligen Schritt nach vorn und brach stöhnend vor der Tür zusammen. Ich ging an ihm vorbei und hämmerte gegen die Tür, sah mich dann um und beobachtete, wie Magnus und Glaucia eben noch im Lichtschein zum Stehen kamen.

Bei ihrem Anblick wichen selbst die bewaffneten Männer einen Schritt zurück – Magnus mit seinem wirren Haar, dem vernarbten Gesicht und den bebenden Nüstern, Glaucia mit blutverschmierter Stirn, beide die Dolche gezückt. Ich schlug erneut gegen die Tür.

Magnus ließ seine Waffe sinken und machte Glaucia ein Zeichen, dasselbe zu tun. »Dies sind zwei Diebe«, sagte er und zeigte auf mich. Trotz seiner wüsten Erscheinung klang seine Stimme gesetzt und moderat, ja, er war nicht einmal außer Atem. »Einbrecher«, erklärte er. »Wir haben sie erwischt, als sie sich gewaltsam Zutritt zum Haus von Lucius Cornelius Chrysogonus verschaffen wollten. Übergebt sie uns.«

Die beiden Soldaten tauschten verwirrte Blicke aus. Sie hatten den Befehl, einen Gefangenen zu bewachen, waren jedoch nicht angehalten, irgend jemand am Betreten des Hauses zu hindern oder für Ordnung auf der Straße zu sorgen. Sie hatten keinen Grund, zwei wild dreinblickenden Männern mit Messern zu helfen. Genausowenig wie sie Grund hatten, zwei unerwarteten nächtlichen Besuchern zu helfen. Magnus hätte ihn erzählen sollen, daß wir zwei entsprungene Sklaven waren; das hätte die Soldaten als Mitbürger verpflichtet, uns auszuliefern. Aber jetzt war es zu spät, seine Geschichte zu ändern. Statt dessen griff er, als die Wachen nicht reagierten, in seine Tunika und zog eine schwer aussehende Börse hervor. Die Wächter betrachteten die Börse, sahen einander an und musterten dann ohne große Zuneigung Tiro und mich. Ich hämmerte mit beiden Fäusten gegen die Tür.

Schließlich öffnete sich ein Sichtschlitz und hindurch blickten die berechnenden Augen des Eunuchen Ahausarus. Sein Blick wanderte von mir zu Tiro und dann weiter zu den beiden Mördern auf der Straße. Ich suchte noch immer stammelnd und keuchend nach Worten, als er die Tür öffnete, uns hereinließ und sie krachend wieder zuwarf.

Ahausarus weigerte sich, seine Herrin zu wecken. Er wollte uns auch nicht erlauben, über Nacht zu bleiben. Magnus konnte noch immer dort draußen auf der Lauer liegen; schlimmer noch, er konnte Glaucia losgeschickt haben, Verstärkung zu holen. Je schneller wir hier wegkamen, desto besser. Nach hastigen Verhandlungen war Ahausarus hocherfreut, uns zusammen mit einer Mannschaft gähnender Sänftenträger, die Tiro tragen sollten, sowie einigen Gladiatoren aus der persönlichen Leibwache seiner Herrin wieder loszuwerden.

»Keine weiteren Abenteuer mehr!« sagte Cicero streng. »Es ist völlig sinnlos. Wenn Caecilia am Morgen davon erfährt, wird sie entrüstet sein. Tiro hat sich verletzt. Und es ist gar nicht auszudenken, welche Konsequenzen die Sache noch hätte nach sich ziehen können – Chrysogonus in seinem eigenen Haus nachzuspionieren, während Sulla persönlich anwesend ist. Mein eigener Sklave und ein anrüchiger Spießgeselle werden dabei erwischt, wie sie in einer Privatvilla auf dem Palatin herumschleichen, während dort eine Gesellschaft zu Ehren Sullas stattfindet. Daraus ließe sich mit Leichtigkeit ein Staatsverbrechen konstruieren, oder etwa nicht? Was, wenn man euch erwischt und vor Chrysogonus geschleift hätte? Man hätte euch genausogut als Mörder wie als Einbrecher bezeichnen können. Wollt ihr *meinen* Kopf auf seinem Stock sehen? Und das Ganze für nichts und wieder nichts – die Eskapade hat keinerlei neue Erkenntnisse gebracht, oder doch? Nichts von Bedeutung, soweit ich erkennen kann. Deine Arbeit ist erledigt, Gordianus. Gib es auf! Alles hängt jetzt von Rufus und mir ab. In drei Tagen beginnt der Prozeß. Bis dahin will ich nichts von weiteren absurden Abenteuern hören! Halte dich raus und versuch, am Leben zu bleiben. Ich verbiete dir ausdrücklich, dieses Haus zu verlassen.«

Manche Menschen sind nicht unbedingt bester Laune, wenn sie mitten in der Nacht aus dem Bett geholt werden. Seit wir die Halle betreten hatten und Cicero von einem Sklaven geweckt worden war, um die bizarre nächtliche Heimsuchung durch trampelnde Leibwächter und seinen Sklaven in einer Sänfte zu begutachten, war er bissig und unhöflich gewesen. Er hatte tiefe schwarze Ringe unter den Augen. Müde oder nicht, Cicero redete ununterbrochen, während er gleichzeitig wie eine brütende Henne um Tiro herumgluckte, der bäuchlings auf dem Tisch lag, während der Hausarzt, der außerdem der Chefkoch des Haushalts war, seinen Knöchel untersuchte und ihn behutsam in verschiedene Richtungen drehte. Tiro zuckte vor Schmerz und biß sich auf die Lippen. Der Arzt nickte ernst.

»Nicht gebrochen«, sagte er schließlich, »nur verstaucht. Er hat Glück gehabt; sonst hätte er vielleicht ein Leben lang gehumpelt. Am besten man gibt ihm reichlich Wein zu trinken – das verdünnt das angestaute Blut und entspannt die Muskeln. Heute nacht sollte der Knöchel in kaltem Wasser liegen, je kälter, desto besser, damit die Schwellung abklingt. Wenn du willst, kann ich jemanden losschicken, frisches Quellwasser zu besorgen. Morgen muß der Knöchel fest verbunden werden, und dann darf er nicht belastet werden, bis der Schmerz völlig abgeklungen ist. Ich werde morgen den Schreiner beauftragen, ihm eine Krücke zu schnitzen.«

Cicero nickte erleichtert. Plötzlich begann sein Kiefer zu zittern. Seine Lippen bebten. Sein Kinn überzog sich mit Grübchen. Er öffnete den Mund zu einem breiten Gähnen, während er gleichzeitig versuchte, ihn geschlossen zu halten. Er blinzelte verschlafen. Er warf mir durch schwere Lider einen letzten abschätzigen Blick zu, schüttelte mißbilligend den Kopf in Tiros Richtung und begab sich wieder zur Ruhe.

Müde schlich ich in mein Zimmer. Bethesda saß hellwach im Bett und wartete auf mich. Sie hatte hinter der geschlossenen Tür gelauscht, jedoch nur Bruchteile unseres nächtlichen Abenteuers verstehen können. Sie bombardierte mich mit Fragen, und ich antwortete und antwortete. Auch dann noch, als meine gemurmelten Erwiderungen längst keinen Sinn mehr ergaben.

Irgendwann begann ich zu träumen.

In meinem Traum ruhte mein Kopf im Schoß der Göttin, die mir sanft die Stirn streichelte. Ihre Haut war wie Alabaster, ihre Lippen wie Kirschen. Obwohl meine Augen geschlossen waren, wußte ich, daß sie lächelte, weil ich ihr

Lächeln wie warmes Sonnenlicht auf meinem Gesicht spüren konnte.

Eine Tür ging auf, und der Raum wurde mit Licht durchflutet. Apollo von Ephesos trat ein wie ein Schauspieler, der eine Bühne betritt, nackt und golden und von blendender Schönheit. Er kniete neben mir und kam mit dem Mund so nah an mein Ohr, daß seine weichen Lippen meine Haut berührten. Sein Atem war warm wie das Lächeln der Göttin. Er murmelte süße Worte des Trostes, die dahinplätscherten wie ein Gebirgsbach.

Unsichtbare Hände zupften eine unsichtbare Lyra, während ein unsichtbarer Chor das schönste Lied sang, das ich je gehört hatte – Strophe für Strophe von Liebe und Lobpreis, alles zu meinen Ehren. Irgendwann irrte ein wilder Riese mit einem Messer durch den Raum, die Augen mit Blut verklebt, das aus einer Wunde an seinem Kopf sikkerte; aber sonst geschah nichts, was die absolute Perfektion dieses Traumes hätte verderben können.

Ein Hahn krähte. Ich schreckte zusammen und fuhr hoch, weil ich glaubte, zurück in meinem Haus auf dem Esquilin zu sein, wo ich vermeintlich Fremde im Grau der Dämmerung herumtappen hörte. Aber es waren nur Ciceros Sklaven, die sich auf den kommenden Tag vorbereiteten. Neben mir schlief Bethesda wie ein Stein, ihr schwarzes Haar wie feine Zweige auf dem Kopfkissen ausgebreitet. Ich legte mich wieder neben sie, fest überzeugt, unmöglich wieder einschlafen zu können.

Bevor ich die Augen geschlossen hatte, war ich schon fast wieder bewußtlos.

Um mich herum dehnte sich der Schlaf in alle Richtungen aus – formlos, traumlos, bar jeden Marksteins. So ein Schlaf ist wie die Ewigkeit; nichts, was den Fortgang der Zeit mißt, nichts, um das Ausmaß des Raumes zu bezeichnen, ein Augenblick ist wie Äonen, ein Atom so groß wie das ganze Universum. Die ganze Vielfalt des Lebens, Lust und Schmerz gleichermaßen, verschmilzt in eine Ureinheit, die selbst das Nichts in sich aufnimmt. Fühlt sich so der Tod an?

Und dann wachte ich plötzlich auf.

Bethesda saß in einer Ecke des Zimmers und flickte den Saum der Tunika, die ich am Vorabend getragen hatte. Irgendwann, vielleicht als ich gesprungen war, hatte ich ihn aufgerissen. Neben Bethesda lag ein halbes Stück Brot mit Honig.

»Wie spät?« fragte ich.

»Ungefähr Mittag.«

Ich räkelte mich. Meine Arme waren steif und schmerzten. Ich bemerkte einen großen violetten Bluterguß auf meiner rechten Schulter.

Ich stand auf. Meine Beine taten genauso weh wie meine Arme. Vom Atrium hörte ich Bienen summen und Cicero deklamieren.

»Fertig«, verkündete Bethesda. Sie hielt meine Tunika hoch und sah sehr zufrieden aus. »Ich habe sie heute morgen gewaschen. Ciceros Wäscherin hat mir eine neue Methode gezeigt. Sogar die Grasflecken sind rausgegangen. Die Luft ist so warm, daß sie schon wieder trocken ist.« Sie stellte sich hinter mich und hielt die Tunika über meinen Kopf, damit ich hineinschlüpfen konnte. Ich hob die Arme und stöhnte.

»Essen, Herr?«

Ich nickte. »Ich werde es im Peristylium im hinteren Teil des Hauses zu mir nehmen«, sagte ich. »So weit wie möglich entfernt von den Rhetorikübungen unseres Gastgebers.«

Bethesda hielt sich in meiner Nähe, bot mir an, dieses oder jenes zu holen, und las mir jeden meiner Wünsche von den Augen ab – eine Schriftrolle, etwas zu trinken, einen breitkrempigen Hut. Als sie mir einen Becher kaltes

Wasser brachte, legte ich die Schriftrolle zur Seite, in der ich gelesen hatte, sah ihr in die Augen und strich mit den Fingern über ihre Hand. Sie zog ihre Hand zurück, als der alte Tiro direkt vor meinen Augen quer über den Hof ging, ohne sich an die Anstandsregeln zu halten, die Sklaven vorschrieb, sich still und unauffällig unter dem Säulengang zu bewegen. Er ging kopfschüttelnd und vor sich hinmurmelnd vorbei und verschwand im Haus.

Kurz nach dem alten Freigelassenen tauchte sein Enkel auf. Tiro kam quer über den Hof gewankt, er stütze sich auf eine Holzkrücke und hielt den fest verbundenen Knöchel in die Höhe. Er lächelte dümmlich, stolz auf seine Behinderung wie ein Soldat auf seine erste Verwundung. Bethesda holte einen Stuhl und half ihm, Platz zu nehmen.

»Die ersten Narben und Wunden der Männlichkeit sind wie Abzeichen der Reife«, sagte ich. »Aber mit der Wiederholung werden sie mühsam und dann deprimierend. Die Jugend verschenkt stolz ihre Beweglichkeit, Kraft und Schönheit wie Opfer auf dem Altar des Erwachsenwerdens und bereut erst viel später.«

Der Denkspruch ließ ihn offenbar kalt. Tiro runzelte, noch immer lächelnd, die Stirn und musterte in dem Glauben, ich würde Epigramme zitieren, die Schriftrolle, die ich zur Seite gelegt hatte. »Wer hat das gesagt?«

»Jemand, der auch einmal jung war. Ja, so jung wie du jetzt bist, und genauso unverwüstlich. Du scheinst gutgelaunt zu sein.«

»Ich denke ja.«

»Keine Schmerzen?«

»Ein wenig, aber was soll's. Es ist alles so aufregend.«

»Ja?«

»Mit Cicero, meine ich. Die ganzen Papiere, die fertiggestellt werden müssen, die Leute, die vorbeikommen – Freunde der Verteidigung, gute Männer wie Marcus Metellus und Publius Scipio. Von seiner Rede ganz zu schweigen, der Versuch, die Argumente der Anklage vorauszuahnen – eigentlich bleibt gar nicht genug Zeit für alles. Es ist ein einziges Gehetze. Rufus sagt, daß das immer so geht, selbst bei einem erfahrenen Anwalt wie Hortensius.«

»Dann hast du Rufus heute schon gesehen?«

»Am Morgen, als du noch geschlafen hast. Cicero hat mit ihm geschimpft, weil er Sulla auf der Feier eine Szene gemacht hat und rausgestürmt ist. Er meinte, Rufus sei zu unbesonnen und dünnhäutig – genauso wie er dich gestern nacht getadelt hat.«

»Mit dem Unterschied, daß Cicero insgeheim stolz auf das ist, was Rufus getan hat, da bin ich mir sicher, während er über mich ernsthaft empört war. Wo ist Rufus jetzt?«

»Unten auf dem Forum. Cicero hat ihn losgeschickt wegen irgendeines Schriftsatzes, der Chrysogonus zugestellt werden soll, damit er seine Erlaubnis zur Vorführung und Vereidigung der beiden Sklaven Felix und Chrestus erteilt. Das wird Chrysogonus natürlich nicht tun, aber damit macht er sich verdächtig, verstehst du, und Cicero kann das in seine Rede einbauen. An diesem Teil haben wir den ganzen Vormittag gearbeitet. Er will Chrysogonus tatsächlich beim Namen nennen. Das erwarten sie natürlich am wenigsten, weil sie glauben, daß jeder viel zuviel Angst hat, die Wahrheit auszusprechen. Er wird sich sogar Sulla vornehmen. Du solltest ein paar von den Sachen hören, die er gestern abend geschrieben hat, während wir unterwegs waren, über die freie Hand, die Sulla Verbrechern gegeben und wie er zu Korruption und offenem Mord ermutigt hat. Das kann Cicero natürlich nicht alles verwenden; das wäre Selbstmord. Das muß er noch irgendwie abmildern, aber trotzdem, wer sonst hätte den Mut, auf dem Forum für die Wahrheit einzutreten?«

Er lächelte erneut und zog sich an der Krücke hoch, bis er auf einem Bein stand. Bethesda eilte ihm zur Hilfe, und er ließ sie errötend gewähren. »Ich muß jetzt gehen. Ich kann nicht bleiben. Cicero wird mich brauchen. Er wird Rufus noch mit einem Dutzend Aufträgen zum Forum schicken, und wir drei werden wahrscheinlich die ganze Nacht wach bleiben.«

»Während ich meinen Schlaf nachhole. Aber warum bleibst du nicht noch ein wenig? Ruh dich aus, du wirst deine Kraft heute abend noch brauchen. Außerdem, mit wem sollte ich mich sonst unterhalten?«

Tiro wackelte mit seiner Krücke. »Nein, ich muß jetzt wirklich zurück.«

»Ach so. Vermutlich hat Cicero dich nur geschickt, um mal kurz nach mir zu sehen.«

Tiro zuckte, so gut es auf die Krücke gestützt ging, mit den Schultern. »Eigentlich hat Cicero mich mit einer Botschaft zu dir gesandt.«

»Eine Botschaft? Warum schickt er dich mit deinem verstauchten Knöchel?«

»Vermutlich dachte er, daß die anderen Sklaven ... das heißt, ich bin sicher, er hätte auch selbst kommen können, nur – er hat mir jedenfalls aufgetragen, dich daran zu erinnern, was er letzte Nacht gesagt hat. Weißt du noch?«

»Was soll ich noch wissen?« Mir war plötzlich wieder nach Spotten zumute.

»Er sagt, du sollst das Haus nicht verlassen. Was immer Ciceros Haushalt zu deinem Wohlbefinden beitragen kann, steht dir selbstverständlich zur Verfügung, und wenn du etwas von draußen brauchst, kannst du jederzeit einen Haussklaven losschicken.«

»Ich bin es nicht gewohnt, den ganzen Tag und die ganze Nacht im Haus zu bleiben. Vielleicht begleite ich Rufus bei einem seiner Gänge zum Forum.«

Tiro wurde rot. »Also, das ist so, Cicero hat den Wächtern, die er zum Schutz des Hauses gemietet hat, gewisse Anweisungen erteilt.«

»Anweisungen?«

»Er hat ihnen befohlen, dafür zu sorgen, daß du das Haus nicht verläßt.«

Ich starrte ihn ungläubig an, bis Tiro den Blick senkte. »Er will mich im Haus festhalten? So wie die Wächter von Caecilias Haus Sextus Roscius festhalten?«

»Na ja, vermutlich schon.«

»Ich bin ein römischer Bürger, Tiro. Wie kann Cicero es wagen, einen Bürger in seinem Haus gefangen zu halten? Was werden diese Wächter tun, wenn ich versuche, das Haus zu verlassen?«

»Ich weiß nur, daß Cicero ihnen befohlen hat, wenn nötig Gewalt anzuwenden. Ich glaube nicht, daß sie dich tatsächlich schlagen würden...«

Ich spürte, wie mein Gesicht und meine Ohren so rot wurden wie Tiros. Ich warf einen Seitenblick zu Bethesda und sah, daß sie verstohlen lächelte und recht erleichtert aussah. Tiro atmete tief ein und machte ein paar Schritte zurück, als hätte er mit seiner Krücke eine Linie in den Sand gezogen, hinter die er zurück mußte.

»Du mußt das verstehen, Gordianus. Das ist jetzt Ciceros Fall. Es war immer sein Fall. Du hast dich in seinen Diensten in Gefahr begeben, und dafür bietet er dir seinen Schutz. Er hat dich beauftragt, die Wahrheit herauszufinden, und das hast du getan. Jetzt muß diese Wahrheit vom Gesetz beurteilt werden. Das ist Ciceros Gebiet. Die Verteidigung von Sextus Roscius ist das wichtigste Ereignis in seinem Leben. Er glaubt ernsthaft, daß du jetzt eher eine Gefahr als eine Hilfe für ihn bist. Du darfst dich ihm nicht widersetzen. Du darfst ihn nicht auf die Probe stellen. Tu einfach, was er verlangt. Verlaß dich auf ihn.«

Tiro wandte sich zum Gehen, ohne mir Zeit für eine Antwort zu lassen, wobei er seine Unbeholfenheit mit der Krücke zum Vorwand nahm, sich weder umzudrehen noch eine Abschiedsgeste zu machen. Eine Zeitlang war der Hof noch von seiner Gegenwart erfüllt: eloquent, loyal, beharrlich und selbstbewußt – in jeder Beziehung der Sklave seines Herrn.

Ich nahm erneut die Chronik von Polybius zur Hand, in der ich gelesen hatte, aber die Worte schienen zu verschwimmen und vom Pergament zu rutschen. Ich hob meinen Blick und ließ ihn in den Schatten des Säulengangs wandern. Bethesda saß mit geschlossenen Augen da und genoß wie eine Katze das warme Sonnenlicht. Sie schien förmlich zu schnurren. Ich rief ihren Namen.

»Bring diese Schriftrolle zurück«, sagte ich. »Sie langweilt mich. Geh ins Arbeitszimmer. Bitte unseren Gastgeber um Verzeihung für die Störung, und frage Tiro, ob er etwas von Plautus für mich finden kann oder vielleicht eine dekadente griechische Komödie.«

Bethesda ging los und murmelte den unvertrauten Namen vor sich hin, damit sie ihn nicht vergaß. Sie hielt die Rolle in jener eigentümlichen Art, in der alle Analphabeten Schriftstücke tragen – vorsichtig, weil sie wissen, daß sie wertvoll sind, aber auch nicht zu behutsam, in der Gewißheit, daß sie nicht zerbrechen können, und ohne jede Zuneigung, ja sogar mit einem gewissen Abscheu. Als sie im Haus verschwunden war, drehte ich mich um und ließ meinen Blick über den Säulengang wandern. Niemand war in der Nähe. Die Hitze des Tages hatte ihren Höhepunkt erreicht. Alle ruhten oder hatten zumindest in den kühlen Innenräumen des Hauses Zuflucht gesucht.

Das Dach des Portikus zu besteigen, war leichter, als ich gedacht hatte. Ich kletterte an einer der schlanken Säulen hoch, packte das Dach und hangelte mich hoch. Die Höhe schien für einen Mann, der am Abend zuvor praktisch geflogen war, nicht weiter nennenswert. Dem Wächter auszuweichen, der am entfernten Ende des Daches lauerte, war ein weit größeres Problem, zumindest glaubte ich das, bis sich ein rissiger Dachziegel unter meinem Fuß löste und einen Sprühregen kleiner Steinchen auf den gepflasterten

Hof fallen ließ. Der Wächter rührte sich nicht vom Fleck, er stand, mir den Rücken zugewandt, auf seinen Speer gestützt und döste. Vielleicht hörte er mich, als ich in die Gasse hinabsprang, und einen Tontopf umstieß, aber da war es schon zu spät. Diesmal verfolgte mich niemand.

# Achtundzwanzig

Cicero hatte recht; mein Part bei der Untersuchung der Ermordung von Sextus Roscius war erledigt. Aber bis der Prozeß vorüber war, konnte ich mich unmöglich anderen Aufträgen zuwenden oder auch nur sicher in mein Haus zurückkehren. Cicero war es nicht gewohnt, selbst Feinde zu haben (was sich bei seinem Ehrgeiz nur zu bald ändern würde!), und er nahm an, mich verstecken zu können, bis alles geklärt war. Aber in Rom ist der vor einem liegende Weg stets von Feinden gesäumt. Welchen Sinn hat es, sich im Haus eines anderen zu verkriechen, hinter dem Speer seines Wächters? Der einzig wahre Schutz gegen den Tod ist Fortuna; vielleicht stimmte es ja, daß Sulla überall von ihrer schützenden Hand begleitet wurde – wie ließe sich seine Langlebigkeit sonst erklären, wo doch so viele andere um ihn herum, mit weit weniger Schuld belastet und ungleich tugendhafter, schon lange tot waren.

Ich ging weiter in südlicher Richtung und folgte einem Trampelpfad, der vorbei an Hinterhöfen von Mietshäusern führte, Gassen kreuzte und sich durch Grünflächen schlängelte. Frauen riefen sich von einer Straßenseite zur anderen etwas zu; ein Kind weinte, und seine Mutter stimmte ein Schlaflied an; ein Mann brüllte mit betrunkener und schläfriger Stimme nach Ruhe. Die Stadt, von der Wärme träge und wohlwollend gestimmt, schien mich zu verschlucken.

Ich passierte die Porta Fontinalis und schlenderte ziellos weiter, bis sich hinter einer weiteren Biegung das verkohlte Ungetüm eines ausgebrannten Mietshauses vor mir erhob. Schwarze Fenster öffneten sich in den blauen Himmel, und ich beobachtete, wie krachend eine Mauer zusammenbrach, von Sklaven mit langen Seilen zum Einsturz gebracht. Das Gelände um das Haus war mit schwarzer Asche bedeckt, überall sah man kleine Haufen von verkohlten Gewändern und Überresten diverser Haushaltsgegenstände – ein billiger Topf, der in der Hitze geschmolzen war, das schwarze Skelett eines Webstuhls, ein langer spitzer Knochen, der entweder einem Menschen oder einem Hund gehört hatte. Bettler filzten die kümmerlichen Reste.

Ich wandte mich ab und entfernte mich so hastig, daß ich kaum bemerkte, wohin ich ging. Ich lief gegen einen halbnackten, rußbedeckten Sklaven, der ein Seil über die Schultern hängen hatte. Das Seil straffte sich, er stieß mich zur Seite und rief mir zu, ich solle aufpassen. Ein Teil der Außenmauer landete krachend vor meinen Füßen und zersprang wie ein hartes Stück Lehm in tausend Teile. Wäre ich nicht mit dem Sklaven zusammengestoßen, wäre ich wahrscheinlich direkt unter die zusammenstürzende Mauer gelaufen und auf der Stelle tot gewesen. Statt dessen wehte eine Rußwolke harmlos um meine Knie und schwärzte den Saum meiner Tunika.

Ich setzte meinen ziellosen Weg fort, meine Füße ebensowenig beachtend wie meinen Herzschlag oder Atem. Doch es konnte kaum ein Zufall sein, daß ich genau den Weg einschlug, den ich mit Tiro am ersten Tag unserer Ermittlungen gegangen war. Ich fand mich unvermittelt auf demselben Platz wieder, beobachtete dieselben Frauen beim Wasserholen am Brunnen und verscheuchte dieselben trägen Kinder und Hunde. Bei der Sonnenuhr blieb ich stehen und zuckte zusammen, als derselbe Bürger vorbeikam, den ich nach dem Weg zum Haus der Schwäne gefragt hatte, den Rezitator von Schauspielen und Verächter der Zeitmessung. Ich hob die Hand und öffnete den Mund, um ihm einen Gruß zuzurufen. Er blickte auf und starrte mich merkwürdig an, beugte sich dann mürrisch zur Seite, um mir unmißverständlich klar zu machen, daß ich seinen Blick auf die Sonnenuhr versperrte. Mit einem verächtlichen Schnauben registrierte er die Uhrzeit, starrte mich erneut unwillig an und eilte dann weiter. Es war überhaupt nicht derselbe Mann gewesen, und in Wahrheit bestand kaum mehr als eine flüchtige Ähnlichkeit.

Ich ging die enge Straße zum Haus der Schwäne hinunter, an den fensterlosen Mauern mit den Wandleuchtern vorbei, den heruntergebrannten Fackeln und den Schmierereien, die entweder politisch oder obszön oder auch beides waren. (P. CORNELIUS SCIPIO ZUM QUAESTOR, EIN MANN, DEM MAN VERTRAUEN KANN, lautete einer der Sprüche, der mit eleganter Hand an die Mauer geschrieben war, und daneben hastig hingeschmiert: P. CORNELIUS SCIPIO WÜRDE NOCH EINE BLINDE HURE BETRÜGEN UND IHR EIN HÄSSLICHES KIND ANDREHEN.)

Ich kam an der Sackgasse vorbei, in der Magnus und seine beiden Kumpane auf der Lauer gelegen hatten. Ich mied den blassen Blutfleck, der die Stelle markierte, an der der alte Sextus Roscius gestorben war. Es war noch düsterer als bei meinem ersten Besuch, aber der Fleck war unschwer auszumachen, weil das Pflaster drumherum erkennbar sauberer war als die übrige Straße. Jemand hatte die Stelle gesäubert, nach Leibeskräften geschrubbt, um das Blutmal ein für allemal zu tilgen. Es mußte Stunden in Anspruch genommen haben, und das alles vergeblich – denn jetzt war der Fleck noch auffälliger als vorher, und alle vorbeikommenden Füße und rußgeschwängerten Winde mußten ihn nun mit einem neuen Schmutzfilm überziehen, um ihn wieder in der Straße verschwinden zu lassen. Wer hatte hier stundenlang auf Händen und Knien mit Scheuerlappen und Eimer geschuftet, bei dem verzweifelten Versuch, die Vergangenheit auszulöschen? Die Frau des Ladenbesitzers? Die verwitwete Mutter des stummen Jungen? Ich stellte mir vor, wie Magnus sich persönlich darum kümmerte und konnte mir bei dem Gedanken an den finsteren Mörder, der wie eine Putzfrau auf allen vieren hockte, ein Lächeln nicht verkneifen.

Ich machte ein paar Schritte nach vorn, bis ich einen Blick in den düsteren Laden werfen konnte. Der alte Mann saß hinter dem Tresen, den Kopf auf die Ellenbogen gestützt und die Augen geschlossen. Die Frau staubte die spärlich gefüllten Regale und Tische ab. Der Laden atmete einen moderigen, kühlen Gestank aus mit einem Hauch von fauliger Süße und Moschus.

Ich betrat das Mietshaus gegenüber. Der Wächter fürs Erdgeschoß war nirgends zu sehen. Sein kleiner Kollege im ersten Stock war mit weit offenem, sabberndem Mund und einem halbvollen Becher Wein in der Hand eingeschlafen, den er so schräg hielt, daß er mit jedem Schnarcher ein paar Tropfen verschüttete.

Unter meiner Tunika tastete ich nach dem Knauf des Messers, das der Junge mir gegeben hatte. Ich blieb lange stehen und fragte mich, was ich einem von beiden sagen könnte. Der Witwe Polia, daß ich die Namen der Männer kannte, die sie vergewaltigt hatten? Daß einer von ihnen, Rotbart, tot war? Dem kleinen Eco, daß er sein Messer zurückhaben konnte, weil ich nicht die Absicht hatte, Magnus oder Mallius Glaucia für ihn zu töten?

Ich schritt den langen, dunklen Flur entlang. Die Dielen ächzten und stöhnten lauter als die gedämpften Stimmen, die aus den Kammern nach draußen drangen. Wer würde sich an einem solchen Tag drinnen im Dunkeln verkriechen? Die Kranken, die Alten, die Gebrechlichen und Verkrüppelten, die Schwachen, die Verhungernden und Lahmen. Die Uralten, die zu nichts mehr zu gebrauchen waren, und die Säuglinge, die noch nicht laufen konnten. Es gab keinen Grund, warum Polia und ihr Sohn überhaupt zu Hause sein sollten, und doch pochte mir das Herz im Hals, als ich an der Tür klopfte.

Ein junges Mädchen riß die Tür weit auf, so daß ich den ganzen Raum einsehen konnte. Ein altes Weib saß in Decken gehüllt in einer Ecke. Ein kleine Junge kniete am offenen Fenster. Er blickte sich über die Schulter nach mir um und beobachtete dann weiter die Straße. Abgesehen von Größe und Form sah das Zimmer völlig verändert aus.

Aus den Decken musterten mich zwei wäßrige Augen. »Wer ist da, Kind?«

»Ich weiß nicht, Großmutter.« Das kleine Mädchen starrte mich argwöhnisch an.

»Was wollen sie?«

Das kleine Mädchen setzte ein ärgerliches Gesicht auf. »Meine Großmutter möchte wissen, was du hier willst?«

»Polia«, sagte ich.

»Nicht da«, sagte der Junge vom Fenster.

»Dann muß ich mich in der Tür geirrt haben.«

»Nein«, sagte das kleine Mädchen verärgert. »Die richtige Tür. Aber sie ist nicht mehr hier.«

»Ich meine die junge Witwe und ihren Sohn, den kleinen, stummen Jungen.«

»Ich weiß«, sagte sie und sah mich an, als ob ich beschränkt wäre. »Aber Polia und Eco wohnen hier nicht mehr. Zuerst ist sie verschwunden, dann er.«

»Weg«, ergänzte die Alte. »So haben wir endlich dieses Zimmer gekriegt. Vorher haben wir gegenüber gewohnt, aber hier ist mehr Platz. Genug für uns alle fünf – meinen Sohn, seine Frau und die beiden Kleinen.«

»Mir gefällt es besser, wenn Mama und Papa nicht da sind und wir nur zu dritt sind«, sagte der Junge.

»Halt den Mund, Appius«, fuhr ihn das Mädchen an. »Eines Tages werden Mama und Papa ausgehen und nie wiederkommen, genau wie bei dem kleinen Eco. Sie verschwinden einfach, wie Polia. Du wirst sie mit deinem dauernden Geschrei noch vertreiben. Dann werden wir ja sehen, wie dir das gefällt.«

Der kleine Junge fing an zu weinen. Die alte Frau schnalzte mit der Zunge. »Was soll das heißen?« sagte ich. »Polia ist verschwunden, ohne den Jungen mitzunehmen?«

»Sie hat ihn verlassen«, sagte die alte Frau.

»Das glaube ich nicht.«

Sie zuckte die Schultern. »Konnte die Miete nicht bezahlen. Der Vermieter hat ihr zwei Tage zum Ausziehen gegeben. Am nächsten Morgen war sie weg. Hat alles mitgenommen, was sie tragen konnte, und hat den Jungen sich selbst überlassen. Am nächsten Tag kam der Vermieter, sammelte die wenigen Habseligkeiten ein und setzte den Jungen auf die Straße. Eco hat danach noch ein paar Tage hier herumgelungert. Er hat den Leuten leid getan, und sie haben ihm ein paar Brocken zu essen gegeben. Schließlich haben ihn die Wächter endgültig verscheucht. Bist du ein Verwandter von ihnen?«

»Nein.«

»Na ja, wenn Polia dir noch Geld geschuldet hat, vergißt du das wohl besser.«

»Wir konnten sie sowieso nicht leiden«, sagte das kleine Mädchen. »Eco war dumm. Konnte kein Wort reden, selbst wenn Appius ihn festgehalten und sich auf ihn gesetzt hat, damit ich ihn kitzeln konnte, bis er blau anlief. Er hat nur gequiekt wie ein Schwein.«

»Wie ein Schwein, das gepiekst wird«, sagte der kleine Junge, der jetzt nicht mehr weinte, sondern auf einmal fröhlich lachte. »Hat mein Papa gesagt.«

»Seid still«, knurrte die alte Frau, »alle beide.«

Im Haus der Schwäne herrschte für die mittägliche Stunde lebhafter Betrieb. Der Besitzer macht die leichte Wetterveränderung dafür verantwortlich. »Die Hitze stachelt sie alle an, bringt das Blut in Wallung – aber zuviel Hitze läßt selbst den kräftigsten Mann erschlaffen. Jetzt, wo das Wetter zumindest wieder erträglich ist, kommen sie scharenweise zurück. All die angestauten Säfte. Und du bist sicher, daß du kein Interesse an der Nubierin hast? Sie ist neu, mußt du wissen. Ah!« Er stieß einen Seufzer der Erleichterung aus, als ein großer, gut gekleideter Mann aus dem inneren Flur in die Halle kam. Der Seufzer bedeutete, daß Elektra nicht länger belegt war und mich jetzt empfangen konnte, was hieß, daß der Fremde ihr letzter Kunde gewesen sein mußte. Er war ein gutaussehender Mann mittleren Alters mit graumelierten Schläfen. Er nickte unserem gemeinsamen Gastgeber kurz zu und schenkte ihm ein mattes, gezwungenes Lächeln der Befriedigung. Ich empfand ein törichtes Zucken der Eifersucht und sagte mir, daß er wahrscheinlich mit geschlossenem Mund lächelte, weil er schlechte Zähne hatte.

In einem perfekt geführten Haus dieser Art hätten wir uns als aufeinanderfolgende Freier derselben Hure nie begegnen dürfen, aber ein perfekt geführtes Haus dieser Art gab es nicht. Unser Gastgeber besaß zumindest den Anstand, sich zwischen uns beide zu stellen und erst dem Fremden zum Abschied zuzunicken, bevor er sich wieder zu mir umdrehte. Sein breiter Körper gab einen beachtlichen Sichtschutz ab. »Nur noch einen Augenblick«, sagte er leise, »während die Dame sich ein wenig zurechtmacht.« Er ließ mich einen Moment allein und kehrte dann salbungsvoll lächelnd zurück. »Alles bereit«, sagte er und winkte mich in den Flur.

Elektra war noch immer genauso eindrucksvoll, wie ich sie in Erinnerung hatte, aber um ihre Augen und den Mund hatte sich eine Müdigkeit gelegt, die einen Schatten auf ihre Schönheit warf. Sie saß auf dem Sofa, die Hände um ihr angewinkeltes Knie verschränkt, den Kopf mit ihrem wallenden schwarzen Haar auf ein Kissen gestützt. Zunächst erkannte sie mich nicht, was mir einen kleinen Stich der Enttäuschung versetzte. Dann leuchteten ihre

Augen ein wenig auf, und sie fuhr sich kokett mit der Hand durch das Haar, als wolle sie ihre Frisur richten. Ich schmeichelte mir mit dem Gedanken, daß es ihr bei einem anderen Mann egal gewesen wäre, wie sie aussah, und fragte mich im selben Augenblick, ob das einer ihrer subtilen Tricks war, die sie bei jedem Mann anwandte.

»Du wieder«, sagte sie, noch immer schauspielernd, mit derselben glutvollen Stimme, mit der sie jeden hätte ansprechen können. Und dann ließ sie, als ob ihr endlich eingefallen wäre, warum ich schon einmal bei ihr gewesen war und wonach ich gesucht hatte, die Maske fallen und warf mir einen Blick von solcher nackter Verletzlichkeit zu, daß ich zitterte. »Diesmal bist du allein gekommen?«

»Ja.«

»Ohne deinen schüchternen, kleinen Sklaven?« Eine Spur Verruchtheit kehrte in ihre Stimme zurück, nicht einstudiert, sondern verspielt und heiter.

»Nicht nur schüchtern, sondern auch ungezogen. Meint jedenfalls sein Herr. Und zu beschäftigt, um mich heute zu begleiten.«

»Aber ich dachte, er gehört dir.«

»Nein.«

Ihr Gesicht wirkte auf einmal wieder ganz nackt. »Dann hast du mich angelogen.«

»Hab ich das? Nur darüber.«

Sie zog auch das andere Bein an ihre Brust, als wolle sie sich vor mir verstecken. »Warum bist du heute gekommen?«

»Um dich zu sehen.«

Sie lachte und zog eine Braue hoch. »Und gefällt dir, was du siehst?« Ihre Stimme klang wieder tief und falsch. Sie blieb genauso sitzen, aber ihre Pose wirkte auf einmal eher kokett als schutzbedürftig. Als ich sie das erste Mal gesehen hatte, war sie mir stark und ursprünglich sinnlich vorgekommen, fast unzerstörbar. Ein Teil von mir hatte die

Vorstellung, sie wiederzusehen, sehr erregend gefunden; aber jetzt tat mir ihre Schönheit irgendwie weh.

Sie zitterte und wandte den Blick ab. Die winzige Bewegung teilte ihr Gewand in Höhe der Schenkel. Auf der blassen, glatten Haut zeichnete sich ein schmaler Streifen ab, rot an den Rändern, violett in der Mitte. Irgend jemand hatte sie dort erst kürzlich geschlagen, denn der Striemen war noch nicht voll entwickelt. Der lächelnde Patrizier mit dem arroganten Gehabe fiel mir wieder ein.

»Hast du Elena gefunden?« Elektras Stimme hatte sich wieder verändert. Jetzt klang sie heiser. Sie hielt ihr Gesicht abgewandt, aber ich konnte es im Spiegel sehen.

»Nein.«

»Aber du hast herausgefunden, wer sie abgeholt hat und wohin.«

»Ja.«

»Geht es ihr gut? Ist sie in Rom? Und das Kind …« Sie beobachtete mich im Spiegel.

»Das Kind ist gestorben.«

»Ah.« Sie senkte den Blick.

»Bei der Geburt. Es war eine schwere Geburt.«

»Das hab ich mir schon gedacht. Sie war selbst fast noch ein Kind mit ganz schmalen Hüften.« Elektra schüttelte den Kopf. Eine Strähne ihres Haars fiel ihr ins Gesicht. Als der Spiegel ihr Bild so festhielt, war sie auf einmal zu schön zum Anschauen.

»Wo ist es passiert?« fragte sie.

»In einer kleinen Stadt. Ein bis zwei Tage nördlich von Rom.«

»Die Stadt, aus der Sextus Roscius stammte – Ameria, ist das der Name?«

»Ja, es geschah in Ameria.«

»Sie hat immer davon geträumt, dorthin zu kommen. Es hat ihr bestimmt gefallen, die frische Luft, die Tiere und Bäume.«

Ich dachte an die Geschichte, die Felix und Chrestus mir erzählt hatten, und mir wurde beinahe übel. »Ja, ein wunderschönes kleines Städtchen.«

»Und jetzt? Wo ist sie jetzt?«

»Elena ist gestorben. Nicht lange nach der Geburt. Die Geburt hat sie umgebracht.«

»Ah, nun denn. Dann wollte sie es so. Sie hat sich so auf das Kind gefreut.« Sie wandte mir ihre Seite zu und vergewisserte sich, daß ich sie nicht im Spiegel beobachten konnte. Wie lange war es her, daß Elektra einem Mann erlaubt hatte, sie weinen zu sehen? Nach einer Weile wandte sie sich wieder mir zu und ließ ihren Kopf gegen die Kissen sinken. Ihre Wangen waren nicht feucht, aber in ihren Augen glitzerten Tränen. Ihre Stimme war hart. »Du hättest mich anlügen können. Hast du je daran gedacht?«

»Ja.« Jetzt war ich es, der den Blick senkte, nicht aus Scham, sondern weil ich fürchtete, daß sie in meinen Augen die ganze Wahrheit lesen würde.

»Du hast mich schon einmal angelogen. Du hast gelogen, als du behauptet hast, der Sklavenjunge wäre deiner. Warum also nicht diesmal?«

»Weil du die Wahrheit verdienst.«

»Tu ich das? Bin ich so schrecklich? Du hättest mir erzählen können, daß Elena noch lebt und sehr glücklich ist, mit einem gesunden Baby an der Brust. Woher hätte ich wissen sollen, daß es eine Lüge ist? Statt dessen hast du mir die grausame Wahrheit erzählt. Was nützt mir die Wahrheit? Die Wahrheit ist wie eine Strafe. Verdiene ich sie wirklich? Bereitet dir das Vergnügen?« Tränen flossen über ihre Wangen.

»Verzeih mir«, sagte ich. Sie wandte sich ab und schwieg.

Ich verließ das Haus der Schwäne, drängte mich an den grinsenden Huren und lüsternen Freiern vorbei, die in der Halle herumlungerten. Der Besitzer schwebte lächelnd vorbei wie die groteske Charaktermaske aus einer Komödie.

Auf der Straße blieb ich stehen, um zu Atem zu kommen. Einen Moment später kam der Mann mir brüllend und mit geballten Fäusten hinterhergerannt.

»Was hast du mit ihr angestellt? Warum weint sie so? Weint und will gar nicht wieder aufhören? Du brauchst nicht mehr wiederzukommen. Geh woanders hin. Such dir die Mädchen eines anderen, um deine schmutzigen, kleinen Spiele zu spielen.« Er stürmte ins Haus zurück.

Die Sonne ging unter. Ich spürte ein Nagen in der Magengrube, hätte jedoch keinen Bissen herunterbekommen. In der aufziehenden Dämmerung wurde die Luft dünn und kühl. Ich fand mich auf einmal vor dem Eingang der Pallacinischen Bäder wieder, den Lieblingsthermen des verstorbenen Sextus Roscius.

»Schwer was los heute«, sagte der junge Bedienstete, als er meine Kleidung in Empfang nahm. »In den letzten paar Tagen hatten wir praktisch gar keine Kundschaft – zu heiß. Heute abend besteht kein Grund zur Eile. Wir lassen länger auf, um den Verlust auszugleichen.« Er kam mit einem Badelaken zurück. Ich nahm es und sagte etwas, um ihn abzulenken, während ich das Handtuch über meinen linken Arm hängte und mich vergewisserte, daß es das Messer verdeckte. Selbst nackt hatte ich nicht die Absicht, mich unbewaffnet zu bewegen. Ich betrat das Kaldarium, und er schloß die Tür hinter mir.

Der letzte Widerschein der untergehenden Sonne warf ein seltsam orangefarbenes Licht durch das hohe Fenster. Ein Diener zündete mit einer langen Kerze eine einzelne Lampe in eine Mauernische an, wurde jedoch, bevor er auch die anderen Lampen anzünden konnte, fortgerufen. Der Raum war so düster und der Dampf über dem Wasser so dick, daß die etwa zwanzig Männer, die sich um das Becken herum aufhielten, sich nur als vage Schatten abzeichneten wie Statuen im orangefarbenen Nebel. Ich ließ mich langsam ins Becken gleiten und hielt die Hitze kaum aus, als das Wasser schließlich an meinen Hals plätscherte. Um mich herum stöhnten Männer wie in Schmerz oder Ekstase. Ich stöhnte mit ihnen und ließ mich in das Vergessen aus Wärme und Dampf sinken. Das Licht vor dem Fenster erstarb unmerklich. Der Bedienstete kehrte auch nicht zurück, um die Lampen anzuzünden, aber niemand beschwerte sich oder rief nach mehr Licht, als ob Dunkelheit und Hitze zwei Liebende wären, die niemand zu trennen wagte.

Die Lampe flackerte. Die Flamme loderte kurz auf und wurde dann kleiner, so daß der Raum noch düsterer wurde als zuvor. Wasser schwappte leise gegen die Kacheln, Männer atmeten in Seufzern und leisem Stöhnen. Ich blickte mich um und sah nichts als Dampf, formlos und unendlich, mit Ausnahme des kleinen Lichtpunkts, den die Lampe in den Raum warf, wie der Schein eines Leuchtturms von einem entfernten Hüel. Weit weg bewegten sich Umrisse im Wasser wie schwimmende Inseln oder Tiefseeungeheuer, die seichte Gewässer abgrasten.

Ich ließ mich noch tiefer ins Becken gleiten, bis der Atem aus meinen Nasenlöchern kleine Kreise auf der Wasseroberfläche zog. Ich kniff die Augen zusammen und starrte durch die Nebelkluft auf das flackernde Licht. Eine Zeitlang war es, als würde ich träumen, ohne die Augen zu schließen. Ich dachte an niemanden und nichts. Ich war ein Träumer, eine treibende, moosbewachsene Insel in der feuchten See, ein Junge, der seine Phantasien auslebte, ein Kind im Mutterschoß.

Vor dem Hintergrund der Nebelbank näherte sich einer der Schatten – ein Kopf, der auf dem Wasser trieb. Er kam näher und blieb stehen, kam dann noch näher, bevor er erneut verharrte, jedesmal begleitet vom fast unüberhörbaren Geräusch eines sich durch das Wasser schiebenden Körpers und der Liebkosung winziger Wellen an meinen Wangen.

Er war jetzt so nah, daß ich sein Gesicht fast erkennen konnte, eingerahmt von langem, schwarzen Haar. Er tauchte ein wenig auf, und ich sah kurz seine breiten Schultern und seinen kräftigen Nacken. Er schien zu lächeln, aber in diesem Licht hätte ich mir alles mögliche einbilden können.

Dann tauchte er langsam unter, kleine Blasen stiegen auf, der Dunst über dem Wasser kräuselte sich – Atlantis versank im Meer. Die Oberfläche schloß sich über ihm, Wasser und Dampf verschmolzen aufs neue. Er war verschwunden.

Ich spürte etwas an meinem Schienbein entlangstreichen wie ein windender Aal, der durchs Wasser glitt.

Mein Herz begann heftig zu schlagen. Meine Brust zog sich zusammen. Ich war stundenlang so blind durch die Stadt gewandert, daß der tölpelhafteste Mörder mir hätte folgen können, ohne daß ich es bemerkte. Ich drehte mich um und griff nach dem unter dem Handtuch am Beckenrand verborgenen Messer. Als sich meine Hand gerade um den Knauf geschlossen hatte, spritzte und blubberte er hinter mir. Er berührte meine Schulter.

Ich fuhr blitzschnell im Wasser herum, wobei meine Füße auf dem Boden des Beckens kurz den Halt verloren. Ich griff blind nach seinem Haar und legte ihm die Klinge des Messers an die Kehle.

Er fluchte laut. Hinter mir hörte ich ein seltsames Gemurmel wie von einem versteckten Ungeheuer, das aus tieem Schlaf geweckt wurde.

»Hände aus dem Wasser!« brüllte ich. Das Gemurmel schlug in helle Aufregung um. Links und rechts von mir tauchten ein Paar Hände aus dem Wasser wie schnappende Fische, leer und unschuldig. Ich nahm meine Klinge von seiner Kehle. Ich mußte ihn geschnitten haben; eine dünne, dunkle Linie markierte den Abdruck der Klinge, und darunter konnte man eine verschmierte Blutspur erkennen.

Endlich hatte ich sein Gesicht so nah vor mir, daß ich es erkennen konnte – nicht Magnus, sondern nur ein harmloser, junger Mann mit entsetztem Blick und aufeinandergebissenen Zähnen.

Bevor der Bademeister alarmiert und die Lampen angezündet wurden, damit alle Welt sehen konnte, was für ein Narr ich war, ließ ich ihn los und zog mich aus dem Becken. Während ich zur Tür eilte, trocknete ich mich hastig ab und achtete darauf, das Messer zu verbergen, bevor ich ins Licht trat und meine Kleidung zurückverlangte. Cicero hatte recht. Ich war völlig verstört und gemeingefährlich. Man durfte mich nicht frei herumlaufen lassen.

Tiro öffnete mir die Tür. Er sah erschöpft, aber euphorisch aus, so durch und durch zufrieden mit sich und seiner Existenz im Allgemeinen, daß es ihn einige Anstrengung kostete, eine mißbilligende Miene aufzusetzen. Im Hintergrund tönte noch immer Ciceros Stimme, setzte ab und erhob sich von neuem, eingepaßt in die Umgebung wie das Zirpen der Zikaden.

»Cicero ist wütend auf dich«, flüsterte Tiro. »Wo hast du den ganzen Tag über gesteckt?«

»Ich hab mit den Freunden großer Männer gesprochen«, sagte ich. »Gespenster und alte Bekannte besucht. Bei Huren gelegen, Verzeihung, bei Huren gelogen. Das Messer gezückt gegen Fremde, die Annäherungsversuche gemacht haben ...«

Tiro verzog das Gesicht. »Ich hab nicht die leiseste Ahnung, wovon du sprichst.«

»Nicht? Ich dachte Cicero hätte dir alles beigebracht, was man über Worte wissen muß. Und trotzdem kannst du mir nicht folgen.«

»Bist du betrunken?«

»Nein, aber du. Ja, schau dich an – aufgekratzt wie ein Junge nach seinem ersten Becher Wein. Berauscht von der

Rhetorik deines Herrn, wie ich sehe. Du bist jetzt seit acht Stunden ununterbrochen dabei, wahrscheinlich mit leerem Magen. Ein Wunder, daß du überhaupt den Weg zur Tür gefunden hast.«

»Du redest wirr.«

»Ich war nie klarer. Du bist so narkotisiert von diesem Kauderwelsch, daß ein wenig gesunder Menschenverstand dir so fade vorkommen muß wie frisches Quellwasser einem Quartalsäufer. Hör ihn dir an – wie ein Messer, das über einc Schieferplatte kratzt, wenn du mich fragst. Doch du führst dich auf, als wäre es der Gesang einer Sirene.«

Es war mir endlich gelungen, die Fröhlichkeit aus Tiros Gesicht zu vertreiben und durch Fassungslosigkeit zu ersetzen. In diesem Moment sah Rufus vorsichtig um die Ecke und kam dann lächelnd in die Halle stolziert, mit geröteten Wangen und schweren, flatternden Lidern. Er wirkte völlig erschöpft, was ihn in seinem Alter nur noch charmanter aussehen ließ, vor allem weil er in einem fort strahlte.

»Wir haben den zweiten Entwurf fertig«, verkündete er. Das Lamento aus Ciceros Arbeitszimmer hatte abrupt aufgehört. Auf Rufus' Gesicht lag ein Ausdruck schierer Verzückung wie bei einem Kind, dem im Wald vielleicht gerade ein wundersames Wesen begegnet war und das hoffnungslos um Worte verlegen war, es zu beschreiben. »Brillant«, sagte er schließlich. »Aber was weiß ich schon von Rhetorik? Nur was Lehrer wie Diodotus und Molo mir beigebracht haben und was ich seit Kindesbeinen mit eigenen Ohren gehört habe, wenn ich in Senatssitzungen und Gerichtsverhandlungen dabei gesessen habe. Aber ich schwöre dir, er wird dich morgen beim Prozeß zu Tränen rühren. Männer werden mit geballten Fäusten aufspringen und Sextus Roscius' Freiheit fordern. Das ist natürlich noch nicht die endgültige Version; wir müssen auf allerlei Unwägbarkeiten gefaßt sein, je nachdem, mit was für Tricks Erucius ankommt. Aber Cicero hat sein Möglichstes getan, jede Eventualität vorauszuahnen, und im Kern steht ein Schlußplädoyer, ausgefeilt und perfekt, wie Säulen eines Tempels, die nur auf die Kuppel warten. Es ist brillant, es gibt kein anderes Wort dafür.«

»Du glaubst nicht, daß es gefährlich ist?« fragte Tiro leise. Er machte einen Schritt auf Rufus zu und flüsterte, um seine Zweifel vor Cicero in seinem Arbeitszimmer zu verbergen.

»In einem Unrechtsstaat ist jede anständige Tat ihrem Wesen nach gefährlich«, sagte Rufus. »Und auch mutig. Ein mutiger Mann wird nicht davor zurückschrecken, sich in Gefahr zu begeben, wenn er einer gerechten Sache dient.«

»Trotzdem, machst du dir keine Sorgen darüber, was nach dem Prozeß passieren könnte? Solch harte Worte gegen Chrysogonus, und selbst Sulla kommt nicht ungeschoren davon.«

»Ist vor einem römischen Gericht Raum für die Wahrheit?« sagte Rufus. »Das ist hier die Frage. Sind wir schon so weit gekommen, daß die Wahrheit als Verbrechen gilt? Cicero setzt seine Zukunft auf den tief verwurzelten Gerechtigkeitssinn und die Ehrlichkeit der anständigen römischen Bürger. Was könnte ein Mann von seiner Integrität auch anderes tun?«

»Natürlich«, sagte Tiro ernst und nickte. »Er kann nicht anders, als die Verlogenheit und das Unrecht herauszufordern und nach seinen eigenen Prinzipien zu handeln. Bei seiner Persönlichkeit bleibt ihm gar keine andere Wahl.«

Ich stand einsam und vergessen daneben. Während sie beratschlagten und debattierten, schlich ich mich leise davon und schlüpfte zu Bethesda zwischen die warmen Laken meines Bettes. Sie schnurrte wie eine halb schlafende Katze und kräuselte dann argwöhnisch knurrend die Nase, als sie Elektras Parfüm roch. Ich war zu müde, es ihr zu erklären oder sie damit zu necken. Ich hielt sie nicht in meinen

Armen, sondern drehte ihr den Rücken zu und ließ mich von ihr umarmen. Und während sich im Atrium Ciceros Stimme aufs neue erhob, glitt ich in einen ruhelosen Schlaf.

# Neunundzwanzig

Die Iden des Mai zogen mit blaßblauer Dämmerung herauf. Ich wachte nur nach und nach auf, verwirrt von meinen Träumen und desorientiert in einem fremden Haus – weder mein Haus auf dem Esquilin noch irgendeines von denen, die ich im Laufe eines rastlosen Lebens bewohnt hatte. Von überall her drangen gedämpfte, eilige Stimmen in mein Zimmer. Warum sollte ein Haus so früh am Morgen schon so geschäftig sein? Ich dachte die ganze Zeit, jemand müsse in der Nacht gestorben sein, aber dann hätte ich von Schluchzen und Klagegeschrei geweckt werden müssen.

Bethesda lag an meinen Rücken gepreßt und hatte einen Arm unter mir hindurchgeschoben, um meine Brust zu umklammern. Ich spürte das weiche, volle Polster ihrer Brüste, das sich mit jedem Atemzug sanft gegen meinen Rücken drückte. Ihr Atem war warm und süß an meinem Ohr. Ich wurde langsam wacher und wehrte mich dagegen wie jemand, der sich an seinen unruhigen Schlaf klammert, obwohl eine dumpfe Verzweiflung über ihm hängt. Ich war durchaus zufrieden mit meinen unglücklichen Träumen und im ganzen völlig gleichgültig gegenüber jeder hektischen Krise, die sich in dem fremden Haus um mich herum zusammenbraute. Ich schloß die Augen und machte die Dämmerung wieder zur tiefen Nacht.

Als ich sie das nächste Mal öffnete, stand Bethesda vollständig angekleidet vor meinem Lager und rüttelte an meiner Schulter. Der Raum war von gelbem Licht erfüllt.

»Was ist los mit dir?« fragte sie. Ich richtete mich sofort auf und schüttelte den Kopf. »Bist du krank? Nein? Dann solltest du dich lieber beeilen. Alle anderen sind schon gegangen.« Sie füllte einen Becher mit kaltem Wasser und reichte ihn mir. »Ich hatte schon geglaubt, sie hätten dich völlig vergessen, bis Tiro zurückgerannt kam und fragte, wo du bleibst. Als ich ihm sagte, daß ich schon zweimal versucht hätte, dich aufzuwecken, du jedoch noch immer im Bett lägest, warf er nur die Hände in die Luft und eilte seinem Herrn hinterher.«

»Wie lange ist das her?«

Sie zuckte die Schultern. »Noch nicht lange. Aber du wirst sie bestimmt nicht mehr einholen, wenn du dich noch kurz waschen und eine Kleinigkeit essen willst. Tiro sagte, du sollst dir keine Sorgen machen, er würde dir einen Platz neben sich vor der Rostra freihalten.« Sie nahm mir den leeren Becher ab und lächelte. »Ich hab die Frau zu Gesicht bekommen.«

»Welche Frau?« Das Bild von Elektra blitzte in meinem Kopf auf; offenbar hatte ich von ihr geträumt, obwohl ich mich nicht mehr daran erinnern konnte. »Und ich hab doch sicher noch irgendwo eine saubere Tunika?«

Sie wies auf einen Stuhl in der Ecke, auf dem meine beste Kleidung ausgebreitet lag. Einer von Ciceros Sklaven mußte sie aus meinem Haus geholt haben. Die Tunika war blütenweiß. Ein Riß im Saum meiner Toga war frisch gestopft. Selbst meine Schuhe waren sauber geputzt und eingeölt.

»Die Frau«, sagte Bethesda noch einmal. »Die Caecilia genannt wird.«

»Caecilia Metella war hier? Heute morgen?«

»Sie kam kurz nach Einbruch der Dämmerung in einer prachtvollen Sänfte hier an. Es gab eine solche Unruhe unter den Sklaven, daß mich der Lärm aus dem Bett gescheucht hat. Sie hat dich schon zweimal in ihr Haus gelassen, stimmt's? Es muß eine großartige Villa sein.«

»Das ist es auch. Ist sie allein gekommen? Ich meine, nur mit ihrem Gefolge?«

»Nein, der Mann war auch dabei; Sextus Roscius. Flankiert von sechs Wachen mit gezückten Schwertern.« Sie machte eine Pause, und ihr Blick verlor sich in der Ferne, als versuche sie, sich an ein wichtiges Detail zu erinnern. »Einer der Wächter sah sehr gut aus.«

Ich setzte mich aufs Bett, um die Lederriemen meiner Schuhe festzuziehen. »Vermutlich hast du Sextus Roscius selbst nicht weiter beachtet?«

»Oh, doch.«

»Und wie sah er aus?«

»Sehr blaß. Das Licht war natürlich auch noch ziemlich schwach.«

»Hell genug, um dir den Wächter genau anzugucken.«

»Den Wächter hätte ich auch im Dunkeln noch gut gesehen.«

»Da bin ich sicher. Jetzt hilf mir meine Toga anzulegen.«

Auf dem Forum herrschte die unruhige Atmosphäre eines halben Feiertages. Da heute die Iden waren, waren sowohl die Komitien des Volkes als auch die Curia des Senats geschlossen. Ein paar Geldverleiher und Bankiers hatten ihre Büros jedoch geöffnet, und während die Straßen am Rand praktisch leer waren, wurden sie, als ich mich dem Zentrum des Forums näherte, immer voller. Menschen aller Klassen, allein oder in Gruppen, strebten der Rostra zu, umgeben von einer Aura düsterer Spannung. Die Masse, die sich auf dem offenen Platz drängte, war so dicht, daß ich mich unter Einsatz meiner Ellbogen hindurchdrängen mußte. Es gibt nichts, was die Römer mehr fasziniert als ein Prozeß, vor allem wenn er verspricht, mit dem Ruin eines Menschen zu enden.

Inmitten der Massen kam ich an einer luxuriösen Sänfte mit zugezogenen Vorhängen vorbei. Als ich an der Sänfte entlangging, fuhr eine Hand heraus und packte meinen Unterarm. Ich blickte nach unten und war überrascht, daß ein so gebrechliches Glied solche Kraft aufbringen konnte.

Die Hand löste ihren Griff und zog sich zurück, wobei sie die deutlichen Abdrücke fünf scharfer Fingernägel auf meiner Haut hinterließ. Der Vorhang teilte sich, und die Hand forderte mich auf, meinen Kopf hineinzustecken.

Caecilia Metella ruhte auf einem Lager von Plüschkissen, sie trug ein weites, violettes Gewand und eine Perlenkette. Ihr spiralförmig aufgetürmtes Haar wurde von einer silbernen Nadel gehalten, deren Kopf mit einem Haufen Lapislazuli verziert war. Rechts hinter ihr saß mit verschränkten Beinen der Eunuch Ahausarus.

»Was denkst du, junger Mann?« fragte sie mit einem heiseren Flüstern. »Wie wird es laufen?«

»Für wen? Cicero? Sulla? Die Mörder?«

Sie runzelte die Stirn. »Mach keine Witze. Für den jungen Sextus Roscius natürlich.«

»Schwer zu sagen. Nur Auguren und Orakel können die Zukunft vorhersagen.«

»Aber wo Cicero doch so hart gearbeitet hat und mit Rufus' Hilfe, wird Roscius doch sicher das Urteil bekommen, das er verdient.«

»Wie kann ich das beantworten, wo ich nicht weiß, wie das Urteil lauten soll?«

Sie sah mich finster an und fuhr sich mit ihren langen, hennagefärbten Nägeln über die Lippen. »Was sagst du? Nach allem, was du über die Wahrheit in Erfahrung gebracht hast, kannst du doch unmöglich annehmen, er sei schuldig. Oder doch?« Ihre Stimme zitterte.

»Wie jeder gute Bürger«, erwiderte ich, »setze ich mein Vertrauen in die römische Justiz.« Ich zog meinen Kopf zurück und ließ den Vorhang fallen.

Irgendwo inmitten der Menschenmenge hörte ich jemanden meinen Namen rufen. In diesem besonderen Moment schien es äußerst unwahrscheinlich, daß irgend jemand, der mich kannte, mir Gutes wünschte; ich drängte weiter, aber eine Gruppe breitschultriger Arbeiter versperrte mir den Weg. Eine Hand legte sich auf meine Schulter. Ich atmete tief ein und drehte mich langsam um.

Zunächst erkannte ich ihn nicht, weil ich ihn zuvor nur auf seinem Hof von des Tages Arbeit müde und mit schmutziger Toga oder entspannt und voll des Weines gesehen hatte. Titus Megarus aus Ameria sah völlig verändert aus, er trug eine edle Toga, und sein Haar war sorgfältig pomadisiert und gekämmt. Sein Sohn Lucius, der noch nicht alt genug war, eine Toga zu tragen, hatte ein züchtiges, langärmeliges Gewand an. Er strahlte vor atemloser Begeisterung.

»Gordianus, was für ein Glück, daß ich dich in diesem Gedränge treffe! Du ahnst ja nicht, wie gut es einem Bauern vom Land tut, in der Stadt ein bekanntes Gesicht zu sehen –«

»Es ist phantastisch!« unterbrach ihn Lucius. »Was für ein Ort – das hätte ich mir nie vorstellen können. So groß, so schön. Und all die Menschen. In welchem Teil der Stadt lebst du? Es muß wundervoll sein, an einem Ort zu leben, wo immer soviel passiert.«

»Ich hoffe, du verzeihst seine Manieren.« Titus wischte ihm liebevoll eine widerspenstige Strähne aus der Stirn. »In seinem Alter war ich auch noch nie in Rom gewesen. Ich bin insgesamt sowieso nur dreimal hier gewesen – nein, viermal, aber einmal nur für einen Tag. Siehst du da drüben, Lucius, genau wie ich dir erzählt habe, die Rostra – dieser riesige Sockel, verziert mit den Schnäbeln der in der Schlacht eroberten kathargischen Schiffe. Der Redner besteigt sie über eine Treppe auf der Rückseite und spricht dann von einer Plattform auf der Spitze zu seinem Publikum, wo ihn jeder sehen kann. Ich habe einmal den Tribun Sulpicius persönlich von der Rostra reden hören, in den Tagen vor den Bürgerkriegen.«

Ich starrte ihn mit leerem Blick an. Auf seinem Hof in Ameria war ich überrascht von seiner Würde und seinem

Charme gewesen, von seiner Aura umfassender Kultiviertheit. Hier auf dem Forum war er seines Elements beraubt wie ein Fisch außerhalb des Wassers. Er zeigte und blökte herum wie das typische Landei.

»Wie lange bist du schon in der Stadt?« fragte ich schließlich.

»Erst seit gestern abend. Wir sind in zwei Tagen von Ameria hergeritten.«

»Zwei sehr lange und anstrengende Tage«, warf Lucius lachend ein und gab vor, seinen Hintern zu massieren.

»Dann hast du Cicero noch gar nicht getroffen?«

Titus senkte den Blick. »Nein, leider nicht. Aber ich habe den Stall in der Subura gefunden und Vespa ihrem Besitzer zurückgegeben.«

»Aber ich dachte du wolltest schon gestern eintreffen, zu Ciceros Haus kommen und dich von ihm befragen lassen, um zu klären, ob er dich als Zeuge gebrauchen kann.«

»Ja, also...«

»Jetzt ist es zu spät.«

»Ja, das glaube ich auch.« Titus zuckte die Schultern und wandte den Blick ab.

»Ich verstehe.« Ich machte einen Schritt zurück. Titus Megarus wollte mir nicht in die Augen sehen. »Aber du hast dir gedacht, du kommst trotzdem zu dem Prozeß. Einfach nur, um zuzusehen.«

Sein Mund wurde hart. »Sextus Roscius ist – war – mein Nachbar. Ich habe mehr Grund, hier zu sein als die meisten anderen Menschen.«

»Und noch mehr Grund, ihm zu helfen.«

Titus senkte die Stimme. »Ich habe ihm schon geholfen – die Petition an Sulla, das Gespräch mit dir. Aber in aller Öffentlichkeit seine Stimme erheben, hier in Rom – ich bin Vater, verstehst du nicht? Ich muß an meine Familie denken.«

»Und wenn sie ihn für schuldig befinden und hinrichten, bleibst du wahrscheinlich auch dazu noch hier.«

»Ich habe noch nie einen Affen gesehen«, sagte Lucius fröhlich. »Glaubst du, daß sie ihn wirklich in einen Sack einnähen –«

»Ja«, sagte ich zu Titus, »und sorge auf jeden Fall dafür, daß der Junge es sieht. Das ist ein Anblick, den er bestimmt nicht vergessen wird.«

Titus warf mir einen gequälten, flehenden Blick zu. Derweil betrachtete Lucius irgend etwas hinter mir, von der Aufregung des Prozesses und der Pracht des Forums so in Anspruch genommen, daß er nichts weiter wahrnahm. Ich drehte mich hastig um und tauchte in der Menge unter. »Vater, ruf ihn zurück – wie sollen wir ihn hier je wiederfinden?« Aber Titus Megarus rief meinen Namen nicht.

Die Menschenmasse drängte sich plötzlich zusammen, weil ein Trupp Gladiatoren einem im Gewühle unsichtbaren Würdenträger einen Weg direkt zur Richterbank jenseits der Rostra bahnte. Ich geriet in einen Strudel aus Leibern und drängte dagegen an, bis meine Schultern plötzlich auf etwas Festes und Unnachgiebiges stießen – der Sockel eines Standbilds, das sich wie eine Insel aus einem Meer von Körpern erhob.

Ich blickte nach oben in die geblähten Nüstern eines vergoldeten Schlachtrosses. Auf dem Rücken des Tieres saß der Diktator persönlich, in seiner Generalsuniform, allerdings ohne Kopfbedeckung, damit sein triumphierendes Gesicht nicht verdeckt wurde. Der glänzende, strahlende Krieger auf seinem Pferd war beträchtlich jünger als der Mann, den ich im Haus von Chrysogonus gesehen hatte, aber dem Bildhauer war es gelungen, das kräftige Kinn und die unerschütterliche, unerträgliche Selbstgewißheit seiner Augen realistisch abzubilden. Sie blickten nicht auf das Forum, die Menschenmassen oder die Richterbank hinab, sondern direkt auf die Rednertribüne auf der Rostra, so daß jeder, der es wagte, sie zu besteigen, dem obersten Hüter des Staates direkt in die Augen sehen mußte. Ich trat einen Schritt zurück und betrachtete die Inschrift, die schlicht lautete: L. CORNELIUS SULLA, DIKTATOR, EWIG GLÜCKLICH.

Eine Hand ergriff meinen Arm. Ich drehte mich um und sah den auf seine Krücke gestützten Tiro. »Gut«, sagte er, »daß du doch noch gekommen bist. Ich hatte schon Angst – nun, egal. Ich habe dich von gegenüber gesehen. Hier entlang, mir nach.« Er humpelte durch die Menge und zog mich hinter sich her. Ein bewaffneter Wächter nickte ihm zu und ließ uns die Absperrung passieren. Wir überquerten eine freie Fläche direkt vor der Rostra. Der verkupferte Schnabel eines uralten Schlachtschiffes in der Form eines alptraumhaften Wesens mit gehörntem Schädel hing bedrohlich über unseren Köpfen. Das Ding starrte auf uns herab und sah fast lebendig aus. An Alpträumen hatte es Kathargo nie gemangelt; als wir die Stadt vernichteten, gab sie ihre bösen Träume an Rom weiter.

Die Fläche vor der Rostra war ein kleines, offenes Rechteck. Auf der einen Seite stand die Menge der Zuschauer, aus der sich die Sulla-Statue wie eine felsige Insel erhob. Die Zuschauer standen dicht gedrängt und sahen einander über die Schulter, abgesperrt durch einen Kordon von Gerichtsbeamten. Auf der anderen Seite standen eine Reihe von Bänken für Freunde der Prozeßgegner und Zuschauer, die zu bedeutend waren, um zu stehen. In einer Ecke des Rechtecks, zwischen Zuschauern und Rostra, standen die Bänke der Anklage und der Verteidigung. Direkt vor der Rostra waren auf einer Reihe von niedrigen Rängen die Stühle der fünfundsiebzig aus dem Senat gewählten Richter aufgestellt.

Ich ließ meinen Blick über die Gesichter der Richter wandern. Einige dösten, andere lasen. Wieder andere saßen oder disputierten miteinander. Einige zappelten nervös auf ihren Sitzen hin und her, offenkundig wenig begeistert über die Pflicht, die ihnen zugefallen war. Andere schienen ihren gewohnten Geschäften nachzugehen, hatten Sklaven zum Diktat um sich geschart und schickten Angestellte hin und her. Jeder von ihnen trug die Toga eines Senators, was sie vom Pöbel, der jenseits des Kordons randalierte, abhob. Früher einmal bestanden Gerichte aus Senatoren und gemeinen Bürgern. Sulla hatte dem ein Ende gemacht.

Ich blickte zur Bank der Anklage, von wo aus Magnus mich mit verschränkten Armen, mürrisch und mit bösem Blick anstarrte. Neben ihm blätterten der Ankläger Gaius Erucius und seine Assistenten diverse Unterlagen durch. Erucius war bekannt dafür, abgefeimte Anklagen zu inszenieren, manchmal für Geld, manchmal auch aus purer Böswilligkeit; er war ebenso berühmt dafür zu gewinnen. Ich hatte auch schon für ihn gearbeitet, allerdings nur, wenn ich großen Hunger litt. Er bezahlte gut. Zweifelsohne hatte man ihm ein sehr ansehnliches Honorar versprochen, wenn er den Tod von Sextus Roscius erfocht.

Erucius blickte auf, als ich vorbeikam, schnaubte verächtlich, als er mich erkannte und wandte sich dann wieder ab, um einen Boten zu sich zu winken, der in der Nähe auf Anweisungen wartete. Erucius war sichtlich gealtert, seit ich ihn zuletzt gesehen hatte, was ihn nicht attraktiver machte. Die Fettringe um seinen Hals waren dicker geworden, und seine Brauen mußten dringend gezupft werden. Wegen der Plumpheit seiner violetten Lippen sah er ständig aus, als würde er schmollen, und seine Augen wirkten schmal und berechnend. Er war das perfekte Abild eines hinterhältigen Advokaten. Viele bei Gericht verachteten ihn, doch der Pöbel bewunderte ihn. Seine offene Verderbtheit, seine weltmännische Stimme und sein salbungsvolles Gehabe übten eine starke Faszination auf den kriecherischen Mob aus, mit der hausbackene Ehrlichkeit und schlichte römische

Tugend unmöglich konkurrieren konnten. Wenn seine Anklage auf starken Füßen stand, konnte er meisterlich das Verlangen der Massen aufpeitschen, einen Schuldigen bestraft zu sehen. Stand sie auf schwachen Füßen, säte er ebenso meisterhaft Zweifel an der Unschuld des Angeklagten und schürte den Argwohn gegen ihn. Vertrat er einen Fall mit heiklen politischen Implikationen, konnte man sich darauf verlassen, daß er die Richter, subtil, aber nachdrücklich daran erinnerte, wo genau ihre eigenen Interessen lagen.

Hortensius wäre ein Gegner für ihn gewesen. Aber Cicero? Erucius war offensichtlich von seinem Widersacher nicht sonderlich beeindruckt. Er rief laut nach einem seiner Sklaven; er drehte sich um, um mit Magnus zu scherzen (sie lachten beide); er räkelte sich und schlenderte, die Hände in die Seite gestürzt umher, ohne die Anklagebank eines Blickes zu würdigen. Dort saß vornübergebeugt, Sextus Roscius, hinter ihm zwei Wachen – dieselben beiden, die vor Caecilias Portal postiert gewesen waren. Er sah aus, als wäre er bereits verurteilt – blaß, stumm und regungslos wie ein Stein. Neben ihm wirkte sogar Cicero robust, als er sich erhob und zur Begrüßung meinen Arm faßte.

»Gut, gut! Tiro meinte, er hätte dich in der Menge entdeckt. Ich hatte schon Angst, du würdest zu spät kommen oder ganz wegbleiben.« Er beugte sich, noch immer meinen Arm haltend, lächelnd zu mir und sprach so vertraulich, als wäre ich sein bester Freund. Solche Vertrautheit nach den letzten Tagen kühler Nichtbeachtung irritierte mich. »Guck dir die Reihen der Richter an, Gordianus. Die eine Hälfte ist zu Tode gelangweilt, die andere zu Tode geängstigt. An welcher von beiden soll ich meine Argumentation ausrichten?« Er lachte – nicht gezwungen, sondern ehrlich guter Stimmung. Der übellaunige Cicero, der seit meiner Rückkehr aus Ameria nervös gejammert und geschimpft hatte, schien mit den Iden verschwunden zu sein.

Tiro saß zur Rechten Ciceros, neben Sextus Roscius, und hatte sorgfältig seine Krücke so plaziert, daß sie nicht zu sehen war. Rufus saß links von Cicero, zusammen mit den Adligen, die ihm auf dem Forum behilflich gewesen waren. Ich erkannte Marcus Metellus, einen weiteren von Caecilias jungen Verwandten, zusammen mit der erlauchten Null, dem ehemaligen Magistraten Publius Scipio.

»Natürlich kannst du nicht mit uns auf der Bank Platz nehmen«, sagte Cicero, »aber ich will dich in der Nähe haben. Wer weiß? Vielleicht entfällt mir im letzten Moment noch ein Datum oder ein Name. Tiro hat einen Sklaven abgestellt, dir einen Platz anzuwärmen.« Er wies auf die Tribüne, wo ich zahlreiche Senatoren und Magistraten erblickte, unter ihnen den Redner Hortensius und diverse Messalli und Metelli. Ich erkannte auch den alten Capito. Neben dem Riesen Mallius Glaucia, der einen Verband um den Kopf trug, wirkte er klein und verschrumpelt. Chrysogonus war nirgends zu sehen. Und Sulla war nur in Form seiner vergoldeten Statue anwesend.

Auf Ciceros Wink hin erhob sich ein Sklave von einer der Bänke. Während ich zur Tribüne ging, um meinen Platz einzunehmen, stieß Mallius Claucia Capito in die Seite und flüsterte ihm etwas ins Ohr. Beide wandten den Kopf und starrten mich an, während ich zwei Reihen oberhalb von ihnen Platz nahm. Glaucia runzelte die Brauen und verzog knurrend die Oberlippe. Inmitten so vieler gesetzter und gediegen gewandeter Römer sah er einem wilden Tier bemerkenswert ähnlich.

Die Morgensonne warf lange Schatten auf das Forum. Als die Sonne gerade über dem Dach der Basilika Fulvia aufstieg, betrat der Praetor Marcus Fannius, der Vorsitzende des Gerichts, die Rostra und räusperte sich. Mit angemessener Würde eröffnete er die Sitzung, rief die Götter an und trug die Anklage vor.

Ich versank in jene Prozeßapathie, die jeden vernünftigen Menschen unweigerlich vor Gericht befällt, hilflos treibend in einem Ozean salziger Rhetorik, der gegen verwitterte metaphorische Klippen brandet. Während Fannius weiterleierte, studierte ich ihre Gesichter – Magnus still vor sich hin glühend, Erucius pompös und gelangweilt, Tiro bemüht, seinen Eifer zu unterdrücken. Rufus, der zwischen all den ergrauten Juristen wie ein Kind aussah. Derweil blieb Cicero abgeklärt und merkwürdig ruhig, während Sextus Roscius selbst nervös die Menge musterte wie ein in die Enge getriebenes, verwundetes Tier, das zuviel Blut verloren hatte, um sich noch zu wehren.

Endlich war Fannius fertig und nahm einen Platz unter den Richtern ein. Gaius Erucius erhob sich von der Bank des Anklägers und machte ein langwieriges Theater daraus, seinen korpulenten Körper die Stufen zur Rostra hinaufzuschleppen. Er blähte seine Wangen. Die Richter legten ihre Unterlagen beiseite und stellten ihre Gespräche ein. Die Menge wurde ruhig.

»Werte Richter, ausgewählte Mitglieder des Senats, ich stehe hier heute vor euch mit einer höchst unangenehmen Aufgabe. Denn wie könnte es angenehm sein, einen Mann des Mordes anzuklagen? Doch dies ist eine der unabwendbaren Pflichten, die von Zeit zu Zeit auf die Schultern derjenigen geladen werden, die sich der Erfüllung der Gesetze verschrieben haben.«

Erucius schlug die Augen nieder, um abgrundtiefe Trauer zu demonstrieren. »Aber, werte Richter, meine Aufgabe ist es nicht nur, einen Mörder der Gerechtigkeit zuzuführen, heute geht es vielmehr darum, ein weit älteres und grundlegenderes Prinzip als die Gesetze sterblicher Menschen hochzuhalten. Denn das Verbrechen, dessen sich Sextus Roscius schuldig gemacht hat, ist nicht nur ein einfacher Mord – und das wäre schon schrecklich genug – sondern Vatermord.«

Abgrundtiefe Trauer schlug in abgrundtiefes Entsetzen

um. Erucius runzelte die plumpen Falten in seinem Gesicht und stampfte mit dem Fuß auf. *»Vatermord!«* rief er, so schrill, daß die Menschen selbst am entferntesten Ende des Platzes zusammenfuhren. Ich stellte mir vor, wie Caecilia Metella in ihrer Sänfte zitterte und sich die Ohren zuhielt.

»Stellt euch das bitte vor – nein, schreckt nicht vor der Gemeinheit des Verbrechens zurück, sondern schaut dem beutehungrigen Ungeheuer direkt ins Maul. Wir sind Menschen, wir sind Römer, und wir dürfen nicht zulassen, daß unser natürlicher Ekel uns die Kraft raubt, selbst dem widerwärtigsten Verbrechen offenen Auges zu begegnen. Wir müssen unseren Widerwillen hinunterschlucken und nach Gerechtigkeit trachten.

Schaut ihn euch an, den Mann, der dort mit zwei bewaffneten Wächtern im Rücken auf der Anklagebank sitzt. Dieser Mann ist ein Mörder. Dieser Mann ist ein Vatermörder! Ich nenne ihn ›diesen Mann‹, weil es mir Schmerzen bereitet, seinen Namen auszusprechen: Sextus Roscius. Es bereitet mir Schmerzen, weil es derselbe Name ist, den sein Vater vor ihm trug, den Vater, den *dieser Mann* ins Grab gestoßen – ein vormals ehrwürdiger Name, an dem jetzt Blut klebt, wie an der blutgetränken Tunika, die man an der Leiche des alten Herrn fand, von den Messern seiner Mörder zu Lumpen zerfetzt. *Dieser Mann* hat den edlen Namen, den sein Vater ihm gegeben hat, in einen Fluch verwandelt!

Was kann ich euch berichten über … Sextus Roscius?« Erucius spuckte den Namen mit allem Abscheu aus, den er aufbringen konnte. »In Ameria, seiner Heimatstadt, weiß man über ihn, daß er alles andere als ein frommer Mann ist. Geht nach Ameria, wie ich es getan habe, und fragt die Leute, wann sie Sextus Roscius zum letztenmal bei einer religiösen Feier gesehen habe. Sie werden kaum wissen, von wem ihr sprecht. Doch dann erinnert sie an Sextus Roscius, den Mann, der angeklagt ist, seinen eigenen Vater ermordet zu haben, und sie werden euch einen wissenden Blick zuwerfen und die Augen aus Furcht vor dem Zorn der Götter abwenden.

Sie werden euch berichten, daß Sextus Roscius in vielerlei Hinsicht ein Rätsel ist – ein einsamer Mann, ungesellig, gottlos, rüpelhaft und kurz angebunden im Umgang mit anderen. In der Gemeinde von Ameria ist er einzig und allein aus einem Grund bekannt – oder sollte ich sagen berüchtigt: wegen seiner lebenslangen Fehde mit seinem Vater.

Ein guter Mensch streitet nicht mit seinem Vater. Ein guter Mensch ehrt seinen Vater und gehorcht ihm, nicht nur weil das Gesetz es so verlangt, sondern auch weil es der Wille der Götter ist. Wenn ein schlechter Mensch dieses göttliche Mandat ignoriert und sich offen mit dem Mann streitet, der ihm das Leben geschenkt hat, dann betritt er einen Pfad, der zu allen möglichen unsagbaren Verbrechen führt – ja, sogar zu dem Verbrechen, das zu bestrafen wir uns hier alle versammelt haben.

Was war der Grund dieser Feindschaft zwischen Vater und Sohn? Wir wissen es nicht genau, obwohl Titus Roscius Magnus, der Mann, der hier neben mir auf der Bank sitzt, bezeugen kann, daß er viele schmutzige Episoden dieser Fehde mit eigenen Augen gesehen hat, wie im übrigen auch ein weiterer Zeuge, den ich möglicherweise aufrufen werde, nachdem die Verteidigung das Wort hatte, der ehrwürdige Capito. Magnus und Capito sind beide Vettern des Opfers und auch *dieses Mannes.* Sie sind geachtete Bürger der Gemeinde von Ameria. Sie haben jahrelang voller Trauer und Abscheu mitangesehen, wie Sextus Roscius sich seinem Vater widersetzt und ihn hinter seinem Rücken verflucht hat. Erschüttert beobachteten sie, wie der alte Herr jenem Scheusal, das von seinem eigenen Samen Mensch geworden war, nur um seiner persönlichen Würde willen den Rücken kehrte.

Er kehrte ihm den Rücken, sage ich. Ja, Sextus Roscius

*pater* kehrte Sextus Roscius *filius* den Rücken, zweifelsohne zu seinem unendlichen Bedauern – denn ein kluger Mann wendet einer Schlange von einem Menschen mit der Seele eines Mörders nicht den Rücken zu, nicht einmal seinem eigenen Sohn, jedenfalls nicht, wenn er kein Messer in den Rücken gestoßen bekommen will!«

Erucius schlug mit der Faust auf die Balustrade der Rostra und starrte mit aufgerissenen Augen über die Köpfe der Menschemenge hinweg. In dieser Pose verharrte er eine Weile, dann trat er einen Schritt zurück und holte Atem. Nach dem Donner seiner Stimme war es jetzt auf dem Platz eigenartig still. Inzwischen hat sich Erucius so in Rage geredet, daß sein Gesicht schweißbedeckt war. Er faßte den Saum seiner Toga und tupfte sich über Stirn und Wangen. Er hob den Blick zum Himmel, als suche er Erlösung von der mörderischen Qual, der Gerechtigkeit zum Sieg verhelfen zu müssen. Mit wehleidiger Stimme, gerade laut genug, daß jeder ihn hören konnte, murmelte er: »Jupiter, gib mir die Kraft!« Ich sah, wie Cicero die Arme verschränkte und die Augen verdrehte. Inzwischen hatte Erucius sich wieder gefaßt, trat mit gesenktem Kopf erneut vor und fuhr fort:

»*Dieser Mann* – warum soll ich mir die Mühe machen, seinen besudelten Namen zu nennen, da er es wagt, sein Gesicht in der Öffentlichkeit zu zeigen, auf daß jeder anständige Mann es sehen und entsetzt zurückschrecken kann – *dieser Mann* war nicht der einzige Sprößling seines Vaters. Es gab einen zweiten Sohn. Sein Name war Gaius. Wie sehr sein Vater ihn liebte, und warum auch nicht? Nach allem, was man hört, war er ein Beispiel dafür, wie jeder junge Römer sein sollte: gottesfürchtig gegenüber den Göttern, gehorsam gegenüber seinem Vater, ein Ausbund an Tugend, ein in jeder Hinsicht angenehmer, charmanter und kultivierter Mann. Seltsam, daß ein Mann zwei so unterschiedliche Söhne haben konnte! Ah, aber die Söhne hatten verschiedene Mütter. Vielleicht war es also gar nicht der Same, der verdorben war, sondern der Boden in den er gepflanzt wurde. Bedenkt: Zwei Samen derselben Traube werden in unterschiedliche Böden gepflanzt. Einer wächst zu einem kräftigen und anmutigen Weinstock heran, der süße Früchte trägt, die einen berauschenden Wein hervorbringen. Der andere ist verkümmert und so ganz anders als der erste, knorrig und dornig; seine Trauben sind bitter, sein Wein ist Gift. Ich nenne den ersten Weinstock Gaius, und den anderen Sextus!«

Erucius wischte über sein Gesicht, erschauderte vor Ekel und fuhr fort. »Sextus Roscius *pater* liebte den einen Sohn und den anderen nicht. Gaius hielt er stets in seiner Nähe, stellte ihn stolz der besten Gesellschaft vor und überhäufte ihn öffentlich mit Güte und Zuneigung. Sextus *filius* hingegen hielt er sich so weit vom Leibe, wie er nur konnte, verbannte ihn auf die Güter der Familie in Ameria, versteckte ihn, als ob es eine Schande wäre, ihn in Gesellschaft anständiger Menschen zu zeigen. So tief ging diese Teilung seiner Zuneigung, daß Roscius *pater* lange und ernsthaft darüber nachdachte, seinen gleichnamigen Sohn zu enterben und Gaius zum alleinigen Erben einzusetzen, obwohl jener der jüngere der beiden Söhne war.

Ungerecht, mögt ihr sagen. Es ist besser, wenn ein Mann alle seine Söhne mit gleicher Rücksicht behandelt. Wenn er sich aber einen Liebling erwählt, so fordert er damit die Probleme in seiner und der nachfolgenden Generation geradezu heraus. Wohl wahr, aber in diesem Fall müssen wir, denke ich, das Urteil dem älteren Sextus Roscius überlassen. Warum hat er seinen Erstgeborenen so sehr verachtet? Ich glaube, er muß, besser als jeder andere, die Bösartigkeit gesehen haben, die in der Brust des jungen Sextus Roscius lauerte, und ist vor ihr zurückgeschreckt. Vielleicht hatte er sogar eine Vorahnung von der Gewalt, die sein Sohn eines Tages gegen ihn anwenden würde, und hat ihn deshalb so auf Distanz gehalten. Doch leider hat diese Vorsichtsmaßnahme nicht ausgereicht!

Die Geschichte der Roscier endet in vielfältiger Tragik – eine Serie von Tragödien, die nicht wiedergutzumachen sind, sondern nur gerächt werden können, und zwar von euch, verehrte Richter. An erster Stelle steht der viel zu frühe Tod des Gaius Roscius. Mit ihm starb jede Zukunftshoffnung seines Vaters. Bedenkt: Ist es nicht die größte Freude eines Mannes, einem Sohn das Leben zu schenken und in ihm ein Bild seiner selbst zu sehen? Ich weiß es, denn ich spreche hier selbst als Vater. Und wird es dereinst, wenn wir dieses Leben hinter uns lassen, nicht ein Trost und Segen ein, einen Nachfolger und Erben von eigenem Fleisch und Blut auf Erden zu wissen? Nicht nur irdische Güter zurückzulassen, sondern unsere gesammelte Weisheit, ja die Flamme des Lebens selbst, die vom Vater an den Sohn weitergereicht wird, auf daß er sie seinen Söhnen übergibt, so daß wir, wenn unsere sterbliche Hülle vergeht, gewiß sein können, in unseren Nachfahren weiterzuleben?

Mit dem Tod von Gaius erlosch diese Hoffnung auf Unsterblichkeit in seinem Vater Sextus Roscius. Aber er hatte doch noch einen weiteren, lebendigen Sohn, mögt ihr einwenden. Stimmt, aber in diesem Sohn sah er nicht sein offenes und wahres Ebenbild, wie man es in einem klaren Teich erblickte. Statt dessen sah er nur ein höhnisches Zerrbild seiner selbst, als blicke er in einen zerbeulten Silberteller. Selbst nach Gaius' Tod erwog Roscius *pater* noch, seinen einzigen überlebenden Sohn zu enterben. Es gab gewiß zahlreiche andere, würdigere Kandidaten für diese Erbschaft innerhalb der Familie, nicht zuletzt Magnus, der hier neben mir auf der Bank des Anklägers sitzt und der seinen Vetter so sehr liebte, daß er dafür sorgte, daß dieser Mord nicht ungesühnt bleibt.

Der junge Sextus Roscius heckte einen teuflischen Plan aus, seinen Vater zu töten. Die genauen Einzelheiten kennen wir nicht, woher auch. Nur *dieser Mann* könnte sie uns erzählen, wenn er es wagt zu gestehen. Wir kennen lediglich die nackten Tatsachen. An einem Abend im September wurde Sextus Roscius *pater* nach dem Verlassen des Hauses seiner Patronin, der hochgeschätzten Caecilia Metella, in der Nähe der Bäder der Pallacina angegriffen und erstochen. Von Sextus Roscius *filius* persönlich? Natürlich nicht! Erinnert euch des Aufruhrs des vergangenen Jahres, werte Richter. Ich muß nicht weiter auf die Ursachen eingehen, weil dies kein politischer Gerichtshof ist, aber ich möchte an die Welle der Gewalt erinnern, die durch die Straßen dieser Stadt wogten. Wie leicht muß es für einen Ränkeschmied, wie den jungen Sextus Roscius, gewesen sein, gedungene Mörder zu finden, die diese Arbeit für ihn erledigten. Und wie gerissen der Versuch, die Tat als eine Hinrichtung zu inszenieren, in der Hoffnung, daß die Ermordung seines Vaters inmitten des allgemeinen Aufruhrs übersehen werden könnte.

Den Göttern sei Dank für einen Mann wie Magnus, der seine Augen und Ohren offen hält und keine Angst hat, nach vorn zu treten und die Schuldigen anzuklagen! Noch in derselben Nacht suchte ihn sein treuer Freigelassener Mallius Glaucia hier in Rom auf, um ihm vom Tod seines geliebten Vetters zu berichten. Magnus schickte Glaucia auf der Stelle los, die Nachricht seinem guten Vetter Capito daheim in Ameria zu überbringen.

Und nun nimmt diese tragische Geschichte eine bitterironische und doch seltsam-gerechte Wendung. Durch eine eigenartige Laune des Schicksals sollte *dieser Mann* das Vermögen, für dessen Besitz er einen Vatermord begangen hatte, nicht erben. Wie ich bereits erwähnt habe, ist dies kein politischer Gerichtshof, und es ist auch kein politischer Prozeß. Wir haben es hier nicht zu tun mit den drastischen Maßnahmen, die zu ergreifen der Staat in den hinter uns liegenden Jahren des Aufruhrs und der Ungewißheit gezwungen war. Also werde ich erst gar nicht versuchen, den kuriosen Lauf der Ereignisse zu beschreiben, durch den der Name von Sextus Roscius *pater*, allem Anschein nach doch ein guter Mensch, sich trotzdem auf den Proskriptionslisten wiederfand, als einige gewissenhafte Staatsbeamte die Angelegenheit seines Todes überprüften. Irgendwie war der alte Herr seit Monaten mit dem Leben davongekommen! Was für ein glücklicher Mensch er gewesen sein muß oder aber wie gerissen!

Und doch – welche Ironie! *Filius* tötet *pater*, um sich die Erbschaft zu sichern, nur um festzustellen, daß diese Erbschaft bereits vom Staat beansprucht wurde! Stellt euch seinen Kummer vor! Seine Enttäuschung und Verzweiflung! Die Götter haben *diesem Mann* einen grausamen Streich gespielt, aber wer könnte ihnen ihre unendliche Weisheit und ihren Sinn für Humor absprechen?

Der Besitz des verstorbenen Sextus Roscius wurde ordnungsgemäß bei einer Auktion versteigert. Die guten Vettern Magnus und Capito gehörten zu den ersten Bietern, da sie mit den Gütern bestens vertraut waren und ihren Wert kannten, und wurden so, was sie von Anfang an hätten sein sollen, die Erben des verstorbenen Sextus Roscius. So belohnt das Schicksal bisweilen die Gerechten und bestraft die Bösen.

Und was geschah nun – mit *diesem Mann*? Magnus und Capito verdächtigten ihn, seinen Vater ermordet zu haben, ja sie waren sich fast sicher. Aber aus Mitleid mit seiner Familie boten sie ihm Obdach auf ihren neu erworbenen Gütern. Eine Zeitlang herrschte ein unsicherer Friede zwischen den Vettern – das heißt, bis Sextus Roscius sich selbst verriet. Zunächst wurde entdeckt, daß er verschiedene Gegenstände des Besitzes zurückgehalten hatte, der rechtmäßig vom Staat konfisziert worden war – mit anderen Worten, daß er nicht besser war als ein gemeiner Dieb, der dem römischen Volk stiehlt, was ihm nach Gesetz und Recht gehört. (Ah, werte Richter, der Vorwurf des Betrugs ruft bei euch nur ein müdes Gähnen hervor, und mit Recht – denn was ist das schon im Vergleich zu seinem viel größeren Verbrechen?) Als Magnus und Capito ihn aufforderten, diese Dinge herauszugeben, bedrohte er ihr Leben. Nun, wenn er nüchtern gewesen wäre, hätte er seine Zunge wahrscheinlich im Zaum gehalten. Aber seit dem Tod seines Vaters hatte er mit dem Trinken angefangen – wie man das oft von Schuldigen hört. Fürwahr, zu all seinen anderen Lastern war jetzt auch noch die Trunksucht gekommen, und Sextus Roscius war kaum je nüchtern. Er wurde unerträglich beleidigend und ging sogar soweit, Drohungen gegen seinen Gastgeber auszustoßen. Er drohte tatsächlich, sie umzubringen – und indem er ihr Leben bedrohte, gestand er versehentlich auch den Mord an seinem Vater.

Weil er um sein eigenes Leben fürchtete und weil es seine Pflicht war, beschloß Magnus, Anzeige gegen *diesen Mann* zu erstatten. In der Zwischenzeit konnte Roscius entkommen und nach Rom flüchten, zurück zum Tatort seines Verbrechens; aber das Auge des Gesetzes erblickte ihn auch im Herzen Roms, und selbst in einer Stadt von einer Million Menschen konnte er sich nicht verstecken.

Sextus Roscius wurde aufgespürt. Normalerweise gibt man einem römischen Bürger, ungeachtet welch verabscheuungswürdigen Verbrechens er auch angeklagt sein mag, die Möglichkeit seine Bürgerrechte niederzulegen und ins Exil zu fliehen, anstatt sich einem Prozeß zu stellen, wenn das seine Wahl ist. Aber das Verbrechen, das *dieser Mann* begangen hat, war so schwer, daß man ihn unter Arrest stellte, damit er seinem Prozeß und seiner Bestrafung nicht entgehen konnte. Und warum? Weil das Verbrechen, das er begangen hat, weit über das Vergehen eines Sterblichen gegen einen anderen hinausgeht. Es ist ein Schlag gegen die Grundfesten dieser Republik und die Prinzipien, die sie groß gemacht haben. Es ist ein Anschlag auf den Vorrang der Vaterschaft. Es ist eine Beleidigung der Götter selbst, und vor allem eine Beleidigung Jupiters, des Vaters aller Götter.

Nein, der Staat kann nicht das geringste Risiko eingehen, daß ein solch abscheulicher Verbrecher flieht, genausowenig wie ihr, werte Richter, das Risiko eingehen könnt, ihn unbestraft zu lassen. Denn wenn ihr das tut, bedenkt die Strafe der Götter, die diesen Staat mit Sicherheit heimsuchen wird um unser Versagen zu ahnden, ein derartiges Scheusal vom Antlitz der Erde zu tilgen. Denkt an die Städte, deren Straßen von Blut überflutet waren oder deren Bevölkerung elend an Hunger und Durst zugrunde gegangen ist, weil sie törichterweise einem gottlosen Mann Schutz vor dem Zorn der Götter gewährt haben. Ihr dürft nicht zulassen, daß dasselbe in Rom geschieht.«

Erucius machte eine Pause, um sich die Stirn abzuwischen. Alle Augen auf dem Platz waren mit geradezu traumwandlerischer Konzentration auf ihn gerichtet. Cicero und seine Anwaltskollegen rollten nicht mehr mit den Augen oder spotteten hinter vorgehaltener Hand über Erucius; sie sahen vielmehr recht besorgt aus. Sextus Roscius war zu Stein erstarrt.

Erucius faßte zusammen. »Ich habe von dem Frevel gegen den göttlichen Jupiter gesprochen, den *dieser Mann* durch sein unsagbar abscheuliches Verbrechen verübt hat. Es ist auch, wenn ihr mir diese kleine Abschweifung erlaubt, ein Frevel gegen den Vater unserer wiederhergestellten Republik!« An dieser Stelle breitete Erucius mit großer Geste die Arme aus, als wolle er das Reiterstandbild Sullas anflehen, der ihm, so wirkte es von meinem Platz aus, ein herablassendes Lächeln gönnte. »Ich muß seinen Namen nicht aussprechen, weil sein Auge hier und jetzt auf uns allen ruht. Ja, sein wachsamer Blick liegt auf allem, was wir an diesem Ort tun in unserer pflichtgemäßen Rolle als Bürger, Richter, Anwälte und Ankläger. Lucius Cornelius

Sulla, der ewig Glückliche, hat die Gerichtsbarkeit wiederhergestellt. Sulla hat die Fackel der römischen Justiz nach so vielen Jahren der Dunkelheit neu entzündet; es ist an uns, dafür zu sorgen, daß Übeltäter wie *dieser Mann* von ihrer Flamme zu Asche verbrannt werden. Sonst, das verspreche ich euch, werte Richter, wird die Rache von oben über unser *aller* Häupter niedergehen wie Hagel von einem wütenden schwarzen Himmel.«

Erucius wies mit dem Zeigefinger himmelwärts und verharrte sehr lange in dieser Pose. Seine Brauen waren zusammengezogen, und er starrte die Richter an wie ein wütender Stier. Er hatte von Jupiters Vergeltung gesprochen, aber wir hatten alle vernommen, daß Sulla selbst verärgert wäre, wenn das Urteil auf Nicht schuldig lautete. Die Drohung hätte nicht deutlicher sein können.

Erucius raffte die Falten seiner Toga, warf den Kopf zurück und drehte sich um. Die Menge applaudierte und jubelte nicht, als er von der Rostra hinabstieg. Statt dessen herrschte ein eisiges Schweigen.

Er hatte nichts bewiesen. Anstelle von Beweisen hatte er versteckte Anschuldigungen vorgetragen. Er hatte nicht an die Gerechtigkeit appelliert, sondern an die Angst. Seine Rede war ein furchtbares Flickwerk aus offenen Lügen und selbstgerechten Einschüchterungen. Und trotzdem, welcher Mann, der ihn an jenem Morgen von der Rostra hatte sprechen hören, konnte daran zweifeln, daß Erucius seinen Fall gewonnen hatte?

# DREISSIG

Cicero erhob sich und ging mit entschlossenen Schritten und mit wehender Toga zur Rostra. Ich warf einen Blick auf Tiro, der auf einem Daumennagel herumkaute, und Rufus, der, die Hände im Schoß gefaltet, dasaß und ein bewunderndes Lächeln kaum unterdrücken konnte.

Cicero trat auf die Rednertribüne, räusperte sich und hustete. Eine Welle der Skepsis erfaßte die Menge. Niemand hatte ihn je zuvor reden gehört; ein verpatzter Einstieg war ein schlechtes Zeichen. Auf der Anklägerbank schmatzte Erucius vernehmlich mit den Lippen und starrte demonstrativ in den Himmel.

Cicero räusperte sich noch einmal und begann von neuem. »Richter dieser Kammer: Wahrscheinlich wundert ihr euch, daß unter all den ausgezeichneten Bürgern und hervorragenden Rednern, die in euren Reihen sitzen, ausgerechnet ich mich erhoben habe, um zu euch zu sprechen ...«

»In der Tat«, murmelte Erucius. Vereinzeltes Gelächter erhob sich.

Cicero machte unbeirrt weiter. »Gewiß kann ich mich in Alter, Talent oder politischem Gewicht nicht mit ihnen vergleichen. Gewiß jedoch halten auch sie es, genau wie ich, für recht und billig, daß eine mit unerhörter Skrupellosigkeit ausgeheckte Anklage gegen einen unschuldigen Mann abgewehrt wird. So ist ihre Anwesenheit ein Zeichen, daß sie ihrer Verpflichtung gegenüber der Wahrheit für alle Welt sichtbar nachkommen wollen, aber sie bleiben stumm – wegen der stürmischen Bedingungen dieser Tage.« Er hob eine Hand, als wolle er einen Regentropfen auffangen, der vom strahlendblauen Himmel fiel – gleichzeitig jedoch sah er aus, als würde er eine Geste in Richtung der Sulla-Statue machen. In den Reihen der Richter gab es ein unbehagliches Stühlerücken. Erucius, der gerade seine Fingernägel inspizierte, bekam nichts davon mit.

Cicero räusperte sich erneut. Als er fortfuhr, klang seine Stimme lauter und kräftiger als zuvor, und die Unsicherheit war völlig verschwunden. »Bin ich soviel mutiger als diese schweigenden Männer? Fühle ich mich der Gerechtigkeit mehr verpflichtet als sie? Ich glaube nicht. Oder bin ich so versessen darauf, meine Stimme über das Forum hallen zu hören und für meine offenen Worte gelobt zu werden? Nein, nicht wenn ein besserer Redner dieses Lob verdienen könnte, indem er passendere Worte fände. Was hat also mich anstelle eines bedeutenderen Mannes dazu getrieben, die Verteidigung des Sextus Roscius von Ameria zu übernehmen?

Der Grund ist dieser: Hätte einer dieser großartigen Redner sich erhoben, vor diesem Gericht gesprochen und – wie in einem solchen Fall unvermeidlich – Worte über die politischen Verhältnisse verloren, dann hätten die Leute mehr in seine Ausführungen hineingedeutet, als er tatsächlich gesagt hätte. Gerüchte wären entstanden, Verdächtigungen erhoben worden. Denn die bedeutende Position dieser Männer bringt es mit sich, daß nichts, was sie sagen, unbemerkt, keine Andeutung in ihren Reden undiskutiert bleibt. Ich hingegen kann alles sagen, was in diesem Fall gesagt werden muß, ohne widrige Aufmerksamkeit oder unangemessene Kontroversen fürchten zu müssen. Denn ich habe mich nicht in der Politik betätigt; kein Mensch kennt mich. Wenn ich mich einmal zu frei äußere oder eine peinliche Indiskretion fallen lasse, wird es wahrscheinlich niemand bemerken, oder wenn doch, wird man mir den Lapsus meiner Jugend und Unerfahrenheit wegen nachsehen.«

Es gab ein weiteres Stühlerücken. Erucius blickte von

seinen Nägeln auf, rümpfte die Nase und starrte in die Ferne, als habe er am Himmel soeben eine alarmierende Rauchwolke ausgemacht.

»Wie ihr seht, bin ich nicht vor allen anderen ausgewählt worden, weil ich mit dem größten Geschick sprechen könnte.« Cicero lächelte, als wolle er die Menge um Nachsicht bitten. »Nein, ich war einfach der einzige, der übrig geblieben war, als alle anderen verzichtet hatten. Ich war derjenige, der mit dem geringsten Risiko reden konnte. Niemand kann behaupten, daß ich ausgewählt wurde, damit Sextus Roscius die bestmögliche Verteidigung erhielt. Die Wahl fiel schlicht deshalb auf mich, damit er überhaupt eine Verteidigung bekam.

Vielleicht fragt ihr: Welcher Druck von außen und welche mächtige Angst schrecken die besten Anwälte ab, so daß die Verteidigung von Sextus Roscius' Leben einem ausgesprochenen Anfänger überlassen bleibt? Wenn man Erucius reden hört, sollte man meinen, daß überhaupt keine Gefahr besteht, da er es absichtsvoll vermieden hat, seinen wahren Auftraggeber zu benennen oder die bösartigen Motive zu erwähnen, die jene geheimnisvolle Person veranlaßt haben, meinem Mandanten überhaupt den Prozeß zu machen.

Wer ist diese Person? Was sind ihre Motive? Laßt mich erklären.

Der Besitz des verstorbenen, ermordeten Sextus Roscius – der normalerweise jetzt der Besitz seines Sohnes und Erben sein sollte – umfaßt Güter und Eigentum im Gesamtwert von mehr als sechs Millionen Sesterzen. Sechs Millionen Sesterzen! Das ist ein beträchtliches Vermögen, das im Laufe eines langen und arbeitsreichen Lebens angehäuft wurde. Trotzdem wurde der gesamte Nachlaß von einem gewissen jungen Mann, vermutlich auf der Auktion, für die erstaunliche Summe von *zweitausend* Sesterzen aufgekauft. Ein recht gutes Geschäft. Der preisbewußte junge Käufer war Lucius Cornelius Chrysogonus – wie ich sehe, ruft die bloße Erwähnung seines Namens allgemeine Unruhe hervor, und warum auch nicht? Er ist ein außergewöhnlich mächtiger Mann. Nomineller Verkäufer des Besitzes, der die Interessen des Staates vertrat, war der tapfere und berühmte Lucius Sulla, dessen Name ich mit allem gebührenden Respekt erwähne.«

In diesem Moment wurde ein leises Zischen auf dem Platz hörbar, wie Sprühregen auf heißem Pflaster, als die Anwesenden sich einander zuwandten und hinter vorgehaltener Hand flüsterten. Capito packte Glaucias Schulter und krächzte ihm etwas ins Ohr. Um mich herum verschränkten die Adeligen auf der Tribüne ihre Arme und tauschten grimmige Blicke. Zwei ältere Metelli zu meiner Rechten nickten sich erwartungsvoll zu. Gaius Erucius, dessen plumpe Wangen bei der Erwähnung von Chrysogonus' Namen dunkelrot angelaufen waren, packte einen jungen Sklaven beim Hals, bellte ihm einen Befehl ins Ohr, worauf jener eilends den Platz verließ.

»Ich will ganz offen sein. Es war Chrysogonus, der die Anklage gegen meinen Mandanten inszeniert hat. Ohne jegliche gesetzliche Grundlage hat er sich den Besitz eines unschuldigen Mannes angeeignet. Doch solange der rechtmäßige Besitzer noch lebte und atmete, sah er sich im ungetrübten Genuß dieses Vermögens beeinträchtigt. Deshalb bittet er euch, werte Richter, ihn von dem Stachel dieser Furcht zu befreien, indem ihr meinen Mandanten aus dem Weg räumt. Erst dann kann er hoffen, das Vermögen des verstorbenen Sextus Roscius in Schwelgerei zu verschleudern und zu verprassen.

Scheint euch das recht und billig, ihr Richter? Ist es anständig? Ist es gerecht? Laßt mich meine Gegenforderung stellen, die, wie ich glaube, bescheidener und vernünftiger ist.

Erstens: Sorgt dafür, daß der Schurke Chrysogonus sich

mit unserem Hab und Gut zufrieden gibt. Sorgt dafür, daß er uns nicht auch noch an den Kragen geht!«

Cicero hatte begonnen, auf der Rednertribüne auf und ab zu laufen, wie er es in seinem Arbeitszimmer zu tun pflegte. Jede Unsicherheit war aus seiner Stimme gewichen, die kräftiger und aufrüttelnder klang, als ich sie je gehört hatte.

»Zweitens, werte Richter, bitte ich euch: Widersetzt euch diesem verbrecherischen Plan verwegener Gesellen. Öffnet eure Augen und Herzen dem Flehen eines unschuldigen Opfers. Rettet uns alle vor einer schrecklichen Gefahr, denn die Bedrohung, die in diesem Prozeß über Sextus Roscius schwebt, schwebt über jedem freien Bürger Roms. Wenn ihr am Ende dieser Verhandlung von Sextus Roscius' Schuld überzeugt seid – nein, wenn ihr auch nur den leisesten Verdacht hegt –, wenn irgendein Indiz zu der Annahme verleiten könnte, daß die furchtbaren Vorwürfe gegen ihn möglicherweise gerechtfertigt sein könnten; wenn ihr ehrlich glaubt, daß seine Ankläger ihm aus irgendeinem anderen Grund den Prozeß machen als dem, ihre eigene unstillbare Gier nach Beute zu befriedigen – dann befindet ihn für schuldig, und ich werde nicht widersprechen. Wenn es hier jedoch ausschließlich um die raffsüchtige Habgier seiner Ankläger geht und ihr Besteben, ihr Opfer durch eine Perversion der Rechtsprechung zu eliminieren, dann bitte ich euch alle, auf eure Integrität als Senatoren und Richter zu bestehen und euch zu weigern, kraft eures Amtes und eurer Person zu bloßen Handlangern von Kriminellen zu werden.

Dich, Marcus Fannius, als Vorsitzenden Richter dieses Gerichtshofes, bitte ich dringend, die große Menschenmenge zu betrachten, die sich zu dieser Verhandlung eingefunden hat. Was hat sie hierher gelockt? Ah, natürlich, die Anklage ist an sich schon äußerst sensationell. Ein römisches Gericht hat lange keinen Mordfall mehr verhandelt –

obwohl es in der Zwischenzeit bestimmt keinen Mangel an abscheulichen Morden gegeben hat! Alle, die sich hier heute versammelt haben, sind des Mordens überdrüssig; sie sehnen sich nach Gerechtigkeit. Sie wollen die Täter hart bestraft sehen. Sie wollen, daß das Verbrechen mit gebotener Unnachgiebigkeit bekämpft wird.

Das ist alles, worum wir bitten: harte Bestrafung und Anwendung der vollen Strenge des Gesetzes. Normalerweise ist es die Anklage, die diese Forderung erhebt, aber heute nicht. Heute sind wir es, die Angeklagten, die dich, Fannius, und deine Richterkollegen bitten, das Verbrechen mit aller Schärfe zu bestrafen. Denn wenn ihr das nicht tut – wenn ihr es versäumt, diese Gelegenheit zu ergreifen, um uns zu demonstrieren, wofür die Richter und die Gerichtshöfe Roms stehen –, dann haben wir offenkundig einen Punkt erreicht, wo menschlicher Gier und Verwegenheit keine Grenzen mehr gesetzt sind. Die Alternative ist absolute und ungebändigte Anarchie. Wenn ihr vor der Anklage kapituliert und es versäumt, eure Pflicht zu tun, wird das Abschlachten Unschuldiger nicht länger im Schatten und bemäntelt durch juristische Winkelzüge geschehen. Nein, dann werden derartige Morde in aller Öffentlichkeit hier auf dem Forum begangen werden, Fannius, vor eben jenem Podium, auf dem du jetzt sitzt. Denn was anderes versucht man durch diesen Prozeß zu bewirken, als durchzusetzen, daß man ungestraft stehlen und morden kann?

Vor der Rostra kann ich zwei Lager ausmachen. Die Ankläger, die Anspruch auf das Vermögen meines Mandanten erheben, die direkt von der Ermordung seines Vaters profitiert haben und jetzt versuchen, den Staat zur Tötung eines unschuldigen Mannes anzustacheln. Und den Angeklagten: Sextus Roscius, dem seine Ankläger außer seinem Ruin nichts gelassen haben, dem der Tod seines Vaters nicht nur Trauer, sondern auch bittere Armut gebracht hat, der selbst zu dieser Verhandlung mit einer

Leibgarde erschienen ist – nicht zum Schutz des Gerichts, wie Erucius höhnisch andeutet, sondern zu seinem eigenen Schutz, um nicht hier an dieser Stelle vor euren Augen hingemetzelt zu werden! Welcher der beiden Parteien wird hier heute in Wahrheit der Prozeß gemacht? Wer hat den Zorn des Gesetzes auf sich gezogen?

Eine bloße Beschreibung dieser Banditen würde nicht ausreichen, euch mit der Schwärze ihres Charakters vertraut zu machen. Eine simple Auflistung ihrer Verbrechen würde die Unverfrorenheit nicht hinreichend verdeutlichen, mit der sie es wagen, Sextus Roscius des Vatermordes anzuklagen. Ich muß am Anfang beginnen und euch den Lauf der Ereignisse schildern, die zu diesem Prozeß geführt haben, damit ihr die Tragweite der Demütigung begreift, die dieser unschuldige Mann erleiden mußte. Erst dann werdet ihr die Verwegenheit seiner Ankläger und das grauenhafte Ausmaß ihrer Verbrechen ganz verstehen. Und ihr werdet, nicht mit völliger, aber doch mit erschreckender Deutlichkeit erkennen, in welch unheilvollen Zustand diese Republik geraten ist.«

Cicero war wie verwandelt. Seine Gesten waren stark und unmißverständlich. Seine Stimme war leidenschaftlich und klar. Hätte ich ihn aus der Ferne gesehen, ich hätte ihn für einen Fremden gehalten. Hätte ich ihn aus dem Nebenzimmer gehört, ich hätte seine Stimme nicht erkannt.

Ich war schon früher Zeuge solcher Verwandlungen gewesen, aber nur im Theater oder zu bestimmten religiösen Anlässen, wo man es gleichsam erwartet, von der Wandelbarkeit der menschlichen Natur überrascht zu werden. Das gleiche mit eigenen Augen bei einem Menschen zu sehen, den man zu kennen glaubte, war verblüffend. Hatte Cicero die ganze Zeit gewußt, daß eine solche Veränderung in ihm stattfinden würde, wenn es darauf ankam? Oder Rufus und Tiro? Sie mußten es zumindest geahnt haben, denn es gab keine andere Erklärung für ihr stets ungebrochenes Vertrauen. Was hatten sie alle in Cicero gesehen, das ich nicht hatte entdecken können?

Erucius hatte die Masse mit Melodrama und Schwulst unterhalten, und der Pöbel war zufrieden gewesen. Er hatte die Richter offen bedroht, und sie hatten seine Beleidigung schweigend über sich ergehen lassen. Cicero schien wild entschlossen, bei seinen Zuhörern wahre Leidenschaft zu entfachen, und sein Hunger nach Gerechtigkeit war ansteckend. Die Entscheidung, Chrysogonus gleich zu Beginn anzugreifen, war ein kühnes Spiel gewesen. Bei der bloßen Erwähnung des Namens waren Erucius und Magnus deutlich von Panik ergriffen worden. Sie hatten offenbar lediglich schwache Gegenwehr erwartet, ein ebenso weitschweifiges und oberflächliches Plädoyer wie das ihrige. Statt dessen stürzte sich Cicero kopfüber in die Geschichte und ließ nichts aus.

Er beschrieb die Lebensumstände des älteren Sextus Roscius, seine Verbindungen in Rom und seine langwährende Fehde mit seinen Vettern Magnus und Capito. Er beschrieb ihren verrufenen Charakter. (Er verglich Capito mit einem vernarbten und ergrauten Gladiator und Magnus mit dem Lieblingsschüler eines alten Kämpfers, der seinen Lehrmeister an verbrecherischer Verwegenheit längst übertroffen hatte.) Er nannte den genauen Tatort und die Tatzeit des Mordes an Sextus Roscius und wies auf den eigenartigen Umstand hin, daß Mallius Glaucia die ganze Nacht durch geritten war, um Capito in Ameria einen blutigen Dolch und die Todesnachricht zu überbringen. Er ging näher auf die Beziehung der beiden Vettern zu Chrysogonus ein; auf die illegale Proskription von Sextus Roscius nach seinem Tod, nachdem die Proskriptionen qua Gesetz längst beendet waren; auf den zwecklosen Protest des Gemeinderates von Ameria; auf den Aufkauf von Roscius' Nachlaß durch Chrosygonus, Magnus und Capito; auf ihren Versuch, Sextus Roscius den Jüngeren auszuschalten und auf seine Flucht zu Caecilia Metella in Rom. Gleichzeitig erinnerte er die Richter an die Frage, die der große Lucius Cassius Longinus Ravilla in Strafverfahren immer wieder zu stellen pflegte: *Cui bono?*

Auch als er auf den Diktator zu sprechen kam, scheute er sich nicht, die Wahrheit beim Namen zu nennen; er schien beinahe süffisant zu lächeln. »Ich bin der festen Überzeugung, ihr Richter, daß all dies geschah, ohne daß der ehrenwerte Lucius Sulla davon erfuhr, ja ohne daß er es überhaupt wahrnahm. Schließlich bewegt er sich in völlig anderen Sphären; nationale Angelegenheiten von höchster Wichtigkeit beanspruchen seine Aufmerksamkeit, er ist beschäftigt damit, die Wunden der Vergangenheit zu heilen und zukünftige Bedrohungen abzuwehren. Alle Augen ruhen auf ihm; alle Macht liegt in seinen festen Händen. Frieden zu schaffen oder Kriege zu führen – er allein hat die Wahl und die Mittel. Bedenkt die Schar der kleinen Schurken, die einen solchen Mann umgeben, ihn beobachten und auf jene Gelegenheiten lauern, zu denen seine Konzentration voll und ganz von anderen Dingen in Anspruch genommen ist, so daß sie in die Lücke stoßen und die Gunst des Augenblicks nutzen können. Sulla, der von Fortuna Begünstigte, das ist er fürwahr, aber, beim Herkules, es gibt niemanden, den Fortuna so sehr liebt, daß sich in seinem riesigen Haus nicht irgendein unehrlicher Sklave, oder schlimmer noch, ein gerissener und skrupelloser Ex-Sklave verbergen könnte.«

Er warf einen Blick auf seine Notizen und fuhr dann fort, jeden Punkt von Erucius' Rede zu widerlegen und in seiner Banalität lächerlich zu machen. Auf Erucius' Argument, daß Sextus Roscius' Verpflichtungen auf dem Lande ein Zeichen der Mißstimmung zwischen Vater und Sohn gewesen seien, entgegnete er mit einem langen Exkurs über den Wert und die Ehre des ländlichen Lebens – ein Thema, mit dem man bei den verstädterten Römern immer auf offene Ohren stieß. Er protestierte dagegen, daß die Sklaven, die den Mord gesehen hatten, vor Gericht nicht als Zeugen aufgerufen werden konnten, weil ihr neuer Besitzer – Magnus, der sie zur Zeit im Haus des Chrysogonus versteckt hielt – seine Erlaubnis veweigerte.

Er verweilte bei der Abscheulichkeit des Vatermordes, eines Verbrechens, das so schwerwiegend war, daß eine Verurteilung einen eindeutigen Schuldbeweis verlangte. »Fast möchte ich sagen, die Richter müssen die vom Blute des Vaters bespritzten Hände sehen, wenn sie eine so schlimme, so rohe, so abstoßende Tat glauben sollen!« Er beschrieb die uralte Strafe für Vatermörder, was beim Publikum eine Mischung aus Faszination und Entsetzen hervorrief.

Seine Rede war so erschöpfend und lang, daß die Richter auf ihren Stühlen hin und her zu rutschen begannen, und zwar längst nicht mehr, weil die Erwähnung von Sullas Namen sie beunruhigte, sondern aus schierer Ungeduld. Ciceros Stimme wurde heiser, obwohl er gelegentlich an einem Glas Wasser nippte, das unter dem Rednerpult verborgen war. Ich fing an zu glauben, er wolle Zeit schinden, obwohl ich mir nicht vorstellen konnte, warum.

Tiro hatte die Bank der Verteidigung vor geraumer Zeit verlassen – um sich zu erleichtern, wie ich vermutete, weil ich ein immer dringenderes Bedürfnis verspürte, dasselbe zu tun. In diesem Moment kam Tiro flink an der Tribüne vorbeigehumpelt und nahm, auf seine Krücke gestützt, wieder auf der Bank Platz. Von der Spitze der Rostra blickte Cicero herab und zog eine Braue hoch. Sie tauschten irgendein Zeichen aus und lächelten dann beide.

Cicero räusperte sich und nahm einen großen Schluck Wasser. Er atmete tief ein und schloß einen Moment lang die Augen. »Und nun, werte Richter, kommen wir zum Fall eines ganz bestimmten Schurken und Ex-Sklaven, von Geburt Ägypter und von Natur aus unendlich habgierig – aber seht, da kommt er mit einem prächtigen Gefolge aus seiner Luxusvilla auf dem Palatin, wo er in der Nachbarschaft von Senatoren und den altehrwürdigsten Familien der Republik in verschwenderischem Überfluß lebt.«

Von Erucius alarmiert, war Chrysogonus endlich eingetroffen.

Seine Leibwächter machten kurzen Prozeß bei der Räumung der letzten Reihe der Tribüne, wo einige wenige glückliche Zuschauer aus der Menge, die von weniger bedeutenden Adligen freigelassenen Plätze besetzt hatten. Köpfe wandten sich um, und ein Raunen ging über den Platz, als Chrysogonus zur Mitte der Bank schritt und sich setzte. Er war von so viel Gefolgsleuten umgeben, daß einige in den Gängen stehenbleiben mußten.

Auch ich drehte mich wie alle anderen um, um einen Blick auf die sagenumwobenen goldenen Locken, die hohe Alexanderstirn und das breite, kräftige Kinn zu erhaschen, das heute wie versteinert wirkte. Ich wandte mich wieder zu Cicero um, der sich auch körperlich für seine Attacke zu wappnen schien. Er hatte seine schmächtigen Schultern hochgezogen und den Kopf gesenkt wie eine angreifende Ziege.

»Ich habe einige Erkundigungen eingeholt über diesen Ex-Sklaven«, sagte er. »Wie ich herausgefunden habe, ist er sehr wohlhabend und schämt sich nicht, seinen Reichtum auch zu zeigen. Neben seinem Haus auf dem Palatin hat er einen prachtvollen Landsitz und mehrere Güter, die alle auf ausgezeichnetem Boden und in der Nähe der Stadt liegen. Sein Haus ist vollgestopft mit korinthischen und delischen Gold-, Silber- und Kupfergefäßen sowie einem mechanischen Kochgefäß, das er neulich auf einer Auktion für einen so hohen Preis erworben hat, daß Passanten, die im Vorbeigehen sein letztes Gebot hörten, glaubten, man verkaufe ein größeres Stück Land. Der Gesamtwert seines ziselierten Silbers, der bestickten Decken, Gemälde und Marmorstatuen läßt sich kaum schätzen – es sei denn, man addierte sämtliche Beutestücke, die in zahlreichen vornehmen Familien geraubt und in einem Haus aufgehäuft werden könnten!

Und das ist nur sein stummer Besitz. Was ist mit dem sprechenden Personal? Zusammen bilden sie einen riesigen Hausstand aus Sklaven mit den verschiedenartigsten Fertigkeiten und natürlichen Talenten. Die gemeinen Berufe muß ich kaum nennen – Köche, Bäcker, Schneider, Sänftenträger, Schreiner, Teppichmacher, Polsterer, Stubenmädchen, Putzfrauen, Maler, Fußbodenpolierer, Spülfrauen, Mädchen für alles, Stalljungen, Dachdecker und Ärzte. Um Herz und Ohren zu erfreuen, hält er sich eine solche Schar von Musikern, daß die ganze Nachbarschaft vom Klang der Stimmen, Saiten, Trommeln und Flöten widerhallt. Und nachts hört man den Lärm seiner Gelage – Akrobaten treten auf und Poeten deklamieren anzügliche Verse zu seiner Erbauung. Könnt ihr euch die täglichen Aufwendungen für einen deartigen Lebensstil vorstellen, ihr Richter? Die Kosten für seine Garderobe? Den Etat für seine ausschweifende Unterhaltung und das reichhaltige Essen? Man sollte seine Behausung eigentlich gar nicht Haus nennen, sondern vielmehr eine Brutstätte der Liederlichkeit und eine Herberge aller Laster. Das gesamte Vermögen eines Sextus Roscius würde kaum einen Monat reichen!

Schaut euch den Mann an, werte Richter – dreht euch um und seht ihn euch an! Wie er mit seinem wohlfrisierten und pomadisierten Haar überall auf dem Forum herumstolziert mit seinem Gefolge aus römischen Bürgern, die ihre Toga entweihen und sich in der Gefolgschaft eines Ex-Sklaven zeigen! Seht, wie er auf alle herabblickt und sich für absolut einzigartig hält, wie er sich aufbläst, als sei allein er reich und mächtig.«

Ich sah mich über die Schulter um. Jeder, der Chrysogonus in diesem Moment möglicherweise zum erstenmal sah, hätte ihn nie und nimmer für einen gutaussehenden Mann gehalten. Sein Gesicht war so rot und aufgequollen, als stünde er am Rand eines Schlaganfalls. Seine Augen drohten aus ihren Höhlen zu platzen. Ich hatte noch nie soviel angestaute Wut in einem so starren Körper gesehen. Wenn er buchstäblich explodiert wäre, es hätte mich nicht gewundert.

Auch Cicero konnte von der Rostra aus deutlich die Wirkung erkennen, die seine Worte zeitigten, und er fuhr ohne Pause fort. Auch seine Wangen waren vor Aufregung gerötet. Er redete schneller, bewahrte jedoch die vollständige Kontrolle über sich, ohne sich auch nur einmal zu versprechen oder um ein Wort verlegen zu sein.

»Ich fürchte, meine Anwürfe gegen diese Kreatur könnte mancher von euch mißverstehen, könnte glauben, ich wolle die Sache des Adels oder ihres Helden Sulla angreifen, die sich in den Bürgerkriegen als siegreich erwiesen hat. Dem ist nicht so. Diejenigen, die mich kennen, wissen, daß ich mir während der Kriege Frieden und Versöhnung gewünscht habe, da eine Versöhnung aber unmöglich war, ging der Sieg an die rechtschaffenere Seite. Das ist durch das Wohlwollen der Götter, durch den Einsatz des römischen Volkes und natürlich durch die Weisheit, die Befehlsgewalt und das Glück von Lucius Sulla vollbracht worden. Es ist nicht an mir, die Belohnung der Sieger und die Bestrafung der Besiegten in Frage zu stellen. Aber ich kann nicht glauben, daß der Adel zu den Waffen gegriffen hat, nur damit seine Sklaven und Ex-Sklaven sich an unserem Vermögen und Besitz bereichern können.«

Ich hielt es nicht länger aus. Meine Blase drohte ebenso bald zu platzen wie Chrysogonus' aufgeblähte Wangen.

Ich erhob mich von meinem Platz und drängte mich seitlich an ein paar Adligen vorbei, die mich der Störung wegen anknurrten und hochnäsig den Saum ihrer Toga rafften, als ob die bloße Berührung durch meinen Fuß den Stoff beflecken würde. Während ich mich durch den überfüllten Gang zwischen der Richterbank und der Tribüne zwängte, warf ich einen Blick auf den Platz und empfand die eigenartige Losgelöstheit eines anonymen Zuschauer, der das Auge des Sturms verläßt – Cicero gestikulierte leidenschaftlich, die Menge verfolgte angespannt jede seiner Bewegungen, Erucius und Magnus bissen die Zähne aufeinander. Zufällig sah Tiro zu mir herüber. Er lächelte und sah dann auf einmal zutiefst beunruhigt aus. Er winkte mich krampfhaft zu sich herüber. Ich lächelte und machte eine abwehrende Handbewegung. Er gestikulierte noch heftiger und machte Anstalten, von seinem Platz aufzustehen. Ich wandte ihm den Rücken zu und eilte weiter. Wenn er mich zu einer letzten eiligen Besprechung zitieren wollte, mußte das Zeit haben, bis ich dringlichere Geschäfte erledigt hatte. Erst später wurde mir klar, daß er mich vor der Gefahr in meinem Rücken hatte warnen wollen.

Am Ende der Tribüne kam ich an Chrysogonus und seiner Gefolgschaft vorbei. In jenem Moment bildete ich mir ein, die Hitze spüren zu können, die sein blutrotes Antlitz ausstrahlte.

Ich bahnte mir einen Weg durch die Schar der Bediensteten und Sklaven, die den Raum hinter der Tribüne füllten. Die dahinter liegende Straße war menschenleer. Einige Zuschauer, denen es an Bürgerstolz mangelte, hatten ihre Notdurft in der nächstbesten Gosse verrichtet und einen stechenden Uringestank in der Luft hinterlassen, aber meine Blase war nicht so schwach, daß ich es nicht noch bis zur nächsten öffentlichen Latrine ausgehalten hätte. Hinter dem Heiligtum der Venus, direkt oberhalb der Cloaca Maxima, gab es eine schmale Nische mit angeschrägtem

Fußboden und Abflüssen an den Wänden, die ausdrücklich für diesen Zweck vorgesehen war.

Ein Mann mit ergrautem Bart und einer makellos weißen Toga verließ eben den Ort, als ich hereinkam. Er nickte mir zu. »Spektakulärer Prozeß, was?« keuchte er.

»Kann man wohl sagen.«

»Und dieser Cicero ist kein schlechter Redner.«

»Ein erstklassiger Redner«, pflichtete ich ihm hastig bei. Der alte Mann ging. Ich stand an der Innenmauer, starrte auf die Kalksteinrinne und hielt wegen des Gestanks den Atem an. Dank einer Merkwürdigkeit der Akustik konnte ich Cicero von der Rostra hören. Seine Stimme war verhallt, aber deutlich zu vernehmen: *»Das letztendliche Ziel der Ankläger ist so offensichtlich wie verständlich: Es geht um nichts anderes als um die vollständige Beseitigung der Kinder des Geächteten mit allen zur Verfügung stehenden Mitteln. Euer Eid und die Hinrichtung von Sextus Roscius sind die ersten Schritte dieser Kampagne.«*

Cicero kam zum Schluß. Ich schloß die Augen, die Schleusen öffneten sich, und ich genoß ein Gefühl unbeschreiblicher Erleichterung.

In diesem Moment hörte ich ein leises Pfeifen hinter mir und hielt mitten im Fluß inne. Ich sah mich über die Schulter um und sah zehn Schritte hinter mir Mallius Glaucia stehen. Er strich mit der Hand über seine Tunika, bis sich seine Finger um die unverkennbare Form eines in den Falten um die Hüfte versteckten Dolches schlossen. Er tätschelte den Knauf mit einem obszönen Grinsen, als ob er sein Glied halten würde.

*»Seid wachsam, ihr Richter, daß nicht durch euch hier und heute eine zweite und viel grausamere Welle der Proskription in Gang gebracht wird. Die erste richtete sich zumindest gegen Männer, die sich verteidigen konnten; die Tragödie, die ich heraufziehen sehe, wird sich gegen die Kinder der frühen Geächteten richten, gegen Säuglinge in ihren Windeln! Bei den unsterblichen Göttern, wer*

*weiß wohin eine solche Abscheulichkeit diese Republik führen könnte?«*

»Nur zu«, sagte Glaucia. »Beende ruhig, was du angefangen hast.«

Ich ließ den Saum meiner Tunika fallen und drehte mich um.

Glaucia lächelte. Er griff langsam in seine Tunika, zog das Messer hervor und spielte damit herum. Dann kratzte er mit der Spitze über die Wand, ein Geräusch, das ich bis in dic Zahnwurzeln spürte. »Das ist mein Ernst«, sagte er. »Glaubst du, ich würde einen Mann von hinten beim Pissen erstechen?«

»Durchaus vernünftig und ehrenhaft«, stimmte ich ihm zu, um Festigkeit in der Stimme bemüht. »Was willst du?«

»Dich umbringen.«

Ich zog scharf die Luft ein, die nach abgestandenem Urin stank. »Jetzt? Immer noch?«

»Genau.« Er hörte auf, mit dem Messer an der Wand entlang zu kratzen, und berührte die Spitze mit der Kuppe seines Daumens. Blut quoll aus dem Fleisch. Glaucia lutschte es ab.

*»Kluge Männer, die so viel Ansehen und Macht besitzen wie ihr, werte Richter, haben die Verpflichtung, den Mißständen abzuhelfen, an denen diese Republik am meisten leidet...«*

»Aber warum. Der Prozeß ist praktisch gelaufen.«

Anstatt mir zu antworten, lutschte er weiter an seinem Daumen und begann erneut, mit der Messerspitze über den Stein zu kratzen. Er starrte mich an wie ein monströses schwachsinniges Riesenbaby. Das Messer in meiner Tunika konnte es mit seinem aufnehmen, aber seine Arme waren mindestens zwei Handbreit länger als meine. Meine Chancen standen nicht gut.

Das Kratzen der Klinge über die Wand hörte auf. Er nahm seinen Daumen aus dem Mund und sah mich ganz ernsthaft an. »Aber das hab ich dir doch schon gesagt: Ich *will* dich umbringen. Willst du jetzt zu Ende pissen oder nicht?«

*»Jeder von euch weiß, daß das römische Volk einst in dem Ruf stand, im Sieg gnädig und milde gegen seine ausländischen Feinde zu sein; doch noch heute wenden sich Römer mit schockierender Grausamkeit gegeneinander.«*

Glaucia machte ein paar Schritte auf mich zu. Ich trat zurück und stand jetzt mit dem Rücken an der Wand direkt über dem Abfluß. Ein durchdringender Gestank von Exkrementen und Urin stieg in meine Nase.

Er kam näher. »Und? Du willst doch nicht etwa, daß man dich in einer Toga findet, die außer mit Blut auch noch mit Pisse besudelt ist, oder doch?«

Eine Gestalt tauchte hinter ihm auf – ein weiterer Zuschauer, der gekommen war, die Latrine zu benutzen. Ich hoffte, Glaucia würde sich nur für einen Moment umsehen, lange genug, daß ich auf ihn zustürzen und ihm möglicherweise zwischen die Beine treten konnte – aber Glaucia lächelte mich nur an und hielt seine Klinge so hoch, daß der Neuankömmling sie sehen konnte. Er war sofort wieder verschwunden.

Glaucia schüttelte den Kopf. »Jetzt kann ich dir keine Wahl mehr lassen«, sagte er. »Jetzt muß ich es schnell erledigen.«

Er war groß. Und er war auch tolpatschig. Er stürzte auf mich zu, und es gelang mir erstaunlich leicht, ihm auszuweichen. Ich zückte meinen eigenen Dolch und hoffte, ihn vielleicht gar nicht zu brauchen, wenn es mir gelang, ihm zu entwischen. Ich rannte los, rutschte auf dem vollgepißten Boden aus und schlug kopfüber auf den harten Stein.

Das Messer glitt aus meiner Hand und rutschte außer Reichweite. Verzweifelt kroch ich auf allen vieren hinter ihm her. Es war noch etwa eine Armlänge entfernt, als etwas mit enormer Kraft auf meinen Rücken schlug und mich flach niederstreckte.

Glaucia trat mir ein paarmal in die Rippen und drehte mich dann um. Sein fettes Gesicht, das grinsend über mir schwebte und langsam näher kam, war das Häßlichste, was ich je gesehen hatte. So sollte es also enden, dachte ich: Ich würde nicht als zahnloser alter Mann in Bethesdas Armen sterben, ihren lieblichen Gesang im Ohr, die süßen Düfte meines Gartens in der Nase, sondern im erstickenden Gestank einer verschmutzten Latrine, vollgesabbert von einem widerwärtigen Mörder, das Echo von Ciceros dröhnender Stimme im Ohr.

Ich vernahm ein gleitendes Geräusch, als ob ein Messer über Stein rutschen würde, und etwas Spitzes traf mich in der Hüfte. Ich glaubte ganz ernsthaft und mit dem Vertrauen, das ansonsten den reinen Vestalinnen vorbehalten ist, daß mein Messer irgendwie zu mir zurückgeglitten sei, schlicht und einfach, weil ich es so wollte. Ich hätte danach greifen können, hätte ich nicht mit beiden Armen vergeblich versucht, mir Glaucia vom Leibe zu halten. Ich starrte in seine Augen, fasziniert von dem puren Haß, den ich darin erblickte. Plötzlich sah er auf, und im nächsten Moment war da ein Stein von der Größe eines Brotlaibs an seinem Stirnverband, als sei er plötzlich aus seinem Kopf hervorgetreten wie Minerva aus Jupiters Stirn. Der Stein blieb an Ort und Stelle, wie angeklebt von dem sofort austretenden Blut – nein, der Stein wurde von zwei Händen dort festgehalten, die ihn krachend auf den Kopf des Riesens hatten niedersausen lassen. Ich schielte nach oben und entdeckte den auf dem Kopf stehenden Tiro vor dem blauen Himmel darüber.

Er schien nicht glücklich darüber, mich zu sehen. Fortwährend zischte er mir etwas zu, immer wieder, bis meine Hand (nicht mein Ohr) endlich das Wort *Messer* verstand. Irgendwie gelang es mir, den Arm so zu verdrehen, daß ich nach dem Messer greifen konnte, das Tiro dorthin getreten hatte. Ich hielt es aufrecht vor meiner Brust. Es gibt kein lateinisches Wort, aber es sollte eines geben, für das eigenartige Gefühl des Wiedererkennens, das ich empfand, als hätte ich genau dasselbe schon einmal getan. Tiro hob den schweren Stein in die Luft und ließ ihn erneut auf Glaucias bereits eingeschlagene Stirn niedersausen, worauf der Riese wie ein Berg über mir zusammenbrach und Ecos Klinge sich bis zum Heft in sein Herz bohrte.

*»Duldet nicht, daß diese Bösartigkeit sich länger in diesem Staate austobt«*, rief eine Stimme aus der Ferne. *»Beseitigt sie! Weist sie zurück! Denn durch sie sind so viele Römer in gräßlichster Weise ums Leben gekommen. Schlimmer noch! Sie hat uns innerlich ärmer gemacht. Die fortwährenden Scheußlichkeiten haben uns betäubt. Sie haben in dem für seine Barmherzigkeit bekannten Volk das Mitgefühl zum Schweigen gebracht. Denn wenn die Konfrontation mit der Gewalt alltäglich wird, dann verlieren auch die sanftesten Wesen jegliches Gefühl für Menschlichkeit.«*

Es entstand eine Pause, dann hörte man den Widerhall von donnerndem Applaus. Verwirrt und blutbedeckt glaubte ich einen Moment lang, der Jubel müsse mir gelten. Die Wände der Latrine sahen schließlich ein wenig aus wie die Umrandung einer Arena, und Glaucia war so tot wie ein toter Gladiator. Doch als ich aufblickte, sah ich lediglich Tiro, der mit verzweifelter und angeekelter Miene seine Tunika glattstrich.

»Ich habe den Schluß verpaßt!« fuhr er mich an. »Cicero wird wütend sein. Beim Herkules! Wenigstens hab ich kein Blut abgekriegt.« Mit diesen Worten drehte er sich um, verschwand und ließ mich allein unter einer riesigen Masse toten Fleischs zurück.

# Einunddreissig

Cicero gewann den Prozeß. Eine überwältigende Mehrheit der fünfundsiebzig Richter, einschließlich des Praetors Marcus Fannius, stimmte dafür, Sextus Roscius von der Anklage des Vatermordes freizusprechen. Nur die parteiischsten Sullaner, unter ihnen eine Handvoll neuer Senatoren, die direkt vom Diktator ernannt worden waren, stimmten für schuldig.

Die Masse war ebenso beeindruckt. Ciceros Name sowie Zitate seiner Rede machten überall in Rom die Runde. Noch Tage später konnte man am offenen Fenster einer Taverne oder einer Schmiede vorbeigehen und hören, wie Männer, die nicht einmal dabei gewesen waren, einige von Ciceros Parade-Attacken gegen Erucius wiederholten oder lautstark seine Kühnheit rühmten, Chrysogonus anzugreifen. Seine Bemerkungen über das Land- und Familienleben und sein Respekt vor den Pflichten eines Sohnes und den Göttern fanden allgemeine Zustimmung. Über Nacht hatte er sich den Ruf eines tapferen und gottesfürchtigen Römers erworben, eines Bannerträgers der Gerechtigkeit und der Wahrheit.

An jenem Abend wurde im Haus von Caecilia Metella eine kleine Feier abgehalten. Rufus war da, strahlend und euphorisch, und trank ein wenig zuviel Wein. Ebenso die Männer, die mit Cicero auf der Verteidigerbank gesessen hatten, Marcus Metellus und Publius Scipio, sowie eine Handvoll weiterer Helfer, die sich hinter den Kulissen irgendwie nützlich gemacht hatten. Sextus Roscius wurde der Ehrenplatz auf dem Sofa zur Rechten seiner Gastgeberin zugewiesen; seine Frau und seine älteste Tochter saßen bescheiden auf Stühlen hinter ihm. Tiro durfte ebenfalls hinter seinem Herrn sitzen, damit er an der Feier teilnehmen konnte. Sogar ich wurde eingeladen und mit einem Sofa ganz für mich alleine bedacht, sowie einem Sklaven, dessen Aufgabe es war, mir Köstlichkeiten von der Tafel anzureichen.

Roscius war vielleicht der nominelle Ehrengast, doch das ganze Gespräch drehte sich um Cicero. Seine Anwaltskollegen zitierten mit überschwenglichem Lob die brillanteren Passagen seiner Rede, fielen mit vernichtendem Spott über Erucius' Vorstellung her und lachten laut bei der Erinnerung an seinen Gesichtsausdruck, als Cicero es zum erstemal gewagt hatte, den Namen des Goldengeborenen zu erwähnen. Cicero nahm ihr Lob mit freundlicher Bescheidenheit entgegen. Er ließ sich zu einem Schlückchen Wein überreden, und es brauchte nicht viel, um seine Wangen in rotem Glanz erstrahlen zu lassen. Zweifelsohne ausgehungert vom Fasten und der Anstrengung ließ er seine gewohnte Vorsicht außer acht und aß wie ein Pferd. Caecilia rühmte seinen Appetit und sagte, es sei ein Glück, daß er diese Siegesfeier möglich gemacht habe, weil man sonst all die Delikatessen, deren Zubereitung sie ihrem Personal schon vorher aufgetragen hatte – Algen und Muscheln, Drosseln auf Spargel, purpurroter Fisch in Stachelschnekken, Feigenspieße in Früchtekompott, gekochter Saueuter, Mastgeflügel in Blätterteig, Ente, Eber und Austern *ad nauseam* –, weil man sonst all diese Köstlichkeiten als Gabe für die Armen in irgendeiner Gasse der Subura hätte abladen müssen.

Während ich meinen Sklaven um einen dritten Nachschlag von den bithynischen Pilzen losschickte, begann ich mich zu fragen, ob diese Feier nicht ein wenig voreilig war. Sicher, Sextus Roscius war mit dem Leben davongekommen, aber solange sein Besitz in der Hand seiner Feinde, ihm die Bürgerrechte wegen der Proskription aberkannt und der Mord an seinem Vater ungesühnt blieben, hing er gewissermaßen in der Luft. Er war der Vernichtung entgangen, aber wie standen seine Chancen auf ein anständiges Leben? Seine Anwälte waren nicht in der Stimmung, sich über die Zukunft Sorgen zu machen. Ich hielt meinen Mund und öffnete ihn nur, um über ihre Witze zu lachen oder mir noch mehr Pilze hineinzustopfen.

Den ganzen Abend sah Rufus Cicero mit leidenschaftlicher Sehnsucht an, doch ich schien der einzige zu sein, der das bemerkte. Wie konnte ich mich, nachdem ich heute Zeuge von Ciceros Auftritt geworden war, noch über seine unerwiderte Leidenschaft lustig machen? Tiro machte einen recht zufriedenen Eindruck, lachte laut über jeden Witz und nahm sich sogar die Kühnheit heraus, selbst ein paar zu machen, aber hin und wieder warf er voller Schmerz einen Blick in Roscias Richtung. Sie weigerte sich standhaft zurückzugucken. Sie saß steif und elend auf ihrem Stuhl, aß nichts und bat schließlich ihren Vater und ihre Gastgeberin, sie zu entschuldigen. Als sie aus dem Raum stürzte, hatte sie zu weinen begonnen. Wenig später erhob sich auch ihre Mutter und folgte ihr nach draußen.

Roscias Abgang löste eine eigenartige regelrechte Heulepidemie aus. Zunächst traf es Caecilia, die schneller getrunken hatte als alle anderen. Den ganzen Abend war sie lebhaft und ausgelassen gewesen. Nachdem Roscia gegangen war, verfiel sie plötzlich in tiefe Niedergeschlagenheit. »Ich weiß«, sagte sie, während wir Roscia im Flur schluchzen hörten, »ich weiß, warum dieses Mädchen weint. Ja, ich weiß es.« Sie nickte beschwipst. »Sie vermißt ihren lieben, lieben, alten Großvater. Ach ja, er war ja so ein reizender Mann. Wir dürfen nicht vergessen, was uns an diesem Abend eigentlich zusammengeführt hat – der viel zu frühe Tod meines liebsten, teuersten Sextus. Geliebter Sextus. Wer weiß, wäre ich nicht all die Jahre unfruchtbar geblieben ...« Sie fuhr sich unkontrolliert mit der Hand durchs Haar und stach sich den Finger an der silbernen Nadel.

Blut quoll aus ihrer Fingerkuppe. Sie starrte schaudernd auf die Wunde und fing an zu weinen.

Sofort war Rufus an ihrer Seite, um sie zu trösten und sie daran zu hindern, etwas zu sagen, was ihr später möglicherweise peinlich war.

Dann begann auch Sextus Roscius zu weinen. Zunächst kämpfte er dagegen an, biß sich auf die Fingerknöchel und verzog das Gesicht, aber die Tränen ließen sich nicht aufhalten. Sie rannen über seine Wangen und sein Kinn und tropften auf die Algen auf seinem Teller. Er atmete gepreßt ein und stieß die Luft dann mit einem langgezogenen, bebenden Stöhnen wieder aus. Er bedeckte sein Gesicht mit den Händen und wurde von Krämpfen geschüttelt. Er stieß seinen Teller zu Boden, und ein Sklave hob ihn wieder auf. Er schluchzte laut und würgend, es klang wie das Geschrei eines Esels. Er mußte es oft wiederholen, bevor ich das Wort verstand, das er wieder und wieder rief: »Vater, Vater, Vater...«

Fast den ganzen Abend war er gewesen wie immer – still und in sich gekehrt, nur hin und wieder ein schüchternes Lächeln, wenn wir anderen vor Lachen brüllten bei einem gelungenen Witz über Erucius oder Chrysogonus. Selbst als das Urteil bekannt gegeben wurde, so hatte mir Rufus berichtet, war er seltsam unbeteiligt geblieben. Nachdem er so lange in Angst gelebt hatte, hatte er anschließend versucht, seine Erleichterung zu unterdrücken, bis sie schließlich doch aus ihm herausbrach. Deswegen weinte er.

Das dachte ich jedenfalls.

Es schien der geeignete Zeitpunkt zum Gehen.

Publius Scipio, Marcus Metellus und ihre adeligen Freunde wünschten uns eine gute Nacht und gingen ihrer Wege; Rufus blieb bei Caecilia. Ich sehnte mich danach, wieder in meinem eigenen Bett zu schlafen, aber Bethesda war noch immer bei Cicero, und der Weg bis zur Subura weit. Im Hochgefühl seines Erfolges bestand Cicero gutgelaunt darauf, daß ich eine letzte Nacht unter seinem Dach verbrachte.

Wäre ich nicht mit ihm gegangen, wäre diese Geschichte hier zu Ende, inmitten von Halbwahrheiten und falschen Vermutungen. Statt dessen ging ich neben Cicero, flankiert von seinen Fackelträgern und Leibwächtern, über das mondbeschienene Forum und den Kapitolinischen Hügel hinauf, bis wir zu seinem Haus kamen.

So war es mir vergönnt, den glücklichsten Mann auf Erden endlich persönlich kennenzulernen. So erfuhr ich die Wahrheit, die ich bis dahin nur vage geahnt hatte.

Cicero und ich plauderten angeregt über nichts Besonderes – die lange Hitzeperiode, die karge Schönheit Roms bei Vollmond, die Gerüche, die die Stadt bei Nacht erfüllten. Wir bogen in die Straße, in der Cicero wohnte. Tiro bemerkte das Gefolge, das sich wie eine kleine Armee um den Eingang des Hauses drängte, als erster. Er zupfte an der Tunika seines Herrn und wies mit offenem Mund in die Richtung.

Wir sahen die Gesellschaft, bevor sie uns entdeckten – die leere Sänfte und die Träger, die mit verschränkten Armen dagegen lehnten. Die Fackelträger, die sich müde an der Wand abstützten und ihre Fackeln schlaff nach unten hängen ließen. In ihrem flackernden Licht spielten auf der Straße ein paar Dienstboten Trigon, während diverse Sekretäre mit zusammengekniffenen Augen auf Pergamentrollen kritzelten. Außerdem gab es noch eine Schar bewaffneter Wächter. Einer von ihnen sah uns schließlich wie angewurzelt am Ende der Straße stehen und stieß einen teuer gekleideten Sklaven an, der eifrig auf die Trigonspieler wettete. Der Sklave richtete sich auf und kam hochmütig auf uns zugeschritten.

»Bist du der Redner Cicero, der Herr dieses Hauses?«

»Der bin ich.«

»Endlich! Du mußt den Auflauf vor deiner Tür entschuldigen – wir wußten nicht, wo wir die Leute sonst unterbringen sollten. Und natürlich wirst du auch entschuldigen, daß mein Herr dir zu so später Stunde einen Besuch abstattet; wir stehen allerdings schon eine ganze Weile hier rum, seit kurz nach Sonnenuntergang, um genau zu sein, und erwarten deine Rückkehr.«

»Ich verstehe«, sagte Cicero dumpf. »Und wo ist dein Herr?«

»Er wartet drinnen. Ich habe deinen Türsteher davon überzeugen können, daß es wenig sinnvoll gewesen wäre, Lucius Sulla vor der Tür warten zu lassen, selbst wenn sein Gastgeber nicht zu Hause war, um ihn zu begrüßen. Kommt, bitte.« Der Sklave ging vor und machte uns ein Zeichen, ihm zu folgen. »Mein Herr erwartet euch schon seit geraumer Zeit. Er ist ein vielbeschäftigter Mann. Ihr könnt eure Fackelträger und Leibwächter hier draußen lassen«, fügte er noch streng hinzu.

Neben mir atmete Cicero tief und gleichmäßig, wie ein Mann, der sich auf einen Sprung in eisiges Wasser vorbereitet. Ich bildete mir ein, in der Stille der Nacht sein Herz klopfen zu hören, bis mir klar wurde, daß es mein eigenes ich war. Tiro hielt noch immer die Toga seines Herrn fest. Er biß sich auf die Lippe. »Du glaubst doch nicht, Herr – er würde es nicht wagen, nicht in deinem Haus –«

Cicero legte einen Finger auf seine Lippen. Er trat vor und machte den Leibwächtern ein Zeichen, zurückzubleiben. Tiro und ich folgten ihm.

Als wir zur Tür gingen, warfen uns die Männer aus Sullas Gefolge nur kurze, mürrische Blicke zu, bevor sie sich wieder ihrer Beschäftigung zuwandten, als ob wir daran schuld wären, daß sie sich langweilten. Tiro trat als erster durch die offene Tür. Er blickte ins Innere, als erwarte er ein Dickicht gezückter Dolche.

Aber in der Halle war nur der alte Tiro, der voller Panik auf seinen Herrn zugeschlurft kam. »Herr –«

Tiro legte ihm besänftigend die Hand auf die Schulter und ging weiter.

Ich hatte erwartet, im Haus weitere Mitglieder von Sullas Gefolge anzutreffen – noch mehr Leibwächter und Sekretäre, noch mehr Speichellecker. Aber das Haus war lediglich von Ciceros normalem Personal bevölkert, das sich sämtlich an den Wänden entlangdrückte und sich um Unsichtbarkeit bemühte.

Wir trafen ihn allein im Arbeitszimmer neben einer Lampe sitzend an, auf dem Tisch neben ihm stand eine halbvolle Schale Haferschleim, auf seinem Schoß lag eine Pergamentrolle. Er blickte auf, als wir eintraten. Er wirkte weder ungeduldig noch überrascht, nur leicht gelangweilt. Er legte die Schriftrolle beiseite und zog eine Braue hoch.

»Du bist ein Mann von beträchtlicher Gelehrsamkeit und einigermaßem passablem Geschmack, Marcus Tullius Cicero. Ungeachtet der Tatsache, daß ich in diesem Raum viel zu viele trockene Werke über Grammatik und Rhetorik gefunden habe, finde ich es ermutigend, eine so prächtige Sammlung von Dramen entdeckt zu haben, vor allem griechische. Und obwohl es den Anschein hat, als ob du vorsätzlich nur die miserabelsten lateinischen Dichter gesammelt hättest, soll dir vergeben sein wegen deines exquisiten Geschmacks bei der Auswahl dieser äußerst prachtvollen Kopie von Euripides – aus der Werkstatt des Epikles in Athen, wie ich sehe. Als ich jung war, habe ich oft davon geträumt, Schauspieler zu werden. Ich hab immer geglaubt, ich hätte einen sehr ergreifenden Pentheus abgegeben. Oder meinst du, ich wär ein besserer Dionysos gewesen? Kennst du *Die Bakchen* gut?«

Cicero schluckte schwer. »Lucius Cornelius Sulla, ich fühle mich geehrt von deinem Besuch –«

»Schluß mit dem Quatsch!« bellte Sulla und schürzte die

Lippen. Es war unmöglich zu sagen, ob er verärgert oder amüsiert war. »Wir sind unter uns. Schone deinen Atem und meine Langmut und erspar uns die unsinnigen Formalitäten. Tatsache ist, daß du bestürzt bist über meinen Besuch und mich so schnell wie möglich loswerden willst.«

Cicero öffnete den Mund und nickte, offenbar unschlüssig, ob er antworten sollte oder nicht.

Sulla setzte noch einmal dieselbe Miene auf, halb amüsiert, halb verärgert, und wies ungeduldig in den Raum. »Ich denke, die Sitzgelegenheiten sollten für alle reichen. Setzt euch.«

Nervös holte Tiro Stühle für mich und Cicero, stellte sich dann rechts neben seinen Herrn und beobachtete Sulla, als wäre er ein exotisches und äußerst tödliches Reptil.

Ich hatte Sulla noch nie von so nahem gesehen. Das Licht der Lampen warf harte Schatten auf sein Gesicht, umrandete seinen Mund mit Falten und ließ seine Augen blitzen. Seine prachtvolle Löwenmähne, einst berühmt für ihren schimmernden Glanz, war zottig und stumpf geworden, fleckig und so dünn, daß man die dünnen, roten Äderchen sah, die seine Kopfhaut wie ein feines Spinnennetz überzogen. Seine Lippen waren ausgetrocknet und rissig. Ein Büschel schwarzer Härchen ragte aus seinen Nasenlöchern hervor.

Er war einfach ein alter General, ein alternder Lebemann und ein müder Politiker. Seine Augen hatten alles gesehen und nichts gefürchtet. Sie waren Zeuge jedes Extrems von Schönheit und Schrecken geworden, man konnte sie nicht mehr beeindrucken. Trotzdem flackerte noch immer ein Hunger in ihnen, der mich fast anzuspringen und meine Kehle zu packen schien, als er mir seinen Blick zuwandte.

»Du mußt Gordianus sein, den sie den Sucher nennen. Gut. Ich bin froh, daß du hier bist. Dich wollte ich mir auch mal ansehen.«

Er ließ seinen Blick träge von Cicero zu mir und zurück

wandern und stellte unsere Geduld auf die Probe. »Ihr könnt euch sicher denken, warum ich hier bin«, sagte er schließlich. »Eine gewisse banale Rechtssache, die heute vor der Rostra verhandelt wurde, als ich gerade zu Mittag aß. Ein Sklave meines lieben Freigelassenen Chrysogonus kam ganz hektisch und bestürzt zu mir gerannt und brabbelte von einer Katastrophe, die sich auf dem Forum abspielen würde. Ich war gerade damit beschäftigt, eine sehr pikante Fasanenbrust zu verzehren, und die Neuigkeit verursachte mir eine üble Magenverstimmung. Der Haferbrei, den mir deine Küchenmagd gebracht hat, ist nicht schlecht – fade, aber schmerzlindernd, genau wie meine Ärzte es mir empfehlen. Natürlich hätte er auch vergiftet sein können, aber andererseits dürftest du mich kaum erwartet haben, oder? Egal, ich habe mich stets in die Gefahr gestürzt, ohne lange darüber nachzudenken. Ich habe mich nie Sulla, der Weise, genannt, immer nur Sulla, der Glückliche, was meines Erachtens viel besser ist.«

Er tupfte seinen Zeigefinger einen Moment lang in den Brei und fegte dann unvermittelt die Schale vom Tisch, die scheppernd zu Boden fiel. Eine Sklavin kam aus dem Flur herbeigerannt, sah Ciceros aufgerissene Augen und sein bleiches Gesicht und verschwand rasch wieder.

Sulla lutschte seinen Finger ab und fuhr dann mit ruhiger, melodiöser Stimme fort. »Was für einen Aufstand ihr beide betrieben haben müßt, um die Wahrheit über diese widerwärtig spießigen Roscier und ihre widerwärtigen Verbrechen aneinander aufzuspüren, auszugraben und zu beschnüffeln. Wie man mir erzählt hat, habt ihr Stunde um Stunde und Tag um Tag damit zugebracht, euch mit den Fakten herumzuschlagen; daß du, Gordianus, den ganzen Weg bis ins gottverlassene Ameria gemacht und dein Leben mehr als einmal in Gefahr gebracht hast nur für ein paar magere Fetzen der Wahrheit. Und trotzdem kennt ihr noch immer nicht die ganze Geschichte – es ist wie ein Schauspiel, bei dem ganze Szenen fehlen. Ist das nicht komisch? Bis heute hatte ich den Namen Sextus Roscius noch nicht einmal gehört, und es hat mich nur Stunden – eigentlich nur Minuten – gekostet, alles herauszufinden, was sich über diesen Fall zu wissen lohnt. Ich habe einfach gewisse Parteien zu mir bestellt und sie aufgefordert, mir die ganze Geschichte zu erzählen. Manchmal glaube ich, daß Gerechtigkeit und Wahrheit in den Tagen König Numas etwas viel Simpleres und Schlichteres waren.«

Sulla machte eine Pause und spielte mit der Pergamentrolle auf seinem Schoß. Er strich über die Naht, die die Seiten zusammenhielt, und tupfte mit den Fingern über das glatte Pergament. Dann packte er die Rolle auf einmal mit lautem Rascheln und warf sie quer durch das Zimmer. Sie landete auf einem Tisch mit weiteren Schriftrollen und riß sie zu Boden. Sulla fuhr ungerührt fort.

»Sag mir, Marcus Tullius Cicero, was hast du damit beabsichtigt, die Verteidigung dieses erbärmlichen Mannes heute vor Gericht zu übernehmen? Warst du ein bereitwilliger Handlanger meiner Feinde oder haben sie dich reingelegt? Bist du gerissen und schlau oder geradezu lächerlich dumm?«

Ciceros Stimme war trocken wie Pergament. »Man hat mich gebeten, einen unschuldigen Mann gegen eine empörende Anklage zu verteidigen. Wenn das Gesetz nicht die letzte Zuflucht der Unschuldigen –«

»Unschuldig?« Sulla beugte sich vor. Sein Gesicht lag jetzt ganz im Schatten. Die Lampe warf eine Aureole um sein feuerrotes Haar. »Haben sie dir das erzählt, meine lieben Freunde, die Meteller? Eine sehr alte und bedeutende Familie, diese Meteller. Seit ich mich von Delmaticus' Tochter habe scheiden lassen, als sie im Sterben lag, habe ich darauf gewartet, daß sie mir von hinten ein Messer zwischen die Rippen stoßen. Aber was hätte ich tun sollen? Die Auguren und Pontifices haben darauf bestanden; ich konnte es nicht zulassen, daß mein Haus von ihrer Krankheit beschmutzt wurde. Und so nimmt die Familie meiner Ex-Frau also Rache – sie benutzen einen Anwalt ohne Familie und mit einem Witz von einem Namen, um meinen Namen vor Gericht in den Schmutz zu ziehen. Was nützt es einem, Diktator zu sein, wenn genau die Klasse von Menschen, für deren Wohl man sich so abplagt, sich wegen solcher Belanglosigkeiten gegen einen wendet?

Was hat man dir angeboten, Cicero? Geld? Das Versprechen ihrer Patronage? Politische Unterstützung?«

Ich blickte zu Cicero, dessen Gesicht wie zu Stein erstarrt war. In dem flackernden Licht der Lampe konnte ich meinen Augen kaum trauen, aber mir war, als würden sich seine Mundwinkel zum Hauch eines Lächelns verziehen. Auch Tiro mußte es bemerkt haben; ein merkwürdiger Ausdruck verdüsterte seine Miene.

»Wer von ihnen ist zu dir gekommen, Cicero? Marcus Metellus, der Schwachkopf, der es gewagt hat, sich heute neben dir auf der Verteidigerbank blicken zu lassen? Oder seine Cousine Caecilia Metella, diese verrückte, unter Schlaflosigkeit leidende alte Schachtel? Oder vielleicht gar kein Metellus, sondern einer ihrer Handlanger? Doch sicher nicht mein neuer Schwager Hortensius – für Geld würde er auch seinen schlimmsten Feind vertreten, bei Jupiter, aber er war schlau genug, sich nicht in diese Farce verwickeln zu lassen. Eine Schande, daß ich nicht dasselbe über Valerias geliebten kleinen Bruder Rufus sagen kann.«

Cicero sagte immer noch nichts. Tiro runzelte nervös die Stirn und rutschte unruhig auf seinem Stuhl hin und her.

Sulla lehnte sich zurück. Der Schein der Lampe kroch über seine Stirn bis in seine Augen, die wie Glasperlen glitzerten. »Egal. Die Meteller haben dich jedenfalls gegen mich rekrutiert. Sie haben dir also erzählt, Sextus Roscius sei unschuldig. Und du hast ihnen geglaubt?«

Tiro hielt es nicht länger aus. »Natürlich!« platzte er los.

»Weil er unschuldig ist. Deswegen hat mein Herr ihn verteidigt – nicht um sich mit einer Patrizierfamilie gut zu stellen –«

Cicero brachte ihn mit einer Handbewegung zum Schweigen. Sulla sah Tiro an und zog abschätzig die Brauen hoch, als ob er ihn in diesem Moment zum erstenmal wahrnehmen würde. »Der Sklave ist wohl kaum so hübsch, daß man ihm eine derartige Frechheit durchgehen lassen könnte. Wenn du etwas von einem echten Römer in dir hättest, Cicero, würdest du ihm hier an Ort und Stelle die Flausen gründlichst aus dem Leib prügeln lassen.«

Ciceros Lächeln verflog. »Bitte, Lucia Sulla, verzeih ihm seine Unverschämtheit.«

»Dann beantworte meine Frage, anstatt deinen Sklaven für dich sprechen zu lassen. Als sie dir erzählten, daß Sextus Roscius unschuldig wäre, hast du ihnen geglaubt?«

»Ja, das habe ich«, sagte Cicero seufzend. Er preßte die Fingerspitzen gegeneinander und spreizte die Finger. Er sah mich kurz an und betrachtete dann wieder seine Hände. »Anfangs.«

»Ah.« Jetzt war es Sulla, um dessen Lippen ein unergründliches Lächeln spielte. »Ich dachte mir schon, daß du zu schlau bist, um dich länger täuschen zu lassen. Wann hast du die Wahrheit erfahren?«

Cicero zuckte die Schultern. »Ich habe fast von Beginn an einen Verdacht gehabt, obwohl das nie einen Unterschied gemacht hat. Es gibt noch immer keinen Beweis, daß Sextus Roscius sich mit seinen beiden Vettern verschworen hat, seinen Vater ermorden zu lassen.«

»Keinen Beweis?« Sulla lachte. »Ihr Anwälte! Auf der einen Seite gibt es immer Beweise und Indizien. Und auf der anderen Seite ist die Wahrheit.« Er schüttelte den Kopf. »Diese gierigen Idioten, Capito und Magnus, haben gedacht, sie könnten ihren Vetter Sextus verurteilen lassen, ohne ihre Beteiligung an dem Verbrechen eingestehen zu müssen. Wie konnte sich Chrysogonus nur mit solchem Abschaum einlassen?«

»Das verstehe ich nicht«, flüsterte Tiro. Man hätte seinen Gesichtsausdruck komisch finden können, wenn darin nicht so viel Schmerz und Verwirrung gelegen hätte. Er tat mir leid. Ich tat mir selber leid. Bis zu diesem Augenblick hatte ich mich krampfhaft bemüht, mich an dieselbe Illusion zu klammern, der Tiro so mühelos nachhing – dem Glauben, daß alle unsere Arbeit für Sextus Roscius einen höheren Zweck als politische Intrigen oder persönlichen Ehrgeiz hatte, daß wir einer Sache gedient hatten, die Gerechtigkeit hieß. Dem Glauben, daß Sextus Roscius am Ende doch unschuldig war.

Sulla zog die Brauen hoch und räusperte sich verächtlich. »Dein vorlauter Sklave begreift es nicht, Cicero. Bist du etwa kein aufgeklärter Römer? Kümmerst du dich nicht um die Ausbildung des Jungen? Erklär es ihm.«

Cicero betrachtete seine Hände. »Ich dachte, du hättest sie dir selbst zusammengereimt. Das hab ich ehrlich geglaubt. Gordianus weiß Bescheid, denke ich. Oder nicht, Gordianus? Laß ihn alles erklären, dafür wird er schließlich bezahlt.«

Tiro sah mich so flehend an, daß ich gegen meinen Willen den Mund auftat. »Es war alles wegen der Hure«, sagte ich. »Weißt du noch, Tiro, das Mädchen Elena, das im Haus der Schwäne gearbeitet hat ...«

Sulla nickte weise, hob jedoch einen Finger, um mich zu unterbrechen. »Du eilst der Geschichte voraus. Der jüngere Bruder ...«

»Gaius Roscius, ja. Ermordet von seinem Bruder im gemeinsamen Elternhaus. Vielleicht haben sich die Einheimischen täuschen lassen, aber die Symptome sind wohl kaum durch den Verzehr von eingelegten Pilzen hervorgerufen worden.«

»Koloquinte«, schlug Cicero vor.

»Wilder Kürbis? Möglicherweise«, sagte ich, »vor allem in Verbindung mit anderen genießbaren Giften. Ich habe einmal von einem Fall in Antiochia gehört mit ganz ähnlichen Symptomen – das Erbrechen purer Galle gefolgt von einem Blutschwall und unmittelbar darauf dem Tod. Vielleicht hat sich Sextus schon damals mit seinem Vetter Magnus abgesprochen. Ein Mann mit Magnus' Beziehungen kann in Rom praktisch jedes Gift auftreiben, für den entsprechenden Preis.

Was das Motiv angeht, so hatte Sextus Roscius *pater* mit an Sicherheit grenzender Wahrscheinlichkeit vor, seinen älteren Sohn zugunsten von Gaius zu enterben, zumindest war Sextus *filius* fest davon überzeugt. Ein verbreitetes Verbrechen aus einem gewöhnlichen Motiv. Aber das war nicht das Ende der Geschichte.

Vielleicht hatte der alte Herr Sextus in Verdacht, Gaius getötet zu haben. Vielleicht hat er ihn auch einfach so sehr verabscheut, daß er nach irgendeinem Vorwand suchte, ihn dann noch zu enterben. Zur selben Zeit verliebte er sich in die hübsche junge Hure Elena. Als sie schwanger wurde, ob von Roscius oder nicht, hegte der alte Mann den Plan, sie zu kaufen, freizulassen und das freigeborene Kind zu adoptieren. Offenbar war er nicht in der Lage, sie sofort zu erwerben; wahrscheinlich hat er den Handel vermasselt – der Bordellbesitzer witterte seinen Eifer und trieb den Preis in absurde Höhen, weil er glaubte, einen verkalkten, liebeskranken alten Witwer ausnehmen zu können. Das sind natürlich Mutmaßungen –«

»Mehr als das«, sagte Sulla. »Es gibt, oder besser, es gab konkrete Beweise: einen Brief an seinen Sohn, den Roscius der Ältere seinem Sklaven Felix diktierte, der dadurch den Inhalt kennt. Laut Felix hatte der Alte im Suff einen Wutanfall. In seinem Brief drohte er ausdrücklich mit dem, was du gerade vermutet hast – der Enterbung von Sextus Roscius zugunsten eines noch ungeborenen Sohnes. Das Dokument wurde anschließend vernichtet, aber der Sklave erinnert sich noch daran.«

Sulla hielt inne, damit ich fortfahren sollte. Tiro sah erst Cicero, der seinen Blick nicht erwiderte, und dann voller Verzweiflung mich an. »Also beschloß Sextus Roscius, seinen Vater umzubringen«, sagte ich. »Natürlich konnte er das nicht selber tun. Die drei trafen ein Abkommen. Sextus sollte das Vermögen seines Vaters erben und seine Vettern später auszahlen. Es muß so etwas wie eine Versicherung gegeben haben...«

»In der Tat«, sagte Sulla, »es gab eine Art schriftlichen Vertrag. Eine Absichtserklärung gewissermaßen, den alten Roscius zu erledigen, in dreifacher Ausfertigung von allen dreien unterzeichnet. Jeder bekam eine Kopie, so daß sie sich gegenseitig erpressen konnten, falls sie sich überwerfen sollten.«

»Aber sie überwarfen sich trotzdem«, sagte ich.

»Ja.» Sulla rümpfte die Nase, als hätte die ganze Geschichte einen unangenehmen Geruch. »Nach dem Mord versuchte Sextus Roscius seine Vettern reinzulegen. Er wurde Alleinerbe des gesamten Besitzes; wie hätten sie ihm den wieder abnehmen können, wo das Schriftstück, das die drei unterzeichnet hatten, doch für alle Beteiligten gleich belastend war? Sextus Roscius muß sich für sehr schlau gehalten haben; was für ein Dummkopf er war, eine Abmachung mit derartigen Geiern zu brechen.«

Sulla atmete tief ein und fuhr fort. »Allem Anschein nach kam Capito auf die Idee mit der falschen Proskription; Magnus kannte Chrysogonus von irgendeiner zwielichtigen Transaktion und sprach ihn auf den Plan an – wie oft habe ich den Jungen schon gewarnt, er soll sich sein gesundes Urteilsvermögen nicht durch Habgier vernebeln lassen? Ach ja! Der alte Roscius wurde geächtet und sein Besitz vom Staat beschlagnahmt; Chrysogonus selbst kaufte ihn auf und teilte die Güter, wie vorher verabredet, unter sich,

Capito und Magnus auf. Sextus Roscius ging leer aus. Er muß sich wie ein Idiot vorgekommen sein! Aber was konnte er tun? Zu den Behörden rennen mit einem Stück Papier, das ihn gemeinsam mit den anderen des Mordes an seinem Vater beschuldigte?

Natürlich bestand immer die Möglichkeit, daß er in einem Anfall von Wahnsinn oder Schuldgefühlen genau das tun würde, also erlaubte Capito Sextus auf dem alten Familienanwesen zu bleiben, wo er stets ein Auge auf seinen Vetter halten konnte, der in Armut und Schande lebte.«

Tiro, der es nicht wagte, Sulla direkt anzusprechen, blickte zu mir. »Aber was war mit Elena?«

Ich öffnete den Mund, um zu antworten, aber Sulla war zu tief ins Erzählen versunken, um die Geschichte einem anderen zu überlassen. »Die ganze Zeit über plante Sextus Roscius, sein Anwesen irgendwie zurückzubekommen. Das bedeutete, daß das Balg der Hure eines Tages als sein Rivale auftreten könnte oder zumindest doch als Feind. Da hockte er nun und brütete tagein, tagaus über die Nutzlosigkeit seines abscheulichen Verbrechens, über die Bitterkeit des Schicksals, seine eigene Schuld und den Ruin seiner Familie. Und nur wegen Elena und ihrem Kind hatte er sich überhaupt auf den Plan eingelassen, seinen Vater zu ermorden! Als das Baby geboren wurde, brachte er es mit eigenen Händen um.«

»Und er hätte genausogut auch Elena töten können«, sagte ich.

»Was kümmert ihn nach all seinen Verbrechen, ob noch mehr Blut seine Hände besudelte?« fragte Sulla, und mir fiel auf, daß er überhaupt keinen Sinn für die Ironie seiner Worte hatte, ein Mann, der bis zum Kinn in Blut watete. »Kurz darauf gelang es den Vettern, Sextus' Kopie der belastenden Vereinbarung in die Hände zu bekommen. Ohne sie war er schutzlos; er hatte kein Druckmittel mehr gegen sie in der Hand. Zweifelsohne überlegten die Vettern diverse Möglichkeiten, ihn und seine Familie zu ermorden, als ihm die Flucht gelang, zuerst zu einem Freund in Ameria, einem gewissen Titus Megarus, dann zu Caecilia Metella hier in Rom. Als er ihren Klauen entronnen war, blieb ihnen nur die Möglichkeit, ihn mit Hilfe der Justiz zu erledigen. Und weil er tatsächlich schuldig war, nahmen sie naiverweise an, sie könnten die ganze Geschichte so drehen, daß ihre Beteiligung außen vor blieb. Und natürlich zählten sie darauf, daß Chrysogonus' Name alle ernstzunehmenden Redner davon abhalten würde, Sextus Roscius' Verteidigung zu übernehmen – falls es überhaupt zum Prozeß kam. Denn inzwischen war der Geisteszutand von Sextus Roscius so zerrüttet, daß sie hofften, ihn in den Selbstmord treiben oder einfach zu einem Eingeständnis seiner Schuld bewegen zu können, was eine Verteidigung überflüssig gemacht hätte.«

»Sie waren von einer geradezu widerwärtigen Selbstgewißheit«, sagte Cicero leise.

»Waren Sie das?« fragte Sulla. Seine Stimme hatte einen düsteren, brütenden Beiklang. »Nicht übermäßig. Wenn dieser Prozeß vor einem halben Jahr stattgefunden hätte, glaubst du, ein Anwalt der Verteidigung hätte es gewagt, Chrysogonus' Namen zu äußern? Die Proskription zu erwähnen? Glaubst du, eine Mehrheit der Richter an einer der Kammern, die *ich* wiederhergestellt habe, hätte es gewagt, ihre Unabhängigkeit zu demonstrieren? Capito und Magnus hinkten schlicht sechs Monate hinterher, das ist alles. Vor einem halben Jahr hätten die Meteller keinen Finger gerührt, um Sextus Roscius zu retten. Aber jetzt spüren sie, daß meine Macht im Schwinden ist; jetzt haben sie sich entschlossen, die Grenzen meines Ansehens auszuloten und mich mit einer Niederlage vor Gericht zu treffen. Wie sich diese mächtigen, alten Familien an der festen Hand eines Diktators reiben, obwohl ich meine Macht immer dafür eingesetzt habe, ihre Truhen zu füllen und die neidischen Massen in Schach zu halten. Sie wollen alles für sich – genau wie Magnus und Capito. Bist du wirklich so stolz darauf, ihr Held zu sein, Cicero, einen blutbesudelten Vatermörder zu retten, nur um mir einen Tritt in den Unterleib zu versetzen, und das alles im Namen der alten Römertugend?«

Lange starrten sich Sulla und Cicero direkt in die Augen. Mir war, als würde Sulla auf einmal sehr alt und sehr müde aussehen, und Cicero sehr jung. Doch es war Cicero, der seinen Blick als erster senkte.

»Was geschieht jetzt mit Sextus Roscius?« fragte ich.

Sulla lehnte sich zurück und atmete tief ein. »Er ist ein freier Mann, entlastet durch das Gesetz. Ein Vatermörder und ein zweifacher Brudermörder. Hat es ein solcher Mann verdient weiterzuleben? Aber dank Cicero ist diese erbärmliche Kreatur ein Art leidender Held geworden, ein mieser kleiner an einen Felsen geketteter Prometheus. Wenn man ihm die Eingeweide heraushacken würde, wie er es verdient, wäre das Volk empört. Zu Sextus Roscius wird Fortuna also gnädig sein.

Die Güter seines Vaters werden nicht an ihn zurückgegeben. Das würden meine radikalsten Feinde natürlich am liebsten sehen – eine ordnungsgemäßie Proskription wird rückgängig gemacht, und der Staat räumt einen peinlichen Irrtum ein. Nein! Das wird nicht passieren, nicht so lange ich lebe. Die Roscius-Güter verbleiben in der Hand ihrer jetzigen Besitzer, aber –«

Sulla verzog das Gesicht und biß sich auf die Zunge, als habe er Wermut geschmeckt. »Aber Chrysogonus wird Sextus Roscius freiwillig andere Güter, möglichst weit weg von Ameria, überlassen, deren Wert den Gütern entspricht, die man ihm abgenommen hat. Soll der Vatermörder Sextus Roscius an einem anderen Ort, wo niemand ihn und seine Vergangenheit kennt, sein gewohntes Leben führen, so gut er kann; aber die Proskription bleibt bestehen, und die beschlagnahmten Güter und seine Bürgerrechte bleiben ihm aberkannt. Nach allem, was du von diesem Mann weißt, kannst du wohl kaum behaupten, daß das ungerecht ist, oder Cicero?«

Cicero strich sich über die Oberlippe. »Und was ist mit meiner Sicherheit und der Sicherheit derer, die mir geholfen haben? Es soll Menschen geben, die vor Mord nicht zurückschrecken.«

»Es wird kein weiteres Blutvergießen geben, keine Racheakte von Magnus oder Capito. Was den mysteriösen Tod eines gewissen Mallius Glaucia anbetrifft, dessen Leiche heute, zweifelsohne angemessen, in einer Latrine aufgefunden wurde – der Fall ist abgeschlossen und vergessen. Die Kreatur hat nie existiert. Darauf habe ich auch gegenüber den Rosciern mit Nachdruck bestanden.«

Cicero kniff die Augen zusamen. »Ein Handel hat immer zwei Seiten, Lucius Sulla.«

»Ja. Ja, in der Tat. Ich erwarte eine gewisse Zurückhaltung deinerseits, Cicero. Als Gegenleistung für meine Bemühungen zur Wiederherstellung von Ruhe und Ordnung wirst du auf eine Mordanklage gegen Capito und Magnus verzichten; es wird keine offizielle Beschwerde gegen die Proskription von Sextus Roscius *pater* und keine offizielle Beschwerde wegen böswilliger Anklageführung gegen Erucius geben. Weder du noch irgendein Metellus oder einer seiner Handlanger wird einen wie auch immer begründeten Prozeß gegen Chrysogonus anstrengen. Das sage ich dir ganz ausdrücklich, Cicero, damit du es an deine Freunde unter den Metellern weiterleiten kannst. Hast du mich verstanden?«

Cicero nickte.

Sulla erhob sich. Das Alter hatte sein Gesicht verwittert, aber die Schultern ließ er nicht hängen. Seine Anwesenheit erfüllte den ganzen Raum. Neben ihm sahen Cicero und Tiro aus wie schlaksige Jungen.

»Du bist ein kluger junger Mann, Marcus Tullius Cicero, und nach allem, was ich höre, ein begnadeter Redner. Entweder du bist unvernünftig kühn oder wahnsinnig ehrgeizig, vielleicht auch beides – genau die Art Mann, die meine Freunde und ich auf dem Forum gebrauchen könnten. Ich würde meine Hand ausstrecken, um dich für unsere Sache zu gewinnen, aber du würdest sie nicht ergreifen, oder? In deinem Kopf schwirren noch immer viel zu viele verschwommene Ideale herum – die republikanische Tugend tapfer gegen die grausame Tyrannei verteidigen und dergleichen. Du hast Illusionen, was deine eigene Natur betrifft. Meine anderen Sinne mögen mich langsam im Stich lassen, aber ich bin ein schlauer alter Fuchs, und meine Nase ist immer noch gut, und ich wittere in diesem Raum einen weiteren Fuchs. Laß mich dir soviel sagen, Cicero: Der Weg, für den du dich im Leben entschieden hast, führt am Ende nur zu einem Ort, und das ist der Platz, an dem ich stehe. Vielleicht führt dich dein Weg nicht ganz so weit, aber er führt nirgendwo anders hin. Schau mich an und erblicke dein Spiegelbild, Cicero.

Was dich angeht, Sucher...« Sulla musterte mich verschlagen. »Nicht noch ein Fuchs, nein; ein Hund, denke ich, die Art, die herumläuft und die Knochen ausbuddelt, die andere Hunde vergraben haben. Ekelt dich der Dreck in deiner Schnauze nicht manchmal selbst an, ganz zu schweigen von den gelegentlichen Würmern in der Nase? Vielleicht würde ich dich eines Tages selbst engagieren, aber bald werde ich nie wieder heimliche Agenten, bestochene Richter oder intrigante Advokaten brauchen.

Ja, Bürger, traurige Nachrichten; in wenigen Tagen werde ich meinen Rückzug aus dem öffentlichen Leben bekanntgeben. Meine Gesundheit läßt mich im Stich, genau wie meine Geduld. Ich habe alles in meinen Kräften Stehende getan, den alten Adel zu stützen und den Pöbel in seine Schranken zu weisen; soll sich jemand anders um die

Rettung der Republik kümmern, ich kann mein neues Leben auf dem Land kaum erwarten – umherschlendern, mich um den Garten kümmern, mit meinen Enkeln spielen. Oh, und natürlich meine *Erinnerungen* beenden! Ich werde darauf achten, daß du eine vollständige Kopie für deine Bibliothek übersandt bekommst, Cicero.«

Sulla schenkte uns ein säuerliches Lächeln und erhob sich zum Gehen; dann wurde sein Lächeln mit einemmal echt. Er blickte über unsere Köpfe in den Flur, zog die Brauen und neigte charmant den Kopf. »Rufus, mein lieber Junge«, säuselte er, »welch unerwartete Freude!«

Ich blickte mich um und sah Rufus auf der Schwelle stehen, ramponiert und außer Atem. »Lucius Sulla«, murmelte er mit einem Nicken und abgewandtem Blick; nachdem diese förmliche gegenseitige Begrüßung erledigt war, wandte er sich Cicero zu. »Tut mir leid«, sagte er. »Ich habe draußen sein Gefolge gesehen. Ich wußte, um wen es sich handeln mußte, und hätte auch sicher gewartet, aber die Neuigkeit ... Ich bin den ganzen Weg hierher gerannt, um es dir zu erzählen, Cicero.«

Cicero runzelte die Stirn. »Um mir was zu erzählen?«

Rufus warf einen Blick zu Sulla und biß sich auf die Lippen. Sulla lachte laut los. »Mein lieber Rufus, in diesem Zimmer kannst du sagen, was immer du willst. Wir hatten bereits ein sehr offenes Gepräch, bevor du gekommen bist. Von den Anwesenden hat niemand Geheimnisse vor mir. Niemand in dieser Republik kann vor Sulla Geheimnisse haben. Nicht einmal dein guter Freund Cicero.«

Rufus klappte den Mund zu und starrte seinen Schwager an. Cicero trat zwischen die beiden. »Los, Rufus. Sag, was du uns zu sagen hast.«

Rufus atmete tief ein. »Sextus Roscius ...« flüsterte er.

»Ja?«

»Sextus Roscius ist tot.«

# Zweiunddreissig

Alle Blicke richteten sich auf Sulla, der jedoch genauso überrascht aussah wie wir alle.

»Aber wie?« fragte Cicero.

»Ein Sturz.« Rufus schüttelte konsterniert den Kopf. »Von einem Balkon an der Rückfront von Caecilias Haus. Man stürzt tief, weil der Hügel direkt hinter dem Haus steil abfällt. Eine schmale Treppe windet sich den Hang hinunter. Offenbar ist er auf die Stufen geschlagen und dann noch ein ganzes Stück weitergerollt. Der ganze Körper war zerschmettert –«

»Der Idiot!« ertönte Sullas Stimme wie ein Donnerkrachen. »Der verdammte Idiot! Wenn er so wild entschlossen war, sich selbst auszulöschen –«

»Selbstmord?« fragte Cicero leise. »Dafür gibt es keinen Beweis.« An seinem Blick erkannte ich, daß wir denselben Verdacht hegten. Ohne die Wachen vor Caecilias Haus konnte jemand in Sextus Roscius' Quartier eingedrungen sein – ein Mörder, den die Roscier oder Chrysogonus oder Sulla selbst geschickt hatten. Der Diktator hatte einen Waffenstillstand erklärt, aber wie weit konnte man ihm trauen?

Aber Sullas Empörung schien Beweis seiner Unschuld zu sein. »Natürlich war es Selbstmord«, fuhr er Cicero an. »Wir wissen alle, in welchem Geisteszustand der Mann sich seit Monaten befunden hat. Ein Vatermörder, der langsam verrückt wird. So hat die Gerechtigkeit am Ende doch gesiegt, und Sextus Roscius war sein eigener Henker.« Sulla lachte wenig fröhlich und wurde dann aschfahl. »Aber wenn er entschlossen war, sich selbst zu richten, warum hat er dann bis *nach* dem Prozeß gewartet? Warum hat er sich nicht gestern oder vorgestern oder letzten Monat umgebracht und uns all den Ärger erspart?« Er schüttelte den Kopf. »Er wird freigesprochen – und bringt sich dann um. Seine Schuld holt ihn erst ein, nachdem das Gericht ihm die Absolution erteilt hat. Das ist absurd, geradezu lächerlich. Als Ergebnis bleibt nur, daß ich vor den Augen der ganzen Stadt gedemütigt worden bin!« Er ballte eine Faust, rollte die Augen himmelwärts und murmelte anklagend: »Fortuna!«

Ich begriff, daß ich Zeuge wurde, wie ein Mann mit seiner Schutzgöttin haderte wie mit einer Geliebten. Sein ganzes Leben lang war Sulla von Fortuna begünstigt gewesen; Ehre, Reichtum, Ruhm und Lustbarkeiten waren ihm in den Schoß gefallen, und nicht einmal die geringfügigsten Rückschläge hatten den triumphalen Fortgang seiner Karriere behindert. Jetzt war er ein alter Mann, dessen Körper und Macht verfielen, und Fortuna zeigte sich auf einmal launenhaft wie eine gelangweilte Geliebte, die mit seinen Feinden flirtete und ihn mit kleinlichen Niederlagen und banalen Rückschlägen strafte, die einem so erfolgverwöhnten Mann tatsächlich abwegig vorkommen mußten.

Er wickelte sich in seine Toga und schritt Richtung Tür, den Kopf wie den Schnabel eines angreifenden Schiffes gesenkt. Als Cicero und Rufus zur Seite gingen, trat ich vor und stellte mich ihm mit demütig gesenktem Kopf in den Weg.

»Lucia Sulla – guter Sulla –, ich darf doch annehmen, daß das nichts an den Bedingungen ändert, auf die wir uns heute abend hier geeinigt haben?«

Ich war nah genug, um zu hören, wie er scharf die Luft einzog, und spürte auch die Wärme auf meiner Stirn, als er wieder ausatmete. Mir kam es so vor, als würde er sich für die Antwort sehr lange Zeit lassen – lange genug, um mich unter heftigem Pochen meines Herzen zu fragen, welcher verrückte Impuls mich getrieben hatte, ihm in den Weg zu treten. Aber ungeachtet der Kälte in seiner Stimme, antwortete er ruhig: »Es hat sich nichts geändert.«

»Dann sind Cicero und seine Verbündeten nach wie vor immun und vor der Rache der Roscier sicher –«

»Selbstverständlich.«

»– und die Familie von Sextus Roscius wird trotz seines Todes eine Entschädigung von Chrysogonus erhalten?«

Sulla hielt inne. Ich hielt meinen Blick zu Boden gewandt. »Natürlich«, sagte er. »Für seine Frau und seine Töchter wird gesorgt werden, trotz des Selbstmordes.«

»Du bist gnädig und gerecht, Lucius Sulla«, sagte ich und machte ihm den Weg frei. Er ging, ohne sich umzusehen, wartete nicht einmal, bis ihn ein Sklave nach draußen begleitete. Wenig später hörten wir, wie die Tür geöffnet und wieder zugeschlagen wurde, bevor die Straße vom Lärm seines abziehenden Gefolges widerhallte. Dann war alles wieder still.

Während des nachfolgenden Schweigens kam erneut eine Sklavin ins Zimmer, um die Trümmer zu beseitigen, die Sulla zurückgelassen hatte. Während sie die Scherben zusammensuchte, starrte Cicero abwesend auf den Haferbrei, den Sulla gegen die Wand geschleudert hatte. »Laß die Rollen einfach liegen, Athalena. Sie sind bestimmt alle durcheinander. Tiro wird sie später aufräumen.« Sie nickte gehorsam, und Cicero begann, auf und ab zu gehen.

»Welche Ironie«, sagte er schließlich. »So viele Anstrengungen auf allen Seiten, und am Ende ist sogar Sulla enttäuscht. *Cui bono*, fürwahr?«

»Zunächst mal zu deinem, Cicero.«

Er sah mich schelmisch an und konnte das Lächeln, das über seine Lippen huschte, nicht verbergen. Auf der anderen Seite des Raums sah Tiro verwirrter und niedergeschlagener aus denn je.

Rufus schüttelte den Kopf. »Sextus Roscius, ein Selbstmörder. Was meinte Sulla eben damit, die Gerechtigkeit hätte gesiegt und Roscius sei sein eigener Henker gewesen?«

»Auf dem Weg zu Caecilias Haus werde ich dir alles erzählen«, sagte ich. »Wenn Cicero es dir nicht lieber selbst erklären will.« Ich sah Cicero direkt an, der an der Vorstellung offenkundig wenig Gefallen fand. »Dann kann er mir auch gleich erklären, wieviel er schon von der Wahrheit wußte, als er mich engagiert hat. Aber inzwischen sehe ich wenig Grund zu glauben, daß Sextus Roscius' Sturz ein Selbstmord war, bis ich die Beweise nicht mit eigenen Augen gesehen habe.«

Rufus zuckte die Schultern. »Wie ließe es sich sonst erklären? Es sei denn, es war schlicht ein Unfall – der Balkon ist tückisch, und er hat den ganzen Abend getrunken; er könnte also durchaus ausgerutscht und gestürzt sein. Außerdem gibt es im Haus keinen, der seinen Tod wünscht.«

»Vielleicht nicht.« Ich wechselte einen vestohlenen Blick mit Tiro. Wie hätte einer von uns die Verbitterung und Verzweiflung von Roscia Majora vergessen können? Der Freispruch ihres Vaters hatte all ihre Hoffnung auf Rache und Schutz für ihre geliebte Schwester zunichte gemacht. Ich räusperte mich und rieb mir die müden Augen. »Sei so nett und begleite mich zurück zu Caecilias Haus, Rufus, und zeig mir, wo und wie Roscius gestorben ist.«

»Heute nacht noch?« Er sah müde aus und verwirrt und wie ein junger Mann, der am frühen Abend schon zuviel Wein getrunken hatte.

»Morgen ist es vielleicht zu spät. Caecilias Sklaven könnten wichtige Beweise zerstören.«

Rufus willigte mit einem müden Nicken ein.

»Und Tiro«, sagte ich, ein Flehen in seinen Augen erhörend. »Kann er auch mitkommen, Cicero?«

»Mitten in der Nacht?« Cicero verzog mißbilligend die Lippen. »Oh, also meinetwegen, soll er ruhig.«

»Du bist natürlich auch eingeladen.«

Cicero schüttelte den Kopf. Er sah mich mit einer Mischung aus Mitleid und Verachtung an. »Das Spiel ist aus,

Gordianus. Für alle Menschen mit einem reinen Gewissen wird es langsam Zeit, sich ihre wohlverdiente Ruhe zu gönnen. Sextus Roscius ist tot, und was noch? Er ist aus freien Stücken gestorben; Sulla-vor-dem-es-keine-Geheimnisse-gibt persönlich hat es gesagt. Gib es auf, Gordianus. Folge meinem Beispiel und gehe ins Bett. Der Prozeß ist beendet, der Fall ist abgeschlossen. Aus und vorbei, mein Freund.«

»Vielleicht, Cicero«, sagte ich, ging in die Halle und machte Rufus und Tiro ein Zeichen, mir zu folgen. »Vielleicht aber auch nicht.«

»Hier muß es gewesen sein, genau an dieser Stelle«, flüsterte Rufus.

Der Vollmond schien hell auf die Platten des Balkons und die kniehohe steinerne Brüstung. Ich blickte über den Rand und entdeckte gut zehn Meter unter uns die Treppe, von der Rufus gesprochen hatte; die glatten, abgetretenen Kanten der Stufen glänzten matt im Mondlicht. Die Treppe wand sich weiter nach unten in die Dunkelheit, gesäumt von hochgewachsenen Wildkräutern, nur hier und da vom Ast einer Eiche oder Weide verdeckt. Aus dem Innern des Hauses erfüllte Klagegeschrei die warme Abendluft; die Leiche von Sextus Roscius war im Heiligtum von Caecilias Göttin aufgebahrt worden, und ihre Sklavinnen hatten das zeremonielle Klagen und Schreien angestimmt.

»Die Brüstung sieht jämmerlich niedrig aus«, sagte Tiro und trat aus sicherer Entfernung gegen eine der gedrungenen Säulen. »Kaum hoch genug, um ein Kind auf dem Balkon zu schützen.« Er wich schaudernd zurück.

»Ja«, pflichtete ihm Rufus bei. »Das habe ich Caecilia gegenüber auch schon angemerkt. Offenbar gab es früher einmal ein zusätzliches Holzgeländer. Man kann die eisernen Einfassungen an manchen Stellen noch sehen. Aber das Holz ist morsch und brüchig geworden, und irgend jemand hat das Geländer abreißen lassen. Caecilia sagt, sie wollte schon lange ein neues bauen lassen, ist aber bis jetzt noch nicht dazu gekommen. Der hintere Flügel ist bis zur Ankunft von Sextus und seiner Familie lange nicht benutzt worden.« Er trat neben mich und blickte vorsichtig über den Rand. »Die Treppe dort unten ist steiler, als sie von oben aussieht. Sehr steil und eng, rutschig und hart. Sie hinabzusteigen ist schon an sich gefährlich; für einen Mann, der gestürzt oder gestolpert ist...« Er schüttelte sich. »Er ist noch den halben Hügel hinabgerollt, bevor sein Körper zum Liegen kam. Da, man kann dic Stelle von hier aus durch die Lücke zwischen den Zweigen sehen, wo die Treppe eine scharfe Biegung macht. Man kann sie genau erkennen – da vorne, wo sich der Mond in der Blutlache spiegelt wie in schwarzem Öl.«

»Wer hat ihn gefunden?« fragte ich.

»Ich. Das heißt, ich war der erste, der schließlich nach unten gegangen ist, um seine Leiche umzudrehen.«

»Und wie kam das?«

»Ich hatte den Schrei gehört.«

»Wessen Schrei? Hat Roscius geschrien, als er gestürzt ist?«

»Oh, nein. Roscia, seine Tochter. Ihr Schlafzimmer, das sie sich mit ihrer kleinen Schwester teilt – liegt gerade noch im Haupthaus, die erste Tür des Flures.«

»Das verstehe ich nicht.«

Rufus holte tief Luft. Es fiel ihm offenbar schwer, seine verwirrten Gedanken zu ordnen. »Ich war schon in mein Schlafzimmer gegangen – in dem ich immer schlafe, wenn ich über Nacht bleibe. Es liegt in der Mitte des Hauses, ziemlich genau zwischen Caecilias Gemächern und diesen hier. Ich hörte einen Schrei, den Schrei eines Mädchens, gefolgt von lautem Weinen. Ich stürzte aus meinem Zimmer und folgte dem Geräusch. Ich fand sie hier oben auf dem Balkon, zitternd und schluchzend im Mondlicht – Roscia Majora. Natürlich hatte sie schon den ganzen Abend geweint, aber das war kaum eine Erklärung für den Schrei. Als ich sie fragte, was denn los sei, zitterte sie so heftig, daß sie nicht sprechen konnte. Statt dessen zeigte sie auf die Stelle, wo Sextus Roscius' Leiche liegen geblieben war.« Er runzelte die Stirn. »Also war es eigentlich Roscia, die die Leiche als erste entdeckte, aber ich war derjenige, der dann runtergerannt ist, um nachzusehen.«

Ich sah mich zu Tiro um, der traurig den Kopf schüttelte. Seine schlimmsten Befürchtungen schienen sich zu bestätigen. »Und wie kam es, daß Roscia zu dieser Stunde auf genau dem Balkon stand, von dem ihr Vater gefallen war?« fragte ich.

»Das habe ich sie auch gefragt«, sagte Rufus, »nachdem sie endlich aufgehört hatte zu zittern. Offenbar war sie aus einem Alptraum hochgeschreckt und wollte auf dem Balkon frische Luft schnappen. Sie hat eine Weile hier gestanden und den Vollmond betrachtet, sagte sie, und hat dann zufällig nach unten geschaut –«

»Und hat ebenso zufällig die Leiche ihres Vaters entdeckt, fast zwanzig Meter entfernt zwischen lauter Blättern, Gras und Steinen?«

»So unwahrscheinlich ist das nicht«, verteidigte Rufus sie. »Der Mond schien direkt auf die Stelle, ich hab ihn selbst gleich gesehen, als sie in die Richtung gezeigt hat. Und es war kein schöner Anblick, seine Gliedmaßen und sein Hals waren völlig unnatürlich verrenkt...« Er hielt inne, und sein Atem stockte, als er plötzlich begriff.

»Oh, Gordianus, du glaubst doch nicht, das Mädchen hat...«

»Natürlich hat sie«, sagte Tiro dumpf aus dem Schatten in unserem Rücken. »Die einzige Frage ist, wie sie es geschafft hat, Sextus auf den Balkon zu locken, aber ich bin sicher, das war nicht weiter schwierig für sie.«

»Das ist nicht die einzige Frage«, wandte ich ein, obwohl es reine Pedanterie zu sein schien, alle Möglichkeiten in

Betracht zu ziehen. »Warum hat sie zum Beispiel geschrien, nachdem sie ihn gestoßen hat, wenn sie ihn wirklich gestoßen hat, und vor allem, wenn es ein vorsätzlicher Mord war? Warum blieb sie auf dem Balkon stehen, bis sie jemand finden konnte?«

Tiro zuckte gelangweilt die Schultern; für ihn war die Sache klar. »Weil die Realität ihrer Tat sie entsetzt hat. Sie ist schließlich noch ein Kind, Gordianus, keine abgebrühte Mörderin. Deswegen hat sie auch geweint, als Rufus hinzukam; das Entsetzen darüber, es wirklich getan zu haben, die Erleichterung, der Anblick seines zerschmetterten Körpers...« Tiro schüttelte verzweifelt den Kopf, aber als ich sein Gesicht sah, halb im Mondschein, halb im Schatten, las ich darin keine Gedanken an etwas Entsetzliches, sondern die Erinnerung an etwas, das für immer verloren und zu schmerzhaft süß zu ertragen war.

Ich drehte mich um und blickte in den Abgrund, die tiefe Grube aus Mondlicht und Schatten, in die Sextus Roscius am Ende gefallen war, ob durch seinen eigenen Willen oder den eines anderen. Ich kniete mich vor die Brüstung und strich mit beiden Händen über die bis auf ein paar Steinchen glatte Oberfläche, die an meinen Handflächen kleben blieben. Mir kam ein Gedanke.

»Tiro, nimm dir eine der Lampen. Halte sie direkt über die Brüstung, damit ich mir das mal genauer ansehen kann.« Das Licht wankte, ich blickte auf und sah, daß Tiro, so nahe am Rand stehend, blaß um die Nase geworen war. »Wenn du sie nicht ruhig halten kannst, gib sie Rufus.« Tiro übergab die Lampe ohne Zögern. »Hierher, Rufus«, sagte ich, »folge mir und halte die Lampe direkt über die Brüstung.«

»Paß auf deine Nase auf«, sagte Rufus, der meine Anspannung spürte und mit einem Witz zu überspielen suchte. »Wonach suchst du eigentlich?«

Wir gingen zweimal die gesamte Länge der Brüstung ab,

ohne Erfolg. Ich stand auf und zuckte mit den Schultern. »Es war nur so eine Idee. Wenn Sextus Roscius tatsächlich aus eigenem Willen gesprungen ist, wäre es nur logisch, daß er vor dem Sprung auf die Brüstung gestiegen wäre. Ich hatte gehofft, daß man vielleicht die Ahnung eines Fußabdrucks in dem feinen Staub sieht.«

Ich drehte meine Hände unter dem Licht der Lampe um und betrachtete den feinen Staub, der vermischt mit kleinen Kiesbrocken, an meinen Handballen klebte. Ich wollte mir gerade den Schmutz abklopfen, als ich ein winziges Teilchen entdeckte, das völlig anders aussah als die anderen. Es war größer und glänzte, mit glatten, scharfen Kanten; statt blaßgrau schimmerte es im Licht der Lampe mattrot. Ich drehte es mit dem Finger um und bemerkte, daß es gar kein Steinchen war.

»Was ist es?« flüsterte Rufus und drängte sich neben mich. »Klebt Blut daran?«

»Nein«, sagte ich, »aber etwas, das die Farbe von getrocknetem Blut hat.«

»Aber *das* ist Blut!« sagte Tiro. Während Rufus und ich die Brüstung inspizierten, hatte er sich eine eigene Lampe genommen und die Steinplatten des Balkons in sicherem Abstand vom Rand untersucht. Direkt vor seinen Füßen waren, so winzig, daß wir sie vorher nicht bemerkt hatten, ein paar Spritzer einer dunklen Flüssigkeit auf dem Boden zu sehen. Die Blutstropfen waren am Rand schon eingetrocknet, in der Mitte jedoch noch feucht.

Ich machte einen Schritt zurück und deutete mit der Hand eine Linie an. »Dort, auf dem Boden des Balkons, haben wir Blutstropfen. Dort, direkt davor auf der Brüstung habe ich das hier gefunden.« Ich hielt das rote Teilchen vorsichtig zwischen Zeigefinger und Daumen. »Und direkt darunter ist die Stelle, wo Sextus Roscius auf die Treppe aufgeschlagen ist.«

»Was hat das zu bedeuten?« fragte Rufus.

»Sag mir erst dies: Wer war heute abend sonst noch auf diesem Balkon?«

»Nur Roscia und ich, soweit ich weiß. Und natürlich Sextus Roscius.«

»Keiner der Sklaven? Oder Roscius' Frau?«

»Das glaube ich nicht.«

»Nicht einmal Caecilia?«

Rufus schüttelte den Kopf. »Da bin ich mir ganz sicher. Als ich ihr die schlechte Nachricht überbrachte, sagte sie, sie wolle nicht einmal in die Nähe dieses Flügels kommen. Sie hat ihren Sklaven befohlen, Sextus' Leiche zur rituellen Reinigung in ihr Privatheiligtum zu bringen.«

»Ich verstehe. Kannst du mich jetzt zur Leiche bringen?«

»Aber, Gordianus«, flehte Tiro, »was hast du entdeckt?«

»Daß Roscia ihren Vater nicht ermordet hat.«

Seine Stirn glättete sich, aber sie bewölkte sich gleich wieder mit neuem Zweifel. »Aber wenn er gesprungen ist, wie erklärst du dir dann das Blut?«

Ich legte die Finger auf meine Lippen. Tiro verfiel gehorsam in Schweigen, aber ich hatte ihm gar nicht andeuten wollen, den Mund zu halten; ich hatte nur abergläubisch das kleine Teil geküßt, das ich noch immer zwischen Daumen und Zeigefinger hielt, und gebetet, daß ich mich nicht irrte.

Die Türen zum Heiligtum von Caecilias Göttin waren fast verschlossen, aber der Duft von Weihrauch und das Klagegeschrei ihrer Sklavinnen drangen trotzdem auf den Flur. Ahausarus stand Wache und schüttelte finster den Kopf, als wir versuchten, den Raum zu betreten. Rufus packte meinen Arm und hielt mich zurück.

»Halt, Gordianus. Du kennt doch die Regeln in Caecilias Haus. Männer dürfen das Heiligtum der Göttin nicht betreten.«

»Es sei denn, sie sind tot?« blaffte ich ihn an.

»Sextus Roscius, der Sohn des Sextus Roscius, ist von der Göttin gerufen worden«, säuselte Caecilia, die auf einmal hinter uns stand. »Sie hat ihn an ihren Busen gerufen.«

Ich drehte mich um und sah eine verwandelte Frau. Caecilia stand sehr gerade, den Kopf stolz zurückgeworfen. Anstatt ihrer Stola trug sie ein weites, bauschiges Gewand, das in tiefstem Schwarz gefärbt war. Ihr Haar war für die Nacht gelöst und fiel in langen wallenden Locken auf ihre Schultern. Die verschiedenen Schichten Schminke waren weggewischt. Faltig und ramponiert legte sie nichtsdestoweniger eine Vitalität und Entschlossenheit an den Tag, die ich bei ihr nie zuvor erlebt hatte. Sie schien weder wütend noch erfreut, uns zu sehen, als ob unsere Gegenwart ohne Bedeutung für sie wäre.

»Die Göttin mag Sextus Roscius zu sich gerufen haben«, sagte ich, »aber ich würde, wenn ich darf, Caecilia Metella, trotzdem sehr gerne seine unsterblichen Überreste untersuchen.«

»Was für ein Interesse könntest du an seiner Leiche haben?«

»Es ist ein Zeichen, nach dem ich suche. Vielleicht ist es ja das Zeichen der Göttin, die ihn zu sich gerufen hat.«

»Sein ganzer Körper ist verdreht, alle Knochen sind gebrochen«, sagte Caecilia. »Er ist so übel zugerichtet, daß man keine einzelnen Wunden mehr erkennen kann.«

»Aber ich habe sehr scharfe Augen«, sagte ich und sah sie direkt an, ohne den Blick von ihr zu wenden.

Caecilia trat neben mich, betrachtete mich von der Seite und gab schließlich nickend ihr Einverständnis. »Ahausarus! Sag den Mädchen, sie sollen Sextus Roscius' Leiche in den Flur bringen.« Der Eunuch öffnete die Tür und schlüpfte ins Zimmer.

»Sind sie stark genug?« fragte ich.

»Sie waren stark genug, ihn die Treppe hoch durch die Flure bis in diesen Raum zu tragen. Heute ist Vollmond,

Gordianus. Die Macht der Göttin beseelt sie mit einer Kraft, die sie jedem Mann überlegen macht.«

Kurz darauf gingen die Türen des Heiligtums auf. Sechs Sklavinnen trugen eine Bahre in den Flur und setzten sie ab.

Tiro gab ein zischendes Geräusch von sich und wich zurück. Selbst Rufus, der die Leiche bereits gesehen hatte, stockte beim Anblick dessen, was von Sextus Roscius übriggeblieben war, der Atem. Man hatte ihn völlig entkleidet. Das Tuch, auf dem er lag, war blutdurchtränkt. Sein ganzer Körper war mit Prellungen und Platzwunden übersät. Zahlreiche Knochen waren gebrochen; an einigen Stellen ragten sie aus dem zerfetzten Fleisch. Man hatte versucht, seine Gliedmaßen zu richten, aber sein zertrümmerter Schädel war nicht zu verbergen. Offenbar war er mit dem Kopf zuerst gelandet. Sein Gesicht war bis zur Unkenntlichkeit entstellt, seine Schädeldecke war eine Masse aus Blut und Schleim, die von Knochenfragmenten zusammengehalten wurde. Unfähig, den Anblick zu ertragen, wandte Tiro sich ab, und Rufus senkte den Blick. Caecilia betrachte die Leiche ungerührt und ausdruckslos.

Ich kniete nieder und schob das zertrümmerte Kinn beiseite. Mit dem Finger fuhr ich an seinem Hals entlang, an Blutergüssen, und -klumpen, bis ich ertastete, wonach ich gesucht hatte. »Rufus, sieh her, und du auch, Tiro. Seht ihr die Stelle, auf die mein Finger zeigt, das Loch in dem weichen Fleisch direkt unter dem Kehlkopf?«

»Sieht aus wie eine Stichwunde«, meinte Rufus.

»Ja«, sagte ich, »wie von einem sehr spitzen, schlanken Gegenstand. Und wenn wir ihn auf die Seite drehen – komm, Rufus, faß mit an – werden wir, glaube ich, in seinem Nacken genau die gleiche Wunde entdecken. Ja, da, seht ihr – direkt neben dem Rückgrat.«

Ich stand auf und wischte meine blutigen Hände an einem Tuch sauber, das mir eine der Sklavinnen reichte.

Ich würgte einen Anfall von Ekel herunter und holte tief Luft. »Eine eigenartige Wunde, meinst du nicht auch, Caecilia Metella? So ganz und gar nicht in Einklang zu bringen mit einem Sturz von einem Balkon und eine Treppe hinab. Auch nicht die Art Wunde, die ein Messer hinterlassen würde. Die Waffe scheint direkt durch den Hals gegangen zu sein – vorne rein und hinten wieder raus oder umgekehrt, wer weiß? Ein so spitzer, schlanker Gegenstand aus Metall, daß man den Hals damit durchstoßen und ihn hinterher wieder herausziehen konnte. Und eine so saubere Wunde, daß nur wenige Tropfen Blut auf den Boden des Balkons gefallen sind. Sag mir, Caecilia, war dein Haar schon offen, als du Sextus Roscius auf dem Balkon getroffen hast? Oder war es noch mit einer dieser langen Silbernadeln hochgesteckt, die zu tragen pflegst?«

Rufus packte meinen Arm. »Still, Gordianus! Ich hab dir doch gesagt, Caecilia war den ganzen Abend nicht auf dem Balkon.«

»Caecilia war *nach* dem Sturz von Sextus Roscius nicht mehr auf dem Balkon. Aber was war davor – als du dich zum Schlafengehen fertig gemacht hast und Roscia noch schlummerte? Hat er dir seine Schuld dort auf dem Balkon offen gestanden, Caecilia, oder hast du nur zufällig etwas aufgeschnappt, was er im Rausch vor sich hingelallt hat?«

Rufus Griff wurde fester, bis er zu schmerzen begann. »Sei still, Gordianus! Caecilia war den ganzen Abend nicht auf dem Balkon!«

Ich riß mich los und trat auf Caecilia zu. Sie blieb unerschüttert in ihrer basiliskengleichen Haltung. »Doch wenn sie den ganzen Abend nicht auf dem Balkon war, wie kommt es, daß ich dieses merkwürdige Objekt auf der Brüstung gefunden habe?« Ich hielt das Teilchen zwischen meinem Daumen und meinem Zeigefinger hoch. »Caecilia, darf ich mal deine Hand sehen?«

Sie zog eine Braue hoch, neugierig, aber nicht allzu besorgt, und streckte ihre rechte Hand aus. Ich nahm sie und spreizte vorsichtig ihre Finger. Rufus und Tiro drängten näher, hielten sich jedoch in respektvollem Abstand und blickten über meine Schulter.

Was ich suchte, war nicht da.

Wenn ich mich geirrt hatte, war ich längst zu weit gegangen, um mich noch aus der Sache herauszureden. Ein empörender Affront gegenüber einer Metella war zumindest eine spektakuläre Methode, seinen Ruf und sein Auskommen zu ruinieren. Ich schluckte nervös und blickte Caecilia direkt an.

In ihren Augen war kein Fünkchen Verständnis, kein amüsiertes Zucken huschte über ihr Gesicht, nur ein Lächeln so kalt wie Frost umspielte ihre Lippen. »Ich denke«, sagte sie leise und ernst, »es ist wohl diese Hand, die du untersuchen willst.«

Sie legte ihre Linke in meine Hand. Ich tat einen Seufzer der Erleichterung.

An der Spitze ihrer verrunzelten Finger leuchteten fünf makellose, rotgefärbte Nägel – makellos bis auf den Nagel ihres Zeigefingers, der an einer Seite abgebrochen war. Ich nahm das Stückchen roter Fingernagel, das ich auf dem Balkon gefunden hatte, und schob es in die Lücke. Es paßte wie eine Nuß in die Schale.

»Dann warst du also *doch* auf dem Balkon!« rief Rufus.

»Ich habe nie etwas anderes behauptet.«

»Aber – das solltest du uns, finde ich, erklären. Ich bestehe darauf!«

Jetzt war ich es, der Rufus zurückhielt, indem ich sanft einen Arm um seine Schulter legte. »Weitere Erklärungen sind nicht erforderlich. Caecilia Metella ist wohl kaum verpflichtet, uns über ihre Schritte unter ihrem eigenen Dach Rechenschaft abzulegen. Oder über ihre Motive und Methoden.« Ich betrachtete die übel zugerichtete Leiche. »Sextus Roscius ist tot, gerufen von der Göttin dieses Hauses, ihre Rachsucht zu stillen. Niemand verlangt weitere Erklärungen. Es sei denn«, ich neigte den Kopf, »die Herrin des Hauses würde sich dazu herablassen, drei unwürdigen Bittstellern, die einen langen Weg zurückgelegt haben auf der Suche nach der Wahrheit, die Tatsachen zu erläutern.«

Caecilia sagte lange nichts. Sie betrachtete die Leiche von Sextus Roscius und ließ sich endlich zu einem Ausdruck des Abscheus hinreißen. »Schafft ihn weg«, befahl sie mit einem Wink. Die Sklavinnen kamen herbeigeeilt, um die Bahre ins Heiligtum zurückzutragen. Weihrauchschwaden trieben in den Flur, als sie die Tür öffneten und hinter sich wieder schlossen. »Und du Ahausarus – ruf die Gartensklaven zusammen und laß sie die Hintertreppe schrubben. Ich will, daß bis Sonnenaufgang jede Spur vom Blut dieses Mannes getilgt ist. Und kümmere dich persönlich darum, daß das auch geschieht!«

»Aber, Herrin –«

»Los, los!« Caecilia klatschte in die Hände, und der Eunuch trollte sich schmollend. Dann musterte sie Tiro mit abschätzigem Blick. Offensichtlich wünschte sie bei ihrem Geständnis keine überflüssigen Zeugen.

»Bitte«, sagte ich, »laß den Sklaven bleiben.«

Sie sah mich mißmutig an, sagte aber nichts weiter. »Du hast mich eben gefragt, Gordianus, ob Sextus *filius* den Mord an seinem Vater gestanden hat oder ob ich zufällig etwas aufgeschnappt habe. Beides ist nicht ganz richtig. Es war die Göttin, die mir die Wahrheit offenbart hat. Nicht mit Worten oder einer Vision. Aber es war ihre Hand – dessen bin ich sicher –, die mich heute abend aus diesem Heiligtum, in das ich mich zurückgezogen hatte, durch die Flure in den Teil des Hauses geführt hat, in dem die Roscii untergebracht sind.«

Ihre Augen wurden schmal, und sie faltete die Hände. Ihre Stimme wurde leise und traumwandlerisch. »Ich traf

Sextus *filius* in einem der Flure, er taumelte im Vollrausch umher und war zu betrunken, mich überhaupt zu bemerken. Er brabbelte vor sich hin, wobei er abwechselnd weinte und lachte. Er lachte, weil er jetzt vor dem Gesetz ein freier Mann war. Und er weinte über die Schande und Nutzlosigkeit seines Verbrechens. Seine Gedanken waren wirr und unzusammenhängend; er sagte ständig irgend etwas und brach dann abrupt ab, aber der Sinn seines Gestammels war unmißverständlich. ›Ich hab den Alten umgebracht, hab ihn so sicher umgebracht, als hätte ich selber zugestochen‹, sagte er immer wieder, ›hab alles geplant und die Stunden gezählt, bis er tot war. Ermordet hab ich ihn, hab meinen eigenen Vater ermordet! Die Justiz hatte mich in ihren Klauen, und ich bin ihr entwischt!‹

Ihn so reden zu hören, ließ das Blut in meinen Ohren sausen. Stellt euch vor, was ich, verborgen im dunklen Flur, empfunden habe, als Sextus *filius* sein Verbrechen gestand, und es gab keine anderen Zeugen außer mir – außer mir und der Göttin. Ich spürte sie in mir, und ich wußte, was ich zu tun hatte.

Offenbar war Sextus auf dem Weg zum Schlafzimmer seiner Töchter – warum, kann ich mir nicht vorstellen. Er war so betrunken, daß er sich wahrscheinlich im Zimmer geirrt hatte. Er wollte gerade eintreten, aber es wäre nicht in meinem Sinne gewesen, wenn er die Mädchen geweckt hätte. Ich zischte ihn an, und er schrak heftig zusammen. Ich kam näher, und er wich zurück. Ich sagte, er solle mit mir auf den Balkon kommen.

Das Mondlicht war grell wie das Auge der Diana. Und in dieser Nacht ist sie wahrscheinlich eine Jägerin, und Sextus war ihre Beute. Mondlicht umfing ihn wie ein Netz. Ich verlangte, daß er mir die Wahrheit sagte. Er starrte mich an; ich sah, daß er seine Chancen abwog, mit einer Lüge davonzukommen, genau wie er alle anderen angelogen hatte. Aber das Mondlicht war zu stark. Er lachte. Er schluchzte.

Er sah mich an und sagte: ›Ja! Ja, ich habe deinen alten Liebhaber ermordet! Vergib mir!‹

Er hatte mir den Rücken zugewandt. Er stand noch immer einige Schritte vom Rand des Balkons entfernt. Ich wußte, ich hätte ihn nie bis zur Brüstung schaffen und hinüberstoßen können, trotz seiner Trunkenheit und der Kraft, die das Mondlicht mir gegeben hatte. Ich betete zur Göttin, sie möge ihn näher an den Rand treten lassen. Doch die Göttin hatte mich bis hierher geführt, und ich wußte, daß ich die Sache nun alleine zu Ende bringen mußte.«

»Also hast du«, sagte ich, »die Nadel aus deinem Haar gezogen.«

»Ja, dieselbe, die ich zum Prozeß getragen habe, verziert mit Lapislazuli.«

»Und du hast sie mit ihm sauber durch den Hals gestoßen, vom Nacken bis zur Kehle.«

Ihre angespannten Gesichtsauszüge sackten in sich zusammen. Sie ließ die Schultern hängen. »Ja, so muß es wohl gewesen sein. Er hat überhaupt nicht geschrien, er hat nur ein merkwürdig gurgelndes und würgendes Geräusch gemacht. Ich zog die Nadel wieder heraus; es war fast kein Blut daran. Er griff sich an die Kehle und taumelte vorwärts. Er stieß gegen die Brüstung, und ich dachte, er müsse bestimmt fallen. Aber statt dessen blieb er stehen. Also hab ich ihn gestoßen, mit aller Kraft. Er hat keinen Laut von sich gegeben. Als nächstes hörte ich, wie sein Körper auf der Treppe aufschlug.

»Und dann bist du auf die Knie gefallen«, sagte ich.

»Ja, das stimmt, ich habe gekniet...«

»Du hast über den Rand geschaut und die Brüstung umklammert – so fest, daß du dir an dem Stein einen Nagel abgebrochen hast.«

»Schon möglich. Daran kann ich mich nicht mehr erinnern.«

»Und was ist aus der Nadel geworden?«

Sie schüttelte verwirrt den Kopf. »Ich glaube, ich hab sie wohl in die Dunkelheit geworfen. Wahrscheinlich liegt sie irgendwo im Gras.« Nachdem sie ihre Geschichte erzählt hatte, schien auf einmal alle Energie von ihr zu weichen. Ihre Augen flackerten, und sie sank wie eine verwelkte Blume in sich zusammen. Rufus war sofort an ihrer Seite. »Mein lieber Junge«, flüsterte sie, »würdest du so lieb sein, mich in meine Gemächer zu begleiten?«

Tiro und ich verabschiedeten uns unzeremoniell von den Weihrauchdüften und dem gedämpften Wehklagen der Sklavinnen in dem Heiligtum.

»Was für ein Tag«, seufzte Tiro, als wir das Haus seines Herrn betraten. »Und was für eine Nacht!«

Ich nickte müde. »Mit etwas Glück kriegen wir vielleicht noch eine Stunde Schlaf, bevor die Sonne aufgeht.«

»Schlafen? Ich kann jetzt unmöglich schlafen. In meinem Kopf dreht sich alles. Der Gedanke, daß Sextus Roscius heute morgen noch gelebt hat... und Sulla noch nie von Cicero gehört hatte... und ich hab ehrlich geglaubt –«

»Was?«

Doch er schüttelte nur den Kopf. Cicero hatte ihn schrecklich enttäuscht, aber Tiro würde kein Wort gegen ihn sagen. Ich folgte ihm ins Arbeitszimmer seines Herrn, wo in Erwartung seiner Rückkehr eine Lampe angezündet worden war. Er sah sich im Raum um und ging dann zu dem Stapel Schriftrollen, die Sulla vom Tisch gestoßen hatte. »Die kann ich genausogut jetzt aufräumen«, seufzte er und kniete nieder. »Dann hab ich wenigstens etwas zu tun.«

Ich lächelte über seinen Elan. Dann blickte ich ins Atrium und beobachtete das Spiel des Mondlichts auf dem Sand. Ich atmete tief ein und gähnte laut.

»Morgen werde ich mit Bethesda in mein Haus zurückkehren«, sagte ich. »Wahrscheinlich sehe ich dich noch, vielleicht aber auch nicht, falls du etwas für Cicero erledigen mußt. Es kommt mir vor, als sei es lange her, daß du vor meiner Tür gestanden hast – dir nicht auch, Tiro? – dabei liegt es erst ein paar Tage zurück. Ich kann mich an keinen Fall erinnern, der so viel Verwirrung mit sich brachte. Vielleicht hat Cicero wieder mal einen Auftrag für mich, vielleicht auch nicht. Rom ist in gewisser Hinsicht ein Dorf, aber möglicherweise sehe ich dich auch nie wieder.« Ich mußte mich auf einmal räuspern. Das war bestimmt der Mond, der mich sentimental stimmte. »Vielleicht sollte ich es dir jetzt sagen, Tiro – ja, hier und jetzt, wo es still ist und wir beide unter uns sind –, ich wollte dir sagen, daß ich dich für einen wirklich prachtvollen jungen Mann halte, Tiro. Ich sage das von Herzen, und ich glaube, Cicero würde mir zustimmen. Du kannst dich glücklich schätzen, einen Herrn zu haben, der so große Stücke auf dich hält. Cicero ist vielleicht manchmal etwas schroff, aber – Tiro?«

Ich drehte mich um und sah ihn inmitten der auf dem Boden verstreuten Schriftrollen leise schnarchend auf der Seite liegen. Ich lächelte und ging vorsichtig zu ihm. Schlafend im Zwielicht der Lampe und des Mondes sah er wirklich aus wie ein Kind. Ich kniete mich neben ihn und strich ihm über die glatte Stirn und sein dichtes krauses Haar. Ich nahm ihm die Rolle ab, die er in der Hand hielt. Es war die zerknüllte Abschrift von Euripides, die Sulla quer durch das Zimmer geworfen hatte. Mein Blick fiel auf den Schlußchor:

*Vielfache Gestalt hat die göttliche Macht;*
*gar vieles erfüllt unerwartet ein Gott.*
*Doch was wir gewähnt, vollendet sich nicht.*
*Für Unglaubliches findet der Gott den Weg.*
*So endet diese Begegnis.*

# DREIUNDDREISSIG

Obwohl ich erst spät ins Bett gekommen war, stand ich bereits am späten Vormittag auf. Bethesda war schon lange wach und hatte meine wenigen Sachen gepackt. Sie drängte mich beim Ankleiden und belauerte mich wie eine Katze, als ich ein paar Bissen Brot und Käse aß; sie wollte nach Hause.

Während Bethesda ungeduldig in der Sonne im Säulengang auf mich wartete, rief mich Cicero in sein Arbeitszimmer. Tiro schliefe noch in seiner Kammer, sagte Cicero, so daß er selbst eine Truhe mit Silber und einen Beutel loser Münzen hervorkramte und mir mein Honorar korrekt bis auf die letzte Sesterze vorzählte. »Hortensius hat mir erzählt, es sei üblich, die Kosten für die gewährte Unterbringung und Verpflegung abzuziehen«, seufzte er, »aber davon wollte ich nichts wissen. Statt dessen –« Er lächelte und legte noch einmal zehn Denar dazu.

Es ist nicht leicht, einem Mann unangenehme Fragen zu stellen, der einem gerade ein stattliches Honorar und einen erklecklichen Bonus bezahlt hat. Ich schlug bescheiden die Augen nieder, während ich die Münzen einsammelte, und sagte dann so beiläufig, wie ich konnte: »Es gibt da noch ein paar Punkte, die mir Rätsel aufgeben, Cicero. Vielleicht kannst du zu ihrer Erhellung beitragen.«

»Ja?« Sein nichtssagendes Lächeln konnte einen richtig wütend machen.

»Gehe ich recht in der Annahme, daß du von Anfang an sehr viel mehr über diesen Fall wußtest, als du mir erzählt hast? Daß du möglicherweise sogar von der Proskription wußtest? Daß du wußtest, daß Sulla irgendwie in die Sache verwickelt war, und daß ein Mann, der in der ganzen schmutzigen Affäre Nachforschungen anstellte, sich in große Gefahr begeben würde?«

Er zuckte mit seinen schmalen Schultern. »Ja. Nein. Vielleicht. Wirklich, Gordianus, ich hatte nur Andeutungen und Bruchstücke in der Hand; keiner hat mir alles gesagt, was er wußte, genauso wie ich dir nicht alles erzählt habe, was ich wußte. Die Meteller haben gedacht, sie könnten mich benutzen. Und das haben sie bis zu einem gewissen Punkt auch getan.«

»Genau wie du mich benutzt hast – als Köder? Um zu sehen, ob ein streunender Hund, der seine Nase in die Roscius-Affäre stecken würde, bedroht, angegriffen und vielleicht sogar umgebracht würde? Und so war es denn ja auch.«

Ciceros Augen blitzten wütend auf, aber sein Lächeln war nicht zu erschüttern. »Du bist unversehrt aus der Sache herausgekommen, Gordianus.«

»Dank meines wachen Verstandes.«

»Dank *meines* Schutzes.«

»Und stört es dich wirklich nicht, Cicero, daß der Mann, den du so erfolgreich verteidigt hat, die ganze Zeit schuldig war?«

»Es ist nichts Unehrenhaftes, einen schuldigen Mandanten zu verteidigen – da kannst du jeden Anwalt fragen. Und es ist durchaus ehrenhaft, einen Tyrannen bloßzustellen.«

»Mord bedeutet dir nichts?«

»Das Verbrechen ist verbreitet. Die Ehre ist rar. Und jetzt, Gordianus, muß ich dich wirklich verabschieden. Du kennst ja den Weg nach draußen.« Cicero drehte sich um und ging aus dem Raum.

Es war ein warmer, aber nicht unangenehm heißer Tag. Zunächst war Bethesda unruhig, zurück im Haus auf dem Esquilin zu sein, aber bald lief sie geschäftig von Zimmer zu Zimmer, um alles nach ihrem Geschmack wiederherzurichten. Am Nachmittag begleitete ich sie zum Markt. Das Getriebe der Subura erfaßte mich – das Geschrei der Verkäufer, der Geruch frischen Fleisches, das Vorbeieilen halbwegs vertrauter Gesichter. Ich war froh, wieder zu Hause zu sein.

Als Bethesda später das Abendessen zubereitete, machte ich einen langen, ziellosen Spaziergang durch das Viertel, spürte den warmen Wind im Gesicht und hob meinen Blick zu den blaßgoldenen Wolken am Himmel. Meine Gedanken wanderten zur Dachterasse von Titus Megarus unter den Sternen; zu dem heißen Sonnenschein, der Ciceros Atrium durchflutete; zum Haus der Schwäne und den abgründigen Tiefen in Elektras Augen; zu einem flüchtigen Blick auf Roscias nackte Schenkel, während Tiro sie verzweifelt umklammert hielt und an ihrem Hals stöhnte; zum verunstalteten Leichnam von Sextus Roscius, der all diese verschiedenen Dinge zusammengebracht und mit seinem eigenen Blut und dem seines Vaters wie mit Mörtel verbunden hatte.

Auf einmal spürte ich einen nagenden Hunger und wollte mich auf den Heimweg machen. Ich sah mich um und wußte eine Zeitlang nicht, wo ich war, bis mir klar wurde, daß ich irgendwie am anderen Ende der engen Gasse gelandet war. Ich hatte nicht vorgehabt, hierher zu kommen oder überhaupt so weit zu gehen. Vielleicht gibt es einen Gott, dessen leitende Hand so sanft auf der Schulter eines Menschen liegt, das der sie nicht einmal spürt.

Ich wandte mich heimwärts.

Unterwegs traf ich niemanden, nur hin und wieder hörte ich durch offene Fenster, wie Frauen ihre Familien zum Essen riefen. Die Welt schien friedlich und ruhig, bis ich hinter mir Fußgetrappel hörte.

Viele Füße, die auf die Pflastersteine knallten, vermischt mit schrillen Schreien, die in der schmalen Gasse widerhallten, sowie das Geräusch von Stöcken, die an den schiefen

Mauern entlangkratzten. Einen Moment lang wußte ich nicht, woher die Geräusche kamen, so eigenartig klang ihr Echo. Es schien näher und näher zu kommen, mal von vorn, mal von hinten, als sei ich von einem kreischenden Mob umzingelt.

*Sulla hat gelogen*, dachte ich. *Mein Haus auf dem Hügel steht in Flammen. Bethesda ist vergewaltigt und ermordet worden. Und jetzt bin ich dem gedungenen Pöbel in der engen Gasse in die Falle gegangen. Sie werden mich mit ihren Stöcken erschlagen. Sie werden mich in Stücke reißen. Gordianus der Sucher wird vom Antlitz der Erde verschwinden, und niemand wird es je erfahren außer seinen Feinden, die es bald vergessen haben werden.*

Der Lärm wurde noch schriller, geradezu ohrenbetäubend. Aber es waren keine Männerstimmen, die ich hörte, sondern lärmende Jungen, die hinter mir kreischten. Im nächsten Augenblick kamen sie lachend, schreiend, sich gegenseitig anrempelnd und Stöcke schwenkend um eine Biegung der schmalen Gasse. Sie jagten einen kleineren, in blaue Lumpen gehüllten Jungen, der mir direkt in die Arme lief und sich in meine Tunika vergrub, als sei ich ein Turm, in dem er sich verstecken konnte.

Seine Verfolger kamen rutschend zum Stehen, sie knufften sich, lachten und kreischten immer noch und schlugen mit ihren Stöcken gegen die Mauer. »Er gehört uns!« schrie einer der Jungen mit durchdringender Stimme. »Hat keine Familie und keine Zunge!«

»Seine eigene Mutter hat ihn verlassen«, brüllte ein anderer. »Er ist nicht besser als ein Sklave. Gib ihn uns zurück! Wir haben nur Spaß mit ihm gemacht.«

Ich betrachtete das zappelnde Bündel aus Lumpen und Sehnen in meinen Armen. Das Kind erwiderte meinen Blick, angstvoll, zweifelnd und auf einmal überglücklich, als er mich erkannte. Es war der stumme Junge, Eco, der von der Witwe Polia verlassen worden war.

Ich hob den Blick und musterte die kreischende Bande.

Irgend etwas Bedrohliches muß in meiner Miene gelegen haben, denn der mir am nächsten stehende Junge wich zurück und wurde blaß, als ich Eco sanft zur Seite schob. Einige der Jungen wirkten ängstlich, andere mürrisch und zu einer Schlägerei bereit.

Ich griff in meine Tunika, in der ich noch immer das Messer mit mir herumtrug, wie jeden Tag, seit es der Junge mir gegeben hatte. *Er glaubt wir bringen Gerechtigkeit, Tiro.* Ich zog es hervor. Die Jungen rissen die Augen auf und stolperten übereinander, als sie hastig die Flucht ergriffen. Auf ihrem Rückzug hörte ich sie noch lange lachen, kreischen und mit den Stöcken an den Wänden entlangkratzen.

Eco streckte die Hand aus und griff nach dem Messer. Ich überließ es ihm. Auf der Klinge waren immer noch ein paar Flecken von Mallius Glaucias Blut. Eco sah sie und quiekte zufrieden.

Er sah mich fragend an und tat, als würde er mit dem Messer auf eine imaginäre Person einschlagen. Ich nickte. »Ja«, flüsterte ich, »deine Rache. Ich habe dich mit eigener Hand und deinem Dolch gerächt.« Er starrte auf die Klinge und öffnete die Lippen zu einem Ausdruck des Entzükkens.

Mallius Glaucia war einer der Männer gewesen, die seine Mutter vergewaltigt hatten; jetzt war er tot, erstochen mit dem Dolch des stummen Jungen. Was machte es, daß ich Glaucia nie getötet hätte, wenn ich eine andere Wahl gehabt hätte, nicht einmal für den Jungen? Was machte es, daß Glaucia – der schwerfällige, blutrünstige Koloß Glaucia – im Vergleich zu den Rosciern nur ein Zwerg unter Riesen war? Oder daß die Roscier nur Kinder auf dem Schoß von Chrysogonus waren? Oder daß Sulla nur ein Fädchen in einem goldenen und blutroten Intrigennetz war, das Familien wie die Meteller seit Jahrhunderten gesponnen hatten, die durch ihre unermüdlichen Verschwörungen mit Recht von sich behaupten konnten, Rom zu dem gemacht zu haben, was es heute war? In ihrer Republik konnte selbst ein stummer Betteljunge sich auf seine römische Würde etwas einbilden, und der Anblick vom Blut eines miesen kleinen Verbrechers auf seiner eigenen Klinge ließ ihn vor Aufregung quieken. Hätte ich ihm Sullas Kopf auf einem Tablett präsentiert, der Junge hätte nicht zufriedener sein können.

Ich griff in meine Börse und hielt ihm ein Geldstück hin, aber er beachtete es gar nicht, sondern umfaßte statt dessen sein Messer mit beiden Händen und tanzte im Kreis. Ich steckte die Münze wieder in meine Börse und wandte mich zum Gehen.

Ich war erst wenige Schritte gegangen, als ich stehenblieb und mich umdrehte. Der Junge stand, den Dolch umklammert, still wie eine Statue und blickte mir mit traurigen Augen nach. So standen wir lange und sahen uns an. Schließlich streckte ich meine Hand aus, und Eco kam angerannt.

Hand in Hand gingen wir durch die enge Gasse, die von Menschen wimmelnde Via Subura und den schmalen Pfad den Hügel hinauf. Als wir das Haus betraten, rief ich Bethesda zu, daß es noch ein hungriges Maul zu stopfen gab.

# Nachbemerkung des Autors

Leser historischer Romane, die aus Gewohnheit das Nachwort zuerst lesen, sollten wissen, daß *Das Lächeln des Cicero* auch ein Kriminalroman ist; einige für die Auflösung relevante Punkte werden hier angesprochen, wenn auch nur indirekt. *Caveat lector.*

Unsere wichtigsten Quellen für das Leben des Sulla sind Plutarchs Bigraphie, die charakteristischerweise voll ist mit Klatschgeschichten, Skandalen und Hokuspokus – mit anderen Worten: eine amüsante Lektüre –, und Sallusts *Bellum Jugurthinum (Der jugurthinische Krieg)*, der mit Kiplingschem Elan von Sullas afrikanischen Abenteuern berichtet. Außerdem gibt es zahlreiche Hinweise in den Schriften der zeitgenössischen republikanischen Schriftsteller, vor allem bei Cicero, der offenbar nie müde wurde, Sulla als Inbegriff der Lasterhaftigkeit im Kontrast zum Standartenträger der Tugend (Cicero) darzustellen. Sullas Autobiographie ist verschollen, Ursache manchen Bedauerns. Nach allem, was wir über seinen Charakter wissen, ist es unwahrscheinlich, daß sie so fesselnd wie Caesars Werke oder so unbewußt enthüllend wie die autobiographischen Schriften Ciceros war, aber sie war bestimmt lebendiger und gebildeter als die unserer heutigen politischen Führer.

Was den Prozeß des Sextus Roscius anbetrifft, liegt uns Ciceros Verteidigungsrede vor. Es ist ein langer Text, den ich bis zu einem gewissen Maß komprimieren und bearbeiten mußte, wobei ich mir jedoch, wie ich finde, keine ungebührlichen Freiheiten herausgenommen habe. Historiker sind sich einig, daß Ciceros orginale, gesprochene Reden keineswegs exakt mit ihrer schriftlichen Überlieferung übereinstimmen, die Cicero (zusammen mit Tiro) überarbeitet und ausgeschmückt hat, häufig mit politischen Hintergedanken. Es sind beispielsweise erhebliche Zweifel angebracht, ob gewisse satirische Anspielungen auf Sulla, die sich in der schriftlichen Fassung von *Pro Sexto Roscio Amerino* finden, zu Lebzeiten des Diktators vor der Rostra tatsächlich ausgesprochen wurden. Gewisse rhetorische Schnörkel Ciceros, die ich hier wiedergegeben habe, sind hingegen absolut authentisch; ich hätte es nie gewagt, das melodramatische »Beim Herkules!« zu erfinden, zu dem Cicero in seinen Schriften häufiger greift, als ich ihm das in *Das Lächeln des Cicero* habe durchgehen lassen.

Die bekannten Tatsachen des Mordfalles werden alle von Cicero geliefert. Die Rede des Anklägers ist nicht erhalten, und ihre entscheidenden Punkte lassen sich nur aus Ciceros Entgegnungen schließen. Bei gewissen Schlußfolgerungen über Schuld und Unschuld, die über das Urteil des damaligen Gerichts hinausgehen, habe ich mich auf dünnes Eis begeben, allerdings meines Erachtens nicht unvernünftig weit. Cicero war keineswegs darüber erhaben, schuldige Mandanten zu verteidigen; er konnte sogar beträchtlichen Stolz darüber empfinden und damit angeben, daß er den Richtern Sand in die Augen gestreut hatte, wie er es nach dem Prozeß gegen Cluentius tat. Interessanterweise spricht er in seiner Abhandlung *De Officiis (Vom pflichtgemäßen Handeln)* über die Verteidigung von Schuldigen und kommt fast unmittelbar darauf (bewußt oder unbewußt) auf den Fall von Sextus Roscius zu sprechen.

> Dennoch: Wie dies zu meiden ist, genauso ist es für unbedenklich zu halten, einmal einen Schuldigen, wenn er nur nicht verbrecherisch und gottlos ist, zu verteidigen. Das will die Menge, die Tradition läßt es zu, die Menschlichkeit duldet es. Aufgabe des Richters ist es, immer in Rechtsfällen der Wahrheit nachzugehen, die des Anwalts, manchmal das Wahrscheinliche,

auch wenn es nicht recht wahr ist, zu verteidigen. Das zu schreiben, zumal in einer philosophischen Abhandlung, wagte ich nicht, wenn es nicht auch dem Panaetius, dem Bedeutendsten unter den Stoikern, richtig schiene. Am meisten aber wird Berühmtheit und Beliebtheit gewonnen durch Verteidigungsreden, und zwar um so mehr, wenn einmal der Fall eintritt, daß man dem zur Hilfe kommt, der durch Machtmittel irgendeines einflußreichen Mannes hintergangen und bedrängt zu werden scheint, wie wir es oft sonst und in unserer Jugend gegen die Macht des herrschenden L. Sulla für Sex. Roscius Amerinus getan haben.

Man liest Cicero am besten zwischen den Zeilen, vor allem dort, wo er seine eigene Kühnheit und Aufrichtigkeit besonders nachdrücklich betont.

Was die hochrangigen Intrigen im Hintergrund des Prozesses angeht, habe ich einige Anregungen aus Arthur D. Kahns monumentalem akribischen Werk *The Education of Julius Caesar*, einer radikal revisionistischen Darstellung der politischen Mauscheleien der späten römischen Republik aus der Sicht eines Nachgeborenen, der die Republik von McCarthy, Nixon, Reagan *et alia* überlebt hat. Ich sollte auch den fleißigen Michael Grant erwähnen, der Ciceros Verteidigungs- und Anklagereden ins Englische übersetzt und mich zum erstenmal auf die Fährte von Sextus Roscius gesetzt hat.

Der Gesang des Metrobius in Kapitel 26 ist von mir. Das anonyme Liedchen über die Sonnenuhr (Kapitel 9) ist meine Adaption.

»Jeder Autor von Detektivromanen macht Fehler, und keiner wird je so viel wissen, wie er wissen sollte.« Raymond Chandlers Diktum ist doppelt wahr, wenn die Kulisse historisch ist. Ich möchte mich bei allen bedanken, die mir geholfen haben, Anachronismen aus dem Originalmanuskript zu tilgen, unter anderem meinem Bruder Ronald Saylor, einem Fachmann für antike Glaskunst, einem Altphilologen, der es vorzieht, anonym zu bleiben, sowie den aufmerksamen Lektoren bei St. Martin's Press. Mein Dank gilt außerdem Pat Urquhart, die mich bei der Erstellung der Karte beraten hat; Scott Winnett für seine praktischen Tips über das Verlagsgeschäft im Krimi-Breich; John Preston, der wie ein *deux ex machina* auftauchte, als das Manuskript fertig war und es in die richtigen Hände beförderte; Terri Odom, die mir bei der Fahnenkorrektur geholfen hat; und meinem belesenen Redakteur Michael Denneny.

Eine letzte Danksagung gilt meiner Freundin Penni Kimmel, eine aufmerksame Studentin von Kriminalgeschichten, modernen, nicht antiken, die meinen ersten Entwurf akribisch gelesen und unschätzbar wertvolle Orakel in Form von selbstklebenden gelben Notizzetteln ausgegeben hat. Ohne ihre sybillinische Intervention hätte ein armes Mädchen sinnlos leiden müssen, ein böser Mann wäre unbestraft geblieben, und ein verlorener Sohn hätte vielleicht für immer stumm und einsam durch die dunklen, schäbigen Gassen der Subura wandern müssen. *Culpam poena premit comes*; aber auch, *miseris succurere disco*. Oder auf gut Deutsch: Die Strafe folgt dem Verbrechen auf dem Fuß, doch ich habe gelernt, die Elenden zu trösten.